Affiniteit

Sarah Waters
Affiniteit

VERTALING MARION OP DEN CAMP

NIJGH & VAN DITMAR
AMSTERDAM 2003

Voor Caroline Halliday

Eerste druk 2000
Tweede druk 2003

Oorspronkelijke titel *Affinity*. Virago Press, Londen
Copyright © Sarah Waters 1999
Copyright © Nederlandse vertaling Marion Op den Camp/Nijgh &
Van Ditmar 2000
Omslag Nanja Toebak
Foto omslag Photonica/Image Store
Foto auteur Jerry Bauer
NUR 302 / ISBN 90 388 8429 X

3 AUGUSTUS 1873

Ik ben nog nooit zo bang geweest als nu. Ze hebben me in het donker laten zitten, ik heb alleen het licht van het raam om bij te schrijven. Ze hebben me in mijn eigen kamer gezet & de deur achter me op slot gedaan. Ze wilden dat Ruth het deed, maar die wou niet. Ze zei 'Wat, moet ik mijn eigen mevrouw opsluiten, die niets misdaan heeft?' Uiteindelijk pakte de dokter haar de sleutel af & deed zelf de deur op slot, & daarna stuurde hij haar weg. Nu is het huis vol stemmen die allemaal mijn naam zeggen. Als ik mijn ogen dichtdoe & luister, zou het een gewone avond kunnen zijn. Dan zou ik nu misschien zitten wachten tot mrs Brink me kwam halen voor een donkere seance, & misschien zou Madeleine er zijn, of een ander meisje, blozend, denkend aan Peter, aan Peters grote donkere bakkebaarden & glimmende handen.

Maar mrs Brink ligt moederziel alleen in haar eigen koude bed & Madeleine Silvester zit beneden onbedaarlijk te huilen. En Peter Quick is weg, ik denk voorgoed.

Hij was te ruw & Madeleine te nerveus. Toen ik haar vertelde dat ik zijn nabijheid voelde, sidderde ze alleen & kneep haar ogen dicht. 'Het is Peter maar,' zei ik. 'Van hem ben je toch niet bang? Kijk, daar is hij, kijk dan, doe je ogen open.' Maar ze wilde niet, ze zei alleen 'O, ik ben zo vreselijk bang! O miss Dawes, alstublieft, laat hem niet dichterbij komen!'

Tja, dat zeggen veel dames als ze Peter voor de eerste keer alleen bij zich laten komen. Toen hij haar hoorde, lachte hij luidkeels. 'Wat nou?' zei hij. 'Ben ik dat hele eind gekomen om meteen weer terug te worden gestuurd? Weet je wel hoe moeilijk mijn reis is & hoeveel ik geleden heb, & dat allemaal ter wille van jou?' Toen begon Madeleine te huilen – ja, sommigen doen dat natuurlijk. 'Peter,' zei ik, 'je moet wat vriendelijker zijn, Madeleine is alleen maar bang. Wees een beetje voorzichtiger, dan laat ze je heus wel dichterbij komen.' Maar toen hij een stap zette & voorzichtig zijn hand op haar legde, gaf ze een gil & werd ze dadelijk helemaal stijf & bleek. Toen zei Peter 'Wat nou, onnozel wicht? Je bederft het helemaal. Wil je beter worden gemaakt of niet?' Maar ze gilde nog een keer & toen viel ze, ze viel op de grond & begon te schoppen. Dat heb ik een dame nog nooit zien doen. 'Mijn God, Peter!' zei ik & hij keek even naar mij & zei toen 'Klein kreng dat je bent', & hij pakte haar benen vast & ik hield mijn handen voor haar mond. Ik deed het alleen om haar te laten ophouden met gillen & trappen, maar toen ik mijn handen weghaalde zat er bloed aan, ik denk dat ze op haar tong had gebeten of een bloedneus had gekregen. Ik wist eerst niet eens dat het bloed was, het was zo zwart & leek zo warm & dik, net zegellak.

En ondanks het bloed in haar mond bleef ze krijsen, tot mrs Brink ten slotte op het lawaai afkwam, ik hoorde haar voetstappen in de gang & toen haar stem, die verschrikt klonk. Ze riep 'Miss Dawes, wat is er, bent u gewond, heeft u zich bezeerd?' & toen Madeleine dat hoorde rukte ze zich los & riep luidkeels 'Mrs Brink, mrs Brink, ze proberen me te vermoorden!'

Peter boog zich voorover & sloeg haar op de wang, & daarna bleef ze doodstil liggen. Toen dacht ik dat we haar misschien wel echt vermoord hadden. Ik zei 'Peter, wat heb je gedaan? Ga terug! Je moet teruggaan.' Maar terwijl hij naar het kabinet liep, werd er aan de deurklink gerammeld & ineens stond mrs Brink in de kamer, ze had haar eigen sleutel meegebracht & had daarmee de deur opengemaakt. Ze hield een lamp in haar hand. Ik zei 'Doe de deur dicht, kijk, Peter is er & hij heeft last van het licht!' Maar zij zei alleen 'Wat is er gebeurd? Wat heeft u gedaan?' Ze keek naar Madeleine, die verstijfd op de salonvloer lag, met haar rode haar helemaal om haar heen, & toen naar mij in mijn gescheurde onderjurk, & toen naar het bloed aan mijn handen, dat niet zwart meer was maar scharlakenrood. Toen keek ze naar Peter. Hij hield zijn handen voor zijn gezicht & riep: 'Haal dat licht weg!' Maar zijn kamerjas hing open & zijn witte benen waren zichtbaar, & mrs Brink bleef staan totdat de lamp in haar hand begon te trillen. Toen riep ze 'O!' & ze keek weer naar mij

& naar Madeleine & ze legde haar hand op haar hart. Ze zei 'Nee toch, zij ook?' & toen 'O mama, mama!' Daarna zette ze de lamp neer & keerde haar gezicht naar de muur, & toen ik naar haar toe ging legde ze haar vingers op mijn boezem & duwde me van zich af. Ik keek nog even of ik Peter zag, maar hij was weg. Ik zag alleen het donkere gordijn, dat hing te klapperen, gemarkeerd met een zilveren afdruk van zijn hand.

En uiteindelijk is mrs Brink gestorven, niet Madeleine. Madeleine was alleen flauwgevallen, & toen haar kamenier haar had aangekleed & naar een andere kamer had gebracht, hoorde ik haar daar rondlopen & huilen. Maar mrs Brink werd steeds zwakker, totdat ze op het laatst niet meer kon staan. Toen kwam Ruth aansnellen. 'Wat is er gebeurd?' riep ze. Ze legde haar op de bank in de salon & hield de hele tijd haar hand vast & zei 'Het zal aanstonds wel beter gaan, geloof me. Kijk, hier ben ik & hier is miss Dawes, & wij houden van u.' Ik dacht aan het gezicht van mrs Brink te zien dat ze graag iets had willen zeggen, maar het niet kon, & toen Ruth dat zag zei ze dat we een dokter moesten laten komen. Ze bleef de hand van mrs Brink stevig vasthouden terwijl de dokter haar onderzocht, & ze schreide & zei dat ze haar niet los wilde laten. Mrs Brink stierf kort daarna. Ze heeft geen woord meer gezegd, zei Ruth, behalve dat ze weer om haar mama riep. De dokter zei dat dames die stervende zijn heel vaak weer net als kinderen worden. Hij zei dat haar hart erg gezwollen was & altijd al zwak moet zijn geweest, hij vond het een wonder dat ze nog zo lang had geleefd.

Hij had toen weg kunnen gaan, zonder te vragen waar ze zo van geschrokken was, maar mrs Silvester kwam terwijl hij er nog was & zij stond erop dat hij naar Madeleine ging kijken. Madeleine heeft merktekens op haar lichaam, & toen de dokter die zag werd zijn stem heel zacht & hij zei dat dit een vreemdere zaak was dan hij dacht. 'Vreemd?' zei mrs Silvester. 'Misdadig zou ik zeggen!' Zij heeft de politie laten komen, daarom hebben ze mij in mijn kamer opgesloten, de politieman vraagt nu aan Madeleine wie haar pijn heeft gedaan. Ze zegt dat Peter Quick dat heeft gedaan, & de heren antwoorden: 'Peter Quick? Peter Quick? Wat haal je je in je hoofd?'

Er brandt niet één vuur in heel dit grote huis & hoewel het augustus is, heb ik het vreselijk koud. Ik denk niet dat ik het ooit weer warm krijg! Ik denk niet dat ik ooit weer tot rust kom. Ik denk niet dat ik ooit weer mezelf word, ik kijk om me heen in mijn eigen kamer & zie niets wat van mij is. Ik ruik de geur van de bloemen in de tuin van mrs Brink, ik zie de parfumflesjes op de tafel van haar moeder, & de glans van het hout, de kleuren van het tapijt, de sigaretten die ik voor Peter heb gerold, de flonkering van de sieraden in het juwelenkistje, de aanblik van mijn eigen bleke gezicht in de spiegel, maar het komt me allemaal vreemd voor. Ik wou dat ik mijn ogen even kon sluiten & weer terug kon zijn in Bethnal Green als ik ze opendeed, bij mijn eigen tante in haar eigen houten stoel. Ik zou zelfs liever weer in mijn kamer in het hotel van mr Vincy zijn, met de lelijke bakstenen muur tegenover mijn raam. Ik zou honderd keer liever daar zijn, dan hier waar ik nu ben.

Het is zo laat dat ze de lampen in Crystal Palace uit hebben gedaan. Ik zie alleen een grote zwarte vlek afsteken tegen de hemel.

Nu hoor ik de stem van de politieman, & mrs Silvester schreeuwt & maakt Madeleine aan het huilen. De slaapkamer van mrs Brink is de enige rustige plek in het hele huis, & ik weet dat zij daar ligt, helemaal alleen in het donker. Ik weet dat ze heel stil & recht ligt, met haar haar los & een deken over zich heen. Alsof ze luistert naar het schreeuwen & huilen, alsof ze nog steeds graag haar mond open zou doen om iets te zeggen. Ik weet wel wat ze zeggen zou als ze het kon. Ik weet het zo goed dat ik het bijna hoor.

Haar stille stem, die alleen ik kan horen, is de meest beangstigende stem van allemaal.

Deel een

24 SEPTEMBER 1874

Pa zei altijd dat je van elke reeks gebeurtenissen een verhaal kon maken: het was alleen een kwestie van bepalen waar het verhaal begon en waar het eindigde. Dat, zei hij, was zijn hele talent. En misschien waren de gebeurtenissen die hij behandelde ook wel vrij gemakkelijk zo te schiften, in te delen en te rangschikken – de levens en werken van beroemde personen, alles even overzichtelijk en blinkend en compleet als metalen letters in een letterkast.

Ik wou dat Pa nu bij me was. Dan zou ik hem vragen hoe hij te werk zou gaan bij het schrijven van het verhaal waaraan ik vandaag ben begonnen. Ik zou hem vragen hoe hij op bondige wijze het verhaal zou vertellen van een gevangenis – de Millbank-gevangenis – waarin zo veel verschillende mensen leven, en die zo'n eigenaardige vorm heeft, en zo geheimzinnig moet worden benaderd, via zo veel hekken en bochtige gangen. Zou hij beginnen bij de bouw van de gevangenis zelf? Dat kan ik niet, want hoewel de stichtingsdatum me vanmorgen is verteld, ben ik die weer vergeten; bovendien is Millbank zo solide en zo oud dat ik niet geloven kan dat er ooit een tijd is geweest dat het gebouw niet op die naargeestige plek naast de Theems stond en daar zijn schaduw op de zwarte aarde wierp. Misschien zou hij dan beginnen met het bezoek van mr Shillitoe aan dit huis, drie weken geleden; of misschien om zeven uur vanochtend, toen Ellis me mijn grijze kostuum en mijn mantel bracht – neen, zo zou hij het verhaal natuurlijk niet laten beginnen, met een dame en haar dienstbode, en onderrokken en loshangend haar.

Hij zou beginnen, denk ik, bij de poort van Millbank, het punt dat alle bezoekers moeten passeren wanneer ze de gevangenisgebouwen komen bezichtigen. Laat ik mijn verslag dan daar beginnen: ik word begroet door de gevangenisportier, die mijn naam afstreept in een groot boek; nu gaat een cipier me voor door een smal poortgewelf en sta ik op het punt het terrein over te steken naar de eigenlijke gevangenis...

Voor ik dat kan doen, ben ik echter genoodzaakt even te blijven staan om mijn eenvoudige doch wijde rokken te fatsoeneren, die zijn blijven haken aan een uitstekend stuk ijzer of steen. Ik veronderstel dat Pa geen aandacht zou hebben besteed aan het detail van de rokken; ik doe dat echter wel, want wanneer ik mijn ogen opsla van mijn golvende zoom zie ik voor het eerst de vijfhoeken van Millbank, en ze zijn zo nabij, en hun aanblik is zo plotseling, dat ze een afschrikwekkende indruk maken. Ik kijk ernaar en voel mijn hart hevig kloppen, en ik ben bang.

Een week geleden kreeg ik van mr Shillitoe een plattegrond van de gebouwen van Millbank, en die hangt sindsdien aan de muur naast deze schrijftafel. In geschetste vorm heeft de gevangenis een eigenaardige bekoring: de vijfhoeken zien eruit als de bloemblaadjes van een geometrische bloem – of ze lijken, zoals ik weleens heb gedacht, op de gekleurde vlakken van de mozaïeken die we als kind tekenen. Van dichtbij gezien is Millbank natuurlijk niet bekoorlijk. De omvang is immens, en de lijnen en hoeken lijken helemaal niet meer te kloppen nu ze gestalte hebben gekregen in muren en torens van gele baksteen en vensters met gesloten luiken. Het is alsof de gevangenis is ontworpen door iemand in de greep van een nachtmerrie of een vlaag van waanzin – of is gebouwd met het opzettelijke doel de bewoners gek te maken. Ik denk dat ik zeker gek zou worden als ik daar als cipier moest werken. Nu liep ik ineengedoken naast de man die me begeleidde, en bleef nog eenmaal staan om achterom te kijken en daarna omhoog te turen naar het smalle stukje hemel dat zichtbaar was. De binnenpoort van Millbank bevindt zich op een punt waar twee van de vijfhoeken elkaar raken, dus je loopt ernaartoe over een steeds smaller wordende strook grind en voelt de muren dan aan weerszijden op je afkomen, als de klippen van de Bosporus. De schaduwen die de vaalgele bakstenen daar op de aarde werpen, hebben de kleur van blauwe plekken. De grond waarin de muren zijn verzonken is vochtig en donker als tabak.

Die grond maakt de lucht daar erg zuur, en dat werd nog erger toen ik werd binnengelaten en men de gevangenispoort zorgvuldig achter me sloot. Mijn hart begon nog harder te kloppen en bleef bonzen terwijl ik plaatsnam in een kale kleine ruimte, waar ik cipiers langs de openstaande deur zag lopen, mompelend en met gefronst voorhoofd. Toen mr Shillitoe eindelijk bij me kwam, pakte ik zijn hand. 'Ik ben blij u te zien!' zei ik. 'Ik begon me al zorgen te maken dat de mannen me voor een nieuwe gevangene zouden aanzien, en me naar een cel zouden brengen en daar achterlaten!' Hij lachte. Dergelijke misverstanden kwamen in Millbank nooit voor, zei hij.

We liepen samen het gebouw binnen, want het leek hem het beste me rechtstreeks naar de vrouwengevangenis te brengen, naar de kamer van de directrice, miss Haxby, die de leiding heeft over alle bewaarsters daar. Al lopend legde hij me onze route uit, en ik probeerde die in overeenstemming te brengen met wat ik me van de plattegrond herinnerde; maar gezien de merkwaardige opzet van de gevangenis raakte ik het spoor natuurlijk al spoedig bijster. Ik weet wel dat we de vijfhoeken waarin de mannen zitten, niet betraden. We passeerden alleen de hekken die toegang geven tot deze ruimten vanuit het zeshoekige gebouw in het midden van de gevangenis, het gebouw waar de magazijnen zich bevinden, en de vertrekken van de dokter, en de werkkamer van mr Shillitoe, en de kamers van al zijn klerken, en de ziekenzalen en de kapel. 'Want weet u,' zei hij op een gegeven moment, terwijl hij me door een raam een stel gele rokende schoorstenen aanwees die naar zijn zeggen werden gevoed door de vuren van de gevangeniswasserij, 'weet u, het is hier net een kleine stad! We doen alles zelf. Een beleg zouden we heel goed doorstaan, denk ik altijd.'

Hij zei het nogal trots, maar glimlachte er zelf om, en ik glimlachte met hem mee. Nu echter, na de vrees die me had bevangen toen ik bij het betreden van de binnenpoort verstoken was geraakt van licht en lucht — nu werd ik opnieuw nerveus naarmate we die poort verder achter ons lieten en dieper in de gevangenis doordrongen, via een duistere en ingewikkelde route die ik nooit alleen zou kunnen terugvinden. Vorige week, toen ik de papieren in Pa's studeerkamer aan het uitzoeken was, kwam ik een boek tegen met daarin Piranesi's tekeningen van kerkers, en ik had een angstig uur doorgebracht met ze aandachtig te bekijken, denkend aan alle grimmige en vreselijke taferelen die ik vandaag wellicht te zien zou krijgen. Natuurlijk was er niets wat overeenstemde met de voorstellingen die ik me ervan had gemaakt. We liepen door een opeenvolging van propere, witgepleisterde gangen, en werden bij het snijpunt van die gangen begroet door cipiers in donkere gevangenisjassen. Doch juist het propere en onveranderlijke van de gangen en de mannen had iets verontrustends: ik had dezelfde route wel tien keer achter elkaar kunnen afleggen, zonder dat ik het ooit zou hebben gemerkt. Ook het afschuwelijke lawaai is zenuwslopend. Waar de cipiers staan, zijn hekken die moeten worden ontgrendeld en opengeschoven aan knarsende scharnieren, en dichtgeslagen en op slot gedaan, en de lege gangen weergalmen natuurlijk van de geluiden van andere hekken en andere sloten en grendels, dichtbij en veraf. Daardoor lijkt het of de gevangenis zich in het hart van een eeuwigdurend privé-onweer bevindt, dat mijn oren deed tuiten.

We liepen door tot we bij een antieke, met spijkers beslagen deur kwamen met een kleiner deurtje erin, dat de toegang bleek te zijn tot de vrouwengevangenis. Hier werden we begroet door een bewaarster, die een révérence maakte voor mr Shillitoe, en daar zij de eerste vrouw was die ik hier ontmoette, liet ik niet na haar aandachtig op te nemen. Ze was vrij jong, had een bleek gezicht zonder een spoor van een glimlach en was gekleed in het gevangenisuniform, zoals ik al spoedig ontdekte: een grijze wollen jurk, een zwarte omslagdoek, een grijze bonnet van stro met een blauw lint, en stevige zwarte hoge schoenen met een platte hak. Toen ze me zag kijken, maakte ze opnieuw een révérence, terwijl mr Shillitoe zei: 'Dit is miss Ridley, onze hoofdbewaarster hier,' en daarna, tegen haar: 'Dit is miss Prior, onze nieuwe bezoekster.'

Ze liep voor ons uit en er klonk een gestaag gerinkel van metaal, en ik zag toen dat ze, net als de cipiers, een brede leren riem droeg met een koperen gesp, waaraan een ketting hing met blinkende gevangenissleutels.

Ze bracht ons, via nog meer eentonige gangen, naar een wenteltrap die tussen de muren van een toren omhoogliep; boven in de toren heeft miss Haxby haar werkkamer, een licht, wit, cirkelvormig vertrek met rondom vensters. 'U zult wel zien wat de reden is voor dit ontwerp,' zei mr Shillitoe terwijl we naar boven klommen, met rode gezichten en buiten adem, en ik zag het natuurlijk dadelijk, want de toren staat in het middelpunt van de luchtplaatsen, zodat je van daaruit zicht hebt op alle muren en tralievensters aan de binnenzijde van het vrouwengebouw. Het vertrek is uiterst sober. De vloer is kaal. Tussen twee palen hangt een touw, waarvoor de gevangenen moeten blijven staan wanneer ze hierheen worden gebracht, en achter het touw staat een bureau. Aan dit bureau, schrijvend in een groot zwart boek, zat miss Haxby zelf, 'de Argus van de gevangenis', zoals mr Shillitoe haar glimlachend noemde. Ze stond op toen ze ons zag, nam haar bril af en maakte net als miss Ridley een revérence.

Ze is heel klein, en heeft spierwit haar. Haar ogen kijken je scherp aan. Achter haar bureau, vastgeschroefd aan de witgekalkte bakstenen, hangt een emaillen bordje met een duistere tekst:

Gij stelt onze ongerechtigheden voor U, onze heimelijke zonden in het licht Uws aanschijns.

Het was onmogelijk om bij het betreden van die kamer niet het verlangen te voelen dadelijk naar een van de gebogen vensters te lopen en het uitzicht daarachter in ogenschouw te nemen, en toen mr Shillitoe me zag kijken, zei hij: 'Ja, miss Prior, komt u maar dichter bij het raam.' Ik nam even de tijd om de wigvormige luchtplaatsen beneden te bestuderen, en keek toen nog eens goed naar de lelijke gevangenismuren tegenover ons en naar de rijen loensende vensters waarmee ze zijn gevuld. En, zei mr Shillitoe, was dat nu geen hoogst bijzondere en verschrikkelijke aanblik? Heel de vrouwengevangenis lag voor me, en achter elk van die vensters was een cel met een gevangene erin. Hij wendde zich tot miss Haxby. 'Hoeveel vrouwen hebt u momenteel onder uw hoede?'

Ze antwoordde dat het er tweehonderdzeventig waren.

'Tweehonderdzeventig!' zei hij hoofdschuddend. 'Neemt u even de tijd, miss Prior, om u die arme vrouwen voor te stellen, en alle duistere kronkelwegen via welke ze in Millbank terecht zijn gekomen. Het kunnen dievegges zijn geweest, het kunnen prostituees zijn geweest, het kunnen vrouwen zijn geweest die door en door verdorven waren; het is wel zeker dat ze geen schaamte of plichtsgevoel of andere hoogstaande gevoelens kennen – ja, daar kunt u van overtuigd zijn. Ontaarde vrouwen, zo heeft de maatschappij hen gekenschetst, en de maatschappij heeft hen overgedragen aan miss Haxby en aan mij, met de opdracht nauwgezet over hen te waken...'

Maar hoe, vroeg hij mij, konden ze dat het beste doen? 'We geven ze vaste leefregels. We leren ze bidden; we brengen ze zedigheid bij. Doch noodzakelijkerwijze moeten ze het grootste deel van hun tijd in eenzaamheid doorbrengen, tussen de muren van hun cel. En daar zitten ze' – hij knikte weer naar de vensters tegenover ons – 'misschien drie jaar, misschien zes of zeven. Daar zitten ze, opgesloten, te piekeren. Hun tong brengen we tot zwijgen, hun handen kunnen we bezighouden, maar hun hart, miss Prior, hun ellendige herinneringen, hun eigen slechte gedachten, hun minderwaardige ambities, die kunnen we niet bewaken. Is het wel, miss Haxby?'

'Neen, mijnheer,' antwoordde ze.

En toch, zei ik, dacht hij dat een bezoekster veel goeds met hen zou kunnen doen.

Dat wist hij zeker, zei hij. Daar was hij vast van overtuigd. Die arme onbewaakte harten, dat waren net de harten van kinderen, of van wilden: ze waren ontvankelijk, ze moesten alleen in een fijnere vorm worden gegoten. 'Onze bewaarsters zouden dat kunnen doen,' zei hij; 'onze bewaarsters hebben echter een lange, zware dagtaak. De vrouwen zijn soms bits tegen hen, en soms grof. Doch als er een dame bij hen komt, miss Prior, als een dame dat doet; als ze weten dat zij haar gemakkelijke leventje achter zich heeft gelaten, louter en alleen om hen te bezoeken, om zich te verdiepen in hun erbarmelijke levensgeschiedenis. Als ze het schrille contrast zien tussen haar taalgebruik, haar gedrag en hun eigen armzalige manieren, dan zullen ze gedwee worden, dan zullen ze zacht en ingetogen worden – ik heb het zien gebeuren! Miss Haxby heeft het zien gebeuren! Het is een kwestie van beïnvloeding, van medeleven, van neigingen die worden ingetoomd...'

Zo ging hij verder. Het meeste had hij natuurlijk al eerder gezegd, in onze eigen salon, en daar, met Moeder die haar voorhoofd fronste en de klok op de schoorsteenmantel die traag en afkeurend tikte, had het heel goed geklonken. *U zult zich wel vreselijk verveeld hebben, miss Prior*, had hij toen tegen me gezegd, *sinds de dood van uw arme vader.* Hij was alleen gekomen om een stel boeken te halen die Pa ooit van hem had gekregen; hij wist niet dat ik me niet had verveeld, maar ziek was geweest. Toen was ik blij dat hij het niet wist. Nu echter, met die sombere gevangenismuren tegenover me, en aangestaard door miss Haxby, terwijl miss Ridley bij de deur stond met haar schommelende sleutelbos en haar armen voor haar borst gekruist, nu voelde ik me angstiger dan ooit. Even verlangde ik slechts dat ze mijn zwakheid zouden zien en me naar huis zouden sturen, zoals Moeder soms doet wanneer ik onrustig word in een theater, omdat ik vrees dat ik ziek zal worden en zal moeten huilen terwijl het zo stil is in de zaal.

Ze merkten het niet. Mr Shillitoe praatte verder, over de geschiedenis van Millbank, over de dagelijkse gang van zaken, het personeel en de bezoekers. Ik stond te knikken bij wat hij zei; soms knikte miss Haxby ook. En toen, na een tijdje, klonk er een bel in een bepaald deel van de gevangenisgebouwen, en bij het horen van die bel maakten mr Shillitoe en de bewaarsters allemaal dezelfde beweging, en mr Shillitoe zei dat hij langer aan het woord was geweest dan in zijn bedoeling had gelegen. Die bel was het teken dat de gevangenen gelucht zouden worden; nu moest hij me toevertrouwen aan de hoede van de bewaarsters – hij zei dat ik beslist nog een keer naar hem toe moest komen om hem te vertellen wat ik van de vrouwen vond. Hij pakte mijn hand, maar toen ik aanstalten maakte om met hem mee te lopen naar het bureau zei hij: 'Neen, neen, u moet daar nog even blijven staan. Miss Haxby, wilt u bij het venster komen en samen met miss Prior kijken? Zo, miss Prior, let nu goed op, dan zult u eens wat zien!'

De bewaarster hield de deur voor hem open en hij werd verzwolgen door de duisternis van de wenteltrap. Miss Haxby was naderbij gekomen en we draaiden ons nu om naar het venster, terwijl miss Ridley naar een ander venster liep om vandaar te kijken. Beneden ons lagen de drie onverharde luchtplaatsen, van elkaar gescheiden door hoge bakstenen muren die zich vanaf de toren van de directrice uitstrekten als de spaken van een wagenwiel. Boven ons hing de vuile stadslucht, doorschoten met zonlicht.

'Een mooie dag, voor september,' zei miss Haxby.

Daarna tuurde ze weer naar beneden, en ik tuurde met haar mee en wachtte af.

Gedurende enige tijd was alles roerloos, want de luchtplaatsen zijn, net als de overige terreinen, afschuwelijk kaal, niets dan zand en grind – er is nog geen grassprietje dat door de wind in beroering kan worden gebracht, geen worm of kever waar een vogel zich op kan storten. Maar na ongeveer een minuut bespeurde ik beweging in de hoek van een van de luchtplaatsen, en daarna een soortgelijke beweging in de andere. Deuren gingen open en er kwamen vrouwen tevoorschijn, en ik geloof niet dat ik ooit zo'n zonderling en indrukwekkend schouwspel heb gezien als zij toen vormden, want we keken op hen neer vanuit ons hoge venster en daardoor leken ze klein – het hadden wel poppetjes op een klok kunnen zijn, of kralen aan loshangende snoeren. Ze betraden de luchtplaatsen en vormden drie grote elliptische lussen, en binnen een seconde had ik al niet meer kunnen zeggen welke gevangene als eerste naar buiten was gekomen en welke als laatste, want de lussen sloten naadloos aaneen en de vrouwen waren allen vrijwel eender gekleed, in een bruine jurk en witte muts, en met een lichtblauwe sjaal die bij hun hals was dichtgeknoopt. Alleen door hun houding werd ik het menselijke in hen gewaar: want ofschoon ze allen in hetzelfde lusteloze tempo liepen, waren er sommigen, zag ik, met hangend hoofd en anderen die hinkten; sommigen die hun armen om hun bovenlijf hadden geslagen tegen de plotselinge kilte, een paar arme zielen met het gezicht naar de hemel gekeerd – en zelfs een, geloof ik, die haar ogen opsloeg naar het venster waar wij stonden en met uitdrukkingsloze blik naar ons staarde.

Alle vrouwen uit de gevangenis waren er, bijna driehonderd in totaal, negentig vrouwen in elke grote wentelende rij. En in de hoek van de luchtplaatsen stonden twee in donkere capes gehulde bewaarsters, die de gevangenen in het oog moeten houden totdat het luchten voorbij is.

Ik dacht dat miss Haxby met een zekere voldoening naar de sjokkende vrouwen keek. 'Ziet u hoe goed ze hun plaats kennen?' zei ze. 'Er moet een bepaalde afstand zijn tussen de gevangenen, kijk maar.' Als die afstand niet in acht wordt genomen, wordt de schuldige gerapporteerd en raakt ze privileges kwijt. Als er vrouwen bij zijn die oud, ziek of zwak zijn, of heel jonge meisjes – 'We hebben in het verleden wel meisjes van twaalf en dertien gehad, nietwaar, miss Ridley?' – dan laat de bewaarster hen in een eigen kring lopen.

'Wat zijn ze stil!' zei ik. Ze legde me toen uit dat de vrouwen overal in de gevangenis moeten zwijgen; dat het hun verboden is te spreken, te fluiten, te zingen, te neuriën 'of opzettelijk enige vorm van geluid te maken' tenzij op uitdrukkelijk verzoek van een bewaarster of bezoekster.

'En hoe lang moeten ze lopen?' vroeg ik haar. Ze moesten een uur lopen. 'En als het regent?' Als het regent, kan het luchten geen doorgang vinden. Dat waren slechte dagen voor de bewaarsters, zei ze, want de langdurige opsluiting maakte de vrouwen dan 'ongedurig en brutaal'. Al pratende tuurde ze scherp naar de gevangenen: een van de lussen was gaan vertragen en liep niet meer gelijk met de cirkels op de andere luchtplaatsen. Ze zei: 'Dat is' – en ze noemde de naam van een vrouw – 'die het tempo van haar rij laat verslappen. Spreek haar daarover aan, miss Ridley, als u uw ronde doet.'

Ik vond het verbazingwekkend dat ze de ene vrouw van de andere kon onderscheiden; toen ik haar dat echter vertelde, glimlachte ze. Ze zei dat ze de gevangenen iedere dag zag luchten zolang als hun straftijd duurde, 'en ik ben al zeven jaar directrice in Millbank, en daarvoor was ik hier hoofdbewaarster' – en daar weer voor, legde ze uit, was ze gewoon bewaarster geweest, in de gevangenis in Brixton. Al met al, zei ze, had ze eenentwintig jaar in de gevangenis doorgebracht, wat meer was dan de tijd die veel gestraften moeten uitzitten. En toch, er liepen daar beneden ook vrouwen die het langer zouden volhouden dan zij. Ze had hen zien komen, en ze dacht niet dat ze er nog zou zijn om hen te zien gaan...

Ik vroeg of zulke vrouwen haar werk niet gemakkelijker maakten, omdat zij de regels van de gevangenis zo goed kenden. Ze knikte. 'O ja.' Daarna zei ze: 'Is dat niet zo, miss Ridley? We hebben het liefst een langgestrafte, nietwaar?'

'Zeker,' antwoordde de bewaarster. 'We hebben graag langgestraften, met maar één misdrijf op hun naam – dat wil zeggen,' zei ze tegen mij, 'gifmengsters, vitrioolgooisters, kindermoordenaressen en noem maar op, die door de rechter zachtmoedig zijn behandeld en gespaard voor de galg. Als de gevangenis daar vol mee zat, konden we de bewaarsters wel naar huis sturen en de vrouwen zichzelf laten opsluiten. Het zijn onze vaste klantjes, de dievegges en prostituees en oplichtsters, die ons de meeste last bezorgen – mispunten zijn het, juffrouw! Opgegroeid voor galg en rad, de meesten, en geen land mee te bezeilen. Als zij onze regels kennen, dan alleen om te weten tot hoever ze kunnen gaan en met welke streken ze ons het meest dwars kunnen zitten. Mispunten!'

Haar manier van doen bleef uiterst mild tijdens dit hele betoog, maar haar woorden deden me verbaasd staan. Misschien was het louter de associatie met de sleutelbos – die nog steeds aan de ketting van haar riem bungelde en soms onmuzikaal rammelde – maar haar stem leek te zijn gehard met staal. Het was net een grendel: ik stelde me voor dat ze hem opzij schoof, ruw of voorzichtig; ik ben er zeker van dat ze die stem nooit zacht kan laten klinken. Ik keek haar even aan, en draaide me weer om naar miss Haxby. Zij had alleen geknikt toen de bewaarster aan het woord was, en nu glimlachte ze bijna. 'U ziet wel,' zei ze, 'hoe sentimenteel mijn bewaarsters worden over hun pupillen!'

Ze hield haar scherpe ogen op mij gevestigd. 'Vindt u ons hardvochtig, miss Prior?' vroeg ze na een moment. Ze zei dat ik me natuurlijk zelf een mening zou vormen over het karakter van de vrouwen. Mr Shillitoe had me gevraagd bezoekster bij hen te worden en daar was ze hem dankbaar voor, en ik mocht mijn tijd bij hen besteden zoals het mij goeddunkte. Maar ze moest me wel waarschuwen, zoals ze elke dame of heer die haar domein kwam betreden, zou waarschuwen: *'Pas op'* – ze gaf de woorden een akelige nadruk – *'Pas op in uw omgang met de vrouwen van Millbank!'* Ze zei dat ik bijvoorbeeld goed op mijn eigendommen moest passen. Haar meisjes waren in hun vroegere leven vaak zakkenrolster geweest, en als ik een horloge of een zakdoek binnen hun bereik plaatste, zouden ze in de verleiding komen om weer in hun oude fout te vervallen: ze verzoekt me dus om zulke artikelen niet binnen hun bereik te plaatsen, zoals ik ook 'mijn ringen en snuisterijen verborgen zou houden voor de ogen van een dienstmeisje, om haar niet op het idee te brengen ze weg te nemen.'

Ze zei verder dat ik moet oppassen met wat ik tegen de vrouwen zeg. Ik mag niets vertellen over de wereld buiten de gevangenismuren, niets van wat daar gebeurt, nog geen berichtje uit de krant – vooral dat niet, zei ze, 'want kranten zijn hier verboden'. Ze zei dat een vrouw me misschien zou uitkiezen als vertrouwelinge, als raadgeefster, en als ze dat doet, dan moet ik haar raad geven 'zoals haar bewaarster dat zou doen – dat wil zeggen, op zo'n manier dat ze met schaamte terugdenkt aan haar misdaad en streeft naar een beter leven in de toekomst'. Maar ik mag geen enkele belofte doen aan een vrouw zolang ze in de gevangenis verblijft; ook mag ik geen voorwerpen of informatie overbrengen tussen een vrouw en haar familie of vrienden in de buitenwereld.

'Als een gevangene u zou vertellen dat haar moeder ziek was en op sterven lag,' zei ze, 'als ze een lok van haar haar zou knippen en u zou smeken dit als een aandenken naar de stervende vrouw te brengen, *moet u dat weigeren*. Want doet u het wel, miss Prior, dan heeft de gevangene u in haar macht. Ze zal u ermee chanteren en het gebruiken om allerlei onheil te stichten.'

Ze zei dat er in haar tijd in Millbank een paar beruchte gevallen van dien aard waren geweest, die voor alle betrokkenen erg treurig waren afgelopen...

Dat, denk ik, waren al haar waarschuwingen. Ik bedankte haar ervoor, hoewel ik me, terwijl ze sprak, voortdurend erg bewust was van de bewaarster, die met een uitgestreken gezicht zwijgend naast ons stond: het was alsof ik Moeder bedankte voor haar strenge advies terwijl Ellis de tafel afruimde. Ik staarde weer naar de rondcirkelende vrouwen, zonder iets te zeggen, verdiept in mijn eigen gedachten.

'U kijkt graag naar hen,' zei miss Haxby.

Ze zei dat ze nog nooit een bezoekster had meegemaakt die niet graag bij dat raam stond om de vrouwen gade te slaan. Het was net zo heilzaam, vond ze, als het kijken naar vissen in een aquarium.

Daarna liep ik weg bij het venster.

Ik denk dat we nog wat langer praatten, over de gang van zaken in de gevangenis, maar al spoedig keek ze op haar horloge en zei dat miss Ridley me nu mijn eerste rondleiding zou geven. 'Het spijt me dat ik het zelf niet kan doen,' zei ze. 'Maar kijk eens' – ze knikte naar het grote zwarte boek op haar bureau – 'hier ligt mijn werk voor deze ochtend. Dit is het Karakterboek van de gevangenen, waarin ik alle rapporten die mijn bewaarsters voor me opstellen moet overnemen.' Ze zette haar bril op en haar scherpe ogen werden nog scherper. 'Nu kan ik zien, miss Prior,' zei ze, 'hoe braaf onze vrouwen deze week zijn geweest – en hoe slecht!'

Miss Ridley nam me mee en we daalden de schemerige wenteltrap af. Op de verdieping daaronder passeerden we een andere deur. 'Wat voor kamers zijn hier, miss Ridley?' vroeg ik. Ze zei dat dit miss Haxby's eigen vertrekken waren, waarin ze de avondmaaltijd gebruikte en ook sliep, en ik vroeg me af hoe het zou zijn om in die stille toren te liggen, met achter de ramen de gevangenis die aan alle kanten oprijst.

Ik kijk op de plattegrond naast mijn schrijftafel en zie de toren erop aangegeven staan. Ik meen ook de route te zien die miss Ridley volgde tijdens de rondleiding. Ze liep met ferme pas door de eentonige gangen, zonder zich ooit te vergissen, zoals een kompasnaald voortdurend naar het noorden zwaait. De gevangenis als geheel telt vijf kilometer van zulke gangen, vertelde ze me, maar toen ik haar vroeg of ze niet erg moeilijk uit elkaar te houden waren, snoof ze. Ze zei dat vrouwen die naar Millbank komen om bewaarster te worden, 's avonds hun hoofd op hun kussen leggen en dan eindeloos door dezelfde witte gang schijnen te lopen. 'Dat duurt een week,' zei ze. 'Daarna kan de bewaarster uitstekend de weg vinden. Na een jaar zou ze wel willen dat ze weer eens verdwaalde, voor de afwisseling.' Zijzelf is daar al langer bewaarster dan miss Haxby. Zelfs geblinddoekt, zei ze, zou ze haar taken nog kunnen vervullen.

Daarbij lachte ze, maar erg zuur. Haar wangen zijn blank en egaal, als reuzel of was, en haar ogen licht van kleur, met zware wimperloze oogleden. Haar handen, viel me op, zijn bijzonder schoon en glad – ik denk dat ze ze bewerkt met puimsteen. Haar nagels zijn netjes geknipt, tot op het vlees.

Ze deed er verder het zwijgen toe totdat we bij de cellen kwamen, dat wil zeggen, totdat we voor een traliehek stonden dat ons toegang verschafte tot een lange, koude, stille, kloosterachtige gang waaraan de cellen lagen. Deze gang was, denk ik, een kleine twee meter breed. Er lag zand op de vloer, en ook hier waren de muren en het plafond witgekalkt. Hoog in de linkermuur – zo hoog dat zelfs ik er niet doorheen kon kijken – zat een rij vensters, voorzien van tralies en dik glas, en over de gehele lengte van de tegenoverliggende muur bevonden zich deuropeningen, de ene na de andere, allemaal precies hetzelfde, zoals de donkere, identieke deuropeningen waartussen je soms moet kiezen in angstdromen. De deuropeningen lieten een beetje licht toe in de gang, maar ook een zekere geur. De geur – ik had het dadelijk geroken, al in de buitengangen, en ik ruik het nu nog, terwijl ik dit schrijf! – is vaag, maar afschuwelijk. Het is de onderdrukte stank van wat men daar 'sekreet-emmers' noemt, en ook, vermoed ik, de uitwaseming van talloze onfrisse monden en lijven.

Dit was de eerste afdeling, Afdeling A, vertelde miss Ridley. Er zijn in totaal zes afdelingen, twee op elke verdieping. Afdeling A herbergt de nieuwste groep vrouwen, die men Derde Klasse noemt.

Vervolgens leidde ze me de eerste lege cel binnen, onderwijl gebarend naar de deur en het hek bij de ingang. De deur was van hout, met grendels erop; het hek was van ijzer, en voorzien van een slot. De hekken blijven overdag gesloten en de houten deuren staan wijd open: 'Dan kunnen we de vrouwen zien als we voorbijlopen,' zei miss Ridley, 'en het vermindert de stank in de cellen.' Al pratend duwde ze de deur en het hek dicht, en meteen werd het donkerder en leek de ruimte te krimpen. Ze zette haar handen op haar heupen en tuurde om zich heen. Dit waren heel behoorlijke cellen, zei ze: tamelijk groot en 'heel degelijk gebouwd', met tweesteensmuren ertussen. 'Dat belet de vrouwen om naar hun buurvrouw te roepen...'

Ik wendde me van haar af. De cel was weliswaar donker, maar zo wit dat het pijn deed aan de ogen en zo kaal dat ik, als ik nu mijn ogen sluit, alles wat zich erin bevond weer heel duidelijk voor me zie. Er was één klein hoog venster, van geel draadglas – dat was natuurlijk een van de vensters waar ik met mr Shillitoe naar had staan kijken vanuit de toren van miss Haxby. Naast de deur hing een emaillen bord met daarop een lijst 'Mededelingen voor gestraften' en een 'Gevangenisgebed'. Op een kale houten plank een kroes, een houten etensbord, een busje met zout, een bijbel en een stichtelijk boek: *Leidraad voor de gevangene*. Verder een tafel met een stoel en een opgevouwen hangmat en, naast de hangmat, een blad met canvas zakken en scharlakenrode draden, en een 'sekreet-emmer' met een deksel waarvan het email beschadigd was. Op de smalle vensterbank lag een oude gevangeniskam, de tanden afgesleten of versplinterd en vol met gekrulde haren en huidschilfers.

De kam bleek het enige te zijn waarin die cel verschilde van de cellen eromheen. De vrouwen mogen niets van zichzelf bij zich houden, en wat ze krijgen uitgereikt – de kroezen en borden en bijbels – moet heel netjes worden gehouden en worden neergelegd volgens een vast patroon. Het was een akelige ervaring om met miss Ridley langs al die cellen op de begane grond te lopen en naar binnen te kijken in die sombere, kale ruimtes. Ik merkte ook dat ik duizelig werd door de geometrie van het gebouw, want de afdelingen volgen natuurlijk de buitenmuren van de vijfhoek en zijn merkwaardig gevormd: telkens als we aan het eind van een witte, monotone gang kwamen, bevonden we ons aan het begin van een andere die precies hetzelfde was, behalve dat hij afboog onder een onnatuurlijke hoek. Daar waar twee gangen samenkomen, is een wenteltrap. Bij de overgang tussen de afdelingen staat een toren, waarin de bewaarster van elke verdieping een eigen slaapkamertje heeft.

Zolang we daar liepen, klonk achter de celramen het gestage *klos, klos* van de vrouwen die op de binnenplaats aan het luchten waren. En nu, terwijl we de verste arm van de tweede afdeling op de begane grond naderden, hoorde ik opnieuw het rinkelen van de gevangenisbel, waarna het marstempo vertraagde en ongelijk werd, en even later klonk het dichtslaan van een deur, het rammelen van tralies en toen weer het geluid van schoenen, ditmaal knerpend op zand, en weergalmend. Ik keek miss Ridley aan. 'Daar komen de vrouwen,' zei ze onverschillig, en we bleven staan luisteren terwijl het geluid aanzwol en alsmaar harder werd. Op het laatst leek het onmogelijk hard – want wij waren natuurlijk driemaal een hoek omgeslagen en konden de vrouwen niet zien, hoe nabij ze ook waren. 'Het lijken wel spoken!' zei ik; ik herinnerde me de verhalen over Romeinse legioenen die men soms door de kelders van huizen in de City kan horen marcheren. Ik denk dat het terrein in Millbank misschien ook zo zal weergalmen in latere eeuwen, wanneer de gevangenis er niet meer staat.

Miss Ridley had zich naar me omgedraaid. 'Spoken!' zei ze, terwijl ze me vreemd aankeek. En op hetzelfde moment kwamen de gevangenen de hoek van de afdeling om, en toen waren ze plotseling afschrikwekkend echt – geen spoken, geen poppetjes of kralen aan een snoer, zoals ze eerder hadden geleken, maar sloffende vrouwen en meisjes met grove gezichten. Alle hoofden gingen omhoog toen ze ons daar zagen staan, en toen ze miss Ridley herkenden, trokken ze een gedwee gezicht. Mij leken ze echter openlijk op te nemen.

Ze keken, maar liepen gehoorzaam naar hun cellen en gingen zitten. En achter hen kwam de bewaarster, die de hekken op slot deed.

Ik geloof dat deze bewaarster miss Manning heet. 'Miss Prior is hier voor het eerst op bezoek,' zei miss Ridley tegen haar, en de vrouw knikte en zei dat ze van mijn komst op de hoogte waren gesteld. Ze glimlachte. Ik had een mooie taak op me genomen, zei ze, met het bezoeken van hun meisjes! En voelde ik er iets voor om nu met een van hen te praten? Ach ja, waarom ook niet, zei ik. Ze bracht me naar een cel die ze nog niet had afgesloten, en wenkte de vrouw die binnen zat. 'Hier, Pilling,' zei ze. 'Hier is de nieuwe bezoekster, die zich een beetje in je gaat verdiepen. Sta op, laat je eens aan haar zien. Vooruit, vlug een beetje!'

De gevangene kwam naar me toe en maakte een révérence. Ze had een blos op haar wangen en een lichte glans op haar lippen van het kwieke rondlopen op de binnenplaats. Miss Manning zei: 'Zeg wie je bent en waarom je hier zit,' en de vrouw zei onmiddellijk, hoewel ze enigszins struikelde over de uitspraak: 'Susan Pilling, mevrouw. Ik zit hier voor diefstal.'

Miss Manning liet me daarna een emaillen plaatje zien dat aan een ketting naast de ingang van de cel hing: dit vermeldde het gevangenisnummer en de klasse van de vrouw, haar misdaad en de datum waarop ze vrijkwam. 'Hoe lang ben je al in Millbank, Pilling?' vroeg ik. Zeven maanden, antwoordde ze. Ik knikte. En hoe oud was ze? Ik dacht dat ze tegen de veertig liep. Ze zei echter dat ze tweeëntwintig was; dat deed me even aarzelen, en toen knikte ik weer. Hoe, vroeg ik vervolgens, beviel het gevangenisleven haar?

Ze antwoordde dat ze het best naar haar zin had, en dat miss Manning aardig voor haar was.

'Dat neem ik graag aan,' zei ik.

Toen viel er een stilte. Ik zag de vrouw aandachtig naar me kijken, en ik denk dat de bewaarsters me ook in het oog hielden. Ik dacht opeens aan Moeder, die me een standje had gegeven toen ik tweeëntwintig was omdat ik te weinig praatte als we op visite gingen. Ik moest bij de dames informeren naar de gezondheid van hun kinderen, of naar de aangename oorden die ze hadden bezocht, of naar hun schilder- of naaiwerk. Ik kon bijvoorbeeld de snit van een japon bewonderen...

Ik keek naar Susan Pillings modderbruine jurk, en vroeg toen wat ze vond van de kleding die ze moest dragen. Wat was het voor stof – was het serge, of halflinnen? Daarop stapte miss Ridley naar voren, pakte de rok vast en lichtte hem een eindje op. De japon was van halflinnen, zei ze. De kousen – blauw met een rood streepje, en erg grof – waren van wol. Er was één onderrok van flanel, en één van serge. De schoenen waren degelijke exemplaren, zag ik; die maakten de mannen, vertelde ze, in de gevangeniswerkplaats.

De vrouw stond stijf als een etalagepop terwijl de bewaarster deze kledingstukken opsomde, en ik voelde me verplicht te bukken en in een plooi van haar jurk te knijpen. De stof rook – wel, zoals halflinnen nu eenmaal ruikt wanneer het de hele dag wordt gedragen, in zo'n omgeving, door een transpirerende vrouw; mijn volgende vraag was dus hoe vaak de jurken werden verwisseld. Ze worden eens per maand verwisseld, vertelden de bewaarsters. De onderrokken, hemden en kousen eens in de veertien dagen.

'En hoe vaak mogen jullie in bad?' vroeg ik aan de gevangene zelf.

'Zo vaak als we willen, mevrouw, maar niet meer dan twee keer per maand.'

Ik zag toen dat haar handen, die ze voor zich hield, overdekt waren met littekens, en ik vroeg me af hoe vaak ze gewend was in bad te gaan voordat ze naar Millbank werd gestuurd.

Ik vroeg me ook af waarover we in hemelsnaam zouden moeten praten als ik met haar in een cel werd gezet en alleen gelaten. Wat ik echter zei, was: 'Misschien kom ik je nog weleens bezoeken, dan kun je me wat meer vertellen over de manier waarop je hier je dagen doorbrengt. Zou je dat prettig vinden?'

Dat zou ze erg prettig vinden, zei ze prompt. En ging ik ook verhalen vertellen, uit de Schrift?

Miss Ridley legde me toen uit dat er nog een bezoekster is, die 's woensdags komt en de vrouwen voorleest uit de bijbel, en later vragen stelt over de tekst. Neen, zei ik tegen Pilling, ik ging hun niet voorlezen, maar alleen naar hen luisteren en misschien hún verhalen aanhoren. Ze keek me aan en zei niets. Miss Manning stapte naar voren, stuurde haar de cel weer in en deed het hek op slot.

Toen we die afdeling verlieten, klommen we via een andere wenteltrap naar de volgende verdieping, naar Afdeling D en E. Hier zitten de vrouwen uit de strafklasse, de lastige of onverbeterlijke vrouwen, die zich in Millbank hebben misdragen of zijn doorgestuurd of teruggestuurd vanuit andere inrichtingen, omdat ze zich daar hebben misdragen. Op deze afdelingen zijn alle deuren vergrendeld; de gangen zijn zodoende een stuk donkerder dan beneden, en het riekt er sterker. De bewaarster op deze verdieping is een gezette vrouw met zware wenkbrauwen die – hoe is het mogelijk! – mrs Pretty heet. Ze liep voor miss Ridley en mij uit, en met een soort lusteloos genoegen, als de curator van een wassenbeeldenmuseum, stond ze even stil voor de celdeuren van de ergste of interessantste gevallen om me over hun misdrijven te vertellen, zoals: 'Jane Hoy, mevrouw: kindermoordenares. Een vals loeder.

Phoebe Jacobs: dievegge. Heeft haar cel in brand gestoken.

Deborah Griffiths: zakkenrolster. Zit hier omdat ze de aalmoezenier heeft bespuwd.

Jane Samsom: zelfmoordenares...'

'Zelfmoordenares?' zei ik. Mrs Pretty knipperde met haar ogen. 'Heeft laudanum ingenomen,' zei ze. 'Wel zeven keer, en de laatste keer is ze gered door een politieagent. Ze hebben haar hierheen gestuurd wegens verstoring van de openbare orde.'

Ik hoorde het aan en stond naar de gesloten deur te staren, zonder iets te zeggen. Na een moment zei de bewaarster vertrouwelijk, met haar hoofd schuin: 'U denkt bij uzelf, hoe weten we dat ze nu niet bezig is de hand aan zichzelf te slaan?' – maar dat dacht ik natuurlijk helemaal niet. 'Kijk hier eens,' ging ze verder. Ze liet me zien dat er naast ieder hek een verticaal ijzeren klepje zit dat op elk gewenst moment door de bewaarster kan worden geopend, zodat de gevangene zichtbaar wordt: ze noemen dit de 'inspectie'; de vrouwen noemen het *het oog*. Ik boog voorover om het te bekijken en kwam wat dichterbij; toen mrs Pretty dat zag, hield ze me echter tegen en zei dat ik mijn gezicht er niet tegenaan mocht houden. De vrouwen waren zo gewiekst, zei ze, en in het verleden was er weleens een bewaarster blind gemaakt. 'Een van de meisjes had haar lepel zo bewerkt dat het hout vlijmscherp was, en...' Ik knipperde met mijn ogen en deed haastig een stap achteruit. Doch toen glimlachte ze en duwde de ijzeren klep zachtjes open. 'Ik denk niet dat Samsom ú kwaad zal doen,' zei ze. 'U mag wel heel even kijken, als u voorzichtig bent...'

Dit vertrek had een venster met ijzeren dwarslatten ervoor en was dus donkerder dan de cellen beneden, en in plaats van een hangmat was er een hard houten bed. Op dat bed zat de vrouw, Jane Samsom, met een platte mand op schoot die beladen was met kokosvezels, waar ze met haar vingers aan trok. Ze had misschien een kwart van de bundel ontward, en naast het bed stond nog een andere, grotere mand met hetzelfde goedje, om later aan te werken. Er drong een beetje zon naar binnen door de tralies voor het raam. De stralen waren zo verzadigd van bruine vezels en rondwervelende stofdeeltjes dat ze wel een sprookjesfiguur had kunnen zijn, vond ik – een vernederde prinses, die de een of andere onmogelijke taak moest verrichten op de bodem van een vijver.

Ze keek één keer op terwijl ik haar gadesloeg, knipperde met haar ogen en wreef erin om het prikkelende vezelstof te verwijderen; toen liet ik de inspectie dichtvallen en liep weg. Ik was me toch gaan afvragen of ze geen poging zou doen me te wenken, of iets te roepen.

Daarna verliet ik samen met miss Ridley die afdeling, en we klommen naar de tweede en hoogste verdieping en spraken met de bewaarster daar. Het bleek een ernstige vrouw te zijn met donkere ogen en een vriendelijk gezicht, mrs Jelf geheten. 'Komt u naar mijn arme pupillen kijken?' zei ze tegen mij, toen miss Ridley me bij haar bracht. De gevangenen op haar afdeling zijn hoofdzakelijk vrouwen van de Tweede Klasse, Eerste Klasse en Sterklasse, zoals het daar heet: hun deur mag open blijven staan onder het werken, net als op Afdeling A en B, maar hun werk is gemakkelijker: ze breien kousen of naaien hemden, en ze mogen scharen en naalden en spelden hebben – dat geldt daar als een blijk van groot vertrouwen. Toen ik hun cellen zag, scheen de ochtendzon erin, zodat ze erg licht en bijna fleurig waren. De bewoonsters stonden op en maakten een revérence toen we voorbij kwamen, en weer kreeg ik de indruk dat ze me heel openlijk opnamen. Ten slotte besefte ik dat, zoals ik op de details van hun haar en jurk en muts lette, zij naar de bijzonderheden van mijn kleding en kapsel keken. Ik veronderstel dat zelfs een japon in rouwkleuren een nieuwigheid is, in Millbank.

Veel gevangenen op deze afdeling zijn de langgestraften over wie miss Haxby zich zo gunstig had uitgelaten. Mrs Jelf prees hen nu ook en zei dat het de rustigste vrouwen in de gevangenis waren. De meesten, zei ze, zouden voor het einde van hun straftijd worden overgeplaatst naar de gevangenis in Fulham, waar het regime een beetje minder streng was. 'Ze zijn zo mak als lammetjes, nietwaar, miss Ridley?'

Miss Ridley beaamde dat het niet zulk uitschot was als sommige vrouwen op Afdeling C en D.

'Zeker niet. We hebben er hier een – ze heeft haar echtgenoot omgebracht, die haar mishandelde – een keurige vrouw, zoals je ze maar weinig tegenkomt.' De bewaarster knikte in de richting van een cel, waar een gevangene met een schraal gezicht geduldig zat te peuteren aan een in de war geraakte kluwen garen. 'We hebben hier zelfs dames gehad,' vervolgde ze. 'Dámes, juffrouw, net als uzelf.'

Ik glimlachte toen ze dat zei en we liepen door. Toen kwam er uit de opening van een cel een eindje verderop een schrille kreet: 'Miss Ridley? O, is miss Ridley daar?' Bij het hek stond een vrouw, haar gezicht tegen de tralies gedrukt. 'O, miss Ridley, hebt u al een goed woordje voor me gedaan bij miss Haxby?'

We kwamen dichterbij, en miss Ridley stapte naar het hek en sloeg ertegen met haar sleutelbos, zodat het ijzer rammelde en de gevangene terugweek. 'Wil je weleens stil zijn?' zei de bewaarster. 'Denk je dat ik niet genoeg te doen heb, denk je dat miss Haxby niet genoeg te doen heeft, dat ik jouw praatjes aan haar moet overbrengen?'

'Neen, neen,' zei de vrouw, die heel snel sprak en struikelde over haar woorden, 'maar u had gezegd dat u het zou doen. En toen miss Haxby vanmorgen kwam, werd ze de helft van de tijd in beslag genomen door Jarvis en wilde ze niet met mij praten. En mijn broer heeft zijn getuigenis afgelegd voor de rechtbank, en hij wil de toezegging van miss Haxby...'

Weer sloeg miss Ridley tegen het hek en weer deinsde de gevangene terug. Mrs Jelf prevelde tegen mij: 'Dit is een vrouw die elke bewaarster die langs haar cel komt lastigvalt. Ze hoopt op vervroegde vrijlating, de stakker, maar ik denk dat ze hier nog wel wat jaartjes zal zitten. Kom Sykes, laat miss Ridley met rust. Ik zou een klein eindje doorlopen als ik u was, miss Prior, anders probeert ze u nog voor haar karretje te spannen. Zo Sykes, ga je nu weer braaf aan je werk?'

Sykes hield echter niet op haar zaak te bepleiten, en miss Ridley gaf haar een uitbrander terwijl mrs Jelf hoofdschuddend toekeek. Ik liep verder de afdeling op. De schrille smeekbeden van de vrouw en de boze woorden van de bewaarster kregen door de akoestiek van het gebouw een scherpe, vreemde klank; iedere gevangene die ik passeerde, zat met opgeheven hoofd te luisteren, maar wanneer ze mij achter hun hek ontwaarden, sloegen ze hun blik neer en hervatten hun naaiwerk. Hun ogen, vond ik, waren vreselijk dof. Hun gezicht was bleek, en hun hals, hun polsen en vingers waren zeer slank. Ik dacht aan de opmerking van mr Shillitoe dat het hart van een gevangene zwak en ontvankelijk was, en in een fijnere vorm moest worden gegoten. Bij die gedachte werd ik me weer bewust van het kloppen van mijn eigen hart. Ik stelde me voor hoe het zou zijn als dat hart me werd ontrukt, en als er in de glibberige holte die dan in mijn borst zou achterblijven zo'n grof orgaan van een van die vrouwen werd geduwd...

Ik bracht mijn hand naar mijn keel en voelde, voor mijn bonzende hart, mijn medaillon, en toen vertraagde ik mijn pas een beetje. Ik liep door tot ik bij de boog kwam waar de afdeling een hoek maakte, en ging nog een klein eindje verder – net ver genoeg om uit het zicht van de bewaarsters te zijn, zonder echt de tweede gang in te lopen. Hier leunde ik met mijn rug tegen de witgekalkte gevangenismuur en wachtte.

En hier gebeurde, na een moment, iets eigenaardigs.

Ik stond dicht bij de ingang van de eerste van de volgende rij cellen; naast mijn schouder bevond zich het inspectieluikje of 'oog', en daarboven hing het emaillen plaatje waarop de bijzonderheden van het vonnis van de bewoonster staan vermeld. Ik wist trouwens alleen hierdoor dat de cel bezet was, want er scheen een wonderbaarlijke stilte uit vandaan te komen – een rust die dieper leek dan heel het rusteloze zwijgen in de gevangenis rondom. Net toen ik me daarover begon te verbazen, werd de stilte echter verbroken. Verbroken door een zucht, een enkele zucht – een volmaakte zucht, vond ik, als een zucht in een verhaal; en omdat de zucht zo goed aansloot bij mijn eigen stemming, bleek hij op mij, in die omgeving, een nogal vreemde uitwerking te hebben. Ik vergat miss Ridley en mrs Jelf, die elk moment konden komen om de rondleiding voort te zetten. Ik vergat het verhaal van de onvoorzichtige bewaarster en de vlijmscherpe lepel. Ik bracht eerst mijn vingers naar het inspectieluikje, en daarna mijn ogen. En toen staarde ik naar het meisje in de cel daarachter – ik geloof dat ik mijn adem inhield uit angst haar aan het schrikken te maken, zo stil zat ze.

Ze zat op haar houten stoel, maar haar hoofd hing achterover en haar ogen waren gesloten. Haar breiwerk lag onaangeroerd op haar schoot, en haar handen raakten elkaar en waren lichtjes gevouwen; het gele glas van het venster lichtte op in de zon, en ze had haar gezicht zo gedraaid dat ze de warmte kon opvangen. Op de mouw van haar modderkleurige japon was het embleem van haar gevangenisklasse bevestigd, een ster – een vilten ster, scheef geknipt, slordig opgenaaid, maar scherp uitkomend in het zonlicht. Het haar dat aan de randen van haar muts zichtbaar was, was blond; haar wangen waren bleek, en tegen die bleekheid stak de vloeiende lijn van voorhoofd, lippen en wimpers helder af. Ze leek op een heilige of een engel die ik op een schilderij van Crivelli had gezien.

Ik sloeg haar misschien een minuut lang gade, en al die tijd hield ze haar ogen helemaal gesloten, haar hoofd volmaakt stil. Haar roerloze houding leek iets devoots te hebben, zodat ik op het laatst dacht: Ze is aan het bidden!, en plotseling beschaamd mijn ogen wilde afwenden. Maar toen bewoog ze. Haar handen gingen open, ze bracht ze naar haar wang, en ik ving een zweem van kleur op tegen de roze achtergrond van haar handpalmen, die ruw waren van het werken. Ze hield een bloem tussen haar vingers, een viooltje, met een slap neerhangende steel. Terwijl ik toekeek, legde ze de bloem tegen haar lippen en blies erop, en de paarse bloemblaadjes trilden en schenen licht uit te stralen...

Toen ze dat deed, werd ik me ervan bewust hoe dof de wereld was die haar omringde – de gangen, de vrouwen in hun cellen, de bewaarsters, zelfs mijn persoontje. Wij hadden allemaal geschilderd kunnen zijn in dezelfde armzalige waterverftinten, en hier was één kleurige vlek die per abuis op het doek scheen te zijn gekomen.

Ik vroeg me toen nog niet af hoe een viooltje, in dat kale, onherbergzame oord, zijn weg had weten te vinden naar die bleke handen. Ik dacht alleen, plotseling en vol afschuw: Wat kan zij voor misdrijf hebben begaan? Toen herinnerde ik me het emaillen plaatje dat naast mijn hoofd hing te schommelen. Ik liet de inspectie geluidloos dichtvallen en deed een stap opzij om het te lezen.

Onder haar gevangenisnummer en haar klasse stond haar delict: *Oplichting & Mishandeling*. De datum van haar aankomst was elf maanden geleden. De datum van haar vrijlating lag nog vier jaar in de toekomst.

Vier jaar! Vier jaar in Millbank – waar de tijd, denk ik, verschrikkelijk traag voorbij moet gaan. Ik wilde naar het hek van haar cel lopen, haar bij me roepen en haar levensverhaal aanhoren, en ik zou dat ook gedaan hebben als niet op dat moment, verder terug in de eerste gang, het geluid had geklonken van miss Ridleys stem en daarna het knerpen van haar schoenen op de koude, met zand bestrooide plavuizen. En dat deed me aarzelen. Ik dacht: Wat zou er gebeuren als de bewaarsters ook naar het meisje keken, en die bloem bij haar aantroffen? Ik was ervan overtuigd dat ze hem zouden afpakken, en ik wist dat het me zou spijten als ze dat deden. Ik ging dus ergens staan waar ze me konden zien, en toen ze kwamen zei ik – het was tenslotte de waarheid – dat ik moe was en alles had gezien wat ik tijdens mijn eerste bezoek wilde zien. Miss Ridley zei alleen: 'Zoals u wenst, mevrouw.' Ze draaide zich abrupt om en bracht me terug naar het begin van de gang, en toen het hek achter me gesloten werd, keek ik nog eenmaal over mijn schouder naar de bocht in de afdeling en kreeg een eigenaardig gevoel – half voldoening, half diepe spijt. En ik dacht: Enfin, ze is er nog als ik de volgende week terugkom, het arme schepsel!

De bewaarster ging me voor naar de wenteltrap, en we begonnen voorzichtig omlaag te cirkelen naar de lagere, somberder afdelingen – ik voelde me als Dante die met Vergilius afdaalt in de hel. Ik werd eerst aan miss Manning overgedragen en daarna aan een cipier, en teruggebracht via Vijfhoek Twee en Een; ik liet een boodschap achter voor mr Shillitoe, en werd door de binnenpoort naar de wigvormige strook grind gebracht. Onder het lopen leken de muren van de vijfhoeken nu uiteen te wijken, maar niet van harte. De zon, die meer kracht had gekregen, maakte de beurse schaduwen zeer dicht.

We liepen, de cipier en ik, en ik staarde weer naar het naargeestige gevangenisterrein, met de kale zwarte aarde en de plukken zegge. 'Worden hier geen bloemen gekweekt, cipier?' vroeg ik. 'Geen margrieten, geen... viooltjes?'

Geen margrieten, geen viooltjes, antwoordde hij; nog geen paardebloem. Ze wilden niet groeien in deze bodem, zei hij. Millbank ligt te dicht bij de Theems, het is 'zo goed als moerasland'.

Ik zei dat ik zoiets al had vermoed, en dacht weer aan die bloem. Ik vroeg me af of er tussen de bakstenen waaruit de muren van de vrouwengevangenis zijn opgetrokken misschien spleten zaten, waar een dergelijke plant met zijn wortels doorheen zou kunnen dringen. Ik weet het niet.

En uiteindelijk dacht ik er ook niet lang over na. De cipier bracht me naar de buitenpoort, en daar vond de portier een huurrijtuig voor me; en nu de gangen en sloten en schaduwen en luchtjes van het gevangenisleven achter me lagen, was het onmogelijk om niet doordrongen te zijn van mijn eigen vrijheid en er dankbaar voor te zijn. Ik bedacht dat ik er toch goed aan had gedaan naar Millbank te gaan, en ik was blij dat mr Shillitoe niets wist van mijn geschiedenis. Ik dacht: Dat hij niets weet, en dat de vrouwen niets weten, houdt die geschiedenis op haar plaats. Ik stelde me voor hoe ze mijn verleden dichtbonden, met een riem en een gesp...

Ik heb vanavond met Helen gepraat. Mijn broer had haar meegebracht, met een stel van hun vrienden. Ze waren op weg naar de schouwburg en waren schitterend gekleed – Helen viel uit de toon, net als wij, in haar grijze japon. Ik ging naar beneden toen ze kwamen, maar ben niet lang gebleven: de menigte stemmen en gezichten boezemde me afkeer in, na de kilte en de stilte van Millbank en mijn eigen kamer. Doch Helen nam me apart en we praatten een tijdje over mijn bezoek. Ik vertelde haar over de eentonige gangen, en hoe nerveus ik was geworden toen ik er doorheen liep. Ik vroeg haar of ze zich de roman van Le Fanu nog herinnerde, over de miljonairsdochter die ten onrechte krankzinnig wordt verklaard. Ik zei: 'Even dacht ik, stel dat Moeder in het complot zit met mr Shillitoe, en dat hij me heeft misleid en voornemens is me daar te houden.' Ze moest erom lachen, maar keek om zich heen of Moeder me niet kon horen. Toen vertelde ik haar het een en ander over de vrouwen in de cellen. Ze waren zeker wel angstaanjagend, zei ze. Ik zei dat ze helemaal niet angstaanjagend waren, maar alleen zwak. 'Dat vertelde mr Shillitoe me. Hij zei dat ik hen moet vormen. Dat is mijn taak. Ze moeten in moreel opzicht een voorbeeld aan me nemen.'

Ze bekeek haar handen terwijl ik sprak, draaide aan haar ringen. Ze zei dat ik heel dapper was. Ze zei dat ze ervan overtuigd is dat dit werk mijn gedachten zal afleiden van 'al mijn oude zeer'.

Toen riep Moeder: Waarom waren we zo ernstig, en zo stil? Vanmiddag had ze mijn beschrijving van de gevangenis huiverend aangehoord, en gezegd dat ik niet in details mocht treden als we bezoek hadden. Nu zei ze: 'Je moet je door Margaret geen gevangenisverhalen laten vertellen, Helen. En kijk, je echtgenoot staat al te wachten. Je zult nog te laat in de schouwburg komen.' Helen liep meteen naar

Stephen toe, en hij pakte haar hand en drukte er een kus op. Ik sloeg hen gade; daarna glipte ik weg en ging naar mijn kamer. Ik dacht: Als ik niet over mijn bezoek mag praten, dan kan ik er in elk geval over schrijven, in mijn eigen dagboek...

Nu heb ik twintig pagina's volgeschreven, en wanneer ik ze overlees, zie ik dat mijn weg door Millbank toch niet zo kronkelig was als ik dacht – in elk geval rechter dan mijn eigen verwrongen gedachten, waarmee ik mijn hele vorige dagboek heb gevuld. Zo zal dit tenminste nooit worden.

Het is half een. Ik hoor de dienstboden op de zoldertrap, de kokkin die met veel lawaai de grendels dichtschuift – dat geluid zal voor mij nooit meer hetzelfde zijn, denk ik, na vandaag!

Daar is Boyd, ze sluit haar deur en loopt langs het venster om het gordijn dicht te trekken: ik kan haar bewegingen volgen alsof mijn plafond van glas is. Nu knoopt ze haar veters los en laat haar schoenen met een plof op de grond vallen. Nu komt het piepen van haar matras.

Daar is de Theems, zwart als stroop. Daar zijn de lichten van de Albertbrug, de bomen van Battersea, de sterreloze hemel...

Moeder kwam me een halfuur geleden mijn drankje brengen. Ik zei dat ik graag nog een beetje op wilde blijven, dat ik het prettig zou vinden als ze de fles bij me achterliet zodat ik het later kon innemen – maar neen, dat wilde ze niet. Ik ben 'nog niet voldoende hersteld', zei ze. Niet 'daarvoor'. Nog niet.

En dus liet ik haar de druppels in het glas schenken, en slikte het mengsel door terwijl zij toekeek en knikte. Nu ben ik te moe om te schrijven – maar te ongedurig, denk ik, om al dadelijk te kunnen slapen.

Miss Ridley had namelijk gelijk vandaag. Als ik mijn ogen sluit, zie ik alleen de kille witte gangen van Millbank, en de openingen van de cellen. Ik vraag me af hoe de vrouwen daar liggen. Ik denk aan hen: Susan Pilling en Sykes, en miss Haxby in haar stille toren; en het meisje met het viooltje, dat zo'n fijn gezichtje had.

Ik vraag me af hoe ze heet.

2 SEPTEMBER 1872

Selina Dawes
Selina Ann Dawes
Miss S. A. Dawes

Miss S. A. Dawes, trance-medium

Miss Selina Dawes, befaamd trance-medium,
houdt dagelijks seances

Miss Dawes, trance-medium,
houdt dagelijks donkere seances – Vincy's Spiritistisch Hotel
Lamb's Conduit Street, Londen WC.
Besloten & Prettig Gelegen.

DE DOOD IS STOM, ALS HET LEVEN DOOF IS

& er staat dat ze het voor een shilling extra heel vet zetten & in een zwart kadertje plaatsen

30 SEPTEMBER 1874

Moeder heeft haar verbod op het vertellen van gevangenisverhalen toch niet lang kunnen handhaven deze week, want iedereen die bij ons op bezoek kwam, was nieuwsgierig naar mijn beschrijvingen van Millbank en degenen die er opgesloten zitten. Wat men echter het liefst wil horen, zijn afschrikwekkende details waarbij men kan huiveren, en ofschoon mijn herinneringen aan de gevangenis nog zeer levendig zijn, zijn dat nu juist niet de dingen die me zijn bijgebleven. Wat mij eerder heeft getroffen, is hoe gewóón het allemaal is; het feit alleen al dat het daar staat, nog geen drie kilometer hiervandaan, vanuit Chelsea gemakkelijk per huurrijtuig te bereiken – dat grote, sinistere, onwezenlijke gebouw, met zijn vijftienhonderd mannen en vrouwen, die allen achter slot en grendel zitten en stil en onderdanig moeten zijn. Ik merk dat de herinneringen aan hen vanzelf bovenkomen, midden tijdens een eenvoudige handeling: wanneer ik thee drink, omdat ik dorst heb; wanneer ik een boek pak, omdat ik me verveel, of een omslagdoek, omdat ik het koud krijg; wanneer ik een paar versregels opzeg, louter en alleen om te genieten van de klank van de woorden. Ik doe deze dingen, die ik al duizendmaal eerder heb gedaan, en herinner me de gevangenen, die niets van dit alles mogen doen.

Ik vraag me af hoevelen van hen 's nachts in hun koude cel liggen te dromen van porseleinen kopjes, en van boeken en gedichten. Ik heb deze week meer dan eens van Millbank gedroomd. Ik droomde dat ik een van de gevangenen was, dat ik mijn mes en vork en bijbel netjes in het gelid legde, in mijn eigen cel.

Doch dat zijn niet de details waar men naar vraagt, en ofschoon men wel begrijpt dat ik er eens heen wilde, bij wijze van verstrooiing, wekt de gedachte dat ik nog een tweede keer zal gaan, en zelfs een derde en vierde, grote verbazing. Alleen Helen neemt me serieus. 'O!' roepen alle anderen, 'maar je gaat je toch niet werkelijk over die vrouwen ontfermen? Het zijn natuurlijk dievegges, of... nog erger!'

Ze kijken naar mij, en dan naar Moeder. Hoe kan zij het verdragen, zeggen ze, om mij daarheen te laten gaan? En dan zegt Moeder natuurlijk: 'Margaret doet gewoon waar ze zin in heeft, dat heeft ze altijd al gedaan. Ik heb haar gezegd dat er thuis ook werk voor haar is, als ze iets om handen wil hebben. Bijvoorbeeld de brieven van haar vader heel mooie brieven – die verzameld en geordend moeten worden...'

Ik heb gezegd dat ik zeker van plan ben aan de brieven te gaan werken, te zijner tijd, maar dat ik nu eerst graag dit andere wil proberen, en in elk geval eens wil kijken of het me ligt. Ik zei dit tegen een vriendin van Moeder, mrs Wallace, en zij keek me een beetje peinzend aan; ik vraag me af hoeveel ze weet of vermoedt over mijn ziekte en de oorzaken ervan, want ze antwoordde: 'Ach, er is geen beter middel tegen een mistroostige stemming dan liefdadigheidswerk – dat heb ik een arts eens horen zeggen. Maar een gevangenis – o! alleen de lucht al! Dat gebouw moet een broeinest zijn van alle mogelijke ziekten en kwalen!'

Ik dacht weer aan de eentonige witte gangen en de kale, kale cellen. Integendeel, zei ik, de afdelingen waren heel schoon en netjes, en daarop zei mijn zuster: Als ze zo schoon en netjes waren, waarom had ik dan zo'n medelijden met de vrouwen die er zaten? Mrs Wallace glimlachte. Ze is altijd erg gesteld geweest op Priscilla, ze vindt haar nog mooier dan Helen. Ze zei: 'Misschien wil jij ook wel bezoekster worden, lieve, als je eenmaal met mr Barclay bent getrouwd. Zijn er gevangenissen in Warwickshire? Stel je toch voor, jouw lieve gezichtje tussen al die boeventronies – het zou een studie waard zijn! Er is een epigram dat daar op slaat, wat was het ook weer? Margaret, jij weet het vast wel: die dichtregels over vrouwen en hemel en hel.'

Ze bedoelde:

Want mannen verschillen op zijn hoogst als hemel en aarde,
Doch vrouwen, de slechtsten en de besten, als hemel en hel

en toen ik de regels citeerde, riep ze: Zie je wel! wat was ik toch knap! Als zij alle boeken had moeten lezen die ik gelezen had, zou ze op zijn minst duizend jaar oud moeten zijn.

Moeder zei dat het zeker waar was, wat Tennyson over vrouwen zei...

Dat was vanmorgen, toen mrs Wallace bij ons kwam ontbijten. Daarna ging Pris met haar en Moeder mee om voor de eerste keer te poseren voor haar portret. Het wordt gemaakt in opdracht van mr Barclay, hij wil dat er een schilderij van haar in de salon van Marishes hangt wanneer ze daar aankomen na de huwelijksreis. Hij heeft een kunstenaar gevonden die een studio in Kensington heeft. Moeder vroeg of ik zin had om mee te gaan, en Pris zei dat als er iemand was die graag naar schilderijen keek, ik het was. Ze zei het met haar gezicht voor de spiegel, terwijl ze een gehandschoende vingertop over haar wenkbrauw liet glijden. Ze had de wenkbrauw een beetje donkerder gemaakt met potlood, ter wille van het portret, en ze droeg een lichtblauwe japon onder haar donkere mantel. Moeder zei dat ze net zo goed blauw kon dragen als grijs, want niemand zou het zien behalve de schilder, mr Cornwallis.

Ik ging niet met hen mee. Ik ging naar Millbank, om voor het eerst echt een bezoek te brengen aan de vrouwen in hun cellen.

Het was niet zo beangstigend als ik had gedacht om alleen te worden binnengelaten in de vrouwengevangenis: ik denk dat ik de muren in mijn dromen hoger en grimmiger had gemaakt, de gangen nauwer dan ze in werkelijkheid zijn. Mr Shillitoe raadt me aan om wekelijks te gaan, maar laat de keuze van de dag en het uur aan mij over: hij zegt dat ik het leven van de vrouwen beter zal begrijpen als ik alle plaatsen ken waar ze komen en de regels waaraan ze zich moeten houden. Omdat ik de vorige week heel vroeg was gegaan, ging ik vandaag later. Ik kwam om kwart voor een bij de poort aan en werd overgedragen, net als eerst, aan de norse miss Ridley. Ze was juist op weg naar de keuken, om toezicht te houden op het uitdelen van de gevangenismaaltijden, en ik liep daarom met haar mee totdat dit voltooid zou zijn.

Het was een indrukwekkend schouwspel. Bij mijn aankomst had ik de gevangenisbel horen luiden: als de bewaarsters van de verschillende afdelingen dat horen, moeten ze ieder vier vrouwen uit hun cel halen en met hen naar de gevangeniskeuken lopen. Ze hadden zich al verzameld bij de keukendeur toen wij er aankwamen: miss Manning, mrs Pretty, mrs Jelf en twaalf bleke gevangenen, de laatsten met neergeslagen ogen en hun handen voor hun lichaam. Het vrouwengebouw beschikt niet over een eigen keuken, maar betrekt de maaltijden uit de mannengevangenis. Daar de mannen- en vrouwenafdelingen strikt gescheiden worden gehouden, moeten de vrouwen muisstil wachten totdat de mannen hun soep hebben gehaald en de keuken leeg is. Miss Ridley legde me dit uit 'Ze mogen de mannen niet zien,' zei ze. 'Dat is tegen de regels.' Terwijl ze sprak, klonk achter de vergrendelde keukendeur het geschuifel van zwaar geschoeide voeten en enig gemompel – en ik kreeg plotseling een visioen van de mannen als aardmannetjes, met een snuit en een staart en snorharen...

Toen werden de geluiden zwakker, en miss Rodley tilde haar sleutelbos op om ermee op de houten deur te kloppen: 'Alles veilig, mr Lawrence?' Het antwoord kwam – 'Alles veilig!' – en de deur werd geopend, waarna de gevangenen in een rijtje naar binnen liepen. De cipier annex kok stond met zijn armen over elkaar naar de vrouwen te kijken en op zijn wang te zuigen.

De keuken leek immens groot, en vreselijk warm na de kille, donkere gang. De lucht was benauwd, de geuren die er hingen niet aangenaam; er ligt zand op de vloer, en dat was donker en samengeklonterd door gemorste vloeistof. In het midden van de ruimte stonden naast elkaar drie brede tafels, en daarop waren de bussen met soep en vlees en de schalen met brood voor de vrouwen neergezet. Miss Ridley dirigeerde de gevangenen twee aan twee naar voren, elk van de twee greep de bus of de schaal voor haar afdeling en liep er wankelend mee weg. Ik ging terug met de vrouwen van miss Manning. De bewoonsters van de cellen op de begane grond stonden allemaal al klaar bij het hek van hun cel, met hun blikken kroes en hun houten bord, en terwijl de soep werd opgeschept riep de bewaarster een gebed – '*God-zegen-onze-spijs-en-maak-ons-deze-waardig!*' of iets onbehouwens in die trant; ik kreeg de indruk dat de vrouwen haar volstrekt negeerden. Ze stonden er zwijgend bij en drukten hun gezicht tegen het hek, in afwachting van het moment waarop zij aan de beurt waren. Als het eten kwam, draaiden ze zich om en brachten het naar hun tafel, waarna ze er zorgvuldig zout op strooiden uit het busje op hun plank.

Ze kregen vleessoep met aardappelen, en een brood van honderdzeventig gram – allemaal om van te gruwen: de broden grof en bruin en hard als kleine bakstenen, de aardappelen in de schil gekookt en vol zwarte plekken. De soep was troebel, en bovenop dreef een laagje vet dat stolde en wit werd naarmate de bussen afkoelden. Het schapenvlees was licht van kleur, en zo zenig dat de vrouwen er met hun botte mes nauwelijks doorheen kwamen: ik zag veel gevangenen het vlees met hun tanden aan stukken scheuren, als heuse wilden.

Ze namen het eten echter maar wat graag aan; sommigen schenen alleen nogal treurig naar de soep te staren wanneer die werd opgeschept, terwijl anderen het vlees betastten alsof ze het niet vertrouwden. 'Heb je geen trek in je eten?' vroeg ik aan een vrouw die ik dit zag doen met haar schapenvlees. Ze antwoordde dat ze er niet aan denken moest wie er in de mannengevangenis allemaal met hun handen aan hadden gezeten.

'Ze pakken de smerigste dingen beet,' zei ze, 'en roeren dan met hun vingers in onze soep, voor de lol...'

Nadat ze dit twee of drie keer had gezegd, wilde ze niet meer met me praten. Ik liet haar mompelend boven haar kroes achter, en voegde me bij de bewaarsters aan de ingang van de afdeling.

Ik praatte nog een tijdje met miss Ridley, over het gevangenismenu en de variaties die erin worden aangebracht – er is bijvoorbeeld altijd vis op vrijdag, in verband met het grote aantal rooms-katholieke gevangenen, en op zondag niervetpudding. Ik vroeg of er ook jodinnen waren, en miss Ridley antwoordde dat ze altijd wel een paar jodinnen hadden en dat die 'vreselijk moeilijk' deden over de bereiding van hun maaltijden. Ze was dat soort gedrag ook tegengekomen bij jodinnen in andere gevangenissen.

'Het blijkt echter,' zei ze tegen me, 'dat het na een tijdje wel gedaan is met die onzin. Op mijn afdeling in elk geval wel.'

Wanneer ik miss Ridley beschrijf voor mijn broer en Helen, glimlachen ze. Helen zei een keer: 'Je overdrijft, Margaret!', maar Stephen schudde zijn hoofd. Hij zei dat hij politiebewaarsters zoals miss Ridley voortdurend tegenkomt bij rechtszittingen. 'Het is een afschuwelijk slag vrouwen,' zei hij. 'Geboren tirannen zijn het, ze komen met ketting en al ter wereld en hun moeders geven ze ijzeren sleutels om op te sabbelen als ze tanden krijgen.'

Hij ontblootte zijn eigen tanden – die keurig recht zijn, net als die van Priscilla, terwijl de mijne nogal scheef staan. Helen keek hem aan en lachte.

Ik zei: 'Ik weet het nog zo net niet. Misschien is miss Ridley wel geen geboren tiran, maar moet ze hard werken om haar rol te perfectioneren. Misschien heeft ze wel een geheim plakboek, met knipsels uit de Newgate Calender. Zo'n album heeft ze vast en zeker. Ze heeft er een etiket op geplakt, *Beruchte gevangenistirannen*, en 's nachts in de kleine uurtjes haalt ze dat tevoorschijn en droomt erbij weg – zoals een domineesdochter bij een modeblad.' Dat maakte Helen nog harder aan het lachen, totdat de tranen in haar blauwe ogen stonden en haar wimpers heel donker waren.

Maar vandaag herinnerde ik me haar gelach, en ik bedacht hoe miss Ridley me zou aankijken als ze wist dat ik haar gebruikte om mijn schoonzusje aan het lachen te maken – de gedachte deed me huiveren. Want in Millbank is miss Ridley natuurlijk helemaal niet komisch.

Aan de andere kant vermoed ik dat de bewaarsters – zelfs zij, en zelfs miss Haxby – een ellendig leven hebben. Ze zijn bijna net zo hecht met de gevangenis verbonden alsof ze er zelf zaten opgesloten. Hun werktijden, verzekerde miss Manning me vandaag, zijn net zo lang als die van een keukenmeid; ze krijgen in de gevangenis een kamer waarin ze kunnen uitrusten, maar zijn na een hele dag surveilleren op de afdelingen vaak te uitgeput om in hun vrije tijd iets anders te doen dan op hun bed neervallen en slapen. Hun maaltijden worden in de gevangeniskeuken bereid, net als die van de vrouwen, en hun taken zijn zwaar. 'Vraag maar of u miss Cravens arm eens mag zien,' zei men tegen me. 'Een vrouw heeft haar verleden week in de gevangeniswasserij een opstopper gegeven, en nu is ze van haar schouder tot haar pols bont en blauw.' Doch miss Craven zelf, toen ik haar even later tegenkwam, leek me bijna net zo grof als de vrouwen die ze moet bewaken. Ze waren allemaal 'zo ruig als ratten', zei ze, en ze walgde van hun aanblik. Toen ik haar vroeg of het werk ooit zo zwaar zou worden dat ze een ander beroep zou moeten kiezen, keek ze verongelijkt. 'Ik zou weleens willen weten,' zei ze, 'waar ik nog geschikt voor ben, na elf jaar Millbank!' Neen, ze zal haar rondes blijven doen, denkt ze, tot ze er dood bij neervalt.

Alleen mrs Jelf, de bewaarster van de hoogste verdieping, maakt op mij een echt vriendelijke en min of meer zachtaardige indruk. Ze heeft een wasbleek, afgetobd gezicht, en ze zou net zo goed vijfentwintig als veertig kunnen zijn; maar ze had geen klachten over het gevangenisleven, zei ze, behalve dat de verhalen die ze op de afdeling moet aanhoren vaak erg tragisch zijn.

Ik ging naar haar verdieping aan het eind van het etensuur, net toen de bel klonk ten teken dat de vrouwen weer aan het werk moesten. Ik zei: 'Ik wil vandaag proberen een echte bezoekster te worden, mrs Jelf, en ik hoop dat u me daarbij wilt helpen, want ik ben nogal zenuwachtig.' Ik zou zoiets in Cheyne Walk nooit hebben opgebiecht.

Ze zei: 'Ik wil u met alle plezier raad geven, juffrouw,' en ze bracht me naar een gevangene die volgens haar zeker blij zou zijn met mijn bezoek. Het bleek een bejaarde vrouw te zijn – de oudste in heel de gevangenis zelfs – uit de Sterklasse, Ellen Power genaamd. Toen ik haar cel betrad, stond ze op en bood me haar stoel aan. Ik zei natuurlijk dat ze die zelf moest houden, maar ze wilde niet zitten in mijn bijzijn – uiteindelijk bleven we allebei staan. Mrs Jelf sloeg ons gade, verwijderde zich toen en knikte. 'Ik moet het hek op slot doen, juffrouw,' zei ze opgewekt. 'Als u weer verder wilt, moet u me even roepen.' Ze zei dat een bewaarster een roepende vrouw altijd kan horen, waar ze ook is op de afdeling. Toen draaide ze zich om, trok het hek achter zich dicht en sloot het af; ik stond te kijken en zag de sleutel draaien in het slot.

Op dat moment herinnerde ik me dat zij me onder haar hoede had gehad in mijn angstdromen over Millbank, de vorige week.

Toen ik naar Power keek, zag ik haar glimlachen. Ze heeft drie jaar in de gevangenis doorgebracht en komt over vier maanden vrij; ze is veroordeeld omdat ze een bordeel dreef. Toen ze me dat vertelde, maakte ze een driftige beweging met haar hoofd. 'Een bordeel, ach wat!' zei ze. 'Het was gewoon een ontvangkamer; er kwamen soms jongens en meisjes om elkaar te zoenen, dat is alles. Gunst, mijn eigen kleindochter liep er in en uit en hield de boel netjes, en er stonden altijd bloemen, verse bloemen in een vaas. Een bordeel! De jongens moeten toch ergens heen met hun liefje? Anders moeten ze haar op straat zoenen. En als ze mij een shilling gaven bij het weggaan, voor de gastvrijheid, en voor de bloemen – tja, is dát dan een misdaad?'

Het klonk allemaal erg onschuldig, zo geformuleerd, maar ik herinnerde me de waarschuwingen van de bewaarsters, en zei dat de rechtspraak iets was waarover ik natuurlijk geen mening kon hebben. Ze hief haar hand op, die bij de knokkels erg gezwollen was, zag ik. Ja, dat wist ze, antwoordde ze. Dat was 'een onderwerp voor mannen'.

Ik bleef een halfuur bij haar. Een- of tweemaal begon ze weer over de nuances van het bordeelwezen; ten slotte wist ik het gesprek echter een minder controversiële wending te geven. Ik herinnerde me de slonzige Susan Pilling, de gevangene met wie ik op de afdeling van miss Manning had gepraat. Wat, vroeg ik aan Power, vond zij van het regime in Millbank, en van de gevangeniskleding? Ze trok een nadenkend gezicht en schudde toen haar hoofd. 'Over het regime kan ik niet veel zeggen,' zei ze, 'want ik heb nooit in een andere gevangenis gezeten, maar ik veronderstel dat het streng genoeg is – dat mag u best opschrijven' (ik had mijn notitieboekje bij me), 'het kan me niet schelen wie dat leest. De kleding, dat zeg ik ronduit, is afschuwelijk.' Ze zei het vervelend te vinden dat ze nooit dezelfde jurk terugkrijgen wanneer ze die naar de gevangeniswasserij sturen – 'en sommige zitten vol vlekken als ze uit de was komen, maar we moeten ze dragen of anders kou lijden. En dan het flanellen ondergoed, dat is vreselijk ruw, en het kriebelt, en het is zo vaak gewassen dat het helemaal geen flanel meer lijkt, het is akelig dun goed, dat je niet warm houdt maar alleen kriebelt, zoals ik al zei. Op de schoenen heb ik niks aan te merken, maar dat we geen keurslijf dragen, als u me niet kwalijk neemt, dat is voor sommige jongere vrouwen een kwelling. Een oud mens als ik heeft er niet zo'n last van, maar de jonge meiden – ja, me dunkt dat die een keurslijf wel erg missen...'

In die trant ging ze door, en ze scheen het prettig te vinden om met me te praten; toch viel het praten haar ook moeilijk. Ze sprak haperend. Ze aarzelde soms, en likte vaak aan haar lippen of streek met haar hand langs haar mond, en soms hoestte ze. Eerst dacht ik dat ze dit deed om mij ter wille te zijn – want ik stond tegenover haar en maakte zo nu en dan een aantekening van het gesprek in mijn notitieboekje. Maar neen, de pauzes kwamen op zulke vreemde momenten, en ik dacht weer aan Susan Pilling, die ook had gestameld en gehoest en naar de gewoonste woorden had moeten zoeken, zodat ik had verondersteld dat ze een beetje simpel van geest was... Toen ik

Power ten slotte vaarwel zei en naar het hek liep, en toen zij weer struikelde over de een of andere alledaagse afscheidsgroet, legde ze haar gezwollen hand tegen haar wang en schudde haar hoofd.

'U zult me wel een dwaas oud mens vinden,' zei ze. 'U zult wel denken dat ik amper mijn eigen naam kan uitspreken! En dat terwijl mijn man mijn tong altijd verwenste – volgens hem was die sneller dan een windhond die een haas op het spoor is. Wat zou hij lachen als hij me nu zag, denkt u ook niet? Al die uren, en geen levende ziel om tegen te praten. Soms lijkt het wel of je tong verschrompeld is of finaal uit je mond is gevallen. Soms ben je echt bang dat je je eigen naam nog eens zult vergeten.'

Ze glimlachte, maar haar ogen waren gaan glanzen en stonden doodongelukkig. Na een korte aarzeling zei ik dat ze mij wel dwaas zou vinden, omdat ik niet had begrepen dat de stilte en de eenzaamheid zo moeilijk te dragen waren. 'Wanneer je zo bent als ik,' zei ik, 'lijkt het of je niets anders om je heen hoort dan gekeuvel. Je bent blij als je naar je eigen kamer kunt gaan en niets hoeft te zeggen.'

Ze zei dadelijk dat ik vaker bij hen moest komen, als ik niets wilde zeggen! Ik beloofde dat ik zeker nog eens bij haar zou komen, als ze dat wilde, en dat ze dan zo lang tegen me mocht praten als het haar beliefde. Ze glimlachte weer, en nam nogmaals afscheid van me. 'Ik zal naar uw komst uitkijken,' zei ze toen mrs Jelf het hek ontsloot. 'Laat het gauw zijn!'

Daarna bezocht ik een andere gevangene, en weer koos de bewaarster haar voor me uit. 'Dit meisje is een triest geval,' zei ze op gedempte toon, 'en ik ben bang dat het leven in de gevangenis haar erg hard valt.' Het meisje was inderdaad triest, en beefde toen ik in haar cel kwam. Ze heet Mary Ann Cook en is tot zeven jaar veroordeeld wegens moord op haar baby. Ze is nog geen twintig, is op haar zestiende in Millbank gekomen, was vroeger misschien mooi maar is nu zo bleek en uitgeteerd dat je haar niet eens als meisje zou herkennen: het is of de witte gevangenismuren alle leven en kleur uit haar hebben geloogd en haar flets hebben gemaakt. Toen ik vroeg of ze me haar levensverhaal wilde vertellen, deed ze dat plichtmatig, alsof ze het al zo dikwijls heeft verteld – aan de bewaarsters, aan bezoeksters, misschien alleen aan zichzelf –, dat het een soort sprookje is geworden, echter dan een herinnering maar zonder enige betekenis. Ik wilde dat ik tegen haar kon zeggen dat ik weet hoe ze zich voelt.

Ze zei dat ze in een katholiek gezin was geboren, dat haar moeder was gestorven en haar vader hertrouwd, en dat zij toen als dienstmeid uit werken was gestuurd, samen met haar zusje, in een heel deftig huis. Er woonden een dame en een heer met drie dochters, zei ze, die allemaal erg aardig waren, maar er was ook een zoon, 'en die was niet aardig. Toen hij nog jong was, bleef het bij plagen – hij luisterde aan onze deur als we in bed lagen en riep naar ons, om ons bang te maken. Dat vonden we niet erg, en algauw ging hij naar kostschool en zagen we hem bijna niet meer. Maar na een jaar of twee kwam hij terug, volkomen veranderd: bijna net zo groot als zijn vader, en geniepiger dan ooit...' Ze beweert dat hij haar dwong hem in het geheim te ontmoeten, en aanbood een kamer voor haar te huren als zijn maîtresse – zij wilde daar niets van weten. Toen ontdekte ze dat hij haar zusje geld was gaan aanbieden, en 'om het jongere meisje te redden' had ze zich aan hem onderworpen; en weldra bleek ze in verwachting te zijn. Ze verliet daarop haar betrekking – ze zegt dat haar zusje zich uiteindelijk tegen haar keerde omwille van de jonge man. Ze ging naar een broer, wiens vrouw haar niet in huis wilde nemen, en beviel in een armenziekenhuis. 'Ik kreeg een dochtertje, maar ik kon niet van haar houden. Ze leek zo op hem! Ik hoopte dat ze dood zou gaan.' Ze nam het kind mee naar een kerk en vroeg de priester het te zegenen; toen hij dat weigerde, zegende ze het zelf – 'Wij mogen dat doen,' zei ze bescheiden, 'in onze Kerk.' Ze huurde een kamer, onder het mom dat ze een alleenstaand meisje was, en verborg de baby in haar omslagdoek om het gehuil te smoren; maar de doek zat te strak om het gezichtje van het kind, en het stikte. Haar hospita vond het lijkje. Cook had het achter een gordijn gelegd, en daar had het een week gelegen.

'Ik hoopte dat ze dood zou gaan,' zei ze nogmaals, 'maar ik heb haar niet vermoord, en toen ze dood was, speet het me. Ze vonden de priester bij wie ik was geweest en lieten hem op mijn proces tegen me getuigen. Toen leek het natuurlijk alsof ik mijn baby van het begin af aan kwaad had willen doen...'

'Wat een vreselijk verhaal,' zei ik tegen de bewaarster die me uit haar cel bevrijdde. Het was niet mrs Jelf – die een gevangene had moeten begeleiden naar de kamer van miss Haxby – maar miss Craven, de bewaarster met het grove gezicht en de blauwe plekken op haar arm. Ze was naar het hek gekomen toen ik riep en had Cook strak aangekeken, en Cook had gedwee haar naaiwerk weer opgepakt en haar hoofd gebogen. Nu zei ze bruusk, terwijl we liepen, dat sommige mensen het misschien wel vreselijk zouden vinden. Maar gevangenen zoals Cook, die hun eigen kinderen iets aandeden – neen, daar verspilde ze haar tranen niet aan.

Ik zei dat Cook me erg jong leek, maar dat miss Haxby me had verteld dat er soms meisjes in de cel zaten die weinig meer dan kinderen waren.

Ze knikte: Ja, inderdaad, en dat was me wat. Ze hadden er ooit een gehad die de eerste twee weken elke avond lag te huilen om haar pop. Het was een bezoeking om door de gangen te moeten lopen en haar te horen. 'En toch,' voegde ze er lachend aan toe, 'was ze een duivelin als ze het op haar heupen kreeg. En de vuile taal die ze uitsloeg! Je hoort nooit zulke woorden als dat kleine kreng kende, zelfs niet op de mannenafdelingen.'

Ze lachte nog steeds. Ik wendde mijn blik af. We waren bijna aan het einde van de gang, en voor ons bevond zich de boog die naar een van de torens leidde. Daarachter zag ik de donkere rand van een hek, en nu herkende ik het. Het was het hek waarbij ik de vorige week had gestaan, het hek dat toegang gaf tot de cel van het meisje met het viooltje.

Ik vertraagde mijn pas en sprak heel zacht. Er was een gevangene, zei ik, in de eerste cel van de tweede gang. Een blond meisje, heel jong, heel knap. Wat wist miss Craven over haar?

De bewaarster had een zuur gezicht getrokken toen we over Cook spraken. Nu deed ze dat weer. 'Selina Dawes,' zei ze. 'Een rare. Houdt haar ogen en haar gedachten voor zich – dat is alles wat ik weet. Ik heb horen zeggen dat ze de gemakkelijkste gevangene van Millbank is. Ze zeggen dat ze nooit enige last heeft veroorzaakt sinds ze hier zit. Ondoorgrondelijk, noem ik haar.'

Ondoorgrondelijk?

'Je krijgt er geen hoogte van.'

Ik knikte, denkend aan een opmerking van mrs Jelf. Had Dawes misschien, zei ik, iets weg van een dame? Daar moest miss Craven om lachen: 'Ze heeft de maniertjes van een dame, dat zeker! Toch zijn de bewaarsters geen van allen erg op haar gesteld, denk ik, behalve mrs Jelf – maar mrs Jelf is teerhartig, en heeft voor iedereen een vriendelijk woord, en de vrouwen willen ook geen van allen veel met haar te maken hebben. Dit is een plek waar iedereen een "kameraad" zoekt, zoals de schepsels het noemen, maar zij heeft niemand. Ze vertrouwen haar natuurlijk voor geen cent. Iemand heeft haar verhaal in de krant gelezen en doorverteld – zo gaat het nu eenmaal, al doen we nog zo veel moeite om het te verhinderen! En 's nachts, in hun cellen, halen de vrouwen zich allerlei onzin in het hoofd. Iemand slaakt een gil, zegt dat ze rare geluiden uit de cel van Dawes heeft horen komen...'

Geluiden?

'Spoken, juffrouw! Dat meisje is een... een spiritistisch medium, heet het niet zo?'

Ik stond stil en staarde haar aan, verrast en ook enigszins ontsteld. Een spiritistisch medium! zei ik. En toen nog eens: een spiritistisch medium – daar, in de gevangenis! Wat had ze misdreven? Waarom zat ze daar?

Miss Craven haalde haar schouders op. Een dame was door haar toedoen gewond geraakt, dacht ze, en ook een meisje, en een van beiden was naderhand gestorven. De verwondingen waren echter van merkwaardige aard geweest. Ze hadden haar geen moord ten laste kunnen leggen, alleen mishandeling. Zij had zelfs gehoord dat de aanklacht tegen Dawes pure onzin was, allemaal verzinsels van een slimme advocaat...

'Maar ach,' voegde ze er snuivend aan toe, 'dat hoor je altijd, in Millbank.'

Dat nam ik graag aan, zei ik. We waren weer verder gelopen, en toen we de hoek van de gang omsloegen, zag ik het meisje, Dawes, in eigen persoon. Ze zat in de zon, net als eerst, maar ditmaal waren haar ogen neergeslagen naar haar schoot, waar ze een draad probeerde los te maken uit een kluwen wol.

Ik keek miss Craven aan. Ik zei: 'Mag ik, denkt u...?'

De zon werd feller toen ik de cel binnenstapte, en na de schemerige, eentonige gang waren de celmuren verblindend wit, zodat ik mijn vingers tegen mijn voorhoofd legde en met mijn ogen knipperde. Het duurde daardoor even voor ik besefte dat Dawes niet was opgestaan om een revérence te maken, zoals alle andere vrouwen hadden gedaan; ze had evenmin haar werk terzijde gelegd, glimlachte niet en sprak niet. Ze sloeg alleen haar ogen naar me op en staarde me aan met een soort lijdzame nieuwsgierigheid – en al die tijd bleven haar vingers langzaam aan de knot garen plukken, alsof de grove wol een rozenkrans was en ze de kralen aftelde.

Toen miss Craven het hek achter ons gesloten had en weggelopen was, zei ik: 'Je heet Dawes, geloof ik. Hoe maak je het, Dawes?'

Ze gaf geen antwoord, staarde me alleen aan. Haar trekken zijn niet echt zo regelmatig als ik vorige week dacht, maar vertonen een lichte asymmetrie – een kleine schuinte – bij de wenkbrauwen en lippen. De gezichten van de vrouwen in de gevangenis vallen je op omdat de japonnen zo saai zijn, en allemaal eender, en de mutsen zo nauwsluitend. De gezichten vallen je op, en de handen. Dawes' handen zijn slank, maar ruw en rood. Haar nagels zijn gespleten en er zitten witte vlekjes op.

Nog steeds zei ze niets. Haar houding was zo roerloos, haar blik zo onverschrokken, dat ik me even afvroeg of ze wellicht zwakzinnig was, of niet kon spreken. Ik zei dat ik hoopte dat ze een beetje met me zou willen praten; dat ik naar Millbank was gekomen om vriendschap te sluiten met alle vrouwen...

Mijn stem klonk hard, vond ik. Ik stelde me voor hoe het geluid over de stille afdeling droeg, zag de gevangenen hun werk onderbreken, hun hoofd oplichten, misschien glimlachen. Ik denk dat ik me van haar afwendde, naar het venster, en gebaarde naar het licht dat afkaatste op haar witte muts en de scheve ster op haar mouw. 'Je zit graag in de zon,' zei ik. 'Ik mag toch wel werken,' antwoordde ze vlug, 'en tegelijk het zonlicht voelen, hoop ik? Ik mag toch wel genieten van een beetje zonneschijn? God weet hoe weinig zon hier is!'

Er klonk een felheid in haar stem die me verraste en deed aarzelen. Ik keek om me heen. De muren waren niet meer zo verblindend wit, en nog terwijl ik keek, meende ik de strook licht waarin ze zat smaller te zien worden, de cel grijzer en killer. De zon schoof natuurlijk verder op zijn wrede weg, verwijderde zich achter de torens van Millbank. Zij moet dat, roerloos en stom als de stift op een zonnewijzer, elke dag een beetje eerder zien gebeuren naarmate het jaar verstrijkt. De ene helft van de gevangenis moet trouwens van januari tot december even donker zijn als de achterkant van de maan.

Ik kreeg een opgelaten gevoel toen ik dit besefte; ik stond nog steeds tegenover haar, en zij zat nog steeds aan de wol te trekken. Ik liep naar haar opgevouwen hangmat en legde mijn hand erop. Als ik die alleen aanraakte uit nieuwsgierigheid, zei ze, had ze liever dat ik iets anders aanraakte, bijvoorbeeld haar houten bord of haar kroes. Het beddengoed moest op een speciale manier gevouwen worden. Ze zei dat ze geen zin had alles weer opnieuw te moeten opvouwen als ik weg was.

Ik trok mijn hand dadelijk terug. 'Natuurlijk,' zei ik. En: 'Neem me niet kwalijk.' Ze sloeg haar ogen neer en keek naar haar houten breinaalden. Toen ik vroeg waar ze mee bezig was, liet ze me lusteloos het stopverfkleurige breiwerk op haar schoot zien. 'Kousen voor soldaten,' zei ze. Ze heeft een beschaafd accent. Als ze over een woord struikelde – wat ze soms deed, zij het niet zo vaak als Ellen Power of Cook – kromp ik onwillekeurig ineen.

Vervolgens zei ik: 'Je bent hier nu een jaar, meen ik? Je mag ophouden met breien wanneer je tegen me praat, hoor; miss Haxby vindt het goed.' Ze liet de wol vallen, maar ging voorzichtig door met ontwarren. 'Je bent hier nu een jaar. Wat vind je ervan?'

'Wat ik ervan vind?' De stand van haar lippen werd nog schuiner. Ze staarde even om zich heen en zei toen: 'Wat zou ú ervan vinden, denkt u?'

De vraag overviel me – nu weer, als ik eraan terugdenk! – en deed me aarzelen. Ik herinnerde me mijn onderhoud met miss Haxby. Ik zei dat ik het leven in Millbank erg zwaar zou vinden, maar ik zou ook weten dat ik iets misdreven had. Misschien vond ik het dan wel prettig om zoveel alleen te zijn, om tijd te hebben voor berouw. Misschien zou ik plannen maken.

Plannen?

'Om mijn leven te beteren.'

Ze wendde haar hoofd af en zei niets, en ik merkte dat ik daar eigenlijk blij om was, want mijn woorden hadden hol geklonken, zelfs in mijn eigen oren. Een paar matgouden krullen waren zichtbaar in haar nek – ik denk dat ze nog blonder is dan Helen, en prachtig haar zou hebben als het behoorlijk werd gewassen en gekapt. De strook zon lichtte weer op, maar schoof toch langzaam maar zeker verder, zoals een sprei van een verkilde en onrustige slaper glijdt. Ik zag dat ze de warmte op haar gezicht voelde en haar hoofd ernaar ophief. Ik zei: 'Wil je niet een beetje met me praten? Je zou er misschien troost in vinden.'

Ze bleef zwijgen totdat de baan zonlicht was verdwenen. Toen draaide ze zich om en nam me een moment lang zonder iets te zeggen op, waarna ze antwoordde dat ze mij niet nodig had om haar troosten. Ze zei dat ze daar 'haar eigen troost' had. Bovendien, waarom zou ze me iets vertellen? Wat zou ik haar ooit vertellen, over mijn leven?

Ze had geprobeerd op barse toon te spreken, maar was daar niet in geslaagd. Haar stem was gaan trillen, en daardoor leek het geen onbeschaamdheid maar bravoure, met daarachter niets dan wanhoop. Ik dacht: Als ik nu heel vriendelijk zou reageren, zou je gaan huilen – ik wilde niet dat ze in mijn bijzijn huilde. Ik liet mijn eigen stem heel bruusk klinken. Ik zei dat er een aantal zaken waren die ik van miss Haxby niet met haar mocht bespreken, maar dat mijn eigen persoon, voor zover ik wist, daar niet onder viel. Ik was bereid haar elk klein detail te vertellen dat ze maar wilde horen...

Ik vertelde haar hoe ik heette, dat ik in Chelsea woonde, in Cheyne Walk. Ik zei dat ik een broer had die getrouwd was, en een zuster die heel spoedig ging trouwen; dat ikzelf niet getrouwd was. Ik vertelde haar dat ik slecht sliep, en vele uren doorbracht met lezen, of schrijven, of voor mijn venster staan en uitkijken over de rivier. Daarna deed ik of ik nadacht. Wat was er verder nog? 'Ik denk dat dit alles is. Veel is het niet...'

Ze had me met verbaasde ogen zitten aankijken. Ten slotte wendde ze haar gezicht af en glimlachte. Haar tanden zijn regelmatig, en bijzonder wit – 'pastinaakwit', zoals Michelangelo het noemt; maar haar lippen zijn ruw en stukgebeten. Daarna begon ze op een natuurlijker manier met me te praten. Ze vroeg hoe lang ik al bezoekster was. En waarom ik het deed. Waarom wilde ik naar Millbank komen, als ik in mijn huis in Chelsea kon blijven luieren?

Ik vroeg: 'Vind je dan dat dames alleen maar moeten luieren?'

Zij zou luieren, zei ze, als ze zo was als ik.

'O neen,' zei ik, 'dat zou je niet, als je echt zo was als ik!'

Ze keek me verbluft aan: ik had luider gesproken dan mijn bedoeling was. Ze had haar breiwerk eindelijk laten vallen en zat aandachtig naar me te kijken, en op dat moment wenste ik dat ze haar hoofd zou afwenden, want haar blik was volkomen roerloos en bracht me in verwarring. Ik zei dat luieren mij nu eenmaal niet lag. Ik had twee jaar lang geluierd – in zo'n mate dat ik er 'heel ziek' van was geworden. 'Mr Shillitoe stelde voor dat ik hierheen zou komen,' zei ik. 'Hij was goed bevriend met mijn vader. Hij kwam bij ons op bezoek, en vertelde over Millbank. Hij vertelde over het systeem hier, over de bezoeksters. Ik dacht...'

Ja, wat had ik gedacht? Met haar ogen op me gericht wist ik het niet. Ik wendde mijn blik af, maar voelde haar nog steeds kijken. En toen zei ze, heel effen: 'U bent naar Millbank gekomen om vrouwen te zien die nog ongelukkiger zijn dan u, in de hoop dat het u zal genezen.' Het staat me nog heel helder voor de geest, omdat het zo grof klonk, en toch zo dicht bij de waarheid lag dat ik ervan moest blozen. 'Nu,' ging ze verder, 'u mag naar mij kijken, ik ben ongelukkig genoeg. Heel de wereld mag naar me kijken, dat is een deel van mijn straf.' Ze had haar trots herwonnen. Ik zei iets in de trant van dat ik hoopte dat mijn bezoeken zouden dienen om haar straf wat te verlichten, niet om die nog erger te maken, en zij antwoordde dadelijk, zoals ze eerder ook al had gedaan, dat ze mij niet nodig had om haar te troosten. Dat ze vele vrienden had, die haar kwamen troosten wanneer ze daar behoefte aan had.

Ik staarde haar aan. 'Heb je vrienden?' zei ik. 'Hier?' Ze sloot haar ogen, en streek met een theatraal gebaar langs haar voorhoofd. 'Ja miss Prior, ik heb vrienden,' antwoordde ze. 'Hier.'

Ik was het vergeten. Nu ik het me herinnerde, voelde ik mijn wangen weer koel worden. Ze zat met gesloten ogen; ik denk dat ik wachtte tot ze ze had geopend en zei toen: 'Je bent een spiritiste. Miss Craven vertelde me zoiets.' Daarop hield ze haar hoofd een beetje schuin. Ik zei: 'Dus de vrienden die je bezoeken, dat zijn... geesten?' Ze knikte. 'En wanneer komen ze dan?'

Er zijn altijd geesten om ons heen, zei ze.

'Altijd?' Ik denk dat ik glimlachte. 'Zelfs nu? Zelfs hier?'

Zelfs nu. Zelfs hier. Alleen 'verkozen ze zich niet te laten zien', zei ze, of misschien 'hadden ze de kracht niet...'

Ik keek om me heen. Ik herinnerde me de zelfmoordenares, Jane Samson, op mrs Pretty's afdeling, in wier cel ontelbare vezeldeeltjes hadden rondgedwarreld. Zou Dawes het zich zo voorstellen – dat het in haar cel wemelt van geesten? Ik zei: 'Maar je vrienden vinden de kracht als ze dat wensen?' Ze zei dat ze die kracht aan haar onttrekken. 'En dan kun je ze heel duidelijk zien?' Ze zei dat ze soms alleen praten. 'Soms hoor ik alleen de woorden, hier.' Weer legde ze een hand op haar voorhoofd.

Ik zei: 'Bezoeken ze je misschien wanneer je aan het werk bent?' Ze schudde haar hoofd. Ze zei dat ze komen wanneer het stil is op de afdeling en zij tot rust is gekomen.

'En zijn ze aardig voor je?'

Ze knikte. 'Erg aardig. Ze brengen me geschenken.'

'Is het heus.' Nu glimlachte ik ongetwijfeld. Ik zei: 'Ze brengen je geschenken. Geestelijke geschenken?'

Geestelijke geschenken – ze haalde haar schouders op. Aardse geschenken...

Aardse geschenken! Zoals?

'Zoals bloemen,' zei ze. 'De ene keer een roos. De andere keer een viooltje...'

Terwijl ze dat zei, sloeg ergens op de afdeling een hek dicht, en ik sprong op, hoewel zij rustig bleef zitten. Ze had me zien glimlachen en me alleen bedaard aangekeken, en ze had ongedwongen, bijna nonchalant gesproken, alsof het haar om het even was wat ik van haar beweringen vond. En nu, met dat ene woord, leek het wel of ze een speld in me had gestoken – ik knipperde met mijn ogen en voelde mijn gezicht verstrakken. Hoe kon ik zeggen dat ik haar heimelijk had staan observeren, en haar een bloem bij haar mond had zien houden? Ik had destijds geprobeerd een verklaring voor die bloem te vinden, zonder succes; ik geloof dat ik de hele bloem vergeten was tussen vorige week en vandaag. Ik wendde mijn blik af en zei: 'Tja...' en toen nog eens: 'Tja...' en ten slotte, met een afschuwelijk soort gemaakte vrolijkheid: 'Wel, laten we hopen dat miss Haxby onkundig blijft van je bezoekers! Zij zal het nauwelijks een straf vinden, als je hier gasten ontvangt...'

Geen straf? zei ze zacht. Dacht ik dat iets haar straf kon verzachten? Dacht ík dat, ik, die het leven van een dame leidde en had gezien hoe zij daar moesten leven, hoe ze moesten werken, wat ze moesten dragen en eten? 'Altijd het oog van de bewaarster op je te voelen,' zei ze, 'zo dicht op je huid als een laagje was! Altijd gebrek te hebben aan water en zeep. Woorden te vergeten, alledaagse woorden, omdat je leven zo beperkt is dat je maar een stuk of honderd simpele uitdrukkingen hoeft te kennen: *steen, soep, kam, bijbel, naald, donker, gevangene, lopen, stilstaan, voortmaken, voortmaken!* Slapeloze nachten te hebben – niet zoals u die heeft, dunkt me, in uw slaapkamer waar een vuur brandt, met uw familieleden en uw... uw dienstboden dicht om u heen. Maar om niet te kunnen slapen van de kou – om in een cel twee verdiepingen lager een vrouw te horen krijsen, omdat ze nachtmerries heeft, of een delirium, of omdat ze nieuw is en niet geloven kan dat ze haar haren hebben afgeknipt en haar in een cel hebben gestopt en de deur achter haar op slot hebben gedaan!' Dacht ik dat er iets was wat dat draaglijker zou kunnen maken? Dacht ik dat het geen straf was, omdat er soms een geest bij haar kwam – bij haar kwam en zijn lippen op de hare legde, maar dan vervaagde voordat de kus ten einde was, en haar achterliet, waarna het donker nog donkerder was dan eerst?

Haar woorden kan ik me nog levendig herinneren, en het lijkt of ik ook haar stem nog hoor, die ze sissend uitspreekt en erover struikelt – want natuurlijk wilde ze niet schreeuwen of krijsen, uit angst voor de bewaarster, maar smoorde ze haar emoties zodat alleen ik er getuige van was. Ik glimlachte niet meer. Ik kon niets terugzeggen. Ik geloof dat ik haar mijn schouder toekeerde en naar buiten tuurde, door het ijzeren hek, naar de gladde, kale, witgekalkte muur.

Toen hoorde ik haar voetstap. Ze was uit haar stoel gekomen en stond nu naast me en had – denk ik – haar hand geheven om me aan te raken.

Maar toen ik wegliep, dichter naar het hek toe, liet ze haar hand zakken.

Ik zei dat ik haar niet van streek had willen maken met mijn bezoek. Ik zei dat de andere vrouwen met wie ik had gesproken misschien minder oplettend waren dan zij, of gehard waren door hun leven buiten de gevangenis.

'Het spijt me,' zei ze.

'Het hoeft je niet te spijten!' Het zou grotesk zijn als het haar werkelijk speet. 'Maar als je liever hebt dat ik wegga...' Ze zweeg, en ik moet naar de donker wordende gang hebben staan turen totdat ik eindelijk begreep dat ze niets meer zou zeggen. Toen omklemde ik de tralies en riep de bewaarster.

Het was mrs Jelf die me kwam halen. Ze keek me aan, en daarna langs me heen; ik hoorde Dawes gaan zitten, en toen ik me omdraaide, zag ik dat ze haar knot wol weer had opgepakt en eraan zat te trekken. Ik zei: 'Tot ziens.' Ze reageerde niet. Pas toen de bewaarster het hek op slot deed, hief ze haar hoofd op, en ik zag haar slanke hals bewegen. Ze riep: 'Miss Prior,' en keek even naar mrs Jelf. Daarna prevelde ze: 'We slapen hier geen van allen goed. Denk aan ons, wilt u, de volgende keer dat u wakker ligt?'

En haar wangen, die al die tijd zo wit als albast waren geweest, kregen een roze blos. Ik zei: 'Dat zal ik doen, Dawes. Dat zal ik doen.'

De bewaarster naast me legde haar hand op mijn arm. 'Wilt u nog verder, juffrouw?' vroeg ze. 'Kan ik u Nash laten zien, of Hamer – of Chaplin, onze gifmengster?'

Doch ik bezocht geen andere vrouwen meer. Ik verliet de afdeling, en liet me naar de mannengevangenis brengen.

Daar kwam ik, bij toeval, mr Shillitoe tegen. 'Hoe bevalt het u bij ons?' vroeg hij.

Ik zei dat de bewaarsters attent voor me waren geweest, en dat een of twee gevangenen het blijkbaar prettig hadden gevonden dat ik bij hen kwam.

'Vanzelfsprekend,' zei hij. 'En hebben ze u netjes ontvangen? Waar praatten ze over?'

Over hun eigen gedachten en gevoelens, zei ik.

Hij knikte. 'Goed zo! Want u moet natuurlijk hun vertrouwen winnen. U moet laten zien dat u hen respecteert in hun positie, dat zal hen ertoe aanzetten u ook te respecteren in de uwe.'

Ik keek hem aan. Ik was nog steeds in verwarring na mijn onderhoud met Selina Dawes. Ik zei dat ik twijfelde. Ik zei: 'Misschien heb ik toch niet de kennis of de geaardheid die een bezoekster moet hebben...'

Kennis? zei hij. Ik bezat kennis van de menselijke natuur, en dat was alle kennis die daar van mij vereist werd! Vond ik dat zijn ondergeschikten meer wisten dan ikzelf? Vond ik dat zij meelevender van aard waren dan ik?

Ik dacht aan de onbehouwen miss Craven, voor wie Dawes haar emoties had moeten verbergen uit angst voor een fikse uitbrander. Ik zei: 'Maar er zijn vrouwen bij, denk ik, problematische vrouwen...'

Die waren er altijd, zei hij, in Millbank! Maar wist ik wel dat de lastigste gevangenen uiteindelijk vaak het beste reageerden op de belangstelling van een dame, omdat lastige gevangenen dikwijls ook het ontvankelijkst zijn? Als ik een moeilijke vrouw tref, zei hij, moet ik 'haar tot voorwerp van mijn bijzondere aandacht maken'. Van alle gevangenen zal juist zij het meest behoefte hebben aan de attenties van een dame...

Hij had me verkeerd begrepen, maar ik kon niet verder met hem praten, want op dat moment kwam een cipier hem wegroepen. Er was zojuist een gezelschap van dames en heren gearriveerd, die hij in de gevangenis moest rondleiden. Ik zag het groepje bijeenstaan op de strook grind aan de andere kant van de poort. De mannen waren naar een muur van een van de vijfhoeken gelopen en monsterden de gele bakstenen en de specie.

Na de bedompte atmosfeer in de vrouwengevangenis genoot ik van de zuivere lucht, net als de vorige week. De zon was voorbij de vensters van het vrouwenblok geschoven, maar stond nog hoog aan de hemel, en het was een prachtige middag. Toen de portier de weg achter de buitenpoort op wilde lopen om een huurrijtuig voor me aan te houden, hield ik hem tegen, en ik stak over naar de kademuur. Ik had gehoord dat daar nog steeds de pier ligt waar dwangarbeiders aan boord gingen van de gevangenisschepen die hen naar de koloniën brachten, en ik wilde die eens bekijken. Het is een houten aanlegsteiger, met aan het eind een donkere, met tralies afgesloten poort; de poort leidt naar een onderaardse gang, die de pier verbindt met de gevangenis. Ik stond er een poosje en stelde me de schepen voor, en hoe het geweest moet zijn voor de vrouwen die in het ruim zaten opgesloten; daarna, met mijn gedachten nog bij hen – en weer denkend aan Dawes, en Power en Cook – begon ik te lopen. Ik liep de hele kade langs, en hield alleen nog even stil voor het huis, waar een man met een hengel zat te vissen aan de waterkant. Aan een gesp aan zijn riem hingen twee slanke vissen, en hun schubben waren zilverkleurig in het zonlicht, hun bek dieproze.

Ik ging lopen omdat ik veronderstelde dat Moeder nog bezig zou zijn met Pris. Bij mijn thuiskomst bleek echter dat ze, anders dan ik had gedacht, al een uur terug was en naar me had uitgekeken. Hoe lang, wilde ze weten, had ik te voet door de stad gezworven? Ze had op het punt gestaan Ellis naar me toe te sturen.

Ik was eerder op de dag een beetje humeurig tegen haar geweest; ik was vastbesloten nu niet humeurig te zijn. Ik zei: 'Het spijt me, Moeder.' Daarna, bij wijze van boetedoening, ging ik zitten en liet ik Priscilla vertellen over haar uren bij mr Cornwallis. Ze liet me nogmaals haar blauwe japon zien, en de pose die ze moet aannemen voor het portret – ze zit als een jong meisje dat op haar geliefde wacht, met bloemen in haar handen en haar gezicht naar het licht gekeerd. Ze zei dat mr Cornwallis haar penselen geeft om vast te houden, maar op het uiteindelijke schilderij worden het lelies – ik dacht weer aan Dawes, en die merkwaardige viooltjes. 'De lelies en de achtergrond worden gedaan,' zei ze, 'terwijl wij in het buitenland zijn...'

Toen vertelde ze me waar ze heen gaan. Naar Italië! Ze zei het zonder enige schroom; het kan haar niets schelen, veronderstel ik, wat Italië eens voor mij betekend heeft. Maar toen ik het hoorde, bedacht ik dat mijn boetedoening in elk geval compleet was. Ik liet haar alleen, en ging pas weer naar beneden toen Ellis de gong voor het diner luidde.

De kokkin had echter schapenvlees bereid. Het was al flink afgekoeld toen het op tafel kwam, en bedekt met een vettig laagje; ik keek ernaar, en herinnerde me de zuur ruikende soep in Millbank, en de argwaan van de vrouwen dat onreine handen ermee in aanraking waren geweest, en ik verloor mijn eetlust. Ik ging al vroeg van tafel en bracht een uur door met zoeken tussen de boeken en prenten in Pa's kamer, en daarna nog een uur hier, kijkend naar het verkeer op de Walk. Ik zag mr Barclay aankomen om Pris te halen, zwaaiend met zijn wandelstok. Op de stoep bleef hij even staan, haalde zijn vingers langs een blad om ze te bevochtigen, en streek zijn snor glad. Hij wist niet dat ik voor mijn hoge venster naar hem stond te kijken. Daarna las ik een beetje, en toen schreef ik dit op.

Het is nu heel donker in mijn kamer, alleen mijn leeslamp brandt; maar het schijnsel van de pit wordt opgevangen door talloze glimmende oppervlakken, en als ik mijn hoofd zou omdraaien, zou ik in de spiegel boven de schoorsteen mijn gezicht zien, mager en geel. Ik draai me niet om. In plaats daarvan kijk ik naar de muur, waar ik vanavond, naast de plattegrond van Millbank, een prent heb opgeprikt. Ik heb hem in Pa's studeerkamer gevonden, in een album van de Uffizi:

het is het schilderij van Crivelli waar ik aan moest denken toen ik Selina Dawes voor het eerst zag – alleen is het geen engel, zoals ik me meende te herinneren, maar zijn late *Veritas*. Een streng en droefgeestig meisje is het – ze draagt de zon in de vorm van een laaiende schijf, en een spiegel. Ik heb de prent mee naar boven genomen en ben van plan hem hier te houden. Waarom niet? Het is een mooi plaatje.

30 SEPTEMBER 1872

Miss Gordon, voor een vreemde pijn. Moeder overgegaan mei '71, hart. 2 shilling.

Mrs Caine, voor haar kind Patricia – Pixie. Heeft 9 weken geleefd, overgegaan febr. '70. 3 shilling.

Mrs Bruce & miss Alexandra Bruce. Vader overgegaan jan., maag. *Is er een later testament?* 2 shilling.

Mrs Lewis (niet mrs Jane Lewis uit Clerkenwell, met de kreupele zoon). Deze dame kwam niet voor mij, maar mr Vincy bracht haar boven & zei dat hij al een eindje met haar was gevorderd, maar dat de zedigheid verbood dat hij nog verder ging, bovendien wachtte er nog een andere dame op hem. Toen ze me zag zei ze 'O! Wat is ze jong!' 'Maar een heuse ster,' zei mr Vincy dadelijk, 'een heuse rijzende ster in ons vak, dat verzeker ik u.' We praatten een halfuur, & haar klacht is: Dat ze elke nacht om 3 uur wordt gewekt door een geest die zijn hand op het vlees boven haar hart legt. Het gezicht van deze geest krijgt ze nooit te zien, ze voelt alleen de koude uiteinden van zijn vingers. Hij komt zo vaak dat de vingers sporen op haar lichaam hebben achtergelaten, zegt ze, dat was het wat ze liever niet aan mr Vincy wilde laten zien. Ik zei 'Maar u kunt ze wel aan mij laten zien', & ze maakte haar japon los & ja hoor, zo duidelijk als wat, 5 vingerafdrukken, rood als steenpuisten maar plat, niet verdikt of vochtig. Ik keek er een hele tijd naar & zei toen 'Tja, het is wel duidelijk dat hij uw hart wil hebben, nietwaar? Kunt u een reden bedenken waarom een geest het op uw hart heeft gemunt?' Ze zei 'Ik kan geen enkele reden bedenken, ik wil alleen dat hij weggaat. Mijn man slaapt naast me in bed & ik ben bang dat hij wakker wordt als de geest komt.' Ze is pas 4 maanden getrouwd. Ik keek haar strak aan & zei 'Pak mijn hand & vertel me nu de waarheid, u weet heel goed wie deze geest is & waarom hij komt.'

Natuurlijk kende ze hem, het was een jongen met wie ze ooit had zullen trouwen, & toen ze hem had laten zitten voor een ander ging hij naar India & stierf daar. Ze vertelde me dit schreiend. Ze zei 'Maar denkt u echt dat hij het kan zijn?' Ik zei dat ze alleen maar hoefde na te gaan op welk uur hij was gestorven. Ik zei 'Ik verwed mijn hoofd erom dat het 3 uur in de ochtend Engelse tijd zal blijken te zijn.' Ik zei dat een geest soms alle vrijheden van de andere wereld bezat, maar toch nog een gevangene was van het uur waarop hij was gestorven.

Toen hield ik mijn hand boven de afdrukken op haar boezem. Ik zei 'Hij had een speciale naam voor u, welke was dat?' Ze zei dat het Dolly was. Ik zei 'Ja, nu zie ik hem, het is een zachtaardige jongen & hij huilt. Hij toont me zijn hand & uw hart ligt erin, ik kan duidelijk zien dat er Dolly op staat, maar de letters zijn pikzwart. Door zijn verlangen naar u wordt hij vastgehouden op een heel donkere plek. Hij wil graag verder, maar uw hart is als een blok lood dat hem omlaagdrukt.' Ze zei 'Wat moet ik doen, miss Dawes, wat moet ik doen?' Ik zei 'Tja, u heeft hem uw hart geschonken, dan moet u nu niet huilen omdat hij het wil houden. We moeten hem overhalen om het los te laten. Maar voor het zover is, denk ik dat de geest van deze jongen telkens als uw man u kust tussen uw monden zal komen. Hij zal uw kussen proberen te stelen.' Ik zei dat ik mijn best zou doen om zijn greep een beetje losser te maken. Ze komt woensdag terug. Ze vroeg 'Wat kan ik u hiervoor betalen?' & ik zei dat ze desgewenst geld kon achterlaten voor mr Vincy, omdat ze eigenlijk meer zijn cliënte was dan de mijne. Ik zei 'In dit soort situaties, als er meer dan één praktiserend medium is, moeten we heel eerlijk zijn, begrijpt u wel.'

Maar toen ze weg was, kwam mr Vincy aan de deur & hij gaf het muntstuk dat ze had achtergelaten aan mij. Hij zei 'Nou miss Dawes, u heeft zeker indruk op haar gemaakt. Kijk eens wat een mooie blinker.' Hij stopte het geld in mijn hand. Het was nog helemaal warm van zijn eigen hand, & hij lachte toen hij het me gaf & zei dat hij het voelde branden. Ik zei dat hij het geld niet aan mij moest geven, omdat mrs Lewis eigenlijk voor hem gekomen was. Hij zei

'Maar u, miss Dawes, die hier moederziel alleen zit & niemand heeft, u herinnert me aan de verantwoordelijkheden die je als heer hebt.' Hij hield mijn hand, met de munt erin, nog steeds vast. Toen ik me los probeerde te maken, greep hij me nog steviger vast & vroeg 'Heeft ze u de vingerafdrukken laten zien?' Ik zei dat ik dacht dat ik mrs Vincy op de gang hoorde.

Toen hij weg was stopte ik de munt in mijn kistje, & de rest van de dag was erg saai.

4 oktober 1872

Naar een huis in Farringdon, voor een dame, miss Wilson – broer overgegaan '58, *kreeg een toeval & stikte*. 3 shilling.

Hier, mrs Partridge – 5 baby's overgegaan, te weten Amy, Elsie, Patrick, John, James, die geen van allen langer dan een dag in deze wereld hebben geleefd. Deze dame droeg een zwarte kanten sluier, die ik haar terug liet slaan. Ik zei 'Ik zie de gezichtjes van uw kinderen vlak bij uw hals. U draagt hun glanzende gezichtjes als een halssnoer, zonder het zelf te weten.' Er zaten echter openingen in het snoer, er was ruimte voor nog 2 hangertjes. Toen ik dat zag, liet ik de sluier weer om haar heen vallen & ik zei 'U moet heel flink zijn'.

Van het werken met die dame werd ik triest. Na haar ging ik beneden zeggen dat ik te moe was voor nog meer cliënten, & ik ben op mijn eigen kamer gebleven. Het is nu 10 uur. Mrs Vincy is naar bed gegaan. Mr Cutler, die de kamer hieronder heeft, is aan het oefenen met gewichten, & miss Sibree zingt. Mr Vincy kwam één keer, ik hoorde zijn voetstappen op de overloop & het geluid van zijn ademhaling achter mijn deur. Hij stond daar 5 minuten te ademen. Toen ik riep 'Mr Vincy, wat wilt u?' zei hij dat hij naar de traploper kwam kijken, want hij was bang dat die loszat & dat ik er met mijn teen achter zou blijven haken & struikelen. Hij zei dat een huisbaas dat soort dingen nu eenmaal moet doen, zelfs om 10 uur 's avonds.

Toen hij weg was, stopte ik een kous in mijn sleutelgat.

Daarna ging ik zitten & dacht aan Tante, die morgen 4 maanden dood is.

2 OKTOBER 1874

We hebben al drie dagen regen – een koude, akelige regen, die de rivier ruw en donker maakt als krokodillenleer, en de schuiten zo rusteloos doet schommelen en deinen dat ik al moe word als ik ernaar kijk. Ik zit met een plaid om mijn schouders, en draag een oude zijden muts van Pa. Ergens in huis klinkt Moeders stem, luid en vermanend – ik vermoed dat Ellis een kopje heeft laten vallen of water heeft gemorst. Nu hoor ik het dichtslaan van een deur, en het gefluit van de papegaai.

De papegaai is van Priscilla, mr Barclay heeft hem voor haar gekocht. Hij zit in de salon op een bamboestok. Mr Barclay leert hem Priscilla's naam zeggen; tot dusver fluit hij echter alleen maar.

De stemming in huis is misnoegd vandaag. De regen heeft de keuken blank gezet en in de zolderkamers lekt het; tot overmaat van ramp heeft Boyd, onze dienstmeid, met een week opgezegd, en Moeder is razend bij het vooruitzicht dat ze zo vlak voor Prissy's trouwdag een ander meisje moet aannemen. Het is merkwaardig. We dachten allemaal dat Boyd best tevreden was, ze is al drie jaar bij ons, maar gisteren ging ze naar Moeder om te zeggen dat ze een andere betrekking had gevonden en over een week weg zou gaan. Ze wilde Moeder niet aankijken terwijl ze sprak – ze speldde haar een of ander verhaal op de mouw, waar Moeder niets van geloofde – en toen er druk op haar werd uitgeoefend, begon ze onbedaarlijk te huilen. Ze zei toen dat de werkelijke reden was dat het huis haar angst inboezemt wanneer ze alleen is. Ze zei dat er 'rare dingen gebeuren' sinds de dood van Pa, en dat zijn lege studeerkamer, die zij moet schoonmaken, haar de stuipen op het lijf jaagt. Ze zei dat ze 's nachts niet kan slapen, omdat ze gekraak hoort en andere geluiden die ze niet verklaren kan – één keer, zei ze, hoorde ze een fluisterende stem haar naam zeggen! Ze zegt dat ze heel wat keren doodsbang is geweest als ze wakker lag, te bang zelfs om van haar eigen kamer naar die van Ellis te sluipen; kort en goed, het spijt haar dat ze ons moet verlaten, maar haar zenuwen zijn er niet meer tegen bestand en ze heeft een nieuw dienstje gevonden in een huis in Maida Vale.

Moeder zei dat ze nog nooit van haar leven zulke onzin had gehoord.

'Spoken!' zei ze tegen ons. 'Het idee, spoken, in dit huis! Het idee dat de nagedachtenis van jullie arme vader zo bezoedeld wordt, door een schepsel als Boyd.'

Priscilla zei dat ze het inderdaad nogal vreemd vond dat de geest van Pa uitgerekend op de zolderkamer van het hitje rondwaarde. Ze zei: 'Jij blijft erg laat op, Margaret. Heb jij niets gehoord?'

Ik zei dat ik Boyd had horen snurken, en dat ik weliswaar had aangenomen dat ze lag te slapen, maar dat ze, achteraf gezien, misschien wel had gesnurkt van angst...

Moeder zei dat ze blij was dat ik het zo komisch vond. De taak waar zij nu voor stond, een ander meisje vinden en opleiden, was helemaal niet komisch!

Toen liet ze Boyd weer bij zich komen, om haar nog een beetje te koeioneren.

Doordat we zo aan huis gebonden zijn vanwege de regen, sleept de ruzie zich eindeloos voort. Vanmiddag hield ik het niet meer uit en ben ik, ondanks de regen, naar Bloomsbury gereden – ik ging naar de leeszaal van het Brits Museum. Ik vroeg het boek van Mayhew over de gevangenissen van Londen aan, en de geschriften over Newgate van Elizabeth Fry, en een paar werken die mr Shillitoe me heeft aanbevolen. Een man die toeschoot om me te helpen dragen zei dat hij niet begreep waarom de zachtmoedigste lezers altijd zulke bruten van boeken bestelden. Hij tilde ze op om de titels op de rug te lezen, en glimlachte.

Ik voelde Pa's afwezigheid als een schrijnend gemis toen ik daar was. De leeszaal is nog volstrekt onveranderd. Ik zag mensen die ik twee jaar geleden voor het laatst heb gezien, en die nog steeds dezelfde folioband omklemd hielden, nog steeds in dezelfde saaie boeken zaten te turen, nog steeds dezelfde kleine, verbitterde veldslagen leverden met hetzelfde onheuse personeel. De heer die op zijn baard zuigt; de heer die gniffelt; de dame die Chinese karakters kopieert, en die boos kijkt wanneer haar buren mompelen... Ze waren er allemaal nog, op hun oude plaatsje onder de koepel – net vliegen, dacht ik, in een presse-papier van barnsteen.

Ik vraag me af of iemand zich mij herinnerde. Er was maar één bibliothecaris die daar blijk van gaf. 'Dit is de dochter van mr George Prior,' zei hij tegen een jongere assistent toen ik bij zijn balie stond. 'Miss Prior en haar vader zijn hier in de loop van de jaren dikwijls geweest – ach, ik zie de oude mijnheer nog zo voor me, als hij naar zijn boeken kwam vragen. Miss Prior assisteerde haar vader toen hij aan zijn studie over de Renaissance werkte.' De assistent zei dat hij het werk had gezien.

De anderen, die me niet kennen, noemen me nu 'mevrouw', viel me op, in plaats van 'juffrouw'. In twee jaar tijd ben ik van een jong meisje in een oude vrijster veranderd.

Er waren veel oude vrijsters vandaag, vond ik – beslist meer dan ik me herinner. Misschien is het met oude vrijsters wel net zo als met spoken, en moet men zich in hun gelederen bevinden om ze te kunnen zien.

Ik bleef er geen uren, want ik was rusteloos, en bovendien was het, als gevolg van de regen, erg donker in de leeszaal. Maar ik wilde ook niet naar huis, naar Moeder en Boyd. Ik nam een rijtuig naar Garden Court, in de hoop dat Helen vanwege het slechte weer alleen thuis zou zijn. En inderdaad: ze had sinds gisteren geen bezoek gehad, en zat voor het haardvuur brood te roosteren, waarvan ze de korstjes aan Georgy voerde. Ze zei tegen hem toen ik binnenkwam: 'Kijk, daar is Tante Margaret!' en ze tilde hem op, en hij plantte zijn beentjes in mijn maag en trappelde. Ik zei: 'O, wat een prachtige mollige enkels heb jij,' en: 'Wat een prachtige rode wang.' Maar Helen zei dat zijn wang alleen zo rood was door een nieuw tandje, dat pijn deed. Na een poosje op mijn schoot te hebben gezeten begon hij te huilen, en toen gaf ze hem mee aan het kindermeisje.

Ik vertelde haar over Boyd en de spoken, en daarna praatten we over Pris en Arthur. Wist zij dat ze van plan waren de wittebroodsweken in Italië door te brengen? Ik denk dat zij het al langer wist dan ik, doch dat wilde ze niet toegeven. Ze zei alleen dat het iedereen vrij stond om naar Italië te gaan. Ze zei: 'Zou je iedereen willen tegenhouden bij de Alpen, omdat de reis die jij ooit naar Italië had zullen maken niet doorging? Val Priscilla daar niet mee lastig. Jouw vader was ook haar vader. Denk je dat het geen hard gelag voor haar is geweest dat ze de bruiloft moest uitstellen?'

Ik zei dat ik me nog herinnerde dat Priscilla een hysterische huilbui had gekregen toen Pa ziek bleek te zijn – omdat ze een dozijn nieuwe japonnen had laten maken, die allemaal geretourneerd moesten worden en vervangen door zwarte. En wat deden ze met mij, vroeg ik, toen ik huilde?

Ze antwoordde, zonder me aan te kijken, dat het anders was geweest toen ik had gehuild. Ze zei: 'Priscilla was negentien, en erg gewoontjes. Ze heeft twee moeilijke jaren achter de rug. We mogen blij zijn dat mr Barclay zo veel geduld heeft gehad.'

Ik zei, enigszins zuur, dat zij en Stephen het beter hadden getroffen, en ze antwoordde bedaard: 'Dat is waar, Margaret – omdat wij konden trouwen in aanwezigheid van je vader. Priscilla kan dat niet, maar haar bruiloft zal mooier zijn nu er geen noodzaak meer is tot haast vanwege de ziekte van je arme pa. Laat haar ervan genieten, wil je?'

Ik stond op, liep naar de haard en hield mijn handen voor de vlammen. Ten slotte zei ik dat ze streng was vandaag; dat ze zo werd door het vertroetelen van haar kind en door het moederschap. 'Heus, mrs Prior, u klinkt als mijn eigen moeder. Althans, als u niet zo verstandig was...'

Ze kleurde toen ze me dat hoorde zeggen en maande me tot stilte. Maar ze moest toch lachen en hield haar hand voor haar mond, ik zag het in de spiegel boven de schoorsteenmantel. Ik zei dat ik haar niet meer zo had zien blozen sinds ze nog gewoon miss Gibson was. Herinnerde ze zich nog hoe we lachten en bloosden? 'Pa zei altijd dat jouw gezicht op het rode hart op een speelkaart leek; het mijne, zei hij, leek op de ruit. Weet je nog, Helen, hoe Pa dat zei?'

Ze glimlachte, maar hield onderwijl haar hoofd schuin. 'Dat is Georgy,' zei ze. Ik had hem niet gehoord. 'Wat maakt zijn arme tandje hem aan het huilen!' En ze schelde Burns, het dienstmeisje, en liet het kind weer halen; en daarna ben ik niet lang meer gebleven.

6 oktober 1874

Ik ben vanavond helemaal niet in de stemming om te schrijven. Ik ben naar boven gegaan onder het voorwendsel dat ik hoofdpijn heb, en ik neem aan dat Moeder spoedig zal volgen om me mijn medicijn te brengen. Het was een saaie dag vandaag, in Millbank.

Ze kennen me daar nu, en maken gekheid met me bij de poort. 'Wat, al weer terug, miss Prior?' zei de portier toen hij me zag aankomen. 'Ik zou gedacht hebben dat u inmiddels wel genoeg van ons had – maar ja, je staat ervan te kijken wat een aantrekkingskracht een tuchthuis uitoefent op mensen die er niet hoeven te werken.'

Hij noemt de gevangenis graag bij die ouderwetse naam, heb ik gemerkt, en volgens hetzelfde principe noemt hij de cipiers soms 'stokbewaarders' en de bewaarsters 'tuchtmeesteressen'. Hij heeft me ooit verteld dat hij al vijfendertig jaar portier in Millbank is en zodoende vele duizenden gestraften door de poort heeft zien komen, en de meest wanhopige en vreselijke geschiedenissen kent die zich daar hebben afgespeeld. Aangezien het ook vandaag weer een bijzonder regenachtige dag was, trof ik hem aan in het poortgebouw, waar hij voor het venster stond te schelden op de regen die de aarde in blubber veranderde. De grond houdt het water vast, zei hij, en dat bezorgt de mannen die op het terrein moeten werken veel narigheid. 'Dit is kwade grond, miss Prior,' zei hij. Hij nam me mee naar het venster en wees me de plaats waar vroeger, in de begindagen van het tuchthuis, een droge greppel had gelegen, die men moest oversteken zoals de slotgracht van een kasteel, via een ophaalbrug. 'Maar,' zei hij, 'de grond liet het niet toe. Zo snel als ze de gevangenen de greppel lieten ontwateren, zo snel sijpelde de Theems weer naar binnen, en elke ochtend stond hij opnieuw vol zwart water. Op het laatst hebben ze hem moeten dichtgooien.'

Ik bleef nog een poosje bij hem, om me te warmen voor zijn haardvuur, en toen ik daarna naar de vrouwengevangenis ging, werd ik zoals gewoonlijk overgedragen aan miss Ridley, die me een rondleiding zou geven. Vandaag liet ze me de ziekenzaal zien.

Evenals de keuken is deze buiten het vrouwengebouw gelegen, in de centrale zeshoek van de gevangenis. Er hangt een bittere geur, maar het is een groot, goed verwarmd vertrek en het zou er aangenaam kunnen zijn, want het is de enige ruimte waar de vrouwen samenkomen voor iets anders dan werken of bidden. Zelfs hier moeten ze echter zwijgen. Er staat een bewaarster in de zaal wier taak het is op hen te letten terwijl zij in bed liggen, en te verhinderen dat ze met elkaar praten, en er zijn aparte cellen, en bedden met riemen, voor zieken die lastig worden. Aan de muur hangt een plaat van Christus met een gebroken keten in zijn hand, en een eenregelige tekst: *Uw liefde bindt ons.*

Er zijn bedden, schat ik, voor vijftig vrouwen. We troffen een stuk of twaalf patiënten aan, van wie de meesten ernstig ziek leken – te ziek om voor ons hun hoofd op te lichten; ze sliepen, of lagen te rillen, of verborgen hun gezicht in het grauwe kussen toen we voorbijliepen. Miss Ridley nam hen scherp op, en bij het bed van een van hen bleef ze staan. 'Kijkt u hier eens,' zei ze tegen mij, gebarend naar een vrouw die op haar rug lag, met een onbedekt been; de enkel was blauwig en in verband gewikkeld, en zo gezwollen dat hij bijna even dik was als het dijbeen. 'Dit is nu het soort patiënt met wie ik geen meelij heb. Vertel jij miss Prior eens, Wheeler, hoe het komt dat je been zo is toegetakeld.'

De vrouw trok haar hoofd in. 'Tot uw dienst, mevrouw,' zei ze tegen mij, 'er is met een etensmes in gesneden.' Ik herinnerde me de botte messen, en hoe de vrouwen hadden moeten inhakken op hun stukje schapenvlees, en keek miss Ridley aan. 'Vertel miss Prior eens,' zei ze, 'hoe je bloed zo vergiftigd is geraakt.'

'Tja,' zei Wheeler op een wat onderdaniger toon, 'er is roest in de wond gekomen, en toen ging-ie zweren.'

Miss Ridley snoof. Het was wonderlijk, zei ze, wat er allemaal in een wond terecht kon komen in Millbank. 'De dokter vond een stukje ijzer van een knoop dat aan Wheelers enkel was gebonden om het vlees te laten opzwellen. En inderdaad, het was zo mooi gezwollen dat hij zijn eigen mes erin moest zetten om de knoop eruit te krijgen! Alsof de dokter hier werkt voor háár plezier!' Ze schudde haar hoofd, en ik keek nogmaals naar de opgezette enkel. De voet onder het verband was helemaal zwart, de hiel wit en gebarsten als een kaaskorst.

Toen ik even later met de bewaarster van de ziekenzaal sprak, vertelde ze me dat de gevangenen 'allerlei streken uithalen' om op haar afdeling te worden opgenomen. 'Ze veinzen toevallen,' zei ze. 'Ze slikken glasscherven als ze die te pakken kunnen krijgen, om bloedingen te veroorzaken. Ze proberen zich te verhangen, als ze denken dat ze op tijd gevonden en losgesneden zullen worden.' Ze zei dat er minstens twee of drie waren geweest die dat hadden geprobeerd en zich misrekend hadden, en zodoende waren gestikt. Ze zei dat dat nare dingen waren. Ze zei dat een vrouw zoiets deed uit verveling; of om bij haar kameraad te komen, als ze wist dat haar kameraad al op de ziekenzaal lag; of anders deed ze het 'louter om een beetje opschudding te veroorzaken, met zichzelf in het middelpunt'.

Ik vertelde haar natuurlijk niet dat ik ook ooit zo'n 'streek' had uitgehaald. Doch blijkbaar was mijn gelaatsuitdrukking veranderd terwijl ik naar haar luisterde, en zij zag dat en begreep het verkeerd. 'O, ze zijn niet zoals u en ik,' zei ze, 'de vrouwen die we hier krijgen! Ze hechten maar heel weinig waarde aan het leven...'

Vlak bij ons was een jongere bewaarster een preparaat aan het bereiden voor het ontsmetten van de zaal. Men gebruikt daarvoor borden chloorkalk, waarop men azijn giet. Ik zag haar de fles schuinhouden, en onmiddellijk verspreidde zich een scherpe lucht; daarna liep ze langs de rij bedden, het bord voor zich uit houdend zoals een priester in de kerk een wierookvat draagt. Op het laatst werd de geur zo bitter dat ik mijn ogen voelde prikken en mijn gezicht afwendde. Toen bracht miss Ridley me de zaal uit, en nam me mee naar de cellen.

Daar was de situatie anders dan ik tot nog toe had meegemaakt; er werd heen en weer gelopen en er klonk geroezemoes van stemmen. 'Wat is er aan de hand?' vroeg ik, nog steeds in mijn ogen wrijvend, die jeukten door het ontsmettingsmiddel. Miss Ridley gaf uitleg. Het is vandaag dinsdag – ik was nog niet eerder op een dinsdag op bezoek gekomen – en op deze dag, en op vrijdag, iedere week, krijgen de vrouwen les in hun cel. Op de afdeling van mrs Jelf ontmoette ik een van de onderwijzeressen. Ze gaf me een hand toen de bewaarster me voorstelde, en zei dat ze van me had gehoord – ik dacht dat ze bedoelde: via een van de vrouwen, maar het bleek dat ze Pa's boek kende. Haar naam is mrs Bradley, meen ik. Ze is aangenomen om de vrouwen les te geven en heeft drie jongedames om haar te assisteren. Het zijn altijd jongedames die haar helpen, zei ze, ieder jaar een nieuwe oogst, want ze zijn nog niet bij haar begonnen of ze vinden een echtgenoot, en dan vertrekken ze weer. Aan de manier waarop ze tegen me sprak kon ik merken dat ze me ouder schatte dan ik ben.

Toen we haar tegenkwamen, duwde ze een wagentje door de gang, beladen met boeken, leien en papier. Ze vertelde me dat de vrouwen in Millbank doorgaans erg onwetend zijn en 'zelfs de Schrift' niet kennen; dat veel gevangenen wel kunnen lezen maar niet schrijven, en dat andere geen van beide kunnen – volgens haar zijn ze in dat opzicht erger dan de mannen. 'Deze,' zei ze, wijzend naar de boeken op haar karretje, 'zijn bestemd voor de beste leerlingen.' Ik bukte me om ze te bekijken. Ze waren erg versleten, en nogal slap; ik stelde me de vele vrouwen voor die ze met hun ruwe werkhanden hadden beetgepakt en verfrommeld tijdens hun verblijf in Millbank, verveeld of gefrustreerd. Ik dacht dat er titels bij waren die wij vroeger thuis ook hadden, Sullivans *Spellingsboek*, een *Catechismus van de geschiedenis van Engeland*, en *De universele leermeester* van Blair – ik weet zeker dat miss Pulver me daar passages uit liet opzeggen toen ik een kind was. Als Stephen met vakantie thuis was pakte hij soms zo'n boek, en dan lachte hij en zei dat je daar niets uit kon leren.

'Natuurlijk,' zei mrs Bradley toen ze me naar die schimmige titels zag turen, 'gaat het niet aan om de vrouwen splinternieuwe boeken te geven. Ze springen er zo slordig mee om! We merken soms dat er bladzijden uit zijn gescheurd, die voor van alles en nog wat worden gebruikt.' Ze zei dat de vrouwen het papier gebruiken om krullen te zetten in hun kortgeknipte haar, onder hun muts.

Ik had de *Leermeester* opgepakt, en terwijl de bewaarster mrs Bradley toegang verschafte tot een naburige cel, sloeg ik het boek open om een beetje in de halfvergane bladzijden te neuzen. In die omgeving deden de vragen bizar aan, en toch ging er een eigenaardige poëzie van uit, vond ik. *Welke graansoorten zijn het best geschikt voor harde grond? Hoe heet het zuur waarin zilver oplost?* Ver weg in de gang klonk een dof, onregelmatig geprevel, het knerpen van stevige schoenzolen op zand, de kreet van miss Ridley: 'Sta stil en zeg het A B C op, zoals mevrouw je heeft gevraagd!'

Waar komen suiker, olie en rubber vandaan?
Wat is reliëf, en hoe zullen schaduwen vallen?

Ten slotte legde ik het boek terug op het karretje en liep verder de gang in, af en toe halt houdend om naar de vrouwen te kijken die met gefronst voorhoofd of mopperend boven de gedrukte pagina's zaten. Ik passeerde de vriendelijke Ellen Power, en het katholieke meisje met het droevige gezicht – Mary Ann Cook – die haar baby had gesmoord, en Sykes, de ontevreden gevangene die de bewaarsters lastigvalt met vragen over haar vrijlating. En toen ik de boog bereikte waar de gang een hoek maakt, hoorde ik geprevel dat ik herkende, en liep nog een klein eindje door. Het was Selina Dawes. Ze zei een passage uit de bijbel op voor een dame, die glimlachend luisterde.

Ik ben vergeten welke tekst het was. Ik werd getroffen door haar accent, dat zo vreemd klinkt in deze omgeving, en door haar houding, die zo gedwee was – want ze had opdracht gekregen midden in haar cel te gaan staan, met haar handen netjes gevouwen voor haar schort en haar hoofd diep gebogen. Ik heb me haar voorgesteld – als ik al aan haar dacht – als het portret van Crivelli, mager en streng en somber. Ik heb soms gedacht aan alles wat ze zei over haar geesten, hun geschenken, de bloem; ik heb me haar blik herinnerd, die me zo in verwarring bracht. Vandaag echter, met haar tere hals die op en neer ging onder de linten van haar gevangenismuts, haar stukgebeten lippen die bewogen, haar neergeslagen ogen, de elegante lerares die toekeek, leek ze alleen maar jong, en machteloos, en triest, en ondervoed, en ik had met haar te doen. Ze merkte pas dat ik stond te kijken toen ik nog een stap deed – toen sloeg ze haar ogen op, en haar geprevel stokte. Haar wangen werden vlammend rood, en ook ik voelde mijn gezicht gloeien. Ik herinnerde me wat ze tegen me had gezegd, dat de hele wereld naar haar mocht kijken, dat het een deel van haar straf was.

Ik wilde weglopen, maar de onderwijzeres had me ook in het oog gekregen en stond nu op en knikte. Wilde ik de gevangene spreken? Ze waren zo klaar. Dawes kende haar les op haar duimpje.

'Ga door,' zei ze toen, 'je doet het uitstekend.'

Ik had kunnen toekijken en meeluisteren wanneer een andere vrouw hakkelend haar tekst opzei, geprezen werd, en dan tot zwijgen verviel, maar ik vond het niet prettig Dawes dat te zien doen. Ik zei: 'Ik kom je wel een andere keer bezoeken, want ik zie dat je bezig bent.' En ik knikte de onderwijzeres toe en liet me door mrs Jelf naar de cellen van de verderop gelegen afdeling escorteren, en ik bracht een uur door met het bezoeken van de vrouwen daar.

Maar o! dat uur was zo troosteloos, en de vrouwen leken me allemaal even saai. De eerste bij wie ik kwam, legde haar werk terzijde, stond op en maakte een revérence, en knikte en gedroeg zich schichtig terwijl mrs Jelf het hek weer dichtmaakte, maar zodra we alleen waren, wenkte ze me en fluisterde, met riekende adem: 'Kom eens wat dichterbij! Ze mogen me niet horen! Als ze me horen, zullen ze me bijten! O, ze zullen me bijten tot ik het uitschreeuw!'

Ze had het over ratten. Ze zei dat er 's nachts ratten zijn, ze voelt hun koude poten op haar gezicht terwijl ze ligt te slapen, en als ze wakker wordt, is ze gebeten; en ze stroopte de mouw van haar japon op en liet me de sporen op haar arm zien – ik ben er zeker van dat het afdrukken waren van haar eigen tanden. Ik vroeg hoe de ratten dan in haar cel konden komen. Ze zei dat de bewaarsters dat doen. Ze zei: 'Ze duwen ze door het oog' – ze bedoelde het inspectieluikje naast haar deur – 'ze duwen ze aan hun staart naar binnen, ik zie hun witte handen duwen. Ze laten ze op de stenen vloer vallen, een voor een...'

Wilde ik met miss Haxby gaan praten, om de ratten weg te laten halen?

Ik beloofde het, louter en alleen om haar tot bedaren te brengen, en daarna verliet ik haar. De volgende vrouw die ik bezocht, leek echter al evenmin bij haar verstand te zijn, en de derde – een prostituee, Jarvis geheten – beschouwde ik aanvankelijk als zwakzinnig, want tijdens ons hele gesprek stond ze te draaien en te schuifelen, zonder me aan te kijken, terwijl ze haar glansloze blik voortdurend over mijn kleding en mijn kapsel liet glijden. Op het laatst werd het haar blijkbaar te machtig, en ze barstte uit: Hoe kon ik het verdragen om zo eenvoudig gekleed te gaan! Mijn japon was nota bene haast net zo saai als die van de bewaarsters! Het was erg genoeg dat zij zulke kleding moesten dragen; ze zou ervan gruwen om rond te lopen in een jurk zoals de mijne als ze weer vrij was en zich kon kleden zoals het haar beliefde!

Ik vroeg haar wat zij zou kiezen als ze in mijn plaats was, en ze antwoordde meteen: 'Ik zou een gazen japon nemen, en een mantel van otterbont, en een strohoed met lelies erop.' En wat voor schoeisel? 'Zijden muiltjes, met linten tot aan de knie!'

Maar dat, wierp ik voorzichtig tegen, was kleding voor een feest of een bal. Ze zou zoiets toch niet aantrekken als ze naar Millbank ging?

O neen? Als Hoy en O'Dowd haar zo konden zien, en Griffiths en Wheeler en Banks, en mrs Pretty, en miss Ridley? Nou, reken maar!

Op het laatst werd haar geestdrift zo tomeloos dat ik me zorgen begon te maken. Ze ligt natuurlijk elke avond in haar cel te fantaseren over die japon, en zich het hoofd te breken over de afwerking. Toen ik echter aanstalten maakte om naar het hek te lopen en de bewaarster te roepen, sprong ze op me af en kwam vlak bij me staan. Haar blik was nu helemaal niet dof meer, maar tamelijk listig.

'We hebben een fijn gesprek gehad, nietwaar?' zei ze. Ik knikte – 'Inderdaad' – en liep weer naar het hek. Nu kwam ze nog dichterbij. Waar, vroeg ze vlug, ging ik hierna op bezoek? Ging ik naar Afdeling B? Want in dat geval, o, wilde ik dan alsjeblieft even een boodschap overbrengen aan haar vriendin Emma White? Ze stak haar hand uit naar mijn mantelzak, naar mijn notitieboekje en pen. Een blaadje uit mijn schrift was voldoende, zei ze, ik kon het 'in een ommezien' door de tralies van Whites cel steken. Een half blaadje maar! 'Ze is mijn nicht, juffrouw, ik zweer het, u mag het aan elke bewaarster vragen.'

Ik was dadelijk achteruit gedeinsd, en duwde nu haar opdringerige hand weg. 'Een boodschap?' zei ik, verbaasd en ontsteld. O, maar ze wist heel goed dat ik geen boodschappen mocht overbrengen! Wat zou miss Haxby van me denken als ik dat deed? Wat zou miss Haxby van háár denken, dat ze zoiets vroeg? De vrouw week een eindje terug, maar ze wist van geen ophouden: wat had miss Haxby er nu voor last van als White wist dat haar vriendin Jane aan haar dacht? Het speet haar, zei ze, dat ze me had gevraagd mijn schrift te vernielen, maar kon ik niet even een berichtje doorgeven? Kon ik dat niet even doen? Kon ik niet even tegen White zeggen dat haar vriendin Jane Jarvis aan haar dacht, en haar dat graag wilde laten weten?

Ik schudde mijn hoofd, en klopte op de tralies van het hek ten teken dat mrs Jelf me moest komen bevrijden. 'Je weet dat je dat niet mag vragen,' zei ik. 'Je weet dat het niet mag, en ik vind het erg jammer dat je het toch gedaan hebt.' Daarop werd haar listige blik nors, en ze wendde zich af en sloeg haar armen om haar bovenlijf. 'Val dan maar dood!' zei ze, luid en duidelijk – maar niet zo luid dat de bewaarster het kon horen, boven het knarsen van haar schoenen op de met zand bestrooide gangvloer uit.

Het was vreemd te merken hoe weinig haar verwensing me raakte.

Ik had met mijn ogen staan knipperen toen ik hoorde wat ze zei, maar nu staarde ik haar onbewogen aan, en ze zag het en trok een zuur gezicht. Toen kwam de bewaarster. 'Ga door met je naaiwerk,' zei ze vriendelijk, terwijl ze me uit de cel bevrijdde en het hek op slot deed. Jarvis aarzelde, trok toen haar stoel naar de andere kant van de cel en pakte haar werk op. En nu keek ze niet nors of zuur, maar zag ze er, net als Dawes, alleen maar ongelukkig uit, en ziek.

Zo te horen waren de jongedames van mrs Bradley nog bezig in de cellen van Afdeling E; maar ik verliet die verdieping nu, en ging omlaag naar de Eerste Klasse-afdelingen, en liep door de gangen met de bewaarster, miss Manning. Terwijl ik naar de vrouwen in hun cellen keek, vroeg ik me onwillekeurig toch af wie van hen degene was aan wie Jarvis zo graag een berichtje wilde sturen. Ten slotte vroeg ik, heel zachtjes: 'Hebt u hier een gevangene die Emma White heet, miss Manning?', en toen ze bevestigend antwoordde, en vroeg of ik haar wilde bezoeken, schudde ik mijn hoofd, aarzelde, en zei dat me alleen ter ore was gekomen dat een vrouw op de afdeling van mrs Jelf graag wilde weten hoe het met haar ging. Haar nicht, nietwaar? Jane Jarvis?

Miss Manning snoof verachtelijk. 'Haar nicht, zei ze dat? Ach wat, zij is net zo min een nicht van Emma White als ik!'

Ze zei dat White en Jarvis berucht zijn in de gevangenis als een stel 'kameraden', en dat ze 'erger dan tortelduifjes' waren. Ik zou nog wel merken dat de vrouwen zulke vriendschappen sloten, dat gebeurde in elke gevangenis waar ze ooit had gewerkt. Het was de eenzaamheid, zei ze, die hen ertoe bracht. Zijzelf had harde vrouwen ziek van verliefdheid zien worden, omdat ze verkikkerd waren geraakt op een meisje dat ze hadden gezien, en het meisje niets van hen wilde weten, of al een kameraad had waar ze meer om gaf. Ze lachte. 'Pas maar op dat niemand u als kameraad uitkiest, juffrouw,' zei ze. 'Er zijn hier wel vrouwen geweest die romantische gevoelens kregen voor hun bewaarster, en om die reden naar een andere gevangenis moesten worden overgeplaatst. En het misbaar dat ze maken als ze worden weggehaald, is heel komisch!'

Ze lachte weer, waarna ze nog een eindje verder liep, en ik volgde, maar voelde me niet op mijn gemak – want ik heb hen al eerder over 'kameraden' horen praten, en heb dat woord zelf ook gebruikt, maar het verontrustte me dat het die speciale betekenis had zonder dat ik het had geweten. Ik vind het evenmin een prettige gedachte dat ik, in mijn onschuld, bijna de middelaarster was geweest voor Jarvis' duistere hartstochten...

Miss Manning bracht me naar een hek. 'Daar zit die White,' prevelde ze, 'met wie Jane Jarvis zo wegloopt.' Ik keek de cel in en zag een gezette jonge vrouw met een geel gezicht, turend op een rij scheve steken in de canvas zak die ze moest naaien. Ze stond op toen ze ons zag en maakte een revérence. Miss Manning zei: 'Het is wel goed, White. Nog nieuws van je dochter?' en daarna, tegen mij: 'White heeft een dochter, juffrouw, die nu onder de hoede van een tante is. Maar wij denken dat de tante niet deugt – nietwaar, White? – en vrezen dat ze de kleine meid ook op het slechte pad zal brengen.'

White zei dat ze geen bericht had gekregen. Toen ze mijn blik opving, wendde ik me af, en ik liet miss Manning bij het hek achter en zocht een andere bewaarster om me naar de mannengevangenis te escorteren. Ik was blij dat ik weg kon, blij zelfs om in de schemering het terrein over te steken en de regen op mijn gezicht te voelen; want alles wat ik daar gezien en gehoord had – de zieke vrouwen en de zelfmoordenaressen, en de ratten van de krankzinnige vrouw, en de kameraden, en het gelach van miss Manning –, het had me allemaal doen gruwen. Ik herinnerde me hoe ik na mijn eerste gevangenisbezoek de frisse lucht in was gelopen en me had voorgesteld dat mijn eigen verleden stevig werd dichtgesnoerd, zodat ik het kon vergeten. Nu werd mijn mantel zwaar van de regen, en mijn donkere rokken werden nog donkerder aan de zoom, waar de natte aarde bleef kleven.

Ik ging met een huurrijtuig naar huis en nam rustig de tijd om de koetsier te betalen, in de hoop dat Moeder het zou zien. Maar nee: ze was in de salon om ons nieuwe dienstmeisje te ondervragen. Het is een vriendin van Boyd, een ouder meisje, zij heeft niets op met spookverhalen en beweert de vacante plaats graag te willen innemen – ik vermoed dat Boyd zo door Moeder is geterroriseerd dat ze haar heeft omgekocht, want de vriendin is momenteel een heel wat beter loon gewend. Ze zegt echter dat ze bereid is een shilling per maand op te geven voor een eigen kamertje en een ledikant voor haar alleen: in haar huidige dienstje moet ze haar onderkomen delen met de kokkin, die 'slechte gewoonten' heeft; bovendien wil ze graag in de buurt wonen van een vriendin die ook in betrekking is in de omgeving van de rivier. Moeder zei: 'Ik weet het nog zo net niet. Mijn andere meisje zal het niet prettig vinden als je je airs geeft. En zeg maar tegen je vriendin dat ze hier niet aan de deur mag komen. Ik wil ook niet hebben dat jij je werk afraffelt om haar te gaan bezoeken.' Het meisje zei dat dat nooit in haar hoofd zou opkomen, en Moeder heeft zich bereid verklaard haar voor een maand op proef te nemen. Ze komt aanstaande zaterdag. Ze heeft een lang gezicht en ze heet Vigers. Ik zal die naam met genoegen uitspreken, ik hield nooit zo van 'Boyd'.

'Jammer dat ze zo lelijk is!' zei Pris, die achter het gordijn stond te kijken toen ze het huis verliet; ik glimlachte – en daarna dacht ik iets heel ergs. Ik herinnerde me Mary Ann Cook, in Millbank, die lastig was gevallen door de zoon van haar werkgever, en ik dacht aan mr Barclay die hier kind aan huis is, en aan mr Wallace, en aan Stephens vrienden die soms komen – en ik was blij dat ze niet mooi is.

En misschien dacht Moeder wel net zoiets, want ze schudde haar hoofd om Prissy's opmerking. Vigers zou goed voldoen, zei ze. Dat gold voor alle lelijke meisjes, die waren loyaler. Het was een verstandig meisje, dat terdege haar plaats zou kennen. Nu zou het afgelopen zijn met die onzin over krakende traptreden!

Pris luisterde met een ernstig gezicht. Zij zal natuurlijk aan heel wat meisjes leiding moeten geven in Marishes.

'Het is nog steeds gebruik in sommige voorname huizen,' zei mrs Wallace toen ze vanavond een kaartje legde met Moeder, 'om de meiden in de keuken te laten slapen, op planken. Toen ik een kind was, hadden we een jongen die altijd op de kist met het zilver sliep. De kokkin was de enige bediende in huis die een hoofdkussen bezat.' Ze zei dat ze niet begreep hoe ik het uithield om het hitje boven mijn hoofd te horen rondscharrelen wanneer ik in bed lag. Ik zei dat ik bereid was het te trotseren ter wille van mijn uitzicht op de Theems, waar ik aan verknocht was, en dat het trouwens mijn ervaring was dat hitjes – als ze zich niet de stuipen op het lijf lieten jagen – doorgaans te moe waren om in hun bed iets anders te doen dan slapen.

'Dat mag ik hopen!' riep ze.

Moeder zei daarop dat mrs Wallace alles wat ik te berde bracht over het onderwerp 'dienstboden' volstrekt moest negeren. 'Margaret weet net zomin raad met een dienstbode,' zei ze, 'als met een koe.'

Daarna ging ze over op een ander onderwerp, en vroeg of wij een verklaring konden geven voor een eigenaardige zaak. Naar verluidt waren er dertigduizend nooddruftige naaisters in de stad, en zij had nog niet één meisje kunnen vinden dat in staat was een rechte zoom te naaien in een linnen mantel, voor minder dan een pond... et cetera.

Ik dacht dat Stephen misschien zou komen, met Helen, maar hij kwam niet – wellicht hield de regen hen thuis. Ik wachtte tot tien uur en ging toen naar boven, en zojuist is Moeder geweest, om me mijn drankje te geven. Ik zat in mijn nachthemd toen ze kwam, met de plaid om me heen, en omdat ik mijn japon had uitgetrokken, was het medaillon om mijn hals zichtbaar. Dat ontging haar natuurlijk niet, en ze zei: 'Neen toch, Margaret! Als ik denk aan alle mooie sieraden die je hebt, die ik nooit te zien krijg, en dan draag je nog steeds dat oude ding!' Ik zei: 'Maar dit heb ik van Pa gekregen' – ik zweeg over de blonde haarkrul in het medaillon, ze weet niet dat ik die heb. Ze zei: 'Maar zo'n onooglijk oud ding!' Ze vroeg waarom ik, als ik een aandenken aan mijn vader wilde, nooit de broches of de ringen droeg die ze na zijn dood had laten vermaken. Ik gaf geen antwoord, maar stopte het medaillon onder mijn nachthemd. Het voelde heel koud aan op de blote huid van mijn boezem.

En terwijl ik het chloraal voor haar plezier opdronk, zag ik haar naar de platen kijken die ik naast mijn schrijftafel heb opgeprikt, en toen naar dit dagboek. Ik had het dichtgeklapt, maar mijn pen ertussen laten zitten als bladwijzer. 'Wat is dat?' vroeg ze. 'Wat schrijf je daar?' Ze zei dat het ongezond was om zo veel tijd aan een dagboek te besteden; het zou me terugwerpen op mijn eigen donkere gedachten en me vermoeien. Ik dacht: Als u niet wilt dat ik vermoeid raak, waarom geeft u me dan een drankje om me te laten slapen? Maar dat zei ik niet hardop. Ik borg alleen het dagboek op, en haalde het weer tevoorschijn toen ze weg was.

Twee dagen geleden pakte mr Barclay een roman op die Priscilla terzijde had gelegd, bladerde erin en lachte erom. Hij houdt niet van vrouwelijke auteurs. Het enige wat een vrouw ooit kan schrijven, zegt hij, is 'een journaal van het hart' – de uitdrukking is me bijgebleven. Ik moest denken aan mijn vorige dagboek, dat zo veel van mijn eigen hartenbloed bevatte, en waarvan het verbranden zeker zo lang duurde als het verbranden van een mensenhart, naar men zegt, vergt. Dit dagboek moet anders worden. Het schrijven moet me niet terugwerpen op mijn eigen gedachten, maar verhinderen, net als het chloraal, dat de gedachten zelfs maar opkomen.

En o! dat zou best lukken, ware het niet dat Millbank me vandaag bestookt heeft met zonderlinge herinneringen. Ik heb mijn bezoek weliswaar in kaart gebracht, ik heb mijn weg door de vrouwengevangenis getraceerd, net als eerst, maar het werk heeft me niet tot rust gebracht: het heeft mijn brein vlijmscherp gemaakt, zodat het lijkt of mijn gedachten blijven haken aan alles waar ze overheen strijken, en het lostrekken. 'Denk aan ons,' zei Dawes vorige week tegen me, 'de volgende keer dat u wakker ligt' – en nu, zo wakker als ze zich maar wensen kan, doe ik dat. Ik denk aan al de vrouwen daar, in de donkere gevangenis; maar in plaats van zwijgend in hun cel te liggen, lopen ze rusteloos heen en weer. Ze zoeken een touw om rond hun hals te binden. Ze slijpen een mes om in hun vlees te snijden. Jane Jarvis, de prostituee, roept naar White, twee verdiepingen lager, en Dawes prevelt de zonderlinge versregels van Millbank. Nu vang ik de woorden op – ik denk dat ik ze samen met haar zal opzeggen, de hele nacht lang.

Welke graansoorten zijn het best geschikt voor harde grond?
Hoe heet het zuur waarin zilver oplost?
Wat is *reliëf*, en hoe zullen schaduwen vallen?

12 OKTOBER 1872

> *Veelgestelde vragen over de aard van de sferen*
> *en het antwoord daarop*
> door
> De vriend van het medium

Waarheen gaat een geest wanneer hij het lichaam verlaat waarin hij huisde?
Hij gaat naar de laagste sfeer die alle nieuwe zielen moeten aandoen.

Hoe begeeft de geest zich daarheen?
Hij begeeft zich daarheen in het gezelschap van een van de gidsen of geleidegeesten die we engelen noemen.

Hoe doet de laagste sfeer zich voor aan de geest die de aarde zojuist heeft verlaten?
Deze doet zich aan hem voor als een oord van grote rust, licht, kleur, blijdschap, &c.; elke plezierige eigenschap mag hier worden ingevuld, deze sfeer bezit ze allemaal.

Door wie wordt de nieuwe geest in deze sfeer ontvangen & welkom geheten?
Bij aankomst in deze sfeer wordt de geest door de reeds genoemde gids naar een plaats gebracht waar alle vrienden & familieleden die hem zijn voorgegaan, zich hebben verzameld. Zij begroeten hem met een glimlach, leiden hem naar een vijver met blinkend water & laten hem daar baden. Ze geven hem kledingstukken om zijn ledematen te bedekken; ze hebben al een huis voor hem in gereedheid gebracht.

De kledingstukken & het huis zijn gemaakt van prachtige materialen.

Welke taak heeft de geest zolang hij in deze sfeer vertoeft?
Hij heeft tot taak zijn gedachten te zuiveren ter voorbereiding op zijn reis naar de volgende sfeer.

Hoeveel sferen zijn er die een geest op deze wijze moet aandoen?
Er zijn er zeven, & de hoogste sfeer is de woning van de liefde die we God noemen!

In hoeverre kunnen geesten rekenen op een geslaagde voortgang door deze sferen wanneer zij als mens niet bijzonder godsdienstig, vrijgevig, goed gesitueerd &c. zijn geweest?
Mensen die een vriendelijke & zachtmoedige aard hebben gecultiveerd, zullen gemakkelijk vorderen, ongeacht hun vroegere rang of stand. Mensen met een laaghartige, gewelddadige of wraakzuchtige inborst zullen – hier is het papier gescheurd, ik denk dat er 'belemmeringen' staat – op hun weg aantreffen. Uitzonderlijk verdorven lieden zullen zelfs niet worden toegelaten tot de laagste sfeer die hierboven reeds werd beschreven. Zij zullen naar een oord van duisternis worden gebracht & daar zware arbeid moeten verrichten totdat ze hun wandaden hebben bekend & berouw hebben getoond. Dit proces kan vele duizenden jaren in beslag nemen.

Hoe verhoudt het medium zich tot deze sferen?
Het is het medium niet toegestaan de zeven sferen te betreden, maar soms zal hij of zij naar de toegangspoort worden gebracht & aldus een glimp van die wondere wereld kunnen opvangen. Hij of zij kan ook naar het duistere oord worden gebracht waar de slechte geesten zwoegen, teneinde dat te aanschouwen.

Wat is het ware thuis van het medium?
Het ware thuis van het medium is noch deze wereld noch de volgende, maar het vage & omstreden gebied dat ertussen ligt. – Op deze plek heeft mr Vincy een briefje geplakt, 'Bent u een medium & op zoek naar uw ware thuis? U zult het vinden in...' & dan volgt het adres van dit hotel. Hij heeft het boek gekregen van een mijnheer in

Hackney, & wil het doorgeven aan een mijnheer in Farringdon Road. Hij kwam het me heel stilletjes brengen, & zei 'Denk erom, ik laat zulke dingen niet aan iedereen zien. Ik geef dit bijvoorbeeld niet aan miss Sibree. Ik bewaar zulke boeken alleen voor mensen over wie ik een bepaald gevoel heb.'

Om te verhinderen dat een bloem verwelkt. – Voeg een weinig glycerine toe aan het water in de vaas. Dit voorkomt dat de bloemblaadjes afvallen of bruin worden.

Om een voorwerp lichtgevend te maken. – Koop een hoeveelheid lichtgevende verf, bij voorkeur in een buurt waar men u niet kent. Verdun de verf met een weinig terpentine, leg er repen mousseline in & laat die enige tijd weken. Wanneer u de mousseline na het drogen uitschudt, zal er een lichtgevend poeder uit vallen, dat u kunt verzamelen & waarmee u elk willekeurig voorwerp kunt bedekken. De lucht van de terpentine kan worden verdoezeld met een weinig parfum.

15 OKTOBER 1874

Naar Millbank. Ik arriveerde bij de binnenpoort en zag daar enkele cipiers op een kluitje bijeen staan, alsmede twee bewaarsters, miss Ridley en miss Manning, met over hun gevangenisjapon een ruige wollen cape, waarvan ze de capuchon hadden opgezet tegen de kou. Er zou zo dadelijk een lading gevangenen worden bezorgd, zei ze, afkomstig uit politiecellen en andere gevangenissen, en zij en miss Manning waren gekomen om de vrouwen mee te nemen. Ik vroeg: 'Vindt u het goed als ik ook blijf wachten?' Ik had nooit eerder gezien hoe ze nieuwkomers behandelen. We stonden er een poosje, de cipiers bliezen op hun handen; toen kwam er uit het poortgebouw een kreet, gevolgd door het geluid van hoeven en ijzeren wielen, en een raamloos voertuig dat er afschrikwekkend uitzag – de gevangenwagen – draaide de met grind bestrooide binnenplaats van Millbank op. Miss Ridley en een oudere cipier liepen erheen om de koetsier te begroeten en daarna de portieren te openen. 'Ze laten de vrouwen er het eerst uit,' zei miss Manning tegen mij. 'Kijk, daar komen ze.' Ze stapte naar voren, haar cape wat dichter om zich heen trekkend. Ik bleef echter staan, om de gevangenen die nu te tevoorschijn kwamen aandachtig op te nemen.

Het waren er vier: drie meisjes, vrij jong nog, en een vrouw van middelbare leeftijd met een blauwe plek op haar wang. Elk van de vier had handboeien om en hield haar handen stijf voor haar lichaam; elk van de vier struikelde bijna toen ze van de hoge tree aan de achterkant van de wagen sprong, bleef even staan en staarde met knipperende ogen om zich heen, naar de bleke lucht en naar Millbanks afzichtelijke torens en gele muren. Alleen de oudere vrouw scheen niet bang te zijn – maar zij was eraan gewend, zo bleek, want toen de bewaarsters naar voren kwamen om de vrouwen in een slordige rij te zetten en weg te leiden, zag ik hoe miss Ridley haar ogen tot spleetjes kneep. 'Jij weer, Williams,' zei ze, en het beurse gezicht van de vrouw scheen te betrekken.

Ik liep aan het eind van de kleine stoet, achter miss Manning. De jongere vrouwen bleven nogal angstig om zich heen kijken, en een van hen prevelde haar buurvrouw iets in het oor en moest tot de orde worden geroepen. Hun onzekerheid deed me terugdenken aan mijn eigen eerste bezoek aan de gevangenis, nog geen maand geleden; maar hoe vertrouwd ben ik nu al met de saaie, eentonige routes, die me eens zo perplex deden staan! en met de cipiers, de bewaarsters, de hekken en deuren zelfs, met hun sloten en grendels – die allemaal een beetje anders dichtslaan of klikken of dreunen of knarsen, afhankelijk van hun functie en de sterkte van het materiaal. Het was merkwaardig om dit te bedenken, bevredigend en verontrustend tegelijk. Ik herinnerde me de opmerking van miss Ridley dat ze de gevangenis al zo vaak had doorkruist dat ze geblinddoekt door de gangen zou kunnen lopen, en ik bedacht dat ik de bewaarsters had beklaagd, omdat zij evenzeer aan de strenge regels van Millbank onderworpen waren als de gevangenen.

Daarom deed het me bijna plezier toen bleek dat we het vrouwengebouw betraden via een ingang die ik niet kende, en vandaar in een reeks vertrekken kwamen die ik nooit eerder had bezocht. In het eerste troffen we de administratrice, die belast was met de taak de papieren van alle nieuwkomers te controleren, en de belangrijkste gegevens te noteren in een dik boek. Ook zij keek de vrouw met de beurse wang scherp aan. 'Jouw naam hoef ik niet te vragen,' zei ze, terwijl ze op het blad schreef dat voor haar lag. 'Wat zijn de gruwelijke feiten, miss Ridley?'

Miss Ridley las voor van een stuk papier dat ze bij zich had. 'Diefstal,' zei ze kort en bondig. 'En grove mishandeling van de politieagent die haar aanhield. Vier jaar.' De administratrice schudde haar hoofd: 'En je bent hier pas vorig jaar ontslagen, is het niet, Williams? En je had hoge verwachtingen van een betrekking bij een christelijke dame, herinner ik me. Wat is daar dan gebeurd?'

Miss Ridley antwoordde dat de diefstal in het huis van de christelijke dame had plaatsgevonden, en dat de politieagent met een van de eigendommen van de christelijke dame was mishandeld. Toen alle bijzonderheden naar behoren waren genoteerd, stuurde ze Williams met een handgebaar naar haar plaats en wenkte een van de andere gevangenen bij zich. Dit was een donkerharig meisje – donker als een zigeunerin. De bewaarster liet haar een ogenblik wachten terwijl ze een paar nieuwe aantekeningen maakte in haar boek. 'Zo, Suzanne-met-de-zwarte-ogen,' zei ze ten slotte op milde toon, 'hoe heet je?'

Het meisje heette Jane Bonn, was tweeëntwintig jaar en was naar Millbank gestuurd wegens het verrichten van een abortus.

De volgende – ik ben haar naam vergeten – was vierentwintig jaar, en zakkenrolster.

Nummer drie was zeventien, en had ingebroken in de kelder van een winkel en daar brand gesticht. Ze begon te schreien toen ze werd ondervraagd, en bracht een hand naar haar gezicht om hulpeloos over haar ogen en lopende neus te wrijven, totdat miss Manning naar voren kwam en haar een zakdoek aanreikte. 'Stil maar,' zei miss Manning. 'Je huilt alleen omdat alles nog zo vreemd voor je is.' Ze legde haar vingers op het bleke voorhoofd van het meisje en streek haar krullen glad. 'Stil maar.'

Miss Ridley keek toe, maar zei niets. De administratrice zei: 'O!' – ze had boven aan de bladzijde een fout ontdekt, en begon die nu met gefronst voorhoofd te corrigeren.

Toen alle zaken hier waren afgehandeld, werden de vrouwen naar het volgende vertrek gebracht, en daar niemand me te kennen gaf dat mijn aanwezigheid niet langer op prijs werd gesteld, besloot ik maar met hen mee te gaan, om de procedure tot het eind toe bij te wonen. In deze ruimte bevond zich een houten bank, waarop de vrouwen moesten plaatsnemen, en één stoel. De stoel stond midden in de kamer, wat nogal onheilspellend aandeed, naast een kleine tafel. Op de tafel lagen een kam en een schaar, en toen de meisjes die zagen, ging er een soort collectieve huivering door hen heen. 'Ja ja,' zei de oudere vrouw met een vals lachje, 'rillen jullie maar. Hier raak je al je haren kwijt.' Miss Ridley legde haar dadelijk het zwijgen op, maar het kwaad was al geschied, en de meisjes keken nu radelozer dan ooit.

'Alstublieft, mevrouw,' riep een van hen, 'knip mijn haar niet af! O, alstublieft!'

Miss Ridley pakte de schaar en knipte een paar maal in de lucht, waarna ze mij aankeek. 'Je zou denken dat ik het op hun ogen had gemunt, nietwaar, miss Prior?' Ze wees met de punten van de schaar naar een van de sidderende meisjes – de brandstichtster – en toen naar de stoel. 'Vooruit, kom hier,' zei ze, en daarna, toen het meisje aarzelend bleef zitten: 'Kom hier!' op zo'n angstaanjagende toon dat zelfs ik ervan schrok. 'Of moeten we een paar bewakers halen om je armen en benen vast te houden? Ze komen rechtstreeks van de mannenafdeling, bedenk dat wel, dus ze zijn nogal ruw.'

Daarop kwam het meisje met tegenzin overeind, en ging bevend op de stoel zitten. Miss Ridley plukte de bonnet van haar hoofd en woelde met haar vingers door haar haar, om de krullen los te maken en de spelden die ze op hun plaats hielden te verwijderen; de bonnet werd doorgegeven aan de administratrice, die er een aantekening van maakte in haar grote boek, onderwijl zachtjes fluitend en sabbelend op een pepermuntje. Het haar van het meisje was roestbruin, en op sommige plaatsen stijf en donker van het zweet of de haarolie. Toen ze het in haar nek voelde vallen, begon ze weer te schreien, en miss Ridley zuchtte en zei: 'Onnozel wicht, we hoeven het maar af te knippen tot aan de kaak. En wie zal je hier zien?' – maar dat maakte het meisje natuurlijk nog erger aan het huilen. Terwijl ze nog zat te sidderen, kamde de bewaarster de vettige tressen, pakte ze met één hand bijeen en maakte aanstalten om de schaar erin te zetten. Ik werd me plotseling bewust van mijn eigen haar, dat Ellis nog geen drie uur tevoren met een soortgelijk gebaar had opgetild en gekamd. Ik had het gevoel of alle lokken omhoogkwamen en tegen de speldjes duwden waarmee ze waren vastgezet. Het was afschuwelijk om te moeten toekijken terwijl de schaar raspte en het bleke meisje schreide en sidderde. Het was afschuwelijk, en toch kon ik mijn blik niet afwenden. Ik moest blijven kijken, samen met de drie bevreesde gevangenen, gefascineerd en beschaamd, totdat de bewaarster ten slotte haar vuist hief, waarin het afgeknipte haar slap neerhing, en toen een paar strengen de vochtige wang van het meisje raakten, rilde ze, en ik ook.

Daarna vroeg miss Ridley of het haar bewaard moest blijven. Als de gevangenen dat willen, kan het afgeknipte haar worden samengebonden en opgeslagen bij hun spullen, zodat ze het kunnen meenemen wanneer ze worden vrijgelaten. Het meisje staarde even naar de trillende paardenstaart, en schudde haar hoofd. 'Dan niet,' zei miss

Ridley. Ze liep met de tressen naar een rieten mand en liet ze daarin vallen. 'Daar hebben we in Millbank wel een bestemming voor,' zei ze geheimzinnig tegen mij.

Daarna moesten de andere vrouwen onder het mes. De oudere vrouw onderging de behandeling met veel vertoon van onverschilligheid, de dievegge net zo hulpeloos als het eerste meisje, en Suzanne-met-de-zwarte-ogen, de aborteuse – wier donkere haar lang en zwaar was, als een capuchon van teer of stroop – vloekend en trappend en zwaaiend met haar hoofd, zodat de administratrice erbij gehaald moest worden om samen met miss Manning haar polsen vast te houden, en miss Ridley, die knipte, buiten adem raakte en rood aanliep. 'Zo, het is gebeurd, klein monster!' zei ze ten slotte. 'Lieve deugd, wat een hoop haar heb jij, ik krijg mijn hand er amper omheen!' Ze hield de zwarte lokken omhoog, en de administratrice kwam dichterbij om ze te bekijken en een paar tressen tussen haar vingers te wrijven. 'Een prachtige bos!' zei ze bewonderend. 'Echt Spaans haar, noemen ze dat. We moeten er een koordje omheen binden, miss Manning. Dat zal een fraai haarstukje worden, reken maar.' Ze wendde zich tot het meisje: 'Kijk niet zo kwaad! Je zult zien hoe blij je bent als je over zes jaar je oude haar terugkrijgt!' Miss Manning bracht een touwtje, het haar werd vastgebonden, en het meisje keerde terug naar haar plaats op de bank. Haar nek vertoonde hier en daar rode plekken van de schaar.

Ik ging me steeds vreemder en ongemakkelijker voelen terwijl dit alles gebeurde; de vrouwen wierpen af en toe een slinkse, angstige blik in mijn richting, alsof ze zich afvroegen welke vreselijke rol ik zou spelen in hun gevangenschap – één keer, toen het zigeunermeisje zich verzette, zei miss Ridley: 'Foei, en dat terwijl de bezoekster toekijkt! Jou zal ze niet bezoeken, nu ze heeft gezien wat voor een driftkop je bent!' Toen het haarknippen was voltooid en ze haar handen stond af te vegen aan een doek, liep ik naar haar toe en vroeg zachtjes wat er nu met de vrouwen ging gebeuren. Zij antwoordde op haar normale spreektoon dat ze zich moesten uitkleden en een bad nemen, en dan werden ze overgedragen aan de gevangenisarts.

'Dan kunnen we zien,' zei ze, 'of ze niets op hun lichaam dragen' – ze zei dat de vrouwen soms op die manier voorwerpen naar binnen smokkelen, 'een pluk tabak, of zelfs een mes'. Na het onderzoek krijgen ze hun gevangeniskleding uitgereikt, en worden ze toegesproken door mr Shillitoe en miss Haxby; in hun cel worden ze bezocht door de aalmoezenier, mr Dabney. 'Daarna krijgen ze een dag en een nacht helemaal geen bezoek. Dan kunnen ze des te beter nadenken over hun misdaden.'

Ze hing de handdoek weer aan het haakje aan de muur, en keek toen langs me heen naar de beklagenswaardige vrouwen op de bank. 'Vooruit,' zei ze, 'trek die kleren eens uit. Kom, vlug een beetje!' De vrouwen, sprakeloos en mak als lammeren voor hun scheerders, stonden dadelijk op en begonnen aan de sluiting van hun jurk te wriemelen. Miss Manning bracht vier houten bladen en zette die aan hun voeten neer. Ik stond even naar het schouwspel te kijken – de kleine brandstichtster schudde het lijfje van haar japon van haar schouders zodat haar smerige onderkleding zichtbaar werd; het zigeunermeisje stak haar armen omhoog en toonde haar donkere oksels, waarna ze zich, met vergeefse zedigheid, omdraaide om de haakjes van haar keurslijf los te maken. Miss Ridley boog zich naar me toe en vroeg: 'Gaat u met hen mee naar binnen, miss Prior, om te kijken hoe ze zich wassen?' Ik knipperde met mijn ogen toen ik haar adem op mijn wang voelde, en wendde mijn hoofd af. Neen, zei ik, ik zou niet mee naar binnen gaan, ik ging nu door naar de cellen. Ze richtte zich op en haar mond trilde, en ik dacht dat ik in haar bleke, wimperloze ogen even een glimp van iets opving – een soort wrange voldoening, of spot.

Doch ze zei alleen: 'Zoals u wenst.'

Ik verliet de vrouwen toen, en keek niet meer om. Miss Ridley riep een bewaarster die ze in de gang voorbij hoorde komen, en verzocht haar mij naar de eigenlijke gevangenis te escorteren. Terwijl ik naast haar liep, zag ik door een half openstaande deur een vertrek waarvan ik aannam dat het de spreekkamer van de arts was: een naargeestige ruimte met een hoge houten ligbank, en een tafel waarop instrumenten lagen gerangschikt. Er was een heer aanwezig – de arts zelf, vermoed ik – maar hij keek niet op toen we voorbijkwamen. Hij hield zijn handen bij een lamp en stond zijn nagels te vijlen.

De vrouw naast wie ik nu liep, heette miss Brewer. Ze is nog jong – ik vond haar erg jong voor een bewaarster, maar het bleek dat ze eigenlijk geen bewaarster is, in de gewone zin des woords, maar assistente van de aalmoezenier. Ze draagt een andere kleur omslagdoek dan de bewaarsters op de afdelingen, en haar manier van doen leek vriendelijker, haar uitlatingen zachtmoediger dan de hunne. Tot haar taken behoort ook het behandelen van de post. De vrouwen van Millbank, vertelde ze me, mogen om de twee maanden één brief versturen en ontvangen; er zijn echter zo veel cellen dat ze vrijwel elke dag post moet rondbrengen. Ze zei dat het een prettige baan is – de prettigste in heel de gevangenis. Ze wordt het nooit moe de uitdrukking op het gezicht van de gevangenen te zien wanneer ze stilhoudt bij het hek van hun cel om hun een brief te overhandigen.

Ik zag daar het een en ander van, want ze zou net aan haar ronde beginnen toen ik haar tegenkwam, en ik liep met haar mee; de vrouwen die ze wenkte, slaakten kreten van verrukking en omklemden de brief die ze kregen aangereikt, of drukten die aan hun boezem of tegen hun mond. Slechts één vrouw keek angstig toen we haar cel naderden. Miss Brewer zei vlug: 'Niets voor jou, Banks. Wees maar niet bang', en ze vertelde me dat deze gevangene een zuster heeft die ernstig ziek is, en iedere dag een brief verwacht met slecht nieuws. Dat, zei ze, was de enige onplezierige kant aan haar werk. Ze zou het erg spijtig vinden om die brief te moeten brengen, 'want ik weet natuurlijk al wat erin staat voor Banks hem krijgt'.

Alle brieven van en naar de gevangenis gaan via de kamer van de aalmoezenier, en worden eerst gecontroleerd door mr Dabney of door haar. Ik zei: 'O, maar dan kent u het leven van alle vrouwen hier! Al hun geheimen, al hun plannen...'

Ze kleurde toen ze dat hoorde – alsof ze het nog niet eerder in dat licht had bezien. 'De brieven moeten gelezen worden,' antwoordde ze. 'Dat is voorschrift. En de berichten die erin staan zijn erg alledaags, weet u.'

We beklommen daarna de wenteltrap, passeerden de strafafdelingen en bereikten de hoogste verdieping, en daar viel me een gedachte in. Het stapeltje brieven werd kleiner. Er was er een voor Ellen Power, de bejaarde gevangene; ze zag de brief, en daarna mij, en knipoogde. 'Van mijn kleindochter,' zei ze. 'Die vergeet me nooit.' Zo liepen we verder, in de richting van het punt waar de gang een hoek maakte, en ten slotte ging ik wat dichter naast miss Brewer lopen en vroeg of ze soms iets voor Selina Dawes had. Ze keek me verbaasd aan. Voor Dawes? Neen, niets! En wat merkwaardig dat ik dat vroeg, want zij was zo'n beetje de enige vrouw in de gevangenis voor wie ze nooit een brief had!

Nooit? vroeg ik. Nooit, zei ze. Ze wist niet of Dawes helemaal in het begin weleens brieven had gekregen – dat was voor haar tijd. Maar er was de afgelopen twaalf maanden beslist niets voor haar gekomen, en ze had zelf ook geen enkele brief verstuurd.

'Heeft ze dan geen vrienden, geen familieleden, die aan haar denken?' vroeg ik, en miss Brewer zei schouderophalend: 'Als ze die ooit heeft gehad, dan heeft ze voorgoed met hen gebroken – of misschien hebben zij wel met haar gebroken. Dat komt ook voor, geloof ik.' Nu werd haar glimlach stroever. 'Kijk, er zijn hier vrouwen,' zei ze, 'die hun geheimen voor zich houden...'

Ze zei het nogal stijfjes en liep weer verder; toen ik haar had ingehaald, was ze al bezig een brief voor te lezen aan een vrouw die, veronderstel ik, zelf niet lezen kon. Haar woorden hadden me echter aan het denken gezet. Ik passeerde haar en liep het kleine eindje naar de tweede rij cellen. Ik deed het heel zachtjes, en voordat Dawes haar ogen naar me opsloeg, had ik een paar seconden de tijd om naar haar te kijken, door de tralies van het hek.

Ik had er voordien nooit echt over nagedacht of er in de buitenwereld iemand was die contact hield met miss Selina Dawes, die haar kwam bezoeken, die haar alledaagse of vriendelijke brieven zond. Nu ik wist dat er niemand was, leek het of de eenzaamheid en de stilte waarin ze leefde, nog intenser werden. Ik bedacht dat miss Brewer dichter bij de waarheid zat dan ze wel wist: Dawes houdt haar geheimen inderdaad voor zich; zelfs daar, in Millbank, doet ze dat. En ik herinnerde me ook iets wat een andere bewaarster me had verteld – dat Dawes, hoe mooi ze ook was, door geen van de gevangenen ooit als kameraad werd uitverkoren. Nu kon ik dat begrijpen.

Ik keek dus naar haar, en werd overstelpt door medelijden. En wat ik dacht was: *Je bent net als ik.*

Ik zou wensen dat ik het daarbij had gelaten en was doorgelopen. Doch terwijl ik keek, hief ze haar hoofd op en glimlachte, en ik zag haar verwachtingsvolle blik. En toen kon ik haar niet meer verlaten. Ik wenkte mrs Jelf, die verderop in de gang was, en toen ze de sleutel had gebracht en het hek had geopend, had Dawes haar breiwerk al terzijde gelegd en was ze opgestaan om me te begroeten.

Zij was het ook – nadat de bewaarster ons had herenigd, en om ons heen had staan draaien, en ons aarzelend alleen had gelaten – die het eerst sprak. Ze zei: 'Ik ben blij dat u gekomen bent!' Ze zei dat ze het jammer vond dat ze me de vorige keer niet had gesproken.

De vorige keer? zei ik. 'O ja. Maar je was bezig met je onderwijzeres.'

Ze wierp het hoofd in de nek. 'O, die,' zei ze. Ze zei dat men haar daar als een soort wonderkind beschouwt, omdat ze 's middags de bijbelteksten nog kent die 's morgens in de kapel zijn voorgelezen. Ze zei dat ze zich afvraagt waarmee ze haar lege uren anders zou moeten vullen.

Ze zei: 'Ik had veel liever met u gepraat, miss Prior. U was aardig tegen me bij ons vorige gesprek, en ik vrees dat ik dat niet verdiende. Ik heb sindsdien vaak gewenst – wel, u zei dat u vriendschap met me wilde sluiten. Ik heb hier nog niet veel ervaring gehad met vriendschap.'

Haar woorden gaven me veel voldoening, en maakten mijn sympathie en medelijden des te groter. We praatten een beetje, over het leven in de gevangenis. Ik zei: 'Ik denk dat je mettertijd wel zult worden overgeplaatst naar een minder strenge gevangenis – misschien naar Fulham?' Ze haalde slechts haar schouders op, en zei dat de ene gevangenis net zo goed was als de andere.

Ik had haar toen kunnen verlaten en naar een andere vrouw kunnen gaan, dan had ik nu rust gekend; maar ik werd te zeer door haar geïntrigeerd. Ten slotte kon ik me niet meer inhouden. Ik zei dat een van de bewaarsters me had verteld – met de beste bedoelingen, natuurlijk – dat ze nooit brieven ontving...

Was dat waar? vroeg ik. Was er buiten de muren van Millbank werkelijk niemand die zich haar leed aantrok? Ze keek me even vorsend aan, zodat ik dacht dat haar trots de kop weer opstak en ze geen antwoord wilde geven. Doch toen zei ze dat ze vele vrienden had.

De geesten, ja. Daar had ze me over verteld. Maar er moesten toch andere vrienden zijn, van vroeger, die haar misten? Weer haalde ze haar schouders op, zonder iets te zeggen.

'Heb je geen familie?'

Ze had een tante die was 'overgegaan', zei ze, en die bezoekt haar soms.

'Heb je geen vrienden,' vroeg ik, 'die nog leven?'

Toen geloof ik dat ze inderdaad een beetje hoogmoedig werd. Hoeveel vrienden, vroeg ze, zouden mij komen bezoeken als ik in Millbank zat? De wereld waarin ze vroeger leefde, zei ze, was wel niet erg voornaam, maar het was niet de wereld van 'dieven en booswichten' die veel vrouwen in Millbank hadden gekend. Bovendien 'wordt ze liever niet gezien' in zo'n oord, zei ze. Ze verkiest de geesten, die haar niet veroordelen, boven mensen die haar alleen maar uitlachen in haar 'tegenspoed'.

Dat woord leek met zorg gekozen. Toen ik het hoorde, dacht ik onwillekeurig aan de woorden op het emaillen plaatje buiten haar cel: *Oplichting & Mishandeling*. Ik vertelde haar dat de andere vrouwen die ik bezoek, het soms prettig vinden om met mij over hun misdaden te praten. Ze zei dadelijk: 'En u zou willen dat ik dat ook deed. Ja, en waarom ook niet? Maar er was helemaal geen misdaad! Er was alleen...'

Alleen wat?

Ze schudde haar hoofd. 'Alleen een onnozel meisje, dat een geest zag en schrok, en een dame die van het meisje schrok en stierf. En ik kreeg van alles de schuld.'

Ik had dit al vernomen van miss Craven. Waarom was het meisje geschrokken? vroeg ik nu. Ze zei, na een korte aarzeling, dat de geest 'ondeugend' was geworden – dat was het woord dat ze gebruikte. De geest was ondeugend geworden, en de dame, 'mrs Brink', had het allemaal gezien en was zo overstuur geraakt – 'Tja, ze bleek een zwak hart te hebben, wat ik niet wist. Ze viel in zwijm, en stierf later. Ze was mijn steun en toeverlaat. Daar heeft niemand ooit aan gedacht, tijdens mijn hele proces niet. Ze wilden alleen een oorzaak vinden, iets wat ze konden begrijpen. De moeder van het meisje kwam vertellen dat haar dochter ook letsel had opgelopen, net als mrs Brink, en toen werd de schuld van alles bij mij gelegd.'

'Terwijl het eigenlijk de... ondeugende geest was?'

'Ja!' Maar welke rechter, zei ze, welke jury – of het moest een jury zijn bestaande uit spiritisten, en God weet hoe ze daar naar had verlangd! – welke rechter zou haar geloven? 'Ze zeiden alleen dat het geen geest kon zijn, omdat geesten niet bestaan.' Ze trok een gezicht. 'Uiteindelijk werd ik zowel wegens oplichterij als wegens mishandeling veroordeeld.'

Ik vroeg haar wat het meisje had gezegd, het meisje dat geslagen was. Ze antwoordde dat het meisje de geest wel degelijk had gevoeld, maar in verwarring was geraakt. 'Haar moeder was rijk, en had een advocaat die er het beste van kon maken. De mijne was niets waard, en heeft me toch al mijn geld gekost; al het geld dat ik had verdiend door mensen te helpen, het was allemaal in één keer op, voor niets.'

Maar als het meisje nu een geest had gezien?

'Ze zag hem niet, ze voelde hem alleen. Ze zeiden... ze zeiden dat het mijn hand moest zijn geweest die ze had gevoeld...'

Ik herinner me dat ze haar slanke handen nu stijf ineenvouwde, en met de vingers van de ene hand langzaam over de ruwe, rode knokkels van de andere wreef. Ik vroeg of ze geen vrienden had die haar konden bijstaan, en haar mond vertrok. Ze had veel vrienden gehad, zei ze, en die hadden haar een 'martelares voor de goede zaak' genoemd – maar alleen in het begin. Want ze moest tot haar spijt zeggen dat er 'zelfs in de spiritistische beweging' afgunstige lieden waren, en dat haar ondergang sommigen veel plezier deed. Anderen waren alleen maar bang. Toen ze uiteindelijk schuldig werd bevonden, was er niemand die het voor haar opnam...

Ze zag er nu erg ongelukkig uit, en vreselijk kwetsbaar en jong. Ik zei: 'En je houdt vol dat een geest de ware schuldige was?' Ze knikte. Ik denk dat ik glimlachte. 'Wat een hard gelag,' zei ik, 'dat jij hierheen werd gestuurd, terwijl de geest vrijuit ging.'

O, zei ze toen, ik moest niet denken dat 'Peter Quick' vrij was! Ze staarde langs me heen, naar het ijzeren hek dat mrs Jelf achter me gesloten had. 'Ze hebben hun eigen straffen,' zei ze, 'in de andere wereld. Peter bevindt zich in net zo'n duister oord als ik. Hij moet wachten, precies zoals ik, tot hij zijn straf heeft uitgezeten, voordat hij verder kan.'

Dat waren haar woorden, en nu ik ze hier opschrijf, komen ze me vreemder voor dan op dat moment, toen zij daar stond en ernstig en oprecht mijn vragen beantwoordde, punt voor punt, volgens haar eigen rechtlijnige logica. Maar toch, om haar zo vertrouwelijk te horen praten over 'Peter', over 'Peter Quick' – ik glimlachte weer. We waren elkaar intussen vrij dicht genaderd. Nu ging ik een eindje opzij, en toen ze dat zag, keek ze me veelbetekenend aan. Ze zei: 'U vindt me een dwaas, of een bedriegster. U vindt me een gewiekste kleine bedriegster, net als zij...' 'Neen,' antwoordde ik dadelijk. 'Neen, dat is niet waar' – want zo denk en dacht ik niet over haar, zelfs niet tijdens dat gesprek – niet echt. Ik schudde mijn hoofd. Ik zei dat ik alleen gewend was heel andersoortige dingen te denken. Gewone dingen. Ik was waarschijnlijk 'erg onwetend ten aanzien van de beperkingen van het bovennatuurlijke', veronderstelde ik.

Nu glimlachte zij, maar heel flauwtjes. Háár kennis van het bovennatuurlijke was te groot, zei ze. 'En als beloning hebben ze me hier opgesloten...'

En al sprekende maakte ze één klein handgebaar, dat heel het harde, kleurloze gevangenisleven en alles wat zij daar te verduren had, leek te beschrijven.

'Het is hier heel vreselijk voor je,' zei ik, na een korte stilte.

Ze knikte. 'U denkt dat spiritisme maar een verzinsel is,' zei ze. 'Krijgt u niet het gevoel, nu u hier bent, dat alles mogelijk is, als Millbank kan bestaan?'

Ik keek naar de kale witte muur, de opgevouwen hangmat – de toiletemmer, waar een vlieg op zat. Ik zei dat ik het niet wist. Het gevangenisleven was wel hard, maar dat maakte het spiritisme nog niet geloofwaardiger. De gevangenis was in elk geval een wereld die ik kon zien, en ruiken en horen. Haar geesten daarentegen – tja, misschien bestonden ze wel, maar voor mij hadden ze geen enkele betekenis. Ik kon niet over hen praten, ik zou niet weten hoe.

Ze zei dat ik over hen moest praten zoals me beliefde, want door het praten 'kregen ze macht'. Nog beter was het om naar ze te luisteren. 'Dan hoort u ze misschien wel over ú praten, miss Prior.'

Ik lachte. Over mij? O, zei ik, maar het moest wel een erg stille dag zijn in de hemel, als ze daar alleen Margaret Prior hadden om over te praten!

Ze knikte, en hield haar hoofd schuin. Ze heeft de neiging – dat had ik al eerder gemerkt – om van stemming te wisselen, van toon en houding te veranderen. Ze doet dat heel subtiel: niet zoals een actrice zou doen, met een gebaar dat in een donkere, volle schouwburgzaal overal te zien moet zijn; neen, ze doet het zoals in een rustig muziekstuk, wanneer de muziek stijgt of daalt naar een iets andere toonsoort.

Ze deed het nu ook, terwijl ik daar glimlachend stond en zei hoe saai het moest zijn in de geestenwereld als ze alleen mij hadden om over te praten! Haar blik werd geduldig. Haar blik werd wijs. En toen zei ze, zachtjes en heel effen: 'Waarom zegt u zulke dingen? U weet dat er geesten zijn die erg veel om u geven. U weet dat er één geest in het bijzonder is – hij is op dit moment bij ons, hij is dichter bij u dan ik. En u bent hem dierbaarder, miss Prior, dan wie dan ook.'

Ik staarde haar aan, voelde de adem stokken in mijn keel. Dit was heel anders dan haar horen praten over geesten die geschenken en bloemen brachten: het was of ze water in mijn gezicht had gegooid, of me had geknepen. Ik dacht verdwaasd aan Boyd, die Pa's voetstappen op de zoldertrap had gehoord. Ik zei: 'Wat weet je van hem?' Ze gaf geen antwoord. Ik zei: 'Je hebt mijn donkere mantel gezien, en het geraden...'

'U bent schrander,' zei ze. Wat zij is, heeft niets met schranderheid te maken. Ze moet zijn wat ze is, zoals ze ook moet ademen, of dromen, of slikken. Ze moet het zijn, zelfs daar, zelfs in Millbank! 'Maar het is vreemd, weet u,' zei ze. 'Het is net of je een spons bent, of een – hoe heten die wezens, die niet graag gezien worden, en de kleur van hun huid aanpassen aan hun omgeving?' Ik gaf geen antwoord. 'Welnu,' vervolgde ze, 'in mijn vroegere leven heb ik vaak gedacht dat ik net zo'n wezen was. Soms kwamen er mensen bij me die onwel waren, en als ik een poosje met hen zat te praten, werd ik ook onwel. Er kwam eens een vrouw die in verwachting was, en toen voelde ik haar kind in me. Een andere keer kreeg ik een heer op bezoek die met zijn overleden zoon wilde praten; toen de arme jongen doorkwam, voelde ik hoe de lucht uit mijn longen werd geperst, en hoe mijn hoofd werd samengedrukt alsof het zou barsten! Het bleek dat hij was omgekomen in een ingestort gebouw. Ik had zijn laatste gewaarwording gevoeld, begrijpt u.'

Nu legde ze haar hand op haar borst, en kwam een beetje dichterbij. Ze zei: 'Als u bij me komt, miss Prior, voel ik uw... verdriet. Ik voel uw verdriet als iets donkers, hier. O, het doet zo'n pijn! Ik dacht eerst dat het u had uitgehold, dat u vanbinnen helemaal leeg was, als een uitgeblazen ei. Ik denk dat u dat zelf ook denkt. Maar u bent niet leeg. U bent vol – alleen potdicht afgesloten, en vergrendeld als een kistje. Wat zit er hier, dat u zo zorgvuldig verborgen moet houden?' Ze tikte tegen haar borst. Toen hief ze haar andere hand op en raakte me zachtjes aan op de plek waar ze zichzelf had aangeraakt...

Ik sidderde, alsof haar vingers geladen waren. Haar ogen werden groot, en toen glimlachte ze. Ze had, puur bij toeval – maar wat een merkwaardig toeval – mijn medaillon gevonden, onder mijn japon, en nu begon ze met haar vingertoppen de contouren te volgen. Ik voelde het kettinkje strak trekken. Het was zo'n intiem en suggestief gebaar dat het me nu, terwijl ik dit opschrijf, voorkomt dat ze de schakels moet hebben gevolgd tot aan mijn hals, haar vingers onder mijn kraag moet hebben gewrongen om het medaillon eruit te halen – maar dat deed ze niet, haar hand bleef op mijn borst liggen, oefende alleen een lichte druk uit. Ze stond doodstil, met haar hoofd een beetje schuin, alsof ze luisterde naar mijn hart dat tegen het gouden sieraad klopte.

Toen ondergingen haar gelaatstrekken weer een verandering, vreemder nog dan eerst, en ze zei fluisterend: 'Hij zegt: *Ze heeft haar leed om haar hals gehangen, en wil het niet afleggen. Zeg haar dat ze het moet afleggen.*' Ze knikte. 'Hij glimlacht. Was hij schrander, net als jij? Ja zeker! Maar hij heeft nu veel nieuwe dingen geleerd, en o! wat verlangt hij ernaar jou bij zich te hebben, zodat jij ze ook kunt leren! Maar wat doet hij nu?' Haar gezicht veranderde opnieuw. 'Hij schudt zijn hoofd, hij schreit, hij zegt: *Niet op die manier! O! Peggy, dat was niet de manier! Je zult me weerzien, je zult me weerzien – maar neen, niet zo!*'

Ik merk dat ik beef nu ik dit opschrijf; ik beefde nog erger toen ik het haar hoorde zeggen, met haar hand op mijn borst en die vreemde uitdrukking op haar gezicht. Ik zei vlug: 'Zo is het wel genoeg!' Ik sloeg haar vingers weg en deinsde achteruit – ik denk dat ik het ijzeren hek raakte, ik hoorde het rammelen. Ik legde mijn eigen hand op de plek waar de hare had gelegen. 'Zo is het wel genoeg,' zei ik nogmaals. 'Je kraamt onzin uit!' Haar wangen waren bleek geworden, en toen ze me aankeek, was het met een soort afgrijzen, alsof ze het allemaal zag: al het gehuil en gegil, en dr. Ashe en Moeder, de bittere morfinelucht, en mijn tong die gezwollen was door de druk van het slangetje. Ik had alleen aan haar gedacht toen ik bij haar kwam, en zij had me weer teruggeworpen op mezelf, met al mijn zwakheden. Ze keek me aan, en er lag medelijden in háár ogen!

Ik kon haar blik niet verdragen. Ik wendde me van haar af en legde mijn gezicht tegen de tralies. Toen ik mrs Jelf riep, klonk mijn stem schril.

De bewaarster verscheen onmiddellijk, alsof ze vlakbij was geweest, en maakte zwijgend aanstalten om me te bevrijden. Daarbij wierp ze één keer een scherpe, bezorgde blik over mijn schouder – misschien was de vreemde klank van mijn stem haar opgevallen. Toen stond ik in de gang, en werd het hek weer dichtgemaakt. Dawes had een wollen draad opgepakt en trok die werktuiglijk tussen haar vingers door. Haar gezicht was naar het mijne opgeheven, en haar ogen leken nog vervuld van een vreselijke wetenschap. Ik had graag iets willen zeggen, iets gewoons. Ik was echter doodsbang dat ze dan weer zou beginnen – dat ze over Pa zou spreken, of namens hem – over zijn verdriet of zijn boosheid, of zijn schaamte.

Daarom wendde ik zwijgend mijn hoofd af en verliet haar.

Op de begane grond trof ik miss Ridley, die de vrouwen wegbracht van wier komst ik eerder getuige was geweest. Ik zou hen niet hebben herkend als de oudere vrouw met de blauwe plek op haar wang er niet bij was geweest, want ze zagen er nu allemaal eender uit, met hun modderkleurige jurken en hun mutsen. Ik bleef staan kijken tot de hekken en deuren achter hen gesloten waren, en ging toen naar huis. Helen was er, maar ik wilde nu niet met haar praten; ik ging rechtstreeks naar mijn kamer en deed de deur op slot. Alleen Boyd is binnen geweest – neen, niet Boyd, Boyd is weg, het was Vigers, het nieuwe meisje – om water voor een bad te brengen, en zojuist kwam Moeder met het flesje chloraal. Nu heb ik het zo koud dat de rillingen over mijn rug lopen. Vigers heeft niet voldoende brandstof op het vuur gedaan, zij weet niet hoe laat ik dikwijls opblijf. Toch wil ik hier nu blijven zitten tot de slaap komt. Ik heb mijn lamp heel laag gedraaid, en leg soms mijn handen op de glazen kap, om ze te warmen.

Mijn medaillon hangt in de nis naast de spiegel, het enige glimmende voorwerp temidden van vele schaduwen.

16 OKTOBER 1874

Ik werd vanmorgen erg verward wakker, na een nacht vol vreselijke dromen. Ik droomde dat mijn vader nog leefde – dat ik uit mijn venster keek en hem tegen de balustrade van de Albertbrug zag leunen, vanwaar hij me verbitterd aanstaarde. Ik rende naar buiten en riep hem toe: 'Lieve hemel, Pa, we dachten dat u dood was!' 'Dood?' herhaalde hij. 'Ik zit al twee jaar in Millbank! Ze hebben me in de tredmolen gezet en mijn schoenen zijn versleten tot op het vlees, kijk maar.' Hij tilde zijn been op, om me zijn schoenen zonder zolen en zijn gekloofde, kapotte voeten te laten zien, en ik dacht: Wat vreemd, ik geloof niet dat ik Pa's voeten ooit eerder heb gezien...

Een onzinnige droom, en beslist heel anders dan de dromen die me in de weken na zijn dood plachten te kwellen, waarin ik gehurkt naast zijn graf zat en door de pas omgewoelde aarde naar hem riep. Als ik na zo'n droom mijn ogen opende, was het of ik de aarde nog aan mijn vingers voelde kleven. Maar vanmorgen werd ik angstig wakker, en toen Ellis mijn waswater kwam brengen, hield ik haar aan de praat, totdat ze op het laatst zei dat ze me nu alleen moest laten, anders werd het water koud. Ik liep naar de kom en doopte mijn handen erin. Het water was nog niet helemaal afgekoeld, maar de spiegel was beslagen, en terwijl ik het waas eraf veegde, keek ik, zoals ik altijd doe, naar mijn medaillon. *Mijn medaillon was weg!* Ik heb geen idee waar het gebleven is. Ik weet dat ik het gisteravond naast de spiegel heb gehangen, en misschien heb ik het later nog even aangeraakt en tussen mijn vingers gehouden. Ik zou niet kunnen zeggen wanneer ik precies naar bed ben gegaan, maar dat is voor mij niets bijzonders – dat is immers de bedoeling van het chloraal! – en ik weet zeker dat ik het niet heb meegenomen. Waarom zou ik dat doen? Het kan dus niet zijn zoek geraakt tussen de lakens; trouwens, ik heb het beddengoed zeer grondig doorzocht.

En nu heb ik me heel de dag vreselijk naakt en ellendig gevoeld. Ik ervaar het gemis van het medaillon op mijn hart als een echte pijn. Ik heb Ellis ernaar gevraagd, en Vigers – zelfs Pris. Maar tegen Moeder heb ik er niet over gerept. Zij zou denken dat een van de meisjes het had gepakt, en dan, als ze inzag hoe onzinnig dat was – want het is zo'n onooglijk ding, dat heeft ze zelf gezegd, en ik bewaar het bij allerlei sieraden die veel mooier zijn – dan zou ze denken dat ik weer ziek geworden was. Zij weet niet, niemand van hen kan weten hoe vreemd het is dat ik het ben kwijtgeraakt op zo'n avond! Na zo'n bezoek, en zo'n gesprek met Selina Dawes.

En nu begin ik zelf te vrezen dat ik weer ziek ben geworden. Misschien was ik onder invloed van het chloraal. Misschien ben ik opgestaan en heb ik het medaillon gepakt en ergens neergelegd, zoals Franklin Blake in *De maansteen*. Ik herinner me dat Pa die scène voorlas en erom moest lachen, maar ik herinner me ook dat een dame die bij ons op bezoek was, haar hoofd schudde. Ze zei dat ze een grootmoeder had gehad op wie de laudanum een zodanige uitwerking had dat ze uit bed was opgestaan, een keukenmes had gepakt en in haar eigen been had gesneden, en daarna weer was gaan slapen; het bloed was in de matras gestroomd en ze had het nauwelijks overleefd.

Ik geloof niet dat ik zoiets zou doen. Het moet toch een van de meisjes zijn geweest. Misschien heeft Ellis het opgepakt en brak toen het kettinkje, en durfde ze me dat niet te vertellen. Er is een gevangene in Millbank die zegt dat ze een broche van haar mevrouw had gebroken en deze wilde laten repareren, maar ermee werd betrapt en toen van diefstal werd beschuldigd. Misschien vreest Ellis dat. Misschien is ze zo bang dat ze het kapotte medaillon gewoon heeft weggegooid. Dan zal een vuilnisman het wel vinden, en hij zal het aan zijn vrouw geven. Ze zal haar vuile nagel erin steken en de glanzende haarlok vinden, en zich heel even afvragen van wie dat haar is en waarom iemand het heeft bewaard...

Ik vind het niet erg als Ellis het heeft gebroken, of als het liefje van de vuilnisman het heeft – ze mag het medaillon houden, ook al heb ik het van Pa gekregen. Er zijn hier in huis duizenden dingen die me aan mijn vader herinneren. Ik vrees alleen voor de krul van Helens haar, die ze zelf heeft afgeknipt en waarvan ze zei dat ik hem moest bewaren, toen ze nog van me hield. Mijn enige angst is die kwijt te raken, want God! ik ben al zo veel van haar kwijtgeraakt!

3 NOVEMBER 1872

Ik dacht dat er niemand zou komen vandaag. Het weer is nog steeds zo slecht, er is al in 3 dagen helemaal niemand geweest, ook niet voor mr Vincy of miss Sibree. We hebben rustig bij elkaar gezeten & donkere seances gehouden in de salon. We proberen geesten te materialiseren. Ze zeggen dat een medium dat tegenwoordig moet doen, dat het in Amerika het enige is waar de mensen om vragen. We waren er gisteravond tot 9 uur mee bezig, maar omdat er geen geest kwam, hebben we uiteindelijk het licht maar aangedaan & daarna heeft miss Sibree voor ons gezongen. Toen we het vandaag weer probeerden, weer zonder dat zich verschijnselen voordeden, liet mr Vincy ons zien hoe je als medium zogenaamd een arm of been kan laten verschijnen, terwijl het in werkelijkheid je eigen ledematen zijn. Het ging als volgt...

Ik hield zijn linkerpols vast & miss Sibree zijn rechter, tenminste, zo leek het. Maar in feite hielden we allebei dezelfde arm vast, alleen had mr Vincy de kamer zo donker gemaakt dat we dat niet zagen. 'Met mijn vrije hand,' zei hij, 'kan ik doen wat ik wil, bijvoorbeeld dit' & hij legde zijn vingers in mijn nek, & ik gaf een gil toen ik het voelde. Hij zei 'U ziet hoe iemand door een gewetenloos medium kan worden bedrogen, miss Dawes. Stelt u zich eens voor dat ik mijn hand eerst heel warm of heel koud had gemaakt, of heel nat, dan zou het nog veel echter lijken.' Ik zei dat hij het miss Sibree maar moest voordoen & ging ergens anders zitten. Toch ben ik blij dat ik het trucje met de arm heb geleerd.

We bleven tot 4 of 5 uur zitten & ten slotte waren we er allemaal van overtuigd dat er niemand meer zou komen, want het regende harder dan ooit. Miss Sibree stond voor het raam & zei 'O, wie zou ons benijden om ons beroep? We moeten altijd maar beschikbaar zijn wanneer het de levenden of de doden belieft een beroep op ons te doen. Weet u dat ik vanochtend om 5 uur werd gewekt, door een geest die in de hoek van mijn kamer stond te lachen?' Ze bracht haar handen naar haar gezicht & wreef in haar ogen. Die geest heb ik gehoord, dacht ik, hij is vannacht uit een fles gekomen, u stond te schateren in uw kamerpot, maar miss Sibree is heel aardig voor me geweest na de dood van Tante & ik zou het niet in mijn hoofd halen zoiets hardop te zeggen. Mr Vincy zei 'Onze roeping is inderdaad zwaar. Vindt u ook niet, miss Dawes?' Toen stond hij op & geeuwde & stelde voor om een kleed op tafel te leggen & een partijtje te kaarten, want er zou nu toch niemand meer komen. Hij had de kaarten echter nog niet voor de dag gehaald of de bel ging. Toen zei hij 'Het feest gaat niet door, dames! Dat zal wel voor mij zijn.'

Maar toen Betty de kamer inkwam, keek ze niet naar hem, maar naar mij. Ze had een dame bij zich, & een meisje dat de kamenier van de dame was. Toen de dame me zag opstaan legde ze haar hand op haar hart & riep uit 'Bent u miss Dawes? O, u moet het zijn!' Ik zag mrs Vincy naar me kijken, & mr Vincy, & miss Sibree & zelfs Betty. Ik was echter net zo verbaasd als zij, het enige dat ik kon bedenken was dat dit de moeder was van de dame die me een maand geleden had bezocht, aan wie ik had verteld dat haar kinderen zouden sterven. Ik dacht, Dat komt ervan als je te eerlijk bent, ik kan beter een voorbeeld nemen aan mr Vincy. Ik dacht dat de dame zich in haar verdriet iets had aangedaan, & dat haar moeder nu was gekomen om mij daarvan te beschuldigen.

Toen ik echter naar het gezicht van de dame keek, zag ik wel verdriet, maar achter het verdriet ook blijdschap. Ik zei 'Het lijkt me het beste als u meegaat naar mijn kamer. Maar het is wel helemaal boven in huis. Heeft u bezwaar tegen trappenlopen?' Ze glimlachte even tegen haar kamenier & zei toen 'Bezwaar? Ik ben al 25 jaar naar u op zoek. Ik laat me nu niet weerhouden door een paar trappen!'

Op dat moment dacht ik dat ze misschien niet helemaal goed bij haar hoofd was. Maar ik nam haar mee naar mijn kamer, & zij keek om zich heen, & daarna keek ze naar haar kamenier & toen weer aandachtig naar mij. Ik zag dat ze een echte dame was, met handen die heel blank & verzorgd waren, & heel mooie maar ouderwetse ringen. Ik dacht dat ze een jaar of 50, 51 was. Haar kleding was zwart, mooier zwart dan de mijne. Ze zei 'U weet niet waarom ik hier ben, is het wel? Dat is vreemd, ik dacht dat u het wel zou hebben geraden.' Ik zei 'U bent gekomen omdat u ergens verdriet over heeft.' Ze antwoordde 'Ik ben gekomen, miss Dawes, omdat ik een droom heb gehad.'

Ze zei dat een droom de aanleiding was geweest voor haar bezoek. Ze zei dat ze 3 nachten geleden mijn gezicht & mijn naam had gedroomd, & het adres van mr Vincy's hotel. Ze zei dat ze geen moment had gedacht dat haar droom op waarheid berustte, totdat ze vanochtend in *Medium & Dageraad* keek & daar de advertentie zag die ik 2 maanden geleden had geplaatst. Daarom was ze naar Holborn gekomen om me te zoeken, & nu ze mijn gezicht had gezien, zei ze, wist ze wat de geesten hiermee wilden. Ik dacht, Nou, dan weet u meer dan ik, & ik keek naar haar & haar kamenier & wachtte af. Toen zei de dame 'O Ruth, zie je dat gezicht? Zie je het? Zal ik het haar laten zien?' & de kamenier zei 'Dat moest u maar doen, mevrouw.' Toen haalde de dame iets uit haar mantel dat in een stuk fluweel was gewikkeld, & ze pakte het uit & kuste het, waarna ze het aan mij liet zien. Het was een ingelijst portret, ze hield het me voor, bijna schreiend. Ik bekeek het & zij sloeg me gade, & haar kamenier ook. Toen zei de dame 'Nu ziet u het wel, denk ik.'

Ik zag eigenlijk niets anders dan de lijst van het schilderij, die van goud was, & de blanke hand van de dame, die trilde. Maar toen ze me het schilderij ten slotte in de handen drukte, riep ik 'O!'

Daarop knikte ze & legde haar hand weer op haar borst. Ze zei 'We hebben nog zo veel te doen. Wanneer zullen we beginnen?' Ik zei dat we dadelijk moesten beginnen.

En dus stuurde ze haar kamenier de gang op & bleef een uur bij me. Haar naam is mrs Brink & ze woont in Sydenham. Ze is speciaal voor mij helemaal naar Holborn gekomen.

6 NOVEMBER 1872

Naar Islington, naar mrs Baker, voor haar zuster Jane Gough, die in maart '68 is overgegaan, *hersenkoorts*. 2 shilling.

Naar Kings Cross, naar mr & mrs Martin, voor hun zoon Alec, die van een jacht is gevallen & verdronken. *Vond op volle zee de volle waarheid.* 2 shilling.

Hier, mrs Brink, voor haar speciale geest. 1 pond.

13 NOVEMBER 1872

Hier, mrs Brink, 2 uur, 1 pond.

17 NOVEMBER 1872

Toen ik vandaag uit mijn trance kwam, sidderde ik helemaal, & mrs Brink wilde dat ik op bed ging liggen & legde haar hand op mijn voorhoofd. Ze liet haar kamenier een glas wijn halen bij mr Vincy, maar toen de wijn kwam, zei ze dat de kwaliteit bedroevend was & ze stuurde Betty naar een café om een beter soort te kopen. Ze zei 'Ik heb je te hard laten werken.' Ik zei dat het daar niet aan lag, dat ik dikwijls flauwviel of ziek was, & toen keek ze om zich heen & zei dat het haar niet verbaasde, ze dacht niet dat het erg gezond kon zijn om in zo'n kamer te wonen. Ze keek haar kamenier aan & zei 'Kijk eens naar die lamp,' ze bedoelde de lamp die mr Vincy rood heeft geverfd & die rookt. Ze zei 'Kijk eens naar dat vuile vloerkleed, kijk eens naar dat beddengoed,' ze bedoelde de oude zijden sprei die ik uit Bethnal Green heb meegenomen, die tante had genaaid. Ze schudde haar hoofd & pakte mijn hand. Ze zei dat ik een veel te zeldzaam juweel ben om in zo'n armoedig kistje te worden bewaard.

17 oktober 1874

Een erg merkwaardig gesprek vanavond, over Millbank, en het spiritisme, en Selina Dawes. Mr Barclay had bij ons gegeten; later kwamen Stephen en Helen, en mrs Wallace, om met Moeder een kaartje te leggen. Nu de trouwdag zo dichtbij is, worden we allemaal verzocht mr Barclay 'Arthur' te noemen; Priscilla, eigenzinnig als altijd, noemt hem nu kortweg 'Barclay'. Er wordt veel gepraat over het huis en de tuinen in Marishes, en hoe het zal zijn als zij daar de scepter zwaait. Ze moet leren paardrijden en een rijtuig besturen. Ik heb een haarscherp beeld van haar, gezeten op de bok van een dogkar, met een zweep in haar hand.

Ze zegt dat we na hun trouwen van harte welkom zijn in hun huis. Er zijn zo veel kamers, zegt ze, dat niemand het zou merken als we allemaal tegelijk kwamen logeren. Er schijnt ook een ongetrouwde nicht van de familie te wonen, met wie ik het vast goed zal kunnen vinden: een heel schrandere dame – ze verzamelt kevers en nachtvlinders, en heeft geëxposeerd bij entomologische genootschappen, 'samen met heren'. Mr Barclay – Arthur – zei dat hij haar geschreven heeft over mijn werk in de gevangenis, en dat zij heeft geantwoord dat ze me graag wil leren kennen.

Daarna vroeg mrs Wallace wanneer ik voor het laatst in Millbank was geweest. 'Hoe gaat het met die tiran, miss Ridley? En met de oude dame die haar stem begint te verliezen?' – ze bedoelde Ellen Power. 'Arm schepsel!'

'Arm schepsel?' zei Pris. 'Zo te horen is ze zwakzinnig. Trouwens, alle vrouwen over wie Margaret ons vertelt, lijken me zwakzinnig.' Ze zei dat ze zich afvroeg hoe het mogelijk was dat ik het uithield in hun gezelschap – 'Ik heb tenminste de indruk dat je het in ons gezelschap nooit erg lang uithoudt.' Ze keek mij aan, maar ze zei het eigenlijk voor Arthur, die op het vloerkleed aan haar voeten zat, en hij antwoordde dadelijk dat dat kwam omdat ik wist dat ze nooit iets zei wat de moeite van het luisteren waard was. 'Het is allemaal lucht, nietwaar, Margaret?' – zo noemt hij me nu natuurlijk.

Ik lachte tegen hem, maar keek naar Priscilla, die zich voorover had gebogen om zijn hand te pakken en erin te knijpen. Ik zei dat ze zich volkomen vergiste als ze de vrouwen zwakzinnig noemde. Hun leven was alleen heel anders geweest dan het hare. Kon ze zich wel voorstellen hoe groot de verschillen waren?

Ze zei dat ze geen zin had zich dat voor te stellen; dat ik niets anders deed dan het me voorstellen, en dat dat het verschil was tussen ons. Nu omvatte Arthur haar beide tengere polsen met een van zijn grote handen.

'Maar ze behoren toch niet allemaal tot dat slag, Margaret?' zei mrs Wallace. 'En zijn al hun misdaden zo armzalig? Zitten er geen beroemde moordenaressen tussen?' Ze glimlachte en liet haar tanden zien – die fijne, donkere, verticale barstjes vertonen, zoals oude pianotoetsen.

Ik zei dat de moordenaressen gewoonlijk werden opgehangen, maar ik vertelde hun dat er een meisje was, Hamer, dat haar mevrouw te lijf was gegaan met een koekenpan, doch gespaard was gebleven voor de strop toen bleek dat de vrouw haar wreed had behandeld. Ik zei dat Pris moest uitkijken voor zulke dingen, als ze eenmaal in Marishes was. 'Ha ha,' zei ze.

'Er is ook een vrouw,' ging ik verder, '... een echte dame, noemen ze haar op de afdeling – die haar echtgenoot vergiftigd heeft...'

Arthur zei dat hij van harte hoopte dat zoiets in Marishes niet zou gebeuren. 'Ha ha,' zei iedereen toen.

En terwijl ze lachten en over andere dingen begonnen te praten, dacht ik: Zal ik zeggen dat er ook een bijzonder meisje is, een spiritiste...? Ik besloot eerst om het niet te doen, maar dacht daarna: Waarom eigenlijk niet? En toen ik er ten slotte over begon, antwoordde mijn broer dadelijk, heel ongedwongen: 'Ach ja, het medium. Hoe heette ze ook weer? Was het niet Gates?'

'Het is Dawes,' zei ik, enigszins verbaasd. Ik had de naam nooit eerder hardop uitgesproken, buiten Millbank. Ik had nooit iemand over haar horen praten, behalve de bewaarsters. Doch nu knikte Stephen – ja natuurlijk, hij herinnerde zich die zaak. De advocaat van de eisende partij, zei hij, was een zekere mr Locke geweest, 'een zeer goede jurist, inmiddels gepensioneerd. Met hem had ik wel willen samenwerken.'

'Mr Halford Locke?' zei Moeder. 'Hij heeft hier een keer gedineerd. Weet je nog, Priscilla? Neen, jij was toen nog te jong om bij ons aan tafel te zitten. Weet jij het nog, Margaret?'

Ik herinner het me niet. Gelukkig maar. Ik keek van Stephen naar Moeder, en toen draaide ik me om naar mrs Wallace en staarde haar aan. 'Dawes, het medium?' hoorde ik haar zeggen. 'O, maar die ken ik! Zij heeft de dochter van mrs Silvester op het hoofd geslagen – of haar de keel dichtgeknepen – hoe dan ook, het meisje was bijna dood...'

Ik dacht aan het portret van Crivelli waar ik soms naar kijk. Het was me te moede alsof ik het schuchter mee naar beneden had genomen en het me uit handen had laten grissen, waarna ik moest aanzien hoe het de kamer rondging en steeds groezeliger werd. Ik vroeg mrs Wallace of zij het meisje echt kende, het meisje dat gewond was geraakt. Ze zei dat ze de moeder kende; de moeder was een Amerikaanse en 'heel berucht', en de dochter had een prachtige bos rood haar, maar ook een bleek gezicht en sproeten. 'Wat heeft mrs Silvester zich opgewonden over dat medium! Maar toch, ik denk dat het meisje erg nerveus van haar werd.'

Ik vertelde haar wat Dawes tegen mij heeft gezegd: dat het meisje alleen geschrokken was en verder ongedeerd was gebleven, en dat een andere dame op haar beurt zo was geschrokken dat ze kort daarop was overleden. Die dame heette mrs Brink. Kende mrs Wallace haar? Neen, haar kende ze niet. Ik zei: 'Dawes houdt voet bij stuk. Ze zegt dat het allemaal het werk van een geest was.'

Stephen zei dat hij in haar plaats ook zou zeggen dat het allemaal het werk van een geest was – sterker nog, het verbaast hem dat iets dergelijks tijdens rechtszittingen niet veel vaker wordt beweerd. Ik vertelde hem dat Dawes me heel oprecht leek. Hij antwoordde dat een spiritistisch medium natuurlijk ook oprecht móét lijken. Ter wille van hun beroep leren ze zich aan om een oprechte indruk te maken.

'Ze deugen niet, geen van allen,' zei Arthur bruusk. 'Een stel handige goochelaars is het. En ze verdienen uitstekend de kost, dankzij al die dwazen die erin geloven.'

Ik bracht een hand naar mijn borst, naar de plek waar mijn medaillon had moeten hangen; doch of ik de aandacht wilde vestigen op het verlies ervan, of dat juist wilde verbergen, weet ik niet. Ik keek naar Helen, maar zij glimlachte samen met Pris. Mrs Wallace zei er niet van overtuigd te zijn dat elk medium zich aan oplichterij schuldig maakte. Haar vriendin had eens een spiritistische kring bezocht, en daar had een heer haar allerlei dingen verteld die hij onmogelijk kon weten – onder andere over haar moeder, en over de zoon van haar nicht, die bij een brand was omgekomen.

'Ze hebben boeken,' zei Arthur. 'Dat is algemeen bekend. Ze houden boeken met namen bij, die ze onder elkaar laten circuleren. De naam van uw vriendin zal wel in zo'n boek staan, vrees ik. Uw naam staat er waarschijnlijk ook in.'

Mrs Wallace slaakte een kreet toen ze dat hoorde. 'Een spiritistische *Who's Who*! Dat meent u toch niet, mr Barclay?' De papegaai van Pris schudde zijn veren. Helen zei: 'Er was een bepaalde plek in het huis van mijn grootmoeder, in de bocht van de trap, waar je volgens de verhalen de geest van een meisje kon zien dat daar gevallen was en haar nek had gebroken. Ze was op weg geweest naar een bal, op zijden muiltjes.'

Spoken! zei Moeder. Het leek wel of niemand hier in huis over iets anders kon praten. Ze begreep niet waarom we niet gewoon bij de bedienden in de keuken gingen zitten...

Na een tijdje ging ik naar Stephen en vroeg hem, terwijl de anderen nog zaten te praten, of hij echt dacht dat Selina Dawes schuldig was.

Hij glimlachte. 'Ze zit in Millbank. Dan moet ze wel schuldig zijn.'

Ik zei dat dat het soort antwoord was waarmee hij me altijd plaagde toen we nog klein waren; dat hij zich toen al als een echte advocaat had gedragen. Ik zag Helen naar ons kijken. Ze had parels in haar oren die eruitzagen als druppels was; ik weet nog dat ik me vroeger voorstelde, wanneer ik haar met die oorbellen zag, dat ze zouden smelten door de warmte van haar hals. Ik ging op de armleuning van Stephens stoel zitten en zei dat ik me moeilijk kon indenken dat Selina Dawes zo gewelddadig was, en zo berekenend. 'Ze is nog zo jong...'

Hij zei dat dat niets uitmaakte. In de rechtszaal ziet hij vaak meisjes van dertien en veertien, zei hij – kleine meisjes, die op een kistje moeten worden gezet omdat de jury hen anders niet kan zien. Hij voegde er echter aan toe dat er bij zulke meisje altijd een oudere vrouw of een man op de achtergrond is, en als Selina's jeugd ergens op wijst, is het waarschijnlijk dat – dat ze 'het slachtoffer is geworden van slechte invloeden'. Ik vertelde hem hoe vast ze ervan overtuigd is dat er louter spiritistische invloeden in het spel waren. Hij zei: 'Tja, dan is er misschien iemand die ze wil beschermen.'

Iemand voor wie ze bereid is vijf jaar van haar leven in de gevangenis door te brengen? In die gevangenis?

Zulke dingen gebeuren, zei hij. Was Dawes niet jong, en tamelijk knap? 'En bestond er niet het vermoeden dat de "geest" in kwestie – nu herinner ik het me weer – de een of andere kerel was? Je weet toch dat de meeste geesten die tijdens seances trucs uithalen acteurs zijn, gekleed in mousseline.'

Ik schudde mijn hoofd. Ik wist zeker dat hij ongelijk had, zei ik. Ik wist het zeker!

Maar terwijl ik het zei, zag ik hem naar me kijken en denken: Wat weet jij van de hartstochten die een mooi meisje in de gevangenis kunnen doen belanden omwille van haar vrijer?

En inderdaad, wat weet ik van zulke dingen? Ik voelde mijn hand weer naar mijn borst glijden, en trok aan de kraag van mijn japon om het gebaar te maskeren. Dacht hij echt dat spiritisme onzin was? vroeg ik. En dat alle mediums bedriegers waren? Hij hief zijn hand op. 'Ik zei niet alle, ik zei de meeste. Barclay is degene die meent dat het allemaal charlatans zijn.'

Ik had geen zin om met mr Barclay te praten. 'Wat denk jij ervan?' vroeg ik nogmaals. Hij antwoordde dat hij dacht wat elk rationeel mens behoorde te denken, alle feiten in aanmerking genomen: dat de meeste spiritistische mediums zonder enige twijfel gewoon goochelaars waren; dat sommigen wellicht het slachtoffer waren van een ziekte of een manie – misschien gold dat ook wel voor Dawes, en in dat geval verdiende ze medelijden in plaats van hoon, maar dat anderen... 'Tja, we leven in een wonderlijke tijd. Ik kan naar een telegraafkantoor gaan en van gedachten wisselen met iemand in net zo'n kantoor aan de andere kant van de oceaan. Hoe gaat dat in zijn werk? Ik zou het je niet kunnen zeggen. Vijftig jaar geleden zou men zoiets voor absoluut onmogelijk hebben gehouden, in strijd met alle wetten van de natuur. Maar dat is geen reden om te veronderstellen dat ik beduveld word wanneer ik via de telegraaf een bericht doorkrijg – dat er in een aangrenzend kamertje een vent zit verstopt die het signaal voortbrengt. Ik geloof evenmin – zoals sommige geestelijken, meen ik, geloven met betrekking tot het spiritisme – dat de persoon die me het bericht stuurt, eigenlijk een verkapte demon is.'

Maar de telegraaftoestellen, zei ik, zijn via een draad met elkaar verbonden. Hij zei dat er al ingenieurs zijn die geloven dat het mogelijk is soortgelijke toestellen te ontwikkelen die zonder draad werken. 'Misschien zijn er in de natuur wel draden, dunne vezeltjes' – hij bewoog zijn vingers heen en weer – 'die zo vreemd en fijn zijn dat de wetenschap er geen naam voor heeft, zo fijn dat we ze vooralsnog niet eens kunnen zien. Misschien kunnen alleen gevoelige meisjes, zoals je vriendin Dawes, zulke draden waarnemen en de berichten opvangen die via de draden worden verzonden.'

'Berichten van de doden, Stephen?' zei ik, en hij antwoordde dat, als de doden inderdaad in een andere vorm voortleven, we beslist heel zeldzame en bijzondere middelen nodig zullen hebben om hen te horen spreken...

Als dat waar was, zei ik, en Dawes was onschuldig...

Maar hij zei natuurlijk niet dat het waar was; hij zei alleen dat het waar zou kunnen zijn. 'En zelfs al was het waar, dan betekent dat nog niet dat zij te vertrouwen is.'

'Maar als ze echt onschuldig is...'

'Als dat zo is, laten haar geesten het dan bewijzen! Bovendien is er nog de kwestie van het nerveuze meisje, en van de dame die van angst stierf. Ik zou niet graag voor de taak staan daar iets tegenin te brengen.' Moeder had Vigers intussen gebeld, en Stephen boog zich nu voorover om een biscuitje van haar schaal te pakken. 'Ik denk toch,' zei hij, kruimels van zijn vest vegend, 'dat mijn eerste verklaring de juiste was. Ik prefereer de vrijer in mousseline boven de dunne vezeltjes.'

Toen ik opkeek, zag ik dat Helen ons nog steeds gadesloeg. Ik veronderstel dat ze blij was dat ik aardig en gewoon deed tegen Stephen – want dat is niet altijd het geval. Ik zou bij haar zijn gaan zitten als

Moeder haar op dat moment niet naar de kaarttafel had geroepen, om een partijtje te eenentwintigen met Pris en Arthur en mrs Wallace. Na ongeveer een halfuur riep mrs Wallace dat ze haar al haar knopen afhandig zouden maken, en ze stond op om naar boven te gaan. Toen ze terugkwam, hield ik haar staande en bracht haar weer aan de praat over mrs Silvester en haar dochter. Wat voor indruk maakte de dochter op haar, vroeg ik, toen ze haar voor het laatst zag? Ze zei dat ze een doodongelukkige indruk had gemaakt; haar moeder had haar gekoppeld aan een heer met een grote zwarte baard en rode lippen, en 'het enige wat miss Silvester wilde zeggen als men vroeg hoe het met haar ging, was: "Ik ga trouwen" – en dan stak ze hun haar hand toe, waaraan een smaragd prijkte ter grootte van een kippenei, en dat bij dat rode haar. Je weet natuurlijk wel dat haar moeder zeer vermogend is.'

Ik vroeg waar de Silvesters woonden, en mrs Wallace keek schalks. 'Ze zijn teruggegaan naar Amerika, lieve,' zei ze. Ze had hen één keer gezien voordat het proces beëindigd was, en daarna was ineens hun huis verkocht en al het personeel ontslagen – ze zei dat ze een vrouw nog nooit zo veel haast had zien maken om haar dochter mee naar huis te nemen en uit te huwelijken als mrs Silvester toen. 'Maar ja, geen proces zonder schandaal, zeg ik altijd. Ik vermoed dat men in New York minder zwaar tilt aan zulke dingen.'

Daarop zei Moeder, die bezig was geweest Vigers instructies te geven: 'Wat was dat? Waar hebben jullie het over? Toch niet nog steeds over spoken?' Haar hals was groen als van een pad, door de weerschijn van de tafel waaraan ze zat.

Ik schudde mijn hoofd, en liet Priscilla weer aan het woord. 'In Marishes,' begon ze, terwijl de kaarten werden gedeeld, en even later: 'In Italië...'

Er volgde enig heen-en-weergepraat over de huwelijksreis. Ik stond bij het vuur en keek naar de vlammen, en Stephen zat te dutten boven een krant. Ten slotte hoorde ik Moeder zeggen: '... nooit geweest, mijnheer, en daar verlang ik ook niet naar! Ik zou niet bestand zijn tegen de drukte van de reis, de hitte, het eten' – ze had het nog steeds over Italië, met Arthur. Ze vertelde hem over de keren dat Pa er was geweest, toen wij nog klein waren, en over de reis die hij had zullen maken, met Helen en mij om hem te helpen. Arthur zei dat hij niet geweten had dat Helen zo geleerd was, waarop Moeder antwoordde dat het aan het werk van mr Prior te danken was dat we Helen in ons midden hadden!

'Helen woonde de lezingen van mijn man bij,' zei ze, 'en Margaret, die haar daar ontmoette, nam haar mee naar huis. Ze was daarna altijd een graag geziene gast bij ons, en mijn man was erg op haar gesteld. We wisten natuurlijk niet – is het wel, Priscilla? – dat ze hier louter en alleen kwam vanwege Stephen. Je hoeft niet zo te blozen, lieve Helen!'

Ik stond bij het vuur en hoorde het allemaal aan. Ik zag Helen kleuren, maar mijn eigen wangen bleven koel. Tenslotte heb ik het verhaal al zo vaak op die manier horen vertellen, dat ik het bijna zelf begin te geloven. Bovendien had het gesprek met mijn broer me aan het denken gezet. Ik praatte verder met niemand, maar voordat ik naar boven ging, wekte ik Stephen uit zijn dutje en zei: 'Die kerel in mousseline waar je over sprak – ik heb de vrouw ontmoet die de gevangenispost verzorgt, en weet je wat zij zegt? Dat Selina Dawes, zolang ze daar zit, niet één brief heeft ontvangen, en er evenmin een heeft geschreven. Dus nu moet jij me eens vertellen: wie gaat er vrijwillig naar Millbank om een geliefde te beschermen *die niets van zich laat horen* – geen brief, geen enkel woord?'

Hij moest me het antwoord schuldig blijven.

25 NOVEMBER 1872

Een vreselijke ruzie vanavond! Ik had mrs Brink de hele middag op bezoek, dus ik kwam te laat aan tafel. Mr Cutler komt heel vaak te laat & daar stoort niemand zich aan. Maar nu zei mr Vincy, toen hij me naar binnen zag glippen, 'Zo miss Dawes, ik hoop dat Betty nog een stukje vlees voor u heeft bewaard & het niet aan de hond heeft gegeven. We dachten dat u te kieskeurig was geworden om nog met ons te eten.' Ik zei dat ik zeker wist dat dat nooit zou gebeuren, waarop hij zei 'Ja, u met uw zeldzame gaven, u kunt natuurlijk in de toekomst kijken & ons dat vertellen.' Hij zei dat ik 4 maanden geleden maar wat blij was geweest dat ik in zijn hotel terecht kon, maar dat ik nu blijkbaar iets beters op het oog had. Hij gaf me mijn bord aan, waarop een stukje konijnenvlees lag & een gekookte aardappel. Ik zei dat het in elk geval geen moeite zou kosten om iets beters te vinden dan de maaltijden van mrs Vincy, waarop iedereen zijn vork neerlegde & me aankeek, & Betty lachte, & mr Vincy gaf haar een klap, & mrs Vincy begon te schreeuwen 'O! O! Ik ben nog nooit zo beledigd, aan mijn eigen tafel, door een van mijn eigen kostgangers!' Ze zei 'Jij kleine sloerie, mijn man heeft je hier een kamer verhuurd, voor weinig geld, uit de goedheid zijns harten. Denk maar niet dat ik je niet naar hem heb zien lonken.' Ik zei 'Uw man is een ordinaire profiteur!', & ik pakte de gekookte aardappel van mijn bord & gooide die naar mr Vincy's hoofd. Ik zag niet of ik hem raakte. Ik rende meteen van tafel, rende alle trappen op naar mijn kamer & ging op bed liggen & begon te huilen & daarna te lachen, maar ten slotte moest ik overgeven.

En miss Sibree is de enige van allemaal die me is komen opzoeken, om me wat brood & boter te brengen & een slokje port uit haar eigen glas. Ik hoorde mr Vincy beneden in de gang praten. Hij zei dat hij nooit meer een jong medium onder zijn dak wilde, al had ze haar eigen vader bij zich. Hij zei 'Ik heb horen zeggen dat ze grote gaven bezitten, & dat kan best waar zijn. Maar een jonge vrouw in de greep van een spiritistische passie – God nog aan toe, mr Cutler, dat is een beangstigend schouwspel!'

21 OKTOBER 1874

Kun je gewend raken aan chloraal? Ik heb de indruk dat Moeder steeds grotere hoeveelheden moet afmeten, wil ik zelfs maar vermoeid raken. En als ik slaap, slaap ik onrustig; het lijkt of er schaduwen langs mijn ogen strijken en of er in mijn oor wordt gepreveld. Ik word er wakker van, en ik kom overeind en kijk verward de kamer rond, maar ik zie niets. Dan blijf ik nog een uur liggen, hopend dat de slaap weer zal komen.

Het is het verlies van mijn medaillon dat me in deze toestand heeft gebracht. Dat maakt me 's nachts rusteloos en overdag suf. Vanmorgen deed ik zo onnozel over een kleinigheid die met Prissy's huwelijk te maken had. Moeder zei dat ze niet begrijpt wat er over me gekomen is. Ze zegt dat ik begin af te stompen door de omgang met al die ordinaire vrouwen in Millbank. Om haar dwars te zitten heb ik er vandaag een bezoek gebracht, met als gevolg dat ik nu klaarwakker ben...

Men liet me eerst de gevangeniswasserij zien. Dat is een afschrikwekkende ruimte, laag, heet, vochtig, en het stinkt er. Er staan reusachtige wringers, die er vervaarlijk uitzien, en pannen met kokende stijfsel, en aan de zoldering zijn lange rekken bevestigd waaraan allerlei naamloze, vormloze, geelwitte artikelen hangen te druipen – lakens, hemden, onderjurken, dat kon ik niet zien. Ik hield het er maar een minuut uit, toen voelde ik dat mijn gezicht en hoofdhuid begonnen te trekken van de hitte. Toch zeggen de bewaarsters dat de vrouwen het liefst van alles in de wasserij werken. De wasvrouwen krijgen namelijk beter te eten dan de anderen, en mogen eieren, verse melk en vlees hebben boven op hun gewone rantsoen, om op krachten te blijven. En ze werken natuurlijk samen, dus er zal weleens gepraat worden.

De gangen deden erg kil en naargeestig aan, na de hitte en de bedrijvigheid van de wasserij. Ik legde niet veel bezoeken af, maar ging naar twee gevangenen die ik nog niet eerder had gesproken. De eerste was een van de zogenaamde 'dames', een zekere Tully, die daar zit wegens zwendel met juwelen. Ze pakte mijn hand toen ik bij haar kwam en zei: 'O, eindelijk eens iemand met wie ik een zinnig gesprek kan voeren!' Het enige wat ze echter wilde horen waren verhalen uit de krant, en die mag ik daar natuurlijk niet navertellen.

Ze zei: 'Maar maakt onze lieve vorstin het goed? Zegt u me dat dan tenminste.'

Ze vertelde dat ze tweemaal te gast was geweest op feesten in de koninklijke residentie Osborne, en ze noemde de naam van enkele voorname dames. Kende ik die? Neen, die kende ik niet. Toen wilde ze weten 'wie mijn familie was'; haar houding leek te bekoelen, dacht ik, toen ik haar vertelde dat Pa maar een geleerde was geweest. Ten slotte vroeg ze of ik misschien enige invloed op miss Haxby kon uitoefenen inzake de kwestie van een passend keurslijf en tandpasta.

Ik bleef niet lang bij haar. De tweede vrouw die ik bezocht, vond ik echter veel sympathieker. Zij heet Agnes Nash en ze is drie jaar geleden naar Millbank gestuurd wegens het uitgeven van valse munten. Het is een gezette jonge vrouw, met een donker gezicht en een beginnende snor, maar met prachtige blauwe ogen. Ze stond op toen ik haar cel binnenkwam, maakte geen revérence, maar bood me haar stoel aan en leunde tijdens de rest van het gesprek tegen haar opgevouwen hangmat. Haar handen waren blank en brandschoon. Eén vinger eindigde bij het tweede kootje – ze zei dat het topje 'er finaal was afgebeten, door een slagershond, toen ze nog maar een peuter was'.

Ze was heel openhartig over haar misdaad, en praatte er op een merkwaardige manier over. 'Ik kom uit een dievenbuurt,' zei ze, 'en gewone mensen vinden ons door en door slecht, maar we zijn goed voor ons eigen soort. Ik heb geleerd te stelen als het moest, en het ook menigmaal gedaan, dat wil ik u best vertellen; maar ik hoefde niet zo vaak, want mijn broer was een meester in het vak, en hij zorgde voor ons.' Ze zei dat de valsemunterij haar noodlottig was geworden. Ze was ermee begonnen omdat het licht en prettig werk is – veel meisjes doen dat, zei ze, om dezelfde reden. Ze zei: 'Ze hebben me veroordeeld wegens het uitgeven van valse munten, maar dat heb ik nooit gedaan, ik werkte alleen aan de matrijzen, thuis, en liet de rest aan anderen over.'

Ik heb in Millbank al vaak zulke fijne onderscheidingen horen maken tussen gradaties of soorten van misdaden. Toen ik dit hoorde, vroeg ik of haar vergrijp dan minder erg was. Waarop ze antwoordde dat ze niet wilde beweren dat het minder erg was, maar alleen zei waar het op stond. 'Het is een bezigheid waar men weinig van begrijpt,' zei ze. 'En daarom zit ik hier.'

Ik vroeg wat ze bedoelde. Het kon toch nooit goed zijn, zei ik, om geld te vervalsen? Om te beginnen was het niet eerlijk tegenover degene die de valse munten ontving.

'Neen, dat is ook niet eerlijk. Maar, hemeltjelief, dacht u dat al ons nepgeld in uw beurs terechtkwam? Een klein gedeelte wel, daar twijfel ik niet aan – en dat is dan pech, als u zo'n muntje krijgt! Maar het meeste houden we stilletjes onder ons. Ik steek een van mijn maten bijvoorbeeld een geldstuk toe, voor een blikje tabak. Mijn maat speelt het door aan een maat van hem, en die knaap geeft het aan Susie of Jim – bijvoorbeeld voor een stuk schapenvlees uit de schuiten. Via Susie of Jim komt het dan weer terug bij mij. Het is een echt familiebedrijf, en niemand heeft er last van. Maar de rechter hoort "valsemunter" en denkt dat hij "dief" hoort, en daar moet ik voor boeten, met vijf jaar cel...'

Ik zei dat het nog niet eerder bij me was opgekomen dat er zoiets als een dieveneconomie zou kunnen bestaan, en dat haar verdediging erg overtuigend klonk. Ze knikte. Ze zei dat ik het onderwerp beslist ter sprake moest brengen, als ik weer eens dineerde met een rechter. 'Ik wil er iets aan gaan doen, snapt u wel, stukje bij beetje,' zei ze, 'via dames zoals u.'

Ze lachte niet. Ik wist niet of ze het meende, of me alleen plaagde. Ik zei dat ik mijn shillingen voortaan in elk geval zorgvuldig zou bekijken – nu lachte ze wel. 'Doet u dat,' zei ze. 'Wie weet? Misschien hebt u er nu wel een in uw beurs zitten die door mij is gevormd en bijgewerkt.'

Doch toen ik haar vroeg hoe ik zo'n muntstuk kon herkennen, werd ze ineens bescheiden – er was wel een klein merktekentje, zei ze, maar... 'Nu ja, u begrijpt, ik moet mijn ambacht beschermen, zelfs hier.'

Ze hield mijn blik gevangen. Ik zei te hopen dat ze daar niet mee bedoelde dat ze van plan was het werk weer op te nemen als ze vrijkwam. Ze schokschouderde – wat moest ze anders? Ze had me toch verteld dat ze het vak al als kind had geleerd? Haar familie zou geen hoge dunk van haar hebben als ze bekeerd terugkwam!

Ik zei dat ik het een grote schande vond dat ze niets beters wist te doen dan nadenken over de misdaden die ze over twee jaar zou plegen. Ze antwoordde: 'Dat is ook een schande. Maar wat kan ik anders doen? – behalve de bakstenen in de muren van mijn cel tellen, of de steken in mijn naaiwerk – dat heb ik trouwens gedaan. Of me afvragen hoe mijn kinderen het maken, zonder moeder – dat heb ik ook gedaan. Dat zijn erge dingen om aan te denken.'

Ik zei dat ze kon nadenken over de vraag waarom haar kinderen moederloos zijn. Ze kon nadenken over al haar vroegere wandaden, en waar die toe hebben geleid.

Ze lachte. 'Heb ik gedaan,' zei ze. 'Een jaar lang. Dat doen we allemaal – u kunt het vragen aan wie u wilt. Het eerste jaar in Millbank is namelijk vreselijk. Dan ben je tot alles bereid – je bent bereid te zweren dat je liever van honger sterft en je familie meeneemt in het graf, dan dat je ooit nog iets slechts doet en weer hierheen wordt gestuurd. Je belooft alles aan iedereen, zo'n spijt heb je. Maar alleen het eerste jaar. Daarna heb je geen spijt meer. Als je aan je misdaden denkt, denk je niet: Had ik dat maar niet had gedaan, dan zat ik hier nu niet, neen, je denkt: Had ik dat maar beter gedaan... Je denkt aan alle geweldige boevenstreken die je gaat uithalen als je eenmaal vrij bent. Je denkt: Ze hebben me hierin gestopt omdat ze vinden dat ik slecht ben. Nou, dan zal ik ze over vier jaar eens laten zien wat slecht is!'

Ze gaf me een knipoog. Ik keek haar strak aan. Ten slotte zei ik: 'Je kunt niet verwachten dat ik zal zeggen dat het me plezier doet je zo te horen praten,' en ze antwoordde dadelijk, nog steeds glimlachend, dat ze er natuurlijk niet over zou piekeren om zoiets te verwachten...

Toen ik opstond om weg te gaan, kwam zij ook overeind en liep met me mee naar het hek van haar cel – drie of vier passen maar – alsof ze me uitliet. Ze zei: 'Nou, ik ben blij dat ik met u gesproken heb. Goed onthouden, hoor, wat ik zei over die munten!' Ik beloofde het, en keek of ik de bewaarster ergens in de gang zag. Nash knikte. 'Wie gaat u hierna bezoeken?' vroeg ze, en omdat ze niets kwaads in de zin leek te hebben, antwoordde ik behoedzaam: 'Misschien je buurvrouw, Selina Dawes.'

'O, die!' zei ze meteen. 'Het spookmeisje...' En ze rolde met haar mooie blauwe ogen, en lachte weer.

Ik vond haar toen niet meer zo sympathiek. Ik riep door de tralies en mrs Jelf kwam me bevrijden, en daarna ging ik inderdaad naar Dawes. Haar gezicht leek bleker dan eerst, vond ik, en haar handen waren beslist roder en ruwer. Ik had een dikke mantel aan, die van boven gesloten was; ik repte niet over het medaillon en zinspeelde evenmin op hetgeen ze de vorige keer had gezegd. Maar ik zei wel dat ik aan haar had gedacht. Ik zei dat ik aan de dingen had gedacht die ze over zichzelf had verteld. Ik vroeg of ze me vandaag nog meer wilde vertellen.

Wat moest ze dan vertellen?

Ik zei dat ze me iets zou kunnen vertellen over het leven dat ze had geleid voordat ze naar Millbank werd gestuurd. 'Hoe lang,' vroeg ik, 'ben je al... wat je bent?'

'Wat ik ben?' Ze hield haar hoofd schuin.

'Wat je bent. Hoe lang zie je al geesten?'

'Ah.' Ze glimlachte. 'Al zo lang als ik kan kijken, denk ik...'

En daarna vertelde ze hoe haar leven was geweest toen ze jong was – dat ze bij een tante in huis woonde en vaak ziek was, en dat er op een keer, toen ze zieker was dan ooit, een dame bij haar kwam. Die dame bleek haar eigen overleden moeder te zijn.

'Dat vertelde mijn tante me,' zei ze.

'En was je niet bang?'

'Tante zei dat ik niet bang hoefde te zijn, omdat mijn moeder veel van me hield. Daarom was ze gekomen...'

En dus gingen de bezoeken door, totdat haar tante ten slotte had bedacht dat ze 'profijt moesten trekken van de gaven die ze bezat', en haar mee was gaan nemen naar een spiritistenkring. Nu kwamen er klopgeluiden, en krijsende stemmen, en nog meer geesten. 'Nu was ik wél een beetje bang,' zei ze. 'Die geesten waren niet allemaal zo aardig als mijn moeder!' En hoe oud was ze toen? 'Een jaar of dertien...'

Ik stel me haar voor, een tenger, wasbleek meisje dat 'Tante!' roept wanneer de tafel begint te kantelen. Ik verbaas me over deze vrouw, die haar aan zulke dingen blootstelde; toen ik dat echter met zoveel woorden zei, schudde ze haar hoofd en zei dat het goed was dat haar tante dat had gedaan. Het zou erger zijn geweest als ze dergelijke geesten helemaal alleen tegemoet had moeten treden – zoals eenzame mediums, verzekerde ze me, soms moeten. En bovendien, de dingen die ze zag, daar raakte ze mee vertrouwd. 'Tante hield me erg kort,' zei ze. 'Andere meisjes leken saai, ze praatten over zulke alledaagse dingen, en natuurlijk vonden ze mij maar raar. Soms ontmoette ik iemand, en dan wist ik dat die persoon net zo was als ik. Maar dat haalde natuurlijk niets uit als ze het zelf niet wist – of, erger nog, als ze het vermoedde en er bang voor was...'

Ze hield mijn blik vast, totdat ik het niet meer uithield en mijn hoofd afwendde. 'Hoe dan ook,' zei ze, op kordatere toon, 'de kring hielp me mijn gaven te ontwikkelen.' Weldra wist ze wanneer ze 'lage' geesten terug moest sturen en contact moest zoeken met goede geesten; weldra gingen deze boodschappen aan haar doorgeven, 'voor hun dierbare vrienden op aarde'. En dat was voor mensen toch iets om blij mee te zijn? Om een vriendelijk bericht te ontvangen terwijl ze rouwden en verdriet hadden?

Ik dacht aan het verlies van mijn medaillon, en aan het bericht dat ze mij ooit had gebracht – nog steeds hadden we daar niet op gezinspeeld. Ik zei alleen: 'En jij vestigde je dus als spiritistisch medium. En kwamen er mensen bij je, en gaven die je geld?'

Ze zei heel gedecideerd dat ze voor zichzelf 'nooit een cent had aangenomen'; dat mensen haar soms geschenken gaven, wat iets heel anders was, en dat de geesten trouwens altijd zeiden dat het geen schande was om geld aan te nemen, als dat de betrokkene in staat stelde spiritistisch werk te doen.

Ze glimlachte toen ze over deze periode in haar leven sprak. 'Dat was voor mij een prettige tijd,' zei ze, 'al denk ik dat ik het amper besefte zolang het duurde. Mijn tante had me verlaten – ze was overgegaan, zoals wij zeggen, naar gene zijde. Ik miste haar, maar ze had het daar meer naar haar zin dan op aarde, ik mocht niet naar haar verlangen. Ik woonde een tijdje in een hotel in Holborn, bij een spiritistische familie; zij waren goed voor me – al moet ik tot mijn spijt zeggen dat ze zich later tegen me keerden. Ik deed mijn werk, waarmee ik de mensen zo blij maakte. Ik ontmoette veel boeiende mensen –

schrandere mensen – mensen zoals u, miss Prior! Ik ben trouwens in verscheidene huizen in Chelsea geweest.'

Ik dacht aan de juwelenzwendelaarster, die prat ging op haar bezoeken aan de koninklijke residentie. Dawes' trots leek vreselijk misplaatst in deze nauwe cel. Ik zei: 'En was het in een van die huizen dat het meisje en de dame die jij letsel zou hebben toegebracht, onwel werden?'

Ze wendde haar blik af. Neen, zei ze zacht, dat was in een ander huis, een huis in Sydenham.

Daarna vroeg ze: Had ik het al gehoord? Wat een sensatie was dat geweest tijdens het ochtendgebed! Jane Petit, van de afdeling van miss Manning, had haar gebedenboek naar de aalmoezenier gegooid...

Haar stemming was omgeslagen. Ik wist dat ze me niets meer zou vertellen, en dat speet me – ik had graag meer willen horen over die 'ondeugende' geest, 'Peter Quick'.

Ik had doodstil gezeten om naar haar te luisteren. Nu ik me weer meer bewust werd van mezelf, merkte ik dat ik het koud had, en ik trok mijn mantel dichter om me heen. Door die beweging schoof het notitieboekje in mijn zak wat omhoog, en ik zag haar ernaar kijken. Tijdens de rest van het gesprek keerde haar blik telkens terug naar dat uitstekende randje, totdat ze op het laatst, toen ik opstond om weg te gaan, vroeg waarom ik toch altijd een boekje bij me had. Was ik van plan over de vrouwen in de gevangenis te schrijven?

Ik vertelde haar dat ik mijn notitieboekje altijd meeneem, waar ik ook heen ga; dat het een gewoonte was die ik me had aangewend toen ik mijn vader hielp bij zijn werk. Ik zei dat ik me zonder dat boekje heel vreemd zou voelen, en dat ik de dingen die ik erin opschreef, later soms overnam in een ander boek, mijn dagboek. Ik zei dat dat boek als het ware mijn beste vriendin was. Ik vertrouwde er mijn intiemste gedachten aan toe, en het hield die geheim.

Ze knikte. Mijn dagboek was net als zij – het had niemand aan wie het iets kon vertellen. Ik zou mijn intiemste gedachten net zo goed daar kunnen uitspreken, in haar cel. Aan wie zou zij het moeten doorvertellen?

Ze zei het niet mokkend, maar bijna speels. Ik zei dat ze het aan haar geesten kon vertellen. 'Ah,' zei ze, en ze hield haar hoofd een beetje schuin. 'Zij zien alles, weet u. Zelfs de bladzijden van uw geheime boek. Zelfs al schrijft u' – ze zweeg even, en streek heel zachtjes met een vinger over haar lippen – 'in het donker van uw eigen kamer, met de deur op slot en de lamp in de laagste stand.'

Ik knipperde met mijn ogen. Nu, zei ik, dat was wel heel merkwaardig, want dat was inderdaad de manier waarop ik in mijn dagboek schreef; ze hield mijn blik even vast en glimlachte. Ze zei dat iedereen zo schreef. Ze zei dat zij vroeger ook een dagboek bijhield, toen ze nog vrij was, en dat ze altijd 's avonds schreef, in het donker, en ging geeuwen en slaap kreeg van het schrijven. Ze zei dat ze het heel erg vond dat ze nu, wanneer ze wakker lag en alle uren van de nacht had om te schrijven, niets mocht schrijven.

Ik dacht aan de afschuwelijke slapeloze nachten die ik had doorgebracht toen Helen me net had verteld dat ze met Stephen ging trouwen. Ik geloof niet dat ik meer dan drie nachten heb geslapen, in alle weken die er lagen tussen die dag en de dag van Pa's dood, toen ik voor het eerst morfine nam. In gedachten zag ik Dawes met open ogen in haar donkere cel liggen; ik stelde me voor dat ik haar morfine of chloraal bracht, en toekeek terwijl ze dronk...

Toen keek ik weer naar haar, en zag dat ze haar ogen nog steeds op het boekje in mijn zak gevestigd hield – wat me ertoe bracht mijn hand erop te leggen. En toen ze dat gebaar zag, kwam er een wat verbitterde trek op haar gezicht.

Ze zei dat ik gelijk had dat ik er zo goed op paste – dat alle gevangenen snakten naar papier, papier en inkt. 'Wanneer je in de gevangenis aankomt,' zei ze, 'moet je je naam in een groot zwart boek zetten' – dat was de laatste keer dat ze een pen had vastgehouden en haar eigen naam had geschreven. Dat was de laatste keer dat ze haar eigen naam had horen uitspreken – 'Ze noemen me hier *Dawes*, alsof ik een bediende ben. Als iemand nu *Selina* tegen me zei, denk ik dat ik niet eens zou omkijken. *Selina... Selina...* ik ben vergeten wie dat meisje is! Ze zou net zo goed dood kunnen zijn.'

Haar stem trilde een beetje. Ik herinnerde me de prostituee, Jane Jarvis, die ooit had gevraagd of ze een bladzij uit mijn boekje mocht hebben, om een briefje te schrijven aan haar kameraad White – ik had haar na die dag nooit meer opgezocht. Maar verlangen naar een vel papier, louter om je eigen naam erop te schrijven, zodat je je weer verbonden kon voelen met het leven en de realiteit...

Het leek een erg bescheiden wens.

Ik denk dat ik even luisterde, om me ervan te verzekeren dat mrs Jelf nog bezig was verderop in de gang. Toen haalde ik het notitieboekje uit mijn zak, sloeg het open op een lege bladzij en legde het plat op tafel neer, en daarna bood ik haar mijn pen aan. Ze staarde naar de pen, en toen naar mij; ze pakte hem op en draaide onhandig de dop los – ze was niet vertrouwd met het gewicht en de vorm, vermoedde ik. Toen hield ze de pen bevend boven de bladzijde, totdat er aan de punt een glanzende druppel inkt opwelde, en schreef: *Selina*. En daarna schreef ze haar naam voluit: *Selina Ann Dawes*. En toen weer alleen haar doopnaam: *Selina*.

Ze was naar de tafel gekomen om te schrijven, haar hoofd was heel dicht bij het mijne, en toen ze sprak, was haar stem nauwelijks meer dan gefluister. Ze zei: 'Ik vraag me af, miss Prior, of u ooit, wanneer u in uw dagboek schrijft, deze naam opschrijft?'

Ik kon niet meteen antwoord geven, want terwijl ik haar hoorde prevelen en haar warmte voelde in die kille cel, werd ik getroffen door de gedachte hoe vaak ik al over haar heb geschreven. Maar waarom zou ik niet over haar schrijven, ik schrijf toch ook over de andere vrouwen daar? En het is stellig beter om over haar te schrijven, dan over Helen.

Daarom zei ik alleen: 'Zou je het vervelend vinden als ik over je schreef?'

Vervelend? Ze glimlachte. Ze zei dat ze het een prettige gedachte zou vinden dat iemand – maar vooral ik, gezeten aan mijn tafel – over haar schreef, dat iemand opschreef: *Selina zei dit* of *Selina deed dat*. Ze lachte: '*Selina vertelde me een hoop onzin over de geesten...*'

Ze schudde haar hoofd. Maar toen stierf haar gelach weg, net zo snel als het was opgekomen, en terwijl ik keek, zag ik haar glimlach verdwijnen. 'Natuurlijk,' zei ze op gedempte toon, 'zou u die naam niet gebruiken. U zou alleen *Dawes* zeggen, net als zij.'

Ik vertelde haar dat ik zou zeggen wat ze maar wilde.

'Heus?' zei ze. 'O,' voegde ze eraan toe, 'u moet niet denken dat ik ooit zou vragen om u in ruil anders te mogen noemen dan "miss Prior"...'

Ik aarzelde. Ik zei dat de bewaarsters dat waarschijnlijk niet fatsoenlijk zouden vinden.

'Beslist niet! Aan de andere kant,' ze wendde haar blik af, 'zou ik de naam niet hardop zeggen, hier op de afdeling. Maar wanneer ik aan u denk – want ik denk aan u, 's nachts, als het stil is – dan merk ik dat ik niet "miss Prior" zeg. Ik zeg – wel, u bent ooit zo vriendelijk geweest me uw naam te vertellen, die keer toen u zei dat u vriendschap met me kwam sluiten...'

Een beetje onbeholpen zette ze de pen weer op het papier en schreef, onder haar eigen naam: *Margaret.*

Margaret. Ik zag het en kromp ineen, alsof ze de een of andere krachtterm had opgeschreven, of een karikatuur van mijn gezicht had getekend. O! zei ze dadelijk, dat had ze niet mogen doen, dat was veel te familiair! Neen, neen, dat was het niet, zei ik. 'Alleen... nu ja, ik heb het nooit een prettige naam gevonden. Het is een naam die het slechtste van me in zich lijkt te bergen – mijn zuster heeft trouwens wel een mooie naam. Als ik mijn naam hoor, hoor ik mijn moeders stem. Mijn vader noemde me "Peggy"...'

'Laat me dat dan zeggen,' zei ze. Doch ik herinnerde me dat ze dat al eens tegen me gezegd had – en ik kan daar nog steeds niet aan denken zonder te huiveren. Ik schudde mijn hoofd. Ten slotte prevelde ze: 'Geef me dan een andere naam waarmee ik u mag aanspreken. Geef me een andere naam dan "miss Prior" – wat de naam zou kunnen zijn van een bewaarster, of van een gewone bezoekster, een naam die me niets zegt. Geef me een naam die iets betekent – een geheime naam, een naam die niet het slechtste van u in zich bergt, maar het beste...'

Zo ging ze door, totdat ik, in dezelfde vreemde, verhitte gemoedstoestand waarin ik haar het notitieboekje en de pen had gegeven, ten slotte zei: 'Aurora! Dan mag je Aurora zeggen! Want dat is een naam... dat is de naam die...'

Ik zei natuurlijk niet dat het de naam was die Helen me had gegeven, voordat ze met mijn broer was getrouwd. Ik zei dat het een naam was die ik zelf graag gebruikte, 'toen ik jong was'. En ik bloosde ervan, om zoiets dwaas hardop te horen uitspreken.

Zij keek echter heel ernstig. Ze pakte de pen weer op, streepte *Margaret* door en schreef in plaats daarvan *Aurora.*

En toen zei ze: 'Selina en Aurora. Wat ziet dat er mooi uit! Het lijken wel namen van engelen, vind je ook niet!'

Het leek plotseling akelig stil op de afdeling. Ik hoorde in de verte een hek dichtslaan en het knarsen van een grendel, en daarna meende ik het geknerp van zand onder zware hakken te horen, veel dichterbij. Ik voelde haar vingers hard tegen de mijne drukken toen ik haar onhandig de pen afpakte. Ik zei: 'Ik ben bang dat ik je te moe heb gemaakt.'

'O neen.'

'Ja, ik denk van wel.' Ik kwam overeind en liep schichtig naar het hek. De gang erachter was leeg. Ik riep: 'Mrs Jelf!' en hoorde een stem terugroepen, vanuit een verre cel: 'Een ogenblikje, juffrouw!' Toen draaide ik me om, en omdat er toch niemand was die ons kon zien of horen, stak ik mijn hand uit. 'Tot ziens dan, Selina.'

Weer raakten haar vingers de mijne, en ze glimlachte. 'Tot ziens, Aurora,' fluisterde ze, in de koude lucht van de cel, zodat het woord een seconde lang wit als gaas voor haar lippen bleef hangen. Ik trok mijn hand terug en wilde me omdraaien naar het hek, en op dat moment leek het of haar blik weer iets gekunstelds kreeg.

Ik vroeg waarom ze dat deed.

'Wat dan, Aurora?'

Waarom lachte ze zo geheimzinnig?

'Lach ik geheimzinnig?'

'Dat weet je best. Waarom?'

Ze scheen te aarzelen. Toen zei ze: 'Ik vind je alleen zo trots. Al ons gepraat over geesten, en...'

En wat?

Maar ze was opeens weer speels geworden. Ze schudde slechts haar hoofd en lachte me uit.

Ten slotte zei ze: 'Geef me de pen nog eens,' en voor ik kon reageren, had ze hem van me afgepakt en was ze weer naar de tafel gelopen, waar ze razendsnel in mijn boekje begon te schrijven. Nu hoorde ik inderdaad de zware schoenen van mrs Jelf op de gangvloer. 'Vlug!' zei ik, want mijn hart was zo snel gaan kloppen in mijn borst dat ik de stof van mijn japon zag trillen, als een trommelvel. Maar zij lachte en schreef door. Steeds dichterbij kwamen de schoenen, steeds luider bonsde mijn hart! – en toen werd het boekje eindelijk gesloten, de pen dichtgedraaid en in mijn hand gestopt, en mrs Jelf verscheen bij de tralies. Ik zag haar donkere ogen speuren, zorgelijk als altijd, maar er was niets meer te zien, behalve mijn jagende borst, en die bedekte ik met mijn mantel terwijl zij nog bezig was de sleutel om te draaien en het hek open te duwen. Dawes had een stap opzij gedaan. Nu kruiste ze haar armen voor haar schort en boog haar hoofd, zonder een spoor van een glimlach. Ze zei alleen: 'Tot ziens, miss Prior.'

Ik knikte haar even toe, en liet me toen zwijgend uit haar cel leiden en door de gangen escorteren.

Doch onder het lopen voelde ik mijn notitieboekje voortdurend tegen mijn heup zwaaien: door haar was het een vreemde en afschrikwekkende last geworden. Buiten het gevangenisgebouw trok ik mijn handschoen uit en legde mijn naakte handpalm op de kaft: het leer leek nog warm door de aanraking van haar ruwe vingers. Ik durfde het echter niet uit mijn zak te halen. Pas toen men me in een rijtuig had gezet en de koetsier de zweep over zijn paard had gelegd, bracht ik het boekje weer tevoorschijn; daarna duurde het even voor ik de bladzijde had gevonden, en toen had ik nog even nodig om het papier zo te houden dat het licht van de straatlantaarns erop viel. Ik zag wat ze had geschreven, klapte het boekje dadelijk dicht en stopte het weer in mijn mantelzak, maar hield mijn hand erop, tijdens heel die hotsende rit – op het laatst werd het leer vochtig.

Nu heb ik het voor me liggen. Daar zijn de inktvlekken, en de namen die ze heeft opgeschreven: haar eigen naam en mijn oude, geheime naam. En eronder staat dit:

Al ons gepraat over geesten & geen woord over je medaillon.
Dacht je dat ze het me niet zouden vertellen, toen ze het wegnamen?
Wat lachten ze, Aurora, toen ze je zagen zoeken!

Ik schrijf bij kaarslicht, en de vlam is heel laag en zakt soms weg. Het is een gure nacht, de wind kruipt onder de deuren door en tilt het kleed van de vloer. Moeder en Pris liggen in hun bed te slapen. Heel Cheyne Walk kan wel in slaap zijn, heel Chelsea. Alleen ik ben wakker – alleen ik, en Vigers, want ik hoor haar boven rondlopen, op Boyds oude kamer; wat heeft ze gehoord, dat ze zo rusteloos is? Vroeger dacht ik dat het 's nachts stil werd in huis, maar nu lijkt het of ik het tikken en slaan van alle klokken opvang, het kraken van iedere plank en traptree. Ik staar naar mijn eigen gezicht, dat wordt weerspiegeld in mijn bolle raam: het komt me vreemd voor, ik durf er niet echt goed naar te kijken. Maar ik durf ook niet naar buiten te kijken, naar de nacht die tegen de ruit drukt. Want de nacht heeft Millbank in zich, met zijn dichte, zwarte schaduwen, en in een van die schaduwen ligt *Selina* – *Selina* – ze dwingt me de naam op te schrijven, met iedere haal van de pen over het papier komt ze meer tot leven, wordt ze substantiëler en echter – *Selina*. In een van die schaduwen ligt *Selina*. Haar ogen zijn open, en ze kijkt me aan.

26 NOVEMBER 1872

Ik wou dat mijn tante kon zien waar ik nu ben. Ik ben namelijk in Sydenham, in het huis van mrs Brink! Ze heeft me hier van de ene dag op de andere naartoe gehaald, want ze zei dat ze me liever zag creperen dan dat ik nog een uur langer bij mr Vincy doorbracht. Mr Vincy zei 'U mag haar hebben, mevrouw! & ik hoop dat ze u nog veel last zal bezorgen', maar miss Sibree huilde toen ik langs haar deur liep & zei dat ze wist dat ik een grote toekomst voor me had. Mrs Brink nam me mee in haar eigen rijtuig, & toen we bij haar huis aankwamen dacht ik dat ik flauw zou vallen, want het is het deftigste huis dat je ooit hebt gezien, met een tuin rondom & een grindpad dat naar de voordeur loopt. Mrs Brink zag me kijken & zei 'Ocharm, miss Dawes, u bent krijtwit! Dit zal natuurlijk wel vreemd voor u zijn.' Toen leidde ze me aan de hand naar binnen & liet me op haar gemak alle kamers zien, waarbij ze telkens zei 'Nu, wat vindt u hiervan? Kent u dit... & dit?' Ik zei dat ik er niet zeker van was, omdat mijn gedachten niet helder waren & zij antwoordde 'Ach, het zal mettertijd wel komen.'

Toen bracht ze me naar deze kamer, die vroeger van haar moeder was & nu voor mij is bestemd. Hij is zo groot, ik dacht eerst dat het weer een salon was. Toen zag ik het bed staan, & ik liep erheen & raakte de beddenstijl aan, & blijkbaar trok ik weer wit weg want mrs Brink zei 'O! Dit is toch een te grote schok voor u geweest! Zal ik u terugbrengen naar Holborn?'

Ik zei dat ze dat beslist niet moest doen. Ik zei dat het te verwachten was dat ik soms een flauwte kreeg, maar dat het niets voorstelde & vanzelf weer over zou gaan. Ze zei 'Goed, dan laat ik u nu een uurtje alleen, zodat u kunt wennen aan uw nieuwe thuis.' Toen kuste ze me. Terwijl ze het deed, zei ze 'Dit mag nu toch wel?' Ik dacht aan alle schreiende dames wier hand ik het afgelopen halfjaar heb vastgehouden, & ook aan mr Vincy, die met zijn vingers aan me zat & bij mijn deur op me wachtte. Maar niemand heeft me gekust sinds de dood van Tante, helemaal niemand.

Ik had dat nog niet eerder bedacht, ik besefte het nu pas, toen ik haar lippen op mijn wang voelde.

Toen ze me alleen had gelaten liep ik naar het raam om het uitzicht te bekijken, vanuit deze kamer zie je allemaal bomen & Crystal Palace. Crystal Palace vind ik echter niet zo heel bijzonder als men zegt. Maar toch, het is een mooier uitzicht dan ik in Holborn had! Toen ik was uitgekeken liep ik een beetje rond in deze kamer, & omdat de vloer zo breed is deed ik een paar passen van de polka, want ik heb altijd dolgraag de polka willen dansen in een grote kamer. Ik danste heel zachtjes, een kwartier lang, nadat ik eerst mijn schoenen had uitgetrokken zodat mrs Brink me beneden niet zou horen. Daarna keek ik om me heen, naar alles wat hier staat.

Dit is eigenlijk een raar soort kamer, want er zijn een heleboel kasten & laden, met allemaal spullen erin, zoals stukken kant, papieren, tekeningen, zakdoeken, knopen, &c. Er is een reusachtige kleerkast, & die hangt vol met japonnen, & er staan rijen & rijen kleine schoentjes & op de planken liggen opgevouwen kousen & zakjes lavendel. Er is een toilettafel, met borstels & halfvolle flesjes parfum erop, & een kistje met broches & ringen & een smaragden halssnoer. En hoewel al die dingen heel oud zijn, zijn ze allemaal afgestoft & opgepoetst & ruiken ze fris, zodat je, als je mrs Brink niet kende, zou denken dat haar moeder wel een keurige dame moet zijn. Je zou denken 'Ik mag helemaal niet aan haar spullen zitten, ze komt vast zo terug' – terwijl ze in werkelijkheid natuurlijk al 40 jaar dood is, dus je kunt er wel eeuwig aan zitten. Ik wist dat wel, maar zelfs ik had het gevoel dat het niet mocht. Als ik die dingen aanraak, dacht ik, & ik draai me om, dan staat ze bij de deur naar me te kijken.

En terwijl ik dat dacht draaide ik me om & keek ik naar de deur, & daar stond inderdaad een vrouw naar me te kijken! Het hart klopte me in de keel toen ik haar zag...

Maar het was de kamenier maar, Ruth. Ze was zachtjes binnengekomen, niet zoals Betty altijd deed maar als een echte kamenier, als een spook. Ze zag me schrikken & zei 'O, neemt u me niet kwalijk! Mrs Brink zei dat u lag te rusten.' Ze kwam me water brengen zodat ik mijn gezicht kon wassen, & toen ze het in de porseleinen kom van mrs Brinks moeder had gegoten, vroeg ze 'Waar is de japon die u wilt aantrekken voor het diner? Als u wilt, zal ik hem meenemen & hem door het meisje laten oppersen.' Ze hield haar ogen op de grond gericht & keek niet naar mij, al denk ik dat ze misschien wel heeft gemerkt dat ik op blote voeten was, & ik vraag me af of ze kon raden dat ik had gedanst. Ze stond te wachten op mijn japon, maar ik heb natuurlijk maar één jurk die mooier is dan degene die ik op dat moment droeg. Ik vroeg 'Denk je echt dat mrs Brink verwacht dat ik me verkleed?' & zij zei 'Ja, ik denk het wel.' Dus ik gaf haar mijn fluwelen jurk & ze bracht hem later terug, ze hadden hem geperst met stoom & de stof was heel warm.

Met die jurk aan bleef ik zitten totdat ik een gong hoorde, om 8 uur, want zo laat wordt hier het avondeten opgediend. Ruth kwam me halen, & ze maakte het lint om mijn middel los & strikte het opnieuw & zei 'Kijk nou eens hoe mooi u eruitziet,' & toen ze me naar de eetkamer bracht zei mrs Brink 'O, wat ziet u er mooi uit!' zodat ik Ruth zag glimlachen. Ik werd aan de ene kant van een grote glimmende tafel neergezet & mrs Brink zat aan de andere kant, ze keek naar me terwijl ik at & zei telkens 'Ruth, wil je miss Dawes nog wat meer aardappelen geven? – Miss Dawes, mag Ruth een stukje kaas voor u afsnijden?' Ze vroeg of ik het eten lekker vond & wat ik het liefste at. De maaltijd bestond uit een ei, een varkenskotelet & een niertje, kaas & wat vijgen. Eén keer dacht ik aan het konijnenvlees van mrs Vincy & ik schoot in de lach. Toen mrs Brink vroeg waarom ik lachte, zei ik 'Omdat ik zo blij ben.'

Na het eten zei mrs Brink 'Zullen we nu eens kijken wat voor invloed dit huis op uw gaven heeft?' & ik zat een uur in trance & zij was erg tevreden, denk ik. Ze zegt dat ze morgen een paar japonnen met me gaat kopen, & dat ze me overmorgen of de dag erna een kring wil laten leiden voor vrienden van haar, die erg graag willen dat ik voor hen werk. Ze bracht me weer naar deze kamer, & weer kuste ze me, & Ruth bracht nog meer warm water & nam mijn kamerpot mee, wat heel anders was dan wanneer Betty hem meenam & waar ik van moest blozen. Nu is het 11 uur & ik ben klaarwakker, wat ik altijd ben na een trance, al wilde ik dat hier liever niet zeggen. Er is geen geluid te horen, in heel dit reusachtige huis. Er is hier niemand anders dan mrs Brink & Ruth, & de kokkin & nog een bediende & ik. We lijken wel een stel nonnen in een klooster.

Op het grote hoge bed is de witte kanten nachtjapon van mrs Brinks moeder klaargelegd, & mrs Brink zegt dat ze hoopt dat ik die zal dragen. Maar het zou me niet verbazen als ik vannacht geen oog dichtdeed. Ik heb bij het raam gestaan & naar de lichten van de stad gekeken. Ik heb nagedacht over de grote & geweldige verandering die me zo plotseling is overkomen, & dat allemaal dankzij een droom van mrs Brink!

Crystal Palace ziet er nu wel indrukwekkend uit moet ik toegeven, met alle lampen aan.

Deel twee

23 oktober 1874

Het is deze week kouder geworden. De winter is vroeg begonnen, net als in het jaar dat Pa stierf, en gaandeweg zie ik de stad weer veranderen, net als in die droevige weken toen hij ziek lag. De venters op de Walk staan te stampvoeten met hun haveloze schoenen en verwensen de kou, en overal waar paarden wachten zie je groepjes kinderen schuilen naast de grote natte flanken, op zoek naar warmte. Twee nachten geleden zijn aan de overkant van de rivier een moeder en haar drie zoons dood op straat gevonden, gestorven van honger en kou, vertelde Ellis me. En wanneer Arthur in de uren voor zonsopgang over de Strand rijdt, zegt hij, ziet hij bedelaars ineengedoken in portieken zitten, gehuld in dekens die wit zijn van de rijp.

Ook de mist is gekomen, gele en bruine mist, en mist die zo zwart is dat het wel vloeibaar roet zou kunnen zijn – mist die lijkt op te stijgen uit het plaveisel, alsof hij in de riolen is gebrouwen in helse machines. De mist bevuilt onze kleren, vult onze longen en maakt ons aan het hoesten, en duwt tegen de vensters – als je goed kijkt, bij een bepaalde lichtval, kun je hem door de slecht sluitende schuiframen het huis zien binnensijpelen. We worden nu al om drie of vier uur door het donker overvallen, en als Vigers de lampen aansteekt, zijn de vlammen verstikt en branden ze heel zwak.

Mijn eigen lamp brandt nu ook erg zwak, bijna zo zwak als de nachtlichtjes die vroeger, toen we klein waren, voor ons werden aangestoken. Ik kan me nog heel goed herinneren dat ik de lichte plekken in het lampenglas lag te tellen, wetend dat ik de enige in heel het huis was die niet sliep, luisterend naar de ademhaling van het kindermeisje in haar bed, en naar Stephen en Pris, die soms snurkten en soms kleine geluidjes maakten in hun slaap.

Ik herken deze kamer nog als onze vroegere kinderkamer. Het plafond vertoont nog de sporen van de schommel die er ooit hing, en in mijn kast staan nog een paar van onze kinderboeken. Het lievelingsboek van Stephen is er ook bij – ik zie de rug. Er staan plaatjes in van duivels en spoken, in felle kleuren, en het is de bedoeling dat je heel strak naar elk figuurtje kijkt en daarna vlug je ogen op een kale muur of een plafond richt – dan zie je het spook daar zweven, haarscherp, maar heel anders van kleur dan het origineel.

Wat denk ik tegenwoordig toch vaak aan spoken!

Thuis was het saai. Ik ben vanochtend weer naar de leeszaal van het Brits Museum gegaan, maar door de mist was het daar donkerder dan ooit, en om twee uur werd ons mompelend te verstaan gegeven dat de leeszaal ging sluiten. Er wordt altijd geklaagd wanneer dat gebeurt, en om lampen geroepen, maar ik – bezig aantekeningen te maken uit een geschiedenisboek over het gevangeniswezen, zowel om iets te doen te hebben als met serieuzere bedoelingen – ik was er niet rouwig om. Ik vond het eigenlijk wel bijzonder om uit het museum te komen en te constateren dat de dag zo grijs en ondoordringbaar was geworden, en zo onwerkelijk. Ik heb nog nooit een straat gezien die zo van diepte en kleur was verstoken als Great Russell Street op dat moment. Ik aarzelde bijna om een stap te zetten, bang dat ik net zo bleek en ijl zou worden als de trottoirs en de daken.

Natuurlijk is het eigen aan mist dat die van een afstand dichter lijkt. Ik werd niet vager, maar bleef net zo scherp als altijd. Het was of er een koepel om me heen zat, die met me mee bewoog – een koepel van gaas, ik zag hem heel duidelijk, hij leek op de gazen kap die bedienden 's zomers over schalen met koekjes zetten om de wespen uit de buurt te houden.

Ik vroeg me af of al degenen die daar op straat liepen, de gazen koepel die met hen mee bewoog net zo duidelijk zagen als ik de mijne.

Toen begon de gedachte aan die koepels me te benauwen; ik besloot een standplaats te zoeken en een rijtuig te nemen, en de gordijntjes gesloten te houden tot ik thuis was. Ik begon in de richting van Tottenham Court Road te lopen, en onder het lopen keek ik naar de namen op de deuren en etalageruiten die ik passeerde – waarbij ik een soort schrale troost putte uit de gedachte hoe weinig die stoet van winkels en bedrijven was veranderd sinds ik daar arm in arm met Pa liep...

En terwijl die gedachte door me heen ging, zag ik naast een deur een koperen plaatje dat een beetje meer scheen te glimmen dan de bordjes aan weerszijden, en toen ik dichterbij was gekomen, zag ik de donkere inscriptie. Er stond: *Britse Nationale Vereniging van Spiritisten – Ontmoetingsruimte, Leeszaal en Bibliotheek.*

Dat naamplaatje zat er twee jaar geleden beslist nog niet; of misschien had ik het destijds niet gezien, omdat het spiritisme me toen niets zei. Ik bleef staan nu ik het zag en kwam een beetje dichterbij. Ik moest natuurlijk aan *Selina* denken – het is nog steeds een nieuwe ervaring voor me om haar naam op te schrijven. Ik dacht: Zij kan hier wel geweest zijn toen ze nog vrij was, ze kan me hier op straat wel voorbijgelopen zijn. Ik herinnerde me dat ik op de hoek een keer had staan wachten op Helen, in de tijd dat ik haar nog maar pas kende. Misschien was Selina toen wel langs me heen gelopen.

Het was een merkwaardige gedachte. Ik keek weer naar het koperen naambordje, en toen naar de deurknop; en daarna pakte ik de knop vast en draaide hem om, en ging naar binnen.

Eerst zag ik niets anders dan een smalle trap – want de kamers daar bevinden zich allemaal op de eerste en tweede verdieping, boven een winkel, en je moet er naartoe klimmen. Via de trap kom je bij een kantoortje. De wanden zijn betimmerd met hout, heel fraai, en er zijn houten jaloezieën, die vandaag, vanwege de mist achter de ruiten, waren neergeklapt; tussen de vensters hangt een levensgroot schilderij – niet bepaald een kunstwerk, vond ik – van *Saul bij het huis van de waarzegster van Endor.* Er ligt een karmozijnrood vloerkleed en er staat een bureau, en aan het bureau zat een dame met een krant en naast haar stond een heer. De dame had een zilveren broche op haar boezem in de vorm van een paar gevouwen handen, zoals je soms op grafzerken ziet. De heer droeg met zijde geborduurde pantoffels. Ze zagen me, glimlachten en trokken toen een treurig gezicht. De man zei dat de trap helaas erg steil was, en voegde eraan toe: 'Wat jammer, u hebt hem voor niets beklommen! Kwam u voor de demonstratie? Die is afgelast vanwege de mist.'

Hij was erg gewoon en aardig. Ik zei dat ik niet voor de demonstratie kwam, maar dat ik – en dat was de zuivere waarheid – geheel bij toeval bij hun deur was aangeland en uit nieuwsgierigheid naar binnen was gegaan. En daarop keken ze niet treurig, maar dodelijk ernstig! De dame knikte en zei: 'Toeval en nieuwsgierigheid. Wat een prachtig samenspel!' De heer schudde me de hand; het was de tengerste man, met de slankste handen en voeten die ik bij mijn weten ooit heb gezien. Hij zei: 'Ik vrees dat we niet veel boeiends voor u hebben, met dit weer, waardoor al onze bezoekers wegblijven.' Ik bracht de leeszaal ter sprake. Was die open? Mocht ik er gebruik van maken? Het antwoord op beide vragen was bevestigend, maar ze zouden me een shilling in rekening brengen. Het leek geen erg groot bedrag. Ik moest mijn naam opschrijven in een boek dat op het bureau lag – '*miss Pri-or*,' zei de man, zijn hoofd schuin houdend om mee te lezen. De dame, vertelde hij me toen, heette miss Kislingbury. Zij is daar de secretaresse. Hij is de beheerder, en zijn naam is mr Hither.

Daarna bracht hij me naar de leeszaal. Die was heel bescheiden van opzet, vond ik – het soort bibliotheek, veronderstel ik, dat verenigingen of kleine instituten erop nahouden. Er stonden een stuk of vier boekenkasten, allemaal overvol, en een rek met houten stokken, waar kranten en tijdschriften als druipend wasgoed overheen hingen. Verder zag ik een tafel met leren stoelen, een aantal prenten aan de muren, en een kabinet met glazen deuren – het kabinet is het merkwaardigste of liever gezegd afschuwelijkste voorwerp daar, al wist ik dat toen nog niet. Ik beperkte me aanvankelijk tot de boeken. Die stelden me gerust. Ik was me namelijk allengs gaan afvragen waarom ik daar eigenlijk naar binnen was gegaan, en wat ik er zocht. Doch bij een boekenkast – wel, een boek kan over de vreemdste onderwerpen gaan, maar je weet tenminste altijd zeker hoe je een bladzij moet omslaan en lezen.

Ik stond dus in de kasten te kijken, en mr Hither bukte zich om een dame die aan de tafel zat iets in het oor te fluisteren. Zij was de enige andere aanwezige, en al tamelijk bejaard, en ze had een pamflet voor zich liggen dat ze openhield met haar ene hand, die in een smoezelige witte handschoen was gestoken. Zodra ze mr Hither in het oog had gekregen, had ze een dringend, wenkend gebaar gemaakt. Nu zei ze: 'Wat een prachtige tekst! Zo inspirerend!'

Ze tilde haar hand op en het pamflet sloeg dicht. Ik zag de titel: *De macht der oden.*

De planken voor me, zag ik nu, stonden vol met boeken die dergelijke titels droegen; maar toen ik er een of twee tevoorschijn haalde, bleek de informatie die ze verschaften van de meest alledaagse soort te zijn – zoals in het stukje 'Over stoelen', dat waarschuwde voor de invloeden die zich ophoopten in gestoffeerde stoelen en zitkussens die door veel verschillende personen werden gebruikt, en spiritistische mediums de raad gaf uitsluitend plaats te nemen op een stoel met een rieten of houten zitting. Toen ik dit las, moest ik mijn hoofd afwenden, uit angst dat mr Hither me op een glimlach zou betrappen. Daarna liep ik van de boekenkasten naar het rek met de kranten, en ten slotte sloeg ik mijn ogen op naar de prenten aan de muur boven het rek. Het waren afbeeldingen van 'Geesten die zich hebben gemanifesteerd via het mediumschap van mrs Murray, oktober 1873', en ze toonden een dame die rustig in een stoel naast een studiopalm zat, terwijl achter haar drie wazige, in het wit geklede gestalten opdoemden: 'Sancho', 'Annabel' en 'Kip', volgens het schildje op de lijst. Ze waren nog komischer dan de boeken, en ik dacht plotseling, met pijn in mijn hart: O, als Pa dit toch eens had kunnen zien!

Op hetzelfde moment voelde ik een beweging naast me, en ik schrok. Het was mr Hither.

'We zijn hier nogal trots op,' zei hij, met een knikje naar de foto's. 'Mrs Murray heeft zo'n sterke geleidegeest. Kijk, ziet u hoe gedetailleerd Annabels japon is? We hadden ooit een ingelijst stukje van die kraag naast de foto's hangen, maar binnen een week of twee was het – zoals dat gaat met astrale materie, jammer genoeg voor ons! – volkomen weggesmolten. We hadden alleen een lege lijst over.' Ik staarde hem aan. Hij zei: 'O ja, heus waar.' Daarna liep hij langs me heen naar het kabinet met de glazen deuren, en hij wenkte dat ik hem moest volgen. Dit was nu echt de trots van hun collectie, zei hij, en hier hadden ze tenminste bewijsmateriaal dat een beetje duurzamer was...

Zijn stem en gedrag intrigeerden me. Van een afstand leek het of het kabinet vol lag met gebroken beeldhouwwerken, of met witte stenen. Toen ik echter dichterbij kwam, zag ik dat de achter het glas uitgestalde objecten niet van marmer waren, maar van gips en was: gipsafgietsels en wasvormen van gezichten en vingers, voeten en armen, vaak op nogal vreemde wijze misvormd. Sommige waren gebarsten, andere vergeeld van ouderdom of door de blootstelling aan het licht. Elk exemplaar droeg een schildje, net als de foto's van de geesten.

Ik keek weer naar mr Hither. 'U bent natuurlijk bekend,' zei hij, 'met het procédé? Ach, wel, dat is zo eenvoudig en doordacht als het maar kan zijn! Men materialiseert een geest, en zet twee emmers klaar: de een met water, de ander met gesmolten paraffinewas. De geest verschaft een hand of een voet, of wat dan ook; deze wordt eerst in de was gedompeld en dan, razendsnel, in het water. Wanneer de geest vertrekt, blijft de vorm achter. Volmaakt zijn ze natuurlijk maar zelden,' voegde hij er verontschuldigend aan toe. 'En ze zijn niet allemaal zo stevig dat we het aandurven er een gipsafdruk van te maken.'

Ik kreeg de indruk dat de meeste objecten in het kabinet afzichtelijk ónvolmaakt waren – herkenbaar aan een of ander klein, grotesk detail, een teennagel of een rimpel of een plukje wimpers bij een uitpuilend oog, maar altijd onvolledig, of krom, of merkwaardig onscherp, alsof de geesten in kwestie de terugreis naar hun eigen rijk hadden aanvaard met de was nog warm op hun ledematen. 'Kijk dit kleine afgietsel hier,' zei mr Hither. 'Dat is van de geest van een zuigeling – ziet u die lieve vingertjes, dat mollige armpje?' Ik zag het, en werd er onpasselijk van. Het leek voor mij nog het meest op een te vroeg geboren baby, grotesk en onaf. Ik weet nog dat mijn moeders zuster van zo'n wezentje beviel toen ik jong was, en hoe er door de volwassenen over werd gefluisterd, en hoe het gefluister me achtervolgde en nachtmerries bezorgde. Ik wendde mijn blik af naar de laagste, donkerste hoek van het kabinet. Hier lag echter het meest aanstootgevende ding van allemaal. Het was de afdruk van een hand, een mannenhand – een hand van was, maar nauwelijks een hand in de eigenlijke zin des woords, meer een afschuwelijk gezwel – vijf opgeblazen vingers en een gezwollen pols met dikke aderen, die glansde in het gaslicht alsof hij vochtig was. Het afgietsel van de zuigeling had me onpasselijk gemaakt. Dit deed me bijna huiveren, waarom weet ik niet.

En toen zag ik het schildje – en toen begon ik werkelijk te trillen.

'Hand van geleidegeest "Peter Quick",' stond er. 'Gematerialiseerd door miss Selina Dawes.'

Ik keek even naar mr Hither – die nog steeds stond te knikken bij het mollige babyarmpje – en daarna, trillend en wel, kwam ik wat dichter bij het glas. Ik staarde naar de uitpuilende wasafdruk, en herinnerde me Selina's eigen slanke vingers, de tere botten die bewegen in haar polsen wanneer ze zich buigen en strekken boven de stopverfkleurige wol van gevangeniskousen. De vergelijking was gruwelijk. Ik werd me plotseling bewust van mezelf, zoals ik daar diep gebogen voor het kabinet stond en het matte glas deed beslaan met mijn vlugge ademhaling. Ik kwam overeind, maar blijkbaar te snel, want ik voelde dat mr Hithers mijn arm vastgreep. 'Voelt u zich wel goed?' vroeg hij. De dame aan de tafel keek op en sloeg een groezelige witte hand voor haar mond. Haar pamflet klapte weer dicht en tuimelde op de grond.

Ik zei dat het bukken me duizelig had gemaakt, en dat het erg warm was in de leeszaal. Mr Hither haalde een stoel voor me en ik ging zitten – dat bracht mijn gezicht vlak bij het kabinet, en ik huiverde weer; maar toen de dame half overeind kwam en vroeg of ze een glas water en miss Kislingbury moest halen, antwoordde ik dat het al weer beter ging, dat het erg vriendelijk van haar was en dat ze geen moeite hoefde te doen. Ik meende dat mr Hither me aandachtig doch heel bedaard opnam, en ik zag hem kijken naar mijn mantel en japon. Het valt me nu pas in dat er misschien wel vaak dames in rouwkleding komen die beweren dat het toeval en hun nieuwsgierigheid hen over de drempel en naar boven heeft gevoerd; misschien vallen sommigen van hen zelfs in zwijm bij het wassenbeeldenkabinet. In elk geval kreeg de stem van mr Hither een zachte klank toen ik weer naar de afdrukken op de planken keek. 'Een beetje griezelig zijn ze wel, nietwaar? Maar vindt u ze toch niet heel bijzonder?'

Ik gaf geen antwoord, maar liet hem denken wat hij wilde. Hij vertelde me nogmaals over de ledematen die in was werden gedompeld en dan in water, en ten slotte kwam ik tot rust. Ik zei dat de mediums die de geesten oproepen van wie deze afdrukken afkomstig waren, wel erg knap moesten zijn. Hij trok een nadenkend gezicht.

'Ik zou liever begaafd dan knap willen zeggen,' zei hij; 'ze zijn misschien niet knapper dan u of ik, als het om verstandelijke zaken gaat. Dit zijn geestelijke zaken, en dat is wel iets anders.' Hij zei dat het spiritistische geloof daardoor soms zo 'platvloers' lijkt in de ogen van buitenstaanders. De geesten storen zich niet, zei hij, aan leeftijd, rang of stand, 'of een ander onderscheid van dien aard dat wij stervelingen maken', maar treffen de gave van het mediumschap her en der tussen de mensen aan, als graankorrels op een akker. Ik zou op bezoek kunnen gaan bij een voorname heer die gevoelig is, zei hij; maar het meisje dat beneden in de keuken de schoenen van haar meester aan het poetsen is, zou evengoed degene kunnen zijn die gevoelig is. 'Kijk hier eens.' Hij wees weer naar het kabinet. 'Miss Gifford, die deze afdruk heeft gemaakt, was een eenvoudig dienstmeisje, dat haar gaven pas ontdekte toen haar mevrouw een tumor kreeg. Geleid door een hogere macht plaatste ze haar handen op het lichaam van de dame, en de tumor genas. En hier, mr Severn, een jongen van zestien, die al sinds zijn tiende geesten oproept. Ik heb mediums van drie en vier gekend. Ik heb baby's in de wieg zien gesticuleren, een pen zien pakken en zien schrijven dat de geesten hen liefhebben...'

Ik keek weer naar de planken. Per slot van rekening wist ik heel goed waarom ik hier gekomen was en wat ik zocht. Ik legde mijn hand op mijn borst en knikte naar de wassen handen van 'Peter Quick'. Ik zei: En dat medium, Selina Dawes? Wist mr Hither misschien iets over haar?

O ja, zei hij dadelijk – en terwijl hij het zei, sloeg de dame aan de tafel haar ogen weer naar ons op. O, maar natuurlijk! Kende ik de treurige geschiedenis van die arme miss Dawes niet? 'Lieve hemel, ze hebben haar opgesloten, ze zit in de cel!'

Hij schudde zijn hoofd en keek heel ernstig. Ik zei dat ik bij nader inzien meende dat ik daar toch wel iets over had gehoord. Ik had alleen niet gedacht dat Selina Dawes zo beroemd zou zijn...

Beroemd? zei hij. Ach, misschien niet bij het grote publiek. Onder spiritisten daarentegen – lieve hemel, elke spiritist in het land moest hebben gesidderd toen hij vernam dat die arme miss Dawes was opgepakt! Elke spiritist in Engeland had haar proces met argusogen gevolgd, en hete tranen geschreid bij het horen van het vonnis – had dat althans behoren te doen – omwille van haar en omwille van zichzelf. 'Voor de wet zijn wij "schurken en vagebonden",' zei hij. 'We zouden "handlijnkunde en andere bedrieglijke kunsten" beoefenen. Wat werd miss Dawes ook weer ten laste gelegd? Mishandeling? En oplichting? Wat een lasterpraat!'

Zijn wangen waren helemaal roze geworden. Zijn heftigheid verbaasde me. Hij vroeg of ik bekend was met alle details van de arrestatie en veroordeling van miss Dawes, en toen ik antwoordde dat ik er maar weinig van wist, doch graag meer zou willen weten, liep hij naar een boekenkast, liet zijn ogen en vingers langs een rij leren banden glijden en trok er een uit. 'Kijk eens,' zei hij, terwijl hij het boek opensloeg. 'Dit is *De spiritist*, een van onze periodieken. Hier hebt u de nummers van vorig jaar, van juli tot december. Miss Dawes werd door de politie opgepakt – wanneer ook weer?'

'Ik geloof dat het augustus was,' zei de dame met de smoezelige handschoenen. Ze had ons hele gesprek afgeluisterd en keek nog steeds naar ons. Mr Hither knikte en begon in het tijdschrift te bladeren. 'Hier is het,' zei hij even later. 'Kijkt u maar.'

Ik tuurde naar de regel tekst die hij aanwees. SPIRITISTISCHE PETITIES VOOR MISS DAWES DRINGEND GEWENST, stond er. '*Materialisatiemedium aangehouden door politie. Getuigenverklaringen van spiritisten genegeerd.*' Daaronder stond een kort bericht. Het beschreef de aanhouding en inhechtenisneming van het materialisatiemedium miss Dawes, na het overlijden van haar weldoenster, mrs Brink, tijdens een besloten seance ten huize van mrs Brink, in Sydenham. Miss Madeleine Silvester, ten behoeve van wie de zitting werd gehouden, zou gewond zijn geraakt. De verstoring zou teweeg zijn gebracht door miss Dawes' geleidegeest 'Peter Quick', of door een lage en gewelddadige geest die zich voor hem had uitgegeven...

Het was hetzelfde relaas als ik had gekregen van de bewaarster miss Craven, van Stephen, van mrs Wallace en van Selina zelf – maar het was natuurlijk wel het eerste dat met haar verhaal strookte in die zin dat de geest als de dader werd bestempeld. Ik keek mr Hither aan. Ik zei: 'Ik weet niet goed wat ik ervan moet denken. Eigenlijk weet ik helemaal niets van het spiritisme. U denkt dat Selina Dawes onrecht is aangedaan...'

Groot onrecht, zei hij. Dat was zijn stellige overtuiging. Ik zei: 'Dat is uw overtuiging' – want er was me iets te binnen geschoten dat Selina me had verteld. 'Maar dacht elke spiritist er net zo over als u? Waren er niet een paar die minder overtuigd waren?'

Hij boog zijn hoofd een weinig. Er waren, zei hij, enige twijfels, 'in bepaalde kringen'.

Twijfels? Aan haar oprechtheid, bedoelde hij?

Hij knipperde met zijn ogen en dempte toen zijn stem, verbaasd en enigszins verwijtend. 'Twijfels,' zei hij, 'aan de wijsheid van miss Dawes. Miss Dawes was een begaafd medium, maar ze was ook tamelijk jong. Miss Silvester was nog jonger – pas vijftien, denk ik. Het is dikwijls juist met zulke mediums dat onstuimige geesten contact zoeken, en miss Dawes' geleidegeest, Peter Quick, was soms wel erg onstuimig...'

Hij zei dat het misschien niet heel verstandig van miss Dawes was geweest om het meisje, alleen en zonder toezicht, aan de attenties van een dergelijke geest bloot te stellen – niettegenstaande het feit dat ze het al eerder had gedaan, met andere dames. Dan was er de kwestie van de onontwikkelde gaven van miss Silvester zelf. Wie weet wat deze voor uitwerking hadden gehad op Peter Quick? Wie weet was er wel een kwade macht binnengedrongen tijdens de zitting. Zoals gezegd richtten dergelijke machten zich speciaal op onervarenen, die ze misbruikten, om er boze streken mee uit te halen. 'En dat komt in de krant,' zei hij, 'niet het prachtige werk dat onze beweging verricht! Neen, dat nooit! Er waren helaas veel spiritisten – soms juist de mensen die haar successen het meest hadden geroemd! – die de arme miss Dawes de rug toekeerden toen zij hun goede wensen het hardste nodig had. En die ervaring heeft haar erg verbitterd gemaakt, heb ik gehoord. Nu heeft zij ons de rug toegekeerd – zelfs diegenen onder ons die haar nog steeds goed gezind zijn.'

Ik staarde hem zwijgend aan. Zijn lovende woorden over Selina, het feit dat hij haar vol respect 'miss Dawes', 'miss Selina Dawes' noemde, in plaats van 'Dawes' of 'gevangene' of 'vrouw' – wel, ik kan niet zeggen hoe verwarrend dat was. Het was één ding om het verhaal uit haar eigen mond te horen, in die schimmige gevangeniswereld, die dermate verschilt, besef ik nu, van alle werelden waaraan ik gewend ben dat niemand er helemaal echt lijkt – de vrouwen niet, de bewaarsters niet, zelfs ik niet, zolang ik daar ben. Het was heel iets anders om het hier te horen vertellen, door een heer. Ten slotte zei ik: 'En was ze dan werkelijk zo succesvol, voor haar arrestatie?' waarop hij als in vervoering zijn handen ineensloeg en zei: Lieve deugd, maar natuurlijk, haar seances waren miraculeus! 'Ze was weliswaar niet zo beroemd als de beste mediums van Londen: mrs Guppy, mr Home, miss Cook uit Hackney...'

Van hen had ik gehoord. Mr Home, wist ik, was naar verluidt in staat door vensters te zweven en brandende kolen vast te pakken. Mrs Guppy was ooit door de lucht verplaatst van Highbury naar Holborn – 'Juist op het moment,' zei ik, 'dat ze het woord "uien" op haar boodschappenlijstje schreef?'

'Nu lacht u,' zei mr Hither. 'U bent net als ieder ander. Hoe buitenissiger onze gaven zijn, hoe liever het u is, want dan kunt u ze afdoen als nonsens.'

Zijn blik was nog steeds vriendelijk. Tja, zei ik, daar had hij misschien wel gelijk in. Maar de gaven van Selina Dawes, die waren over het algemeen toch niet zo opzienbarend als die van mr Home en mrs Guppy?

Hij haalde zijn schouders op, en zei dat zijn definitie van opzienbarend misschien wel heel anders was dan de mijne. Al pratende liep hij weer naar de boekenkast en haalde een andere band tevoorschijn – het was weer *De spiritist*, maar een eerder nummer. Het duurde even voor hij de gewenste passage had gevonden, waarna hij het boek aan mij gaf en vroeg of ik dat 'opzienbarend' zou noemen.

Het was een verslag van een seance die Selina in Holborn had geleid, waar in het donker bellen waren verschenen die door geesten waren geluid, en waar een stem door een papieren koker had gefluisterd. Hij reikte me een tweede boek aan: een ander ingebonden blad – ik ben de naam vergeten – met een beschrijving van een besloten bijeenkomst in Clerkenwell, waar onzichtbare handen bloemen hadden gestrooid en namen op een lei hadden geschreven. Een eerder nummer van hetzelfde blad maakte melding van een treurende heer, die tot zijn grote verbazing een bericht van gene zijde op Selina's naakte arm had zien staan, in vuurrode letters...

Dit was vermoedelijk de periode waarover ze me had verteld. Ze had er vol trots over gesproken, als een voor haar 'gelukkige tijd'; haar trots had me toen al droef gestemd, en nu stemde de herinnering eraan me nog droeviger. De bloemen en de papieren kokers, de woorden die op haar huid verschenen – het was maar een armzalige vertoning, al kwamen er dan geesten aan te pas. Ze had zich in Millbank gedragen als een actrice die terugkijkt op een schitterende carrière. Door de tijdschriftartikelen meende ik nu een realistischer beeld van die carrière te hebben gekregen – de carrière van een vlinder, een carrière die zich afspeelde in de huizen van vreemden, een carrière die haar van de ene naargeestige wijk naar de andere had gevoerd, om voor een grijpstuiver goedkope kunstjes te vertonen, als een variété-artieste.

Ik dacht aan de tante, die er de aanzet toe had gegeven. Ik dacht aan de dame die gestorven was, mrs Brink. Ik had me niet gerealiseerd, voordat mr Hither het me vertelde, dat Selina bij mrs Brink in huis had gewoond. 'O ja,' zei hij. Dat maakte de beschuldigingen die tegen Selina waren ingebracht – niet alleen van geweldpleging, maar ook van bedrog – juist zo schrijnend, want mrs Brink had haar zo bewonderd dat ze haar in huis had genomen – 'ze was als een moeder voor haar'. Dankzij haar goede zorgen hadden Selina's gaven zich verder kunnen ontwikkelen. In het huis in Sydenham had ze voor het eerst contact gelegd met haar geleidegeest, 'Peter Quick'.

Ik zei: Maar het was toch juist Peter Quick die mrs Brink zo aan het schrikken maakte dat ze stierf?

Hij schudde zijn hoofd. 'Wij vinden het een vreemde zaak, iets wat niemand kan verklaren behalve de geesten. Helaas werden zij niet opgeroepen om te getuigen ten gunste van miss Dawes.'

Zijn woorden intrigeerden me. Ik bekeek de eerste periodiek die hij me had laten zien, die dateerde van de week waarin ze was gearresteerd. Ik vroeg of hij de latere nummers had. Maakten die melding van de rechtszaak, het vonnis, haar overbrenging naar Millbank? Natuurlijk, zei hij, en na even zoeken had hij ze voor me gevonden en de eerdere delen weer netjes opgeborgen. Ik bracht een stoel naar de tafel, die ik ver van de vrouw met de witte handschoenen neerzette, op zo'n manier dat het kabinet met de afgietsels zich buiten mijn blikveld bevond. Nadat mr Hither me met een glimlach en een buiging alleen had gelaten, zette ik me aan het lezen. Ik had mijn notitieboekje bij me, er stonden zinsneden in die ik in het Brits Museum had overgeschreven uit het geschiedenisboek over het gevangeniswezen. Nu nam ik een nieuwe bladzijde voor me en begon aantekeningen te maken over Selina's rechtszaak.

Eerst wordt mrs Silvester ondervraagd, de Amerikaanse, de moeder van het nerveuze meisje, de vriendin van mrs Wallace. Men vraagt haar: 'Wanneer hebt u voor het eerst kennisgemaakt met Selina Dawes?' en zij antwoordt: 'Dat was tijdens een seance in het huis van mrs Brink, in juli. Ik had in Londen over haar horen spreken als een zeer bekwaam medium, en ik wilde haar eens met eigen ogen zien.'

'En wat vond u van haar?' – 'Ik merkte dadelijk dat ze inderdaad zeer bekwaam was. Ze maakte ook een ingetogen indruk. Er waren twee tamelijk luidruchtige jongemannen op de zitting aanwezig, en ik dacht dat ze misschien zou proberen met hen te flirten. Dat deed ze echter niet, en daar was ik blij om. Ze leek geheel te beantwoorden aan het positieve beeld dat iedereen van haar schetste. Natuurlijk zou ik anders onder geen beding hebben toegestaan dat tussen haar en mijn dochter zich zo'n intieme relatie ontwikkelde.'

'En wat beoogde u met het aanmoedigen van deze intieme relatie?' – 'De relatie had een professioneel karakter, een medisch karakter. Ik had de hoop dat miss Dawes verbetering zou kunnen brengen in de gezondheidstoestand van mijn dochter. Mijn dochter is al verscheidene jaren ziek. Miss Dawes overtuigde me ervan dat haar aandoening geen lichamelijke oorzaak had, maar een geestelijke.'

'En miss Dawes behandelde uw dochter in het huis in Sydenham?' – 'Ja.'

'Gedurende welke periode?' – 'Gedurende een periode van twee weken. Mijn dochter zat een uur per dag, twee dagen per week, met miss Dawes in een verduisterde kamer.'

'Was ze bij die gelegenheden alleen met miss Dawes?' – 'Neen. Mijn dochter was angstig, en ik bleef bij haar.'

'En hoe was de gezondheidstoestand van uw dochter in deze periode waarin ze door miss Dawes werd behandeld?' – 'Die leek me te verbeteren. Ik denk nu echter dat de verbetering het gevolg was van een ongezonde opwinding bij mijn dochter, die door de behandeling van miss Dawes werd gestimuleerd.'

'Waarom denkt u dat?' – 'Ik leid dat af uit de toestand waarin ik mijn dochter aantrof op de avond dat miss Dawes haar mishandelde.'

'Was dat de avond waarop mrs Brink de attaque kreeg die tot haar dood leidde? Dat wil zeggen, de avond van de derde augustus 1873?' – 'Ja.'

'En op die avond liet u uw dochter, tegen uw gewoonte in, alleen bij miss Dawes op bezoek gaan. Waarom deed u dat?' – 'Miss Dawes overtuigde me ervan dat mijn aanwezigheid tijdens de zittingen Madeleines herstel belemmerde. Ze beweerde dat er bepaalde kanalen tussen mijn dochter en haarzelf moesten worden geopend, en dat mijn aanwezigheid dat verhinderde. Ze had een vaardige tong, en ik liet me bedotten.'

'Tja, dat zullen de heren hier wel bepalen. Het feit is dat u miss Silvester toestond alleen naar Sydenham te gaan.' – 'Inderdaad. Ze werd alleen vergezeld door haar kamenier, en natuurlijk door onze koetsier.'

'En wat voor indruk maakte miss Silvester op u bij het weggaan?' – 'Een nerveuze indruk. Ik denk nu, zoals ik net al zei, dat de attenties van miss Dawes bij haar een ongezonde opwinding teweegbrachten.'

'Wat bedoelt u precies met "opwinding"?' – 'Ze voelde zich gevleid. Mijn dochter is een eenvoudig meisje. Miss Dawes moedigde haar aan te geloven dat ze mediamieke gaven bezat. Ze zei dat haar gezondheid zou terugkeren wanneer ze die tot ontwikkeling bracht.'

'Geloofde u dat uw dochter over dergelijke gaven beschikte?' – 'Ik was bereid alles te geloven, mijnheer, wat de ziekte van mijn dochter zou kunnen verklaren.'

'Wel, uw vertrouwen op dit punt strekt u tot eer.' – 'Dat hoop ik.'

'Ik twijfel er niet aan. Welnu, u hebt ons verteld wat de gezondheidstoestand van uw dochter was toen ze u verliet om miss Dawes te bezoeken. Wanneer, mrs Silvester, zag u uw dochter daarna weer?' – 'Pas verscheidene uren later. Ik had haar om negen uur terug verwacht, en om half elf had ik nog steeds niets van haar vernomen.'

'Wat vond u daarvan?' – 'Ik was buiten mijzelf van angst! Ik heb onze lakei met een huurrijtuig naar het huis gestuurd om te informeren naar haar welzijn. Hij kwam terug nadat hij de kamenier van mijn dochter had gesproken; hij vertelde dat mijn dochter gewond was en dat ik dadelijk naar haar toe moest gaan. Dat heb ik gedaan.'

'En welke indruk kreeg u van het huis toen u er aankwam?' – 'Het hele huis was in rep en roer, de bedienden renden trap op, trap af, en alle lichten brandden.'

'En in welke toestand trof u uw dochter aan?' – 'Ik trof haar aan... o! ik trof haar in een verdwaasde toestand aan, met verwarde kleren en sporen van geweld op haar gezicht en hals.'

'En wat was haar reactie toen ze u zag?' – 'Ze was niet bij zinnen. Ze duwde me van zich af, en gebruikte obscene taal tegen me. Ze was besmet door die bedriegster, miss Dawes!'

'Zag u miss Dawes?' – 'Ja.'

'Hoe was haar toestand?' – 'Ze maakte een ontredderde indruk. Ik weet het niet, ik denk dat ze maar deed alsof. Ze vertelde me dat mijn dochter ruw behandeld was door een mannelijke geest; zoiets belachelijks had ik nog nooit gehoord. En toen ik dat met zoveel woorden zei, werd ze brutaal. Ze zei dat ik mijn mond moest houden en daarna begon ze te schreien. Ze zei dat mijn dochter een onnozel meisje was, en dat ze door haar toedoen alles was kwijtgeraakt. Toen vernam ik pas dat mrs Brink een attaque had gehad en boven ziek te bed lag. Ik geloof dat ze omstreeks die tijd is gestorven, terwijl ik me over mijn dochter ontfermde.'

'En u weet zeker dat miss Dawes dat heeft gezegd? U weet zeker dat ze zei: "Ik ben alles kwijtgeraakt"?' – 'Ja.'

'En wat dacht u dat ze daarmee bedoelde?' – 'Helemaal niets, op dat moment. Ik was veel te bekommerd om de gezondheid van mijn dochter. Nu begrijp ik het echter maar al te goed. Ze bedoelde dat Madeleine haar ambities had gedwarsboomd. Ze wilde vriendschap sluiten met mijn dochter, en haar al haar geld afhandig maken. En dat kon natuurlijk niet meer nu mijn dochter in zo'n toestand was geraakt, en nu mrs Brink dood was, en bovendien...'

Er staat nog meer, maar dat nam ik niet over. Dit komt allemaal uit dezelfde editie van het tijdschrift; in het nummer van de week erop wordt verslag gedaan van het verhoor van het meisje zelf, miss Silvester. Men doet driemaal een poging haar te ondervragen, en elke keer barst ze in tranen uit. Mrs Silvester mag ik niet erg – ze doet me aan mijn moeder denken. Maar haar dochter haat ik: zij doet me aan mezelf denken.

Men vraagt haar: 'Wat kunt u zich herinneren van de gebeurtenissen van die avond, miss Silvester?' – 'Ik weet het niet goed. Ik weet het niet precies.'

'Kunt u zich herinneren dat u van huis ging?' – 'Ja, mijnheer.'

'Kunt u zich herinneren dat u bij het huis van mrs Brink aankwam?' – 'Ja, mijnheer.'

'Wat was het eerste dat daar met u gebeurde?' – 'Ik ging theedrinken, met mrs Brink en miss Dawes.'

'En wat voor indruk maakte mrs Brink op u? Leek ze goed gezond?' – 'O ja!'

'Hoe was haar houding tegenover miss Dawes? Gedroeg ze zich koel of onvriendelijk, of was er iets anders dat u opviel?' – 'Ze gedroeg zich vriendelijk. Zij en miss Dawes zaten heel dicht bij elkaar, en soms hield mrs Brink de hand van miss Dawes vast en raakte haar haar of haar gezicht aan.'

'En kunt u zich nog iets herinneren van wat mrs Brink of miss Dawes zei?' – 'Mrs Brink zei tegen me dat ik zeker wel opgewonden was, en ik zei ja. Ze zei dat ik bofte dat ik miss Dawes had om me te onderrichten. Toen zei miss Dawes dat het zoetjesaan tijd werd dat mrs Brink ons alleen liet. En mrs Brink ging de kamer uit.'

'Liet mrs Brink u alleen met miss Dawes? Wat gebeurde er toen?' – 'Miss Dawes nam me mee naar de kamer waar we meestal zaten, de kamer met het kabinet.'

'Is dat de kamer waar miss Dawes haar kringbijeenkomsten hield, haar zogenaamde "donkere seances"?' – 'Ja.'

'En het kabinet is de met een gordijn afgesloten ruimte waarin miss Dawes altijd zat wanneer ze in trance ging?' – 'Ja.'

'Wat gebeurde er daarna, miss Silvester?' – [*De getuige aarzelt.*] 'Miss Dawes kwam bij me zitten en hield mijn hand vast, en daarna zei ze dat ze zich moest voorbereiden. Ze ging haar kabinet in en toen ze naar buiten kwam, had ze haar japon uitgetrokken en droeg ze alleen haar onderjurk. Daarna zei ze dat ik hetzelfde moest doen – alleen niet in het kabinet, gewoon in de kamer, bedoel ik.'

'Vroeg ze u uw japon uit te trekken? Waarom deed ze dat, denkt u?' – 'Ze zei dat dat nodig was om de ontwikkeling goed te laten verlopen.'

'En trok u uw japon uit? U moet ons alleen de waarheid vertellen, en u niet storen aan deze heren.' – 'Ja, ik trok hem uit. Dat wil zeggen, miss Dawes deed het, want mijn kamenier was in een andere kamer.'

'Vroeg miss Dawes u ook uw sieraden af te doen?' – 'Ze zei dat ik mijn broche moest afdoen, omdat die dwars door mijn onderkleding was gespeld en ik de japon niet uit had kunnen trekken zonder hem te scheuren.'

'Wat deed ze met de broche?' – 'Dat weet ik niet meer. Mijn kamenier, Lupin, is hem later voor me gaan halen.'

'Goed. Vertelt u eens, hoe voelde u zich nadat miss Dawes u ertoe had aangezet uw japon uit te trekken?' – 'Ik voelde me eerst een beetje vreemd, maar daarna kon het me niet meer schelen. Het was zo'n warme avond, en miss Dawes had de deur op slot gedaan.'

'Was de kamer helder verlicht, of vrij donker?' – 'Het was niet echt donker, maar ook niet erg licht.'

'Kon u miss Dawes duidelijk zien?' – 'O ja.'

'En wat gebeurde er toen?' – 'Miss Dawes pakte mijn handen weer, en daarna zei ze dat er een geest in aantocht was.'

'Hoe voelde u zich toen?' – 'Ik werd bang. Miss Dawes zei dat ik niet bang hoefde te zijn, want het was Peter maar.'

'U bedoelt de geest die "Peter Quick" wordt genoemd?' – 'Ja. Het was Peter maar, zei ze, en ik had hem al eerder gezien tijdens een donkere seance en nu wilde hij alleen komen helpen bij mijn ontwikkeling.'

'Werd u toen minder bang?' – 'Neen, ik werd nog banger. Ik deed mijn ogen dicht. Miss Dawes zei: "Kijk Madeleine, hij is er", en ik hoorde een geluid alsof er iemand in de kamer was, maar ik durfde niet te kijken.'

'Weet u zeker dat u een andere persoon hoorde?' – 'Ik denk het wel.'

'Wat gebeurde er toen?' – 'Dat weet ik niet precies. Ik was zo bang dat ik begon te huilen. Toen hoorde ik Peter Quick zeggen: "Waarom huil je?"'

'Weet u zeker dat het een andere stem was, en niet de stem van miss Dawes?' – 'Ik denk het wel.'

'Is er ooit een moment geweest waarop miss Dawes en die andere persoon tegelijk spraken?' – 'Ik weet het niet. Het spijt me, mijnheer.'

'U hoeft zich niet te verontschuldigen, miss Silvester, u bent erg flink. Vertelt u eens, wat gebeurde er daarna, kunt u zich dat herinneren?' – 'Ik herinner me, mijnheer, dat er een hand op me werd gelegd, en dat die hand erg ruw en koud was.' [*De getuige begint te schreien.*]

'Heel goed, miss Silvester, u doet het heel goed. Ik heb nog maar een paar vragen. Kunt u die beantwoorden?' – 'Ik zal het proberen.'

'Goed. U voelde een hand op uw lichaam. Waar bevond de hand zich?' – 'Op mijn arm, mijnheer, boven de elleboog.'

'Miss Dawes beweert dat u op dat moment begon te schreeuwen. Herinnert u zich dat?' – 'Neen, mijnheer.'

'Miss Dawes zegt dat u een soort toeval kreeg, dat ze poogde u te kalmeren en bij die poging gedwongen was u nogal stevig vast te grijpen. Herinnert u zich dat?' – 'Neen, mijnheer.'

'Wat herinnert u zich wel?' – 'Ik herinner me helemaal niets, mijnheer, totdat mrs Brink kwam en de deur openmaakte.'

'Mrs Brink kwam. Hoe weet u dat zij het was? Had u toen uw ogen open?' – 'Neen, ik had mijn ogen nog dicht, want ik was nog steeds bang. Maar ik wist dat het mrs Brink was omdat ik haar bij de deur hoorde roepen, en daarna hoorde ik de deur opengaan en toen weer de stem van mrs Brink, vlak bij me.'

'Uw kamenier heeft ons al verteld dat ze u op dat moment door het huis hoorde roepen: "Mrs Brink, o, mrs Brink, ze willen me vermoorden!" Herinnert u zich dat te hebben geroepen?' – 'Neen, mijnheer.'

'Weet u zeker dat u zich niet herinnert die woorden te hebben geroepen of gezegd?' – 'Ik weet het niet zeker, mijnheer.'

'Kunt u bedenken waarom u zoiets gezegd zou kunnen hebben?' – 'Neen, mijnheer. Behalve dat ik erg bang was van Peter Quick.'

'Omdat u dacht dat hij u kwaad wilde doen?' – 'Neen, mijnheer, alleen omdat het een spook was.'

'Juist ja. Goed, kunt u ons nu vertellen wat er gebeurde toen u mrs Brink de deur hoorde opendoen? Kunt u ons vertellen wat ze zei?' – 'Ze zei: "O, miss Dawes", en toen riep ze nog eens "O!" En toen hoorde ik haar om haar moeder roepen, en haar stem klonk vreemd.'

'In welk opzicht "vreemd"?' – 'Heel hoog en schril. Toen hoorde ik haar vallen.'

'Wat gebeurde er toen?' – 'Ik denk dat toen de dienstbode van miss Dawes kwam, en ik hoorde miss Dawes zeggen dat ze haar moest helpen met mrs Brink.'

'En waren uw ogen inmiddels open, of nog gesloten?' – 'Toen deed ik ze open.'

'Was er in de kamer enig teken te bespeuren van een geest?' – 'Neen.'

'Zag u iets in de kamer dat er nog niet was voordat u uw ogen dichtdeed; een kledingstuk bijvoorbeeld?' – 'Ik geloof het niet.'

'En wat gebeurde er toen?' – 'Ik probeerde mijn japon aan te trekken, en vlak daarna kwam Lupin, mijn kamenier. Ze begon te huilen toen ze me zag, en dat maakte mij weer aan het huilen. Miss Dawes zei dat we stil moesten zijn, en dat we haar moesten helpen met mrs Brink.'

'Was mrs Brink op de grond gevallen?' – 'Ja, en miss Dawes en haar dienstbode probeerden haar op te tillen.'

'Hielp u haar, zoals ze had verzocht?' – 'Neen, mijnheer, dat mocht niet van Lupin. Ze bracht me naar de salon beneden, en ging een glas water voor me halen. Daarna herinner ik me niets meer totdat mijn moeder kwam.'

'Herinnert u zich dat u toen met uw moeder hebt gesproken?' – 'Neen, mijnheer.'

'U herinnert zich niet dat u iets onkies tegen uw moeder hebt gezegd? Dat u door miss Dawes bent aangemoedigd om iets onkies te zeggen?' – 'Neen, mijnheer.'

'Zag u miss Dawes nog voor u wegging?' – 'Ik zag haar met mijn moeder praten.'

'Wat voor indruk maakte ze toen op u?' – 'Ze huilde.'

Er zijn nog meer getuigen – bedienden, de politieman die door mrs Silvester werd ontboden, de arts die mrs Brink onderzocht, huisvrienden – maar het blad heeft niet genoeg ruimte voor al hun getuigenissen, en de volgende is die van Selina zelf. Ik aarzelde even voordat ik haar uitspraken las, en stelde me voor hoe ze werd binnengeleid in de sombere rechtszaal. Haar blonde haar zal wel prachtig hebben afgestoken bij de zwarte pakken van al die heren om haar heen, en haar wangen waren bleek, denk ik. Ze 'hield zich kranig', aldus *De spiritist*. Er staat dat de rechtszaal vol zat met mensen die gekomen waren om haar verhoor bij te wonen, en dat haar stem tamelijk zacht klonk, en soms trilde.

Ze werd eerst ondervraagd door haar eigen advocaat, Cedric Williams, en daarna door de advocaat van de tegenpartij, mr Locke – mr Halford Locke, om precies te zijn, die ooit bij ons in Cheyne Walk heeft gedineerd en van wie mijn broer zo'n hoge dunk heeft.

Mr Locke zei: 'Miss Dawes, u hebt gedurende een periode van iets minder dan een jaar bij mrs Brink in huis gewoond. Is dat juist?' – 'Ja.'

'In welke hoedanigheid woonde u daar?' – 'Ik was bij mrs Brink te gast.'

'U betaalde mrs Brink geen huur?' – 'Neen.'

'Waar woonde u, voordat u in het huishouden van mrs Brink werd opgenomen?' – 'Ik woonde in een hotelkamer in Holborn, in Lamb's Conduit Street.'

'Hoe lang was u voornemens bij mrs Brink te gast te blijven?' – 'Daar dacht ik niet over na.'

'Dacht u in het geheel niet aan uw toekomst?' – 'Ik wist dat de geesten me zouden leiden.'

'Juist ja. Hadden de geesten u ook naar mrs Brink geleid?' – 'Ja. Mrs

Brink kwam me opzoeken in het hotel in Holborn dat ik zojuist noemde, en kreeg de ingeving me te vragen of ik als medium bij haar in huis wilde komen.'

'Hield u privé-seances met mrs Brink?' – 'Ja.'

'En bleef u, in het huis van mrs Brink, besloten bijeenkomsten beleggen voor betalende cliënten?' – 'In het begin niet. Later werd me door de geesten op het hart gedrukt dat ik dat wel moest doen. Maar ik heb nooit geld gevraagd aan kringleden.'

'U hield echter wel degelijk seances, en ik geloof dat het de gewoonte was dat uw bezoekers geld voor u achterlieten wanneer ze van uw diensten gebruik hadden gemaakt?' – 'Ja, als ze dat wilden.'

'Wat was de aard van de diensten die u verleende?' – 'Ik raadpleegde de geesten voor hen.'

'Hoe deed u dat? Bracht u uzelf eerst in trance?' – 'Meestal wel.'

'En wat gebeurde er dan?' – 'Tja, ik moest afgaan op wat de kringleden me naderhand vertelden. Maar meestal sprak er een geest door mij.'

'En verscheen er ook dikwijls een "geest"?' – 'Ja.'

'Is het waar dat uw klanten – pardon, uw "kringleden" – voor het merendeel dames en meisjes waren?' – 'Ik werd zowel door heren als door dames bezocht.'

'Ontving u heren ook privé?' – 'Neen, nooit. Ik ontving heren alleen als deelnemers aan seances, waarbij ook altijd dames aanwezig waren.'

'Maar dames ontving u wel alleen, om de geesten te raadplegen en om spiritueel onderricht te geven?' – 'Ja.'

'Dergelijke privé-bijeenkomsten stelden u in staat, dunkt me, om een aanzienlijke invloed uit te oefenen op uw vrouwelijke cliënten.' – 'Daarom kwamen ze ook bij me, om mijn invloed te ondergaan.'

'En wat, miss Dawes, was de aard van deze invloed?' – 'Wat bedoelt u?'

'Zou u zeggen dat het een gezonde of een ongezonde invloed was?' – 'Een gezonde en zeer spirituele invloed.'

'En sommige dames vonden dankzij deze invloed verlichting van bepaalde kwalen en klachten. Miss Silvester was ook een van die dames.' – 'Ja. Er kwamen veel dames bij me die net zulke symptomen hadden als zij.'

'Symptomen zoals...?' – 'Zoals slapte, nervositeit en allerlei pijntjes.'

'En uw behandeling, waaruit bestond die? [*De getuige aarzelt.*] Was die homeopathisch? Mesmerisch? Galvanisch?' – 'De behandeling was spiritueel. Ik heb dikwijls gemerkt dat dames met symptomen zoals die van miss Silvester spiritueel gevoelig waren – dat ze helderziend waren, maar hun gaven nog moesten ontwikkelen.'

'En daarbij was u hen van dienst?' – 'Ja.'

'En wat hield dat in? Wrijven? Masseren?' – 'Er was een zekere mate van handoplegging.'

'Wrijven en masseren.' – 'Ja.'

'Wat het nodig maakte dat uw bezoeksters zich eerst van bepaalde kledingstukken ontdeden?' – 'Soms wel. Japonnen zitten vaak in de weg. Ik denk dat elke arts zijn patiënten zou vragen hetzelfde te doen.'

'Hij zou niet ook zijn eigen kleren uittrekken, hoop ik.' [*Gelach.*] – 'De spirituele en de gewone geneeskunde vereisen andere omstandigheden.'

'Daar ben ik blij om. Mag ik u eens vragen, miss Dawes: waren uw bezoeksters – ik bedoel nu degenen die bij u kwamen voor een spirituele massage – over het algemeen welgesteld?' – 'Sommigen wel.'

'Allemaal, dunkt me. U zou toch nooit een vrouw in het huis van mrs Brink hebben toegelaten die geen echte dame was?' – 'Neen, dat zou ik niet gedaan hebben.'

'En Madeleine Silvester was, zoals u natuurlijk wist, een zeer welgesteld meisje. Het was toch juist om die reden dat u vriendschap met haar haar wilde sluiten?' – 'Neen, helemaal niet. Ik had alleen met haar te doen, en hoopte haar beter te kunnen maken.'

'U hebt veel dames beter gemaakt, neem ik aan?' – 'Ja.'

'Wilt u ons hun namen geven?' – [*De getuige aarzelt.*] 'Ik zou het niet behoorlijk vinden om dat te doen. Dat zijn privé-zaken.'

'Ik denk dat u gelijk hebt, miss Dawes. Het zijn inderdaad privé-zaken. Zo privé zelfs, dat mijn vriend mr Williams niet één dame kan vinden die bereid is voor dit hof te getuigen dat uw gaven doeltreffend hebben gewerkt. Vindt u dat merkwaardig?' – [*De getuige geeft geen antwoord.*]

'Hoe groot, miss Dawes, is het huis van mrs Brink in Sydenham? Hoeveel kamers zijn er?' – 'Ik denk negen of tien.'

'Het zijn er dertien, meen ik. Hoeveel kamers had u tot uw beschikking in het hotel in Holborn?' – 'Eentje, mijnheer.'
'En wat was de aard van uw relatie met mrs Brink?' – 'Wat bedoelt u?'
'Was die beroepsmatig? Vriendschappelijk?' – 'Vriendschappelijk. Mrs Brink was weduwe en had zelf geen kinderen. Ik ben wees. Er was een goede verstandhouding tussen ons.'
'Beschouwde ze u wellicht als een soort dochter?' – 'Ja, misschien wel.'
'Wist u dat ze aan een hartzwakte leed?'' – 'Neen.'
'Sprak ze daar nooit met u over?' – 'Neen.'
'Heeft ze ooit met u besproken welke regelingen ze had getroffen met betrekking tot haar nalatenschap?' – 'Neen, nooit.'
'U bracht vele uren alleen door met mrs Brink, geloof ik?' – 'Een aantal uren.'
'Haar kamenier Jennifer Wilson heeft getuigd dat het uw gewoonte was elke avond een uur of langer in het gezelschap van mrs Brink door te brengen, in haar eigen slaapvertrek.' – 'Dan raadpleegde ik de geesten voor haar.'
'U en mrs Brink brachten aan het slot van elke avond een uur door met het raadplegen van geesten?' – 'Ja.'
'Was er misschien één bepaalde geest die u met name raadpleegde?' – [*De getuige aarzelt.*] 'Ja.'
'Over welke zaken raadpleegde u deze geest?' – 'Dat mag ik niet zeggen. Dat waren privé-zaken van mrs Brink.'
'De geest zei niets tegen u over een zwak hart of een testament?' [*Gelach.*] – 'Neen, niets.'
'Wat bedoelde u toen u tegen mrs Silvester zei, op de avond van het overlijden van mrs Brink, dat Madeleine Silvester "een onnozel meisje was, en dat u door haar toedoen alles was kwijtgeraakt"?' – 'Ik herinner me niet dat ik dat heb gezegd.'
'Wilt u daarmee suggereren dat mrs Silvester het hof heeft voorgelogen?' – 'Neen, alleen dat ik me niet herinner dat ik het heb gezegd. Ik was erg van streek, omdat ik dacht dat mrs Brink misschien zou sterven, en ik vind het nogal cru dat u me daar nu mee kwelt.'
'Was het voor u een vreselijke gedachte dat mrs Brink zou sterven?' – 'Natuurlijk.'

'Waaraan is ze gestorven?' – 'Ze had een zwak hart.'
'Maar miss Silvester heeft tegenover ons verklaard dat mrs Brink enkele uren voor haar dood nog een zeer gezonde en rustige indruk maakte. Ze werd pas ziek, schijnt het, toen ze de deur van uw slaapvertrek opende. Waar schrok ze toen zo van?' – 'Ze zag miss Silvester, die een zenuwtoeval had. Ze zag een geest die miss Silvester nogal ruw behandelde.'

'Ze zag niet u, verkleed als geest?' – 'Neen. Ze zag Peter Quick, en dat maakte haar van streek.'

'Ze zag mr Quick. Is dat de mr Quick die u zo dikwijls "materialiseerde" tijdens seances?' – 'Ja.'

'Die u, om precies te zijn, "materialiseerde" op maandag-, woensdag- en vrijdagavonden – en daarbuiten tijdens privé-zittingen voor dames alleen – gedurende een periode van zes maanden, vanaf februari jongstleden tot aan de avond van het overlijden van mrs Brink?' – 'Ja.'

'Wilt u mr Quick nu voor ons "materialiseren", miss Sawes?' – [*De getuige aarzelt.*] 'Ik heb het juiste instrumentarium niet.'

'Wat hebt u nodig?' – 'Ik zou een kabinet nodig hebben. De zaal zou verduisterd moeten worden – neen, het kan niet.'

'Het kan niet?' – 'Neen.'

'Mr Quick is dus nogal verlegen. Of is mr Quick misschien bang dat hij in uw plaats zal worden aangeklaagd?' – 'Hij zou nergens kunnen verschijnen waar de sfeer zo onspiritueel en afwerend is. Dat zou geen enkele geest kunnen.'

'Dat is erg jammer, miss Dawes. Want het feit blijft dat, zonder een mr Quick om een goed woordje voor u te doen, de bewijzen vrij duidelijk zijn. Een moeder vertrouwt een kwetsbaar meisje aan uw zorgen toe, en dat meisje wordt bang gemaakt en gemolesteerd – zodanig gemolesteerd dat uw weldoenster, mrs Brink, bij de aanblik van uw handtastelijkheden een toeval krijgt die haar weldra fataal zal worden.' – 'U hebt het helemaal mis. Miss Silvester was alleen bang van Peter Quick. Dat heeft ze u zelf verteld!'

'Ze heeft ons verteld wat ze meende te geloven, onder uw invloed. Ik denk dat het geen twijfel lijdt dat ze erg bang was – zo bang zelfs, dat ze uitriep dat u haar wilde vermoorden! Nu, dat was natuurlijk vervelend, nietwaar? Me dunkt dat u tot elke vorm van geweld bereid was om dergelijke kreten te smoren, om te verhinderen dat mrs Brink de kamer in zou komen en u daar zou aantreffen, verkleed als de zogenaamde geest met wie u haar had bedrogen. Maar mrs Brink kwam toch binnen. En wat een schouwspel kreeg ze toen te zien, de arme vrouw! Een schouwspel, erg genoeg om haar hart te breken – om haar, in haar nood, te doen roepen om haar eigen overleden moeder! Misschien herinnerde ze zich toen hoe "Peter Quick" avond aan avond bij haar was gekomen; misschien herinnerde ze zich hoe hij over u gesproken had – hoe hij u prees en vleide, u de dochter noemde die ze zo graag had willen hebben, haar ertoe aanzette u geschenken te geven, geld te geven.' – 'Neen! Dat is niet waar! Ik heb Peter Quick nooit bij haar gebracht. En wat ze me gaf, gaf ze uit eigen beweging, omdat ze van me hield.'

'Dan dacht ze misschien aan alle dames die bij u waren gekomen. Hoe u vriendschap met hen sloot en hen vleide, bij hen een "ongezonde opwinding" – om met mrs Silvester te spreken – teweegbracht. Hoe u hun geschenken aftroggelde, en geld, en gunsten.' – 'Neen, neen, dat is helemaal niet waar!'

'Ik zeg dat het wel waar is. Hoe kunt u anders uw belangstelling voor een meisje als Madeleine Silvester verklaren – een meisje jonger dan u in jaren, en verre uw meerdere wat maatschappelijk aanzien betreft; een zeer vermogend meisje, met een zwakke gezondheid; een teer en kwetsbaar meisje? Als het geen financiële belangstelling was, wat dan wel?' – 'Mijn belangstelling kwam voort uit de meest verheven, zuivere, geestelijke motieven: ik wilde miss Silvester helpen haar eigen helderziende gaven te leren kennen.'

'En dat was alles?' – 'Ja! Wat had er nog meer kunnen zijn?'

Hierop klinkt er geschreeuw op de publieke tribune, en gesis. Het is volkomen waar wat Selina me in Millbank vertelde: het blad verdedigt haar eerst door dik en dun, maar de sympathie verdwijnt naarmate de rechtszaak voortschrijdt. 'Waarom zijn er geen dames die hun ervaringen met de methoden van miss Dawes kenbaar willen maken?' vraagt men in het begin, met enige verontwaardiging; diezelfde vraag klinkt echter heel anders wanneer hij wordt herhaald na mr Lockes verhoor. Dan volgt de getuigenis van een zekere mr Vincy, de eigenaar van het hotel in Holborn waar Selina een kamer had. 'Ik vond miss Dawes altijd een zeer berekenend meisje,' zegt hij. Hij noemt haar 'gewiekst', iemand die 'afgunst opwekte' en 'geneigd was tot driftbuien...'

Ten slotte staat er een spotprent, overgenomen uit *Punch*. Op de tekening is te zien hoe een medium met scherpe trekken een parelsnoer van de hals van een schuchtere jongedame rukt. 'Moeten de parels ook af?' vraagt het schuchtere meisje. Het onderschrift luidt 'On-magnetische invloeden'. Die spotprent werd misschien wel getekend terwijl Selina doodsbleek in de beklaagdenbank stond en het vonnis aanhoorde, of met geboeide handen in de gevangenwagen stapte – of zat te rillen terwijl miss Ridley de schaar in haar lokken zette.

Ik merkte dat ik het niet prettig vond om ernaar te kijken. Daarom sloeg ik mijn ogen op, en toen ik dat deed, trok ik meteen de aandacht van de dame die aan het andere eind van de tafel zat.

Zij was daar verdiept geweest in *De macht der oden*, terwijl ik mijn aantekeningen had gemaakt. Ik denk dat we wel tweeënhalfuur samen aan die tafel hadden gezeten, en ik had niet één keer aan haar gedacht. Nu ze me zag opkijken, glimlachte ze. Ze zei dat ze een dame nog nooit zo ijverig bezig had gezien! Ze geloofde dat er in die zaal een sfeer hing die tot buitenwone leerprestaties aanzette. 'Maar ja' – ze knikte naar het boek dat voor me lag – 'ik denk dat u over die arme miss Dawes hebt zitten lezen. Wat een verhaal is dat! Gaat u iets ondernemen ten behoeve van haar? Ik heb haar seances heel dikwijls bezocht, weet u.'

Ik staarde haar aan en moest bijna lachen. Ik kreeg plotseling het gevoel dat ik de straat maar op hoefde te gaan en een willekeurige voorbijganger op de schouder hoefde te tikken, om bij het noemen van de naam 'Selina Dawes' een opmerkelijk feit of weetje voorgeschoteld te krijgen, een stukje van de geschiedenis die was afgesloten toen de poorten van Millbank dichtvielen.

O ja, zei de dame, toen ze mijn gezicht zag. Ja, ze was op de seances in Sydenham geweest. Ze had miss Dawes menigmaal in trance gezien, ze had 'Peter Quick' gezien – ze had zelfs zijn hand de hare voelen vastgrijpen, hem een kus op haar vingers voelen drukken!

'Miss Dawes was zo'n zachtaardig meisje,' zei ze. 'Je kon niet naar haar kijken zonder haar te bewonderen. Mrs Brink bracht haar in ons midden, en dan was ze gekleed in een eenvoudige japon, met al dat gouden haar los over haar schouders. Ze kwam bij ons zitten en liet ons een kort gebed opzeggen, en nog voor het gebed uit was, was ze al in trance geraakt. Ze deed het zo onopvallend, dat je nauwelijks merkte dat ze weg was. Je merkte het pas wanneer ze begon te spreken, want dan was het natuurlijk niet haar stem, maar die van een geest...'

Ze zei dat ze haar eigen grootmoeder had horen spreken door de mond van Selina. Haar grootmoeder had gezegd dat ze niet bedroefd moest zijn, en dat ze van haar hield.

Ik vroeg of Selina aan alle mensen in de kamer zulke boodschappen overbracht.

'Ze ging ermee door totdat de stemmen te zwak werden, of misschien wel te luid. Soms verdrongen de geesten zich om haar heen – geesten zijn niet altijd zo beleefd, weet u! – en dat vermoeide haar. Dan kwam Peter Quick, om de geesten weg te jagen – alleen was hij soms net zo rumoerig als zij. Miss Dawes zei dan dat we haar vlug naar het kabinet moesten brengen; dat Peter in aantocht was, en dat hij al het leven uit haar zou trekken als we haar niet dadelijk in haar kabinet zetten!'

Ze zei 'haar kabinet' zoals ze 'haar voet', 'haar gezicht', 'haar vinger' zou kunnen zeggen. Toen ik om uitleg vroeg, antwoordde ze verbaasd: 'O! Maar alle mediums hebben een kabinet, dat is de plek waar ze de geesten oproepen!' Ze zei dat de geesten niet in het licht willen verschijnen, omdat dat pijn doet. Ze zei dat ze kabinetten had gezien die speciaal gemaakt waren, van hout, met sloten erop, maar dat Selina alleen een paar zware gordijnen gebruikte, die voor een nis hingen waarin een kamerscherm stond. Selina nam plaats tussen de gordijnen en het scherm, en terwijl ze daar in het donker zat, kwam Peter Quick.

'Hoe kwam hij?' vroeg ik.

Ze wisten wanneer hij er was, zei ze, want dan schreeuwde Selina het uit. 'Dat was de minder aangename kant van de zaak, want zij moest natuurlijk haar astrale lichaam afstaan zodat hij het kon gebruiken, en dat was pijnlijk voor haar; en ik denk dat hij, in zijn gretigheid, ruw met haar omging. Hij was altijd al ruw, weet u, ook voor de dood van die arme mrs Brink...'

Hij kwam, zei ze, en dan schreeuwde Selina het uit; daarna verscheen hij voor het gordijn – eerst niet groter dan een bolletje ether. Maar het bolletje ether groeide, het trilde en dijde uit tot het net zo lang was als het gordijn, en dan nam het geleidelijk de gedaante van een man aan – op het laatst was het echt een man, een man met bakkebaarden, die boog en gesticuleerde. 'Het was het griezeligste, wonderlijkste schouwspel dat je je maar kunt indenken,' zei ze, 'en ik heb het vele malen gezien, dat kan ik u wel vertellen. Hij begon dan altijd over het spiritisme te praten. Hij vertelde ons over de nieuwe tijd die gaat komen, waarin het spiritisme bij zo veel mensen erkenning zal vinden dat geesten op klaarlichte dag door de straten van de stad zullen lopen – dat zei hij. Maar ja, hij was ondeugend. Hij begon dat te vertellen, maar dan kreeg hij er weer genoeg van. Je zag hem de kamer rondkijken – er was een beetje licht, een beetje fosforiserend licht, daar kan een geest wel tegen. Je zag hem om zich heen kijken. Weet u wat hij zocht? Hij was op zoek naar de mooiste dame! Als hij haar gevonden had, kwam hij heel dicht bij haar staan en vroeg hoe ze het zou vinden om met hem over straat te lopen. En dan liet hij haar opstaan en wandelde met haar de kamer door, en daarna kuste hij haar.' Ze zei dat hij 'altijd graag dames kuste of geschenken voor hen meebracht, of hen plaagde'. Met de heren had hij niet veel op. Ze had wel meegemaakt dat hij een heer kneep, of aan zijn baard trok. Eén keer had ze hem een man een bloedneus zien slaan.

Ze lachte, en kleurde. Ze zei dat Peter Quick zich op deze manier tussen hen bewoog, een halfuur of daaromtrent, maar dan raakte hij vermoeid. Hij ging terug naar de gordijnen van het kabinet en dan, juist zoals hij eerder was gegroeid, begon hij te krimpen. Ten slotte was er niets meer van hem over dan een plasje van het een of andere glanzende spul op de vloer, en zelfs dat slonk en vervaagde. 'Daarna,' zei ze, 'schreeuwde miss Dawes het weer uit. Dan werd het stil. Er kwamen klopgeluiden, ten teken dat we het gordijn moesten opentrekken; daarna ging een van ons naar miss Dawes om haar los te maken en haar naar buiten te brengen...'

Los te maken? zei ik, en weer kwam er een blos op haar wangen. Ze zei: 'Miss Dawes wilde het zo. Ik denk dat wij het niet bezwaarlijk hadden gevonden als ze zich helemaal vrij had kunnen bewegen, of bijvoorbeeld alleen met een lint om haar middel aan haar stoel had vastgezeten. Doch ze zei dat het haar taak was om zowel de twijfelaars als de gelovigen bewijzen te tonen, en liet zich aan het begin van elke sessie secuur vastbinden. Maar let wel, ze liet dat nooit door een heer doen, altijd door een dame – het was altijd een dame die haar naar het kabinet bracht en fouilleerde, en altijd een dame die haar vastbond...'

Ze zei dat Selina's polsen en enkels aan haar stoel werden gebonden, en dat de knopen in het touw met was werden verzegeld; of anders kruiste ze haar armen op haar rug, waarna haar mouwen aan haar japon werden genaaid. Ze kreeg een zijden band voor haar ogen en een zijden band voor haar mond, en soms werd er een katoenen draad door het gaatje in haar oor gehaald en bevestigd aan de vloer, buiten het gordijn – meestal echter liet ze zich door hen 'een fluwelen halsbandje' omdoen, met aan de gesp een touw dat werd vastgehouden door een dame die in de kring zat. 'Als Peter kwam, werd er soms een beetje aan het touw getrokken; als we later naar haar toe gingen, zaten haar boeien echter nog stevig vast en bleek de was op de knopen ongeschonden te zijn. Zij was dan alleen erg moe en erg zwak. We moesten haar op een sofa leggen en wijn geven, en mrs Brink wreef haar handen warm. Soms hield ze dan met een paar meisjes nog een zitting, maar ik ben nooit gebleven. Ik vond dat we haar al genoeg hadden vermoeid, weet u.'

Onder het spreken had ze voortdurend kleine gebaren gemaakt met haar groezelige witte handen: om me te tonen waar Selina de touwen liet vastsnoeren en bevestigen, hoe ze zat, hoe mrs Brink over haar handen wreef. Op het laatst moest ik me omdraaien in mijn stoel en mijn blik afwenden, want haar woorden en gebaren maakten me onwel. Ik dacht aan mijn medaillon, en aan Stephen en mrs Wallace, en aan het toeval dat me naar deze leeszaal had gevoerd – het wás toeval, en toch was hier zo veel te vinden over Selina... Ik vond het nu niet komisch meer. Ik vond het alleen merkwaardig. Ik hoorde de vrouw opstaan en haar mantel aantrekken, en nog altijd hield ik mijn ogen van haar afgewend. Toen ze echter haar boek ging terugzetten op de plank, kwam ze weer in mijn buurt; ze keek even naar de bladzijde die voor me lag en schudde haar hoofd.

'Dat moet miss Dawes voorstellen,' zei ze, wijzend naar de karikatuur van het medium met de scherpe trekken, 'maar iemand die haar had gezien, zou haar nooit zo kunnen tekenen. Hebt u haar gekend? Ze had het gezicht van een engel.' Ze bukte zich en sloeg de bladzijden om tot ze een andere afbeelding had gevonden – of liever gezegd, twee afbeeldingen, die waren gepubliceerd in de maand voor Selina's arrestatie. 'Kijk eens,' zei ze. Ze bleef nog even staan terwijl ik ze bekeek, en toen vertrok ze.

Het waren twee portretten, naast elkaar afgedrukt op de pagina. Het eerste was een gravure, gemaakt aan de hand van een foto die dateerde van juni 1872 en waarop Selina te zien was als zeventienjarig meisje. Ze is tamelijk mollig, en haar wenkbrauwen zijn donker en fraai gevormd; ze draagt een hooggesloten japon, misschien wel van tafzijde, en ze heeft juwelen hangertjes om haar hals en in haar oren. Haar haar is nogal overdreven gekapt – de zondagse *coiffure* van een winkelmeisje, vond ik; maar desondanks kun je zien hoe dik en blond en mooi het is. Ze lijkt in het geheel niet op de *Veritas* van Crivelli. Ik denk dat ze vroeger niet streng was, voordat men haar naar Millbank stuurde.

Het andere portret zou komisch kunnen zijn, als het niet zo griezelig was. Het is een potloodtekening van de hand van een spiritistisch kunstenaar, waarop de torso is te zien van Peter Quick zoals hij verscheen op de seances ten huize van mrs Brink. Hij heeft een witte doek om zijn schouders en een witte muts op zijn hoofd. Zijn wangen lijken bleek, zijn bakkebaarden weelderig en erg donker; donker zijn ook zijn wenkbrauwen, wimpers en ogen. Zijn gezicht is voor driekwart zichtbaar, en naar het portret van Selina toegewend, zodat het lijkt of hij haar aankijkt, of hij haar dwingen wil haar ogen naar hem op te slaan.

Althans, zo kwam het me vanmiddag voor; want nadat de dame was vertrokken, bleef ik die portretten bestuderen tot de inkt op het papier leek te golven en er een siddering door de gezichten leek te gaan. En terwijl ik zo zat te staren, herinnerde ik me het kabinet en de gele wasvorm van de hand van Peter Quick. Ik dacht: Als die nu ook eens trilde? Ik stelde me voor dat de hand schokkerige bewegingen zou maken wanneer ik me omdraaide, tegen de ruitjes van het kabinet zou duwen, terwijl een grove gekromde vinger me wenkte!

Ik draaide me niet om, maar bleef toch nog een poosje zitten. Ik keek naar de donkere ogen van Peter Quick. Ze kwamen me – ik weet hoe vreemd het klinkt! – ze kwamen me bekend voor, alsof ik er al eerder naar had gekeken – misschien in mijn dromen.

9 DECEMBER 1872

Mrs Brink zegt dat ik er niet over moet peinzen 's morgens voor 10 uur op te staan. Ze zegt dat we al het mogelijke moeten doen om mijn krachten te sparen & mijn gaven te ontwikkelen. Ze heeft haar eigen kamenier Ruth helemaal belast met de zorg voor mij & heeft zelf een ander meisje genomen, Jenny. Ze zegt dat haar eigen comfort niets voor haar betekent vergeleken met het mijne. Ruth brengt me nu mijn ontbijt & verzorgt mijn kleding, & als ik mijn servet of een kous of een andere kleinigheid laat vallen raapt zij het op, & als ik 'Dankjewel' zeg, lacht ze & zegt 'U hoeft me echt niet te bedanken, hoor.' Ze is ouder dan ik. Ze zegt dat ze hier in dienst is gekomen toen de man van mrs Brink 6 jaar geleden overleed. Ik zei vanmorgen tegen haar 'Mrs Brink zal sindsdien wel veel spiritistische mediums bij zich hebben laten komen' & zij antwoordde 'O ja, wel een stuk of 1000! Allemaal om die ene arme geest op te roepen. Maar het waren allemaal oplichters, dat hadden we algauw door. We doorzagen al hun trucs. U kunt wel begrijpen wat een kamenier voelt voor haar mevrouw. Ik zou liever 10 keer mijn hart laten breken dan toestaan dat er een haar op het hoofd van mijn mevrouw werd gekrenkt door zo iemand.' Ze zei het terwijl ze bezig was mijn japon dicht te maken, & keek me aan in de spiegel. Al mijn nieuwe japonnen hebben de sluiting achter & moeten door haar worden dichtgemaakt.

Na het aankleden ga ik meestal naar beneden om een uurtje bij mrs Brink te zitten, of ze neemt me mee naar een winkel of naar de tuinen van Crystal Palace. Soms komen haar vriendinnen, om met ons een seance te houden. Als ze me zien, zeggen ze 'O, maar je bent een heel jong meisje! Je bent nog jonger dan mijn eigen dochter.' Maar na een zitting pakken ze mijn hand & schudden hun hoofd. Mrs Brink heeft aan al haar kennissen verteld dat ik bij haar in huis woon & dat ik iets heel bijzonders ben – maar ik denk dat er veel mediums zijn over wie ze dat heeft gezegd. Ze zeggen 'Wilt u eens kijken of er nu een geest bij me is, miss Dawes? Wilt u eens vragen of hij geen berichtje voor me heeft?' Ik doe dit werk al 5 jaar, ik kan het wel dromen. Maar zij zien me in mijn mooie jurk, in de prachtige salon van mrs Brink, & zijn verbaasd. Ik hoor ze zachtjes tegen mrs Brink zeggen 'O, Margery, wat een talent heeft ze! Wil je haar eens meenemen naar mijn huis? Wil je haar een kring laten leiden als ik een feestje geef?'

Maar mrs Brink zegt dat ze er niet over piekert me mijn gaven te laten verwateren door het bijwonen van zulke bijeenkomsten. Ik heb gezegd dat ze me mijn gaven moet laten gebruiken om behalve haar ook anderen te helpen, want daarvoor heb ik ze gekregen, & zij zegt dan altijd 'Natuurlijk, dat weet ik wel. Mettertijd zal ik dat ook wel doen. Ik wil je alleen zo graag voor mezelf houden, nu ik je eenmaal heb. Vind je het erg zelfzuchtig van me als ik daar nog een poosje mee doorga?' En daarom komen haar vriendinnen 's middags, maar nooit 's avonds. De avonden bewaart ze voor ons samen. Ze laat alleen Ruth soms komen, om wijn & biscuitjes te brengen wanneer ik een flauwte krijg.

28 OKTOBER 1874

Naar Millbank. Mijn vorige bezoek was nog maar een week geleden, maar sindsdien is de sfeer in de gevangenis veranderd, als met de wisseling der seizoenen, en het is er nu donkerder en akeliger dan ooit. De torens leken hoger en breder geworden, de vensters gekrompen; zelfs de geuren schenen te zijn veranderd sinds de laatste keer dat ik er was – op het terrein ruikt het, behalve naar zegge, naar mist en schoorsteenrook, en op de afdelingen riekt het nog altijd naar sekreetemmers, naar ongeluchte en ongewassen haren en lijven en monden, maar ook naar gas en roest en ziekte. Er staan grote, zwarte, gloeiend hete radiatoren in de bochten van de gangen, en die maken het daar erg benauwd en bedompt. In de cellen blijft het echter zo kil dat de muren nat zijn van de condens, waardoor de kalk verandert in een soort borrelende brei, die witte vegen achterlaat op de rokken van de vrouwen. Er wordt dan ook veel gehoest op de afdelingen, en ik zie veel verkleumde en treurige gezichten en rillende ledematen.

Er heerst ook een duisternis in het gebouw waar ik niet aan gewend ben. Men steekt nu al om vier uur de lampen aan, en de hoge, smalle vensters waarin de zwarte hemel zich aftekent, de met zand bestrooide tegels vol plassen flakkerend gaslicht, de schemerige cellen waarin de vrouwen gekromd als kobolden boven hun naaiwerk of kokosvezels zitten, geven de gevangenis een nog afschrikwekkender en ouderwetser aanzien dan anders. De nieuwe duisternis laat zelfs de bewaarsters niet onberoerd. Ze lopen met zachtere tred door de gangen, waar het gaslicht hun handen en gezicht geel kleurt en hun omslagdoek zwart doet afsteken tegen hun japon, als een cape van schaduw.

Men heeft me vandaag meegenomen naar de bezoekruimte, de zaal waar de vrouwen hun man en kinderen en vrienden kunnen ontvangen – ik vind het de naargeestigste plek die ik er heb gezien. Men noemt het een zaal, maar dat is het niet bepaald; het heeft meer weg van een soort koeienstal, want de ruimte is verdeeld in een reeks nauwe hokjes of nissen, die aan weerszijden van een lange gang liggen. Wanneer een gevangene bezoek krijgt in Millbank, brengt haar bewaarster haar naar een van deze hokjes; boven haar hoofd wordt een zandloper bevestigd, en die wordt omgedraaid zodat het zout dat erin zit, begint te stromen. Voor het gezicht van de gevangene bevindt zich een opening, afgeschermd met tralies. Recht tegenover haar, aan de andere kant van het gangpad, bevindt zich ook zo'n opening, maar met gaas ervoor in plaats van tralies. Daar mag de bezoeker staan. Hier wordt ook een kleine zandloper bevestigd, die tegelijk met de andere in werking wordt gezet.

Het gangpad tussen de hokjes zal een meter of twee breed zijn, en een oplettende bewaarster loopt er constant te surveilleren om ervoor te zorgen dat er niets wordt binnengesmokkeld. De gevangene en de bezoeker zijn gedwongen hun stem enigszins te verheffen om zich verstaanbaar te maken – het kan er dan ook erg rumoerig zijn. Soms moet een vrouw tegen haar bezoekers schreeuwen, zodat haar privézaken voor iedereen om haar heen te horen zijn. Het zout in de zandlopers blijft een kwartier stromen, daarna moet de bezoeker vertrekken, de vrouw terugkeren naar haar cel.

Een gevangene in Millbank mag haar vrienden en familieleden op deze wijze *viermaal per jaar* ontvangen.

'En mogen ze niet dichter bij elkaar komen dan zo?' vroeg ik de bewaarster die me vergezelde, terwijl ik met haar door het gangpad liep waaraan de hokjes van de gevangenen liggen. 'Mag een vrouw zelfs haar echtgenoot niet omhelzen – zelfs haar eigen kind niet aanraken?'

De bewaarster – het was niet miss Ridley vandaag, maar een blonde, jongere vrouw, miss Godfrey geheten – schudde haar hoofd. 'Zo zijn de regels,' zei ze. Hoe vaak ik die zinsnede daar al niet heb gehoord... '*Zo zijn de regels.* Ik weet dat u het hardvochtig vindt, miss Prior. Maar als we de gevangene en de bezoeker bij elkaar laten, komen er allerlei dingen de gevangenis in. Sleutels, tabak... Kleine kinderen wordt soms geleerd om tijdens het kussen een mes door te geven aan de gevangene.'

Ik nam de gevangenen die we voorbijliepen aandachtig op: ze tuurden naar hun dierbaren aan de overkant van de gang, door de schaduw van de surveillerende bewaarster heen. Ze zagen er niet uit alsof ze louter en alleen omhelsd wilden worden om een mes of een sleutel toegestopt te krijgen. Ze zagen er meelijwekkender uit dan ik de vrouwen hier ooit eerder had gezien. Een van hen, een vrouw met een kaarsrecht litteken op haar wang, als van een scheermes, drukte haar hoofd tegen de tralies om haar roepende echtgenoot beter te kunnen horen; toen hij vroeg of ze het goed maakte, antwoordde ze: 'Zo goed als ze me toestaan, John, dat wil zeggen, niet zo heel goed...' Een andere gevangene – het was Laura Sykes van mrs Jelfs afdeling, de vrouw die er steeds bij de bewaarsters op aandringt een goed woordje voor haar te doen bij miss Haxby – had bezoek van haar moeder, een sjofel gekleed mensje dat telkens terugdeinsde voor het ijzeren gaas bij haar gezicht en niet anders deed dan schreien. Sykes zei: 'Kom nou, Ma, zo gaat het niet. Weet u al iets meer? Hebt u al met mr Cross gepraat?' Maar toen de moeder haar dochters stem hoorde en de surveillerende bewaarster zag, begon ze nog erger te sidderen. En daarop slaakte Sykes een kreet – O! De helft van haar tijd was al om, die had haar moeder verdaan met huilen! 'De volgende keer moet u Patrick sturen. Waarom is Patrick er niet? Ik wil niet dat u komt, als u alleen maar staat te huilen...'

Miss Godfrey zag me kijken, en knikte. 'Het valt niet mee voor de vrouwen,' gaf ze toe. 'Sommigen kunnen er zelfs helemaal niet tegen. Ze tellen de dagen af tot hun dierbaren komen, ze kunnen nauwelijks wachten; maar als we hen hierheen brengen, worden de emoties hun uiteindelijk toch te machtig. Dan vragen ze hun bezoekers om maar liever niet meer te komen.'

We begonnen terug te lopen naar de cellen. Ik vroeg haar of er ook vrouwen waren die nooit bezoek kregen, en ze knikte. 'Die zijn er wel. Vrouwen zonder vrienden of familie, neem ik aan. Ze komen hier en worden dan blijkbaar vergeten. Ik zou niet weten wat ze moeten beginnen als ze weer vrijkomen. Collins is er zo een, en Barnes, en Jennings. En' – ze trachtte een sleutel om te draaien in een lastig slot – 'en Dawes, geloof ik, op Afdeling E.'

Ik denk dat ik al bij voorbaat had geweten dat ze die naam zou noemen.

Daarna stelde ik geen vragen meer, en zij bracht me naar mrs Jelf. Ik begaf me, zoals gewoonlijk, van de ene vrouw naar de andere – aanvankelijk nogal schichtig, want na wat ik zojuist had gezien, vond ik het vreselijk dat ik, die niets voor hen beteken, hen kan bezoeken wanneer ik maar wil en dat zij met me moeten praten. En toch, ze moeten met mij praten of zwijgen, dat mocht ik niet vergeten; en ten slotte merkte ik dat ze dankbaar waren mij bij hun hek te zien, en blij me te kunnen vertellen hoe ze het maakten. Velen maakten het slecht, zoals ik al zei. Misschien kwam het daardoor – en misschien doordat ze, ondanks de dikke gevangenismuren en de tralievensters, de haast onmerkbare seizoenswisseling hebben bespeurd – dat er veel gepraat werd over 'tijd' en het uitzitten daarvan, zoals: 'Nog zeventien maanden, mevrouw, dan zit mijn tijd erop!' En: 'Nog maar een jaar en een week te gaan, miss Prior!' En: 'Nog drie maanden, juffrouw, dan is mijn tijd om. Wat vindt u daarvan?'

Dit laatste kwam van Ellen Power, de vrouw die – volgens haar eigen zeggen – gevangen was gezet omdat ze jongens en meisjes gelegenheid gaf elkaar te kussen in haar zitkamer. Ik denk veel aan haar sinds het kouder is geworden. Ik constateerde dat ze er broos en wat beverig uitzag, maar niet zo slecht als ik had gevreesd. Ik liet me door mrs Jelf in haar cel opsluiten en we praatten een halfuur met elkaar; en toen ik ten slotte afscheid nam, zei ik dat het me plezier deed dat haar handdruk zo krachtig was en dat ze er zo gezond uitzag.

Meteen kwam er een slinkse blik in haar ogen. Ze zei: 'Hoor eens, u mag er geen woord over zeggen tegen miss Haxby of miss Ridley – neemt u me trouwens niet kwalijk dat ik het vraag, want ik weet wel dat u dat niet zou doen. Maar het is een feit dat ik het allemaal te danken heb aan mijn bewaarster, mrs Jelf. Ze brengt me vlees van haar eigen bord, en ze heeft me een flanellen lap gegeven die ik 's nachts om mijn hals kan dragen. En als het erg kil is, heeft ze een of ander smeerseltje waarmee ze me eigenhandig inwrijft, hierzo' – ze raakte haar borst en schouders aan – 'en dat maakt een enorm verschil. Ze is net zo goed voor me als mijn eigen dochter – ze noemt me trouwens ook "Moeder". "We moeten zorgen dat je helemaal in orde bent, Moeder," zegt ze, "wanneer je ons straks gaat verlaten"...'

Haar ogen glansden terwijl ze het zei, en toen pakte ze haar grove blauwe zakdoek en drukte die even tegen haar gezicht. Ik zei dat ik blij was dat mrs Jelf tenminste vriendelijk voor haar was.

'Ze is vriendelijk voor ons allemaal,' zei ze. 'Ze is de vriendelijkste bewaarster in heel de gevangenis.' Ze schudde haar hoofd. 'Arme vrouw! Ze is hier nog niet lang genoeg om te weten hoe het in Millbank toegaat.'

Dat verbaasde me: mrs Jelf is zo grijs en afgetobd dat ik nooit zou hebben vermoed dat ze nog maar kort geleden een leven had dat zich afspeelde buiten de gevangenismuren. Power knikte echter. Ja zeker, mrs Jelf was daar pas – wel, nog geen jaar, dacht ze. Ze begreep trouwens niet waarom een dame als mrs Jelf ooit naar Millbank was gekomen. Ze had nooit een bewaarster gezien die minder geschikt was voor het werk in Millbank dan zij!

Het leek wel of deze uitroep haar tevoorschijn toverde. We hoorden voetstappen in de gang, hieven ons hoofd en zagen mrs Jelf in eigen persoon langs Powers hek komen, bezig aan haar ronde. Toen ze ons haar kant op zag kijken, vertraagde ze haar pas en glimlachte.

Power werd rood. 'U betrapt me net terwijl ik miss Prior aan het vertellen ben hoe aardig u voor me bent geweest, mrs Jelf,' zei ze. 'Ik hoop dat u het niet erg vindt.'

Meteen verstrakte de glimlach van de bewaarster, en ze bracht haar hand naar haar borst, draaide zich om en keek een beetje zenuwachtig de gang in. Ik begreep dat ze vreesde dat miss Ridley in de buurt was, dus ik zei niets over het flanel en het extra vlees, knikte alleen tegen Power en gebaarde naar het hek. Mrs Jelf maakte het open – ze wilde me echter nog steeds niet aankijken, noch mijn glimlach beantwoorden. Ten slotte zei ik, om haar op haar gemak te stellen, dat ik niet geweten had dat ze nog maar zo kort in Millbank was. Waar had ze gewerkt, vroeg ik, voor ze hier kwam?

Ze nam even de tijd om de sleutelbos aan haar riem te bevestigen en een beetje kalk van haar manchet te vegen. Toen maakte ze een soort revérence voor me. Ze was kamenier geweest, zei ze, maar toen de dame bij wie ze in dienst was naar het buitenland was vertrokken, had ze geen zin gehad om ergens anders in betrekking te gaan.

We waren inmiddels de gang ingelopen. Ik vroeg of het werk haar beviel. Ze zei dat het haar nu zou spijten als ze Millbank moest verlaten. Ik vroeg: 'En vindt u het werk niet erg zwaar? En de werktijden erg lang? En hebt u geen gezin? Voor uw gezinsleden zullen dergelijke werktijden ook niet aangenaam zijn, dunkt me.'

Ze vertelde me toen dat natuurlijk geen van de bewaarsters een man heeft, maar dat ze allen ongehuwd zijn, of anders weduwe, zoals zijzelf. 'Je mag geen bewaarster zijn,' zei ze, 'als je getrouwd bent.' Ze zei dat sommige bewaarsters kinderen hadden, die moesten worden uitbesteed bij andere moeders, maar dat zijzelf kinderloos was. Ze hield haar ogen al die tijd neergeslagen. Ik zei: Tja, misschien was ze daardoor wel een betere bewaarster. Ze had honderd vrouwen onder haar hoede, allemaal zo hulpeloos als een kind, allemaal aangewezen op haar zorg en leiding, en ik dacht dat ze voor hen allen wel een vriendelijke moeder zou zijn.

Nu keek ze me wel aan, maar met ogen die donker en triest leken door de schaduw van haar bonnet. Ze zei: 'Ik hoop dat het zo is, juffrouw,' en veegde weer over het stof op haar mouw. Haar handen zijn groot, net als de mijne – de handen van een vrouw die mager en hoekig is geworden, door hard werken of verdriet.

Ik wilde haar op dat moment niet nog meer vragen stellen, maar ging terug naar de vrouwen. Ik ging naar Mary Ann Cook, en naar Agnes Nash, de valsemuntster, en ten slotte, zoals gewoonlijk, naar Selina.

Ik was de opening van haar cel al gepasseerd op weg naar de tweede gang, maar ik had mijn bezoek aan haar uitgesteld – juist zoals ik het schrijven over haar nu heb uitgesteld – en toen ik langs haar hek liep, keerde ik mijn gezicht naar de muur om niet naar haar te hoeven kijken. Het was een soort bijgeloof, veronderstel ik. Ik herinnerde me de bezoekruimte: nu leek het wel of er een zandloper zou worden omgedraaid tijdens ons bezoek – ik wilde niet dat er ook maar een korreltje door het glas zou glijden voordat het zout echt begon te stromen. Zelfs toen ik met mrs Jelf voor haar hek stond, wilde ik niet naar haar kijken. Pas toen de bewaarster de sleutel had omgedraaid, nog even aan haar riem en sleutelbos had gemorreld, ons in de cel had opgesloten en haars weegs was gegaan, sloeg ik eindelijk mijn ogen naar haar op. En toen ik dat deed – tja, toen merkte ik dat er uiteindelijk vrijwel niets was waarop mijn blik in alle kalmte kon blijven rusten. Ik zag, aan de randen van haar muts, haar blonde haar, dat eens mooi was geweest en nu dof was. Ik zag haar hals, waar een fluwelen bandje met een gesp omheen had gezeten, en haar polsen, die vastgebonden waren geweest, en haar kleine scheve mond, die sprak in stemmen die niet de hare waren. Ik zag al die dingen, al die merktekens van haar vreemde loopbaan, ze schenen om haar bleke vlees te hangen en het wazig te maken, ze waren als de stigmata van een heilige. Toch was zij niet veranderd: ik was degene die veranderd was, door alles wat ik nu wist. Die wetenschap had heimelijk en onmerkbaar op me ingewerkt, zoals een druppel wijn inwerkt op een beker helder water, of zoals gist eenvoudig deeg doet rijzen.

Het deed iets opflakkeren in mijn binnenste terwijl ik naar haar stond te kijken. Ik voelde het, en tegelijk voelde ik de angst prikken. Ik legde een hand op mijn borst en wendde me van haar af.

Toen sprak ze, en haar stem klonk heel vertrouwd en heel gewoon – wat was ik daar blij om! Ze zei: 'Ik dacht dat je misschien niet zou komen. Ik zag je langs de cel lopen en naar de volgende afdeling gaan.'

Ik was naar haar tafel gelopen en raakte de wol aan die daar lag. Ik zei dat ik behalve haar ook andere vrouwen moest bezoeken. Daarna, omdat ik voelde dat ze haar blik afwendde en triest scheen te worden, voegde ik eraan toe dat ik altijd op het eind bij haar zou komen, als ze dat graag wilde.

'Dankjewel,' zei ze.

Natuurlijk is ze net als de andere vrouwen: ze praat liever met mij dan dat ze tot zwijgen is gedwongen. Ons gesprek ging dus over het gevangenisleven. Met het vochtige weer zijn er grote zwarte torren in de cellen gekomen – ze dacht dat ze ieder jaar kwamen, en ze toonde me de vlekken op haar witgekalkte muur waar ze er een stuk of tien had vermorzeld met de hak van haar schoen. Ze zei dat het gerucht gaat dat sommige simpele zielen de torren vangen en als huisdier houden. Andere vrouwen, zei ze, eten ze op, gedreven door honger. Ze weet niet of dat waar is, maar heeft het de bewaarsters horen zeggen...

Ik luisterde terwijl ze sprak, ik knikte, ik trok gezichten – ik vroeg niet, zoals ik had kunnen doen, hoe ze van mijn medaillon had geweten. Ik vertelde haar evenmin dat ik naar het kantoor van de Vereniging van Spiritisten was geweest en daar tweeënhalf uur had gezeten, dat ik over haar had gepraat en aantekeningen over haar had gemaakt. Toch kon ik nog steeds niet naar haar kijken zonder dat alles wat ik had gelezen weer bovenkwam. Ik keek naar haar gezicht, en dacht aan de portretten in het tijdschrift. Ik bekeek haar handen, en herinnerde me de wasvormen in het kabinet.

Toen wist ik dat ik niet weg kon gaan en die dingen ongezegd laten. Ik zei dat ik nog wat meer hoopte te horen over haar vroegere leven. Ik zei: 'Je hebt me vorige keer verteld hoe het was voordat je naar Sydenham ging. Wil je me nu vertellen wat je daar is overkomen?'

Ze fronste haar wenkbrauwen. Ze vroeg waarom ik dat wilde weten. Ik zei dat ik benieuwd was. Ik zei dat ik benieuwd was naar de levensverhalen van alle vrouwen, maar dat het hare – 'Tja, je weet het zelf wel, het is een beetje uitzonderlijker dan de andere...'

Het leek mij uitzonderlijk, zei ze na een moment; maar als ik een spiritiste was, als ik me mijn hele leven tussen spiritisten had bewogen, zoals zij, dan zou ik het niet meer zo vreemd vinden. 'Je zou eens een spiritistisch tijdschrift moeten kopen en de annonces bekijken – dan zul je wel merken hoe gewoon ik ben! Als je die ziet, zou je denken dat er meer spiritistische mediums op de wereld zijn dan geesten aan gene zijde.'

Neen, zei ze, uitzonderlijk was ze nooit geweest, destijds bij haar tante, en daarna in het spiritistische hotel in Holborn...

'Toen ik mrs Brink ontmoette en zij me bij zich in huis nam, pas toen werd ik uitzonderlijk, Aurora.'

Ze had haar stem gedempt en ik had me voorovergebogen om haar te verstaan. Nu ik haar die dwaze naam hoorde zeggen, voelde ik hoe ik bloosde. Ik vroeg: 'Waarom ben je door mrs Brink veranderd? Wat heeft ze dan gedaan?'

Mrs Brink was bij haar gekomen, zei ze, toen zij nog in Holborn woonde. 'Ik dacht dat ze alleen gekomen was voor een zitting, maar het feit is dat ze naar me toe werd geleid. Ze kwam voor een speciaal doel, waaraan alleen ik kon beantwoorden.'

En dat doel was?

Ze sloot haar ogen, en toen ze ze weer opende, leken ze een beetje groter, en groen als die van een kat. 'Ze verlangde dat ik een geest bij haar bracht. Ze verlangde dat ik mijn eigen lichaam afstond, zodat de geestenwereld het kon gebruiken.' Ze zei het alsof het iets heerlijks was.

Ze bleef me aankijken, en uit mijn ooghoeken zag ik een vlugge, donkere beweging op de celvloer. Ik kreeg op dat moment een zeer levendig visoen van een hongerige gevangene die het rugschild van een tor loswrikte, het vlees eruit zoog en in de wriemelende pootjes hapte.

Ik schudde mijn hoofd. 'Ze nam je mee,' zei ik, 'die mrs Brink. Ze nam je in huis om spiritistische kunstjes te vertonen.'

'Ze bracht me naar mijn ware bestemming,' antwoordde ze – ik herinner me nog heel duidelijk dat ze dat zei. 'Ze bracht me naar mijn ware zelf, dat daar in huis op me wachtte. Ze bracht me naar de plaats waar de geesten die me zochten me zouden kunnen vinden. Ze bracht me naar...'

Naar *Peter Quick*! Ik zei de naam in haar plaats, en ze zweeg even en knikte toen. Ik dacht aan wat de advocaten tijdens haar rechtszaak hadden gezegd. Ik dacht aan al hetgeen ze hadden gesuggereerd over haar vriendschap met mrs Brink. Ik zei langzaam: 'Ze nam je mee naar huis, waar híj je kon vinden. Ze nam je mee, opdat jij hem bij haar zou brengen, 's nachts, in het geheim...'

Doch terwijl ik sprak veranderde haar blik, en ze leek bijna geschokt. 'Ik heb hem nooit bij haar gebracht,' zei ze. 'Ik heb Peter Quick nooit bij mrs Brink gebracht. Het was niet omwille van hem dat ze me in huis nam.'

Niet omwille van hem? Omwille van wie dan wel? Ze wilde eerst geen antwoord geven, ze wendde haar gezicht af en schudde haar hoofd. 'Wie bracht je dan bij haar,' vroeg ik weer, 'als het Peter Quick niet was? Wie was het? Haar echtgenoot? Haar zuster? Haar kind?'

Ze legde haar hand op haar lippen en zei ten slotte zacht: 'Het was haar moeder, Aurora. Haar moeder, die gestorven was toen mrs Brink nog een klein meisje was. Ze had gezegd dat ze niet weg zou gaan, dat ze terug zou komen. Maar dat was niet gebeurd, want mrs Brink had nooit een medium gevonden dat haar moeder bij haar kon brengen, hoewel ze twintig jaar had gezocht. Toen vond ze mij. Ze vond me via een droom. Er was een zekere gelijkenis tussen haar moeder en mij; er was een... een bepaalde overeenstemming. Mrs Brink zag dat, ze haalde me naar Sydenham, ze liet me de spullen van haar moeder gebruiken; dan kwam haar moeder door mijn tussenkomst bij haar, om haar te bezoeken in haar eigen kamer. Ze kwam in het donker, ze kwam om haar te troosten.'

Ze had hierover in de rechtszaal met geen woord gerept, wist ik, en het kostte haar enige moeite om het nu aan mij te bekennen. Ze scheen niet veel lust te hebben om nog meer te zeggen – en toch denk ik dat er meer was, en dat ze half en half hoopte dat ik het wel zou raden. Maar neen. Ik kon niet bedenken wat er zou kunnen zijn. Ik vond het alleen een merkwaardige en niet erg prettige gedachte dat de dame die mrs Brink in mijn verbeelding was, ooit naar Selina Dawes als meisje van zeventien had gekeken en de schaduw van haar overleden moeder in haar had gezien, en zich 's nachts door haar had laten bezoeken om die schaduw dichter te maken.

We zwegen er echter over. Ik vroeg haar alleen nog het een en ander over Peter Quick. Was hij dan alleen voor haar gekomen? – Ja, alleen voor haar, zei ze. En waarom was hij gekomen? – Waarom? Hij was haar beschermer, haar gids. Hij was haar geleidegeest. 'Hij kwam voor mij,' zei ze simpelweg, 'dus wat kon ik doen? Ik was van hem.'

Haar gezicht was bleek geworden, en ze had rode blosjes op haar wangen. Nu voelde ik de opwinding die in haar begon op te stijgen, een opwinding die een sluier leek te leggen over de zure lucht in de cel. Ik was er bijna jaloers op. Ik vroeg zachtjes: 'Hoe was het als hij bij je kwam?' Ze schudde haar hoofd – O! Hoe kon ze dat uitleggen? Het was of ze zichzelf verloor, of ze van haar eigen ik werd ontdaan alsof het een kledingstuk was, een handschoen of een kous...

'Het klinkt beangstigend!' zei ik. 'Het was ook beangstigend!' zei ze. 'Maar het was ook prachtig. Het betekende alles voor me, het veranderde mijn hele leven. Ik had me toen, net als een geest, vanuit de ene sfeer kunnen verplaatsen naar een hogere, betere.'

Ik fronste niet-begrijpend mijn voorhoofd. O, ze kon het me niet uitleggen, zei ze. Ze kon de juiste woorden niet vinden... Ze begon om zich heen te kijken, zoekend naar een middel om het me te tonen; en ten slotte keek ze naar iets dat op haar plank lag en glimlachte. 'Je had het over spiritistische kunstjes,' zei ze. 'Goed dan...'

Ze kwam vlak bij me staan en stak haar arm uit, alsof ze wilde dat ik haar hand pakte. Ik deinsde terug, denkend aan mijn medaillon, aan haar boodschap in mijn notitieboekje. Maar ze glimlachte nog steeds en zei zacht: 'Stroop mijn mouw eens op.'

Ik kon niet raden wat ze van plan was. Ik keek haar even aan, schoof toen behoedzaam haar mouw tot aan de elleboog omhoog. Ze draaide haar blote arm om en liet me de binnenkant zien: de huid was blank en heel glad, en warm van haar japon. 'Nu,' zei ze, terwijl ik ernaar staarde, 'moet je je ogen dichtdoen.'

Na een korte aarzeling gehoorzaamde ik en haalde toen diep adem, om moed te verzamelen voor de vreemde dingen die ze nu wellicht ging doen. Doch het enige wat ze deed was achter me langs reiken en iets van de berg wol pakken die op tafel lag, en vervolgens hoorde ik haar naar de plank lopen en daar iets wegnemen. Toen viel er een stilte. Ik hield mijn ogen stijf dicht, maar voelde hoe mijn oogleden steeds erger begonnen te trillen. Hoe langer de stilte duurde, des te onzekerder werd ik. 'Nog even,' zei ze, toen ze mijn verkrampte gezicht zag, en een seconde later: 'Nu mag je kijken.'

Behoedzaam opende ik mijn ogen. Ik kon me alleen maar voorstellen dat ze haar botte mes had gebruikt om haar arm tot bloedens toe open te snijden. De huid zag er echter nog glad en ongeschonden uit. Ze toonde me de arm, maar niet van zo nabij als eerst, en ze hield hem in de schaduw van haar japon, terwijl ze hem eerst naar het licht had gekeerd. Ik denk dat ik, als ik goed gekeken had, misschien wel wat ruwe of rode plekjes had gezien. Doch ze gaf me niet de kans om beter te kijken. Terwijl ik nog stond te staren, knipperend met mijn ogende, tilde ze haar andere arm op en streek krachtig met haar hand over de ontblote huid. Ze deed dit eenmaal, tweemaal, toen nog een derde en vierde keer, en tegelijk met de beweging van haar vingers zag ik, op de naakte huid, een woord verschijnen, in vuurrode letters – slordige en nogal vage letters, maar desondanks uitstekend leesbaar.

Het woord was: WAARHEID.

Toen het volledig was gevormd, haalde ze haar hand weg, keek me aan en vroeg of ik dat knap vond. Ik kon geen antwoord geven. Ze hield haar arm dichterbij en zei dat ik hem moest aanraken – en toen ik dat gedaan had, dat ik mijn vingers in mijn mond moest steken en proeven.

Aarzelend hief ik mijn hand op en staarde naar mijn vingertoppen. Er scheen een wittige substantie op te zitten – ik dacht aan ether, of spiritus. Ik kon het niet opbrengen om ze naar mijn tong te brengen, en werd bijna onpasselijk. Ze zag het en lachte. Toen liet ze me zien wat ze had gepakt terwijl ik mijn ogen dichthield.

Het was een houten breinaald, en haar busje met tafelzout. Met de breinaald had ze het woord op haar arm geschreven, en door de inwerking van het zout waren de letters vuurrood geworden.

Ik pakte haar arm weer beet. De sporen begonnen al te vervagen. Ik dacht aan wat ik had gelezen in de spiritistische bladen. Daar had men deze truc aangevoerd als een bewijs van haar gaven, en menigeen had het geloofd – mr Hither had het geloofd – ik denk dat ik het ook had geloofd. Ik zei tegen haar: 'Hielp je zo de arme, bedroefde mensen die bij je kwamen?'

Ze trok haar arm terug, schoof langzaam de mouw omlaag en haalde haar schouders op. Ze zouden niet tevreden zijn geweest, antwoordde ze, als ze niet zulke tekens hadden gezien, afkomstig van de geesten. Maakte het de geesten minder echt wanneer ze af en toe met wat zout over haar huid wreef, of in het donker een bloem liet vallen op de schoot van een dame? 'Die mediums waarover ik je vertelde,' zei ze, 'degenen die adverteren: er is er niet één bij die er voor terug zou schrikken om zo'n truc uit te halen, niet één.' Ze zei dat ze dames kende die een stopnaald in hun haar bewaarden, om daarmee berichten van gene zijde op hun huid te schrijven. Ze kende heren die papieren kokers bij zich droegen, om hun stem een vreemde klank te geven in het donker. Het was algemeen bekend onder vakgenoten, zei ze: op sommige dagen komen de geesten vanzelf, op andere dagen moet je ze een handje helpen...

En zo was het haar ook vergaan, voordat ze bij mrs Brink in huis kwam. Maar daarna... neen, toen zeiden de trucs haar niets meer. Al haar gaven hadden wel trucs kunnen zijn, voordat ze naar Sydenham ging! 'Het was alsof ik nooit gaven had bezeten – begrijp je wat ik bedoel? Dat was niets vergeleken bij de kracht die ik in mezelf ontdekte, dankzij Peter Quick.'

Ik keek haar aan zonder iets te zeggen. Ik weet dat ik misschien wel de enige ben aan wie ze dit alles heeft verteld en laten zien. En wat de kracht betreft waarover ze nu sprak – haar bijzondere gave – tja, daar heb ik zelf ook het een en ander van bespeurd. Ik kan het niet ontkennen, ik weet dat er iets is. Toch blijft ze gehuld in raadselen, het verhaal is niet compleet, er is een leemte...

Ik zei wat ik ook tegen mr Hither had gezegd: dat ik het niet begreep. Haar kracht, die zo bijzonder was, had haar in Millbank doen belanden. Ze kon wel zeggen dat Peter Quick haar beschermgeest was, maar door zijn toedoen was het meisje gewond geraakt, door zijn toedoen was mrs Brink zo geschrokken dat ze was gestorven! In welk opzicht had hij haar dan geholpen? Wat had ze nu aan al haar gaven?

Ze wendde haar blik af, en ze zei... hetzelfde wat mr Hither had gezegd. Dat 'de geesten hun eigen doeleinden nastreefden, en dat wij die onmogelijk konden doorgronden'.

Wat de geesten in hemelsnaam dachten te bereiken door haar naar Millbank te sturen, zei ik, kon ík in elk geval niet doorgronden! 'Tenzij ze jaloers op je zijn, en je willen doden, zodat je een van hen wordt.'

Ze fronste slechts haar voorhoofd, want ze begreep me niet. Er waren wel geesten die de levenden benijdden, zei ze langzaam. Maar zelfs die zouden haar niet benijden, in haar huidige toestand.

Terwijl ze sprak, bracht ze haar hand naar haar keel en wreef over de blanke huid. Ik dacht weer aan het halsbandje dat haar was omgedaan, en aan de koorden die om haar polsen waren gebonden.

Het was koud in haar cel, en ik rilde. Ik zou niet kunnen zeggen hoe lang we hadden gepraat – ik denk dat we veel meer gezegd moeten hebben dan ik hier heb opgeschreven – en toen ik naar haar venster keek, zag ik dat het buiten volslagen donker was. Ze hield haar hand nog steeds bij haar hals; nu kuchte ze, en slikte. Ze zei dat ik haar te veel had laten praten. Ze liep naar de plank en pakte de kan, dronk een beetje water uit de tuit en kuchte weer.

En terwijl ze dat deed, kwam mrs Jelf naar het hek; ze leek ons onderzoekend aan te kijken, en ik werd me opnieuw bewust van de tijd die inmiddels moest zijn verstreken. Ik kwam met tegenzin overeind en gaf de bewaarster met een knikje te kennen dat ze me mocht bevrijden. Ik keek naar Selina. Ik zei dat we ons gesprek de volgende keer zouden voortzetten, en zij knikte. Ze wreef nog steeds over haar hals, en toen mrs Jelf haar dat zag doen, betrok haar vriendelijke gezicht, ze loodste me de gang in en liep weer terug naar Selina. 'Wat is er?' vroeg ze. 'Ben je ziek? Zal ik de dokter laten komen?'

Ik sloeg haar gade terwijl ze Selina zo neerzette dat het flauwe schijnsel van de gasvlam op haar gezicht viel, en op dat moment hoorde ik mijn naam noemen; ik keek naar het hek van de aangrenzende cel en zag Nash staan, de valsemuntster.

'Bent u er nog steeds, juffrouw?' zei ze. Toen gebaarde ze met haar hoofd in de richting van Selina's cel en zei op een heimelijke, overdreven manier: 'Ik dacht dat ze u had weggetoverd, dat ze u door die spoken van haar had laten halen, of u in een kikker of een muis had laten veranderen.' Ze huiverde. 'O, die spoken! Wist u dat ze 's nachts bij haar op bezoek komen? Ik hoor ze naar haar cel gaan. Ik hoor haar met ze praten, en soms lachen, soms huilen. Ik zal u vertellen, juffrouw, dat ik er alles voor over zou hebben om in een andere cel te zitten dan hier, waar ik die spookstemmen hoor, midden in de nacht.' Ze huiverde weer, en trok een gezicht. Misschien zei ze het alleen om me te plagen, zoals ze me eerder had geplaagd toen ze het over haar valse munten had – maar ze lachte niet. En toen ik, denkend aan wat miss Craven me een keer had verteld, zei dat de vrouwen waarschijnlijk aan het fantaseren sloegen als het 's nachts zo stil was op de afdeling, snoof ze verachtelijk. Fantaseren? Ze hoopte dat ze nog wel in staat was fantasie en werkelijkheid uit elkaar te houden! Fantaseren? Ik moest maar eens in haar cel proberen te slapen, zei ze, met Dawes als buurvrouw, voordat ik over fantaseren begon!

Mopperend en hoofdschuddend ging ze verder met haar naaiwerk, en ik liep terug door de gang. Selina en mrs Jelf stonden nog naast de gasvlam: de bewaarster had Selina's halsdoek wat steviger vastgemaakt, en gaf er nu een klopje op. Ze keken niet naar mij. Misschien dachten ze dat ik al weg was. Wel zag ik Selina een keer de arm aanraken waarop dat vervagende rode woord stond, WAARHEID, dat nu bedekt werd door de mouw van haar japon; en toen dacht ik aan mijn vingertoppen en proefde eindelijk het zout.

Ik was daar nog mee bezig toen de bewaarster bij me kwam, om met me mee te lopen over de afdeling. We werden onderweg lastiggevallen door Laura Sykes, die haar gezicht tegen het hek drukte en riep: O, wilden we een boodschap voor haar overbrengen aan miss Haxby? Als miss Haxby haar broer maar liet komen, als ze haar broer maar een brief mocht schrijven, dan zou haar zaak vast en zeker opnieuw worden behandeld. Ze hoefde alleen maar toestemming te hebben van miss Haxby, zei ze, dan kwam ze binnen een maand vrij!

17 DECEMBER 1872

Vanochtend kwam mrs Brink bij me toen ik was aangekleed. Ze zei 'Zo miss Dawes, ik moet iets met u regelen. Weet u heel zeker dat u niet wilt dat ik u een honorarium betaal?' Ik heb geen geld meer van haar aangenomen sinds ik bij haar woon, & nu ik dit hoorde zei ik wat ik al eerder had gezegd, dat alles wat ze me had gegeven in de vorm van japonnen & maaltijden meer dan voldoende was als honorarium, & dat ik hoe dan ook nooit geld zou kunnen aannemen voor het werk van de geesten. Ze zei 'Mijn lieve miss Dawes, ik vermoedde al dat u dat zou zeggen.' Ze pakte mijn hand & nam me mee naar het juwelenkistje van haar moeder dat nog steeds op mijn toilettafel staat, & deed het open. Ze zei 'U wilt geen honorarium hebben, maar een geschenk van een oude dame zult u toch niet weigeren, & ik heb hier iets wat ik u dolgraag zou willen geven.' Het geschenk dat ze bedoelde was het smaragden halssnoer. Ze haalde het uit het kistje & hing het om mijn hals, & kwam heel dicht bij me staan om het vast te maken. Ze zei 'Ik dacht dat ik nooit iets van mijn moeder zou weggeven, maar ik vind dat u hier nu meer recht op heeft dan wie dan ook. O, & wat staat het u goed! De smaragden doen uw ogen prachtig uitkomen, dat was bij haar ook altijd zo.'

Ik liep naar de spiegel om te kijken hoe het me stond, & het staat me inderdaad verbazend goed, hoewel het al zo oud is. Ik zei, wat de volle waarheid was, dat niemand me ooit eerder zoiets moois had gegeven, & dat ik het echt niet verdiende, want ik deed alleen wat de geesten van me vroegen. Ze zei dat als ík het niet verdiende, ze weleens zou willen weten wie het dan wel verdiende.

Toen kwam ze weer vlak bij me staan & legde haar hand op de sluiting van het halssnoer. Ze zei 'U weet dat ik alleen probeer uw krachten te vergroten. Daar heb ik alles voor over. U weet hoe lang ik heb moeten wachten. Dat ik nu de berichten heb gekregen die u me heeft gebracht... O! Ik dacht dat ik zulke woorden nooit zou horen! Maar miss Dawes, Margery begint veeleisend te worden.' Als ze dacht dat ze, naast woorden, ook eens een gedaante zou zien of een hand zou voelen... Tja! Ze weet dat er tegenwoordig mediums op de wereld zijn die zulke dingen kunnen oproepen. Als een medium dat voor haar kon doen, zou ze haar een heel kistje juwelen geven & het niet als een verlies beschouwen.

Ze streelde over het halssnoer & tegelijk over mijn blote huid. Maar ja, elke keer als ik met mr Vincy & miss Sibree had geprobeerd een geest te materialiseren, was het op niets uitgelopen. Ik zei 'U weet toch dat een medium een kabinet moet hebben voor dat soort werk? U weet toch dat het een heel serieuze zaak is, waar nog maar weinig over bekend is?' Ze zei dat ze dat inderdaad wist. Ik zag haar gezicht in de spiegel, ze hield haar ogen op me gericht, & mijn eigen ogen, die nu zo groen waren door de glans van de stenen, leken helemaal niet mijn ogen maar die van een heel ander iemand. En toen ik ze dichtdeed, was het net of ik ze nog open had. Ik zag mrs Brink, die naar me keek, & mijn eigen hals met het snoer erom, maar de vatting van het snoer was grijs & leek niet meer van goud, maar van lood gemaakt.

19 december 1872

Toen ik vanavond naar de salon van mrs Brink ging, trof ik Ruth daar aan, ze had een donkere lap stof aan een gordijnroe genaaid & was die nu aan het ophangen voor de alkoof. Ik had alleen gezegd dat het zwarte stof moest zijn, maar toen ik ging kijken zag ik dat het fluweel was. Ze zag me de stof aanraken & zei 'Mooi, hè? Die heb ik uitgekozen. Speciaal voor u. Ik vind dat u nu fluweel behoort te hebben. Dit is een grote dag voor u, & voor mrs Brink & voor ons allemaal. En u bent per slot niet meer in Holborn.' Ik keek haar aan & zei niets, & zij glimlachte & hield de stof omhoog zodat ik mijn wang ertegen kon leggen. Toen ik naast de lap stond in mijn oude zwarte fluwelen jurk zei ze 'Lieve hemel, het lijkt wel of u wordt opgegeten door een schaduw! Ik kan alleen uw gezicht & uw glanzende haar zien.'

Toen kwam mrs Brink binnen & stuurde haar weg. Ze vroeg me of ik klaar was & ik zei dat ik dacht van wel, maar dat ik het pas zeker zou weten als we begonnen waren. We draaiden de lampen heel laag & zaten daar een poosje, & toen zei ik 'Als het gaat gebeuren, dan denk ik dat het nu gaat gebeuren.' Ik verdween achter het gordijn & mrs Brink deed het licht helemaal uit, & toen werd ik eventjes bang. Ik had niet gedacht dat het donker zo diep of zo warm zou zijn, & de ruimte waar ik zat zo klein, ik kreeg het gevoel dat ik alle lucht in een ommezien zou hebben ingeademd & zou stikken. Ik riep 'Mrs Brink, ik weet het niet zeker!' maar zij antwoordde alleen 'Probeert u het alstublieft, miss Dawes. Alstublieft, doe het voor Margery! Krijgt u al een teken, of een aanwijzing, of wat dan ook?' Haar stem, die door het fluwelen gordijn kwam, klonk schril & anders dan anders, & het leek of er een haak aan zat. Ik voelde hoe die haak aan me begon te trekken, op het laatst leek het of mijn jurk van mijn rug werd getrokken. Toen was het donker plotseling vol kleuren. Een stem riep 'O! Ik ben hier!' & mrs Brink zei 'Ik zie u! O, ik zie u!'

Toen ik naderhand naar haar toe ging, huilde ze. Ik zei 'U moet niet huilen. Bent u niet blij?' Ze zei dat ze huilde van blijdschap. Toen schelde ze Ruth. Ze zei 'Ruth, ik heb vanavond in deze kamer onmogelijke dingen zien gebeuren. Ik heb mijn moeder zien staan & me zien wenken, ze was gekleed in een glanzend gewaad.' Ruth zei dat ze het graag geloofde, want de salon zag er vreemd uit & er hing een vreemde geur, van een onbekend parfum. Ze zei 'Dat betekent dat er vast & zeker engelen bij ons zijn geweest. Het is algemeen bekend dat engelen parfum meebrengen wanneer ze een kring bezoeken.' Ik zei dat ik daar nog nooit van had gehoord, & zij keek me aan & knikte. Ze zei 'O jawel, dat is zo' & ze legde haar vinger op haar lippen. Ze zei dat de geesten de parfum in hun mond dragen.

8 januari 1873

We zijn al veertien dagen nauwelijks van huis geweest & doen niets anders dan wachten tot de dag om is, zodat de salon donker genoeg is om er een geest te kunnen ontvangen. Ik heb tegen mrs Brink gezegd dat ze niet moet verwachten dat haar moeder iedere avond komt, dat ze soms misschien alleen haar blanke hand of haar gezicht zal zien. Ze zegt dat ze dat weet & toch wordt ze elke avond ongeduriger, ze trekt me naar zich toe & zegt 'Wil je komen? O, wil je niet een beetje dichterbij komen? Ken je me? Wil je me kussen?'

Maar toen ze drie avonden geleden eindelijk werd gekust, gilde ze het uit; ze drukte haar hand tegen haar borst & maakte me zo aan het schrikken dat ik dacht dat ik zou sterven. Toen ik naar haar toe ging stond Ruth naast haar, ze was komen aanhollen & had een lamp aangestoken. Ruth zei 'Ik heb dit zien aankomen. Ze heeft zo lang gewacht & nu blijkt het te veel voor haar te zijn.' Mrs Brink kreeg vlugzout van haar & toen werd ze wat kalmer. Ze zei 'De volgende keer zal ik het niet erg meer vinden. Dan ben ik erop voorbereid. Maar Ruth, jij moet bij me blijven. Jij moet bij me komen zitten & met jouw sterke hand mijn hand vasthouden, dan zal ik niet bang zijn.' Ruth beloofde het. We probeerden het die avond niet opnieuw, maar als ik nu naar mrs Brink ga, zit Ruth naast haar & kijkt toe. Mrs Brink zegt 'Zie je haar, Ruth? Zie je mijn mama?' & zij antwoordt 'Ja mevrouw, ik zie haar.'

Maar daarna lijkt mrs Brink haar te vergeten. Ze neemt haar moeders beide handen in de hare & houdt ze vast. Ze zegt 'Is Margery braaf?' & haar moeder antwoordt 'Ze is heel erg braaf. Daarom ben ik bij haar gekomen.' Dan zegt ze 'Hoe braaf is ze? Heeft ze 10 kussen verdiend, of 20?' Haar moeder zegt 'Ze heeft 30 kussen verdiend,' & als ze haar ogen dichtdoet buk ik me & kus haar – alleen haar ogen & wangen, nooit haar mond. Als ze haar 30 kussen heeft gekregen zucht ze & slaat haar armen om me heen, met haar hoofd tegen haar moeders boezem. Zo blijft ze een halfuur zitten, totdat het gaas om de boezem ten slotte vochtig wordt & ze zegt 'Nu is Margery gelukkig' of 'Nu is Margery voldaan!'

En al die tijd zit Ruth toe te kijken. Maar ze raakt me niet aan. Ik heb gezegd dat niemand de geest mag aanraken behalve mrs Brink, want het is haar geest & hij komt voor haar. Ruth kijkt alleen maar toe met haar zwarte ogen.

En als ik weer helemaal tot mezelf gekomen ben, loopt ze met me mee naar mijn kamer & helpt me uit mijn jurk. Ze zegt dat ik er niet over moet peinzen om mijn eigen kleding te verzorgen, dat een dame zoiets nooit zou doen. Ze neemt mijn jurk & strijkt hem glad, ze trekt de schoenen van mijn voeten & dan zet ze me op mijn stoel & borstelt mijn haar. Ze zegt 'Ik weet hoe knappe dames hun haar geborsteld willen hebben. Kijk eens hoe sterk mijn arm is. Ik kan het haar van een dame borstelen van haar kruin tot haar middel totdat het glad is als water of zijde.' Haar eigen haar, dat gitzwart is, houdt ze verborgen onder haar muts, maar soms zie ik de scheiding, die wit is & zo scherp als een mes. Vanavond zette ze me ook op de stoel, maar toen ze mijn haar borstelde begon ik te huilen. Ze vroeg 'Waarom huilt u?' Ik zei dat de borstel aan mijn haar trok. Ze zei 'Verbeeld je, huilen om een borstel!' Ze stond te lachen & toen borstelde ze nog een beetje harder. Ze zei dat ze me 100 slagen zou geven, ze liet mij ze tellen.

    Daarna legde ze de borstel weg & nam me mee naar de spiegel. Ze hield haar hand boven mijn hoofd, & mijn haar knetterde & vloog naar haar palm. Ik hield op met huilen & zij stond naar me te kijken. Ze zei 'Zo miss Dawes, ziet u er nu niet mooi uit? Ziet u er niet uit als een echte jongedame, volmaakt geschikt voor het oog van een heer?'

2 NOVEMBER 1874

Ik ben naar mijn kamer gegaan, want de drukte beneden is niet om uit te houden. Elke dag die ons dichter bij de bruiloft van Pris brengt, wordt er wel weer iets nieuws bedacht dat in allerijl moet worden besteld en geregeld – gisteren waren de naaisters hier, eergisteren de koks en de kapsters. Ik kan hun aanwezigheid nauwelijks verdragen. Ik heb gezegd dat ik Ellis mijn haar zal laten kappen zoals ze dat altijd heeft gedaan, en dat ik me houd aan grijze japonnen – al heb ik ingestemd met nauwere rokken – en geheel zwarte mantels. Nu loopt Moeder natuurlijk te vitten. Ze vit zo erg dat het lijkt of ze spelden uitspuwt. Als ik niet in de buurt ben, vit ze op Ellis of Vigers – ze vit zelfs op Gulliver, de papegaai van Pris. Ze vit net zo lang tot hij van pure frustratie gaat fluiten en met zijn arme gekortwiekte vleugels gaat klapperen.

En Pris, het middelpunt van dit alles, is zo kalm als een roeibootje in het oog van een storm. Ze heeft zich voorgenomen niets aan haar gelaatstrekken te veranderen totdat haar portret gereed is. De schilderijen van mr Cornwallis, zegt ze, zijn erg natuurgetrouw. Ze is bang voor kringen en rimpels die hij dan naar eer en geweten op het doek zal moeten zetten.

Ik zou nu liever de gevangenen in Millbank gezelschap houden dan Priscilla. Ik zou liever met Ellen Power praten, dan berispt te worden door Moeder. Ik zou liever een bezoek aan Selina brengen, dan naar Garden Court gaan om Helen te bezoeken, want Helen is al net zo vol van de bruiloft als zij allemaal, maar Selina staat zo ver van het normale leven af dat ze wel op de maan zou kunnen wonen, koud en bevallig.

Zo kwam het me althans voor tot aan vandaag; vanmiddag echter, toen ik bij de gevangenis arriveerde, was alles daar in rep en roer, en Selina en de vrouwen waren erg ontdaan. 'U hebt een triest moment uitgekozen voor uw bezoek, juffrouw,' zei de bewaarster bij het hek. 'Er is een uitbraak geweest, en dat heeft een heleboel last veroorzaakt op de afdeling.' Ik staarde haar aan – ik dacht natuurlijk dat ze bedoelde dat er een vrouw was ontsnapt. Maar toen ze dat hoorde, moest ze lachen. Wat men daar een 'uitbraak' noemt, is een soort vlaag van razernij die de vrouwen soms overvalt en hen ertoe drijft alles in hun cel kort en klein te slaan. Miss Haxby legde me dit uit. Ik kwam haar tegen op een van de wenteltrappen. Ze klom nogal vermoeid naar boven, met miss Ridley aan haar zijde.

'Het is iets merkwaardigs, zo'n uitbraak,' zei ze, 'en het komt uitsluitend in vrouwengevangenissen voor.' Ze zei dat er een theorie is dat vrouwelijke gedetineerden er een instinct voor hebben; zij weet alleen dat bijna al haar meisjes er tijdens hun straftijd in Millbank vroeg of laat voor bezwijken. 'En als ze jong en sterk en vastberaden zijn, tja, dan zijn het net wilden. Ze krijsen en slaan om zich heen – wij kunnen niet in hun buurt komen, maar moeten de mannen erbij halen. Het kabaal is in de hele gevangenis te horen, en het kost me de grootste moeite om de rust te doen weerkeren. Na een uitbraak dreigt namelijk altijd het gevaar dat een andere vrouw erdoor wordt aangestoken. De drang die in haar lag te sluimeren is gewekt, en dan kan ze zich nauwelijks meer beheersen.'

Ze streek met een hand over haar gezicht. De vrouw om wie het ditmaal ging, zei ze, was Phoebe Jacobs, de dievegge op afdeling D. Zij en miss Ridley gingen er nu heen om de schade op te nemen.

'Wilt u met ons meegaan,' vroeg ze, 'om de cel te bekijken?'

Ik herinnerde me Afdeling D, met de celdeuren die allemaal potdicht zaten, en de norse bewoonsters, en de kwalijk riekende, van kokosvezels verzadigde lucht, als de afschuwelijkste in heel de gevangenis; nu leek de sfeer grimmiger dan ooit, en het was er eigenaardig stil. Aan het eind van de gang werden we opgewacht door mrs Pretty, die haar opgestroopte mouwen omlaag schoof en over haar natte bovenlip veegde – ze zag eruit of ze net terugkwam van een partijtje worstelen. Toen ze mij zag, knikte ze goedkeurend. 'Komt u de ravage bekijken, mevrouw? Nou, die is deze keer heel bijzonder, ha, ha!' Ze maakte een gebaar en we volgden haar een eindje door de gang, naar een cel waarvan het hek openstond. 'Pas op uw rokken, dames,' zei ze, toen miss Haxby en ik de deuropening naderden. 'Dat mispunt heeft haar sekreet-emmer omgetrapt...'

Ik heb vanavond geprobeerd de chaos in Jacobs' cel te beschrijven voor Helen en Stephen; ze luisterden hoofdschuddend, maar ik kon merken dat ze niet erg onder de indruk waren. 'Als de cellen al zo akelig zijn,' vroeg Helen op een gegeven moment, 'waarom maken de vrouwen het dan nog erger?' Zij konden zich het schouwspel dat ik vandaag heb gezien, niet voorstellen. Ik waande me in de hel – of eerder nog in het epileptische brein van een krankzinnige, na afloop van een toeval.

'Hun inventiviteit is verbazingwekkend,' zei miss Haxby zacht, terwijl we samen in de cel stonden en om ons heen keken. 'Het venster – kijk, het ijzeren scherm is losgetrokken, om het glas kapot te kunnen slaan. De gaspijp uit de muur gerukt – we hebben het gat moeten dichtstoppen met een oude lap, ziet u wel, om te voorkomen dat de andere gevangenen vergast zouden worden. De dekens niet zomaar verscheurd, maar versnipperd. Dat doen ze met hun mond. We hebben in het verleden wel tanden gevonden die ze in hun razernij waren kwijtgeraakt...'

Ze leek wel een makelaar, met haar opsomming van gewelddadigheden: punt voor punt vestigde ze mijn aandacht op alle treurige details. Het hardhouten bed aan splinters geslagen; de zware houten deur beschadigd door de hak van een gevangenisschoen, en bewerkt met een mes; de gevangenisregels van de muur gerukt en vertrapt; de bijbel – dit was het ergst van alles, Helen verbleekte toen ik het haar vertelde – vermalen tot een walgelijke brei op de bodem van de omgeschopte toiletemmer. De nauwgezette inventarisatie ging maar door, alles op dezelfde doffe, mompelende toon, en toen ik op een normale toon een vraag stelde, legde miss Haxby een vinger op haar lippen. 'We mogen niet te hard praten,' zei ze. Ze vreesde dat de andere vrouwen een patroon in haar woorden zouden ontdekken en het zouden navolgen.

Uiteindelijk nam ze mrs Pretty apart om met haar te bespreken hoe de cel moest worden opgeruimd. Daarna haalde ze haar horloge tevoorschijn. Ze vroeg: 'Hoe lang zit Jacobs nu in het donker, miss Ridley?' Bijna een uur, antwoordde de bewaakster.

'Dan moesten we haar maar eens gaan bezoeken.' Na een korte aarzeling wendde ze zich tot mij. Wilde ik dat ook zien? vroeg ze. Wilde ik met hen meegaan, naar de donkere cel?

'De donkere cel?' Ik meende dat ik alle hoeken en gaten van Millbank inmiddels kende, en over die plek had ik hen nooit eerder horen spreken. De donkere cel? zei ik nogmaals – wat was dat?

Ik was kort na vieren bij de gevangenis aangekomen, en in de tijd die het ons had gekost om naar de vernielde cel te lopen en die grondig te bekijken, was het schemerig geworden in de gangen. Ik ben nog steeds niet gewend aan de diepe duisternis in Millbank, aan het schelle licht van de gasvlammen; nu kwamen de stille cellen en torens me plotseling heel onbekend voor. We namen ook een route – miss Ridley, miss Haxby en ik – die ik niet herkende, een route die ons, tot mijn verbazing, wegvoerde van de afdelingen, naar het hart van Millbank, een route die via wenteltrappen en hellende gangen omlaag leidde totdat de atmosfeer nog killer en bedompter werd, en vagelijk naar zout begon te ruiken, en ik ervan overtuigd was dat we ons onder de grond moesten bevinden – misschien zelfs onder de Theems. Ten slotte kwamen we in een iets bredere gang met verscheidene ouderwetse houten deuren, allemaal vrij laag. Miss Haxby bleef voor de eerste staan en gaf miss Ridley een knikje, waarop zij de deur opende en naar binnen stapte om licht te maken in het vertrek dat erachter lag.

'U mag hier ook wel een kijkje nemen,' zei miss Haxby tegen mij toen we naar binnen gingen, 'nu we er toch zijn. Dit is de kamer waar we onze ketenen, dwangbuizen en dergelijke bewaren.'

Ze wees naar de muren en ik keek met haar mee, maar met een soort afgrijzen. Deze muren waren niet witgepleisterd zoals boven, maar ruw en onbewerkt, en ze glinsterden van het vocht. Elke muur was behangen met ijzer: met ringen, kettingen en boeien, en met andere, naamloze, ingewikkelde instrumenten waarvan ik het doel slechts, al huiverend, kon raden.

Miss Haxby zag mijn gelaatsuitdrukking, denk ik, en glimlachte vreugdeloos.

'Deze artikelen dateren voor het merendeel uit de begintijd van Millbank,' zei ze, 'en hangen hier louter voor de sier. U ziet echter dat ze schoon en goed geolied zijn: we weten nooit of we geen vrouw binnen onze muren zullen krijgen die zo kwaadaardig is dat we ze weer voor de dag moeten halen! Dit zijn handboeien, sommige voor meisjes, kijk – kijk eens hoe sierlijk deze zijn, net armbanden! Hier hebben we de muilkorven' – repen leer waarin gaatjes zijn geponst zodat de gevangene wel kan ademen 'maar niet schreeuwen' – 'en dit zijn kluisters'. Ze zei dat de kluisters alleen voor vrouwen worden gebruikt, nooit voor mannen. 'We gebruiken ze om een gevangene in toom te houden wanneer ze het in haar hoofd haalt – wat dikwijls gebeurt! – om op de vloer van haar cel te gaan liggen en met haar voeten tegen de deur te trappen. Ziet u hoe de kluister de bewegingsvrijheid belemmert als hij is aangebracht? Deze riem verbindt de enkel met het bovenbeen; deze fixeert de handen. De vrouw moet op haar knieën blijven liggen, en de bewaarster moet haar haar middageten voeren met een lepel. De meesten krijgen daar al gauw genoeg van en worden weer gedwee.'

Ik betastte de riem van de kluister die ze had gepakt. Ik zag heel duidelijk een ribbel en een glimmende, zwart geworden groef waar de gesp had gezeten. Ik vroeg of ze dergelijke dingen vaak gebruikten, en miss Haxby antwoordde dat ze er zo vaak gebruik van maken als nodig is – misschien een keer of vijf, zes per jaar. 'Dacht u ook niet, miss Ridley?' Miss Ridley knikte.

'Ons belangrijkste instrument om een vrouw in toom te houden,' vervolgde ze, 'is echter de dwangbuis – dat is een heel adequaat middel. Kijk, hier ziet u er een.' Ze liep naar een kast en haalde er twee voorwerpen van dik canvas uit, zo ruw en vormeloos dat ik eerst dacht dat het zakken waren. Ze gaf er een aan miss Ridley en hield de andere langs haar lichaam, alsof ze een japon paste voor de spiegel. Toen zag ik dat het ding inderdaad een primitief soort jurk was, maar dan met riemen om de mouwen en de taille in plaats van band of linten. 'We trekken ze dit aan over hun gevangenisjurk, om te verhinderen dat ze die kapotscheuren,' zei ze. 'Kijk eens naar de sluitingen' – geen gespen ditmaal, maar stevige koperen schroeven. 'We draaien ze aan met een sleutel, en dan is er geen beweging meer in te krijgen. Miss Ridley heeft daar een kortere variant.' De bewaarster schudde nu haar exemplaar uit, dat onnatuurlijk lange mouwen van teerkleurig leer had die van onderen waren gesloten en eindigden in riemen. Net als de riemen van de kluisters vertoonden ze sporen van de gesp waar ze herhaaldelijk doorheen waren gehaald. Ik staarde ernaar en voelde dat mijn handen begonnen te zweten in mijn handschoenen. Ze beginnen weer te zweten nu ik eraan terugdenk, al is de avond nog zo kil.

De bewaarsters ruimden alles weer netjes op, en we verlieten dat afschuwelijke vertrek en vervolgden onze weg door de gang totdat we bij een lage stenen boog kwamen. Voorbij dit punt was de gang nauwelijks breder dan onze rokken. Er was geen gaslicht, maar in een muurkandelaar stond een brandende kaars, die miss Haxby pakte en onder het lopen voor zich hield, met haar hand eromheen om de deinende vlam te beschermen tegen een zoute, onderaardse luchtstroom. Ik keek om me heen. Ik had niet geweten dat er in Millbank zo'n plek bestond. Ik had niet geweten dat er in heel de wereld zo'n plek bestond, en even steeg er een gevoel van doodsangst in me op. Ik dacht: Ze gaan me vermoorden! Ze nemen de kaars mee en laten me hier achter, zodat ik blind, op de tast, mijn weg moet vinden naar het licht – of naar de waanzin!

Ten slotte kwamen we bij een viertal deuren, en voor de eerste daarvan bleef miss Haxby staan. Miss Ridley morrelde in het onzekere kaarslicht aan de ketting aan haar middel.

Toen ze de sleutel omdraaide en de deur beetpakte, duwde ze hem niet met een zwaai open zoals ik had verwacht, maar met een schuivende beweging: ik zag nu dat het hout heel dik was, en gecapitonneerd als een matras – dat is gedaan om de verwensingen en het geschrei van de gevangene in het vertrek erachter te smoren. De beweging van de deur was haar natuurlijk niet ontgaan. Plotseling kwam er een harde, doffe klap – het klonk afschuwelijk, in die kleine, donkere, stille ruimte – en daarna nog een, en toen een kreet: 'Vals kreng! Kom je kijken hoe ik hier wegrot? Pas maar op dat ik mezelf niet wurg als je weer weg bent!' De gecapitonneerde deur werd nu teruggeduwd en miss Ridley opende een luikje in de tweede houten deur die voor ons oprees. Achter het luik zaten tralies. Achter de tralies heerste duisternis: een zo volslagen, intense duisternis dat mijn ogen nergens een houvast vonden. Ik staarde, en werd me bewust van een opkomende hoofdpijn. Het geschreeuw was opgehouden, in de cel leek alles roerloos – maar plotseling doemde er uit dat peilloze duister een gezicht op, dat zich tegen de tralies drukte. Een angstaanjagend gezicht: bleek en druipnat en gehavend, met bloed en speeksel op de lippen en verwilderde ogen, die knipperden tegen het zwakke licht van onze kaars. Miss Haxby deinsde terug, en ook ik deed een stap achteruit; toen werd het gezicht naar mij gekeerd. 'Sta me verdomme niet zo aan te staren!' begon de vrouw. Miss Ridley sloeg met de muis van haar hand op het hout, om haar tot zwijgen te brengen.

'Hou je fatsoen, Jacobs, anders laten we je hier een maand zitten, begrepen?'

De vrouw legde haar hoofd tegen de tralies en hield haar witte lippen op elkaar, maar bleef ons strak aankijken met haar verwilderde en vreeswekkende blik. Miss Haxby kwam wat dichterbij. 'Je bent heel dom geweest, gevangene,' zei ze, 'en mrs Pretty, miss Ridley en ik zijn erg in je teleurgesteld. Je hebt een cel vernield. Je hebt je eigen hoofd bezeerd. Is dat wat je wilde, je eigen hoofd bezeren?'

De vrouw haalde rochelend adem. 'Ik moest iets doen,' zei ze. 'En mrs Pretty, dat valse kreng! Ik knijp haar strot dicht, het maakt me niet uit hoeveel dagen in het donker me dat gaat kosten!'

'Zo is het wel genoeg!' zei miss Haxby. 'Zo is het wel genoeg. Ik kom je morgen weer bezoeken. We zullen eens zien hoeveel spijt je hebt na een nacht in het donker. Miss Ridley.' Miss Ridley kwam naar voren met haar sleutel, en Jacobs keek verwilderder dan ooit.

'Laat dat luik open, gemene feeks! Laat die kaars staan! O!' Ze schuurde met haar gezicht langs het traliewerk, en voordat miss Ridley het houten luikje dichtdeed, ving ik een glimp op van haar dwangbuis, die zichtbaar was bij de hals – ik denk dat het de korte variant was, met de stompe zwarte mouwen en de gespen. Toen de sleutel eenmaal was omgedraaid, klonk er weer een doffe klap – ze moet met haar hoofd tegen de deur hebben geramd – en daarna een gesmoorde kreet, op een andere, schrillere toon: 'Laat me hier niet achter, miss Haxby! O! Miss Haxby, ik zal zo braaf zijn als wat.'

Deze kreet was erger dan de verwensingen. Ik draaide me om naar de bewaarsters. Ze waren toch niet van plan haar daar achter te laten? zei ik. Ze waren toch niet echt van plan haar daar alleen achter te laten, in die duisternis? Miss Haxby vertrok geen spier. Ze zei dat er bewaarsters zouden worden gestuurd om op haar te letten, en over een uur kreeg ze brood. 'Maar die duisternis, miss Haxby!' zei ik weer.

'De duisternis is de straf,' antwoordde ze enkel. Ze liep weg en nam de kaars mee; haar witte haar was een bleke vlek in het donker. Miss

Ridley had de gecapitonneerde deur gesloten. De kreten van de vrouw klonken nu erg gedempt, maar waren toch nog duidelijk hoorbaar: 'Valse krengen!' riep ze. 'Vallen jullie maar dood – *en de dame ook!*' Ik bleef even staan en zag het licht zwakker worden; toen werden de kreten nog schriller en ik liep zo haastig achter de dansende vlam aan dat ik bijna struikelde. 'Valse krengen, valse krengen!' riep de vrouw nog steeds – misschien roept ze het nu nog wel. 'Ik zal creperen in het donker, hoort u me, dame? Ik zal creperen in het donker, als een stinkende rat!'

'Dat zeggen ze allemaal,' zei miss Ridley bits. 'Jammer genoeg gebeurt het nooit.'

Ik dacht dat miss Haxby haar een standje zou geven. Dat deed ze echter niet. Ze liep zwijgend verder, langs de deur van het vertrek waar de ketens werden bewaard, de hellende gang in die omhoogvoerde naar de cellen; en daar verliet ze ons, om terug te keren naar haar lichte werkkamer. Miss Ridley bracht me naar boven. We kwamen langs de strafafdeling, en zagen mrs Pretty met een andere bewaarster tegen het hek van Jacobs' cel geleund staan, terwijl twee gevangenen met emmers water en bezems aan het ploeteren waren om de vuiligheid op te ruimen. Ik werd overgedragen aan mrs Jelf. Ik keek haar aan, en toen miss Ridley weg was, sloeg ik mijn handen voor mijn ogen. Ze prevelde: 'U bent naar de donkere cel geweest,' en ik knikte. Ik vroeg of het goed kon zijn om de vrouwen zo te behandelen. Ze durfde geen antwoord te geven, ze wendde alleen haar blik af en schudde haar hoofd.

Het was hier al net zo vreemd stil als op de andere afdelingen, en de vrouwen waren stug en op hun hoede. Ze begonnen dadelijk over de uitbraak toen ik bij hen kwam; iedereen wilde weten wat er was vernield en wie het had gedaan, en wat er met haar was gebeurd. 'Zeker in het donker gezet?' vroegen ze huiverend.

'Zit ze in het donker, miss Prior? Was het Morris?'

'Was het Burns?'

'Is ze erg gewond?'

'Me dunkt dat ze er nu wel spijt van heeft!'

'Ik ben ook een keer in het donker gezet, mevrouw,' vertelde Mary Ann Cook me. 'Het was de vreselijkste plek waar ik ooit geweest ben. Sommige meisjes lachen gewoon om de duisternis, maar ik niet, mevrouw. Ik niet.'

'Ik ook niet, Cook,' zei ik.

Zelfs Selina scheen aangestoken door de stemming op de afdeling. Ze had haar breiwerk weggelegd en liep op en neer door haar cel. Toen ze me zag aankomen, knipperde ze even met haar ogen, sloeg haar armen over elkaar en bleef geagiteerd van de ene voet op de andere wippen, zodat ik wenste dat ik naar haar toe kon gaan om haar aan te raken en tot kalmte te brengen.

'Er is een uitbraak geweest,' zei ze, terwijl mrs Jelf nog bezig was het hek achter ons te sluiten. 'Wie was het – was het Hoy? Of Francis?'

'Je weet dat ik je dat niet mag vertellen,' zei ik, een beetje ontdaan. Ze wendde haar blik af. Ze zei dat ze het alleen had gevraagd om me op de proef te stellen, dat ze heel goed wist dat het Phoebe Jacobs was. Ze hadden haar naar de donkere cel gebracht, in een dwangbuis met een schroef. Wat vond ik daarvan: was dat aardig?

Ik aarzelde en vroeg toen of zij het aardig vond om zo lastig te zijn als Jacobs.

'Ik denk dat aardigheid voor ons niet meer bestaat,' antwoordde ze, 'en dat we het ook niet zouden missen, als er geen dames kwamen zoals jij om ons op te stoken met jullie fijne manieren!'

Haar stem klonk ruw – even ruw als die van Jacobs, even ruw als die van miss Ridley. Ik ging op haar stoel zitten en legde mijn handen op haar tafel, en toen ik mijn vingers strekte, zag ik dat ze trilden. Ik zei te hopen dat ze niet meende wat ze had gezegd. Ze antwoordde dadelijk dat ze het wel degelijk meende! Wist ik hoe verschrikkelijk het was om tussen tralies en muren te zitten en te moeten aanhoren hoe een vrouw haar cel kort en klein sloeg? Het was of je zand in je gezicht gegooid kreeg en niet met je ogen mocht knipperen. Het was als jeuk, als pijn – 'je moet het uitschreeuwen, anders sterf je! Maar als je het uitschreeuwt, voel je je een... beest! Miss Haxby komt, de aalmoezenier komt, jij komt: dan mogen we geen beesten zijn, dan moeten we vrouwen zijn. Ik wou dat je helemaal niet kwam!'

Ik had haar nooit eerder zo nerveus en opgewonden gezien. Ik zei dat ik juist vaker naar haar toe zou gaan, niet minder vaak, als ze zich alleen een vrouw kon voelen door mijn bezoeken. 'O!' riep ze uit, de mouwen van haar japon omklemmend tot haar glimmende knokkels dooraderd waren met wit. 'O! Dat is precies wat zij ook zeggen!'

Ze begon weer op en neer te lopen, van het hek naar het venster en terug; de ster op haar mouw was onnatuurlijk fel van kleur in het licht van de gasvlam, als de flits van een waarschuwingslicht. Ik herinnerde me wat miss Haxby had gezegd: dat de vrouwen elkaar soms aanstaken als er een uitbraak was geweest. Ik kon niets ergers bedenken dan Selina die in die donkere cel werd geworpen, Selina in een dwangbuis, met een verwilderd en bebloed gezicht. Ik zorgde dat mijn stem heel rustig klonk en vroeg: 'Wie zegt dat, Selina? Bedoel je miss Haxby? Miss Haxby en de aalmoezenier?'

'Pfff! Zeiden die maar zulke verstandige dingen!'

Ik maande haar tot stilte, want ik was bang dat mrs Jelf haar zou horen. Ik keek haar aan. Ik wist heel goed over wie ze sprak. Ik zei: 'Je bedoelt je vrienden van gene zijde.' – 'Ja,' zei ze, 'die bedoel ik.'

Haar geesten. Ik heb in ze geloofd, hier, 's nachts, in het donker. Doch vandaag in Millbank, waar de sfeer opeens zo gewelddadig en hard was geworden, leken ze volstrekt onbeduidend, een soort onzin. Ik denk dat ik mijn hand voor mijn ogen legde. Ik zei: 'Ik ben vandaag te moe voor je geesten, Selina...'

'Jij bent moe!' riep ze. 'Jij, die nooit hebt meegemaakt dat een geest zich aan je opdringt, tegen je krijst of fluistert, aan je trekt en in je knijpt...' Nu waren haar wimpers donker van de tranen. Ze was stil blijven staan, maar nog steeds omklemde ze haar armen, nog steeds sidderde ze.

Ik zei dat ik niet had geweten dat haar vrienden zo'n last voor haar waren, maar in hen alleen een troost had gezien. Ze waren ook een troost, antwoordde ze mismoedig. 'Alleen komen ze, zoals jij komt, en laten me dan weer alleen, net als jij. En dan ben ik onvrijer en ongelukkiger en lijk ik meer op hen' – ze knikte in de richting van de andere cellen – 'dan ooit.'

Ze slaakte een zucht en sloot haar ogen. En terwijl zij haar ogen dicht had, ging ik eindelijk naar haar toe en pakte haar handen – louter om een gebaar te maken dat haar zou kalmeren. Ik denk dat het haar inderdaad kalmeerde. Ze opende haar ogen, haar vingers bewogen in de mijne, en er ging een schok door me heen toen ik voelde hoe stijf en koud ze waren. Ik dacht niet meer na over wat ik wel of niet behoorde te doen. Ik trok mijn handschoenen uit, deed ze haar aan en nam haar handen weer tussen de mijne. 'Niet doen!' zei ze. Maar ze haalde haar handen niet weg, en even later voelde ik hoe ze haar vingers een beetje boog, als om te genieten van de onbekende sensatie van de handschoenen tegen haar palmen.

We bleven misschien wel een minuut zo staan. 'Ik wil graag dat je ze houdt,' zei ik. Ze schudde haar hoofd. 'Dan moet je je geesten vragen om wanten voor je mee te brengen. Zou dat niet zinniger zijn dan bloemen?'

Ze wendde haar hoofd af. Ze zei zachtjes dat ze zich tegenover mij zou schamen als ik wist welke dingen ze allemaal aan de geesten had gevraagd. Dat ze heeft gevraagd om eten, om water en zeep – zelfs om een spiegel, om haar eigen gezicht te kunnen zien. Zulke dingen brachten ze haar als ze ertoe in staat waren, zei ze. 'Andere dingen echter...'

Ze zei dat ze ooit om sleutels had gevraagd voor alle sloten van Millbank, en om een stel gewone kleren, en geld.

'Vind je dat heel erg?' vroeg ze.

Ik zei dat ik het niet erg vond, maar wel blij was dat haar geesten haar niet hadden geholpen, want ontsnappen uit Millbank zou beslist heel verkeerd zijn.

Ze knikte. 'Dat zeiden mijn vrienden ook.'

'Dan heb je verstandige vrienden.'

'Ze zijn heel verstandig. Het valt me alleen soms zwaar dat ze me hier dag in, dag uit laten zitten, terwijl ik weet dat ze me kunnen weghalen.' Blijkbaar verstrakte mijn gezicht toen ze dat zei, want ze vervolgde: 'O ja, zij zijn het die me hier houden! Ze kunnen me in een oogwenk bevrijden. Ze kunnen me nu weghalen, terwijl jij mijn handen vasthoudt. Ze zouden zelfs geen moeite hebben met de sloten.'

Ze was dodelijk ernstig. Ik liet haar handen los. Ik zei dat ze zoiets wel mocht denken, als het haar een beetje verlichting gaf, maar dat ze er niet op zo'n manier over moest denken dat andere dingen – echte dingen – haar vreemd werden. Ik zei: 'Het is miss Haxby die je hier houdt, Selina. Miss Haxby en mr Shillitoe en al de bewaarsters.'

'Het zijn de geesten,' zei ze onverstoorbaar. 'Zij hebben me hier gebracht, en ze houden me hier tot...'

Tot wat?

'Tot hun doel is bereikt.'

Ik schudde mijn hoofd en vroeg welk doel dat dan was. Dat ze gestraft werd? En Peter Quick dan? Ik dacht dat hij degene was die straf verdiende. Ze zei, bijna ongeduldig: 'Niet om die reden, daar gaat het niet om, dat is de reden van miss Haxby! Het gaat om...'

Het ging om een bepaald spiritueel doel. Ik zei: 'Je hebt me hier al eerder over verteld. Ik begreep het toen niet, en ik begrijp het nu nog niet. En jij ook niet, denk ik.'

Ze had zich een beetje afgewend; nu keek ze me weer aan, en ik zag dat haar blik veranderd was, en heel ernstig was geworden. Toen ze sprak, was het op fluisterende toon. En wat ze zei, was: 'Ik denk dat ik het begin te begrijpen. En ik ben bang.'

De woorden, haar gezicht, de invallende schemering – ik was me onbehaaglijk gaan voelen en had haar streng bejegend, maar nu drukte ik haar handen weer, en daarna trok ik haar de handschoenen uit en warmde haar naakte vingers even tussen de mijne. Wat was er dan? vroeg ik. Waar was ze bang voor? Ze wilde geen antwoord geven, maar wendde zich af. Haar handen draaiden in de mijne toen ze dat deed en mijn handschoenen ontglipten me, en ik bukte om ze op te rapen.

Ze vielen op de koude schone tegels. En toen ik ze oppakte, zag ik naast de handschoenen een witte veeg op de vloer. De witte veeg glinsterde, en barstte toen ik erop drukte. Het was geen kalk van de druipnatte muren.

Het waren druppels was.

Was. Ik staarde ernaar en begon te beven. Ik kwam overeind, en keek Selina aan. Ze zag mijn bleke gezicht, maar wist niet wat ik had gezien. 'Wat scheelt eraan?' vroeg ze. 'Wat scheelt eraan, Aurora?' De woorden deden me ineenkrimpen, want daarachter hoorde ik de stem van Helen – van Helen, die me ooit zo had genoemd naar een personage uit een boek, en van wie ik had gezegd dat zij nooit een betere naam zou kunnen aannemen, omdat haar eigen naam zo goed bij haar paste...

'Wat scheelt eraan?'

Ik legde mijn handen op haar armen. Ik dacht aan Agnes Nash, de valsemuntster, die beweerde dat ze stemmen van spoken hoort in Selina's cel. Ik vroeg: 'Waar ben je bang voor? Voor hém? Komt hij nog steeds bij je? Komt hij 's nachts bij je, zelfs nu, zelfs hier?'

Ik voelde, onder de mouwen van haar gevangenisjapon, het slanke vlees op haar armen en, onder het vlees, haar botten. Ze hapte naar adem alsof ik haar pijn deed, en toen ik dat hoorde, liet ik mijn greep verslappen en deed een stap achteruit, en ik schaamde me, omdat ik aan de wassen hand van Peter Quick had gedacht. En die was opgeborgen in een kabinet, meer dan een kilometer van Millbank vandaan; bovendien was het slechts een holle vorm, die haar geen kwaad kon doen.

En toch, en toch – o, er school een afschuwelijke logica in, die zich nu aan me opdrong en me deed sidderen. Die hand was inderdaad van was – maar ik dacht aan de leeszaal. Hoe zou het daar 's nachts zijn? Het zou er rustig zijn, donker en doodstil; maar de vormen op de planken lagen misschien niet stil. Misschien rimpelde de was. Misschien trilden de lippen op het geestengezicht, en bewogen de oogleden; misschien werd het kuiltje in de arm van de baby dieper naarmate de arm zich strekte – zo zag ik het nu, in Selina's cel, terwijl ik een stap achteruit deed en sidderde. De gezwollen vingers van Peter Quicks vuist – ik zag ze, ik zag ze! – ontvouwden zich en ontspanden. Nu schoof de hand langzaam over de plank, de vingers trokken de palm over het hout. Nu duwden ze de deurtjes van het kabinet open – ze lieten vegen achter op het glas.

Nu zag ik alle vormen in beweging komen en door de stille leeszaal kruipen, en al kruipend werden ze zachter en gingen ze in elkaar over. Zo ontstond er een stroom van was, die naar buiten sijpelde, de straat op, naar Millbank, naar de stille gevangenis – die over de strook grind en door de gebouwen sijpelde, die binnendrong door de spleten in de deurhengsels, de openingen in de hekken, de luikjes, de sleutelgaten. De was glansde bleek in het gaslicht, maar niemand keek ernaar, en het kruipen maakte geen enkel geluid. In heel de slapende gevangenis was Selina de enige die het bespeurde toen de stroom was steels door de met zand bestrooide gang van haar afdeling glibberde. Ik zag de was langzaam over de witgekalkte bakstenen naast haar deur omhoogkruipen, tegen het ijzeren klepje duwen, haar duistere cel in sijpelen en zich verzamelen op de kille stenen vloer. Ik zag de was groeien en eerst puntig worden als een stalagmiet, en stollen.

Toen stond Peter Quick daar, en hij omhelsde haar.

Ik zag het in een flits, zo levensecht dat de schok me misselijk maakte. Selina kwam weer dichterbij en ik week terug, en toen ik haar aankeek, lachte ik – de lach klonk me vreselijk in de oren. Ik zei: 'Je hebt vandaag niets aan me, Selina. Ik wilde je troosten, maar heb uiteindelijk mezelf bang gemaakt, om niets.'

Doch het was niet niets. Dat wist ik maar al te goed.

Naast haar hak tekende de witte klodder was zich duidelijk af op de stenen vloer – hoe was hij daar in hemelsnaam terechtgekomen? Toen deed ze nog een stap, en de druppels verdwenen in de schaduw van de zoom van haar japon en werden aan het oog onttrokken.

Ik bleef nog een poosje bij haar, maar was onpasselijk en uit mijn doen; ten slotte bedacht ik wat voor indruk het zou maken als er een bewaarster langs haar cel kwam en me daar zag staan, zo bleek en hulpeloos. Ik dacht dat ze misschien iets aan me zou zien, een teken dat me verried. Ik herinnerde me toen dat ik daar ook bang voor was geweest wanneer ik na een bezoek aan Helen terugging naar Moeder. Ik riep mrs Jelf. Zij had echter meer oog voor Selina dan voor mij, en toen we samen door de gang liepen, deden we er het zwijgen toe. Pas bij het hek aan het eind van de afdeling legde ze haar hand tegen haar hals en verbrak de stilte. Ze zei: 'U vond de vrouwen vandaag zeker wel tamelijk nerveus. Dat zijn ze altijd, de arme zielen, na een uitbraak.'

En toen schaamde ik me diep over wat ik had gedaan, na alles wat Selina tegen me had gezegd: dat ik haar, bang als ze was, alleen had gelaten, en dat allemaal vanwege een korst glinsterende was! Ik kon echter niet meer terug. Ik bleef aarzelend bij de tralies staan, terwijl mrs Jelf me onafgebroken gadesloeg met haar donkere, vriendelijke, geduldige ogen. Ik zei dat de vrouwen inderdaad nerveus waren geweest, en dat Dawes – Selina Dawes – naar mijn idee nog wel het meest nerveus van allemaal was.

Ik zei: 'Ik ben blij dat u het bent, mrs Jelf, en niet een andere bewaarster, die de zorg voor haar heeft.'

Ze sloeg bescheiden haar ogen neer, en antwoordde dat ze hoopte dat ze voor al de vrouwen een steun en toeverlaat was. 'Maar wat Selina Dawes aangaat – neen, miss Prior, u hoeft niet bang te zijn dat haar iets overkomt zolang ik er ben om haar te beschermen.'

Toen stak ze haar sleutel in het slot en ik zag haar brede hand, die bleek afstak tegen de schaduwen. Ik dacht weer aan de stromende was, en werd opnieuw onpasselijk.

Buiten was het al donker, de straat vervaagde in de opkomende mist. De knecht van de portier deed er lang over om een rijtuig voor me te vinden, en toen ik ten slotte instapte, scheen ik een nevelsliert mee naar binnen te nemen, die zich aan mijn rokken hechtte en ze zwaar maakte. Nu stijgt de mist nog steeds op. Hij stijgt zo hoog dat hij onder de gordijnen naar binnen begint te sijpelen. Toen Ellis me vanavond, in opdracht van Moeder, kwam halen voor het eten, zat ik op de grond naast het venster om de kieren in de schuiframen dicht te stoppen met proppen papier. Ze vroeg wat ik daar uitvoerde; ze zei dat ik kou zou vatten, dat ik mijn handen zou bezeren.

Ik zei dat ik bang was dat de mist mijn kamer in zou kruipen, in het donker, en me zou smoren.

25 JANUARI 1873

Ik ben vanmorgen naar mrs Brink gegaan & heb gezegd dat ik haar iets moest vertellen. Ze vroeg 'Gaat het over geesten?' & ik zei ja, & ze nam me mee naar haar eigen kamer & daar gingen we hand in hand zitten. Ik zei 'Mrs Brink, ik ben bezocht.' Toen ze dat hoorde, veranderde haar blik & ik begreep aan wie ze dacht, maar ik zei 'Nee, zij was het niet, het was een volkomen nieuwe geest.' Ik zei 'Het was mijn gids, mrs Brink. Het was mijn eigen geleidegeest, waar elk medium op wacht. Hij is eindelijk gekomen & heeft zich aan me vertoond!' Ze zei dadelijk 'Híj is gekomen', maar ik schudde mijn hoofd & zei 'Hij, zij, u moet toch weten dat zulke verschillen in de sferen niet bestaan. Maar deze geest was op aarde een heer & is daarom gedwongen me in die gedaante te bezoeken. Hij is gekomen om de waarheden van het spiritisme te demonstreren. En dat wil hij doen, mrs Brink, in uw huis!'

Ik dacht dat ze blij zou zijn, maar nee. Ze liet mijn handen los & wendde haar hoofd af & zei 'O, miss Dawes, ik weet wat dit betekent! Het betekent het einde van onze eigen zittingen! Ik wist wel dat ik u niet kon behouden, dat ik u ten slotte kwijt zou raken. Ik had alleen nooit gedacht dat er een heer zou komen!'

Toen begreep ik waarom ze me steeds verborgen had gehouden & me alleen aan haar eigen vriendinnen had laten zien. Ik lachte & pakte haar handen weer vast. Ik zei 'Hoe zou het dat nu kunnen betekenen? Denkt u dat ik geen kracht genoeg heb voor heel de wereld & u erbij?' Ik zei 'Denkt Margery dat haar mama nu bij haar weg zal gaan & niet terug zal komen? Welnee, ik denk juist dat Margery's mama nog beter door zal komen, als mijn eigen geleidegeest er is om haar bij de arm te nemen & te helpen! Maar als we de geleidegeest niet laten komen, doet dat misschien afbreuk aan mijn krachten. En ik weet niet wat dat dan voor gevolgen zal hebben.'

Ze keek me aan & haar gezicht werd bleek. Ze zei fluisterend 'Wat moet ik doen?' & ik vertelde haar wat ik had beloofd – dat ze 6 of 7 van haar vriendinnen moest uitnodigen voor een donkere seance morgenavond. Dat ze het kabinet moest verplaatsen naar de tweede alkoof, omdat me was ingeprent dat het magnetisme op die plek beter was. Dat ze moest zorgen voor een kruik met gefosforiseerde olie, die een soort licht verspreidt waarbij je een geest kunt zien, & dat ze mij niets mocht geven behalve een stukje wit vlees & een glas rode wijn. Ik zei 'Dit wordt een heel bijzondere & verbazingwekkende gebeurtenis, dat weet ik zeker.'

Ik wist het echter helemaal niet zeker & was vreselijk bang. Maar zij schelde Ruth & herhaalde tegenover haar wat ik had gezegd, & Ruth ging zelf naar de huizen van mrs Brinks vriendinnen. En toen ze terugkwam zei ze dat er 7 mensen waren die zeiden dat ze beslist zouden komen, & dat mrs Morris had gevraagd of ze haar nichtjes, de miss Adairs, mee mocht brengen, want zij waren bij haar op vakantie & hielden ook wel van een seance. Alles bij elkaar wordt het dus een groep van 9 mensen, meer dan me lief is, ook toen ik me nog niet bezighield met materialiseren. Mrs Brink zag mijn gezicht & zei 'Wat, bent u nerveus? Na alles wat u me heeft verteld?' & Ruth zei 'Waar bent u bang voor? Het wordt vast prachtig.'

26 januari 1873

Omdat het zondag was, ging ik vanochtend zoals gewoonlijk met mrs Brink naar de kerk. Maar daarna bleef ik op mijn kamer, & ik ging alleen naar beneden om een beetje koude kip & een stukje vis te eten, die Ruth speciaal voor mij in de keuken had klaargemaakt. Toen ze me een glas warme wijn gaven werd ik wat kalmer, maar daarna zat ik te luisteren naar de stemmen van de mensen die de salon binnengingen, & toen mrs Brink me ten slotte bij hen bracht & ik al de stoelen voor de alkoof zag staan & de dames zag kijken, begon ik te trillen. Ik zei 'Ik kan niet zeggen wat er vanavond gaat gebeuren, vooral omdat er vreemden bij zijn. Maar mijn geleidegeest heeft me opgedragen een zitting voor u te houden & ik moet hem gehoorzamen.' Toen zei iemand 'Waarom is het kabinet verplaatst naar de alkoof met de deur?' Mrs Brink vertelde hun over het magnetisme dat daar beter was & zei dat ze zich niet aan de deur moesten storen, dat die niet meer open kon sinds het dienstmeisje de sleutel had zoekgemaakt & dat ze er bovendien een kamerscherm voor had laten zetten.

Toen zwegen ze allemaal & keken naar mij. Ik zei dat we moesten wachten tot er een boodschap kwam, & nadat we 10 minuten in het donker hadden gezeten hoorden we een paar klopgeluiden, & toen zei ik dat ik had doorgekregen dat ik in het kabinet plaats moest nemen & dat ze de kruik met olie moesten openen. Dat deden ze, ik zag het blauwige schijnsel op het plafond, want het gordijn komt niet helemaal tot aan de bovenkant van de alkoof. Toen zei ik dat ze moesten zingen. Ze zongen 2 hymnen met al de coupletten, & ik begon me af te vragen of het eigenlijk wel zou lukken, & ik wist niet goed of ik het spijtig moest vinden of juist blij moest zijn. Maar net toen ik me dat begon af te vragen voelde ik naast me een enorme beroering & ik riep uit 'O, de geest is gekomen!'

Het was helemaal niet zoals ik had verwacht, er stond *een man*, ik moet schrijven *zijn kolossale armen, zijn zwarte bakkebaarden, zijn rode lippen*. Ik keek naar hem & ik begon te beven, & ik zei fluisterend 'O God, ben je echt?' Hij hoorde mijn trillende stem & toen werd zijn voorhoofd glad als water, & hij lachte & knikte. Mrs Brink riep 'Wat is er miss Dawes, wie is daar?' Ik zei 'Ik weet niet wat ik moet zeggen' & hij bukte zich & hield zijn mond vlak bij mijn oor & zei 'Zeg maar dat het je meester is'. Dus dat zei ik, & hij stapte de kamer in & ik hoorde ze allemaal roepen 'O!' & 'Goeie genade!' & 'Het is een geest!' Mrs Morris riep 'Wie ben je, geest?' & hij antwoordde met luide stem 'Mijn geestennaam is *Onweerstaanbaar*, maar mijn aardse naam was *Peter Quick*. Jullie stervelingen moeten me bij mijn aardse naam noemen, want het is als man dat ik bij jullie kom!' Ik hoorde iemand toen 'Peter Quick' zeggen, & ik zei het met haar mee, want tot dan toe had ik zelf niet geweten wat de naam zou zijn.

Toen hoorde ik mrs Brink zeggen 'Wil je in ons midden komen, Peter?' Maar dat wilde hij niet, hij bleef staan waar hij stond & beantwoordde hun vragen, & zij maakten telkens verbaasde geluiden omdat hij zo veel juiste antwoorden gaf. Toen rookte hij een sigaret die we voor hem hadden neergelegd & daarna pakte hij een glas limonade, hij proefde ervan & lachte & zei 'Nou, eigenlijk houd ik meer van geestrijk vocht.' Toen iemand hem vroeg waar de limonade zou blijven als hij weg was, dacht hij even na & zei 'In de maag van miss Dawes.' Mrs Reynolds, die hem het glas zag vasthouden, vroeg 'Mag ik je hand eens beetpakken, Peter, om te voelen hoe compact hij is?' Ik merkte dat hij aarzelde, maar ten slotte liet hij haar dichterbij komen. Hij zei 'Zo, hoe voelt dat?' & zij antwoordde 'Warm & stevig!' Hij lachte. Toen zei hij 'O, ik wou dat u mijn hand nog een beetje langer vasthield. Ik kom uit het Niemandsland, & daar zijn niet zulke knappe dames.' Hij zei het met zijn gezicht naar het gordijn, niet om me te plagen, maar alsof hij wilde zeggen 'Hoor je me? Wat weet zij ervan wie ik knap vind?' Maar mrs Reynolds liet een flemerig lachje horen, & toen hij terugkwam achter het gordijn & zijn hand op mijn gezicht legde leek het wel of ik haar gefleem op zijn palm kon ruiken. Daarna schreeuwde ik dat ze allemaal weer hard moesten zingen. Iemand zei 'Is het wel goed met haar?' Mrs Brink antwoordde dat ik de astrale materie weer in mezelf opnam, & dat ze me niet mochten storen totdat de uitwisseling helemaal voltooid was.

 Toen was ik weer alleen. Ik riep dat ze het gas moesten aansteken & ging naar hen toe, maar ik trilde zo erg dat ik nauwelijks kon lopen. Ze zagen het & legden me plat op de sofa. Mrs Brink schelde & eerst kwam Jenny & daarna Ruth. Ruth zei 'O, wat is er gebeurd? Was het mooi? Waarom ziet miss Dawes zo bleek?' Toen ik haar stem hoorde begon ik nog erger te trillen dan eerst & mrs Brink merkte het & pakte mijn handen & begon ze te wrijven, terwijl ze vroeg 'Bent u niet te erg verzwakt?' Ruth trok me mijn muiltjes uit & legde haar handen om mijn voeten, daarna bukte ze zich & blies erop. Maar ten slotte zei de oudste miss Adair tegen haar 'Zo is het wel genoeg, laat mij nu maar voor haar zorgen.' Toen kwam ze naast me zitten & een andere dame hield mijn hand vast. Miss Adair zei zachtjes 'O miss Dawes, ik heb nog nooit zoiets gezien als die geest! Hoe was het, toen hij in het donker bij u kwam?'

 Bij het weggaan lieten een paar van hen geld voor me achter bij Ruth, ik hoorde hoe ze de munten in haar hand stopten. Maar ik was zo moe dat het me niet kon schelen of het pennies of ponden waren, ik had het liefst willen wegkruipen in een donker hoekje om daar mijn hoofd neer te leggen. Ik bleef op de sofa liggen & hoorde Ruth de grendel voor de deur schuiven & mrs Brink rondlopen in haar kamer, daarna in bed stappen & wachten. Toen wist ik op wie ze wachtte. Ik liep naar de trap & sloeg mijn hand voor mijn gezicht, & Ruth keek me even aan & knikte. 'Braaf meisje,' zei ze.

Deel drie

5 NOVEMBER 1874

Gisteren was het twee jaar geleden dat mijn eigen lieve vader overleed, en vandaag is mijn zuster Priscilla eindelijk getrouwd, in de kerk van Chelsea, met Arthur Barclay. Ze heeft Londen verlaten en zal op zijn vroegst pas terugkomen wanneer volgend jaar het uitgaansseizoen begint. Na een huwelijksreis van tien weken willen ze van Italië rechtstreeks naar Warwickshire doorreizen, en er is sprake van dat wij dan bij hen gaan logeren, van januari tot het voorjaar – al denk ik daar vooralsnog liever niet aan. Ik zat in de kerk naast Moeder en Helen, en Pris kwam samen met Stephen, vergezeld door een van de Barclaykinderen met haar bloemen in een mandje. Ze droeg een witte kanten sluier, en toen ze naar het altaar was gelopen en Arthur de sluier had teruggeslagen – wel, ze heeft haar gezicht de afgelopen zes weken niet voor niets in de plooi gehouden, want ik geloof niet dat ik haar ooit eerder zo mooi heb gezien. Moeder drukte haar zakdoekje tegen haar ogen, en ik hoorde Ellis schreien bij de kerkdeur. Pris heeft nu natuurlijk een eigen meisje, dat door de huishoudster van Marishes naar haar toe is gestuurd.

Ik had gedacht dat het een moeilijk moment zou zijn wanneer mijn zuster me in de kerk passeerde. Dat was niet zo; ik was alleen een beetje knorrig toen het tijd werd om hun een afscheidskus te geven en ik hun koffers zag, dichtgebonden en voorzien van labels; Priscilla, stralend in een mosterdgele cape – het eerste kleurvertoon van onze familie in vierentwintig maanden – beloofde ons pakjes uit Milaan. Ik meende dat er een paar nieuwsgierige of meewarige blikken in mijn richting werden geworpen, maar lang niet zo veel, geloof ik, als toen Stephen trouwde. Toen was ik waarschijnlijk een last voor mijn moeder. Nu ben ik een troost voor haar geworden. Ik hoorde het mensen zeggen tijdens het bruiloftsmaal: 'U zult wel blij zijn dat u Margaret hebt, mrs Prior. Ze lijkt zo op haar vader! Ze zal zo'n steun voor u zijn.'

Ik ben geen steun voor haar. Ze wil het gezicht en de hebbelijkheden van haar echtgenoot niet terugzien in haar dochter! Toen alle bruiloftsgasten vertrokken waren, zag ik haar door het huis dwalen, hoofdschuddend en verzuchtend: 'Wat is het stil!' – alsof mijn zuster een kind was en ze haar geschreeuw op de trap miste. Ik volgde haar naar de deur van Priscilla's slaapkamer en staarde samen met haar naar de lege planken. Alles is ingepakt en naar Marishes gestuurd, zelfs de kleine-meisjesdingen, die Pris waarschijnlijk voor haar eigen dochters wil gebruiken. Ik zei: 'Dit wordt een huis van lege kamers,' en Moeder zuchtte weer.

Toen stapte ze naar het bed en trok een van de gordijnen eraf, en daarna de sprei: die zouden maar vochtig worden en gaan schimmelen, zei ze. Ze schelde Vigers en liet haar al het beddengoed weghalen, de kleden opnemen en kloppen en de haard schoonmaken. We luisterden naar de ongewone bedrijvigheid terwijl we samen in de salon zaten; Moeder riep af en toe kregel dat Vigers 'zo onhandig als een kalf' was, of ze keek naar de klok op de schoorsteenmantel, zuchtte weer en zei: 'Priscilla zal nu wel in Southampton zijn,' of: 'Nu zullen ze wel op het Kanaal zijn...'

'Wat tikt de klok hard!' zei ze een andere keer, en daarna, terwijl ze zich omdraaide naar de plek waar de papegaai had gezeten: 'Wat is het stil, nu Gulliver weg is.'

Ze zei dat dat het nadeel was van dieren in huis nemen: je raakte eraan gewend, en als ze er dan niet meer waren, miste je ze.

De klok tikte door. We praatten over de bruiloft en de gasten, en over de kamers in Marishes, en over Arthurs mooie zusters en hun japonnen; en na verloop van tijd pakte Moeder een handwerkje en ging aan de slag. Om een uur of negen stond ik zoals gewoonlijk op om haar welterusten te wensen – en toen ik dat deed, keek ze me scherp aan, met een vreemde blik in haar ogen. Ze zei: 'Je laat me toch niet in mijn eentje zitten suffen, hoop ik? Ga je boek maar halen, dan kun je me voorlezen. Er is nooit meer iemand die me voorleest sinds je vader gestorven is.' Ik zei, met een opkomend gevoel van paniek, dat ze toch wel wist dat mijn boeken haar niet interesseerden.

Ze antwoordde dat ik iets moest uitzoeken dat haar wél interesseerde, een roman of een literair werk, en terwijl ik haar nog stond aan te staren kwam ze overeind, liep naar de kast naast de haard en pakte er een willekeurig boek uit. Het bleek het eerste deel van *Kleine Dorrit* te zijn.

En dus las ik haar voor, en zij zat in haar handwerkje te prikken en wierp geregeld een blik op de klok, en schelde om thee en cake, en mompelde afkeurend toen Vigers het kopje scheef hield; en uit het park van Cremorne kwam bij vlagen het geknetter van vuurwerk, en op straat klonk af en toe geschreeuw en daverend gelach. Ik las verder – ze scheen niet erg aandachtig te luisteren, ik zag haar nooit glimlachen of het voorhoofd fronsen of haar hoofd schuin houden – maar als ik even ophield, knikte ze en zei: 'Ga door, Margaret. Ga door met het volgende hoofdstuk.' Ik las en sloeg haar van onder mijn wimpers gade, en ik kreeg een vreselijk visioen.

Ik zag de tijd verstrijken, ik zag haar oud en krom en klagerig worden, en misschien een beetje doof. Ik zag haar verbitteren, omdat haar zoon en haar lievelingsdochter elders woonden, in vrolijker huizen, met rennende kinderen en jonge mannen en nieuwe japonnen, huizen waar zij stellig welkom zou zijn geweest als ze niet zat opgescheept met haar ongetrouwde dochter – haar 'troost', die meer van gevangenissen en gedichten hield dan van modebladen en dineetjes, en daarom helemaal geen troost was. Waarom had ik niet begrepen dat het zo zou gaan als Pris weg was? Ik had alleen aan mijn eigen afgunst gedacht. Nu sloeg ik mijn moeder gade, met angst in het hart en beschaamd over mijn eigen angst.

En toen ze ten slotte opstond en naar haar kamer ging, liep ik naar het venster en keek naar buiten. Er werden nog steeds vuurpijlen afgestoken achter de bomen in Cremorne, ook al was het gaan regenen.

Dat was vanavond. Morgenavond komt Helen met haar vriendin miss Palmer. Miss Palmer gaat eerdaags trouwen.

Ik ben negenentwintig. Over drie maanden word ik dertig. Wat zal er van mij worden, terwijl Moeder krom en klagerig wordt?

Ik zal dor en bleek en vliesdun worden, als een blad dat tussen de pagina's van een saai zwart boek te drogen is gelegd en daarna is vergeten. Ik kwam zo'n blad gisteren nog tegen – het was een stukje klimop – in een van de boeken in de kast achter Pa's bureau. Ik had tegen

Moeder gezegd dat ik wilde beginnen met het uitzoeken van zijn brieven, maar ik ging er alleen heen om aan hem te denken. Alles is nog precies zoals hij het had achtergelaten: zijn pen op het vloeiblad, zijn zegel, het mesje voor zijn sigaren, de spiegel...

Ik herinner me dat hij voor die spiegel stond, twee weken nadat het kankergezwel was ontdekt, en met een spookachtige glimlach zijn gezicht afwendde. Als klein jongetje was hem door zijn kinderjuffrouw verteld dat zieken niet naar hun eigen spiegelbeeld mochten kijken, want dan zou hun ziel in het glas verdwijnen en zijzelf zouden sterven.

Ik bleef een hele tijd voor de spiegel staan, zoekend naar hem – zoekend naar iets uit de dagen voor zijn dood. Ik zag alleen mezelf.

10 NOVEMBER 1874

Toen ik vanochtend beneden kwam, lagen er drie hoeden van Pa op de kapstok en stond zijn wandelstok weer als vanouds tegen de muur. Even voelde ik me ziek van angst, want ik herinnerde me mijn medaillon. Ik dacht: Selina heeft dit gedaan, en wat moet ik nu tegen de anderen zeggen? Toen verscheen Ellis, die me vreemd aankeek en uitleg gaf. Het is een idee van Moeder: ze meent dat het inbrekers zal afschrikken als die denken dat er een heer in huis is! Ze heeft ook om een politieagent gevraagd, die moet surveilleren op de Walk, en als ik nu naar buiten ga, zie ik hem kijken en dan tikt hij tegen zijn pet: 'Goedemiddag, miss Prior.' Binnenkort zal ze de kokkin waarschijnlijk opdracht geven om met een geladen pistool onder haar kussen te slapen, net als de Carlyles. En dan draait de kokkin zich 's nachts om en krijgt een kogel door haar hoofd, en Moeder zal zeggen: Wat zonde, ik heb nooit een kokkin gekend die zulke lekkere koteletjes en ragout kon maken als mrs Vincent...

Maar ik ben cynisch geworden. Dat zei Helen althans. Ze was hier vanavond, met Stephen. Zij zaten nog met Moeder te praten toen ik naar boven ging, maar een poosje later tikte Helen op mijn deur – dat doet ze vaak, dan komt ze me welterusten wensen, ik ben er helemaal aan gewend. Ditmaal zag ik echter dat ze iets bij zich had, dat ze een beetje onhandig vasthield. Het was mijn flesje chloraal. Ze zei, zonder me aan te kijken: 'Je moeder zag dat ik naar je toe ging en vroeg of ik je je medicijn wilde brengen. Ik zei dat je dat waarschijnlijk niet prettig zou vinden. Maar zij klaagt over het trappenlopen – daar krijgt ze pijnlijke benen van. Ze zei dat ze die taak liever aan mij toevertrouwde dan aan een dienstbode.'

Ik denk dat ik liever zou hebben dat Vigers het bracht dan Helen. Ik zei: 'Straks zet ze me nog in de salon neer en geeft het me op een lepel, waar het bezoek bij is. En liet ze jou het flesje uit haar kamer halen, helemaal alleen? Wat een eer dat je mag weten waar ze het bewaart. Mij wil ze dat niet vertellen.'

Ik keek toe terwijl ze het poeder zorgvuldig met water mengde. Toen ze me het glas bracht, zette ik het op mijn schrijftafel en liet het daar staan, en zij zei: 'Ik moet blijven tot je het opgedronken hebt.' Ik zei dat ik het aanstonds zou innemen, en dat ze zich geen zorgen hoefde te maken: ik zou het niet met opzet laten staan om haar langer te doen blijven. Daarop bloosde ze en wendde haar hoofd af.

We kregen vanmorgen een brief van Pris en Arthur, uit Parijs, en daar praatten we nu een tijdje over. Ik zei: 'Het benauwt me hier vreselijk sinds de bruiloft. Vind je dat egoïstisch van me?' Ze aarzelde. Toen zei ze dat het natuurlijk een moeilijke tijd voor me was, nu mijn zuster was getrouwd...

Ik keek haar aan en schudde mijn hoofd. O, zei ik, hoe vaak ik dat al niet had gehoord! Toen ik tien was en Stephen voor het eerst naar school ging, zei men dat dat 'een moeilijke tijd' zou zijn, omdat ik zo pienter was en niet zou begrijpen waarom ik genoegen moest nemen met een gouvernante. Hetzelfde gebeurde toen hij naar Cambridge ging, en toen hij weer thuiskwam en advocaat werd. Toen Pris zo mooi werd, zei men dat dat moeilijk zou zijn, we konden niet anders verwachten dan dat het moeilijk zou zijn, omdat ik zo lelijk was. En toen Stephen trouwde, toen Pa stierf, toen Georgy geboren werd – van het een kwam het ander, en ik kreeg altijd maar te horen dat het normaal was dat zulke dingen me pijn deden, dat oudere, ongetrouwde zusters daar altijd onder leden. 'Maar Helen, Helen,' zei ik, 'als ze weten dat het moeilijk is, waarom doen ze er dan niet iets aan, zodat het gemakkelijker wordt? Als ik alleen maar een beetje meer vrijheid zou hebben...'

Wat wilde ik dan met die vrijheid? vroeg ze. En toen ik daar geen antwoord op kon geven, zei ze dat ik vaker naar Garden Court moest komen.

'Om naar jou en Stephen te kijken,' zei ik effen. 'Om naar Georgy te kijken.' Ze zei dat er vast wel een uitnodiging voor Marishes zou komen als Pris eenmaal terug was, en dat dat een beetje afwisseling in mijn bestaan zou brengen. 'Marishes!' riep ik. 'En dan zetten ze me aan tafel naast de zoon van de dominee, en overdag mag ik de ongetrouwde nicht van Arthur helpen om zwarte torren op een bord van groen laken te prikken.'

Ze nam me onderzoekend op. Dat was het moment waarop ze zei dat ik cynisch was geworden. Ik zei dat ik altijd al cynisch was geweest, dat zij het alleen nooit zo had genoemd. Zij had gezegd dat ik dapper was. Ze had gezegd dat ik origineel was. Ze had de indruk gewekt dat ze me om die eigenschappen bewonderde.

Dat deed haar opnieuw kleuren, maar het ontlokte haar ook een zucht. Ze liep naar het bed en bleef daar staan, en ik zei dadelijk: 'Kom niet te dicht bij het bed! Weet je niet dat het behekst is, door de kussen die we elkaar vroeger gaven? Ze zullen je aan het schrikken maken.'

'O!' riep ze, en ze stompte met haar vuist tegen de beddenstijl, ging op het bed zitten en sloeg haar handen voor haar gezicht. Ze vroeg of ik haar eeuwig zou blijven kwellen. Ze had me werkelijk dapper gevonden – ze vindt me nog steeds dapper. Maar ik had gedacht dat zij ook dapper was, zei ze. 'En dat was ik niet, Margaret, niet genoeg, niet voor wat jij wilde. En nu, terwijl je een dierbare vriendin zou kunnen zijn – o! ik wil zo graag je vriendin zijn! Maar jij maakt er een strijd van! Ik word er zo moe van.'

Ze schudde haar hoofd en sloot haar ogen. Ik voelde haar vermoeidheid, en daarmee ook mijn eigen vermoeidheid. Ik voelde het als een donkere, zware last, donkerder en zwaarder dan enig medicijn dat ik ooit gekregen heb: zwaar als de dood, leek het. Ik keek naar het bed. Ik heb soms werkelijk de indruk dat ik onze kussen daar zie, ik heb ze als vleermuizen in de gordijnen zien hangen, klaar om zich op hun prooi te storten. Als ik nu tegen de paal stootte, dacht ik, zouden ze alleen maar vallen en in stukken breken, en vergruizelen tot poeder.

Ik zei: 'Het spijt me.' Ik zei: 'Ik ben blij' – hoewel ik het niet meende en er nooit blij om zal zijn – 'ik ben blij dat Stephen je heeft gekregen, en niet een andere man. Hij zal vast wel aardig zijn.'

Ze antwoordde dat hij de aardigste man was die ze ooit heeft gekend. Toen zei ze, na een korte aarzeling, dat ze zou willen... dat ze dacht, als ik wat meer onder de mensen kwam... dat er nog andere aardige mannen waren...

Aardig misschien wel, dacht ik. Aardig en verstandig en fatsoenlijk. Maar ze zijn niet zoals jij.

Dat zei ik echter niet. Ik wist dat ze er niets van zou begrijpen. Ik zei zomaar iets, iets gewoons en luchtigs, ik weet niet meer wat. En na een tijdje kwam ze naar me toe en kuste me op de wang, en daarna verliet ze me.

Ze nam het flesje chloraal mee, maar ze was vergeten om te kijken of ik mijn glas wel had leeggedronken. Het stond nog op mijn schrijftafel: het water helder en dun en slap als tranen, het chloraal een modderige brei op de bodem van het glas. Zojuist ben ik opgestaan om het water af te gieten, en daarna heb ik het medicijn met een lepel ingenomen; het bezinksel waar ik niet bij kon, heb ik opgeveegd met mijn vinger, en de vinger heb ik afgelikt. Nu is mijn mond helemaal verdoofd, al proef ik wel de bittere smaak van het chloraal. Ik geloof dat ik tot bloedens toe op mijn tong zou kunnen bijten en het nauwelijks zou voelen.

14 NOVEMBER 1874

Moeder en ik zijn twintig hoofdstukken gevorderd in *Kleine Dorrit*, en ik ben al de hele week verbazingwekkend braaf en geduldig. We zijn naar de Wallaces geweest om thee te drinken, en naar Garden Court voor een dineetje met miss Palmer en haar aanbidder; we zijn zelfs samen naar de modezaken in Hanover Street geweest. En o! wat is het een bezoeking om de meisjes onnozel glimlachend heen en weer te zien lopen met hun smalle kin, nuffige gezicht en mollige hals, terwijl de verkoopster de plooien van de rok optilt om een bepaald detail te laten zien, een *faille* of een *groseille* of een *foulard*. Ik vroeg of ze niets in grijs hadden. De verkoopster keek bedenkelijk. Hadden ze iets dat slank en eenvoudig en netjes was? Een meisje toonde me een nauwsluitende japon. Ze was klein en had een goed figuur: ze zag eruit als een enkel in een fraai gevormde laars. Ik wist dat ik eruit zou zien als een zwaard in een schede wanneer ik diezelfde japon aantrok.

Ik kocht een paar beige glacéhandschoenen, en wenste dat ik nog tien paar zou kunnen kopen, om ze aan Selina te geven in haar koude cel.

Toch denk ik dat Moeder meende dat we grote vorderingen maakten. Vanmorgen, tijdens het ontbijt, gaf ze me een presentje in een zilveren koker. Het waren een stel visitekaartjes die ze had laten drukken. Ze zijn rondom versierd met een krullende zwarte rand en in het midden staan onze beide namen – de hare bovenaan, en daaronder, in een kleiner lettertype, de mijne.

Ik keek ernaar en voelde hoe mijn maag zich samenbalde, als een vuist.

Ik heb niet met haar over de gevangenis gepraat en ik ben er bijna veertien dagen weggebleven – allemaal ter wille van onze uitstapjes. Ik dacht dat ze dat wel begrepen had en me er dankbaar voor was. Doch toen ze me vanochtend de kaartjes gaf en zei dat ze van plan was een bezoek af te leggen, en vroeg of ik met haar meeging of liever thuis bleef lezen, antwoordde ik dadelijk dat ik toch maar naar Millbank zou gaan – en zij keek me scherp aan, met oprechte verbazing. 'Millbank?' zei ze. 'Ik dacht dat dat afgelopen was.'

'Afgelopen? Maar Moeder, hoe kon u dat denken?'

Ze knipte de sluiting van haar tasje dicht. 'Je moet maar doen waar je zin in hebt,' zei ze.

Ik zei dat ik zou doen wat ik ook had gedaan voordat Priscilla wegging. Ik zei: 'Afgezien daarvan is er toch niets veranderd, is het wel?' Ze wilde geen antwoord geven.

Haar nieuwe nervositeit, een hele week visites en *Kleine Dorrit*, die afschuwelijke, dwaze veronderstelling dat het op de een of andere manier 'afgelopen' was met mijn bezoeken aan Millbank – dat alles miste zijn uitwerking niet en stemde me somber. Millbank zelf vond ik erg treurig, zoals meestal wanneer ik er een poosje niet geweest ben, en de vrouwen beklagenswaardiger dan ooit. Ellen Power heeft koorts en hoest. Ze hoest zo erg dat ze stuiptrekkingen krijgt en er draden bloed achterblijven op de zakdoek waarmee ze haar mond afveegt – ondanks de extra stukjes vlees en de flanellen lap van de goedhartige mrs Jelf. Het zigeunermeisje, de aborteuse die ze 'Suzanne-met-de-zwarte-ogen' noemden, heeft nu een vuil verband om haar gezicht en moet haar schapenvlees met haar vingers eten. Ze zat nog geen drie weken in haar cel of ze probeerde, in een vlaag van wanhoop of waanzin, een van haar donkere ogen uit te steken met haar tafelmes; haar bewaarster zei dat het oog is doorboord en dat ze er nu blind aan is. De cellen zijn nog steeds zo koud als provisiekamers. Ik vroeg aan miss Ridley, toen ze me van de ene afdeling naar de andere bracht, hoe men de vrouwen dacht te helpen door hen zo'n kou te laten lijden – door hen ziek te maken. Ze antwoordde: 'Wij zijn er niet om hen te helpen, mevrouw. Wij zijn er om hen te straffen. Er zijn zo veel brave vrouwen die arm of ziek zijn of honger lijden, dat we ons niet druk kunnen maken om de slechte.' Ze zei dat ze het warm genoeg zouden hebben als ze maar ijverig doornaaiden.

Ik ging naar Power, zoals ik al zei, en daarna naar Cook en naar een andere vrouw, Hamer, en ten slotte naar Selina. Ze hief haar hoofd op toen ze mijn voetstap hoorde, en haar ogen ontmoetten de mijne boven de deinende schouder van de bewaarster, en haar gezicht klaarde op. Toen wist ik hoeveel moeite het me had gekost om weg te blijven, niet alleen van Millbank, maar van haar. Ik voelde weer die opflakkering vanbinnen. Het was precies zoals ik me voorstel dat een vrouw zich voelt wanneer het kind in haar schoot voor het eerst beweegt.

Kan het kwaad als ik dat voel, iets dat zo klein en stil en verborgen is? Op dat moment, in Selina's cel, meende ik van niet. Ze was immers zo dankbaar dat ik bij haar kwam! Ze zei: 'Je hebt veel geduld met me gehad, de vorige keer, toen ik zo van streek was. En daarna, toen je zo lang niet kwam – ik weet dat het niet lang is, maar hier in Millbank lijkt het vreselijk lang. En toen je niet kwam, dacht ik dat je misschien van gedachten was veranderd en me nooit meer zou bezoeken...'

Ik herinnerde me dat bezoek, en de vreemde fantasieën die het bij mij had opgewekt. Ik zei dat ze zulke dingen niet moest denken, en keek onderwijl naar de stenen vloer: er waren nu geen witte vegen te bekennen, geen spoor van was of vet, zelfs niet van witkalk. Ik zei dat ik alleen genoodzaakt was geweest een tijdje verstek te laten gaan. Dat ik nogal in beslag was genomen door huiselijke verplichtingen.

Ze knikte, maar keek triest. Ze zei dat ik waarschijnlijk veel vrienden had. Ze kon zich wel indenken dat ik mijn dagen liever met hen doorbracht dan in Millbank.

Als ze eens wist hoe saai en leeg mijn dagen zijn, en hoe traag ze voorbijgaan! Even traag als de hare. Ik ging op haar stoel zitten en legde mijn arm op haar tafel. Ik vertelde haar dat Priscilla was getrouwd, en dat mijn moeder me thuis meer nodig had nu zij weg was. Ze keek me aan en knikte. 'Je zuster is getrouwd. Is het een goed huwelijk?' Ik antwoordde dat het een heel goed huwelijk was. Ze zei: 'Dan zul je wel blij voor haar zijn,' en toen ik slechts glimlachte en niet wilde reageren, kwam ze een beetje dichterbij.

Ze zei: 'Ik denk, Aurora, dat je misschien een beetje jaloers bent op je zuster.'

Ik glimlachte. Ik zei dat ze gelijk had, dat ik inderdaad jaloers op haar was. 'Niet,' voegde ik eraan toe, 'omdat ze een echtgenoot heeft, niet daarom, o neen! Maar omdat ze zich... hoe moet ik het zich zeggen? Omdat ze is geëvolueerd, zoals een van jouw geesten. Ze heeft een nieuwe stap gezet. En ik ben meer dan ooit in mijn ontwikkeling blijven steken.'

'Dan ben je net als ik,' zei ze. 'Meer nog, dan ben je net als wij allemaal hier in Millbank.'

Dat was waar, zei ik. Maar toch, hun straftijd zou eens verstrijken...

Ik sloeg mijn ogen neer, maar voelde dat haar blik op me gevestigd bleef. Ze vroeg of ik nog meer over mijn zuster wilde vertellen. Ik zei dat ze me vast zelfzuchtig zou vinden. 'O neen!' zei ze dadelijk, 'dat zou ik nooit vinden.'

'Wacht maar af. Weet je dat ik het niet verdragen kon om mijn zuster aan te kijken toen ze op huwelijksreis ging? Ik kon het niet verdragen haar te kussen, of afscheid van haar te nemen. Toen was ik pas jaloers! O, het leek wel of er azijn door mijn aderen stroomde in plaats van bloed!'

Ik aarzelde. Ze nam me nog steeds aandachtig op. En ten slotte zei ze zachtjes dat ik me niet hoefde te schamen om daar, in Millbank, mijn ware gedachten uit te spreken. Dat daar alleen de stenen in de muren me konden horen – en zijzelf, die moet zwijgen als een steen, en dus niets kan doorvertellen.

Ze had iets dergelijks al eerder tegen me gezegd; ik had het echter nooit zo sterk ervaren als vandaag, en toen ik eindelijk begon te spreken, was het of de woorden uit me werden getrokken, woorden die strak op een draad geregen in mijn borst hadden gezeten. Ik zei: 'Mijn zuster is afgereisd naar Italië, Selina, en ik had daar heen zullen gaan, met mijn vader en... met een vriendin.' Ik heb in Millbank natuurlijk nooit over Helen gerept. Ik zei nu alleen dat we van plan waren geweest naar Florence en naar Rome te gaan; dat Pa onderzoek had willen doen in de archieven en musea daar, en dat mijn vriendin en ik hem hadden zullen helpen. Ik vertelde haar dat Italië voor mij een soort manie was geworden, een soort zinnebeeld. 'We wilden de reis maken voor Priscilla trouwde, zodat mijn moeder niet alleen zou blijven. Nu is Priscilla dus getrouwd. Zij is naar Italië gegaan, zonder zich te bekommeren om al mijn mooie plannen. En ik...'

Ik had in geen maanden gehuild, maar tot mijn afschuw en schaamte was ik nu bijna in tranen, en ik wendde abrupt mijn hoofd af, naar de bobbelige witgekalkte muur. Toen ik me weer naar haar omdraaide, was ze vlak bij me. Ze had zich naast de tafel op haar hurken laten zakken en steunde met haar armen op het blad, haar kin op haar polsen.

Ze zei dat ik erg dapper was – hetzelfde wat Helen had gezegd, een week geleden. Ik moest bijna lachen nu ik het weer hoorde. Dapper! zei ik. Dapper genoeg om mezelf te verdragen, met al mijn klaagzangen! Terwijl ik mezelf liever kwijt zou raken – maar dat kan niet, dat kon niet, zelfs dat was me verboden...

'Dapper genoeg,' zei ze hoofdschuddend, 'om hierheen te komen, naar Millbank, waar wij op je wachten...'

Ze was heel dicht bij me, en het was koud in de cel. Ik voelde haar warmte, haar levenskracht. Maar nu kwam ze overeind, terwijl ze me bleef aankijken, en rechtte haar rug. 'Je zuster,' zei ze, 'op wie je zo jaloers bent. Wat valt er eigenlijk te benijden? Wat heeft ze voor bijzonders gedaan? Jij denkt dat ze zich heeft ontwikkeld, maar is dat wel zo? Door te doen wat iedereen doet? Ze blijft in hetzelfde kringetje ronddraaien. Is dat zo origineel?'

Ik dacht aan Pris, die op Moeder lijkt, net als Stephen, terwijl ik meer naar mijn vader aard. Ik stelde me haar voor over twintig jaar, mopperend op haar dochters.

Originaliteit wordt niet op prijs gesteld, zei ik, althans, niet bij vrouwen. 'Vrouwen worden opgevoed om in hetzelfde kringetje rond te draaien, dat is hun functie. Alleen dames zoals ik steken een spaak in het wiel, brengen het systeem aan het wankelen...'

Daarop zei ze dat we 'aan de aarde gebonden' bleven door altijd hetzelfde te doen; dat we geschapen waren om eraan te ontstijgen, maar daar nooit in zouden slagen als we niet veranderden. En het onderscheid tussen vrouwen en mannen, zei ze – tja, dat was het eerste dat we overboord moesten zetten.

Ik begreep haar niet. Ze glimlachte. 'Als we opstijgen van de aarde,' zei ze, 'denk je dat we onze aardse eigenschappen dan meenemen? Alleen nieuwe geesten, die nog in verwarring verkeren, gaan op zoek naar de dingen des vlezes. Als er dan gidsen bij hen komen, weten ze niet hoe ze die moeten aanspreken. "Bent u een heer of een dame?" vragen ze. Maar de gidsen zijn geen van beiden, en allebei, en de geesten zelf ook. Pas als ze dat begrepen hebben, zijn ze klaar om naar een hogere sfeer te gaan.'

Ik probeerde me een beeld te vormen van de wereld die ze beschreef – de wereld waar Pa nu is, volgens haar. Ik stelde me Pa voor, zonder kleren en geslachtsloos, en mijzelf naast hem. Het was een vreselijk schouwspel, dat me het zweet deed uitbreken.

Neen, zei ik. Haar woorden hadden geen enkele betekenis. Het kon niet waar zijn. Hoe zou dat kunnen? Het zou tot chaos leiden!

'Het zou tot vrijheid leiden.'

Het zou een wereld zijn zonder onderscheid. Een wereld zonder liefde.

'Het is een wereld die bestáát uit liefde. Dacht je dat er geen ander soort liefde is dan wat jouw zuster voor haar echtgenoot voelt? Dacht je dat er hier een man met bakkebaarden moet zijn en daar een dame in een japon? Heb ik niet gezegd dat er geen bakkebaarden en japonnen zijn in het geestenrijk? En wat moet je zuster doen als haar echtgenoot zou overlijden en ze zou hertrouwen? Met wie wordt ze dan herenigd nadat ze de sferen heeft doorkruist? Want ze wordt met iemand herenigd, we worden allemaal met iemand herenigd, we keren allemaal terug naar dat glanzende klompje materie waaruit onze ziel samen met een andere is losgerukt, twee helften van één geheel. Het kan zijn dat de man met wie je zuster nu is getrouwd die andere ziel heeft – de ziel die affiniteit heeft met de hare. Ik hoop het. Maar het zou ook haar volgende echtgenoot kunnen zijn, of nog weer iemand anders. Misschien wel iemand voor wie ze op aarde nooit oog zou hebben, iemand van wie ze door een schijnbare grens gescheiden is...'

Het dringt nu pas tot me door wat een merkwaardig gesprek het was dat we voerden, opgesloten achter het hek en bewaakt door mrs Jelf, en omringd door driehonderd hoestende, mopperende, zuchtende vrouwen en ontelbare rammelende grendels en sleutels. Zolang Selina's groene ogen op me gericht waren, dacht ik daar echter niet aan. Ik keek alleen naar haar, hoorde alleen haar stem; en toen ik ten slotte sprak, was het om haar een vraag te stellen. 'Hoe kun je de ziel die affiniteit heeft met de jouwe herkennen, Selina?'

Ze antwoordde: 'Dat gaat vanzelf. Je zoekt toch ook niet naar lucht voordat je ademhaalt? Die tweelingziel wordt naar je toe geleid, en als het zover is, voel je dat. En dan doe je alles om die ziel bij je te houden, want als je haar verliest, is het of je sterft.'

Ze keek me nog steeds aan, maar nu zag ik een vreemde blik in haar ogen komen. Ze keek me aan alsof ze me niet kende. Toen wendde ze haar hoofd af, alsof ze te veel van zichzelf had prijsgegeven en zich schaamde.

Ik keek weer naar de vloer van haar cel, op zoek naar die druppels was. Ik zag niets.

20 NOVEMBER 1874

Vandaag opnieuw een brief van Priscilla en Arthur, ditmaal uit Italië, uit Piacenza. Toen ik het Selina vertelde, liet ze me de naam drie of vier keer herhalen: '*Piacenza, Piacenza...*' en ze luisterde met een glimlach. 'Het lijkt wel een woord uit een gedicht,' zei ze.

Ik zei dat ik dat ook dikwijls had gedacht. Ik vertelde haar dat ik vroeger, toen Pa nog leefde, vaak wakker lag en dan in plaats van gebeden of gedichten op te zeggen al de steden van Italië opsomde: *Verona, Reggio, Rimini, Como, Parma, Piacenza, Cosenza, Milaan...* Ik zei dat ik uren had liggen fantaseren hoe het zou zijn om die steden echt te bekijken.

Ze zei dat ik ze natuurlijk nog steeds kon gaan bekijken.

Ik glimlachte. 'Neen, dat denk ik niet.'

'Maar je hebt nog jaren en jaren de tijd,' zei ze, 'om naar Italië te gaan!'

Ik zei: 'Misschien wel. Maar niet zoals ik toen was, begrijp je.'

'Zoals je nu bent, Aurora,' zei ze. 'Of zoals je binnenkort zult zijn.'

En ze hield mijn blik gevangen totdat ik mijn ogen afwendde.

Toen vroeg ze wat ik eigenlijk zo bewonderde in Italië, en ik zei dadelijk: 'O, Italië! Ik denk dat Italië het volmaaktste land ter wereld is...' Ik zei dat ze zich moest proberen voor te stellen wat het voor mij betekend heeft om mijn vader al die jaren te helpen bij zijn werk, om al die prachtige Italiaanse schilderijen en standbeelden gezien te hebben, in boeken en op prenten – in zwart en wit en grijs, en modderig rood. 'Maar om dan de Uffizi te bezoeken, en het Vaticaan,' zei ik, 'om zomaar een plattelandskerkje met een mooi fresco binnen te stappen – alsof je een wereld van licht en kleur binnenstapt!' Ik vertelde haar over het huis in Florence, aan de Via Ghibellina, waar je de kamers van Michelangelo kon bezoeken, en zijn pantoffels en zijn wandelstok kon zien, en het kabinet waar hij in schreef. Stel je dat eens voor, zei ik! Je kon de graftombe van Dante in Ravenna gaan bekijken. De dagen waren lang en warm, het hele jaar door. Je zag fonteinen op elke straathoek, en takken vol oranjebloesem – overal in de straten hing de zoete geur van oranjebloesem, terwijl in onze straten mist hing! 'De mensen zijn er spontaan en ongedwongen. Engelse vrouwen kunnen er vrijelijk over straat lopen, denk ik. Stel je eens voor hoe de zee zal fonkelen! O, en stel je Venetië voor: een stad die zozeer een deel van de zee is dat je een boot moet huren om je er te verplaatsen...'

Ik sprak maar door, tot ik me plotseling bewust werd van mijn eigen stem en van de manier waarop zij stond te luisteren, glimlachend om mijn geestdrift. Haar gezicht was half naar het venster gekeerd, en in het licht kwamen haar scherpe, asymmetrische trekken fraai uit. Ik herinnerde me het gevoel van opwinding waarmee ik haar de eerste keer had bekeken, en hoe ze me had doen denken aan de *Veritas* van Crivelli – en bij die herinnering veranderde mijn gelaatsuitdrukking blijkbaar, want ze vroeg waarom ik nu opeens zweeg. Waar dacht ik aan?

Ik zei dat ik aan een museum in Florence dacht, en aan een schilderij dat daar hing.

Een schilderij dat ik had willen bekijken, vroeg ze, met mijn vader en mijn vriendin?

Neen, zei ik, een schilderij dat nog geen enkele betekenis voor me had toen ik die plannen maakte...

Ze fronste haar wenkbrauwen, want ze begreep het niet; en toen ik niets meer wilde zeggen, schudde ze haar hoofd en lachte.

Ze moet oppassen dat ze niet lacht, de volgende keer. Toen mrs Jelf me had bevrijd, en ik de trappen was afgedaald en bij de poort stond die de vrouwen- van de mannengevangenis scheidt, hoorde ik mijn naam roepen; en toen ik omkeek, zag ik miss Haxby aankomen, met een nogal stroeve uitdrukking op haar gezicht. Ik had haar niet meer gezien sinds ons bezoek aan de strafcel; ik herinnerde me hoe ik haar had vastgegrepen in het donker, en ik voelde dat ik kleurde. Ze vroeg of ik even tijd voor haar had, en toen ik knikte, stuurde ze de bewaarster weg die me had vergezeld en leidde me zelf door de poort en de gangen die erachter lagen.

'Hoe maakt u het, miss Prior?' begon ze. 'We troffen elkaar de vorige keer op zo'n ongelukkig moment, dat ik niet in de gelegenheid was uw vorderingen met u te bespreken. U zult me wel erg laks vinden.' Ze zei dat ze mij aan de hoede van haar bewaarsters had toevertrouwd en uit hun rapporten – 'en met name die van mijn plaatsvervangster, miss Ridley' – de indruk had gekregen dat ik me heel goed had kunnen redden zonder haar hulp.

Het was nooit eerder bij me opgekomen dat ik het onderwerp zou kunnen zijn van 'rapporten' of van welke uitwisseling dan ook tussen miss Haxby en haar staf. Ik dacht aan het grote donkere Karakterboek dat ze op haar bureau heeft liggen. Ik vraag me af of daar een aparte rubriek in staat onder het hoofdje 'Bezoeksters'.

Ik zei echter alleen dat haar bewaarsters allen erg behulpzaam waren geweest en erg vriendelijk. We zwegen even terwijl een cipier een hek voor ons openmaakte – haar sleutelbos is daar, op de mannenafdelingen, natuurlijk nutteloos.

Toen vroeg ze wat ik van de vrouwen vond. Ze zei dat er een paar vrouwen waren – Ellen Power, Mary Ann Cook – die tegen haar altijd vriendelijke dingen over me zeiden. Ze zei: 'U hebt vrienden van hen gemaakt, denk ik! Dat is voor hen zeer waardevol. Immers, als een dame belang in hen stelt, zal hen dat natuurlijk stimuleren om ook belang te stellen in zichzelf.'

Ik zei dat ik het van harte hoopte. Ze keek me even aan en wendde toen haar blik af. Natuurlijk, zei ze, bestond er altijd het gevaar dat zo'n vriendschap de gevangene zou misleiden, haar ertoe zou aanzetten te veel belang in zichzelf te stellen. 'Onze vrouwen moeten vele uren in eenzaamheid doorbrengen, en dat prikkelt soms hun verbeelding. Er komt een dame op bezoek, zij noemt de vrouw een "vriendin" en keert dan terug naar haar eigen wereld – de vrouw ziet daar natuurlijk niets van.' Ze hoopte dat ik het gevaar daarvan besefte. Ik zei dat ik dacht van wel. Ze vervolgde dat het soms gemakkelijker was zulke dingen te begrijpen dan ernaar te handelen...

'Ik vraag me wel af,' zei ze ten slotte, 'of uw belangstelling voor sommige van onze gevangenen niet een beetje... specifieker is dan eigenlijk zou moeten.'

Ik denk dat ik heel even mijn pas inhield; toen liep ik door, wat sneller dan eerst. Natuurlijk wist ik wie ze bedoelde – ik wist het dadelijk. Doch ik vroeg: 'Voor welke gevangenen, miss Haxby?'

Ze antwoordde: 'Voor één gevangene in het bijzonder, miss Prior.'

Ik keek haar niet aan. Ik zei: 'U bedoelt waarschijnlijk Selina Dawes?'

Ze knikte. Ze zei dat de bewaarsters haar hadden verteld dat ik het grootste deel van mijn tijd in Dawes' cel doorbracht.

Miss Ridley heeft u dat verteld, dacht ik bitter. Ik dacht: Natuurlijk, ik had het kunnen weten. Men heeft haar beroofd van haar haar en van haar eigen kleren. Men laat haar zweten in een smerige gevangenisjapon, men maakt haar mooie handen ruw met nutteloze arbeid – natuurlijk zal men trachten haar het kleine beetje troost en verlichting te ontnemen dat ze nu gewend is van mij te krijgen. En ik dacht opnieuw terug aan de eerste keer dat ik haar had gezien, met een viooltje in haar handen. Ik had ook toen al begrepen dat men die bloem zou hebben afgepakt en vermorzeld als men er weet van had gehad. Zo wilde men nu ook onze vriendschap vermorzelen. Het was *tegen de regels.*

Ik was natuurlijk wel zo verstandig mijn bitterheid niet te laten blijken. Ik zei dat ik inderdaad een speciale belangstelling had opgevat voor het geval Dawes, en meende dat het gebruikelijk was dat bezoeksters individuele aandacht schonken aan bepaalde gevangenen. Miss Haxby beaamde dit. Haar meisjes waren dikwijls geholpen door dames

– ze hadden dankzij hen een passende betrekking gekregen, of waren een nieuw leven begonnen, weg uit de schande, weg uit hun oude milieu, soms zelfs weg uit Engeland, via een huwelijk in de koloniën.

Ze richtte haar scherpe ogen op me en vroeg of ik misschien zulke plannen had met Selina Dawes.

Ik vertelde haar dat ik in het geheel geen plannen had met Selina. Dat ik alleen trachtte haar het beetje troost te geven dat ze nodig had. 'U moet dit gezien hebben,' zei ik, 'want u kent haar geschiedenis. U moet beseft hebben hoe ongewoon haar situatie is.' Ik zei dat ze geen meisje was van wie je een kamenier kon maken. Ze was verstandig en gevoelig – bijna een dame, zou je kunnen zeggen. 'Ik denk dat zij erger lijdt onder de ongemakken van het gevangenisleven,' zei ik, 'dan de andere vrouwen.'

'U hebt uw eigen ideeën meegebracht naar Millbank,' zei miss Haxby na een korte stilte. 'Maar wij hebben niet veel ruimte om te manoeuvreren, zoals u wel ziet.' Ze glimlachte, want we waren net in een gang gekomen die zo smal was dat we gedwongen waren onze rokken bijeen te nemen en achter elkaar te lopen. Ze zei dat er geen onderscheid kon worden gemaakt, behalve in zoverre de leiding van de gevangenis dat wenselijk achtte, en Dawes profiteerde daar al ten volle van. Als ik speciale aandacht bleef schenken aan één uitverkorene, zou zij steeds ontevredener worden met haar lot, en die ontevredenheid zou uiteindelijk overslaan op de andere gevangenen.

Ze zei, om kort te gaan, dat zij en haar staf het prettig zouden vinden als ik Dawes voortaan minder vaak bezocht en mijn bezoeken aanzienlijk bekortte.

Ik wendde mijn blik van haar af. De bitterheid die ik aanvankelijk had gevoeld begon nu plaats te maken voor een zekere angst. Ik herinnerde me hoe Selina had gelachen: ze had zelfs nooit geglimlacht toen ik voor het eerst bij haar kwam, ze was altijd nors en triest geweest. Ik herinnerde me haar opmerking dat ze zich op mijn bezoekjes verheugde, en het spijtig vond wanneer ik niet kwam, omdat de tijd zo traag voorbijging in Millbank. Ik dacht: Als ze me nu beletten om haar te bezoeken, kunnen ze haar net zo goed naar de donkere cel brengen en daar achterlaten!

Er was ook een stem in me die zei: Dan kunnen ze míj net zo goed naar de donkere cel brengen.

Ik wilde deze gedachten verborgen houden voor miss Haxby, maar ik kreeg de indruk dat ze me nog steeds onderzoekend opnam, en nu – we waren inmmiddels bij het hek van de eerste vijfhoek aangekomen – nu zag ik ook de cipier een beetje vreemd naar me kijken. Ik voelde mijn wangen gloeien en vouwde mijn handen stijf ineen; toen hoorde ik voetstappen in de gang achter ons, en ik draaide me om en keek. Het was mr Shillitoe. Hij riep mijn naam. Wat een gelukkig toeval, zei hij, dat hij me hier tegenkwam! Hij gaf miss Haxby een knikje en pakte mijn hand. Hij vroeg hoe het ging met mijn bezoeken.

'Het gaat zo goed als ik maar zou kunnen wensen,' zei ik; ondanks alles klonk mijn stem toch heel vast. 'Miss Haxby heeft me echter tot voorzichtigheid gemaand.' – 'Aha,' zei hij.

Miss Haxby zei dat ze me had afgeraden speciale voorrechten te verlenen aan sommige vrouwen. Dat ik één bepaalde gevangene tot mijn protégée had gemaakt – ze sprak het woord merkwaardig uit – en dat deze gevangene volgens haar minder evenwichtig was dan ze leek. Het betrof Dawes, de 'spiritiste'.

Mr Shillitoe zei op een iets andere toon 'Aha' toen hij dit hoorde. Hij zei dat hij dikwijls aan Selina Dawes dacht, en zich afvroeg hoe het haar beviel in haar nieuwe omgeving.

Ik vertelde hem dat het haar erg slecht beviel. Ik zei dat ze zwak was; hij antwoordde dadelijk dat hem dat niet verbaasde. Mensen van haar slag waren altijd zwak, zei hij, dat maakte hen juist zo ontvankelijk voor de onnatuurlijke invloeden die men 'spiritueel' noemde. Spiritueel of niet, ze hadden 'niets van God' in zich – niets heiligs, niets goeds – en uiteindelijk zou hun verdorvenheid voor iedereen zichtbaar worden. Dawes was daar zelf het levende bewijs van! Hij zou graag zien dat elke spiritist in Engeland in de cel zat, naast haar!

Ik staarde hem aan. Naast me trok miss Haxby haar omslagdoek wat hoger om haar schouders. Ik zei langzaam dat hij gelijk had. Dat Dawes mijns inziens was misbruikt – beïnvloed – door een sinistere kracht. Verder was het echter een lief meisje, en de eenzaamheid van het gevangenisleven eiste zijn tol. Wanneer er vreemde fantasieën in haar opkwamen, kon ze die niet van zich afzetten. Ze had leiding nodig.

'Ze krijgt leiding van haar bewaarsters,' zei miss Haxby, 'net als al de vrouwen.'

Ik zei dat ze leiding nodig had van een bezoekster – van iemand van buiten de gevangenis, die het goed met haar meende. Ze had een object nodig waarop ze haar gedachten kon richten wanneer ze werkte, of rustig lag – 's nachts, als het stil was op de afdeling. 'Ik denk namelijk dat ze dan die morbide invloeden over zich voelt komen. En ze is zwak, zoals ik al zei. Ik denk dat ze er geen raad mee weet.'

Daarop zei de directrice dat ze wel een heel legertje dames mochten inzetten als de vrouwen elke keer wanneer ze zich geen raad wisten in de watten moesten worden gelegd!

Doch mr Shillitoe had zijn ogen een beetje toegeknepen en tikte nu peinzend met zijn voet op de tegels van de gangvloer. Ik keek naar zijn gezicht, en miss Haxby deed hetzelfde: we stonden voor hem als de twee strijdlustige moeders – een valse en een echte – die voor Salomon hadden gestaan, ruziënd om een kind...

Ten slotte wendde hij zich tot de directrice en zei dat hij bij nader inzien vond dat 'miss Prior weleens gelijk kon hebben'. Ze hadden plichten jegens hun gevangenen – niet alleen de plicht om hen te straffen, maar ook de plicht om hen te beschermen. Misschien kon die bescherming, in het geval van Dawes, wat meer... weloverwogen worden toegepast. Een legertje dames, dat was inderdaad wat ze nodig hadden! 'We mogen wel dankbaar zijn dat miss Prior bereid is zich voor dit werk in te zetten.'

Miss Haxby zei dat ze daar inderdaad dankbaar voor was. Ze maakte een révérence voor hem, en haar sleutelbos rinkelde gedempt.

Toen ze weg was, pakte mr Shillitoe me weer bij de hand. 'Wat zou uw vader trots op u zijn,' zei hij, 'als hij u nu eens kon zien!'

10 MAART 1873

Er komen nu zo veel mensen voor de donkere seances dat we Jenny bij de deur moeten zetten als de kamer vol is, om hun visitekaartjes aan te nemen & te zeggen dat ze maar een andere avond terug moeten komen. Het zijn voornamelijk dames die komen, al brengen sommigen ook een heer mee. Peter geeft de voorkeur aan dames. Hij loopt tussen hen in & zij mogen zijn hand vasthouden & aan zijn bakkebaarden voelen. Hij laat hen zijn sigaretten aansteken. Hij zegt 'Nee maar, wat ben jij een schoonheid! Zo'n schoonheid heb ik nog nooit gezien, aan deze kant van het Paradijs!' Dat soort dingen zegt hij & dan lachen ze & zeggen 'O, jij ondeugd!' Ze denken dat een kus van Peter Quick niet telt.

De heren plaagt hij. Hij zegt 'Ik zag u verleden week een mooi meisje bezoeken. Wat was ze blij met de bloemen die u voor haar meebracht!' Dan kijkt hij naar de echtgenote van zo'n heer & hij fluit & zegt 'O, ik zie al uit welke hoek de wind waait, laat ik verder mijn mond maar houden.' Hij zegt 'Ik ben een knaap die een geheim kan bewaren, reken maar!' Vanavond was er een heer in de kring, een zekere mr Harvey, die een hoge hoed bij zich had. Peter pakte de hoed & zette hem op zijn eigen hoofd & wandelde door de salon. Hij zei 'Nu ben ik een echte dandy. Jullie mogen me Peter Quick van Savile Row noemen. Ik wou dat mijn makkers aan gene zijde me zo eens konden zien.' Mr Harvey zei daarop 'U mag de hoed wel houden' & Peter antwoordde 'Heus?' op een heel verwonderde toon. Maar toen hij terugkwam in het kabinet, liet hij me de hoed zien & fluisterde 'Wat moet ik hier nu mee? Zal ik hem in de kamerpot van mrs Brink stoppen?' Ik moest lachen, ze hoorden me lachen in de kring & ik riep uit 'O! Peter plaagt me!'

Toen ze het kabinet later doorzochten was het natuurlijk helemaal leeg, & iedereen schudde zijn hoofd bij de gedachte aan Peter die in de geestenwereld rondliep met de hoed van mr Harvey op. Naderhand vonden ze de hoed toch. Hij hing aan de schilderijlijst in de hal, & de rand was kapot & in de bovenkant zat een gat. Mr Harvey zei dat het toch een te solide voorwerp was om de reis door de sferen te kunnen maken, maar dat het heel dapper van Peter was geweest om het te proberen. Hij hield de hoed vast alsof die van glas was gemaakt. Hij zegt dat hij hem zal laten inlijsten als een spirituele trofee.

Ruth vertelde me later dat de hoed helemaal niet uit Savile Row kwam, maar van een goedkope kleermakerszaak in Bayswater. Ze zei dat mr Harvey wel de rijke mijnheer uithing, maar dat ze geen hoge dunk had van zijn smaak op hoedengebied.

21 NOVEMBER 1874

Het is even voor middernacht, en bitter koud en guur, en ik ben moe, en suf van mijn medicijn – maar het is stil in huis en ik moet dit opschrijven. Ik heb weer bezoek gehad, of een teken gekregen, van Selina's geesten. En waar kan ik dat vertellen behalve hier?

Het gebeurde terwijl ik in Garden Court was. Ik was er vanochtend heen gegaan en tot drie uur gebleven, en toen ik thuiskwam ging ik rechtstreeks naar mijn kamer, zoals ik altijd doe; en toen merkte ik dadelijk dat er iets was aangeraakt of meegenomen, of verzet. De kamer was donker, ik kon niet zien dat er iets veranderd was, ik voelde het alleen. Mijn eerste vreselijke gedachte was dat Moeder misschien naar mijn schrijftafel was gelopen en dit dagboek had gevonden, en erin had zitten lezen.

Dat was het echter niet, en toen ik nog een stap deed, zag ik het. Er stonden bloemen, in een vaas die normaal op de schoorsteenmantel staat. De vaas was op mijn schrijftafel neergezet, met een boeket oranjebloesem – oranjebloesem, in een Engelse winter!

Ik kon geen stap meer verzetten. Ik bleef roerloos staan, met mijn cape nog aan en mijn handschoenen in mijn vuist geklemd. De haard brandde, en in de warme lucht hing de geur van de bloemen – dat was het vermoedelijk wat me eerder was opgevallen. Ik begon te beven. Ik dacht: Zij heeft dit gedaan om me te plezieren, maar het maakt me bang. De bloemen joegen me angst aan!

Toen dacht ik: Stel je toch niet zo aan! Dit is net als toen je Pa's hoeden op de kapstok zag. Ze zijn natuurlijk van Priscilla. Priscilla heeft ons bloemen gestuurd, uit Italië... En toen liep ik naar mijn schrijftafel en hield het boeket tegen mijn gezicht. Van Pris, dacht ik, gewoon van Pris. En er ging een steek van teleurstelling door me heen, even scherp als de angst.

Toch wist ik het niet zeker. Ik vond dat ik zekerheid moest hebben. Ik zette de vaas neer, schelde Ellis en liep de kamer rond tot ik haar klopje op de deur hoorde. Maar het was Ellis niet, het was Vigers – haar lange gezicht magerder en bleker dan ooit, haar mouwen opgestroopt tot aan de ellebogen. Ellis, zei ze, was in de eetkamer de tafel aan het dekken: alleen zij en de kokkin hadden mijn belletje gehoord. Dat hinderde niet, zei ik, zij kon me ook helpen. Ik vroeg: 'Die bloemen daar, wie heeft die gebracht?'

Ze keek wezenloos naar de schrijftafel, naar de vaas, en daarna weer naar mij. 'Hoe bedoelt u?'

De bloemen! Ze hadden er nog niet gestaan toen ik van huis ging. Iemand was ze komen brengen, iemand had ze in de majolica vaas gezet. Had zij dat gedaan? – Zij had het niet gedaan. Was ze de hele dag thuis geweest? – Jawel. Dan moest er een loopjongen aan de deur zijn geweest, zei ik, met pakjes. Van wie kwamen de pakjes? Van mijn zuster Priscilla – mrs Barclay – in Italië?

Dat wist ze niet.

Je weet niet veel, zei ik. Ik zei dat ze Ellis moest gaan halen. Ze maakte zich snel uit de voeten en kwam terug met Ellis, en bij de deur bleven ze allebei verbaasd naar me staan kijken terwijl ik op en neer liep en gesticuleerde en riep: De bloemen! De bloemen! Wie had de bloemen naar mijn kamer gebracht en in de vaas gezet? Wie had het pakje aangenomen dat mijn zuster had gestuurd?

'Pakje, juffrouw?' – Er was geen pakje gekomen.

Geen pakje van Priscilla? – Geen enkel pakje.

Nu overviel de angst me weer. Ik bracht mijn vingers naar mijn mond en ik denk dat Ellis ze zag trillen. Ze vroeg of ze de bloemen weg moest halen – en ik wist het niet, ik wist niet wat ik tegen haar moest zeggen, wat ik moest doen. Ze wachtte, en Vigers ook, en terwijl ik nog stond te weifelen, hoorde ik het geluid van een deur en het ruisen van Moeders rokken. 'Ellis? Ellis, ben je daar?' Ze had gescheld.

Ik zei vlug: 'Het is wel goed, het is wel goed! Laat de bloemen maar staan en ga, jullie allebei!'

Maar Moeder was vlugger dan ik. Ze was de hal ingelopen, had naar boven gekeken en de dienstboden bij mijn deur zien staan.

'Wat is er, Ellis? Margaret, ben jij dat?' Haar voetstappen klonken op de trap. Ik hoorde Ellis zich omdraaien en zeggen dat miss Margaret iets had gevraagd over bloemen. En toen Moeders stem weer: Bloemen? Wat voor bloemen?

'Het is niet van belang, Moeder!' riep ik. Ellis en Vigers stonden nog steeds aarzelend bij de deur. 'Ga nu maar,' zei ik. 'Vooruit.' Doch nu stond Moeder achter hen en versperde hun de weg. Ze keek naar mij en daarna naar de schrijftafel. 'Gunst,' zei ze, 'wat een beeldige bloemen!' Toen keek ze weer naar mij. Wat was er aan de hand? Waarom zag ik zo bleek? Waarom was het hier zo donker? Ze gelastte Vigers een lont in het vuur te houden en de lamp aan te steken.

Ik zei dat er niets aan de hand was. Ik had me vergist, en het speet me erg dat ik de meisjes daarmee lastig had gevallen.

Vergist? zei ze. Hoezo vergist? 'Ellis?'

'Miss Prior zei dat ze niet wist van wie de bloemen waren, mevrouw.'

'O? Hoe kan het dat je dat niet weet, Margaret?'

Ik zei dat ik het wel wist, en alleen in de war was geweest. Ik zei... ik zei dat ik de bloemen zelf had meegebracht. Ik wendde mijn hoofd af, maar voelde haar blik scherper worden. Ten slotte prevelde ze iets tegen de meisjes, die dadelijk vertrokken, en zij liep de kamer in en deed de deur achter zich dicht. Ik vond het niet prettig dat ze er was – meestal komt ze alleen 's avonds. Wat was dat voor onzin? vroeg ze nu. Ik antwoordde, nog steeds zonder haar aan te kijken, dat het geen onzin was, alleen een onnozele vergissing. Dat ze niet hoefde te blijven. Dat ik mijn schoenen moest uittrekken en me moest verkleden. Ik liep om haar heen, hing mijn cape op, liet mijn handschoenen vallen, raapte ze op, liet ze nogmaals vallen.

Ze vroeg wat ik bedoelde met een *vergissing*. Hoe kon ik zulke bloemen kopen en het dan vergeten? Waar was ik met mijn gedachten? En om dan zo nerveus te worden in het bijzijn van de meisjes...

Ik zei dat ik niet nerveus was geweest, maar terwijl ik sprak, hoorde ik mijn stem trillen. Ze kwam een beetje dichterbij. Ik maakte een gebaar – waarschijnlijk legde ik mijn hand op mijn arm, voordat zij haar vingers in mijn vlees kon zetten – en draaide me half om. Maar toen stond ik recht tegenover de bloemen en rook opnieuw hun zoete geur, sterker dan eerst, en ik wendde me weer af. Als ze me niet alleen laat, dacht ik, ga ik schreien of haar slaan!

Ze wist echter van geen ophouden. 'Is het wel goed met je?' zei ze, en toen ik geen antwoord gaf: 'Het is niet goed met je...'

Ze had het zien aankomen, zei ze. Ik was te veel van huis geweest, dat kon ik nog niet aan. Het was vragen om weer ziek te worden.

'Maar ik ben kerngezond,' zei ik.

Kerngezond? Ik moest eens luisteren hoe mijn stem klonk. Ik moest eens bedenken hoe ik tegen de meisjes had gesproken. Die zaten nu natuurlijk beneden met elkaar te smoezen...

'Ik ben niet ziek!' riep ik. 'Ik ben vief en gezond en volkomen genezen van mijn vroegere nervositeit! Dat zegt iedereen. Ook mrs Wallace.'

Mrs Wallace, antwoordde ze, zag me niet wanneer ik in zo'n toestand verkeerde. Mrs Wallace zag me niet lijkbleek terugkomen van mijn uitstapjes naar Millbank. Zij zag me niet tot diep in de nacht aan mijn schrijftafel zitten, slapeloos en nerveus...

Toen ze dat zei, wist ik dat ze me had bespied. Hoe voorzichtig ik ook altijd ben – hoe stil en heimelijk en behoedzaam ik ook ben in mijn hoge kamer – ze heeft me bespied, zoals miss Ridley me bespiedt, en miss Haxby. Ik zei dat ik altijd al aan slapeloosheid had geleden, ook voor de dood van Pa al, zelfs als kind al. Dat het niets te betekenen had, en dat mijn medicijn trouwens altijd goed hielp en me tot rust bracht. Ze zei, direct inhakend op dat ene kleine puntje, dat ik als kind te veel mijn zin had gekregen. Ze had de zorg voor mijn opvoeding te veel aan mijn vader overgelaten en hij had me verwend, en het gebrek aan verantwoordelijkheidszin dat daarvan het gevolg was, had geleid tot de mateloosheid van mijn verdriet. 'Ik heb het altijd al gezegd! En als ik nu zie hoe je moedwillig weer riskeert ziek te worden...'

Daarop riep ik dat ik echt ziek zou worden als ze me niet alleen liet, en met enkele vastberaden stappen liep ik naar het venster en ging met mijn rug naar haar toe staan. Ik kan me niet herinneren wat ze toen zei: ik wilde luisteren noch antwoord geven, en ten slotte zei ze dat ik beneden moest komen zitten, bij haar, en dat ze Ellis zou sturen als ik er over twintig minuten nog niet was. Daarna vertrok ze.

Ik staarde uit het venster. Er lag een boot op de rivier, waarop een man stond die met een hamer op een stalen plaat beukte. Ik zag zijn arm rijzen en dalen, rijzen en dalen, ik zag de vonken van het metaal schieten, maar de klap kwam elke keer pas na een seconde – de hamer werd altijd weer geheven voordat het dreunen van het staal had geklonken.

Ik telde dertig slagen en ging toen naar Moeder.

Ze zei niets meer, maar ik zag haar kijken of mijn gezicht en handen geen tekenen van zwakte vertoonden, en ik gaf geen krimp. Later las ik haar voor uit *Kleine Dorrit*, heel kalm en bedaard, en nu heb ik mijn lamp heel laag gedraaid en ik beweeg mijn pen zo behoedzaam over het papier – ondanks de uitwerking van het chloraal lukt dat – dat ze haar oor tegen de panelen van mijn deur mag drukken, ze zal me niet horen. Ze mag haar oog voor het sleutelgat houden. Ik heb het dichtgestopt met een lap.

De oranjebloesems staan nu voor me. Hun geur is zo zwaar in de benauwde atmosfeer van mijn kamer dat ik er duizelig van word.

23 NOVEMBER 1874

Vandaag ben ik teruggegaan naar de leeszaal van de Vereniging van Spiritisten. Ik wilde meer aan de weet komen over Selina, en dat verontrustende portret van Peter Quick nog eens goed bekijken. Toen ik voor het kabinet met de wasvormen stond, zag alles er natuurlijk nog precies zo uit als de vorige keer: de wassen en gipsen ledematen lagen onaangeroerd op de planken, bedekt met een laagje stof.

Terwijl ik nog stond te turen, kwam mr Hither naar me toe. Aan zijn voeten droeg hij ditmaal een paar Turkse sandalen en in zijn knoopsgat zat een bloem. Hij zei dat hij en miss Kislingbury ervan overtuigd waren geweest dat ik nog eens terug zou komen – 'en daar bent u dan, en dat doet me erg veel genoegen'. Toen nam hij me scherp op. 'Maar wat is dat nu? U kijkt zo somber! De stukken in onze collectie hebben u aan het denken gezet, zie ik wel. Dat is goed. Maar ze moeten u niet doen fronsen, miss Prior. Ze moeten u doen glimlachen.'

Toen glimlachte ik inderdaad, en hij ook, en zijn ogen werden helder en vriendelijk als nooit tevoren. Daar er geen andere bezoekers kwamen, bleven we bijna een uur staan praten. Ik vroeg hem onder andere hoe lang hij zich al spiritist noemde, en waarom hij het was geworden.

Hij zei: 'Het was mijn broer die als eerste lid werd van de beweging. Ik vond hem vreselijk lichtgelovig, dat hij zich met zulke onzin inliet. Hij zei dat hij onze ouders in de hemel kon zien, die alles gadesloegen wat we deden. Ik kon me niets ergers voorstellen!'

Ik vroeg wat hem dan van gedachten had doen veranderen, en hij antwoordde, na een korte aarzeling, dat zijn broer gestorven was. Ik betuigde hem dadelijk mijn deelneming, maar hij schudde zijn hoofd en moest bijna lachen. 'Neen, dat moet u niet doen, niet hier. Binnen een maand na zijn overlijden kwam mijn broer namelijk bij me terug. Hij kwam bij me en omhelsde me, hij was voor mij even echt als u bent: gezonder dan hij bij leven was geweest, en niet meer getekend door zijn ziekte. Hij zei dat ik het nu wel moest geloven. Ik weigerde echter nog steeds de waarheid onder ogen te zien. Ik beschouwde zijn bezoek als een soort hersenschim, en toen er nog meer tekenen kwamen, bedacht ik daar ook een verklaring voor. Het is verbazingwekkend wat we allemaal kunnen verzinnen als we halsstarrig zijn! Ten langen leste kwam ik echter tot inkeer. Nu is mijn broer mijn dierbaarste vriend.'

Ik vroeg: 'En neemt u overal om u heen geesten waar?' Hij zei dat hij hen alleen gewaarwordt wanneer ze bij hem komen. Hij beschikt niet over de krachten van een begaafd medium. 'Ik zie geen vergezichten, ik vang enkel een glimp op, "een korte flits, een geheime aanwijzing," zoals de dichter Tennyson het uitdrukt. Ik hoor noten, of een eenvoudig wijsje als ik geluk heb. Anderen, miss Prior, horen symfonieën.'

Ik zei: Geesten gewaarworden...

'Men moet ze wel gewaarworden, als men ze eenmaal heeft gezien! En toch' – hij glimlachte – 'kan het ook beangstigend zijn om naar hen te kijken.' Hij sloeg zijn armen over elkaar en gaf me het volgende, curieuze voorbeeld. Hij zei dat ik me moest voorstellen dat negen tiende van de inwoners van Engeland een oogaandoening had, een aandoening die hen belette om de kleur rood waar te nemen. Hij zei dat ik me moest voorstellen dat ik aan zo'n aandoening leed. Ik zou door Londen rijden, ik zou een blauwe lucht zien, een gele bloem – ik zou de wereld schitterend vinden. Ik zou niet weten dat ik een aandoening had die me volkomen belette een deel van die wereld te zien; en als sommige bijzondere mensen me vertelden dat er nog een andere prachtige kleur was, die voor mij verborgen bleef, zou ik denken dat ze niet goed wijs waren. Mijn vrienden, zei hij, zouden me gelijk geven. De kranten zouden me gelijk geven. Alles wat ik las, zou me sterken in mijn overtuiging dat die mensen niet goed wijs waren; *Punch* zou zelfs spotprenten afdrukken om aan te tonen dat ze niet goed wijs waren! Ik zou lachen om de spotprenten en me heel voldaan voelen.

'Dan,' ging hij verder, 'wordt u op zekere ochtend wakker, en uw oog heeft zich hersteld. Nu ziet u brievenbussen en lippen, klaprozen en kersen en officiersjasjes. U ziet al de betoverende schakeringen rood: karmozijn, scharlaken, robijn, vermiljoen, koraal, roze... Eerst zult u uw ogen willen bedekken, verwonderd en angstig. Dan zult u toch kijken, en u zult het uw vrienden en familieleden vertellen – en zij zullen u uitlachen, ze zullen hun wenkbrauwen optrekken, ze zullen u naar een arts sturen. U zult het niet gemakkelijk krijgen wanneer al die prachtige rode dingen gewaarwordt. En toch, miss Prior, vertelt u me eens: als u ze eenmaal had gezien, zou u het dan kunnen verdragen om ooit nog alleen blauw en geel en groen te zien?'

Ik gaf niet dadelijk antwoord, want zijn woorden zetten me erg aan het denken. Ten slotte verbrak ik de stilte en zei: 'Stel dat iemand zo is als u hebt beschreven' – ik dacht natuurlijk aan Selina. Ik zei: 'Stel dat zij wel de kleur rood ziet. Wat moet ze dan doen?'

'Ze moet contact zoeken met anderen,' antwoordde hij dadelijk, 'die net zo zijn als zij! Zij zullen haar begeleiden en beschermen tegen de gevaren in haarzelf...'

De ontwikkeling van het mediumschap, zei hij, is een hoogst ernstige zaak, die nog onvoldoende wordt begrepen. Degene op wie ik doelde, zou ten prooi zijn aan allerhande veranderingen in lichaam en geest. Ze werd naar de drempel van een andere wereld geleid en uitgenodigd er een kijkje te nemen; maar ofschoon er 'wijze gidsen' zouden zijn die haar raad konden geven, waren er ook 'boze geesten' die bezit van haar wilden nemen. Zulke geesten maakten op haar wellicht een charmante en betrouwbare indruk, maar streefden er slechts naar haar te gebruiken voor hun eigen doeleinden. Zij moest hen naar de aardse schatten leiden die ze verloren hadden, en waar ze naar hunkerden...

Ik vroeg hoe ze zich kon beschermen tegen dergelijke geesten. Hij zei dat ze haar aardse vrienden met zorg moest uitkiezen. Hij zei: 'Hoeveel jonge vrouwen zijn niet tot wanhoop – tot waanzin! – gedreven door een verkeerd gebruik van hun gaven? Misschien krijgen ze het verzoek voor de grap geesten op te roepen: dat moeten ze niet doen. Misschien laten ze zich overhalen te vaak seances te houden, in onzorgvuldig samengestelde kringen: dat zal hen vermoeien en corrumperen. Misschien worden ze aangemoedigd in hun eentje te experimenteren: dat is het ergste wat ze met hun gaven kunnen doen, miss Prior. Ik heb ooit een man gekend – een jonge man, een echte heer, ik kende hem via een vriend van me, een ziekenhuisaalmoezenier, die me bij hem bracht. Deze heer werd in het ziekenhuis opgenomen nadat hij was gevonden met een half doorgesneden keel, en hij deed mijn vriend een curieuze bekentenis. Hij beoefende het automatisch schrift – kent u die term? Hij was door een onnadenkende vriend aangemoedigd te gaan zitten met pen en papier, en na enige tijd had hij berichten van gene zijde doorgekregen, via spontane bewegingen van zijn arm...'

Dat, zei mr Hither, was een aardig spiritistisch kunstje; er waren talloze mediums die dat deden, maar met mate. De jonge man over wie hij nu sprak, kon echter geen maat houden. Hij bleef 's nachts opzitten, alleen, en daarna merkte hij dat de berichten sneller doorkwamen dan ooit. Hij werd nu ook uit zijn slaap gewekt. Zijn hand begon te trillen op de sprei en maakte hem wakker. De hand bleef trillen tot hij er een pen in stopte en begon te schrijven: hij schreef op papier, op de muren van zijn kamer, op zijn eigen naakte huid! Hij schreef tot hij blaren op zijn vingers kreeg. Eerst meende hij dat de berichten afkomstig waren van gestorven familieleden. 'Doch je kunt ervan op aan dat een goede ziel een medium nooit zo zal kwellen. Het was allemaal het werk van een boze geest.'

Deze geest openbaarde zich uiteindelijk op de meest afschuwelijke wijze. Hij verscheen aan de man, zei mr Hither, in de gedaante van een pad, 'en drong zijn lichaam binnen, hier' – hij raakte zijn schouder even aan – 'bij het halsgewricht. Nu zat die lage geest in hem en had hem in zijn macht. Vervolgens dreef hij hem ertoe, miss Prior, talloze schandelijke daden te plegen, en de man kon niets doen...'

Het was een marteling, zei hij. Ten slotte had de geest de man ingefluisterd dat hij een scheermes moest pakken om een van zijn vingers af te snijden. En de man pakte het scheermes, maar in plaats van in zijn hand zette hij het op zijn keel. 'Hij probeerde de geest weg te krijgen, begrijpt u wel, en dat leidde ertoe dat hij in het ziekenhuis werd opgenomen. Daar redde men zijn leven, maar hij was nog steeds bezeten en in de macht van de boze geest. Zijn oude slechte gewoonten keerden terug en hij werd krankzinnig verklaard. Hij zit nu, meen ik, in een gesticht. Arme kerel! Het zou heel anders zijn afgelopen – begrijpt u wel? – als hij maar contact had gezocht met lotgenoten, die hem wijze raad hadden kunnen geven...'

Ik herinner me dat hij zijn stem dempte toen hij dit laatste zei, en me veelbetekenend scheen aan te kijken – ik meende dat hij misschien geraden had dat ik Selina Dawes in gedachten had, daar ik de vorige keer zo'n belangstelling voor haar aan den dag had gelegd. We bleven even zwijgend staan. Hij hoopte blijkbaar dat ik iets zou zeggen. Daar had ik echter de tijd niet meer voor, want we werden nu gestoord door miss Kislingbury, die de deur van de leeszaal openduwde en mr Hither bij zich riep. Hij zei: 'Een momentje alstublieft, miss Kislingbury!', en hij legde zijn hand op mijn arm en mompelde: 'Ik wilde dat we nog wat langer konden praten. Zoudt u dat prettig vinden? U moet beslist nog een keer komen – doet u dat? Komt u me opzoeken wanneer ik het hier minder druk heb?'

Ook ik vond het spijtig dat hij me moest verlaten. Ik zou namelijk graag willen weten wat hij nu precies van Selina vindt. Ik zou graag willen weten hoe het voor haar geweest moet zijn om die rode dingen te zien waarover hij sprak. Ik weet dat ze bang was – maar ze had geluk gehad, vertelde ze me eens: zij had verstandige vrienden, die haar begeleidden en geschenken brachten en bijzondere gaven schonken.

Dat gelooft ze echt, denk ik. Maar wat had ze eigenlijk voor vrienden? Ze had haar tante, die een kermisattractie van haar maakte. Ze had mrs Brink, in Sydenham, die vreemden bij haar bracht, en een gordijn liet ophangen waar zij achter moest zitten, vastgebonden met touwen en een fluwelen halsband; die haar beschermde, ter wille van haar eigen moeder – en ten behoeve van Peter Quick.

Wat had hij toch met haar gedaan, of haar laten doen, dat ze in Millbank was beland?

En wie heeft ze daar om over haar te waken? Ze heeft miss Haxby, miss Ridley, miss Craven. In heel de gevangenis is er niemand die haar vriendelijk bejegent, helemaal niemand, behalve de zachtmoedige mrs Jelf.

Ik hoorde de stem van mr Hither, en van miss Kislingbury, en van een andere bezoeker; maar de deur van de leeszaal bleef gesloten, er kwam niemand. Ik stond nog steeds voor het kabinet met de wasvormen; nu bukte ik me om ze nog eens aandachtig te bekijken. De hand van Peter Quick lag op zijn oude plaats op de onderste plank, de stompe vingers en de gezwollen duim vlak bij het glas. De vorige keer had de hand massief geleken; vandaag deed ik echter iets wat ik toen niet had gedaan: ik liep naar de zijkant van het kabinet om hem vandaar te bekijken. Toen zag ik dat de was precies eindigde bij het polsgewricht. Ik zag dat de vorm volkomen hol was. Aan de binnenkant, op het vergeelde wasoppervlak, zijn heel duidelijk de plooien en lijnen van de handpalm en de uitstulpingen van de knokkels te zien.

Ik had me tot nu toe steeds een hand voorgesteld, iets heel massiefs, maar het is eigenlijk meer een soort handschoen. Het leek alsof hij zojuist was gegoten, en nog lag af te koelen van de vingers die hem hadden afgeschud. Bij die gedachte werd ik ineens nerveus in de lege zaal. Ik vertrok en ging naar huis.

Nu is Stephen er, ik hoor hem praten tegen Moeder, zijn stem klinkt luider dan anders en nogal humeurig. Hij heeft een zaak die morgen voor de rechter had zullen komen, maar de cliënt is naar Frankrijk gevlucht en daar kan de politie hem niet opsporen. Stephen moet de zaak laten schieten, en is zijn honorarium kwijt. Daar komt zijn stem weer, harder dan eerst.

Waarom zijn mannenstemmen zo duidelijk te horen, terwijl vrouwenstemmen zo gemakkelijk worden gesmoord?

24 NOVEMBER 1874

Naar Millbank, naar Selina. Ik ging eerst naar een paar andere vrouwen, en noteerde met veel omhaal allerlei details van het gesprek in mijn boekje, maar ten langen leste ging ik naar haar, en toen ik kwam, vroeg ze dadelijk of ik de bloemen mooi had gevonden. Ze had ze gestuurd als een aandenken aan Italië, aan de lange warme dagen daar. Ze zei: 'De geesten hebben ze gebracht. Je kunt ze wel een maand houden, ze zullen niet verwelken.'

Ik zei dat ze me angst aanjoegen.

Ik bleef een halfuur bij haar. Aan het eind van die periode hoorden we het hek van de afdeling dichtslaan en voetstappen naderen, waarop Selina zachtjes zei: 'Miss Ridley.' Ik liep naar de tralies, en toen de bewaarster de cel passeerde, gaf ik haar een teken dat ze me mocht bevrijden. Ik stond er stijfjes bij en zei alleen: 'Tot ziens, Dawes.' Selina hield haar handen voor haar lichaam en keek gedwee; nu maakte ze een revérence voor me en antwoordde: 'Tot ziens, miss Prior.' Ik weet dat ze het ter wille van de bewaarster deed.

Ik bleef staan kijken terwijl miss Ridley het hek van Selina's cel dichttrok. Ik keek hoe ze de sleutel omdraaide in het stroeve slot. Ik wenste dat de sleutel van mij was.

2 april 1873

Peter zegt dat ik moet worden vastgebonden in mijn kabinet. Hij kwam vanavond naar de kring & legde zijn hand heel stevig op mijn schouder, & toen hij achter het gordijn vandaan stapte zei hij 'Ik kan niet in jullie midden komen voordat ik een taak heb vervuld die me is opgedragen. Jullie weten dat ik ben gestuurd om de waarheden van het spiritisme aan te tonen. Maar er zijn ongelovigen in deze stad, mensen die aan het bestaan van geesten twijfelen. Zij spotten met de gaven van onze mediums, ze denken dat onze mediums van hun plaats komen & in vermomming door de kring lopen. Wij kunnen niet verschijnen waar dat soort twijfel & ongeloof heerst.' Ik hoorde mrs Brink zeggen 'Er zijn hier geen ongelovigen Peter, je kunt net als altijd in ons midden komen' & hij antwoordde 'Nee, eerst moet er nog iets gebeuren. Kijk, ik zal jullie mijn medium tonen, daar moeten jullie over praten & schrijven & dan zullen de ongelovigen misschien tot inkeer komen.' Toen pakte hij het gordijn beet & trok het langzaam open...

   Hij had zoiets nog nooit gedaan. Ik zat in mijn donkere trance, maar voelde de kring naar me staren. Een dame vroeg 'Ziet u haar?' & een andere dame antwoordde 'Ik zie haar omtrekken in de stoel.' Peter zei 'Het is schadelijk voor mijn medium als jullie naar haar kijken terwijl ik er ben. Ik moet dit doen om de twijfels weg te nemen, maar er is nog iets anders wat ik kan doen, dat zal een test zijn. Iemand moet de la in de tafel opentrekken & me brengen wat daar ligt.' Ik hoorde de la opengaan & een stem zeggen 'Er liggen touwen in' & Peter zei 'Ja, breng ze maar hier.' Toen bond hij me aan mijn stoel vast & zei 'Dit moeten jullie voortaan doen bij elke donkere seance. Als jullie het niet doen, kom ik niet.' Hij maakte mijn polsen

& enkels vast & deed een band voor mijn ogen. Toen ging hij de kamer weer in & ik hoorde een stoel schrapen & hij zei 'Komt u maar mee.' Hij bracht een dame bij me, een zekere miss d'Esterre. Hij zei 'Ziet u hoe mijn medium is vastgebonden, miss d'Esterre? Ik wil dat u haar aanraakt & me vertelt of die koorden goed vastzitten. Trek uw handschoen uit.' Ik hoorde haar de handschoen uittrekken & toen voelde ik haar vingers, Peter drukte erop met zijn eigen vingers & maakte ze warm. Ze zei 'Ze trilt helemaal!' & Peter zei 'Ik doe dit voor haar eigen bestwil.' Toen stuurde hij miss d'Esterre terug naar haar plaats & boog zich over me heen & fluisterde 'Ik doe dit voor jou', & ik antwoordde 'Ja, Peter.' Hij zei 'Al je kracht dank je aan mij' & ik beaamde dat.

Toen deed hij een zijden band voor mijn mond & daarna trok hij het gordijn dicht & kwam in hun midden. Ik hoorde een heer zeggen 'Ik weet het niet Peter, ik ben er niet helemaal gerust op. Schaadt het de krachten van miss Dawes niet als ze zo wordt vastgebonden?' Peter lachte. Hij zei 'Ach wat, ze zou maar een armzalig medium zijn als haar krachten niet bestand waren tegen een paar zijden koorden!' Hij zei dat de koorden mijn sterfelijke delen vasthielden, maar dat mijn geest nooit kon worden vastgebonden of opgesloten. Hij zei 'Weet u niet dat het met geesten net zo is als met geliefden? Een slot houdt ze niet tegen.'

Toen ze me naderhand losmaakten, bleek echter dat de touwen mijn polsen & enkels tot bloedens toe hadden opengeschaafd. Ruth zag het & zei 'O, wat een bruut is die geest, om mijn arme mevrouw zoiets aan te doen.' Ze zei 'Miss d'Esterre, wilt u me helpen om miss Dawes naar haar eigen kamer te brengen?' Toen brachten ze me hierheen & Ruth deed zalf op de schaafwonden, terwijl miss d'Esterre de zalfpot vasthield. Miss d'Esterre zei dat ze nog nooit zo verbaasd was geweest als toen Peter haar kwam halen. Ruth zei dat hij iets aan haar gezien moest hebben, een of ander teken dat hem rechtstreeks naar haar had geleid, iets bijzonders dat geen van de andere dames had. Miss d'Esterre keek eerst haar aan & toen mij. Ze zei 'Denk je echt?' Ze zei 'Soms voel ik wel iets' & toen sloeg ze haar ogen neer.

Ik zag Ruth naar haar kijken & toen was het of Peter Quick me de woorden zelf kwam influisteren. Ik zei 'Ruth heeft gelijk, Peter schijnt u inderdaad ergens voor te hebben uitgekozen. Misschien zou u hem nog een tweede keer moeten zien, als het rustiger is. Wilt u dat wel? Komt u nog eens terug, & zal ik dan kijken of ik hem niet kan oproepen, alleen voor ons samen?' Miss d'Esterre zei niets, ze zat maar naar de zalfpot te kijken. Ruth wachtte even & zei toen 'Nou, denk dan vannacht aan hem, als u alleen bent & het stil is in uw kamer. Hij heeft beslist een zwak voor u. Wie weet, misschien probeert hij u wel te bezoeken zonder hulp van zijn medium. Maar ik denk dat u hem beter hier kunt ontmoeten, bij miss Dawes, dan in uw eentje in uw donkere slaapkamer.' Miss d'Esterre zei 'Ik ga wel in het bed van mijn zuster slapen.' Ruth zei 'Ja, maar daar zal hij u ook weten te vinden.' Toen pakte ze de zalfpot & deed het deksel erop & zei tegen mij 'Zo miss Dawes, u bent weer helemaal in orde.' Miss d'Esterre ging zonder iets te zeggen naar beneden.

Ik moest aan haar denken toen ik naar de kamer van mrs Brink ging.

28 november 1874

Vandaag naar Millbank geweest, een afschuwelijk bezoek, ik schaam me om erover te schrijven.

Ik werd bij de poort van de vrouwengevangenis opgewacht door de bewaarster met het grove gezicht, miss Craven: men had haar als chaperone naar me toe gestuurd in plaats van miss Ridley, die bezigheden elders had. Ik was blij haar te zien. Ik dacht: Dat komt goed uit. Ik zal me door haar naar Selina's cel laten brengen, dan hoeven miss Ridley en miss Haxby het nooit te weten...

Desondanks gingen we niet onmiddellijk naar de cellen, want onderweg vroeg ze of er niet een ander deel van de gevangenis was dat ik eerst wilde zien. 'Of bent u erop gebrand,' zei ze weifelend, 'om alleen de vrouwen te bezoeken?' Waarschijnlijk was het voor haar een nieuwigheid om me rond te leiden en wilde ze er zo veel mogelijk van genieten. Maar terwijl ze sprak, maakte ze een wat gewiekste indruk op me – en toen bedacht ik dat ze misschien wel opdracht had gekregen om op me te letten, en dat ik voorzichtig moest zijn. Daarom zei ik dat ze me naar eigen goeddunken mocht rondleiden, dat de vrouwen het vast niet erg zouden vinden om nog wat langer op me te wachten. 'Dat denk ik ook niet, juffrouw,' antwoordde ze.

Vervolgens nam ze me mee naar de badkamer en naar het kledingmagazijn van de gevangenis.

Veel valt daar niet over te zeggen. De badkamer is een vertrek met een grote trog erin, waarin de vrouwen bij aankomst moeten plaatsnemen om zich gemeenschappelijk in te zepen; vandaag waren er geen nieuwe gevangenen en dus was het bad leeg, op enkele zwarte torren na die rondsnuffelden bij de vuile randen. In het kledingmagazijn zijn planken met bruine gevangenisjaponnen en witte mutsen in alle maten, en kisten met hoge schoenen. De schoenen zijn per paar met de veters aan elkaar gebonden. Miss Craven hield een paar omhoog waarvan ze dacht dat het mij wel zou passen – monsterlijk grote dingen waren het natuurlijk, en ik geloof dat ze lachte toen ze ze liet zien. Ze zei dat niets steviger was dan gevangenisschoenen, zelfs soldatenlaarzen niet. Ze zei dat ze ooit had gehoord van een vrouw in Millbank die haar bewaarster had neergeslagen, haar cape en sleutels had gestolen en de poort had weten te bereiken, en zou zijn ontsnapt als daar geen cipier had gestaan die haar schoenen zag en onmiddellijk wist dat ze een gevangene was – toen was de vrouw weer opgepakt en in de donkere cel gezet.

Na me dit te hebben verteld gooide ze de schoenen terug in de kist en lachte. Vervolgens bracht ze me naar een ander magazijn, dat men daar de 'Eigen-kledingkamer' noemt. Dit is de plek – ik had nooit eerder bedacht dat er natuurlijk zo'n plek moest zijn – waar alle jurken, hoeden, schoenen en spulletjes worden bewaard die de vrouwen bij zich hebben wanneer ze in Millbank aankomen.

Er gaat een wonderlijke en vreselijke bekoring uit van dit vertrek en al wat zich daar bevindt. Het heeft de vorm van een zeshoek – overeenkomstig de vreemde drang naar geometrie die Millbank kenmerkt – en de muren zijn geheel bedekt, van de vloer tot het plafond, met planken, die vol staan met dozen. De dozen zijn van geelbruin karton en versterkt met koper en met koperen hoekjes; ze zijn lang en smal, en voorzien van een plaatje met daarop de naam van de gevangene. Ze lijken nog het meest op kleine doodskisten, zodat er een rilling door me heen ging toen ik het vertrek binnenstapte: ik waande me in een kindermausoleum, of in een lijkenhuis.

Miss Craven zag me schrikken en zette haar handen op haar heupen. 'Raar, hè?' zei ze, terwijl ze om zich heen keek. 'Weet u wat ik altijd denk als ik hier kom? Ik denk: *zoem, zoem*. Ik denk: Nu weet ik precies hoe bijen of wespen zich voelen als ze terugkomen bij hun eigen nestje.'

We stonden samen naar de wanden te turen. Ik vroeg of er werkelijk voor elke vrouw in de gevangenis een doos was, en zij knikte. 'Jawel, en nog een stel extra.' Ze liep naar een plank, haalde een willekeurige doos tevoorschijn en zette die voor zich neer – er stond daar een bureau, met een stoel erachter. Toen ze het deksel van de doos tilde, steeg er een ietwat zwavelachtige geur uit op. Alle kleren die worden opgeslagen, moeten eerst ontsmet worden, zei ze, want de meeste zitten vol ongedierte, maar 'sommige jurken zijn daar natuurlijk beter tegen bestand dan andere'.

Ze tilde het kledingstuk op dat in de doos lag. Het was een dunne japon van bedrukte katoen, die er door de zwavelbehandeling zo te zien niet erg op vooruit was gegaan, want de kraag was aan flarden en de manchetten leken geschroeid. Onder de jurk lag een stel vergeelde onderkleren, een paar afgetrapte roodleren schoenen, een hoed met een speld van geschilferd paarlemoer, en een zwart geworden trouwring. Ik keek naar het naamplaatje op de doos: *Mary Breen*, stond er. Dat is de vrouw die afdrukken van haar eigen tanden in haar arm had staan toen ik haar een keer bezocht, waarvan ze zei dat het rattenbeten waren.

Nadat miss Craven deze doos had gesloten en op de plank teruggezet, kwam ik wat dichterbij en begon achteloos de namen te bekijken; zij bleef intussen de dozen betasten, de deksels oplichten en de inhoud inspecteren. 'Het zou u verbazen,' zei ze, turend in de zoveelste doos, 'met wat voor zielige spulletjes sommige vrouwen bij ons komen.'

Ik ging naast haar staan en bekeek wat ze me liet zien: een verschoten zwarte jurk, een paar canvas sloffen en een sleutel aan een touwtje – ik vroeg me af waar die sleutel voor diende. Ze deed de doos dicht en mopperde binnensmonds: 'Nog geen zakdoek om haar neus in te snuiten.' Toen werkte ze de rij verder af, en ik liep met haar mee en gluurde in alle dozen. Een ervan bevatte een prachtige japon, en een fluwelen hoed met een opgezet vogeltje ter versiering, compleet met snavel en kraaloogjes; de bijbehorende onderkleren waren echter zo vuil en gescheurd alsof ze door paardenhoeven waren vertrapt. In een andere doos lag een onderjurk, besmeurd met sinistere bruine vlekken waarvan ik met een huivering zag dat het bloed moest zijn; weer een andere bezorgde me een schok: behalve een jurk, een onderrok, schoenen en kousen lag er ook een bos rossig-bruin haar in, bijeengebonden als de staart van een pony of als een merkwaardig zweepje. Het was het haar dat van het hoofd van de eigenaresse was geknipt toen ze in de gevangenis aankwam. 'Ze zal het wel bewaren om er een haarstukje van te laten maken als ze weer vrijkomt,' zei miss Craven. 'Maar veel plezier zal ze er niet van hebben! Dit is van Chaplin, kent u die? Een gifmengster, ze is ternauwernood aan de galg ontsnapt. Reken maar dat haar mooie rode lokken helemaal grijs geworden zijn voor ze dit terugkrijgt!'

Ze sloot de doos en duwde hem weer op zijn plaats, met een geoefend, nukkig gebaar; haar eigen haar, voorzover het zichtbaar was onder haar bonnet, was zo kleurloos als muizenbont. Toen herinnerde ik me hoe ik de administratrice had zien wrijven over de afgeknipte lokken van Suzanne-met-de-zwarte-ogen, het zigeunermeisje – en plotseling kreeg ik een onprettig visioen van haar en miss Craven die samen stonden te fluisteren bij de afgesneden tressen, of bij een jurk, of bij de hoed met het vogeltje: *'Die moet je eens passen – ach wat, niemand ziet je. Wat zal je vrijer je zo bewonderen! En over vier jaar weet geen mens meer wie dit het laatst gedragen heeft.'*

Het beeld en de fluisterende stemmen waren zo levensecht dat ik genoodzaakt was me om te draaien en mijn vingers tegen mijn gezicht te drukken om ze te verjagen, en toen ik daarna weer naar miss Craven keek, was ze doorgelopen naar een volgende doos en stond ze snuivend te lachen om de inhoud. Ik sloeg haar gade. Ik vond het opeens beschamend dat we ons zo vergaapten aan de sluimerende, trieste restanten van het alledaagse leven van de vrouwen. Het was alsof de dozen inderdaad doodskisten waren en wij, de bewaarster en ik, naar de kinderlijkjes stonden te gluren, terwijl de treurende moeders nietsvermoedend in hun cel zaten. Doch behalve beschamend was het ook fascinerend, en toen miss Craven doelloos naar een andere plank liep, kon ik het ondanks mijn gewetenswroeging niet laten haar te volgen. Hier stond de doos van Agnes Nash, de valsemuntster, en die van de arme Ellen Power, met het portretje van een kind erin – haar kleindochter, veronderstel ik. Misschien had ze gedacht dat ze het prentje bij zich zou mogen houden in haar cel.

En toen, hoe kon het anders, moest ik natuurlijk aan de doos van *Selina* denken. Ik begon om me heen te kijken of ik hem ergens zag staan. Ik begon me af te vragen hoe het zou zijn om er een blik in te werpen. Als dat eens kon, dacht ik, dan zou ik iets zien – iets van haar, ik wist niet wat, het maakte niet uit wat – iets waardoor ik haar zou begrijpen, nader tot haar zou komen... Miss Craven bleef aan de dozen trekken en zich verbazen over de trieste of fraaie kostuums die ze bevatten, of lachen om iets dat uit de mode was geraakt. Ik stond vlak bij haar, maar keek niet naar hetgeen ze aanwees. In plaats daarvan sloeg ik mijn ogen op en tuurde zoekend in het rond. Ten slotte vroeg ik: 'Hoe is de volgorde hier, miss Craven? Hoe worden de dozen neergezet?'

Terwijl zij nog wees en uitleg gaf, had ik het naamplaatje echter al gevonden. Het zat te hoog voor haar; er stond wel een ladder tegen de planken, maar die had ze niet beklommen. Ze was trouwens al bezig haar vingers af te vegen, alsof ze het tijd vond worden om me naar de cellen te escorteren. Nu zette ze haar handen op haar heupen en sloeg haar ogen op, en ik hoorde haar binnensmonds prevelen: *'Zoem zoem, zoem zoem...'*

Ik moest haar zien kwijt te raken, en kon daarvoor maar één manier bedenken. Ik zei: 'O!' en legde mijn hand tegen mijn hoofd. 'O! Ik geloof dat ik duizelig ben geworden van al dat turen!' – en natuurlijk voelde ik me nu echt duizelig, van de spanning, en mijn gezicht was blijkbaar bleek geworden, want miss Craven keek naar me, slaakte een kreet en deed een stap in mijn richting. Ik hield mijn hand tegen mijn voorhoofd. Ik zou niet in zwijm vallen, zei ik, maar kon ze misschien... zou ze zo vriendelijk willen zijn om een glas water voor me te halen?

Ze bracht me naar de stoel en zette me erop. Ze zei: 'Ik durf u eigenlijk niet alleen te laten. In de kamer van de dokter is wel vlugzout, denk ik, maar de dokter is nu op de ziekenzaal, het zal een paar minuutjes duren voor ik de sleutels heb gehaald – miss Ridley heeft ze. Stel dat u valt...'

Ik zei dat ik niet zou vallen. Ze sloeg haar handen ineen – o, dit was een klein drama waar ze niet op had gerekend! Toen snelde ze weg. Ik hoorde het rinkelen van haar ketting, en haar voetstappen, en het dichtslaan van een hek.

Toen stond ik op, pakte de ladder en zette die op de plaats waar ik moest zijn; ik schortte mijn rokken op en klom naar boven, trok Selina's doos naar me toe en sloeg het deksel terug.

Er steeg onmiddellijk een bittere zwavelgeur uit op, zodat ik mijn hoofd moest afwenden en mijn ogen moest dichtknijpen. Toen ontdekte ik dat mijn schaduw in de doos viel, want het licht kwam van achteren – ik kon absoluut niet zien wat erin lag, maar moest onhandig opzij leunen en mijn wang tegen de harde rand van de plank drukken. Van lieverlee begon ik de kledingstukken die er lagen te onderscheiden: de mantel, en de hoed, en de japon van zwart fluweel, en de schoenen, en de onderrokken, en de witte zijden kousen...

Ik betastte ze allemaal, tilde ze op en draaide ze om – zoekend, nog steeds zoekend, al wist ik niet waarnaar. Het hadden echter net zo goed de kleren van een ander meisje kunnen zijn. De japon en de mantel leken nieuw, bijna ongedragen. De schoenen waren stijf en glimmend gepoetst, de zolen smetteloos. Zelfs de eenvoudige gitten oorbellen die ik vond, in de punt van een zakdoek geknoopt, zagen er keurig uit, met haakjes die nog niet dof waren geworden; de zakdoek zelf was kraakhelder, afgezet met een zwartzijden bies, zonder kreukels. Er was niets te vinden, helemaal niets. Het leek wel of ze was aangekleed door een winkeljuffrouw, in een sterfhuis. Ik kon geen spoor vinden van het leven dat ze mijns inziens moest hebben geleid – geen enkele aanwijzing waaruit viel op te maken hoe die kledingstukken destijds om haar slanke leden vielen. Er was niets.

Athans, dat dacht ik, totdat ik het fluweel en de zijde voor de laatste maal omdraaide en zag wat er nog meer in de doos lag, ineengerold in de schaduwen als een slapende slang...

Selina's haar. Selina's haar, stevig gevlochten tot een dikke streng, en aan de kant waar het was afgeknipt vastgebonden met grof gevangenisgaren. Ik nam het in mijn hand. Het voelde zwaar en droog aan – zoals slangen, geloof ik, droog aanvoelen, ondanks hun glimmende huid. Waar het licht erop viel, had het een matgouden glans, maar het goud was doorschoten met andere kleuren – met zilver, en met iets dat naar groen neigde.

Ik herinnerde me dat ik een foto van Selina had bekeken en toen de kunstige krullen en slagen van haar kapsel had gezien. Dat had haar voor mij levensecht gemaakt. Deze doos, die op een doodskist leek, het bedompte vertrek – ik vond het opeens afschuwelijk dat haar haar nu op zo'n donkere plek was opgeborgen. Ik dacht: *Al kreeg het maar een beetje licht, een beetje lucht...* En weer rees het beeld van de fluisterende bewaarsters voor me op. Stel je voor dat zij zouden lachen om haar tressen, of ze zouden strelen en betasten met hun lompe handen.

Ik was er op dat moment van overtuigd dat er iets akeligs mee zou gebeuren als ik het niet meenam. Ik griste het uit de doos en vouwde het dubbel – ik denk dat ik het in de zak van mijn mantel wilde stoppen, of achter de knopen op mijn borst. Maar terwijl ik er nog aan stond te frunniken, moeizaam reikend vanaf de ladder, mijn wang nog stijf tegen de plank gedrukt – terwijl ik daar zo stond, hoorde ik de deur aan het eind van de gang dichtslaan en daarna het geluid van stemmen. Het was miss Craven, en ze had miss Ridley bij zich! Ik schrok zo dat ik bijna van de ladder viel. De haarvlecht had nu werkelijk een slang kunnen zijn: ik wierp hem van me af alsof hij plotseling was ontwaakt en me zijn giftanden had laten zien, trok de deksel over de doos en belandde met een logge stap op de grond – en intussen kwamen de stemmen van de bewaarsters steeds dichterbij.

Ze troffen me aan met mijn hand op de rugleuning van de stoel, bevend van angst en schaamte, de afdruk van de plank waarschijnlijk nog in mijn wang, mijn mantel helemaal stoffig. Miss Craven kwam naar me toe met het flesje vlugzout, maar miss Ridley kneep haar ogen tot spleetjes. Eenmaal meende ik haar naar de ladder te zien turen, en naar de plank, en naar de dozen op de plank die ik, in mijn haast en nervositeit, misschien wel schots en scheef had neergezet, wie weet. Ik keek niet om. Ik keek alleen even naar haar, wendde me toen af en begon nog erger te sidderen. Het waren die naakte ogen, die blik, waardoor ik ten slotte zo onwel werd als miss Craven, met haar vlugzout, maar had kunnen denken. Want ik begreep terstond wat miss Ridley zou hebben gezien als ze eerder was gekomen. Ik zag het voor me – ik zie het nu nog voor me, een haarscherp, vreselijk beeld.

Ik zag mezelf, een oude vrijster, bleek en lelijk, zwetend en verwilderd, staande op een wankele gevangenisladder, graaiend naar de afgeknipte blonde lokken van een mooi meisje...

Ik liet miss Craven een glas water bij mijn mond houden. Ik wist dat Selina treurig en verwachtingsvol in haar koude cel zat, maar ik kon me er niet toe zetten naar haar toe te gaan; ik zou mezelf gehaat hebben als ik nu was gegaan. Ik zei dat ik vandaag geen bezoeken zou afleggen. Miss Ridley beaamde dat dat verstandig was. Ze bracht me zelf naar de portiersloge.

Vanavond vroeg Moeder tijdens het voorlezen wat dat toch voor vlek was op mijn gezicht, en ik keek in de spiegel en zag een blauwe plek – ik had mijn wang bezeerd aan de plank. Daarna was mijn stem onvast, en ik legde het boek terzijde. Ik zei dat ik graag wilde baden, en liet Vigers een bad vullen voor mijn haardvuur; ik trok mijn benen op en ging erin liggen, bekeek mezelf aandachtig en hield daarna mijn gezicht onder het afkoelende water. Toen ik mijn ogen opendeed, stond Vigers klaar met de handdoek, en haar blik was somber, haar gezicht even bleek als het mijne. Ze zei, net als Moeder: 'O, u hebt uw wang bezeerd.' Ze zei dat ze er azijn op zou doen. Ik liet haar de lap tegen mijn gezicht houden, gedwee als een kind.

Toen zei ze dat het jammer was dat ik vandaag niet thuis was geweest, want mrs Prior – dat wil zeggen, mrs Helen Prior, die met mijn broer was getrouwd – was op bezoek gekomen, met haar baby, en had het spijtig gevonden dat ze me was misgelopen. 'Wat is ze mooi, hè, vindt u ook niet?'

Daarop duwde ik haar van me af, en zei dat ik onpasselijk werd van de azijn. Ik beval haar de badkuip weg te halen en tegen mijn moeder te zeggen dat ze me mijn medicijn moest brengen: ik wilde terstond mijn medicijn hebben. Toen Moeder kwam, vroeg ze: 'Wat mankeert je?' en ik zei: 'Niets, Moeder.' Maar mijn hand trilde zo erg dat ze me het glas niet wilde aangeven, maar het voor me vasthield, precies zoals miss Craven had gedaan.

Ze vroeg of ik soms iets naars had gezien in de gevangenis waardoor ik van streek was geraakt. Ze zei dat ik geen bezoeken meer moest afleggen als ze zo'n uitwerking op me hadden.

Nadat ze was vertrokken, liep ik mijn kamer op en neer, handenwringend en mezelf verwensend vanwege mijn stupiditeit. Toen haalde ik dit dagboek tevoorschijn en begon erin te bladeren. Ik herinnerde me de opmerking van Arthur, dat vrouwen nooit iets anders konden schrijven dan een *journaal van het hart*. Ik dacht waarschijnlijk dat ik hem op de een of andere manier in het ongelijk kon stellen of kon dwarszitten door mijn tochtjes naar Millbank op papier te zetten. Ik dacht dat ik van mijn leven een boek kon maken waar geen leven of liefde in voorkwam – een boek dat niet meer was dan een catalogus, een soort opsomming. Nu zie ik dat mijn hart toch is binnengeslopen op deze pagina's. Ik zie het kronkelige spoor dat het heeft achtergelaten, het wordt duidelijker naarmate ik verder blader. Ten slotte wordt het zo duidelijk dat het een naam vormt...

Selina.

Ik had dit dagboek vanavond bijna verbrand, zoals ik ook het vorige heb verbrand. Ik kon het niet. Maar toen ik opkeek, zag ik de vaas op mijn schrijftafel staan, met de oranjebloesem erin: de bloemen zijn al die tijd wit en geurig gebleven, precies zoals ze had beloofd. Ik liep erheen en trok ze druipend en wel uit de vaas; en toen heb ik ze verbrand, ik hield ze op de kolen tot ze sisten, en keek hoe ze omkrulden en zwart werden. Slechts één bloem heb ik bewaard. Die heb ik hier te drogen gelegd, en nu zal ik deze bladzijden gesloten houden. Want als ik ze weer omsla, zal de geur eruit opstijgen om me te waarschuwen, snel en scherp en gevaarlijk, als het lemmet van een mes.

2 DECEMBER 1874

Ik weet nauwelijks hoe ik moet opschrijven wat er is gebeurd. Ik kan nauwelijks zitten of staan of lopen of spreken, of een andere normale handeling verrichten. Ik ben sinds anderhalve dag buiten zinnen, ze hebben de dokter bij me gebracht, en Helen is gekomen – zelfs Stephen is gekomen, hij stond aan het voeteneinde van het bed en staarde naar me in mijn nachthemd, ik hoorde hem fluisteren toen iedereen dacht dat ik sliep. En al die tijd wist ik dat er niets aan de hand zou zijn als ze me maar met rust lieten, zodat ik kon nadenken en schrijven. Nu hebben ze Vigers op een stoel voor mijn deur gezet, en de deur op een kier laten staan voor het geval ik mocht roepen; maar ik ben stilletjes naar mijn schrijftafel gelopen en heb eindelijk mijn dagboek voor me liggen. Alleen daarin kan ik eerlijk zijn – en ik kan nauwelijks zien, ben nauwelijks in staat de woorden netjes op de regel te krijgen.

Ze hebben Selina in de donkere cel gestopt! – en dat is mijn schuld. En ik zou naar haar toe moeten gaan, maar durf niet.

Ik had me met pijn in het hart voorgenomen haar te mijden, na mijn laatste bezoek aan de gevangenis. Ik wist dat mijn bezoekjes aan haar een vreemde uitwerking op me hadden, dat ik mezelf niet meer was – of erger nog, dat ik te veel mezelf was geworden, mijn oude zelf, de oude *Aurora*. Als ik nu weer probeerde *Margaret* te zijn, lukte dat niet. Ik had het gevoel dat ze gekrompen was, als een stel kleren. Ik wist niet meer wat ze had gedaan, hoe ze zich had bewogen en gesproken. Ik zat bij Moeder – het leek wel een pop die daar zat, een papieren poppetje, knikkend met haar hoofd. En wanneer Helen kwam, kon ik haar niet aankijken. Ik huiverde als ze me kuste en ik de droge huid van mijn wang tegen haar lippen voelde.

Zo verstreken mijn dagen sinds mijn laatste bezoek aan Millbank. Totdat ik gisteren naar de National Gallery ging, alleen, in de hoop dat de schilderijen me verstrooiing zouden bieden. Het was de dag waarop de tekenleerlingen altijd komen, en er was ook een meisje bij, ze had haar ezel voor Crivelli's *Annunciatie* neergezet en was bezig het gezicht en de handen van de Heilige Maagd met potlood op het doek aan te brengen – het gezicht was dat van Selina, en het kwam me levensechter voor dan mijn eigen gezicht. En toen wist ik niet meer waarom ik haar had gemeden. Het was al half zes, en Moeder had gasten uitgenodigd voor het diner. Daar dacht ik helemaal niet aan. Ik ging dadelijk naar Millbank en liet me door een bewaarster naar de cellen brengen. De vrouwen waren net klaar met eten, ik zag hen met een broodkorst hun houten bord afvegen; en toen ik bij het hek van Selina's afdeling kwam, hoorde ik de stem van mrs Jelf. Ze stond in de hoek van de gang luidkeels een avondgebed op te zeggen, en de akoestiek van het gebouw deed haar stem trillen.

Toen ze ontdekte dat ik op haar stond te wachten, schrok ze. Ze bracht me bij een paar vrouwen – de laatste van hen was Ellen Power, en zij was zo veranderd, en zo ziek, en zo dankbaar voor mijn komst dat ik mijn bezoek niet kon afraffelen, maar bij haar ging zitten en haar hand vasthield, en met mijn vingers over haar gezwollen knokkels streek om haar te kalmeren. Ze kan niet meer praten zonder te hoesten. De dokter heeft haar een medicijn gegeven, maar ze kunnen haar niet op de ziekenzaal leggen, zei ze, omdat de bedden bezet zijn door jongere vrouwen. Naast haar zag ik een blad met wol en een paar half voltooide kousen: men dwingt haar nog steeds om te breien, zo ziek als ze is, en ze zei dat ze liever werkt dan niets doet. Ik zei: 'Dat kan niet goed zijn. Ik zal er met miss Haxby over spreken.' Doch ze zei dadelijk dat het niets uit zou halen, en dat ze het bovendien liever niet had.

'Over zeven weken zit mijn tijd erop,' zei ze. 'Als ze me een lastpost vinden, schuiven ze de datum misschien wel een eind op.' Ik zei dat ik de lastpost zou zijn, niet zij – maar op hetzelfde moment werd ik overvallen door een beschamende angst: als ik inderdaad voor haar in de bres sprong, zou miss Haxby dat misschien op slinkse wijze tegen me gebruiken, bijvoorbeeld om mijn bezoeken te laten stopzetten...'

Toen zei Power: 'U kunt het beter uit uw hoofd laten, juffrouw, heus, ik meen het.' Ze zei dat ze tijdens het luchten twintig vrouwen had gezien die er net zo slecht aan toe waren als zijzelf, en als ze voor haar de regels veranderden, dan moesten ze dat voor iedereen doen. 'En waarom zouden ze?' Ze tikte op haar borst. 'Ik heb altijd mijn flanel nog,' zei ze, met een poging tot een knipoog. 'Dat heb ik tenminste nog, de hemel zij dank!'

Ik vroeg aan mrs Jelf, toen ze me bevrijdde, of het waar was dat men Power geen bed op de ziekenzaal wilde geven. Ze zei dat ze had geprobeerd een goed woordje voor Power te doen bij de dokter, maar dat hij ronduit tegen haar had gezegd dat hij zijn eigen zaakjes wel kon regelen. Ze zei dat hij Power 'de hoerenmadam' noemt.

'Miss Ridley,' vervolgde ze, 'zou wel enige invloed op hem kunnen uitoefenen, maar miss Ridley heeft een uitgesproken mening over het onderwerp straf. En ik moet aan haar verantwoording afleggen, niet' – nu wendde ze haar hoofd af – 'niet aan Ellen Power of aan een van de andere vrouwen.'

Ik dacht op dat moment: *U zit net zo gevangen in Millbank als zij.*

Daarna bracht ze me naar Selina, en ik vergat Ellen Power. Ik stond trillend voor haar hek – mrs Jelf, die me gadesloeg, zei: 'U hebt het koud, juffrouw!' Ik had het nog niet eerder gemerkt. Ik had tot dan toe wel geheel versteend kunnen zijn, volkomen gevoelloos, maar Selina's blik deed het leven weer in me terugvloeien, en dat was heerlijk, maar ook heel pijnlijk en moeilijk. Ik begreep toen dat het dom van me was geweest haar te mijden – dat mijn gevoelens tijdens mijn afwezigheid niet waren afgevlakt en genormaliseerd, maar heftiger en vertwijfelder waren geworden. Ze keek me bevreesd aan. 'Het spijt me,' zei ze. Waar had ze spijt van? vroeg ik. Misschien van de bloemen, antwoordde ze. Ze waren als geschenk bedoeld, maar toen ik daarna wegbleef, herinnerde ze zich dat ik de laatste keer had gezegd dat ze me angst aanjoegen. Ze had gedacht dat ik haar misschien wilde straffen.

Ik zei: 'O, Selina, hoe kon je dat denken? Ik ben alleen weggebleven omdat, omdat ik bang was...'

Bang was voor mijn eigen hartstocht, had ik kunnen zeggen. Dat zei ik echter niet, want ik werd weer gekweld door dat onverkwikkelijke beeld van de oude vrijster die naar de haarvlecht graaide...

Ik nam alleen haar hand in de mijne, heel even maar; daarna liet ik de vingers weer los. 'Bang zonder reden,' zei ik, me afwendend. Ik zei dat ik thuis veel te doen had, nu Priscilla was getrouwd.

Zo praatten we verder: zij waakzaam, nog half bevreesd, en ik verward, bang om te dicht bij haar te komen, bang zelfs om te aandachtig naar haar te kijken. En toen klonken er voetstappen en verscheen mrs Jelf bij het hek, samen met een andere bewaarster. Ik herkende deze bewaarster niet, totdat ik haar leren tas zag en me realiseerde dat het miss Brewer was, de assistente van de aalmoezenier, die de vrouwen hun brieven brengt. Ze lachte tegen mij en tegen Selina, en het was een lach waarachter een geheim schuilging. Ze leek op iemand die een geschenk bij zich heeft en dat half verborgen houdt. Ik dacht – ik wist het terstond! en Selina wist het ook, denk ik – ik dacht: Ze heeft iets dat ons in beroering zal brengen. Ze heeft slecht nieuws.

Nu hoor ik Vigers, ze gaat verzitten op haar stoel achter de deur en zucht. Ik moet heel zachtjes schrijven, anders komt ze binnen en pakt me het dagboek af, omdat ik moet slapen. Hoe kan ik slapen, wetende wat ik weet? Miss Brewer kwam de cel in. Mrs Jelf trok het hek dicht maar deed het niet op slot, en ik hoorde haar een eindje de gang in lopen en toen stilstaan – misschien om een kijkje te nemen bij een andere gevangene. Miss Brewer zei blij te zijn dat ze mij daar aantrof; ze had een bericht voor Dawes dat me vast en zeker genoegen zou doen. Selina bracht haar hand naar haar keel. Wat voor bericht? vroeg ze, en miss Brewer kreeg een kleur van plezier. 'Je wordt overgeplaatst!' zei ze. 'Over drie dagen word je overgeplaatst naar de gevangenis in Fulham.'

Overgeplaatst? zei Selina. Overgeplaatst, naar Fulham? Miss Brewer knikte. Ze zei dat men opdracht had gekregen alle gevangenen uit de Sterklasse naar elders over te brengen. Miss Haxby had gewild dat de vrouwen het terstond te horen kregen.

'Denkt u zich eens in,' zei ze tegen mij. 'Het regime in Fulham is veel minder streng: de vrouwen werken er samen, en mogen zelfs met elkaar praten. Het eten is een beetje voedzamer, denk ik. In Fulham krijgen ze chocolademelk in plaats van thee! Wat vind je daarvan, Dawes?'

Selina zei niets. Ze was helemaal verstijfd en hield haar hand nog bij haar keel; alleen haar ogen schenen een beetje te bewegen, zoals de slaapogen van een pop. Mijn hart had zich bij de woorden van miss Brewer omgedraaid in mijn lijf, maar ik wist dat ik moest reageren en mezelf niet mocht verraden. Ik zei: 'Naar Fulham, Selina,' terwijl ik dacht: Hoe, o hoe, kan ik je daar bezoeken?

Mijn stem, mijn gezicht, moeten me toch verraden hebben. De bewaarster keek verbaasd.

Selina zei: 'Ik ga niet. Ik ga niet weg uit Millbank.' Miss Brewer wierp me een blik toe. Ik ga niet? zei ze. Wat bedoelde Dawes? Ze had het verkeerd begrepen. Het was niet voor straf dat ze dit deden. 'Ik wil niet,' zei Selina.

'Maar je moet!' – 'Je moet,' echode ik zwakjes, 'als zij zeggen dat het moet.' – 'Neen!' Haar ogen bewogen nog steeds, maar ze had me niet aangekeken. Waarom werd ze daarheen gestuurd? vroeg ze. Was ze niet braaf geweest, had ze niet hard gewerkt? Had ze niet alles gedaan wat ze wilden, zonder te klagen? Haar stem klonk vreemd, anders dan anders.

'Heb ik niet al mijn gebeden opgezegd in de kapel? En mijn lessen geleerd voor de onderwijzeressen? En mijn soep gehaald? En mijn cel netjes gehouden?'

Miss Brewer glimlachte en schudde haar hoofd. Ze zei dat Dawes juist werd overgeplaatst omdat ze zo braaf was geweest. Wilde Dawes dat niet, beloond worden? Haar stem kreeg een milde klank. Ze zei dat Dawes gewoon geschrokken was. Ze wist wel dat het voor de vrouwen in Millbank moeilijk te begrijpen was dat er andere, prettiger oorden op de wereld waren.

Ze deed een stap in de richting van het hek. 'Ik laat je nu alleen met miss Prior,' zei ze, 'dan kan zij je helpen om aan het idee te wennen.' Ze zei dat miss Haxby later zou komen, om Selina nog het een en ander te vertellen.

Misschien verwachtte ze een reactie en keek ze weer verbaasd toen die niet kwam. Ik weet het niet. Ik weet wel dat ze zich omdraaide naar het hek – misschien legde ze haar hand erop, ik zou het niet kunnen zeggen. Ik zag Selina een beweging maken; het was zo'n bruuske beweging dat ik dacht dat ze was bezwijmd, en ik deed een stap om haar op te vangen. Maar ze was niet bezwijmd. Ze was vliegensvlug naar de plank achter haar tafel gelopen en had iets gepakt dat daar lag. Er klonk gerinkel toen haar blikken kroes en haar lepel en boek naar beneden tuimelden – miss Brewer hoorde dat natuurlijk, en draaide zich om. Toen vertrok haar gezicht. Selina had haar arm geheven en haalde nu uit; en in haar hand hield ze haar houten etensbord. Miss Brewer hief ook haar arm, maar niet snel genoeg. Het bord raakte haar – pal op haar ogen, denk ik, want ze bedekte ze met haar vingers en daarna met haar armen, om verdere slagen af te weren.

Toen viel ze en bleef languit liggen, versuft en ellendig, met hoog opgeschorte rokken, waaronder haar grove wollen kousen zichtbaar waren, en haar kousenbanden, en het roze vlees van haar dijen.

Het gebeurde sneller dan ik het heb kunnen beschrijven, en geruislozer dan ik voor mogelijk had gehouden: de enige geluiden na het gerinkel van de kroes en de lepel waren de afschuwelijke klap van het bord, de adem van miss Brewer die uit haar boezem werd geperst, en het schrapen van de gesp van haar tas langs de muur. Ik had mijn handen tegen mijn gezicht gedrukt. Ik geloof dat ik 'Mijn God' zei – ik voelde de woorden op mijn vingers – en ik maakte eindelijk aanstalten om miss Brewer te hulp te schieten. Toen zag ik dat Selina het bord nog stijf omklemd hield. Ik zag haar gezicht, dat bleek en bezweet en vreemd was.

En ik dacht, heel even maar – ik herinnerde me het meisje, miss Silvester, dat gewond was geraakt – ik dacht: Je hebt haar wél geslagen! En ik zit samen met je in een cel! En ik deinsde ontzet achteruit en legde mijn handen op de stoel.

En toen liet ze het bord vallen en zakte neer tegen de opgevouwen hangmat, en ik zag dat ze erger trilde dan ik.

Miss Brewer begon te mompelen en om zich heen te tasten naar de muur en de tafel, en ik ging naar haar toe, knielde naast haar neer en legde mijn bevende handen op haar hoofd. Ik zei: 'Stil blijven liggen. Stil blijven liggen, miss Brewer' – ze was gaan schreien. En toen riep ik door het hek: 'Mrs Jelf! O, mrs Jelf, kom vlug alstublieft!'

Ze kwam dadelijk aanhollen door de gang en greep de tralies van het hek vast om zich staande te houden. En toen ze zag wat er was gebeurd, slaakte ze een kreet. Ik zei: 'Miss Brewer is gewond,' en daarna, op zachtere toon: 'Ze is in het gezicht geraakt.' Mrs Jelf verbleekte, keek verwilderd naar Selina, bleef even staan met haar hand op haar hart en duwde toen tegen het hek. Het kwam tegen miss Brewers rokken en benen aan, we moesten aan haar japon trekken en haar ledematen opzij duwen – het was een afschuwelijk moment, en intussen sloeg Selina ons gade, roerloos, sprakeloos en trillend. Miss Brewers oogleden waren gaan opzwellen en zaten bijna dicht, en er begonnen zich al blauwe plekken af te tekenen op haar bleke wangen en voorhoofd. Haar japon en bonnet waren bedekt met kalk van de celmuur. Mrs Jelf zei: 'U moet me helpen om haar naar mijn kamer te brengen, miss Prior, aan het eind van de gang. Daarna moet een van ons de dokter gaan halen, en... en miss Ridley.' Ze keek me even aan en richtte haar blik toen weer op Selina. Zij had haar knieën opgetrokken tot aan haar borst, haar armen eromheen geslagen en haar hoofd gebogen. De scheve ster op haar mouw lichtte op in de schaduwen. Ik vond het opeens vreselijk om haar zomaar achter te laten, sidderend, zonder een woord van troost, wetend wat haar te wachten stond. Ik zei: 'Selina' – het kon me niet schelen of de bewaarster me hoorde – en ze bewoog haar hoofd. Haar blik was desolaat en leek ongericht: ik wist niet of ze naar mij keek, of naar mrs Jelf, of naar de gewonde vrouw die schreiend tussen ons in hing – ik denk naar mij. Doch ze zei niets, en ten slotte trok de bewaarster me mee. Ze deed het hek op slot, aarzelde even, sloot toen de houten deur en vergrendelde die.

Daarna begonnen we aan onze tocht naar haar kamer – en wat een tocht was dat! De vrouwen hadden immers alles gehoord: mijn geroep, de kreet van de bewaarster en het schreien van miss Brewer, en ze stonden voor de hekken, hun gezicht tegen de tralies gedrukt, hun ogen op ons gevestigd terwijl we strompelend voorbijkwamen. O, wie had miss Brewer zo toegetakeld? riep een vrouw, en een ander antwoordde: 'Dawes! Selina Dawes heeft haar cel kort en klein geslagen! Selina Dawes heeft miss Brewer op haar gezicht getimmerd!' *Selina Dawes!* De naam ging van vrouw tot vrouw, van cel tot cel, alsof hij werd meegevoerd op een golf vuil water. Mrs Jelf riep dat ze stil moesten zijn, maar haar stem klonk klagerig en het geschreeuw hield aan. En ten langen leste maakte één stem zich los van de andere, niet om iets te vertellen of te vragen, maar om lachend te roepen: 'Selina Dawes is eindelijk losgebroken! *Selina Dawes, naar de dwangbuis en de donkere cel!'*

Ik zei: 'O God, zullen ze dan nooit zwijgen?' Ik dacht dat ze haar tot waanzin zouden drijven. Maar terwijl ik dat dacht, hoorde ik het dichtslaan van een hek en een andere kreet die ik niet verstond, en de stemmen zwegen dadelijk: het waren miss Ridley en mrs Pretty, het geschreeuw had hun aandacht getrokken en ze waren naar boven gekomen. Wij hadden de kamer van de bewaarster inmiddels bereikt. Mrs Jelf opende de deur, hielp miss Brewer in een stoel en gaf haar een natgemaakte zakdoek om tegen haar ogen te houden. Ik vroeg vlug: 'Zal Selina werkelijk naar de donkere cel worden gebracht?' – 'Ja,' antwoordde zij, op dezelfde gedempte toon. Daarna boog ze zich weer over miss Brewer heen. Tegen de tijd dat miss Ridley binnenkwam en zei: 'Zo, mrs Jelf, miss Prior, wat is dit voor kwalijke zaak?' was haar hand vast, haar gezicht volkomen effen.

'Selina Dawes,' zei ze, 'heeft miss Brewer geslagen met haar etensbord.'

Miss Ridley trok haar hoofd in en liep naar miss Brewer om te vragen waar ze gewond was. Miss Brewer zei: 'Ik kan niet zien.' Daarop kwam mrs Pretty dichterbij om een kijkje te nemen. Miss Ridley haalde de zakdoek weg. 'Uw ogen zitten dicht door de zwelling,' zei ze. 'Ik denk niet dat het iets ernstigers is dan dat. Maar mrs Jelf zal vlug de dokter gaan halen.' Mrs Jelf vertrok terstond. Miss Ridley legde de zakdoek terug en hield haar ene hand erop; de andere legde ze in de nek van miss Brewer. Ze keek mij niet aan, maar wendde zich tot mrs Pretty. 'Dawes,' zei ze. En terwijl de bewaarster de gang inliep, voegde ze eraan toe: 'Als ze schopt, roep me dan.'

Ik kon niets anders doen dan staan luisteren. Ik hoorde de vlugge, zware tred van mrs Pretty op de met zand bestrooide tegels, gevolgd door het openschuiven van de grendel op de deur van Selina's cel, en het rammelen van de sleutel tegen het hek. Ik hoorde gemompel, misschien een kreet. Daarna werd het stil, en even later kwam de snelle, zware tred weer, vergezeld door het geluid van lichtere voeten, die struikelden of over de grond sleepten. Toen sloeg in de verte een hek dicht. Daarna hoorde ik niets meer.

Ik voelde dat miss Ridley naar me keek. Ze zei: 'U was bij de gevangene toen de ellende begon?' Ik knikte. Ze vroeg me wat de aanleiding was geweest. Ik zei dat ik het niet wist. 'Waarom,' vroeg ze toen, 'viel ze alleen miss Brewer aan en u niet?' Ik zei nogmaals dat ik het niet wist, niet begreep waarom ze überhaupt iemand had aangevallen. Ik zei: 'Miss Brewer kwam met een bericht.' – 'En dat bericht bracht haar tot haar daad?' – 'Ja.'

'Wat was dat voor bericht, miss Brewer?'

'Ze wordt overgeplaatst,' zei miss Brewer treurig. Ze legde haar hand op de tafel naast haar; mrs Jelf had daar een stel kaarten klaargelegd voor een spelletje patience, en die raakten nu in de war. 'Ze wordt overgeplaatst naar de gevangenis in Fulham.'

Miss Ridley snoof. 'Nu niet meer,' zei ze, met wrange voldoening.

Toen trok er iets in haar gezicht – zoals de wijzers van een klok soms trekkerig bewegen door het draaien van de radertjes achter de wijzerplaat – en haar ogen zochten de mijne weer.

En toen vermoedde ik wat zij vermoedde, en ik dacht: *Mijn God.*

Ik keerde haar de rug toe. Ze zei niets meer, en even later kwam mrs Jelf binnen met de gevangenisdokter. Hij boog toen hij mij zag, nam miss Ridleys plaats naast miss Brewer in, mompelde afkeurend bij het zien van wat er achter de zakdoek zat, en haalde een poeder tevoorschijn dat mrs Jelf met water moest mengen in een glas. Ik herkende de geur. Ik bleef staan kijken terwijl miss Brewer kleine slokjes nam, en één keer, toen ze een beetje morste, kon ik slechts met moeite de neiging onderdrukken naar haar toe te lopen en het verspilde vocht op te vangen.

'U hebt een paar lelijke blauwe plekken,' zei de dokter tegen haar. Hij voegde er echter aan toe dat die vanzelf zouden wegtrekken: ze mocht van geluk spreken dat haar neus of jukbeen niet was was geraakt. Toen hij haar ogen had verbonden, wendde hij zich tot mij. 'Zag u het gebeuren?' vroeg hij. 'Viel de gevangene u niet aan?' Ik zei dat ik volkomen ongedeerd was. Dat betwijfelde hij: het was een slechte zaak als een dame bij iets dergelijks betrokken raakte. Hij raadde me aan mijn kamenier te laten komen en terstond met haar naar huis te rijden, en toen miss Ridley tegenwierp dat ik nog geen verslag van het incident had uitgebracht aan miss Haxby, antwoordde hij dat miss Haxby zijns inziens geen bezwaar zou hebben tegen het uitstel, 'in het geval van miss Prior'. Dit was de man, herinner ik me nu, die de arme Ellen Power een bed op de ziekenzaal had geweigerd. Daar dacht ik toen echter niet aan. Ik was hem alleen maar dankbaar, want ik denk dat ik het niet had overleefd als ik op dat moment de vragen en gissingen van miss Haxby had moeten verduren. Ik liep met hem over de afdeling en we passeerden Selina's cel, en ik vertraagde mijn pas en huiverde bij het zien van de hartverscheurende wanorde: de deur en het hek wagenwijd open, het etensbord, de kroes en de lepel op de vloer, de hangmat niet meer gevouwen volgens de voorschriften, het boek – *Leidraad voor de gevangene* – aan flarden en besmeurd met kalk. Ik keek, en de ogen van de dokter volgden de mijne, en hij schudde zijn hoofd.

'Een rustig meisje, naar ik hoor,' zei hij. 'Maar ja, zelfs de rustigste teef vliegt haar bazin weleens aan.'

Hij had me geadviseerd een dienstbode te laten komen en een rijtuig te nemen, maar ik was bang dat ik het daarin benauwd zou krijgen als ik me Selina in haar benauwenis voorstelde. Ik liep naar huis, snel, door het donker, zonder me te bekommeren om mijn eigen veiligheid. Pas aan het eind van Tite Street vertraagde ik mijn pas, om mijn gezicht te laten afkoelen in de wind. Moeder zou misschien vragen hoe het was gegaan, en ik wist dat ik rustig antwoord moest geven. Ik kon niet zeggen: 'Er is vandaag een meisje losgebroken, Moeder, en ze heeft een bewaarster verwond. Ze raakte buiten zinnen en alles was in rep en roer.' Zoiets kon ik tegen haar niet zeggen. Niet alleen omdat ze moest blijven denken dat de vrouwen gedwee en berouwvol en ongevaarlijk waren – niet alleen daarom. Ook omdat ik het niet zou kunnen zeggen zonder te schreien of te sidderen, of de waarheid uit te schreeuwen...

Dat Selina Dawes een bewaarster aan haar ogen had verwond, en zich met een dwangbuis aan in een donkere cel had laten werpen, omdat ze het niet kon verdragen Millbank te verlaten, mij te verlaten.

En dus nam ik me voor kalm te blijven en niets te zeggen, en stilletjes naar mijn kamer te gaan. Ik wilde zeggen dat ik me niet goed voelde en ging slapen, en dat ze me met rust moesten laten. Maar toen Ellis de deur opendeed, zag ik haar kijken, en toen ze opzij stapte om me binnen te laten zag ik, in de eetkamer, de gedekte tafel, vol bloemen en kaarsen en porseleinen borden. Toen kwam Moeder naar de trap, bleek van zorgen en ergernis: 'O! Hoe kun je zo lomp zijn! Hoe durf je me zo te dwarsbomen en van streek te maken!'

Het was ons eerste etentje sinds Prissy was getrouwd, en de gasten waren in aantocht, en ik was het vergeten. Ze kwam op me af en hief haar hand – ik dacht dat ze me wilde slaan, en ik kromp ineen.

Maar ze sloeg me niet. Ze trok de jas van mijn schouders en legde haar hand op mijn kraag. 'Neem de japon hier van haar aan, Ellis!' riep ze. 'Ik wil niet dat die vuiligheid mee naar boven wordt genomen en in het tapijt gelopen.' Toen pas zag ik dat ik besmeurd was met kalk, wat gebeurd moest zijn toen ik miss Brewer hielp. Ik bleef verwezen staan terwijl Moeder mijn ene mouw vastgreep en Ellis de andere. Ze ontdeden me van mijn lijfje en ik stapte moeizaam uit mijn rokken; daarna pakten ze mijn hoed, mijn handschoenen en ten slotte mijn schoenen, die dik onder het straatvuil zaten. Toen bracht Ellis de kleren weg en Moeder greep me bij mijn arm, waar het kippenvel op stond, trok me de eetkamer in en sloot de deur.

Ik zei, zoals ik me had voorgenomen, dat ik me niet goed voelde, maar ze lachte wrang toen ze dat hoorde. 'Niet goed?' zei ze. 'Neen, neen, Margaret. Dat is een troef die je naar believen uitspeelt. Je bent alleen ziek wanneer het jou uitkomt.'

'Ik ben nu ziek,' zei ik, 'en u maakt me nog zieker...'

'Je bent gezond genoeg, dunkt me, voor de vrouwen van Millbank!' Ik bracht een hand naar mijn hoofd. Ze sloeg hem opzij. 'Je bent zelfzuchtig,' zei ze, 'en eigenzinnig. Ik wil het niet hebben.'

'Alstublieft,' zei ik. 'Alstublieft. Laat me toch naar mijn eigen kamer gaan, zodat ik op bed kan gaan liggen...'

Ze zei dat ik naar mijn kamer moest gaan om me te verkleden – zonder hulp van de meisjes, want die hadden het te druk met andere dingen. Ik zei dat ik het niet kon opbrengen, te zeer van slag was, iets ellendigs had meegemaakt in de gevangenis.

'Jouw plaats is hier!' beet ze me toe, 'niet in de gevangenis. En het wordt tijd dat je laat merken dat je dat beseft. Nu Priscilla getrouwd is, moet jij je taken in huis vervullen. Jouw plaats is hier! Jij staat straks hier, naast je moeder, om onze gasten bij aankomst te begroeten...'

Zo ging ze door. Ik zei dat Stephen en Helen er toch waren, maar toen werd haar stem nog scherper. *Neen!* Ze kon het niet verdragen! Ze kon niet verdragen dat onze vrienden en kennissen me zwak vonden, of *excentriek* – ze spuwde het woord bijna in mijn gezicht. 'Jij bent mrs Browning niet, Margaret, hoe graag je dat ook zou willen. Je bent niet eens getrouwd. Je bent *miss Prior* maar. En jouw plaats – hoe vaak moet ik het nog zeggen? – jouw plaats is hier, naast je moeder.'

De hoofdpijn die in Millbank was opgekomen, was nu zo erg dat het leek of mijn hoofd in tweeën zou splijten. Doch toen ik haar dat vertelde, zei ze met een achteloos gebaar dat ik maar een dosis chloraal moest nemen. Zij had geen tijd om het voor me te halen, ik moest het zelf pakken. En ze vertelde me waar ze het flesje bewaart. Het ligt in de la van haar secretaire.

Daarna ging ik naar mijn kamer. In de hal passeerde ik Vigers, en ik wendde mijn hoofd af toen ik haar vol verbazing naar mijn blote armen, mijn onderjurk en kousen zag kijken. Mijn japon lag op het bed uitgespreid, met de broche die ik erop moest spelden, en terwijl ik nog met de sluitingen stond te worstelen, hoorde ik buiten het eerste rijtuig stilhouden – een huurrijtuig, met Stephen en Helen erin. Het aankleden ging onbeholpen, zonder Ellis: er raakte een stukje ijzerdraad los in de taille van mijn japon, en ik wist niet hoe ik het weg moest werken. Ik zag helemaal niets door het gebonk in mijn hoofd. Ik borstelde de kalk uit mijn haar, en de borstel leek bezet met naalden. Ik zag mijn gezicht in de spiegel: mijn ogen waren donker als beurse plekken, de beenderen in mijn hals staken uit als ijzerdraad. Twee verdiepingen lager hoorde ik Stephens stem, en toen ik zeker wist dat de salondeur dicht was, daalde ik de trap af naar Moeders kamer en vond daar het flesje chloraal. Ik nam twintig scrupels, en daarna, toen ik een tijdje op de uitwerking had zitten wachten en niets voelde, nog eens tien.

Toen voelde ik mijn bloed stroperig worden, mijn gezicht leek op te zwellen en de pijn achter mijn voorhoofd verminderde, en ik wist dat het medicijn begon te werken. Ik legde het chloraal keurig netjes terug in de la, precies zoals Moeder het graag zou willen. Toen ging ik naar beneden om aan haar zijde de gasten te begroeten. Ze bekeek me even toen ik binnenkwam, om te zien of ik er wel netjes uitzag; daarna keurde ze me geen blik meer waardig. Helen kwam me echter een kus geven. 'Ik weet dat jullie ruzie hebben gemaakt,' fluisterde ze. Ik zei: 'O, Helen, was Priscilla maar nooit weggegaan!' Toen begon ik te vrezen dat ze de medicijnlucht in mijn mond zou ruiken. Ik nam een glas wijn van Vigers dienblad om de geur te verdrijven.

Vigers keek me aan terwijl ik dat deed en zei zachtjes: 'Uw haarspelden zitten los, juffrouw.' Ze zette het dienblad even tegen haar heup en bracht haar hand naar mijn hoofd – en het leek opeens de vriendelijkste geste die iemand me ooit had betoond, in mijn hele leven.

Toen luidde Ellis de gong. Stephen gaf Moeder een arm en Helen liep met mr Wallace mee. Mijn begeleider was mr Dance, de verloofde van miss Palmer. Mr Dance heeft een snor en bakkebaarden en een heel breed voorhoofd. Ik zei – maar ik herinner het me nu alsof een andere vrouw het zei – ik zei: 'Mr Dance, uw gezicht is heel eigenaardig! Mijn vader tekende vaak zulke gezichten voor me toen ik nog klein was. Als je het papier ondersteboven hield, zag je een ander gezicht. Herinner jij je die tekeningen nog, Stephen?' Mr Dance lachte. Helen keek me bevreemd aan. Ik zei: 'U moet op uw hoofd gaan staan, mr Dance, en ons het andere gezicht laten zien dat u daar verborgen houdt!'

Mr Dance lachte weer. Ik herinner me dat hij erg hard lachte, de hele maaltijd door, totdat het lachen me ten slotte zo vermoeide dat ik mijn vingers tegen mijn ogen legde. Daarop zei mrs Wallace: 'Margaret is moe vanavond. Is het niet zo, Margaret? Je besteedt te veel aandacht aan die vrouwen van je.' Ik deed mijn ogen open, en de lichten op tafel leken heel fel. Mr Dance vroeg aan mij wat dat voor vrouwen waren, en mrs Wallace antwoordde in mijn plaats dat ik bezoekster was in de Millbank-gevangenis en vriendschap had gesloten met al de vrouwen. Mr Dance veegde zijn mond of en zei: Wat merkwaardig. Ik voelde het ijzerdraadje in mijn japon weer prikken, erger dan ooit. 'Afgaande op alles wat Margaret ons vertelt,' hoorde ik mrs Wallace zeggen, 'is het regime er erg streng. Maar ja, de vrouwen zijn natuurlijk gewend aan een zondig leven.' Ik keek van haar naar mr Dance. 'En miss Prior gaat erheen,' vroeg hij, 'om hen te observeren? Om hen te onderrichten?' – 'Om hen te troosten en te inspireren,' zei mrs Wallace. 'Om hun goede raad te geven, als een dame.' – 'Ah, als een dame...'

Nu moest ik lachen, en mr Dance wendde zijn hoofd naar me toe en keek me verbaasd aan. Hij zei: 'U zult daar wel veel ellendige taferelen hebben gezien, neem ik aan.'

Ik herinner me dat ik naar zijn bord keek en de cracker zag liggen, en het stukje blauwschimmelkaas, en het ivoren mesje met de boterkrul op het lemmet, vol parelende waterdruppels die op zweet leken. Ik zei langzaam dat ik daar inderdaad ellendige dingen had gezien. Ik had vrouwen gezien die niet meer konden spreken omdat ze permanent moesten zwijgen. Ik had vrouwen zichzelf zien verwonden, voor de afwisseling. Ik had vrouwen waanzinnig zien worden. Er was daar een vrouw, zei ik, die stervende was, omdat ze zo'n kou leed en zo slecht werd gevoed. Er was een andere vrouw die haar eigen oog had uitgestoken...

Mr Dance had het ivoren mesje opgepakt; nu legde hij het weer neer. Miss Palmer slaakte een kreet. Moeder zei: 'Margaret!' en ik zag Helen tersluiks naar Stephen kijken. Doch de woorden ontglipten me vanzelf, ik scheen hun vorm en smaak te voelen wanneer ze mijn mond verlieten. Al had ik moeten overgeven op tafel, ze hadden me niet tot zwijgen kunnen brengen.

Ik zei: 'Ik heb de donkere cel gezien, en het vertrek waar de ketens worden bewaard. Daar liggen boeien en dwangbuizen en kluisters. Een kluister verbindt de polsen en enkels van een vrouw met haar dijen, en wanneer het is aangelegd moet ze gevoerd worden met een lepel, als een klein kind, en als ze zichzelf bevuilt, moet ze in haar eigen vuil blijven liggen...' Moeders stem klonk weer, scherper dan tevoren, en Stephen viel haar bij. Ik zei: 'De donkere cel is afgesloten met een hek, en een deur, en dan nog een deur, bekleed met stro. De vrouwen worden er met geboeide armen in gezet, en de duisternis smoort hen. Er zit op dit moment een meisje in – en weet u, mr Dance, wat nu zo merkwaardig is?' Ik boog me naar hem toe en fluisterde: 'Eigenlijk ben ik degene die daar had moeten zitten, zij niet – neen, zij niet!'

Hij wendde zijn blik van me af en keek naar mrs Wallace, die een uitroep had geslaakt toen ik dit fluisterde. Wat bedoelde ik toch? vroeg iemand nerveus. Waarom zei ik dat?

'Maar wist u dan niet,' antwoordde ik, 'dat zelfmoordenaars naar de gevangenis worden gestuurd?'

Nu kwam Moeder vlug tussenbeide. 'Margaret was ziek, mr Dance, na de dood van haar arme vader. En tijdens haar ziekte heeft ze zich vergist in de dosering van haar medicijn – het was een ongelukje!'

'Ik heb morfine genomen, mr Dance!' riep ik, 'en ik zou gestorven zijn als ze me niet gevonden hadden. Het was slordig van me dat ik ben gevonden, verondersteld ik. Maar er kon me niets overkomen als ik werd gered, begrijpt u wel, ook al wisten ze het. Vindt u dat niet vreemd? Dat een gewone volksvrouw die morfine drinkt voor straf naar de gevangenis wordt gestuurd, terwijl ik word gered en haar mag bezoeken, en dat alleen omdat ik een dame ben?'

Ik was misschien niet helemaal toerekeningsvatbaar, en toch sprak ik met een angstwekkende helderheid die wellicht als een blijk van kalmte werd opgevat. Ik keek de tafel rond en zag dat niemand me wilde aankijken, niemand behalve Moeder – en zij keek me aan alsof ze me niet kende. Ten slotte zei ze alleen heel zacht: 'Helen, wil jij Margaret naar haar kamer brengen?' En ze stond op, en daarna stonden alle dames op, en daarna stonden de heren op om hen met een buiging uitgeleide te doen. De stoelen maakten een afschuwelijk schrapend geluid op de vloer, en de borden en glazen dansten op de tafel. Helen kwam naar me toe. Ik zei: 'Jij hoeft me niet aan te raken!' en ze kromp ineen, waarschijnlijk bevreesd voor wat ik nog meer zou zeggen. Toch legde ze haar arm om mijn middel en leidde me weg, langs Stephen en mr Wallace en mr Dance, en Vigers, die bij de deur stond. Moeder nam de dames mee naar de salon, en wij volgden op enige afstand en liepen toen langs hen heen. Helen vroeg: 'Wat is er, Margaret? Ik heb je nog nooit zo gezien – je bent jezelf niet.'

Ik was al een beetje gekalmeerd. Ik zei dat ze het zich niet moest aantrekken, dat ik alleen moe was en hoofdpijn had, en dat mijn japon prikte. Ik wilde haar niet in mijn kamer laten, maar zei dat ze terug moest gaan om Moeder te helpen. Ik ging slapen, zei ik, dan was ik morgen weer beter. Ze keek bedenkelijk, maar toen ik op een gegeven moment mijn hand op haar wang legde – alleen uit vriendelijkheid, en om haar gerust te stellen! – voelde ik haar weer ineenkrimpen, en ik wist dat ze bang voor me was, bang dat ik iets zou doen of zeggen en dat de anderen het zouden horen. Toen lachte ik, en daarop ging ze naar beneden, telkens omkijkend op de trap, zodat ik haar gezicht kleiner en bleker en vager zag worden in de schaduwen.

Mijn kamer was heel donker en stil, het enige licht was de doffe gloed van het met as bedekte vuur, en een stukje straatverlichting aan de rand van het luik. Ik was blij met het donker. Ik dacht er niet over om de lamp aan te steken. Ik liep van de deur naar het venster en van het venster naar de deur, en probeerde intussen de haakjes van mijn strakke lijfje los te maken. Mijn vingers waren onbeholpen – de japon gleed maar een klein eindje langs mijn armen, zodat het leek of hij nog strakker kwam te zitten. En nog steeds liep ik op en neer. Ik dacht: *Het is niet donker genoeg!* Ik wilde het donkerder hebben. *Waar is het donker?* Ik zag de half geopende deur van mijn kleerkast, maar zelfs daarin was een hoekje dat donkerder leek dan de rest. Ik ging er op mijn hurken in zitten en legde mijn hoofd op mijn knieën. Nu hield mijn japon me als een vuist omklemd, en hoe meer ik me in bochten wrong om de haakjes los te maken, hoe meer hij ging knellen – op het laatst dacht ik: *Er zit een schroef op mijn rug, & ze draaien hem aan!*

Toen wist ik waar ik was. Ik was bij háár, vlak bij haar, ik zat zo dicht op haar huid als – wat had ze ook weer gezegd? – *als een laagje was*. Ik voelde de cel om me heen, de dwangbuis om mijn lichaam...

En toch scheen ik ook te voelen dat mijn ogen waren bedekt met een zijden doek. En om mijn keel zat een fluwelen halsband.

Ik zou niet kunnen zeggen hoe lang ik daar op mijn hurken zat. Eenmaal klonken er voetstappen op de trap, gevolgd door een zacht klopje en een fluisterende stem: '*Mag ik binnenkomen?*' Het kan Helen zijn geweest, of een van de meisjes; ik denk niet dat het Moeder was. Wie het ook was, ik gaf geen antwoord en ze kwam niet binnen, maar moet gedacht hebben dat ik sliep. Ik vroeg me vagelijk af: Waarom zou ze dat denken, als ze een leeg bed ziet? Toen hoorde ik stemmen in de hal, en Stephen die floot om een rijtuig aan te houden. Ik hoorde het gelach van mr Dance op straat, onder mijn raam, het sluiten en vergrendelen van de voordeur, Moeder die met scherpe stem iets riep terwijl ze van kamer naar kamer liep om te controleren of de haarden uit waren. Ik drukte mijn handen tegen mijn oren. Toen ik weer luisterde, hoorde ik alleen Vigers in de kamer boven de mijne lopen, en daarna het zagen en zuchten van de springveren van haar bed.

Ik probeerde overeind te komen, en wankelde: mijn benen waren krom van de kou en de kramp en ik kon ze niet strekken, en mijn ellebogen werden nog steeds vastgepind door mijn japon. Toen ik eenmaal stond, gleed hij echter moeiteloos van me af. Ik weet niet of ik nog onder invloed van het medicijn was, maar ik dacht even dat ik moest overgeven. Ik baande me een weg door het donker, waste mijn gezicht en spoelde mijn mond, en bleef boven de waskom gebogen staan tot de vlaag van misselijkheid voorbij was. Er lagen nog een paar kolen zwakjes te gloeien in de haard, en ik liep erheen en hield mijn handen erbij, en stak toen een kaars aan. Mijn lippen, tong en ogen voelden aan alsof ze niet van mij waren, en ik denk dat ik naar de spiegel wilde lopen om te zien hoe ik veranderd was. Doch toen ik me omdraaide, zag ik het bed: er lag iets op het kussen, en mijn vingers begonnen zo hevig te trillen dat ik de kaars liet vallen.

Ik meende een hoofd te zien. Ik meende *mijn eigen hoofd* te zien, boven het laken. Ik was verstijfd van angst, want ik dacht dat ik daar in bed lag – misschien wel al die tijd had geslapen, en nu zou ontwaken, en opstaan, en naar de plaats lopen waar ik stond, om mezelf te omhelzen! Ik dacht: Je moet licht hebben! Je moet licht hebben! Je kunt haar niet in het donker op je af laten komen! Ik bukte me en vond de kaars, stak hem aan, hield hem met beide handen vast zodat hij niet zou druipen en uitgaan, liep naar het kussen en keek wat daar lag.

Het was geen hoofd. Het was een krullende bos blond haar, zo dik als mijn twee vuisten. Het was het haar dat ik had geprobeerd te stelen, in Millbank – het was Selina's haar. Ze had het me gestuurd, vanuit haar donkere cel, dwars door de stad, dwars door de nacht. Ik hield het tegen mijn gezicht. Het rook naar zwavel.

Toen ik vanochtend wakker werd, om zes uur, meende ik de bel van Millbank te horen. Ik ontwaakte zoals men uit de dood zou ontwaken, nog in de greep van de duisternis, nog vastgezogen in de aarde. Naast me lag het haar van Selina – ik had het mee in bed genomen, en waar de vlecht was losgeraakt was de glans een beetje getaand. Ik rilde toen ik me de afgelopen nacht herinnerde, maar ik was verstandig genoeg om op te staan, de vlecht in een sjaal te wikkelen en veilig op te bergen, in de la waar ik ook dit dagboek bewaar. Het vloerkleed leek te hellen als het dek van een schip toen ik eroverheen liep; het leek zelfs te hellen toen ik weer rustig in bed lag. Na een poosje kwam Ellis, die dadelijk Moeder ging halen, en hoewel Moeder met gefronst voorhoofd binnenkwam en me een uitbrander wilde geven, zag ze hoe bleek en rillerig en ziek ik was, en ze slaakte een kreet. Ze stuurde Vigers naar dr Ashe, en toen hij kwam, kon ik mijn tranen niet meer in bedwang houden. Ik vertelde hem dat het mijn maandstonden waren, verder niets. Hij zei dat ik nu geen chloraal meer moest nemen maar laudanum, en dat ik binnen moest blijven.

Toen hij weg was, liet Moeder Vigers een warme kruik maken die ik op mijn buik kon leggen, want ik had gezegd dat ik daar pijn had. Daarna gaf ze me laudanum. Het smaakt in elk geval aangenamer dan mijn vorige medicijn.

'Natuurlijk,' zei ze, 'had je gisteravond niet met ons aan tafel hoeven zitten als ik had geweten hoe ziek je was.' Ze zei dat ze er in de toekomst beter op moesten letten hoe ik mijn dagen doorbracht. Toen ging ze Helen halen, en Stephen; ik hoorde hen fluisteren. Ik denk dat ik op een gegeven moment in slaap viel, en ik werd schreiend en roepend wakker en was het eerste halfuur niet in staat de verwardheid van me af te schudden. Daarna begon ik bang te worden voor wat ik zou zeggen als ik een koortsaanval kreeg terwijl zij bij mijn bed stonden. Ten slotte zei ik dat ze me alleen moesten laten, dan werd ik wel weer beter. Ze antwoordden: 'Je alleen laten? Wat een onzin! Je alleen laten terwijl je ziek bent?' Ik denk dat Moeder van plan was de hele nacht bij me te waken. Uiteindelijk dwong ik mezelf stil en rustig te liggen, en ze werden het erover eens dat het voldoende was als een van de meisjes op me lette. Nu moet Vigers tot aan het ochtendgloren op de gang blijven zitten. Ik hoorde Moeder tegen haar zeggen dat ik niet uit bed mag komen en me niet mag vermoeien – maar als ze me de bladen van dit dagboek al heeft horen omslaan, dan is ze toch niet binnengekomen. Vandaag kwam ze op een gegeven moment stilletjes de kamer in, met een beker warme melk die ze zoet en dik had gemaakt met stroop en een ei. Als ik daar elke dag een beker van dronk, zei ze, zou ik gauw weer opknappen. Ik kon het echter niet naar binnen krijgen. Na een uur haalde ze de beker weg, met een droevige uitdrukking op haar alledaagse gezicht. Ik heb niets gegeten en gedronken behalve water en een stukje brood, en ik lig hier bij kaarslicht, terwijl de rolluiken nog neergelaten zijn. Toen Moeder een lamp aanstak, kromp ik ineen. Het licht deed pijn aan mijn ogen.

26 MEI 1873

Vanmiddag zat ik heel rustig op mijn eigen kamer toen ik de deurbel hoorde, & even later bracht Ruth iemand bij me. Het was miss Isherwood, een dame die afgelopen woensdag een donkere seance had bezocht. Ze keek me aan & barstte in snikken uit, want ze had sinds die avond geen oog meer dichtgedaan & dat kwam door Peter Quick. Ze zei dat hij haar gezicht & handen had aangeraakt & dat ze zijn vingers nog steeds voelde, ze hadden onzichtbare merktekens achtergelaten die een soort vocht of slijm afscheidden, dat ze als water uit zich voelde stromen. Ik zei 'Geef me uw hand. Voelt u dat slijm nu op uw hand?' Ze zei ja. Ik keek haar even aan & zei toen 'Ik voel het ook!' Toen staarde ze me aan & ik lachte. Ik wist natuurlijk wel wat haar probleem was. Ik zei 'U bent net als ik, miss Isherwood, alleen weet u het niet. U heeft mediamieke gaven! U zit zo vol met astrale materie dat het naar buiten sijpelt, dat is het vocht dat u voelt, het probeert op te wellen. We moeten het daarbij helpen, zodat uw gaven volledig tot hun recht kunnen komen. Ze moeten alleen nog ontwikkeld worden, zoals dat heet. Als we er niets mee doen, verschrompelen ze, of anders gaan ze zo wringen dat u er ziek van wordt.' Ik keek naar haar gezicht, dat vreselijk bleek was. Ik zei 'Ik denk dat u al heeft gevoeld dat het van binnen een beetje begint te wringen, is het niet zo?' Ja, dat was zo. Ik zei 'Daar zult u voortaan geen last meer van hebben. Voelt zich niet al wat beter, nu ik u heb aangeraakt? Bedenk eens hoe ik u zal kunnen helpen als de hand van Peter Quick de mijne leidt.' Ik gaf Ruth opdracht de salon in orde te maken, & ik schelde Jenny & zei dat ze het eerstkomende uur niet in de salon & de aangrenzende kamers mocht komen.

Ik wachtte nog even & nam miss Isherwood toen mee naar beneden. We kwamen langs de kamer van mrs Brink. Ik zei dat miss Isherwood voor een privé-zitting kwam, & toen ze dat hoorde zei ze 'O, miss Isherwood, u boft maar! Maar u zult mijn engel toch niet te moe maken, hoop ik?' Miss Isherwood beloofde het. Toen we in de salon kwamen, zag ik dat Ruth het gordijn had opgehangen & een klein lampje had laten branden, want ze had geen tijd gehad om een kruik fosforiserende olie klaar te maken. Ik zei 'Zo, we zullen deze lamp aan laten & u moet me waarschuwen als u denkt dat Peter Quick gekomen is. Hij komt zeker als u gaven heeft, het is alleen voor de donkere seances nodig dat ik achter een gordijn zit, om mezelf te beschermen tegen de uitstraling van gewone ogen.' We zaten denk ik 20 minuten & miss Isherwood was al die tijd erg nerveus, maar ten slotte werd er op de muur geklopt & zij fluisterde 'Wat is dat?' Ik zei dat ik het niet wist. Toen werd er harder geklopt & zij zei 'Ik denk dat hij er is!' & Peter kwam hoofdschuddend & kreunend uit het kabinet & vroeg 'Waarom haal je me hier op zo'n vreemde tijd naartoe?' Ik zei 'Er is hier een dame die je hulp nodig heeft. Ik geloof dat ze de kracht heeft om geesten op te roepen, maar die kracht is zwak & moet ontwikkeld worden. Ik geloof dat jij haar voor dit werk hebt uitgekozen.' Peter zei 'Is het miss Isherwood? Ja, ik zie de tekens die ik op haar heb aangebracht. Zo, miss Isherwood, dit is een heel belangrijke taak, het is niet iets dat u lichtvaardig moet opvatten. U heeft namelijk een fatale gave, zoals het wel wordt genoemd. Wat er in deze kamer gebeurt zal ongevoelige lieden vreemd in de oren klinken. U moet de geheimen van de geesten bewaren, of hun tomeloze woede riskeren. Kunt u dat?' Miss Isherwood zei 'Ik denk het wel, mijnheer. Ik denk dat het waar is wat miss Dawes zegt. Ik denk dat mijn aard erg op de hare lijkt, of daarop zou kunnen gaan lijken.'

Ik keek naar Peter & zag hem glimlachen. Hij zei 'Mijn medium heeft een heel bijzondere aard. U denkt dat een medium haar eigen geest opzij moet zetten om een andere geest toe te laten. Maar zo is het niet. Ze moet een dienaar van de geesten zijn, ze moet een kneedbaar instrument worden in de handen van de geesten. Ze moet haar geest laten *gebruiken*, haar gebed moet altijd luiden *Moge ik gebruikt worden*. Zeg dat eens, Selina.' Ik zei het, & daarna zei hij tegen miss Isherwood 'Laat haar dat nog eens zeggen.' Ze zei 'Zeg het nog eens, miss Dawes' & ik zei weer 'Moge ik gebruikt worden.'

Hij zei 'Ziet u wel? Mijn medium moet doen wat haar wordt opgedragen. U denkt dat ze wakker is, maar ze is in trance. Geef haar nog eens een opdracht.' Ik hoorde miss Isherwood slikken & toen zei ze 'Wilt u opstaan miss Dawes?' maar Peter zei dadelijk 'U moet niet vragen "wilt u", u moet het haar bevelen.' Toen zei miss Isherwood 'Sta op miss Dawes!' & ik stond op & Peter zei 'Zeg nog eens iets.' Ze zei 'Vouw uw handen, open & sluit uw ogen, zeg amen' & ik deed het allemaal & Peter lachte, & zijn stem werd schriller. Hij zei 'Zeg dat ze u moet kussen!' Ze zei 'Kus me, miss Dawes!' Hij zei 'Zeg dat ze mij moet kussen!' & ze zei 'Miss Dawes, kus Peter!' Toen zei hij 'Zeg dat ze haar japon uit moet trekken!' Miss Isherwood zei 'O, dat kan ik niet doen!' Hij zei 'Zeg het!' & toen zei ze het. Peter zei 'Help haar met de knoopjes' & terwijl ze daarmee bezig was zei ze 'Wat klopt haar hart vlug!'

Toen zei Peter 'Nu ziet u mijn medium ongekleed. Zo ziet de geest eruit wanneer die het lichaam heeft verlaten. Leg uw hand op haar, miss Isherwood. Voelt ze warm aan?' Miss Isherwood zei dat ik erg warm aanvoelde. Peter zei 'Dat komt doordat haar geest heel dicht onder de oppervlakte van haar vlees zit. U moet ook warm worden.' Ze zei 'Ik heb het al heel warm.' Hij zei 'Dat is goed, maar het is niet voldoende voor de ontwikkeling van uw gaven, u moet u door mijn medium nog warmer laten maken. U moet nu uw japon uittrekken & u moet miss Dawes vastpakken.' Ik voelde haar al die dingen doen, maar hield mijn ogen stijf dicht, want Peter had niet gezegd dat ik ze mocht opendoen. Ik voelde haar armen om me heen & haar gezicht vlak bij het mijne. Peter zei 'Hoe voelt u zich nu miss Isherwood?' & zij antwoordde 'Ik weet het niet goed, mijnheer.' Hij zei 'Vertel me nog eens, hoe moet uw gebed luiden?' & ze zei 'Moge ik gebruikt worden.' Hij zei 'Zeg het dan.' Ze zei het & hij legde zijn hand in haar nek & er ging een schok door haar heen. Hij zei 'O, maar uw geest is nog steeds niet warm genoeg! Hij moet zo warm worden dat u hem voelt wegsmelten & de mijne ervoor in de plaats voelt komen!' Hij sloeg zijn armen om haar heen & ik voelde zijn handen op me, we hadden haar nu stijf tussen ons in & ze begon te sidderen. Hij zei 'Hoe luidt het gebed van het medium, miss Isherwood? Hoe luidt het gebed van het medium?' & ze zei het telkens opnieuw totdat haar stem geen kracht meer had, & toen fluisterde Peter tegen mij 'Doe je ogen open.'

11 december 1874

Ik word nu al de hele week wakker met dat onmogelijke geluid in mijn oren, het geluid van de gevangenisbel die de vrouwen van Millbank tot de arbeid roept. Ik stel me voor hoe ze opstaan, en hun wollen kousen en hun halflinnen japon aantrekken. Ik stel me voor hoe ze met hun mes en etensbord bij het hek van hun cel staan, hun handen warmen aan de kroes thee, dan aan het werk gaan en hun handen weer koud voelen worden. Selina is weer in hun midden, denk ik, want ik heb de duisternis een beetje voelen optrekken in dat deel van me dat samen met haar in de cel heeft gezeten. Maar ik weet dat ze er ellendig aan toe is, en ik ben haar niet gaan opzoeken.

Eerst was het de angst die me weerhield, de angst en de schaamte. Nu is het Moeder. Haar klaagzangen zijn weer begonnen sinds ik aan de beterende hand ben. Daags na het bezoek van de dokter kwam ze bij me zitten, zag Vigers me een kruik brengen en schudde haar hoofd. 'Je zou niet zo ziek zijn,' zei ze, 'als je getrouwd was.' Gisteren bleef ze staan kijken terwijl ik gebaad werd, maar ze wilde niet dat ik me aankleedde. Ze zegt dat ik op mijn kamer moet blijven, met een bedjasje aan. Op een gegeven moment haalde Vigers het wandelkostuum uit de kast dat ik voor Millbank heb laten maken: het was daar opgehangen en vergeten op de avond van het etentje, en ik vermoed dat ze het wilde opknappen. Ik zag het, zag de kalk waarmee het was besmeurd, en herinnerde me de val die miss Brewer had gemaakt. Moeder keek me even aan en gaf Vigers een knikje. Ze droeg haar op de japon mee te nemen en te reinigen, en dan op te bergen. En toen ik zei dat ze daarmee moest wachten, dat ik de japon nodig had voor Millbank, zei Moeder dat ik toch zeker niet van plan was mijn bezoeken voort te zetten nu er zoiets was gebeurd?

Daarna zei ze tegen Vigers, op kalmere toon: 'Neem die japon mee.' Vigers keek me even aan en verliet de kamer. Ik hoorde haar snelle voetstappen op de trap.

En dat leidde weer tot dezelfde vervelende ruzie. 'Ik laat je niet naar Millbank gaan,' zei Moeder, 'want daar word je alleen maar ziek van.' Ik zei dat ze me niet kon tegenhouden als ik toch verkoos te gaan. Zij antwoordde: 'Je gevoel voor fatsoen zou je moeten tegenhouden, en de loyaliteit die je je moeder verschuldigd bent!'

Ik zei dat er niets onfatsoenlijks was aan mijn bezoeken en dat ze evenmin van gebrek aan loyaliteit getuigden, hoe kon ze dat denken? Was het geen gebrek aan loyaliteit, zei ze, dat ik haar tijdens het etentje zo te schande had gemaakt tegenover mr Dance en miss Palmer? Ze had het altijd wel geweten, en nu had dr Ashe het bevestigd: door Millbank te bezoeken was ik weer ziek geworden, terwijl ik net aan de beterende hand was. Ik had te veel vrijheid gehad, dat paste niet bij mijn temperament. Ik was te ontvankelijk, mijn bezoekjes aan die ruwe vrouwen deden me vergeten hoe het hoorde. Ik had te veel ledige uren en dan sloeg mijn verbeelding op hol, enzovoort enzovoort.

'Mr Shillitoe,' zei ze ten slotte, 'heeft een briefje gestuurd om naar je gezondheid te informeren.' Het bleek dat er daags na mijn bezoek een brief was gekomen. Ze zei dat zij hem wel zou beantwoorden, en zou schrijven dat ik te ziek was om mijn werk te hervatten.

Ik had argumenten aangevoerd en me niet krachtig genoeg verweerd. Nu ik merkte hoe het met haar gesteld was, voelde ik mijn woede oplaaien. Ik dacht: *Ik wou dat je doodviel, kreng!* Ik hoorde de woorden heel duidelijk in mijn hoofd, alsof ze waren uitgesproken door een tweede, verborgen mond. Ik schrok ervan, want ik dacht dat Moeder ze ook moest hebben gehoord. Maar zij was al naar de deur gelopen en had niet omgekeken, en toen ik zag hoe kordaat haar tred was, wist ik wat me te doen stond. Ik pakte mijn zakdoek en veegde mijn lippen af. Ik riep dat ze de brief niet hoefde te schrijven. Ik zou zelf wel een berichtje sturen aan mr Shillitoe.

Ik zei dat ze gelijk had. Ik zou Millbank opgeven. Ik meed haar blik terwijl ik het zei, en zij dacht waarschijnlijk dat het uit schaamte was, want ze kwam weer naar me toe en legde haar hand tegen mijn wang. 'Het is me alleen te doen om jouw gezondheid,' zei ze.

Haar ringen voelden koud aan op mijn gezicht. Ik herinnerde me hoe ze was binnengekomen toen ik van de morfine was gered, in haar zwarte japon, met loshangend haar. Ze had haar hoofd op mijn borst gelegd tot mijn nachtjapon nat was van haar tranen.

Nu gaf ze me pen en papier en bleef bij het voeteneind van het bed staan kijken terwijl ik schreef. Ik schreef:

Selina Dawes
Selina Dawes
Selina Dawes
Selina Dawes

en toen ze de pen over de bladzijde zag bewegen, liet ze me alleen. Daarna verbrandde ik het papier in de haard.

Toen schelde ik Vigers en zei dat er sprake was van een misverstand: ze moest mijn japon wel reinigen maar hem later, als mijn moeder uit was, aan me teruggeven, en mrs Prior hoefde dat niet te weten, net zomin als Ellis.

Daarna vroeg ik of ze nog brieven had die gepost moesten worden, en toen ze knikte en zei dat ze er een had, droeg ik haar op aanstonds naar de brievenbus te gaan en te zeggen dat het voor mij was, als iemand ernaar vroeg. Ze hield haar ogen zorgvuldig neergeslagen toen ze een révérence voor me maakte. Dat was gisteren. Later kwam Moeder, die haar hand weer op mijn gezicht legde. Ditmaal deed ik echter of ik sliep en keek haar niet aan.

Nu hoor ik een rijtuig op de Walk. Mrs Wallace komt Moeder halen voor een concert. Moeder zal me zo meteen mijn medicijn wel komen brengen, denk ik, voordat ze weggaat.

Ik ben naar Millbank geweest en heb Selina gesproken, en nu is alles veranderd.

Men was daar natuurlijk voorbereid op mijn komst. Ik denk dat de portier al naar me uitkeek, want hij toonde niet de minste verbazing toen hij me zag; en toen ik bij het vrouwengebouw kwam, stond er een bewaarster op me te wachten, en zij bracht me dadelijk naar de kamer van miss Haxby, waar ook mr Shillitoe en miss Ridley waren. Het deed me denken aan mijn eerste onderhoud – dat lijkt me nu een eeuwigheid geleden, al was dat vanmiddag nog niet zo. Desondanks voelde ik het verschil tussen toen en nu, want bij miss Haxby kon er geen lachje af, en zelfs mr Shillitoe keek ernstig.

Hij zei dat hij erg blij was me weer te zien. Toen zijn brief aan mij onbeantwoord bleef, was hij gaan vrezen dat ik voorgoed was afgeschrikt door de scène die ik de vorige week had meegemaakt. Ik zei dat ik alleen een beetje onwel was geweest, en dat de brief per abuis terzijde was gelegd door een dienstbode. Terwijl ik sprak, zag ik miss Haxby naar de schaduwen op mijn wangen en rond mijn ogen kijken – ik denk dat mijn ogen donker waren van die dosis laudanum. Maar zonder mijn medicijn was ik er nog slechter aan toe geweest, denk ik, want ik had vandaag voor het eerst in ruim een week mijn kamer verlaten en het gaf me toch een zekere kracht.

Ze zei te hopen dat ik geheel was hersteld, en dat ze het spijtig vond dat ze me na de uitbraak niet meer had gesproken. 'Er was niemand die ons kon vertellen wat er was gebeurd, afgezien van die arme miss Brewer. Dawes was helaas erg halsstarrig.'

Ik hoorde het geschuifel van miss Ridleys schoenen terwijl ze in een gemakkelijker houding ging staan. Mr Shillitoe zei niets. Ik vroeg hoe lang Selina in de donkere cel had doorgebracht. 'Drie dagen,' was het antwoord. Langer mogen ze een vrouw daar niet laten zitten, 'zonder rechterlijk bevel'.

'Drie dagen lijkt me een erg zware straf,' zei ik.

Voor het molesteren van een bewaarster? Miss Haxby vond van niet. Ze zei dat miss Brewers zo was toegetakeld en zo was geschrokken dat ze Millbank had verlaten en het gevangeniswezen zelfs voorgoed de rug had toegekeerd. Mr Shillitoe schudde zijn hoofd. 'Een zeer kwalijke zaak,' zei hij.

Ik knikte en vroeg toen: 'En hoe is het met Dawes?' – 'Die is er precies zo ellendig aan toe als ze verdient,' zei miss Haxby. Men liet haar nu kokosvezels plukken op de afdeling van mrs Pretty, zei ze, en alle plannen om haar naar Fulham te sturen waren natuurlijk van de baan. Hierbij keek ze me strak aan en zei: 'Ik veronderstel dat u daar in elk geval wel blij om bent.'

Ik had dit al verwacht. Ik zei heel bedaard dat ik er inderdaad blij om was. Dawes had nu immers meer dan ooit behoefte aan vriendschap, aan goede raad. Veel meer nog dan eerst had ze behoefte aan het medeleven van een bezoekster...

'Neen!' zei miss Haxby. 'Neen, miss Prior.' Hoe kon ik zoiets beweren, zei ze, terwijl mijn medeleven al zo'n uitwerking op Dawes had gehad dat ze ertoe gekomen was een bewaarster te verwonden en haar cel overhoop te halen? Terwijl mijn attenties voor haar rechtstreeks tot deze crisis hadden geleid? Ze zei: 'U heeft het over vriendschap. Voordat u hier kwam, was ze de rustigste gevangene in heel Millbank! Wat is dat voor vriendschap, die zulke emoties kan losmaken bij zo'n meisje?'

Ik zei: 'U wilt mijn bezoeken aan haar stopzetten.'

'Ik wil haar tot rust brengen, voor haar eigen bestwil. Met u in haar buurt vindt ze geen rust.'

'Zonder mij vindt ze geen rust!'

'Dat zal ze dan moeten leren.'

Ik zei: 'Miss Haxby' – maar ik struikelde over mijn woorden, want ik had bijna *Moeder* gezegd! Ik bracht een hand naar mijn keel en keek mr Shillitoe aan. Hij zei: 'De uitbraak was heel ernstig. Stel nu, miss Prior, dat ze ú de volgende keer slaat?'

'Mij slaat ze niet!' zei ik. Beseften ze niet, zei ik, hoe vreselijk haar situatie was en hoe mijn bezoekjes haar lot verlichtten? Ze moesten zich eens indenken: een intelligent meisje, een zachtmoedig meisje – het rustigste meisje in heel Millbank, zoals miss Haxby zelf had gezegd! Ze moesten zich eens indenken wat het gevangenisleven met haar had gedaan: het had haar niet berouwvol gemaakt, niet braaf, maar alleen zo ongelukkig, zo onmachtig zich de wereld buiten haar cel voor te stellen, dat ze de bewaarster had geslagen die haar kwam vertellen dat ze die cel moest verlaten! 'Als u haar het spreken verbiedt, als u haar verbiedt bezoek te ontvangen,' zei ik, 'zult u haar tot waanzin drijven, of anders de dood injagen...'

In die trant ging ik door, en ik had niet welsprekender kunnen zijn als ik voor mijn eigen leven had gepleit – ik weet nu dat het inderdaad mijn leven was waarvoor ik pleitte; en ik denk dat de stem waarmee ik sprak, afkomstig was van een ander. Ik zag mr Shillitoe steeds bedachtzamer worden, net als destijds. Ik weet niet precies wat er daar na tussen ons is gezegd. Ik weet alleen dat hij ten slotte goed vond dat ik haar bezocht, en dat men het een tijdje zou aanzien om te kijken hoe ze zich gedroeg. 'Haar bewaarster,' zei hij, 'mrs Jelf, heeft ook een goed woordje voor u gedaan' – daar scheen hij waarde aan te hechten.

271

Toen ik naar miss Haxby keek, zag ik dat ze haar ogen neergeslagen hield; pas nadat mr Shillitoe ons had verlaten, toen ik opstond om me naar de cellen te begeven, keek ze me weer aan. Haar blik verraste me, want die was niet zozeer boos als wel verlegen, gegeneerd. Ik dacht: Ze heeft tegenover mij een nederlaag geleden, en dat steekt haar natuurlijk. Ik zei: 'Laten we geen ruzie maken, miss Haxby,' en ze antwoordde dadelijk dat ze geen ruzie met me wilde. Maar ik was in haar gevangenis gekomen, zonder enige kennis van zaken... Nu aarzelde ze, en wierp een vlugge blik naar miss Ridley. Ze zei: 'Ik moet natuurlijk verantwoording afleggen aan mr Shillitoe, maar hij kan hier geen leiding geven, omdat dit een gevangenis voor vrouwen is. Mr Shillitoe begrijpt de luimen en stemmingen hier niet. Ik heb eens gekscherend tegen u gezegd dat ik al een lange straftijd achter de rug heb – dat is waar, miss Prior, en ik weet wat het gevangenisleven met iemand kan doen. Ik denk dat u, net als mr Shillitoe, geen weet hebt, geen flauw vermoeden, van de aard van...' Ze scheen te zoeken naar een woord, en herhaalde toen: 'Van de gemoedstoestand – de vreemde gemoedstoestand – van een meisje als Dawes, wanneer ze opgesloten is...'

Ze scheen het juiste woord nog steeds niet te kunnen vinden: ze leek wel een van haar eigen gevangenen, vergeefs zoekend naar een term die buiten het gevangenisrepertoire lag. Ik wist echter wel wat ze bedoelde. Maar de gemoedstoestand waarover ze sprak, is grof en gewoon, en typerend voor Jane Jarvis, of Emma White – niet voor Selina, niet voor mij. Ik zei, voordat ze verder kon gaan, dat ik haar waarschuwingen ter harte zou nemen. Daarop keek ze me even vorsend aan en liet me toen door miss Ridley naar de cellen brengen.

Ik voelde de invloed van de opium terwijl we door de witte gevangenisgangen liepen; ik voelde het meer dan ooit toen we op de afdeling kwamen, waar de gasvlammen flakkerden in de tocht, zodat alle vaste oppervlakken leken te verschuiven en op te bollen en te trillen. Ik werd, zoals altijd, getroffen door het grimmige karakter van de strafafdeling, door de kwalijke lucht en de stilte; en toen mrs Pretty me zag aankomen, grijnsde ze, en haar gezicht leek merkwaardig breed, alsof het werd weerspiegeld in een kromgetrokken stuk metaal. 'Wel, wel, miss Prior,' zei ze – ik weet zeker dat ze dat zei. 'Bent u daar weer, om uw ontaarde troetelkind te bezoeken?' Ze bracht me naar een deur en hield haar oog heel steels voor het inspectieluikje. Daarna morrelde ze aan het slot, en aan de grendel van het hek erachter. 'Gaat uw gang,' zei ze ten slotte. 'Ze is zo mak als een lammetje sinds ze in het donker heeft gezeten.'

De cel waarin men haar heeft gestopt is kleiner dan die op de gewone afdelingen, en door de ijzeren dwarslatten voor het raampje en het gaas dat ter bescherming rond de gasvlam is aangebracht, is het er akelig donker. Er was geen tafel en geen stoel: ze zat op het harde houten bed, onhandig over een blad met kokosvezels gebogen. Ze zette het blad weg toen de deur openging en trachtte overeind te komen, maar ze wankelde en moest zich vastgrijpen aan de muur om op de been te blijven. Men heeft de ster van haar mouw gehaald en haar een japon gegeven die te groot voor haar leek. Haar wangen waren bleek, over haar slapen en lippen lagen blauwe schaduwen, en op haar voorhoofd zat een gele buil. Haar nagels zijn gespleten tot op het vlees, door het plukken aan de kokosvezels. Het vezelstof zit op haar muts, haar schort, haar polsen en al het beddengoed.

Toen mrs Pretty de deur had gesloten en op slot gedaan, zette ik een stap in haar richting. We hadden nog geen woord gezegd, elkaar alleen aangestaard in een soort wederzijdse angst, maar ik denk dat ik nu fluisterde: 'Wat hebben ze met je gedaan? Wat hebben ze je aangedaan?' en daarop schoot haar hoofd omhoog en ze glimlachte, en ik zag de glimlach onder mijn ogen inzakken en oplossen, als een glimlach van was, en ze hield haar hand voor haar gezicht en begon te schreien. Toen kon ik niets anders doen dan mijn arm om haar heen slaan, en haar weer op het bed zetten, en haar arme, gehavende gezicht strelen totdat ze gekalmeerd was. Ze drukte haar hoofd tegen de kraag van mijn mantel en hield me stevig vast. Uiteindelijk zei ze fluisterend: 'Wat zul je me zwak vinden.'

'Zwak, Selina?'

'Ik heb er alleen zo naar verlangd dat je zou komen.'

Ze sidderde, maar bleef ten slotte stil zitten. Ik pakte haar hand, en slaakte een uitroep over haar gebroken nagels, en zij vertelde me dat de vrouwen elke dag twee kilo vezels moeten plukken, 'anders brengt mrs Pretty ons de volgende dag nog meer. De vezels stuiven in het rond, je hebt het gevoel of je stikt.' Ze zei dat ze alleen water en donker brood krijgen, en dat ze wordt geketend wanneer ze naar de kapel wordt gebracht! Ik kon het niet aanhoren. Maar toen ik haar hand weer pakte, verstijfde ze en trok haar vingers terug. 'Mrs Pretty,' prevelde ze. 'Mrs Pretty komt naar ons kijken...'

Op dat moment hoorde ik een beweging bij de deur, en even later zag ik het inspectieluikje trillen, en het werd langzaam geopend door stompe, blanke vingers. Ik riep: 'U hoeft niet op ons te letten, mrs Pretty!' en de bewaarster lachte en zei dat ze altijd op alles moesten letten, op die afdeling. Maar het klepje schoot weer dicht, en ik hoorde haar weglopen en iets roepen bij de deur van een andere cel.

We bleven zwijgend zitten. Ik bekeek de buil op Selina's voorhoofd; ze zei dat ze was gestruikeld toen ze haar in de donkere cel hadden gezet. Ze huiverde bij de herinnering. Ik zei: 'Het was daar heel vreselijk,' en ze knikte. Ze zei: 'Jij weet wel hoe vreselijk het was,' en daarna: 'Ik had het er niet uitgehouden als jij er niet was geweest om een stukje van het donker op je te nemen.'

Ik staarde haar aan. Ze vervolgde: 'Toen wist ik hoe aardig je was, om bij me te komen, na alles wat je had gezien. Het eerste uur dat ik er zat, weet je wat me toen het meest beangstigde? O, het was een kwelling, veel erger dan de straffen die zij me kunnen opleggen! Het was de gedachte dat je misschien niet meer zou komen; de gedachte dat ik je had verjaagd, juist door datgene te doen waarmee ik je bij me had willen houden!'

Ik wist het, maar ik was er ziek van geworden – ik kon niet verdragen dat ze het hardop zei. 'Neen, neen, dat mag je niet zeggen,' zei ik, en zij antwoordde, op een heftige fluistertoon, dat ze het niet verzwijgen kon. O, die arme vrouw, miss Brewer! Ze had haar geen kwaad willen doen. Maar overgeplaatst worden – de vrijheid hebben, zoals dat heette, om met andere gevangenen te praten! 'Waarom zou ik met gevangenen willen praten als ik niet meer met jou kan praten?'

Ik denk dat ik nu mijn hand op haar mond legde. Ik zei nogmaals dat ze zulke dingen echt niet mocht zeggen. Ten slotte trok ze mijn vingers weg en zei dat ze miss Brewer had aangevallen om zulke dingen te kunnen zeggen, dat ze de dwangbuis en het donker had verduurd om zulke dingen te kunnen zeggen. Wilde ik haar na dat alles nog het zwijgen opleggen?

Toen legde ik mijn handen op haar armen en greep haar stevig vast, en siste haar bijna toe. En wat had ze ermee bereikt? vroeg ik. Alleen dat ze ons nu nog scherper in de gaten zouden houden! Wist ze niet dat miss Haxby mijn bezoeken had willen verbieden? Dat miss Ridley zou opletten hoe lang we samen waren? Dat mrs Pretty zou opletten? Dat zelfs mrs Shillitoe zou opletten? 'Weet je wel hoe voorzichtig we voortaan moeten zijn, hoe steels?'

Ik had haar naar me toe getrokken om dit te zeggen. Nu werd ik me bewust van haar ogen, haar mond, haar adem, die warm en zuur was. Ik hoorde mijn stem, en wat ik had bekend.

Ik liet haar los en wendde me af. 'Aurora,' zei ze.

'Zeg dat niet,' zei ik dadelijk.

Maar ze zei het nog een keer. *Aurora. Aurora.*

'Dat mag je niet zeggen.'

'Waarom niet? Ik zei het tegen je in het donker, en je was blij het te horen, en gaf antwoord! Waarom loop je nu van me weg?'

Ik was opgestaan van het bed. 'Ik moet wel,' zei ik.

'Waarom?'

Ik zei dat we niet zo dicht bij elkaar mochten zijn. Dat was tegen de regels, het was verboden volgens de regels van Millbank. Maar nu stond zij op, en omdat de cel zo klein was, kon ik nergens heen waar zij me niet bereiken kon. Mijn rokken bleven aan haar blad met kokosvezels haken en het stof dwarrelde in het rond, maar ze liep er gewoon doorheen en kwam vlak bij me staan, en legde haar hand op mijn arm. Ze zei: 'Je verlangt naar mijn nabijheid.' En toen ik dadelijk antwoordde dat dat niet waar was, zei ze: 'Jawel, je verlangt naar me. Waarom heb je mijn naam anders opgeschreven in je dagboek? Waarom heb je mijn bloemen? *Waarom, Aurora, heb je mijn haar?*'

'Jij hebt me die dingen gestuurd!' zei ik. 'Ik heb er nooit om gevraagd!'

'Ik had ze niet kunnen sturen,' antwoordde ze simpelweg, 'als jij er niet naar had verlangd.'

Daar kon ik niets op zeggen, en toen ze mijn gezicht zag, liep ze bij me vandaan en haar gelaatsuitdrukking veranderde. Ze zei dat ik rustig moest blijven staan en goed moest opletten, want mrs Pretty zou misschien kijken. Ze zei dat ik moest luisteren naar wat ze te vertellen had. Zij was immers in de duisternis geweest, en wist alles. En nu moest ik het ook weten...

Ze boog haar hoofd een beetje, maar hield haar ogen op me gericht, en ze leken groter dan ooit en donker als die van een tovenaar. Had ze me niet een keer verteld, zei ze, dat haar verblijf in de gevangenis een bedoeling had? Had ze niet gezegd dat de geesten zouden komen om die bedoeling aan haar te openbaren? 'Ze zijn gekomen, Aurora, terwijl ik in die cel lag. Ze zijn gekomen en hebben het me verteld. Kun je het niet raden? Ik denk dat ik het vermoedde. Dat was het wat me zo bang maakte.'

Ze streek met haar tong over haar lippen, en slikte. Ik sloeg haar gade, zonder me te verroeren. Wat dan? vroeg ik. Wat was de bedoeling? Waarom zat ze daar?

Ze zei: '*Voor jou*. Opdat wij elkaar zouden ontmoeten, en tot inzicht zouden komen, en een zouden worden...'

Het was of ze een mes in me stak en het ronddraaide; ik voelde mijn hart bonzen en bespeurde achter het bonzen een andere, scherpere beweging – het was die opflakkering weer, heviger dan ooit. Ik voelde het, en ik voelde bij haar iets soortgelijks wringen...

Het was een soort marteling.

Immers, wat ze had gezegd joeg me alleen maar angst aan. 'Zo mag je niet praten,' zei ik. 'Waarom zeg je zulke dingen? Wat heeft het voor nut wat de geesten je hebben verteld? Al hun onstuimige woorden – wij mogen niet onstuimig zijn, we moeten rustig zijn, we moeten nuchter zijn. Als ik je wil blijven bezoeken, totdat je wordt vrijgelaten...'

'Over vier jaar,' zei ze. Dacht ik dat men zou toestaan dat ik al die tijd bleef komen? Zou miss Haxby dat toestaan? Zou mijn moeder het toestaan? En zelfs dan, zelfs al mocht ik komen, eens per week, eens per maand, een halfuur per keer – zou ik dat kunnen verdragen?

Ik had het tot dusver ook verdragen, zei ik. We konden in beroep gaan tegen haar veroordeling. Als we maar een beetje voorzichtig waren...

'Zou je dat verdragen,' vroeg ze bruusk, 'na vandaag? Zou je door kunnen gaan met alleen maar voorzichtig zijn, alleen maar afstandelijk? Neen' – want ik had een stap in haar richting gezet. 'Neen, niet doen! Blijf staan, raak me niet aan. Mrs Pretty zou het kunnen zien...'

Ik wrong mijn handen tot de handschoenen mijn huid deden gloeien. We hadden immers geen keus! riep ik. Waarom kwelde ze me zo? Waarom zei ze dat we een moesten worden – een worden, daar, in

Millbank! Waarom hadden de geesten zoiets tegen haar gezegd? Waarom zei zij het nu tegen mij?

'Ik zeg het,' antwoordde ze, op zo'n ijle fluistertoon dat ik voorover moest buigen in het dwarrelende stof om het te verstaan, 'omdat er wel een keus is, en die moet jij maken. *Ik kan ontsnappen.*'

Ik geloof dat ik lachte. Ik denk dat ik mijn hand voor mijn mond hield en lachte. Ze sloeg me zwijgend gade. Haar gezicht stond ernstig – ik dacht toen, voor de eerste keer, dat haar verstand misschien was aangetast door haar verblijf in de donkere cel. Ik keek naar haar lijkbleke wangen, de buil op haar voorhoofd, en ik werd weer ernstig. Ik zei, heel zachtjes: 'Je hebt te veel gezegd.'

'Ik kan het,' antwoordde ze op vlakke toon.

Neen, zei ik. Het zou volstrekt verkeerd zijn.

'Het zou alleen verkeerd zijn volgens hun wetten.'

Neen. Bovendien, hoe was zoiets mogelijk, in Millbank? – waar elke gang was afgesloten met een hek, en waar overal bewaarsters en cipiers rondliepen... Ik keek om me heen, naar de houten deur, de ijzeren dwarslatten voor de vensters. 'Je zou sleutels nodig hebben,' zei ik. 'Je zou... van alles en nog wat nodig hebben. En wat zou je willen doen, zelfs al kon je ontsnappen? Waar zou je heen willen?'

Nog steeds sloeg ze me gade. Nog steeds leken haar ogen heel donker. Toen zei ze: 'Ik zou geen sleutel nodig hebben, als ik hulp kreeg van de geesten. En ik zou naar jou gaan, Aurora. En dan zouden we samen weggaan.'

Zo zei ze het. Zo plompverloren. Nu lachte ik niet meer. Dacht ze dat ik met haar mee zou gaan? vroeg ik.

Ze dacht dat ik wel zou moeten.

Dacht ze dat ik alles achter zou laten?

'Wat dan? Wie dan?'

Mijn moeder. Helen en Stephen, en George, en de kinderen die nog zouden komen. Het graf van mijn vader. Mijn toegangskaart voor de leeszaal van het Brits Museum. 'Mijn leven,' zei ik tot slot.

Ze antwoordde dat zij me een beter leven zou geven.

Ik zei: 'We zouden straatarm zijn.'

'We zouden jouw geld hebben.'

'Dat geld is van mijn moeder!'

'Je hebt vast wel geld van jezelf. Er zijn vast wel dingen die je kunt verkopen...'

Dit was dwaas, zei ik. Erger nog, het was idioot, krankzinnig! Hoe konden we leven, samen, alleen? Waar moesten we heen?

Maar terwijl ik het vroeg, zag ik haar ogen, en ik wist wat ze zou gaan zeggen...

'Denk je eens in!' zei ze. 'Denk je eens in dat we daar zouden wonen, altijd in de zon. Denk eens aan die heerlijke oorden die je zo graag wilt bezoeken, Reggio en Parma en Milaan, en Venetië. In een van die steden kunnen we gaan wonen. We zouden vrij zijn.'

Ik staarde haar aan, en hoorde het geluid van mrs Pretty's voetstappen achter de deur, het knarsen van gruis onder haar hakken. Ik fluisterde: 'We zijn niet goed wijs, Selina. Ontsnappen, uit Millbank! Dat kun je niet. Je zou dadelijk worden opgepakt.' Ze zei dat haar vrienden uit de geestenwereld haar zouden beschermen, en toen ik riep dat ik dat niet geloven kon, vroeg ze: Waarom niet? Ze zei dat ik moest denken aan alle dingen die ze me had gestuurd. Waarom zou ze zichzelf dan niet kunnen sturen?

Ik bleef zeggen dat het niet waar kon zijn. 'Als het waar was, was je hier een jaar geleden al weggegaan.' Ze zei dat ze op mij had gewacht, dat ze mij nodig had. Ze had mij nodig om ons tezamen te brengen.

'En als je dat niet doet,' zei ze, 'en je maakt een eind aan je bezoeken, wat wil je dan gaan doen? Blijf je je zuster benijden om het leven dat ze leidt? Blijf je eeuwig opgesloten zitten in je eigen donkere cel?'

En ik kreeg dat naargeestige beeld weer voor ogen van Moeder die oud en zeurderig werd, en foeterde wanneer ik te zacht of te snel voorlas. Ik zag mezelf naast haar zitten in een modderbruine japon.

Maar ze zouden ons vinden, zei ik. De politie zou ons arresteren.

'Als we eenmaal weg zijn uit Engeland, kunnen ze niets meer doen.'

Het zou de mensen ter ore komen wat we hadden gedaan. Ik zou gezien en herkend worden. We zouden worden uitgestoten door de gemeenschap!

Ze vroeg wanneer ik er ooit naar had verlangd deel uit te maken van die gemeenschap. Wat kon het mij schelen wat men van me dacht? We zouden wel een plek vinden waar we met zulke mensen niets te maken hadden. We zouden de plek vinden die voor ons bestemd was. En dan zou zij haar taak vervuld hebben...

Ze schudde haar hoofd. 'Mijn hele leven lang,' zei ze, 'al die weken en maanden en jaren, dacht ik dat ik het begreep. Maar ik wist niets. Ik dacht dat ik me in het licht bevond, terwijl mijn ogen al die tijd gesloten waren! Al die ongelukkige dames die bij me kwamen, die mijn hand aanraakten, die een stukje van mijn geest naar zich toe trokken – dat waren maar schimmen. Het waren schimmen van jou, Aurora! Ik was alleen op zoek naar jou, zoals jij mij zocht. Je zocht mij, je eigen affiniteit. En als je nu toestaat dat ze ons gescheiden houden, denk ik dat we zullen sterven!'

Mijn eigen affiniteit. Wist ik het? Zij zegt van wel. Ze zei: 'Je vermoedde het, je voelde het. Ik denk dat je het zelfs eerder voelde dan ik! De allereerste keer dat je me zag: ik denk dat je het toen voelde.'

Ik herinnerde me hoe ik haar had gadegeslagen in haar lichte cel: haar gezicht opgeheven naar de zon, het viooltje in haar handen. Had mijn blik niet een zeker doel gehad, precies zoals ze zei?

Ik bracht mijn hand naar mijn mond. 'Ik weet het niet zeker,' zei ik. 'Ik weet het niet zeker.'

'Neen? Kijk naar je eigen vingers. Weet je niet zeker of ze van jou zijn? Kijk naar een willekeurig deel van jezelf – het is of je naar mij kijkt! Wij zijn hetzelfde, jij en ik. Wij zijn twee helften van hetzelfde klompje glanzende materie. O, ik zou wel kunnen zeggen: *Ik houd van je* – dat is gauw gezegd, zoiets kan je zuster ook tegen haar man zeggen. Ik zou het kunnen opschrijven in een gevangenisbrief, vier keer per jaar. Maar mijn geest houdt niet van de jouwe, hij is ermee verstrengeld. Ons vlees voelt geen liefde, ons vlees is één geheel en wil terugkeren naar zichzelf. Als dat niet kan, zal het wegkwijnen! *Jij bent net als ik.* Jij hebt ervaren hoe het is om je leven op te geven, om het van je af te laten glijden, als een japon. Ze hebben je betrapt, nietwaar, voordat het helemaal was afgeworpen? Ze hebben je betrapt en teruggehaald, maar jij wilde niet...'

Dacht ik, vroeg ze, dat de geesten dat zouden hebben toegestaan als er geen doel achter zat? Wist ik niet dat mijn vader me zou hebben meegenomen als hij had geweten dat ik moest gaan? 'Hij stuurde je terug,' zei ze, 'en nu heb ik je. Je was achteloos met je leven, maar nu heb ik het. Wil je dat nog steeds bestrijden?'

Nu klopte mijn hart als een bezetene in mijn borst. Het klopte op de plaats waar mijn medaillon vroeger hing. Het kloppen deed pijn, als een hamerslag. Ik zei: 'Je zegt dat ik net zo ben als jij. Je zegt dat mijn lichaam jouw lichaam zou kunnen zijn, dat ik van glanzende materie ben gemaakt. Ik denk dat je nooit goed naar me hebt gekeken...'

'Ik heb goed naar je gekeken,' zei ze zacht. 'Maar denk je dat ik met hún ogen naar je kijk? Denk je dat ik je niet heb gezien wanneer je je strenge grijze japonnen terzijde hebt gelegd? Wanneer je je haar hebt losgemaakt en in het donker ligt, blank als melk...?'

'Denk je,' zei ze ten slotte, 'dat ik net zo zal zijn als die ander, die je broer verkoos boven jou?'

Toen wist ik het. Ik wist dat alles wat ze zei, alles wat ze ooit had gezegd, waar was. Ik stond daar en begon te schreien. Ik schreide en sidderde, en zij deed geen poging me te troosten. Ze keek slechts toe, en knikte, en zei: 'Nu begrijp je het. Nu weet je waarom het niet kan, alleen maar voorzichtig zijn, alleen maar steels. Nu weet je waarom je naar me toe wordt getrokken – waarom je vlees hunkert naar het mijne, en wat het zoekt. Laat het hunkeren, Aurora. Laat het bij me komen...'

Ze had haar stem gedempt tot een indringende, trage fluistertoon, die de opium in mijn bloed kloppend door mijn aderen joeg. Ik voelde hoe ze aan me trok. Ik voelde hoe ze me in haar greep nam, en meelokte, ik voelde hoe ik door de stoffige atmosfeer naar haar fluisterende mond werd gezogen. Ik klemde me vast aan de celmuur, maar de muur was glad, en glibberig van de witkalk – ik stond er tegenaan, maar voelde hem wegglijden. Ik begon het idee te krijgen dat ik uitrekte, opboldе; ik dacht dat mijn gezicht uitpuilde boven mijn kraag, dat mijn vingers opzwollen in mijn handschoenen...

Ik keek naar mijn handen. Ze had gezegd dat het haar handen waren, maar ze waren groot en vreemd. Ik voelde hun buitenkant, ik voelde de plooien en lijnen in de huid.

Ik voelde ze hard en bros worden.

Ik voelde ze zacht worden en gaan druipen.

En toen wist ik wiens handen het waren. Het waren niet haar handen, maar de zijne – de handen die de wasvormen hadden gemaakt, die 's nachts naar haar cel waren gekomen en er vegen hadden achtergelaten. Het waren mijn handen, en tegelijk die van Peter Quick! Het was een beangstigende gedachte.

Ik zei: 'Neen, het kan niet. Neen, *ik doe het niet!*' Toen kwam er plotseling een einde aan het uitdijen en het opflakkeren, en ik liep weg en legde mijn hand op de deur – en het was mijn eigen hand, in een handschoen van zwarte zijde. Ze zei: 'Aurora.' Ik zei: 'Noem me niet zo, het is niet waar! Het is nooit waar geweest, nooit!' Ik sloeg met mijn vuist op de deur en schreeuwde: 'Mrs Pretty! Mrs Pretty!' Toen ik me naar haar omdraaide, was haar gezicht vlekkerig rood, alsof ze een klap had gekregen. Ze stond stijf rechtop, geschrokken en ellendig. Toen begon ze te schreien.

'We vinden wel een andere weg,' zei ik. Doch ze schudde haar hoofd en fluisterde: 'Begrijp je het dan niet? Begrijp je niet dat er geen andere weg is dan deze?' In haar ooghoek welde een traan op, die even trilde en omlaag gleed, en vertroebeld werd door vezelstof.

Toen kwam mrs Pretty, ze gaf me een knikje en ik liep langs haar heen, zonder me om te draaien – want als ik me had omgedraaid, zouden Selina's tranen, haar gehavende gezicht en mijn eigen vurige verlangen me teruggedreven hebben, en dan was ik verloren geweest. De deur werd dichtgedaan en afgesloten, en *ik liep weg* – zoals je zou lopen wanneer je een vreselijke foltering ondergaat, gemuilkorfd, voortgejaagd, voelend hoe het vlees van je botten wordt gerukt.

Ik liep tot ik bij de wenteltrap kwam. Daar liet mrs Pretty me achter, kennelijk in de veronderstelling dat ik naar beneden zou gaan. Doch dat deed ik niet. Ik bleef in de schaduw staan en legde mijn gezicht tegen de kille witte muur, en ik bewoog me pas toen ik op de trap boven me voetstappen hoorde. Ik dacht dat het misschien miss Ridley was, en ik draaide me om en veegde over mijn wang, bang dat die besmeurd was met tranen of kalk. De voetstappen kwamen naderbij.

Het was miss Ridley niet. Het was mrs Jelf.

Ze keek verbaasd toen ze mij zag. Ze had iets horen bewegen op de trap, zei ze, en zich afgevraagd... Ik schudde mijn hoofd. Toen ik haar vertelde dat ik zojuist bij Selina Dawes was geweest, huiverde ze; ze leek haast net zo ongelukkig als ikzelf. Ze zei: 'Mijn afdeling is erg veranderd nu men haar heeft weggehaald. Alle vrouwen uit de Sterklasse zijn vertrokken, en in hun cellen zitten nieuwe gevangenen, van wie ik sommigen helemaal niet ken. En Ellen Power – Ellen Power is er ook niet meer.'

'O?' zei ik mat. 'Ik ben in elk geval blij voor haar. Misschien dat men haar in Fulham zachtzinniger zal behandelen.'

Doch toen ze me dat hoorde zeggen, zag ze er ongelukkiger uit dan ooit. 'Ze is niet in Fulham, juffrouw,' zei ze. Ze zei het spijtig te vinden dat ik het niet wist, maar men had Power eindelijk naar de ziekenzaal gebracht, vijf dagen geleden, en daar was ze gestorven – haar kleindochter was het stoffelijk overschot komen halen. Mrs Jelfs goedhartigheid was uiteindelijk voor niets geweest, want men had de flanellen lap onder Powers japon gevonden, en dat werd mrs Jelf zwaar aangerekend; voor straf zou er iets op haar loon worden ingehouden.

Ik hoorde het aan met een dof gevoel van afgrijzen. 'Mijn God,' zei ik ten slotte, 'hoe hebben we het volgehouden? Hoe moeten we het volhouden?' *Nog vier jaar lang*, bedoelde ik.

Ze schudde haar hoofd, bracht haar hand naar haar gezicht en draaide zich om. Ik hoorde het geschuifel van haar voeten wegsterven op de trap.

Daarna ging ik naar beneden, naar de afdeling van miss Manning, en ik liep langs alle cellen en tuurde naar de vrouwen die er zaten: huiverend en ineengedoken, doodongelukkig, ziek of bijna ziek, hongerig of onpasselijk, met gebarsten vingers van het gevangeniswerk en van de kou. Aan het eind van de afdeling vond ik een andere bewaarster om me naar het hek van Vijfhoek Twee te brengen, en daar stond een cipier die me door de mannengevangenis naar de uitgang escorteerde; ik sprak met geen van beiden. Aangekomen op de grindstrook die naar de portiersloge loopt, merkte ik dat het donker was geworden en dat de rivierwind hagel meevoerde. Ik zette mijn hoed schuin en worstelde tegen de wind in. Overal om me heen rees Millbank op, somber als een graftombe, en stil, en toch vol beklagenswaardige mannen en vrouwen. Nog nooit, tijdens al mijn bezoeken, had ik het gewicht van hun collectieve wanhoop zo zwaar op me voelen drukken als nu. Ik dacht aan Power, die me zo vriendelijk had bejegend en nu dood was. Ik dacht aan Selina, schreiend, gehavend, die mij haar *affiniteit* noemde – die zei dat wij elkaar hadden uitgekozen en zouden sterven als we elkaar nu kwijtraakten. Ik dacht aan mijn eigen kamer boven de Theems, en aan Vigers in haar stoel achter de deur – daar kwam de portier al, zwaaiend met zijn sleutels, hij had iemand gestuurd om een rijtuig voor me te halen. Ik dacht: Hoe laat is het? Het had net zo goed zes uur kunnen zijn als middernacht. Ik dacht: Stel dat Moeder thuis is, wat moet ik dan zeggen? Er zit kalk op mijn kleren, en ik ruik naar de gevangenis. Stel dat ze mr Shillitoe schrijft, of dr Ashe laat komen?

Nu aarzelde ik. Ik stond voor de deur van de loge. Boven me was de smerige, mistige Londense hemel, onder mijn voeten de kwalijk riekende grond van Millbank, waar geen bloemen willen groeien. Hagelstenen sloegen tegen mijn gezicht, scherp als naalden. De portier stond klaar om me binnen te laten in zijn loge, maar nog steeds aarzelde ik. Hij zei: 'Miss Prior? Is er iets?' en hij haalde zijn hand over zijn gezicht om het water af te wissen.

Ik zei: 'Wacht' – ik zei het eerst zachtjes, zodat hij zijn voorhoofd fronste en zich naar me toe boog, want hij verstond het niet. Toen zei ik nog eens: 'Wacht' – harder ditmaal. Ik zei: 'Wacht! Wacht even, ik moet terug, ik moet terug!' Ik zei dat er iets was dat ik nog moest doen, en daarom terug moest.

Misschien zei hij nog iets, maar dat hoorde ik niet. Ik keerde me om en verdween weer in de schaduwen van de gevangenis, bijna rennend, mijn hakken draaiend in het grind. Tegen elke cipier die ik tegenkwam, zei ik hetzelfde – dat ik terug moest naar de vrouwengevangenis! – en hoewel ze me verwonderd aankeken, lieten ze me door. Bij de poort van het vrouwengebouw trof ik miss Craven, die net aan haar dienst begonnen was. Ze kende me goed genoeg om me binnen te laten, en toen ik zei dat ik geen gids nodig had, dat ik alleen nog een kleinigheidje te doen had, knikte ze en keek niet meer naar me om. Ik vertelde hetzelfde verhaal op de afdelingen beneden, en daarna beklom ik de wenteltrap. Ik luisterde naar de voetstappen van mrs Pretty, en toen die om de bocht van de gang verdwenen, holde ik naar de deur van Selina's cel en hield mijn gezicht voor het luikje, duwde het open en tuurde naar binnen. Ze zat onderuitgezakt naast haar blad met kokosvezels, waar ze met haar bloedende vingers krachteloos aan trok. Haar ogen waren nog nat en roodomrand, en haar schouders schokten. Ik riep haar niet, maar terwijl ik keek, sloeg ze haar ogen op en maakte een schrikkerige beweging. Ik fluisterde: 'Kom vlug, kom vlug naar de deur!' Ze rende, en leunde tegen de muur, totdat haar gezicht vlak bij het mijne was en ik haar adem voelde.

Ik zei: 'Ik zal het doen. Ik zal met je meegaan. Ik houd van je, en ik kan je niet opgeven. Vertel me alleen wat ik moet doen, dan doe ik het!'

Toen zag ik haar oog, en het was zwart, en mijn gezicht dreef erin, bleek als een parel. En toen gebeurde er hetzelfde als met Pa en de spiegel. Mijn ziel verliet me – ik voelde hem wegvliegen en zich in haar nestelen.

30 mei 1873

Vannacht had ik een afschuwelijke droom. Ik droomde dat ik wakker werd & helemaal stijf was & me niet kon bewegen, & mijn ogen waren dichtgesmeerd met een soort lijm, & de lijm was in mijn mond gelopen & ook mijn lippen zaten dicht. Ik wilde Ruth of mrs Brink roepen, maar dat lukte niet vanwege de lijm, ik hoorde het geluid dat ik maakte & het was alleen gekreun. Ik begon bang te worden dat ik zo zou moeten blijven liggen tot ik stikte of van honger omkwam, & bij die gedachte begon ik te huilen. Toen begonnen mijn tranen de lijm van mijn ogen te spoelen, totdat er een kleine opening was waar ik net doorheen kon gluren, & ik dacht 'Nu kan ik tenminste mijn eigen kamer zien.' De kamer die ik verwachtte te zien was niet mijn kamer in Sydenham, maar mijn kamer in het hotel van mr Vincy.

Maar toen ik keek, zag ik alleen dat het om me heen helemaal donker was & ik begreep dat ik in mijn kist lag, dat ze me erin hadden gelegd omdat ze dachten dat ik dood was. Ik lag huilend in mijn kist tot de lijm op mijn mond smolt door de tranen, & toen begon ik te roepen, want ik dacht 'Als ik maar hard genoeg roep, zal iemand me wel horen & me eruit laten.' Maar er kwam niemand, & toen ik mijn hoofd optilde stootte ik tegen het hout dat boven me zat, & door het geluid van de klap wist ik dat er aarde op de kist lag, & dat ik al in mijn graf lag. Toen wist ik dat niemand me zou horen, hoe hard ik ook riep

Ik bleef heel stil liggen & vroeg me af wat ik moest doen, & toen hoorde ik een fluisterende stem naast me, hij kwam tegen mijn oor aan & deed me huiveren. De stem zei 'Dacht je dat je alleen was? Wist je niet dat ik er was?' Ik kon degene die sprak niet zien, daar was het te donker voor, ik voelde alleen een mond vlak bij mijn oor. Ik wist niet of het de mond van Ruth was, of van mrs Brink, of van Tante, of van heel iemand anders. Ik wist alleen, door de klank van de woorden, dat de mond glimlachte.

Deel vier

21 DECEMBER 1874

Er komen nu iedere dag aandenkens van Selina. Soms zijn het bloemen, of geuren; soms is er alleen een kleinigheid veranderd in mijn kamer tijdens mijn afwezigheid: een siervoorwerp is opgepakt en scheef neergezet, de kastdeur staat op een kier en mijn kleren vertonen sporen van vingers op het fluweel en de zijde, een kussen is ingedeukt alsof er een hoofd op heeft gelegen. De aandenkens komen nooit als ik er ben en naar ze uitkijk. Ik wilde dat het wel zo was. Ik zou er niet van schrikken. Ik zou nu schrikken als ze niet meer kwamen! Want zolang ze komen, weet ik dat ze komen om de ruimte tussen ons te verdichten. Ze vormen een trillend koord van donkere materie dat zich van Millbank uitstrekt naar Cheyne Walk; het is het koord waarlangs ze me zichzelf zal sturen.

's Nachts wordt het koord het stevigst, als ik lig te slapen onder invloed van een dosis laudanum. Waarom heb ik dat nooit beseft? Ik neem het medicijn nu graag in. En soms, wanneer Moeder uit is – want het koord moet ook overdag blijven bestaan – soms ga ik naar de la in haar kamer en neem stiekem nog wat extra.

Ik zal mijn medicijn natuurlijk niet meer nodig hebben als ik eenmaal in Italië ben.

Moeder heeft nu veel geduld met me. 'Margaret is al drie weken niet naar Millbank geweest,' zegt ze tegen Helen en de Wallaces, 'en kijk eens hoe ze veranderd is!' Ze vindt dat ik er sinds de dood van Pa nog niet eerder zo goed heb uitgezien. Ze weet niets van de geheime uitstapjes die ik naar de gevangenis maak terwijl zij van huis is. Ze weet niet dat mijn grijze wandelkostuum in de bergkast ligt – die brave Vigers heeft het haar nooit verteld, en Vigers helpt me nu bij het aankleden in plaats van Ellis. Ze weet niets van de belofte die ik heb gedaan, van mijn stoutmoedige en vreselijke voornemen om haar te verlaten en te schande te maken.

Soms huiver ik wel een beetje als ik daaraan denk.

En toch moet ik eraan denken. Het koord van duisternis komt vanzelf tot stand, maar als we echt willen gaan, als ze echt wil ontsnappen – en o! wat klinkt dat pittoresk, alsof we een stel struikrovers zijn uit een goedkoop romannetje! – als ze wil komen, dan moet het spoedig gebeuren, het moet geregeld worden, ik moet voorbereidingen treffen, het zal riskant zijn. Ik zal het ene leven moeten afstaan om er een ander voor in de plaats te krijgen. Het zal net zoiets zijn als sterven.

Vroeger dacht ik dat sterven gemakkelijk was, maar het was heel moeilijk. En dit... dit zal stellig nog moeilijker zijn.

Ik ben vandaag bij haar geweest, terwijl Moeder uit was. Ze zit nog op de afdeling van mrs Pretty, ze is er nog heel slecht aan toe, haar vingers bloeden erger dan ooit, maar ze schreit niet. Ze is net als ik. Ze zei: 'Ik zou alles kunnen verdragen, nu ik weet waarom ik het verdraag.' Haar felheid is gebleven, maar is verhuld, als een vlam achter een lampenglas. Ik ben bang dat de bewaarsters het zullen zien en iets zullen vermoeden. Ik was vandaag bang, toen ze naar me keken. Ik liep schichtig door het gebouw, het had wel mijn eerste bezoek aan de gevangenis kunnen zijn; ik was me weer bewust van de enorme omvang, het verpletterende gewicht – van de muren, de grendels en tralies en sloten, de waakzame bewaarsters in hun wollen en lederen kledij, de luchtjes, het kabaal, dat uit lood gesneden leek. Ik bedacht, onder het lopen, dat het dwaasheid was geweest om ooit te denken dat ze daaruit kon ontsnappen! Pas toen ik haar felheid voelde, was ik weer gerustgesteld.

We hebben gepraat over de voorbereidselen die ik moet treffen. Ze zei dat we geld nodig hebben, al het geld dat ik te pakken kan krijgen; en we hebben kleren nodig, en schoenen, en kisten om ze in te doen. Ze zei dat we niet moeten wachten tot we in Frankrijk zijn voor we dat allemaal kopen, want we mogen in de trein op geen enkele manier opvallen, men moet ons aanzien voor een dame en haar reisgezellin en dat moet blijken uit onze bagage. Ik had er niet zo over nagedacht als zij. Het lijkt soms een beetje onnozel als ik op mijn eigen kamer aan zulke dingen denk. Het had niets onnozels meer toen ik haar hoorde regelen en organiseren, fel, met glinsterende ogen.

'We moeten kaartjes hebben,' fluisterde ze, 'voor de trein en voor de boot. We moeten paspoorten hebben.' Ik zei dat ik die wel kon krijgen, want ik herinner me dat Arthur het daarover had. Ik weet trouwens precies wat je moet doen om naar Italië te reizen, uit alle verhalen die mijn zuster keer op keer vertelde over de bijzonderheden van haar huwelijksreis.

Daarna zei ze: 'Je moet klaar zijn wanneer ik bij je kom,' en omdat ze er nog niet over had gesproken hoe dat zou gaan, begon ik onwillekeurig te beven. Ik zei: 'Ik vind het griezelig! Gaan er rare dingen gebeuren? Moet ik in het donker zitten, of toverspreuken opzeggen?'

Ze glimlachte. 'Denk je dat het zo werkt? Het werkt door middel van liefde, door middel van verlangen. Je hoeft alleen maar naar me te verlangen, en dan kom ik.'

Ze zei dat ik alleen precies moet doen wat zij me heeft opgedragen.

Vanavond, toen Moeder vroeg of ik haar wilde voorlezen, pakte ik *Aurora Leigh* uit haar kast. Zoiets zou ik een maand geleden nooit gedaan hebben. Ze zag het boek en zei: 'Lees dat stuk maar voor over de terugkeer van Romney – de arme stakker, zo verminkt en blind,' maar dat wilde ik niet. Ik denk niet dat ik die passage ooit nog zal lezen. Ik las haar Boek Zeven voor, waarin de gesprekken van Aurora met Marian Erle staan. Ik las een uur, en toen ik klaar was, zei Moeder met een glimlach: 'Wat klinkt je stem vanavond lief, Margaret!'

Ik heb Selina's hand vandaag niet vastgehouden. Ze wil dat niet meer, want stel dat er een bewaarster voorbijkomt en ons ziet. Maar ik zat en zij stond heel dicht bij me terwijl we praatten, en ik legde mijn voet tegen de hare – mijn eigen degelijke schoen tegen haar gevangenisschoen, die nog degelijker is. En we tilden onze rokken van halflinnen en zijde een eindje op, een klein eindje maar, net voldoende om de neuzen te laten kussen.

23 DECEMBER 1874

We kregen vandaag een pakje van Pris en Arthur, met een brief waarin hun terugkeer op de zesde januari definitief wordt bevestigd, en een uitnodiging voor ons allemaal – Moeder, ikzelf, Stephen, Helen en Georgy – om tot het voorjaar bij hen in Marishes te komen logeren. Er is al maanden sprake van iets dergelijks, maar ik wist niet dat het Moeders bedoeling was dat we al zo gauw zouden gaan. Ze wil in de tweede week van het nieuwe jaar vertrekken, op de negende – over nog geen drie weken. Toen ik dat hoorde, raakte ik in paniek. Ik vroeg of ze wel echt prijs zouden stellen op ons gezelschap, zo kort na hun terugkeer. Ik zei dat Pris nu de scepter zwaaide over een groot huis en een heleboel personeel. Moesten we haar niet de gelegenheid geven om aan haar nieuwe taken te wennen? Zij zei dat een pasgetrouwde vrouw juist op zo'n moment de raad van haar moeder hard nodig heeft. Ze zei: 'We kunnen er niet van uitgaan dat Arthurs zusters aardig zijn.'

Daarna zei ze te hopen dat ík een beetje aardiger voor Priscilla zou zijn dan ik op haar trouwdag was geweest.

Ze denkt dat ze al mijn zwakheden doorziet. De grootste zwakheid ziet ze natuurlijk over het hoofd. Ik heb eerlijk gezegd al meer dan een maand niet aan Pris en haar onbeduidende triomfen gedacht. Dat is voor mij allemaal verleden tijd. Ik ben me trouwens aan het losmaken van alle dingen in mijn oude leven, en van alle mensen: Moeder, Stephen, Georgy...

Zelfs ten opzichte van Helen voel ik nu een afstand. Ze was hier gisteravond. Ze zei: 'Is het waar wat je moeder me vertelt, dat je innerlijk kalmer bent en sterker wordt?' Zelf kon ze zich niet aan de indruk onttrekken dat ik alleen maar stiller was – dat ik mijn problemen alleen maar voor me hield, meer dan ooit.

Ik keek naar haar, naar haar vriendelijke, regelmatige gezicht. Ik dacht: Zal ik het je vertellen? Wat zou je ervan vinden? En even dacht ik dat ik het echt zou doen, het leek me ineens zo gemakkelijk en vanzelfsprekend – want als iemand het zou begrijpen, dan was zij het wel. Ik hoefde alleen maar te zeggen: 'Ik ben verliefd, Helen! Ik ben verliefd! Op een meisje dat zo bijzonder is, zo vreemd en wonderbaarlijk – en Helen, ze draagt mijn hele leven in zich!'

Ik stelde me zo levendig voor dat ik dit zei, dat de gepassioneerde woorden me bijna tot tranen roerden, en toen dacht ik dat ik het echt had gezegd. Maar neen, Helen keek me nog steeds aan, bezorgd en vriendelijk, wachtend tot ik iets zou zeggen. Dus toen draaide ik me om en knikte naar de prent van Crivelli die boven mijn schrijftafel aan de muur hangt, en streek er met mijn vingers overheen. Ik vroeg, om haar op de proef te stellen: 'Vind je dit gezicht mooi?'

Ze keek me verbaasd aan. Ze zei dat ze het op een bepaalde manier wel mooi vond. Toen boog ze zich er dichter naartoe. Ze zei: 'Maar ik kan haar gelaatstrekken amper onderscheiden. Het arme kind, het lijkt wel of haar gezicht helemaal van het papier is geveegd.'

En toen wist ik dat ik haar nooit iets over Selina zou vertellen. Dat ze me niet eens zou horen. Dat ze Selina niet zou zien als ik haar nu binnenbracht, zoals ze ook de scherpe, donkere lijnen van de *Veritas* niet kon zien. Die zijn te ijl voor haar.

Ik word ook steeds ijler, steeds minder substantieel. Ik evolueer. De anderen merken het niet. Ze kijken naar me en zien een glimlach en een blos op mijn gezicht – Moeder zegt dat ik dikker begin te worden om mijn middel! Ze weten niet dat het pure wilskracht is die me in hun midden houdt wanneer ik bij hen zit. Het is erg vermoeiend. Wanneer ik alleen ben, zoals nu, is het heel anders. Dan – nu – kijk ik naar mijn eigen lichaam en zie de bleke botten door mijn vlees schemeren. Ze worden elke dag bleker.

Mijn lichaam lost langzaam op. Ik word een schim, een spook!

Ik denk dat mijn geest in deze kamer zal rondwaren als ik eenmaal aan mijn nieuwe leven ben begonnen.

Ik ben echter nog niet helemaal klaar met het oude. Vanmiddag, in Garden Court, terwijl Moeder en Helen zich amuseerden met Georgy, ging ik naar Stephen en zei dat er iets was dat ik hem wilde vragen. Ik zei: 'Ik zou graag willen dat je me uitlegt hoe het geregeld is met Moeders geld, en met dat van mij. Ik heb daar helemaal geen verstand van.' Hij antwoordde, zoals hij al eerder had gedaan, dat ik daar ook geen verstand van hóéf te hebben, omdat hij mijn financiële zaken behartigt; maar ditmaal drong ik aan. Ik zei dat hij na Pa's dood heel edelmoedig de taak op zich had genomen om al onze zaken regelen, maar dat ik ook graag het een en ander wilde weten. Ik zei: 'Ik denk dat Moeder zich zorgen maakt over het eigendomsrecht van ons huis – over het inkomen dat ik zou krijgen als zij kwam te overlijden.' Ik zei dat ik zulke dingen met haar zou kunnen bespreken als ik er zelf meer van wist.

Hij aarzelde een seconde en legde toen zijn hand op mijn pols. Hij zei zachtjes dat ik zelf waarschijnlijk ook wel een beetje bezorgd was. Hij zei te hopen dat ik wist dat er altijd plaats voor me zou zijn – wat er ook met Moeder gebeurde – bij Helen en hem, in hun huis.

De aardigste man die ik ooit gekend heb, heeft Helen hem eens genoemd. Nu deed die aardigheid me gruwen. Ik dacht opeens: Wat voor schade zal hij ondervinden, als advocaat, wanneer ik heb gedaan wat ik van plan ben? Want als we weg zijn, zal iedereen natuurlijk denken dat ik het ben geweest die Selina uit de gevangenis heeft helpen ontsnappen, niet de geesten. Misschien wordt er wel ontdekt dat we kaartjes hadden voor de trein en de boot, en paspoorten...

Toen herinnerde ik me hoe de advocaten háár hadden geschaad, en ik bedankte hem en zei niets meer. Hij vervolgde: 'Wat het eigendomsrecht van Moeders huis betreft, daar hoef je echt niet over in te zitten!' Hij zei dat Pa alles erg goed had geregeld. Hij zou wel willen dat alle vaders wier zaken hij moest behartigen, alles zo goed hadden geregeld als de onze! Hij zei dat Moeder een vermogende vrouw is en nooit geldzorgen zal hebben. Hij zei: 'En jij, Margaret, beschikt ook over een eigen vermogen.'

Ik wist dat natuurlijk wel, maar voor mij was het altijd zinledige kennis, waar ik niets aan had zolang mijn vermogen nergens toe diende. Ik keek naar Moeder. Ze had een zwart poppetje aan een draad dat ze liet dansen voor Georgy, en de porseleinen voetjes kletterden op het tafelblad. Ik boog me dichter naar Stephen toe. Ik zei dat ik graag wilde weten hoe groot mijn vermogen was. Ik wilde graag weten waaruit het bestond en hoe het te gelde kon worden gemaakt.

'Mijn belangstelling is puur theoretisch,' voegde ik er vlug aan toe, en hij lachte. Dat wist hij wel, zei hij. Het ging mij altijd om de theorie, dat was vroeger ook al zo.

Hij kon me echter niet terstond aan de cijfers helpen, want de meeste papieren die hij nodig heeft, liggen hier, in Pa's studeerkamer. We hebben afgesproken om er morgenavond een uur voor uit te trekken. Hij vroeg: 'Vind je dat niet bezwaarlijk, op kerstavond?' Ik was helemaal vergeten dat het Kerstmis was, en daar moest hij weer om lachen.

Toen riep Moeder dat we eens moesten komen kijken wat een plezier Georgy had om de pop. Bij het zien van mijn peinzende gezicht zei ze: 'Stephen, wat heb je tegen je zuster gezegd? Je moet haar niet aanmoedigen om zo ernstig te zijn! Over een maand of twee moet dat helemaal afgelopen zijn, hoor.'

Ze zegt dat ze allerlei schitterende plannen in gedachten heeft om mijn dagen te vullen, in het nieuwe jaar.

24 DECEMBER 1874

Zo, ik kom net terug van mijn les met Stephen. Hij heeft de cijfers voor me op papier gezet, en toen ik ze bekeek, begon ik te beven. 'Je bent verrast,' zei hij, maar dat was het niet. Ik beefde omdat ik het zo eigenaardig vond dat Pa de voorzorg had genomen om mijn vermogen veilig te stellen. Alsof hij, door de sluier van zijn eigen ziekte heen, al de plannen zag die ik na mijn ziekte zou maken en me daarbij trachtte te helpen. Selina zegt dat ze hem altijd met een glimlach naar me ziet kijken, maar daar ben ik niet zo zeker van. Hoe zou hij kunnen glimlachen wanneer hij al mijn vreemde roerselen en verlangens ziet – en mijn wanhoopsplan, en mijn bedrog? Ze zegt dat hij met de ogen van een geest kijkt, en de wereld daardoor anders ziet.

Ik zat dus aan het bureau in zijn studeerkamer en Stephen zei: 'Je bent verrast. Je had niet vermoed dat het om zulke bedragen ging.' Een groot deel van mijn vermogen heeft natuurlijk een vrij nominaal karakter, omdat het is belegd in onroerend goed en in aandelen. Toch vormt het, samen met het geld dat Pa me los daarvan heeft nagelaten, een inkomen waarover ik vrijelijk kan beschikken. 'Tenzij je trouwt, natuurlijk,' zei Stephen.

Daarop lachten we tegen elkaar, al denk ik dat we ieder om iets anders lachten. Ik vroeg of ik mijn geld overal kon opnemen, waar ik ook woonde. Hij zei dat het niet per se in Cheyne Walk hoeft te worden geïnd. Dat bedoelde ik echter niet. Ik zei: Stel dat ik naar het buitenland zou gaan? Hij staarde me aan. Ik zei dat hij niet verbaasd moest zijn – dat ik er sinds kort over dacht, als het Moeders goedkeuring kon wegdragen, om een reis te gaan maken, 'met een gezelschapsdame'.

Misschien denkt hij dat ik vriendschap heb gesloten met een reislustige oude vrijster, in Millbank of in het Brits Museum. Hij zei het een voortreffelijk plan te vinden. En wat het geld betreft: dat is van mij, ik kan het naar eigen goeddunken besteden en het opnemen waar ik maar wil. Niemand mag zich daarmee bemoeien.

Ook niet, vroeg ik – en nu beefde ik weer – als ik iets deed wat Moeder helemaal niet aanstond?

Hij zei nogmaals dat het geld van mij was, niet van haar; en zolang hij het beheerde, had ik niets te vrezen.

'En als ik iets deed wat jóú niet aanstond, Stephen?'

Hij keek me strak aan. Ergens in huis klonk de stem van Helen, die Georgy's naam riep. We hadden hen beiden bij Moeder gelaten: ik had gezegd dat we een aspect van Pa's nalatenschap gingen bespreken, iets literairs, en Moeder had gemopperd, maar Helen had geglimlacht. Stephen raakte de papieren even aan en zei dat hij, waar het mijn inkomen betrof, hetzelfde standpunt innam als Pa. Hij zei: 'Zolang je geestelijk gezond bent, en tenzij je ten prooi valt aan slechte invloeden – tenzij je ertoe verleid wordt je inkomen te gebruiken om een bepaald doel te realiseren dat schadelijk is voor jezelf! – zal ik je volledig de vrije hand laten, dat beloof ik je.'

Dat waren zijn woorden, en hij lachte erbij, zodat ik me even afvroeg of al zijn vriendelijkheid niet slechts schijn was en hij dit uit wreedheid zei, omdat hij mijn geheim had geraden. Ik kon die mogelijkheid niet uitsluiten. Daarom stelde ik hem nog een vraag: Als ik nu, in Londen, geld nodig had – dat wil zeggen, meer geld dan ik van Moeder kreeg – wat moest ik dan doen?

Hij zei dat ik alleen maar naar mijn bank hoef te gaan, daar kan ik het geld opnemen door een betalingsopdracht te overhandigen die door hem medeondertekend is. Al pratende haalde hij een formulier tussen zijn papieren vandaan, schroefde de dop van zijn pen en schreef er iets op. Ik moet alleen mijn naam naast de zijne zetten en de rest van het formulier invullen.

Ik bekeek zijn handtekening aandachtig en vroeg me af of het geen valse was – ik denk het niet. Hij sloeg me gade. Hij zei: 'Je kunt me te allen tijde om zo'n betalingsopdracht vragen, hoor.'

Ik legde het papier voor me. Er was een blanco ruimte waar ik het bedrag moest opschrijven, en terwijl Stephen zijn documenten opborg, zat ik naar dat vakje te turen totdat het groter leek te worden, wel zo groot als mijn hand. Misschien zag hij hoe vreemd ik ernaar keek, want op het laatst zette hij zijn vingertoppen op het papier en dempte zijn stem. 'Ik hoef je natuurlijk niet te zeggen,' zei hij, 'hoe voorzichtig je hiermee moet zijn. Het is bijvoorbeeld niet iets wat de dienstboden moeten zien. En je zult het' – hij glimlachte – 'je zult het toch niet meenemen naar Millbank, hoop ik?'

Toen werd ik bang dat hij het formulier misschien terug wilde hebben. Ik vouwde het op en stopte het achter mijn ceintuur, en we stonden op. Ik zei: 'Je weet dat mijn bezoeken aan Millbank afgelopen zijn.' We liepen de hal in en sloten de deur van Pa's studeerkamer. Ik zei dat het daardoor kwam dat ik weer beter was geworden.

Ja natuurlijk, zei hij, dat was hij vergeten. Helen had hem menigmaal verteld hoe goed het tegenwoordig met me ging... Weer keek hij me onderzoekend aan, en toen ik glimlachte en weg wilde lopen, legde hij zijn hand op mijn arm. Hij zei, heel vlug: 'Vat dit niet op als bemoeizucht, Margaret. Natuurlijk weten Moeder en dr Ashe het beste hoe ze voor je moeten zorgen. Maar Helen zegt dat je nu laudanum krijgt, en ik kan me niet aan de gedachte onttrekken dat laudanum, na chloraal – wel, ik weet niet wat het effect is van een dergelijke combinatie van medicijnen.' Ik keek hem aan. Hij had een kleur gekregen, en ook ik voelde het bloed naar mijn wangen stijgen. Hij vroeg: 'Heb je nergens last van? Geen... hallucinaties, of angsten, of vreemde fantasieën?'

Toen dacht ik: Het is niet het geld dat hij me wil afpakken, maar het medicijn! Hij wil verhinderen dat Selina komt! Hij wil het middel zelf innemen, *zodat ze naar hem toe komt!*

Zijn hand lag nog op mijn arm, ik zag de groene aderen en de zwarte haren; maar nu klonken er voetstappen op de trap en een van de meisjes kwam naar beneden: het was Vigers, met een emmer kolen. Stephen haalde zijn hand weg en ik draaide me om. Ik zei dat ik volmaakt gezond was, hij kon het vragen aan iedereen die me kende. 'Je kunt het aan Vigers vragen. Vigers, wil jij mr Prior eens vertellen hoe gezond ik ben?'

Vigers keek me verbaasd aan en verplaatste de emmer, zodat we de kolen niet hoefden te zien. Haar wangen waren rood geworden – nu bloosden we alledrie! Ze zei: 'U bent heus heel gezond, juffrouw.' Toen keek ze Stephen even aan, en ik keek hem ook aan. Hij voelde zich niet op zijn gemak. Hij zei alleen: 'Nou, daar ben ik erg blij om.' Hij begreep uiteindelijk wel dat hij haar niet kon afpakken. Hij gaf me een knikje en liep de trap op naar de salon. Ik hoorde hoe de deur werd opengedaan en weer dichtgetrokken.

Ik wachtte op dat geluid en sloop toen helemaal naar boven, naar mijn eigen kamer; en ik ging zitten en haalde de betalingsopdracht tevoorschijn, en tuurde ernaar tot het witte vakje waar het bedrag moest worden ingevuld weer leek uit te dijen. Op het laatst had het wel een berijpte glasplaat kunnen zijn, en terwijl ik keek, begon de rijp te smelten en dunner te worden. Achter het ijs kon ik vagelijk iets ontwaren, en ik wist dat het de opkomende lijnen en dieper wordende kleuren van mijn eigen toekomst waren.

Toen hoorde ik geluiden in de kamers onder me, en ik trok mijn la open, pakte dit dagboek eruit en sloeg het open om de betalingsopdracht tussen de bladzijden te leggen. Maar het dagboek leek een beetje bol te staan, en toen ik het schuin hield, gleed er iets uit: een dun zwart ding, het viel op mijn schoot en bleef daar liggen. Toen ik het aanraakte, voelde het warm aan.

Ik had het nooit eerder gezien, en toch herkende ik het dadelijk. Het was een fluwelen halsband, met een koperen slotje. Het was het bandje dat Selina vroeger had gedragen, en ze had het naar mij gestuurd – het was mijn beloning, denk ik, omdat ik Stephen zo slim om de tuin had geleid!

Ik ging voor de spiegel staan en deed het om mijn hals. Het past, maar het zit strak: ik voel het drukken terwijl mijn hart klopt, alsof zij de draad waaraan het bevestigd is vasthoudt en er soms aan trekt, om me te herinneren aan haar nabijheid.

6 JANUARI 1875

Het is al vijf dagen geleden sinds ik voor het laatst in Millbank was, maar het is verbazend gemakkelijk om er niet heen te gaan nu ik weet dat Selina mij bezoekt – nu ik weet dat ze spoedig komen zal, en nooit meer weg zal gaan! Ik vind het geen bezwaar om thuis te blijven, om met gasten te praten, of zelfs alleen met Moeder. Moeder is namelijk ook meer thuis dan anders. Ze is uren bezig met het uitzoeken van japonnen voor Marishes, en stuurt de dienstboden naar de zolder om koffers en kisten te halen, en lakens om over de meubels en vloerkleden te leggen als we weg zijn.

Als we weg zijn, schrijf ik – want er is althans in één opzicht vooruitgang geboekt. Ik heb een manier gevonden om haar plannen als dekmantel voor de mijne te gebruiken.

Een week geleden zaten we op een avond bij elkaar, zij met een pen en een vel papier waarop ze lijstjes maakte, en ik met een boek op schoot en een mes. Ik was bezig de bladzijden los te snijden, maar ik hield mijn ogen op het vuur gericht en zat waarschijnlijk heel stil. Dat besefte ik pas toen Moeder haar hoofd ophief en een afkeurend geluidje maakte. Hoe kon ik daar zo passief en rustig zitten? zei ze. We zouden over tien dagen naar Marishes vertrekken, en voor die tijd waren er nog honderd-en-een dingen die gedaan moesten worden. Had ik bijvoorbeeld al met Ellis over mijn japonnen gesproken?

Ik bleef naar het vuur kijken en ging gestaag door met snijden. Ik zei: 'Dat is toch een vooruitgang, Moeder. Een maand geleden verweet u me dat ik zo rusteloos was. Maar ik vind het wel een beetje hardvochtig dat u me nu een uitbrander geeft omdat ik te rustig ben.'

Het was de toon die ik voor dit dagboek reserveer, niet voor haar. Ze legde haar lijst opzij en zei dat ze niet wist waar ik het over had; als ik een uitbrander verdiende, dan vanwege mijn brutaliteit!

Nu keek ik haar wel aan. Nu voelde ik me niet passief meer. Ik voelde me – wel, misschien was het Selina die namens mij sprak! – maar ik voelde dat ik een glans uitstraalde die niet van mij was, neen, zeker niet van mij. Ik zei: 'Ik ben geen dienstmeisje dat u kunt berispen en wegsturen. Ik ben überhaupt geen meisje, dat hebt u zelf gezegd. Maar u behandelt me nog steeds als een kind.'

'Zo is het wel genoeg!' zei ze vlug. 'Zulke taal duld ik niet in mijn eigen huis, van mijn eigen dochter. En in Marishes zal ik dat net zo min dulden...'

Neen, zei ik, in Marishes zou ze geen last van me hebben. Ik ging namelijk niet mee, althans, niet meteen. Ik vertelde haar dat ik besloten had nog een paar weken hier te blijven, alleen, terwijl zij met Stephen en Helen naar Marishes ging.

Hier blijven, alleen? Wat was dat voor onzin? Ik zei dat het geen onzin was. Ik zei dat het juist heel zinnig was.

'Dat is weer die eigengereidheid van je, anders niet! Margaret, we hebben dit soort woordenwisselingen al tientallen keren gehad...'

'Des te meer reden om er nu niet weer aan te beginnen.' Trouwens, er viel niets te zeggen. Ik vond het heerlijk om een week of wat alleen te zijn. En ik wist zeker dat iedereen in Marishes het meer naar zijn zin zou hebben als ik in Chelsea bleef!

Daar ging ze niet op in. Ik stak het mes weer in het boek en sneed de pagina's sneller open, en ze knipperde even met haar ogen toen ze het scheurende papier hoorde. Ze vroeg wat onze vrienden en kennissen wel van haar zouden denken als ze me hier achterliet. Ik zei dat ze mochten denken wat ze wilden, het kon mij niet schelen wat ze hun vertelde. Ze kon zeggen dat ik Pa's brieven gereed ging maken voor publicatie – misschien begon ik daar wel echt aan, als het zo stil was in huis.

Ze schudde haar hoofd. 'Je bent ziek geweest,' zei ze. 'Stel dat je weer ziek zou worden, zonder dat er iemand is om je te verplegen?'

Ik zei dat ik niet ziek zou worden; bovendien zou ik niet helemaal alleen zijn, want de kokkin was er – de kokkin kon een jongen in huis nemen om 's nachts beneden te slapen, zoals ze ook had gedaan in de eerste weken na Pa's dood. En Vigers was er. Ze kon Vigers bij mij laten, en Ellis meenemen naar Warwickshire...

Dat zei ik allemaal. Ik had het niet van tevoren bedacht, maar het leek wel of ik met elke snelle, soepele haal van het mes de woorden tevoorschijn liet vliegen uit het boek op mijn schoot. Ik zag Moeder een peinzend gezicht trekken – desondanks had ze nog steeds een frons op haar voorhoofd. Ze zei weer: 'Als je ziek zou worden...'

'Waarom zou ik? Kijk eens hoe gezond ik geworden ben!'

Toen keek ze inderdaad naar me. Ze keek naar mijn ogen, die waarschijnlijk glansden dankzij de opium, en naar mijn wangen, die gloeiden door de hitte van het vuur, of misschien door de gestage beweging van mijn hand. Ze keek naar mijn japon, een oud, pruimkleurig geval dat Vigers op mijn verzoek uit de bergkast had gehaald en nauwer had gemaakt – want geen van mijn grijze en zwarte japonnen sluit van boven hoog genoeg om het fluwelen halsbandje te verbergen.

Ik denk dat alleen de japon al bijna de doorslag gaf. Toen zei ik: 'Laat mij nu maar thuis, Moeder. We hoeven toch niet altijd zo dicht op elkaar te zitten? Zal het in elk geval voor Stephen en Helen niet prettiger zijn om eens vakantie te hebben zonder mij erbij?'

Dat was blijkbaar een slimme zet van me, en toch bedoelde ik er niets mee, volstrekt niets. Ik zou tot op dat ogenblik nooit gedacht hebben dat Moeder een mening had over mijn gevoelens voor Helen. Ik zou niet gedacht hebben dat ze me ooit had geobserveerd terwijl ik naar haar staarde, of had geluisterd wanneer ik haar naam zei, of me mijn hoofd had zien afwenden als ze Stephen kuste. Nu ze mijn luchtige en gelijkmatige toon hoorde, zag ik een blik op haar gezicht verschijnen – het was niet echt opluchting, of voldoening, maar het had er wel veel van weg – en ik begreep terstond dat ze me al die tijd in de gaten had gehouden, tweeënhalf jaar lang.

En nu vraag ik me af of het tussen ons niet heel anders had kunnen zijn als ik mijn verliefdheid maar beter verborgen had gehouden, of als ik die nooit had gevoeld.

Ze ging verzitten en streek haar rok glad. Ze vond het niet helemaal correct, zei ze. Maar als Vigers zou blijven, en als ik samen met haar zou reizen, na een week of drie, vier, tja, dan...

Ze zei dat ze er met Helen en Stephen over moest praten voordat ze me echt toestemming kon geven; en de eerstvolgende keer dat we hen bezochten, op oudejaarsavond, merkte ik dat ik er nauwelijks meer behoefte aan had om naar Helen te staren, en toen Stephen haar om middernacht kuste, glimlachte ik alleen. Moeder bracht hun van mijn plan op de hoogte en zij keken naar me en zeiden: Wat kon het voor kwaad als ik alleen achterbleef in mijn eigen huis, waar ik toch al zo veel eenzame uren doorbracht? En mrs Wallace, die ook bij hen dineerde, zei dat het beslist veel verstandiger was om in Cheyne Walk te willen blijven dan om je gezondheid op het spel te zetten door een treinreis te maken!

We kwamen die nacht om twee uur thuis. Toen alle deuren op slot waren gedaan, bleef ik, met mijn cape nog om, lange tijd voor mijn venster staan, dat ik een klein eindje omhoog had geschoven om de ijle regen van het nieuwe jaar te voelen. Om drie uur hoorde ik nog steeds scheepstoeters, en mannenstemmen die van de rivier kwamen, en jongens die over de Walk renden, maar op een bepaald moment stierf al het rumoer weg terwijl ik stond te kijken en was de ochtend volmaakt stil. De regen was heel fijn, te fijn om het oppervlak van de Theems te verstoren, het blonk als glas, en in het schijnsel van de lantaarns op de bruggen en trappen zag je wriemelende slangen van rood en geel licht. De trottoirs glansden heel blauw, als porseleinen borden.

Ik zou nooit vermoed hebben dat de donkere nacht zo veel kleuren in zich kon hebben.

De volgende dag, toen Moeder uit was, ging ik naar Millbank, naar Selina. Men heeft haar weer op de gewone afdeling gezet, dus ze krijgt nu weer elke dag een warme maaltijd en heeft wol om mee te werken in plaats van kokosvezels – en ze heeft haar eigen bewaarster terug, mrs Jelf, die zo zorgzaam voor haar is. Terwijl ik naar haar cel liep, herinnerde ik me hoe ik er vroeger van genoot om mijn bezoek aan haar een poosje uit te stellen, om eerst naar andere vrouwen te gaan en mijn blik pas op haar te laten rusten wanneer ik dat vrijelijk kon doen. Nu kan ik dat niet meer opbrengen. Wat interesseert het mij wat de andere vrouwen denken? Ik stond even stil bij het hek van een paar van hen, wenste hun een gelukkig nieuwjaar en schudde hun de hand; maar ik vond de afdeling veranderd, ik keek langs de cellen en zag slechts een verzameling bleke vrouwen in modderkleurige japonnen. Twee of drie van de vrouwen die ik vroeger bezocht, zijn overgeplaatst naar Fulham, en Ellen Power is dood, en de vrouw die nu in haar cel zit, kent mij niet. Mary Ann Cook leek maar wat graag te willen dat ik bij haar kwam, en Agnes Nash, de valsemuntster, ook. Ik ging echter naar Selina.

Ze vroeg zachtjes: 'Wat heb je voor ons gedaan?' en ik vertelde haar alles wat Stephen had gezegd. Zij denkt dat we niet op mijn inkomen kunnen rekenen, en zegt dat ik beter naar mijn bank kan gaan om zoveel mogelijk geld op te nemen, en het ergens veilig op te bergen tot we het nodig hebben. Ik vertelde haar van Moeders bezoek aan Marishes, en ze glimlachte. Ze zei: 'Je bent heel schrander, Aurora.' Ik zei dat de schranderheid van haar kwam, ik was alleen maar een werktuig.

'Jij bent mijn medium,' zei ze.

Toen kwam ze wat dichter bij me staan en ik zag haar naar mijn japon kijken, en daarna naar mijn hals. Ze vroeg: 'Heb je me in je buurt gevoeld? Heb je me om je heen gevoeld? Mijn geest komt 's nachts naar je toe.'

Ik zei: 'Dat weet ik.'

Toen vroeg ze: 'Draag je de halsband? Laat eens zien.'

Ik trok aan de stof rond mijn hals en toonde haar het reepje fluweel dat warm en strak tegen mijn huid lag. Ze knikte, en het bandje werd strakker.

'Dat is heel goed,' fluisterde ze – haar stem was als een strelende vinger. 'Dat zal me naar je toe trekken, door het donker heen. Neen!' – want ik had een stap in haar richting gedaan – 'Neen. Als ze ons nu zien, halen ze ons misschien uit elkaar. Je moet nog even wachten.

Straks heb je me. En dan... wel, dan mag je me zo dicht tegen je aan houden als je maar wilt.'

Ik staarde haar aan en mijn gedachten sloegen op hol. Ik zei: 'Wannéér, Selina?'

Ze zei dat ik dat moest beslissen. Het moest een avond zijn waarop ik zeker wist dat ik alleen was, een avond nadat mijn moeder was vertrokken, als ik alle spullen had die we nodig zouden hebben. Ik zei: 'Moeder vertrekt de negende. Daarna is elke avond geschikt, veronderstel ik...'

Toen viel me iets in. Ik glimlachte – ik denk dat ik zelfs hardop lachte, want ik weet nog dat ze zei: 'Sst, anders hoort mrs Jelf je!'

'Het spijt me,' zei ik. 'Ik dacht alleen... wel, er is een bepaalde avond die we kunnen kiezen, als je dat niet dwaas vindt.' Ze keek verbaasd. Ik moest bijna weer lachen. Ik zei: 'De twintigste januari, Selina. De vooravond van het feest van Sint-Agnes!'

Maar ze keek nog steeds alsof ze het niet begreep. Toen vroeg ze of dat mijn verjaardag was...

Ik schudde mijn hoofd. Het feest van Sint-Agnes! zei ik. Het feest van Sint-Agnes! '*Ze glijden*', zei ik, '*als fantomen door de brede zaal...*

Glijden gelijk fantomen naar de ijzeren poort,
Waar de portier ligt, ongemakkelijk uitgestrekt.
De grendels schuiven open, een voor een,
De ketens liggen stil op de versleten steen,
De sleutel draait! De deur kreunt in zijn hengsels...'

Dat zei ik, en zij keek me alleen maar aan, niet-begrijpend, niet-wetend! En ten slotte zweeg ik. Er roerde zich iets in mijn borst: het was een mengeling van teleurstelling, angst, en louter liefde. Toen dacht ik: Hoe kan ze dat ook weten? Wie had haar zoiets moeten leren?

Ik dacht: *Dat komt nog wel.*

14 JUNI 1873

Donkere seance, & miss Driver bleef na afloop. Ze is een vriendin van miss Isherwood, die vorige maand kwam om Peter privé te ontmoeten. Ze zei dat miss Isherwood zich nog nooit zo goed had gevoeld als nu, & dat was allemaal te danken aan de geesten. Ze zei 'Wilt u eens kijken, miss Dawes, of Peter mij ook niet kan helpen? Ik ben steeds zo rusteloos & krijg zulke vreemde toevallen. Ik denk dat ik net zo ben als miss Isherwood, & gaven heb die ontwikkeld moeten worden.' Ze bleef anderhalf uur & kreeg dezelfde behandeling als haar vriendin, al duurde het bij haar langer. Peter zei dat ze terug moest komen. 1 pond.

21 JUNI 1873

Ontwikkeling, miss Driver, 1 uur. 2 pond.
Eerste zitting, mrs Tilney & miss Noakes. Miss Noakes pijn in de gewrichten. 1 pond.

25 JUNI 1873

Ontwikkeling, miss Noakes. Peter hield haar hoofd vast terwijl ik knielde & op haar ademde. 2 uur. 3 pond.

3 JULI 1873

Miss Mortimer, branderig gevoel in de ruggengraat. Te nerveus.
Miss Wilson, allerlei pijntjes. Te onaantrekkelijk voor Peters smaak.

15 januari 1875

Ze zijn een week geleden allemaal naar Warwickshire vertrokken. Ik stond in de deuropening en zag hoe hun bagage in een huurrijtuig werd geladen, zag hen wegrijden, zag hun handen voor de raampjes; en daarna ging ik op mijn kamer zitten schreien. Ik had me door Moeder laten kussen. Ik had Helen apart genomen. 'God zegene je!' zei ik tegen haar. Ik kon niets anders bedenken. Maar zij lachte toen ik het zei – het klonk zo merkwaardig uit mijn mond. Ze zei: 'Ik zie je over een maand. Zul je me intussen schrijven?' We waren nog nooit zo lang gescheiden geweest. Ik beloofde het, maar nu is er al een week voorbij en ik heb niets van me laten horen. Over een tijdje zal ik haar schrijven. Nu nog niet.

Het huis is stiller dan ik ooit heb meegemaakt. De kokkin heeft haar neef in huis gehaald om beneden te slapen, maar ze liggen nu allemaal al in bed. Ze hadden niets meer te doen nadat Vigers me mijn kolen en water had gebracht. De voordeur ging om half tien op slot.

Maar wat is het rustig! Als mijn pen kon fluisteren, zou ik hem nu laten fluisteren. *Ik heb ons geld.* Ik heb *dertienhonderd pond.* Ik heb het gisteren van de bank gehaald. Het is mijn eigen geld, en toch voelde ik me een dief toen ik het aannam. Ik gaf hun Stephens betalingsopdracht; ze deden een beetje vreemd, vond ik – de bankbediende liep even bij het loket vandaan om een oudere man te raadplegen, en toen hij terugkwam, vroeg hij of ik het geld niet liever in de vorm van een cheque wilde hebben. Nee, een cheque voldeed niet, zei ik – ik beefde aan één stuk door, want ik dacht dat ze mijn plannen doorzagen en Stephen misschien zouden waarschuwen. Maar ja, wat konden ze doen? Ik ben een dame en het geld is van mij. Het werd me gebracht in een papieren omslag. De bankbediende maakte een buiging voor me.

Ik vertelde hem toen dat het geld voor een liefdadigheidsinstelling was bestemd, en gebruikt zou worden om de overtocht te betalen van behoeftige meisjes die uit een verbeteringsgesticht kwamen. Hij zei, met een zuur gezicht, dat hij dat een heel verdienstelijk streven vond.

Na mijn bezoek aan de bank nam ik een rijtuig naar Waterloo, om kaartjes te kopen voor de boottrein, en daarna ging ik naar Victoria Station, naar het Bureau voor Reizigers. Men gaf me een paspoort voor mezelf, en een voor mijn reisgenote. Ik zei dat haar naam *Marian Erle* was, en de beambte schreef het op – hij zag er blijkbaar niets vreemd in en informeerde alleen naar de juiste spelling! Sindsdien heb ik me alle instanties voorgesteld die ik zou kunnen bezoeken en alle leugens die ik daar zou kunnen vertellen. Ik ben benieuwd hoeveel heren ik om de tuin zou weten te leiden voordat ik werd betrapt.

Doch vanmorgen stond ik voor mijn raam en zag de politieagent patrouilleren over de Walk. Moeder heeft hem gevraagd extra goed op het huis te letten, nu ik hier alleen ben. Hij knikte me toe, en mijn hart maakte een sprong; maar toen ik Selina vandaag over hem vertelde, glimlachte ze. 'Ben je bang?' vroeg ze. 'Daar moet je niet bang voor zijn! Als ze merken dat ik weg ben, waarom zouden ze me dan bij jou gaan zoeken?' Ze zei dat het dagen en dagen zal duren eer ze op die gedachte komen.

16 januari 1875

Mrs Wallace kwam vandaag langs. Ik vertelde haar dat ik bezig was met de brieven van Pa, en dat ik hoopte ongestoord te kunnen doorwerken. Als ze nog eens komt, zal ik haar door Vigers laten zeggen dat ik uit ben. En als ze over vijf dagen komt, ben ik natuurlijk al weg. O, wat verlang ik daarnaar! Dat is het enige wat ik nog kan doen, ernaar verlangen. Al het andere valt van me af: elke keer als de wijzer van de klok over de cijfers op de bleke wijzerplaat zwaait, trek ik me verder terug van deze plek. Moeder heeft een beetje laudanum voor me achtergelaten; ik heb het allemaal ingenomen en nog meer gekocht. Het is tenslotte heel gemakkelijk om een apotheek binnen te lopen en een flesje te kopen! Ik kan nu doen wat ik wil. Ik kan de hele nacht opblijven als ik daar zin in heb, en overdag slapen. Ik herinner me een spelletje van vroeger, toen we klein waren: *Wat ga je doen als je later groot bent en een eigen huis hebt?* – *Ik zet een toren op het dak en schiet daar een kanon af! Ik eet alleen maar drop! Ik trek mijn honden een butlersjasje aan. Ik laat een muis op mijn kussen slapen...* Ik heb nu meer vrijheid dan ik ooit eerder in mijn leven heb gehad, en ik doe alleen de dingen die ik altijd al deed. Eerst waren ze zinloos, maar Selina heeft er betekenis aan gegeven, ik doe ze voor haar. Ik wacht op haar – maar wachten is een te pover woord voor wat ik doe, vind ik. Ik worstel met de substantie van de minuten die verstrijken. Ik voel hoe mijn vlees zich roert, zoals de zee die weet dat de maan naderbij komt. Als ik een boek oppak, lijkt het wel of ik nooit eerder een dichtregel heb gezien: boeken staan nu vol met boodschappen die alleen voor mij zijn bestemd. Een uur geleden vond ik dit:

In mijn binnenste luistert het bloed,
En een dichte drom van schaduwen,
Valt op mijn overvloeiende ogen...

Alsof iedere dichter die ooit een regel aan zijn eigen geliefde schreef, heimelijk voor mij schreef, en voor Selina. Mijn bloed luistert naar haar, nu, op dit moment – mijn bloed, mijn spieren, elke vezel in me. Als ik slaap, droom ik van haar. Als er schaduwen langs mijn ogen strijken, weet ik dat het schaduwen van haar zijn. Het is stil in mijn kamer, maar nooit doodstil; ik hoor haar hart kloppen in de nacht, in hetzelfde ritme als het mijne. Het is donker in mijn kamer, maar ik ervaar het donker nu anders. Ik ken alle diepten en variaties: een duisternis als fluweel, een duisternis als vilt, een duisternis die prikt als kokosvezels of gevangeniswol.

Door mij is het huis veranderd, tot rust gekomen. Het lijkt wel behekst! Als figuurtjes op een slaande klok verrichten de bedienden hun taken. vuren aanleggen om de lege kamers te verwarmen, de gordijnen 's avonds dichttrekken en de volgende morgen weer opentrekken, ook al is er niemand om uit de vensters te kijken. De kokkin stuurt dienbladen met eten naar boven. Ik heb gezegd dat ik niet alle gangen hoef te hebben, dat ze zich mag beperken tot soep, of vis, of kip. Maar ze kan niet breken met haar oude gewoonten. De dienbladen komen en ik moet ze met een schuldig gevoel terugsturen, het vlees verborgen onder de koolraap en de aardappelen, zoals een kind doet. Ik heb geen trek. Ik vermoed dat haar neef het opeet. Ik vermoed dat ze allemaal erg goed eten, beneden in de keuken. Ik zou wel naar ze toe willen gaan en zeggen: *Eet! Eet het allemaal maar op!* Wat kan het mij nu nog schelen wat ze wegnemen?

Zelfs Vigers houdt vast aan haar oude tijden en staat om zes uur op – alsof ook zij de bel van Millbank in haar aderen voelt galmen – ofschoon ik heb gezegd dat ze zich niet aan mijn gewoonten hoeft aan te passen en tot zeven uur in bed mag blijven. Ze is een paar keer naar mijn kamer gekomen en heeft me vreemd aangekeken; gisteravond, toen ze het dienblad onaangeroerd zag staan, zei ze: 'U moet iets eten, juffrouw! Wat zou mrs Prior wel niet tegen me zeggen als ze zag dat u geen hap eet?'

Maar toen ik lachte, glimlachte zij ook. Ze heeft geen aantrekkelijke glimlach, en toch zijn haar ogen bijna mooi. Ze valt me niet lastig. Ik heb haar nieuwsgierig naar het slotje op de fluwelen halsband zien kijken, wanneer ze denkt dat mijn ogen zijn afgewend, maar slechts eenmaal waagde ze het om te vragen of het een rouwband was, die ik voor mijn vader droeg.

Soms denk ik dat mijn hartstocht haar ook moet aansteken. Soms zijn mijn dromen zo heftig, het kan haast niet anders of zij moet de vorm en kleur ervan opvangen in haar slaap.

Soms denk ik dat ik haar al mijn plannen zou kunnen vertellen en dat zij alleen zou knikken, met een ernstig gezicht. Ik denk dat ze misschien zelfs met ons mee zou gaan, als ik het haar vroeg...

Maar neen, ik denk dat ik jaloers zal zijn op de handen die Selina aanraken, zelfs de handen van een dienstbode. Vandaag ben ik naar een grote winkel in Oxford Street gegaan, om tussen de rijen kant-en-klare japonnen te lopen, om mantels en hoeden voor haar te kopen, en schoenen, en onderkleding. Ik had niet vermoed hoe het zou zijn om zoiets voor haar te doen, haar een plaats te bezorgen in de normale wereld. Ik was nooit geïnteresseerd in kleur, snit en stof zoals Priscilla dat was, of Moeder, wanneer ik voor mezelf een keuze moest maken; maar kleding kopen voor Selina ging me gemakkelijk af. Natuurlijk kende ik haar maat niet – en toch wel, merkte ik. Ik weet hoe lang ze is, door de herinnering aan haar wang tegen mijn kaak, en hoe slank, door de gedachte aan onze omhelzingen. Ik koos eerst een eenvoudig wijnrood reiskostuum. Ik dacht: Dat is voorlopig wel genoeg, we kopen de rest van haar spullen wel als we in Frankrijk zijn. Maar toen zag ik nog iets anders, een japon van parelgrijs kasjmier, met een rok van dikke grijsgroene zijde. Het groen, dacht ik, zou mooi staan bij haar ogen. Het kasjmier zou warm genoeg zijn voor een Italiaanse winter.

Ik kocht beide kledingstukken, en daarna nog een derde, een witte, met fluweel afgezette jurk met een heel smalle taille. Het is een jurk die al het meisjesachtige dat men in Millbank heeft onderdrukt, naar voren zal halen.

Daarna, omdat ze natuurlijk geen jurk kan dragen zonder onderjurk, kocht ik onderjurken voor haar, en keurslijfjes, en hemdjes, en zwarte kousen. En omdat kousen nutteloos zijn zonder schoenen, kocht ik schoenen voor haar, zwarte schoenen, en beige laarsjes, en muiltjes van wit fluweel, die mooi bij de fluwelen jurk pasten. Ik kocht hoeden voor haar, grote hoeden met een voile, om haar arme gekortwiekte haar te bedekken tot het weer is aangegroeid. Ik kocht een mantel, en een omslagdoek voor bij de kasjmieren japon, en een korte cape met franje van gele zijde, die zal deinen als ze naast me loopt in de Italiaanse zon, en fonkelen in het licht.

De kleren liggen nu in mijn kast, nog verpakt in dozen. Soms loop ik er even heen en leg mijn hand op het karton. Het lijkt of ik de zijde en het kasjmier hoor ademen. Het lijkt of ik de trage polsslag van de stof voel.

Dan weet ik dat ze wachten, net als ik, op Selina, die ze uit hun slaap zal wekken, tot leven zal brengen, zal doen kloppen van energie en levenslust.

19 januari 1875

Ik heb nu alles gedaan voor de reis die we samen zullen maken, maar er was nog één ding dat ik vandaag voor mezelf moest doen. Ik ben naar de begraafplaats van Westminster geweest en heb een uur bij het graf van Pa doorgebracht, denkend aan hem. Het was de koudste dag van het nieuwe jaar. Toen er een begrafenisstoet kwam, hoorde ik de stemmen heel helder in de ijle, stille januarilucht, en terwijl we daar stonden, begonnen de eerste winterse sneeuwvlokken te vallen, totdat mijn mantel, en de mantels van al degenen die hadden meegelopen in de stoet, witbestoven waren. Ik had ooit samen met Pa bloemen zullen leggen op de graven van Keats en Shelley, in Rome; vandaag legde ik een hulstkrans op zijn eigen graf. De sneeuw bedekte de krans en verborg de karmozijnrode bessen, maar de puntjes van de bladeren bleven scherp als spelden. Ik luisterde naar de lijkrede van de geestelijke, en daarna wierp men aarde op de kist in de open groeve. De aarde was hard en maakte een ratelend geluid, als geweerhagel, en toen men dat hoorde, ontstond er geroezemoes en een vrouw riep iets. De kist was maar klein, ik denk van een kind.

Ik had helemaal niet het gevoel dat Pa dicht bij me was, maar dit leek toch een soort zegening. Ik was gekomen om afscheid van hem te nemen. Ik denk dat ik hem in Italië wel weer zal vinden.

Van de begraafplaats ging ik naar het centrum van de stad en daarna liep ik straat in, straat uit, kijkend naar alles wat ik misschien in geen jaren meer zal zien. Ik heb van twee uur tot half zeven rondgelopen.

Toen ging ik naar Millbank, voor mijn laatste bezoek daar.

Ik kwam er lang nadat het avondmaal was rondgebracht, opgegeten en weggeruimd – veel later dan ik daar ooit eerder ben geweest. De vrouwen op de afdelingen van mrs Jelf waren net bezig hun werk af te ronden. Dit is voor hen het prettigste moment van de dag. Wanneer om zeven uur de avondbel klinkt, leggen ze hun werk terzijde; de bewaarster haalt een vrouw uit haar cel en loopt met haar door de gangen, om alle spelden, naalden en stompe scharen die overdag door de gevangenen zijn gebruikt, in te zamelen en te tellen. Ik bleef staan kijken terwijl mrs Jelf dit deed. Ze droeg een schort van vilt en daar stak ze de spelden en naalden in; de scharen reeg ze aan een draad, als vissen. Om kwart voor acht moeten de hangmatten worden uitgevouwen en vastgebonden, en om acht uur gaan de deuren dicht en wordt het gas afgesloten, maar tot die tijd mogen de vrouwen doen waar ze zin in hebben. Het was curieus om hen te zien: sommigen lazen brieven, anderen leerden bijbelteksten uit het hoofd; één vrouw goot water in een kom, om zich te wassen, een ander had haar muts afgedaan en zette krullen in met een paar armzalige draadjes wol die ze had overgehouden van haar breiwerk. In Cheyne Walk ben ik me een schim gaan voelen; vanavond in Millbank had ik ook wel een schim kunnen zijn. Ik liep langs alle cellen, maar de vrouwen sloegen ternauwernood hun ogen naar me op, en hoewel degenen die ik kende een revérence kwamen maken wanneer ik hen riep, leken ze met hun gedachten elders. Anders legden ze hun werk maar wat graag voor me opzij, doch hun laatste, vrije uur van de dag... tja, ik kan me wel voorstellen dat het voor hen iets anders is om dat op te offeren.

Voor Selina was ik natuurlijk geen schim. Zij had me voorbij de ingang van haar cel zien lopen en wachtte op me toen ik naar haar terugging. Haar gezicht was heel stil en bleek, maar ik zag het bloed snel kloppen in de schaduw van haar kin en dat deed mijn eigen hart overslaan.

Het maakte nu niet meer uit of iemand merkte hoe lang ik bij haar bleef, of zag hoe dicht we bij elkaar stonden. We stonden dus vlak bij elkaar en zij vertelde me fluisterend hoe het morgenavond zal gaan. Ze zei: 'Je moet aan me denken terwijl je op me zit te wachten. Je moet op je kamer blijven en één kaars laten branden, waarvan de vlam is afgeschermd. Ik kom voordat het licht wordt...'

Ze was zo ernstig, zo serieus, dat de angst me om het hart sloeg. Ik zei: 'Maar hóé kom je dan? O, Selina, hoe kan het waar zijn? Hoe kun je naar me toe komen, zomaar door de lucht?'

Ze keek me glimlachend aan en pakte toen mijn hand. Ze draaide hem om, schoof mijn handschoen terug en hield mijn pols een eindje voor haar mond. Ze zei: 'Er is niets tussen mijn mond en jouw blote arm. Maar toch voel je het als ik dit doe.' Toen ademde ze op mijn pols, waar het bloed blauw door de huid schemert – het leek of alle warmte in me naar die ene plek werd getrokken, en ik huiverde.

'Zo zal ik morgenavond naar je toe komen,' zei ze.

Ik begon me voor te stellen hoe het zal zijn. Ik stelde me voor dat ze uitrekte, als een pijl, als een haar, als de snaar op een viool, als een draad in een labyrint, lang en trillend en strak gespannen – zo strak dat ze zou kunnen breken als ze door ruwe schaduwen heen en weer geslingerd werd! Ze zag me beven en zei dat ik niet bang moest zijn, want dat zou haar reis des te moeilijker maken. Toen kreeg ik dáár plotseling angst voor – angst voor mijn eigen angst, die haar zou belasten en vermoeien, haar misschien zou schaden, haar komst misschien onmogelijk zou maken. Als ik haar krachten nu eens onbedoeld ondermijnde? zei ik. Als haar krachten nu eens faalden? Ik bedacht hoe het zal zijn als ze niet komt. Ik bedacht hoe het zal zijn, niet voor haar, maar voor mezelf. Plotseling zag ik mezelf zoals zij me heeft gemaakt, ik zag wat ik geworden ben – ik zag het met een soort afschuw.

Ik zei: 'Als je niet komt, Selina, zal ik sterven.' Zij heeft zoiets natuurlijk ook al gezegd, maar nu ik het zo simpel en emotieloos formuleerde, keek ze me aan en kreeg een vreemde blik in haar ogen, en haar gezicht werd wit en strak en leeg. Ze kwam naar me toe en sloeg haar armen om me heen, en legde haar gezicht tegen mijn hals. '*Mijn affiniteit*,' fluisterde ze. En hoewel ze roerloos bleef staan, was mijn kraag nat van haar tranen toen ze me ten slotte losliet.

Daarna hoorden we mrs Jelf roepen dat het vrije uur voorbij was, en Selina veegde met haar hand over haar ogen en wendde zich van me af. Ik klemde mijn vingers om de tralies van het hek en keek toe terwijl zij haar hangmat aan de muur bevestigde, haar laken en dekens openvouwde en het stof uit haar grijze kussen sloeg. Haar hart klopte nog even heftig als het mijne, dat weet ik, en haar handen trilden een beetje, net als de mijne, maar desondanks waren haar bewegingen ordelijk, als die van een pop, terwijl ze knopen in het beddentouw legde en de gevangenisdeken terugsloeg zodat er een randje wit te zien was. Het was of ze de netheid van een heel jaar ook vanavond nog moest volhouden – misschien wel voor eeuwig moest volhouden.

Ik kon het niet aanzien. Ik draaide me om en hoorde overal op de afdeling de geluiden van vrouwen die dezelfde routinehandelingen verrichtten; en toen ik weer naar haar keek, had ze de knoopjes van haar japon al losgemaakt. 'We moeten in bed liggen,' zei ze, 'voordat het gas wordt uitgedraaid.' Ze zei het verlegen, zonder me aan te kijken, maar ik riep mrs Jelf nog steeds niet. Ik zei alleen: 'Laat me naar je kijken' – ik had niet geweten dat ik het ging zeggen, en schrok van het geluid van mijn eigen stem. Zij schrok ook en aarzelde. Toen liet ze de jurk van haar schouders vallen, trok de onderrok en de gevangenisschoenen uit en zette, na een nieuwe aarzeling, haar muts af, waarna ze rillend bleef staan, slechts gekleed in haar wollen kousen en haar onderjurk. Ze stond stijf rechtop en hield haar gezicht afgewend, alsof mijn blik pijn deed, maar ze de pijn verdroeg omwille van mij. Haar sleutelbeenderen staken uit als de tere ivoren toetsen van een merkwaardig muziekinstrument. Haar armen waren witter dan haar vergeelde onderkleren, en van de pols tot de elleboog dooraderd met een fijn blauw netwerk. Haar haren – ik had haar nooit eerder blootshoofds gezien – hingen plat tegen haar oren, als die van een jongen. Ze hadden de kleur van goud wanneer je erop ademt.

Ik zei: 'Wat ben je mooi!' en ze keek me enigszins verrast aan.

'Vind je me niet erg veranderd?' fluisterde ze.

Hoe zou ik dat kunnen vinden? vroeg ik, en ze schudde haar hoofd en rilde weer.

In de gang klonk al enige tijd het geluid van deuren die dichtsloegen, het schuiven van grendels, geroep en gemompel; nu kwam het geluid dichterbij. Ik hoorde de stem van mrs Jelf, ze riep, bij elke deur die ze afsloot: 'Alles in orde?' en de vrouwen antwoordden: 'Jawel, mevrouw,' 'Welterusten, mevrouw!' Nog steeds staarde ik naar Selina, zonder iets te zeggen – bijna zonder te ademen, denk ik. Even later begon haar hek te trillen door de nadering van de dichtslaande deuren, en toen ze dat zag, klom ze eindelijk in bed en trok de deken op tot aan haar kin.

Daar was mrs Jelf, ze draaide de sleutel om en duwde tegen het hek, en even stonden zij en ik aarzelend samen te kijken naar Selina die in bed lag, als bezorgde ouders bij de deur van de kinderkamer. Het was een curieus moment.

'Ziet u hoe netjes ze ligt, miss Prior?' zei de bewaarster zacht. Daarna fluisterde ze tegen Selina: 'Alles in orde?'

Selina knikte. Ze lag naar mij te kijken, en rilde nog steeds – ik denk dat ze mijn vlees aan het hare voelde trekken. 'Welterusten,' zei ze. 'Welterusten, miss Prior.' Ze zei het heel ernstig – ten behoeve van de bewaarster, vermoed ik. Ik hield mijn ogen op haar gezicht gevestigd toen het hek werd gesloten en de tralies tussen ons in kwamen; daarna duwde mrs Jelf met een zwaai de houten deur dicht, schoof de grendel ervoor en liep verder, naar de volgende cel.

Nadat ik even naar het hout, de grendel en de ijzeren spijkerkoppen had staan staren, voegde ik me bij haar en liep met haar naar het eind van Afdeling E, en toen door Afdeling F, terwijl zij telkens iets riep naar de vrouwen, die op aandoenlijke wijze antwoord gaven: 'Welterusten, mevrouw!', 'God zegene u, mevrouw!', 'Weer een dag minder, bewaarster!'

Opgewonden en nerveus als ik was, vond ik een zekere rust in het ritme van haar rondgang, het geroep, het gestage dichtslaan van de deuren. Ten slotte, aan het verste eind van de tweede afdeling, draaide ze de kraan van de gastoevoer naar de cellen dicht, en overal in de gang leken de vlammen even op te springen, waarna ze wat feller gingen branden. Ze zei op gedempte toon: 'Daar is miss Cadman, de nachtbewaarster, die mijn plaats komt innemen. Hoe maakt u het, miss Cadman? Dit is miss Prior, onze bezoekster.' Miss Cadman wenste me goedenavond, trok toen haar handschoenen uit en geeuwde. Ze droeg een cape van ruige wol, zoals alle bewaarsters, maar had de capuchon op haar schouders hangen. 'Zijn er nog lastposten vandaag, mrs Jelf?' vroeg ze, opnieuw geeuwend. Toen ze ons verliet om naar de kamer van de bewaarster te gaan, zag ik dat ze rubberzolen droeg die geen enkel geluid maakten op de met zand bestrooide tegels. De vrouwen hebben een naam voor zulke schoenen, schiet me nu te binnen. Ze noemen het *sluipers*.

Ik gaf mrs Jelf een hand en merkte dat het me speet om haar te verlaten – om haar daar achter te laten, terwijl ik een nieuwe weg insloeg. 'U bent zo vriendelijk,' zei ik tegen haar. 'De vriendelijkste bewaarster in heel de gevangenis.' Ze drukte mijn vingers en schudde haar hoofd, en mijn opmerking, of mijn stemming, of haar avondronde, scheen haar bedroefd te maken. 'God zegene u, juffrouw!' zei ze.

Miss Ridley kwam ik niet tegen op mijn tocht door de gevangenis, al had ik dat bijna gehoopt. Mrs Pretty zag ik wel, op de wenteltrap, pratend met de nachtbewaarster van haar afdelingen, terwijl ze haar vuisten spande in het leer van de donkere handschoenen die ze bezig was aan te trekken. Ik passeerde onderweg ook miss Haxby; ze kwam van een cel op de begane grond, waar ze een vrouw die herrie maakte tot de orde had moeten roepen. 'Wat bent u hier nog laat, miss Prior!' zei ze tegen me.

Klinkt het vreemd als ik schrijf dat het me bijna moeite kostte om die plek ten slotte te verlaten? Dat ik langzaam liep, en op de grindstrook bleef talmen, en de man die me had geëscorteerd wegstuurde? Ik heb vaak gedacht dat ik door mijn bezoeken zou veranderen in een ding van kalk of ijzer – misschien is dat ook wel gebeurd, want vanavond leek Millbank als een magneet aan me te trekken. Ik liep door tot aan het poortgebouw, bleef toen staan en draaide me om, en even later voelde ik naast me iets bewegen. Het was de portier, die kwam kijken wie er zo aarzelend bij zijn deur stond. Toen hij me in het donker herkende, wenste hij me goedenavond. Daarna volgde zijn blik de mijne, en hij wreef zich in de handen – misschien om ze warm te houden, maar ook met een zekere voldoening.

'Een grimmig monster is het, vindt u ook niet, juffrouw?' zei hij, met een knikje naar de glimmende muren, de onverlichte ramen. 'Een afschrikwekkend monster, al zeg ik het zelf. En zo lek als een mandje, wist u dat? Vroeger zijn er heel wat keren overstromingen geweest, reken maar. Het is de grond, die vermaledijde grond. Niets wil er groeien, en niets wil er rechtop blijven staan, zelfs zo'n groot grimmig beest als Millbank niet.'

Ik sloeg hem zwijgend gade. Hij had een zwarte pijp uit zijn zak gehaald en zijn duim in de kop gedrukt, en nu draaide hij zich om, streek een lucifer af langs de bakstenen en zocht beschutting bij de muur – zijn wangen werden hol, en het vlammetje rees en daalde. Hij wierp de lucifer weg en knikte weer in de richting van het gevangenisgebouw. 'Zou u denken,' vervolgde hij, 'dat een dergelijk gevaarte zo verschrikkelijk heen en weer kon schuiven op zijn fundamenten?' Ik schudde mijn hoofd. 'Allicht, geen mens zou dat denken. Maar de man die hier vóór mij portier was – nou, wat die daar allemaal over kon vertellen! Hij kon vertellen over scheuren in de muren, als donderslagen in de nacht! Over de directeur die 's ochtends ontdekte dat een van de vijfhoeken finaal in tweeën was gespleten, en tien mannen door de bres zag rennen! Over zes andere gevangenen die verdronken in de donkere cellen, doordat de gevangenisriolen gesprongen waren en de Theems naar binnen was gestroomd. De fundamenten zijn toen verstevigd met bergen cement, maar denkt u dat het wat geholpen heeft? U moet de cipiers maar vragen of er weleens problemen zijn met de sloten, omdat de deuren zijn verschoven in hun hengsels en zijn gaan klemmen. Of er weleens ruiten barsten en aan diggelen gaan zonder dat er een mens in de buurt is. Het gebouw maakt op u waarschijnlijk een rustige indruk. Maar er zijn nachten geweest, miss Prior, zonder een zuchtje wind, dat ik op de plek stond waar u nu staat en het hoorde kreunen, zo duidelijk als wat.'

Hij hield een hand achter zijn oor. In de verte klonk het klotsen van de rivier, het denderen van een trein, het rinkelen van de bel op een rijtuig... Hij schudde zijn hoofd. 'Op een dag komt het naar beneden zetten, neem dat maar van mij aan, en dan zijn wij er ook geweest! Of anders zal die verderfelijke grond waarop het staat zijn muil een keer opensperren en ons allemaal verzwelgen.'

Hij trok aan zijn pijp en kuchte. Weer luisterden we... Maar het gebouw was stil, de aarde keihard, de zeggesprieten scherp als naalden, en ten slotte werd de wind zo guur dat we niet langer buiten konden blijven – ik rilde helemaal. Hij loodste me zijn loge in, en ik bleef voor het haardvuur staan tot er een rijtuig voor me was gevonden.

Terwijl ik daar stond te wachten, kwam er een bewaarster. Ik herkende haar eerst niet; pas toen ze haar capuchon een eindje naar achteren schoof, zag ik dat het mrs Jelf was. Ze knikte me toe en werd door de portier naar buiten gelaten, en later meende ik haar vanuit het raampje van mijn huurrijtuig nogmaals te zien, terwijl ze met gezwinde pas door een lege straat liep – om zo snel mogelijk de dunne donkere draad van haar normale leven weer op te pakken, veronderstel ik.

Wat voor leven zou dat zijn? Ik heb geen flauw vermoeden.

20 JANUARI 1875

De vooravond van het feest van Sint-Agnes – eindelijk is het zover.

Het is bitterkoud. De wind huilt in de schoorsteen en de ruiten rammelen in de sponningen; de kolen in het vuur worden getroffen door hagel en sissen. Het is negen uur, en in huis is alles stil. Ik heb mrs Vincent en haar neef vanavond vrijaf gegeven, maar Vigers houd ik hier. 'Als ik bang mocht worden,' zei ik tegen haar, 'en ik roep je, kom je dan?' – 'Bang voor inbrekers, juffrouw?' antwoordde ze. Toen liet ze me haar arm zien, die heel fors is, en ze lachte. Ze zei dat ze alle deuren en vensters secuur zou afsluiten en dat ik me geen zorgen hoefde te maken. Maar ofschoon ik de grendels met een klap hoorde dichtslaan, geloof ik dat ze nu weer terug is gegaan, alsof ze alles nog eens wil controleren. Nu sluipt ze geruisloos de trappen op, en draait de sleutel om in haar eigen slot...

Ik heb haar dus toch nerveus gemaakt.

In Millbank loopt de nachtbewaarster, miss Cadman, op de gangen te surveilleren. Het is daar al een uur donker. *Ik kom voordat het licht wordt*, heeft Selina gezegd. De duisternis achter mijn raam lijkt nu al dichter dan ooit tevoren. Ik kan niet geloven dat het ooit ochtend zal worden.

Ik wil niet dat de ochtend komt, als zij niet eerst komt.

Ik ben op mijn kamer gebleven sinds het begon te schemeren, om een uur of vier. Het ziet er hier vreemd uit, met al die lege planken – de helft van mijn boeken is ingepakt in dozen. Eerst had ik ze allemaal in een hutkoffer gedaan, maar toen was de koffer natuurlijk niet meer te tillen. We mogen alleen meenemen wat we kunnen dragen, dat heb ik me vandaag pas gerealiseerd. Had ik het maar eerder bedacht, dan had ik een doos met boeken naar Parijs kunnen sturen – nu is het daar te laat voor. En dus moest ik kiezen wat ik mee zou nemen en wat achterlaten. Ik heb een bijbel gekozen in plaats van Coleridge, en dat alleen omdat Helens initialen in de bijbel staan – Coleridge kan ik wel vervangen, dunkt me. Uit de kamer van Pa heb ik een presse-papier meegenomen, een halve glazen bol met twee zeepaardjes erin, waar ik graag naar keek toen ik klein was. Alle kleren van Selina zijn ingepakt in één hutkoffer – behalve het wijnrode reiskostuum en de mantel, en een paar kousen en schoenen. Die heb ik klaargelegd op bed, en als ik ze nu zie liggen, in de schaduw, is het net of ik daar lig, slapend of in zwijm gevallen.

Ik weet niet eens of ze in haar gevangeniskledij zal komen, of dat de geesten haar naakt bij me zullen brengen, als een kind.

Ik hoor Vigers' bed kraken, en de kolen sputteren.

Nu is het kwart voor tien.

Nu is het bijna elf uur.

Vanochtend kwam er een brief van Helen, uit Marishes. Het huis is imposant, schrijft ze, maar Arthurs zusters zijn nogal verwaand. Priscilla denkt dat ze in verwachting is. Op het landgoed is een bevroren vijver, en daar hebben ze geschaatst. Ik sloot mijn ogen toen ik dat las. Ik kreeg een heel duidelijk beeld van Selina, met haar blonde haar over haar schouders, een karmozijnrode hoed op haar hoofd, een fluwelen mantel, schaatsen – ik moet dat ooit op een plaatje hebben gezien. Ik stelde me voor dat ik naast haar reed, terwijl we de prikkelende vrieslucht inademden. Ik stelde me voor hoe het zou zijn als ik haar niet meenam naar Italië, maar gewoon naar Marishes, naar het huis van mijn zuster; als ik naast haar aan tafel zou zitten, en een kamer met haar zou delen, en haar zou kussen...

Ik weet niet waar ze het meest van zouden schrikken: dat ze een spiritistisch medium is, of een gevangene, of een meisje.

'We hebben van mrs Wallace gehoord,' schrijft Helen in haar brief, 'dat je aan het werk bent, en slechtgeluimd. Daaruit leid ik af dat het goed met je gaat! Maar je moet niet zo hard werken dat je vergeet naar ons toe te komen. Ik heb behoefte aan mijn eigen schoonzuster, om me te redden van Priscilla's schoonzusters! Maar wil je me in elk geval schrijven?'

Ik heb haar vanmiddag geschreven, en daarna heb ik de brief aan Vigers gegeven en gezien hoe ze hem op de bus deed, heel zorgvuldig – nu is er geen weg terug. Ik heb hem echter niet naar Marishes gestuurd, maar naar Garden Court, en op de envelop gezet dat hij bewaard moet worden tot mrs Prior terug is. Er staat het volgende in:

Lieve Helen,

Wat een uiterst curieuze brief wordt dit! De meest curieuze brief die ik ooit aan iemand heb geschreven, denk ik, en het soort brief dat ik – als mijn plannen tenminste slagen! – hoogstwaarschijnlijk geen tweede keer zal hoeven schrijven. Ik zou er graag iets moois van willen maken.

Ik hoop dat je me niet zult haten of beklagen om hetgeen ik ga doen. In zekere zin haat ik mezelf, omdat ik weet dat ik Moeder, Stephen en Pris in een schandaal zal verwikkelen. Ik hoop dat je alleen mijn vertrek zult betreuren, zonder de wijze waarop te veroordelen. Ik hoop dat je met vriendelijkheid aan me zult terugdenken, niet met smart. Je smart zal mij niet helpen, maar je vriendelijkheid zal mijn moeder helpen, en mijn broer, zoals ook al eerder het geval is geweest.

Mocht iemand een schuldige zoeken in deze zaak, dan hoop ik dat men die in mij zal vinden, in mij en mijn afwijkende natuur, die me dermate deed botsen met de wereld en alle daar geldende regels dat ik er geen plaats kon vinden om in tevredenheid te leven. Dat dit altijd al zo is geweest, weet jij uiteraard beter dan wie ook. Je kunt echter niet weten welke glimp ik heb opgevangen, je kunt niet weten dat er een andere, stralende wereld is die me schijnt te verwelkomen! Ik ben erheen geleid, Helen, door een vreemd en wonderbaarlijk wezen. Jij weet dat niet. Men zal je over haar vertellen, en men zal haar afschilderen als laag en gemeen, men zal van mijn hartstocht iets vulgairs en verkeerds maken. Jij weet wel dat dat niet waar is. Het is louter liefde, Helen – niets anders.

Ik kan niet leven als ik niet aan haar zijde ben!

Moeder vond me altijd eigenzinnig. Zij zal dit ook eigenzinnig vinden. Maar hoe zou het dat kunnen zijn? Ik doe niet mijn eigen zin, ik geef me over aan het lot! Ik sta het ene leven af in ruil voor een nieuw en beter leven. Ik ga hier ver vandaan, iets waartoe ik altijd al was voorbestemd, denk ik. Ik

... haast me om dichter bij de zon te zijn,
Waar de mensen beter slapen.

Ik ben blij, Helen, dat mijn broer aardig voor je is.

Daar eindigt de brief. Het citaat bevalt me wel, en ik had een vreemde gewaarwording toen ik het opschreef. Ik dacht: Dit is voor het laatst dat ik op zo'n manier citeer, want vanaf het moment dat Selina bij me komt, ga ik léven!

Wanneer zal ze komen? Het is nu twaalf uur. De gure wind begint onstuimig te worden. Waarom wordt de wind altijd onstuimiger rond middernacht? Zij zal het ergste niet horen, in haar cel in Millbank. Misschien is ze er niet op voorbereid, en wordt ze overvallen door het geweld van de storm – en ik kan niets voor haar doen, behalve wachten. Wanneer zal ze komen? *Voor het licht wordt*, heeft ze gezegd. Wanneer breekt de dag aan? Over zes uur.

Ik zal een dosis laudanum nemen, misschien zal dat haar naar me toe geleiden.

Ik zal mijn vingers tegen de halsband leggen en het fluweel strelen – ze zei dat de halsband haar bij me zou brengen.

Nu is het één uur.

Nu is het twee uur – weer een uur voorbij. Wat gaat het snel, op papier! Ik ben vannacht een jaar ouder geworden.

Wanneer zal ze komen? Het is half vier, de tijd waarop mensen sterven, zegt men, al was dat bij Pa niet zo, hij stierf op klaarlichte dag. Zo wakker als nu ben ik uit vrije wil niet meer geweest sinds zijn laatste nacht. Zo vurig als ik toen wenste dat hij me niet zou verlaten, zo vurig wens ik in deze nacht dat zij zal komen. Kijkt hij echt naar me, zoals zij gelooft? Ziet hij deze pen over de bladzijde bewegen? O Vader, als u me nu ziet – als u háár naar me ziet zoeken in de duisternis – leid onze twee zielen dan naar elkaar toe! Als u me ooit hebt liefgehad, toon dat dan nu door degene die ik liefheb bij me te brengen.

Nu begin ik bang te worden, wat ik niet moet doen. Ik weet dat ze zal komen, want ze zou mijn reikhalzende gedachten niet kunnen voelen zonder erdoor te worden aangetrokken. Maar hóé zal ze komen? Ik stel me haar voor, verwelkt, bleek als de dood – ziek of krankzinnig geworden! Ik heb al haar kleren uitgepakt – niet alleen het reiskostuum, maar ook de parelgrijze japon met de rok in de kleur van haar ogen, en de met fluweel afgezette witte jurk – en ze her en der in de kamer neergelegd, zodat ze de glans van mijn kaarsvlam vangen. Nu lijkt ze overal om me heen te zijn, alsof ze wordt gereflecteerd in een prisma.

Ik heb haar samengebonden haar gepakt, en het gekamd en gevlochten; nu houd ik het bij me, en soms kus ik het.

Wanneer zal ze komen? Het is vijf uur, en de nacht is nog donker, maar o! de heftigheid van mijn verlangen maakt me ziek! Ik ben naar het venster gelopen en heb het raam opgeschoven. De wind drong binnen en deed het vuur oplaaien, blies mijn haar onstuimig om mijn hoofd, wierp hagelstenen tegen mijn wangen tot ik dacht dat ze bloedden, maar ik bleef naar buiten leunen in het donker, zoekend naar haar. Ik denk dat ik haar naam riep, en toen ik dat deed, scheen ik de echo van mijn stem te horen in de wind. Ik denk dat ik trilde – het kwam me voor dat ik het huis deed trillen, zodat zelfs Vigers het voelde. Ik hoorde de vloer onder haar bed kraken, ik hoorde haar woelen in haar droom – telkens als het bandje om mijn hals strakker leek te worden, scheen ze zich om te draaien. Ze had wel wakker kunnen schrikken van mijn kreten *Wanneer kom je? Wanneer kom je?* Ten slotte riep ik nogmaals: *Selina!* En weer hoorde ik de echo en werd de kreet naar me teruggeworpen, met de hagel...

Doch het was Selina's stem die ik hoorde, denk ik, en mijn naam die ze riep. Ik bleef roerloos staan, om het nog eens te horen; Vigers lag stil, haar droom was voorbij; en het leek of zelfs de wind een beetje tot bedaren kwam, en de hagel minder werd. Het water van de rivier was donker en kalm.

Maar er kwam geen stem – en toch lijkt het of ik haar vlak bij me voel. En als ze komt, zal het zeker spoedig zijn.

Spoedig, heel spoedig zal ze komen, in het laatste uur van de nacht.

Het is bijna zeven uur, en de nacht is ten einde; op straat klinkt het geluid van karren en blaffende honden en hanen. Selina's japonnen liggen om me heen, maar hun glans is geheel weggeëbd; zo dadelijk zal ik opstaan en ze opvouwen en terugdoen in het papier. De wind is gaan liggen, en de hagel is veranderd in vlokkende sneeuw. Boven de Theems hangt mist. Nu stapt Vigers uit bed, om de vuren van de nieuwe dag aan te leggen. Wat vreemd! – ik heb de bel van Millbank niet gehoord.

Ze is niet gekomen.

Deel vijf

21 januari 1875

Ooit, twee jaar geleden, nam ik een dosis morfine om een eind aan mijn leven te maken. Mijn moeder vond me voordat het eind gekomen was, de dokter haalde het gif met een slang uit mijn maag, en het eerste wat ik hoorde toen ik bijkwam, was mijn eigen geschrei. Ik had immers gehoopt in de hemel te zijn, waar mijn vader was, en zij hadden me teruggesleept naar de hel. 'Je was achteloos met je leven,' zei Selina een maand geleden tegen me, 'maar nu heb ik het.' Toen wist ik met welk doel ik gespaard was gebleven. Ik dacht dat zij die dag mijn leven nam. Ik voelde het naar haar overspringen! Doch ze was al begonnen de levensdraden los te trekken. In gedachten zie ik haar bezig ze rond haar slanke vingers te winden, in het nachtelijk duister van Millbank; en het gaat nog steeds door, het zorgvuldige uitrafelen. Per slot van rekening is het geen sinecure, je leven verliezen! Dat gaat niet van het ene moment op het andere.

Mettertijd zal het werk voltooid zijn. Daar kan ik op wachten, net als zij.

Ik ging naar Millbank. Wat had ik anders moeten doen? Zij had gezegd dat ze zou komen, in het donker, maar ze was niet gekomen. Wat kon ik nu anders doen dan naar haar toe gaan? Ik had mijn japon nog aan, want ik had me 's avonds niet uitgekleed. Ik deed geen moeite om Vigers te schellen – ik kon het niet verdragen dat ze me zo zou zien. Misschien aarzelde ik even bij de voordeur, omdat alles zo wit en weids was; doch ik was verstandig genoeg om een huurrijtuig aan te houden en de koetsier te roepen. Ik denk dat ik inwendig kalm was. Ik denk dat de slapeloze nacht me had versuft.

Ik denk dat er zelfs een stem was die me toefluisterde onder het rijden. Het was een gluiperige stem, vlak bij mijn oor, een stem die zei:

'Ja, dit is goed! Dit is beter! Zelfs al duurt het vier jaar, dit is *zoals het hoort*. Dacht je echt dat het anders kon? Dacht je dat echt? Jij?'
 De stem kwam me bekend voor. Misschien was hij er al van meet af aan geweest en had ik er alleen niet naar willen luisteren. Nu hoorde ik hem lispelen en bleef onbewogen zitten. Wat maakte het uit wat de stem tegen me zei? Mijn gedachten waren bij Selina. Ik stelde me haar voor: bleek, gebroken, verslagen – misschien wel ziek.
 Wat had ik anders kunnen doen dan naar haar toe gaan? Zij wist natuurlijk dat ik gaan zou, en wachtte af.
 Het was een stormachtige nacht geweest; de ochtend was bladstil. Het was nog vroeg toen de koetsier me bij de poort van Millbank afzette. De punten van de gevangenistorens hadden door de mist hun scherpte verloren, de muren vertoonden witte strepen waar de sneeuw was blijven plakken, en in de portiersloge was men bezig de oude kolen uit het vuur te rakelen en er hout op te leggen. Toen de portier op mijn kloppen kwam opendoen, bedacht ik voor het eerst hoe slecht ik er waarschijnlijk uitzag, want hij keek me vreemd aan. Hij zei: 'Gunst, juffrouw, ik had niet gedacht u al zo gauw weer terug te zien!' Doch toen viel hem blijkbaar iets in. Hij zei dat hij veronderstelde dat ik was ontboden door de directrice van de vrouwengevangenis, en schudde zijn hoofd. 'Ze zullen ons dit zwaar aanrekenen, miss Prior. Daar kunt u van op aan.'
 Ik zei niets, had geen idee wat hij bedoelde, was te ontredderd om er veel aandacht aan te schenken. De gevangenis leek veranderd toen ik er doorheen liep, maar ik had ook niet anders verwacht. Ik dacht dat die verandering aan mij te wijten was, aan mijn nervositeit, die de cipiers op hun beurt nerveus maakte. Een van hen vroeg of ik me kon legitimeren. Hij mocht me niet doorlaten, zei hij, als ik geen brief van mr Shillitoe had. Geen enkele cipier had ooit eerder zoiets tegen me gezegd wanneer ik op bezoek kwam, en terwijl ik hem aanstaarde, voelde ik een doffe paniek opkomen. Ik dacht: Dus men heeft al besloten me bij haar weg te houden...
 Toen kwam er een andere cipier aanhollen, die zei: 'Dat is de bezoekster, onnozele hals. Haar mag je wel doorlaten!' Ze tikten tegen hun pet en maakten het hek open, en ik hoorde hen samen mompelen toen het hek weer dicht was.
 In de vrouwengevangenis gebeurde precies hetzelfde. Ik werd er

ontvangen door miss Craven, die me vreemd aankeek, net als de portier, en daarna zei, net als hij: 'Dus ze hebben u laten komen! Wel, wel! Wat vindt u ervan? U had vast niet gedacht hier al zo gauw weer terug te zijn, en dan op zo'n dag!'

Ik kon geen woord uitbrengen en schudde alleen mijn hoofd. Ze liep snel met me door de gangen – ook daar was het ongewoon stil en rustig, en de vrouwen gedroegen zich vreemd. Toen begon ik bang te worden. Niet voor de woorden van de bewaarster, want die begreep ik niet; neen, ik was bang bij het vooruitzicht Selina zo meteen te zien, nog steeds achter slot en grendel.

We liepen gestaag door, en ik legde af en toe mijn hand op de muur om mijn evenwicht te bewaren. Ik had anderhalve dag niet gegeten. Ik was de hele nacht opgebleven, ik was uitzinnig geweest, ik had schreiend uit het raam geleund in de ijzige kou en daarna roerloos voor een gedoofd vuur gezeten. Toen miss Craven weer iets zei, moest ik me inspannen om haar te verstaan.

Ze zei: 'U bent zeker gekomen om de cel eens te zien?'

'De cel?'

Ze knikte. '*De cel.*' Haar gezicht, bemerkte ik nu, was tamelijk rood. Haar stem haperde een beetje.

Ik zei: 'Ik ben gekomen om Selina Dawes te bezoeken' – en daarop was haar verbazing zo groot en zo hevig dat ze me bij de arm greep.

O! zei ze, wist ik het dan nog niet?

Dawes was weg.

'Ontsnapt! Zomaar verdwenen uit haar cel! Zonder dat er iets van zijn plaats is gehaald, zonder dat er één slot is geforceerd of geopend, in heel de gevangenis! De bewaarsters kunnen het niet geloven. De vrouwen zeggen dat de duivel haar is komen halen.'

'Ontsnapt,' zei ik. 'Neen, dat kan niet waar zijn!'

'Dat zei miss Haxby vanochtend ook. Dat zeiden we allemaal!'

Zo ging ze door, en ik wendde me sidderend van haar af, overmand door angst, denkend: Lieve God, ze is toch naar Cheyne Walk gegaan! En ik ben er niet, ze zal zich geen raad weten! Ik moet naar huis! Ik moet naar huis!

Toen hoorde ik opnieuw wat miss Craven had gezegd: *Dat zei miss Haxby vanochtend ook...*

Nu greep ík haar bij de arm. Hoe laat, vroeg ik, hadden ze ontdekt dat Selina weg was?

Om zes uur, zei ze, toen ze de vrouwen gingen wekken.
'*Om zes uur?* Hoe laat is ze dan ontsnapt?'
Dat was niet bekend. Miss Cadman had rond middernacht rumoer gehoord in haar cel; maar toen ze ging kijken, zei ze, lag Dawes te slapen in haar bed. Mrs Jelf had ontdekt dat de hangmat leeg was, toen ze om zes uur de deur openmaakte. Het enige dat ze wisten was dat de ontsnapping had plaatsgevonden in de nachtelijke uren...

In de nachtelijke uren. Maar ik was al die uren opgebleven en had ze een voor een geteld, terwijl ik haar blonde haar kuste, haar halsband streelde, haar eindelijk dicht bij me voelde en toen weer kwijtraakte.

Waar hadden de geesten haar heen gebracht, als het niet naar mij was?

Ik keek de bewaarster aan. Ik zei: 'Ik weet niet wat ik moet doen. Ik weet niet wat ik moet doen, miss Craven. Wat zal ik doen?'

Ze knipperde met haar ogen. Ze had geen idee, zei ze, werkelijk niet. Zou ze me naar boven brengen, om me de cel te laten zien? Ze dacht dat miss Haxby er ook was, met mr Shillitoe... Ik zei niets. Ze pakte mijn arm weer – 'Gunst, juffrouw, u trilt helemaal!' – en leidde me omhoog via de wenteltrap. Aangekomen op de tweede verdieping hield ik haar echter tegen, en even durfde ik niet verder. De rij cellen was vreemd stil, net als de andere waar we langsgekomen waren. De vrouwen stonden bij het hek met hun gezicht voor de tralies – niet ongedurig, niet mompelend, maar stil en waakzaam, en er scheen niemand aanwezig te zijn om hen aan het werk te zetten. Toen ik kwam aanlopen met miss Craven, richtten ze hun ogen op mij, en een van hen – Mary Ann Cook, denk ik – maakte een gebaar. Doch ik keek niet op of om. Ik liep nu eindelijk verder – langzaam en onvast, en begeleid door miss Craven – naar de boog waar de gang een hoek maakte, naar Selina's cel.

De deur en het hek stonden wijd open, en bij de ingang zag ik miss Haxby en mr Shillitoe naar binnen staren. Hun gezichten waren zo bleek en ernstig dat ik even dacht dat miss Craven zich had vergist. Ik meende dat Selina er toch was. Ik meende dat ze zich, in haar wanhoop en verslagenheid, had opgehangen aan de touwen van haar hangmat en dat ik te laat was gekomen.

Miss Haxby draaide zich om en zag me, en haar adem stokte, alsof ze boos was. Maar toen ik sprak, deed de vertwijfeling op mijn gezicht en in mijn stem haar aarzelen. Was het waar, vroeg ik, wat miss Craven me had verteld? Ze gaf geen antwoord, deed slechts een stapje opzij zodat ik het met eigen ogen kon zien: Selina's lege cel, met de hangmat aan de muur en de dekens netjes uitgespreid, de vloer aangeveegd, de kroes en het bord keurig op de plank.

Ik denk dat ik een kreet slaakte, en mr Shillitoe hield me tegen. 'U moet hier weg,' zei hij. 'Dit is een schok voor u – het is een schok voor ons allen.' Hij wierp een blik op miss Haxby en gaf mij een schouderklopje, alsof mijn verbazing en onsteltenis me tot eer strekten en voor zich spraken. Ik zei: 'Selina Dawes, mijnheer. Selina Dawes!' Hij antwoordde: 'Laat dit een les zijn, miss Prior! U had grootse plannen met haar, en kijk eens hoe ze u heeft misleid. Miss Haxby heeft ons terecht gewaarschuwd, denk ik. Maar ja! Wie had kunnen denken dat ze tot zoiets in staat zou zijn? Ontsnappen, uit Millbank – alsof onze sloten van boter zijn gemaakt!'

Ik keek naar het hek, de deur, de tralies voor het venster. Ik zei: 'En niemand, niemand in heel de gevangenis zag haar gaan, of hoorde haar, of miste haar, tot aan vanochtend?'

Daarop keek hij weer naar miss Haxby. Ze zei, heel zachtjes: 'Iemand heeft haar gezien, dat staat vast. Iemand moet haar hebben zien gaan, en haar naar buiten hebben geholpen.' Ze zei dat er een cape en een paar schoenen met rubberzolen waren weggenomen uit het gevangenismagazijn. Men vermoedde dat Dawes verkleed als bewaarster de gevangenis had verlaten.

Ik had me haar voorgesteld als een pijl, strak gespannen. Ik had gedacht dat ze naakt, beurs en trillend bij me zou komen. Ik zei: 'Verkleed als bewaarster?' en miss Haxby kreeg eindelijk een bittere trek op haar gezicht. Ja, hoe anders? Of dacht ik soms, net als de vrouwen, dat de duivel haar op zijn rug had weggevoerd?

Daarna draaide ze zich om, en zij en mr Shillitoe praatten op gedempte toon verder. Ik stond nog altijd naar de lege cel te staren. Ik voelde me niet langer versuft, maar werkelijk ziek. Ten slotte werd ik zo onwel dat ik vreesde te moeten overgeven. Ik zei: 'Ik moet naar huis, mr Shillitoe. Dit heeft me erger aangegrepen dan ik zeggen kan.'

Hij pakte mijn hand en gaf miss Craven een wenk. Terwijl hij me aan haar overdroeg, zei hij: 'En miss Dawes had niets tegen u gezegd, miss Prior? Niets waaruit u kon opmaken dat ze deze misdaad in de zin had?'

Ik staarde hem aan en schudde mijn hoofd – die beweging maakte me nog onpasselijker. Miss Haxby nam me onderzoekend op. Hij vervolgde: 'We praten een andere keer verder, als u gekalmeerd bent. Misschien wordt Dawes nog wel gevonden, dat hopen we althans! Doch of ze wordt gevonden of niet, er zal natuurlijk een onderzoek moeten komen – wel meer dan een, dunkt me. Men zal u wellicht vragen de onderzoekscommissie het een en ander te vertellen over haar gedrag...' Hij vroeg of ik dat aankon. En wilde ik nog eens nadenken of ze niet iets van haar plannen had laten doorschemeren – misschien een aanwijzing had gegeven waaruit viel af te leiden wie haar had geholpen of opgevangen?

Dat beloofde ik natuurlijk, maar ik dacht nog nauwelijks aan mezelf. Als ik bang was, dan omwille van haar, en niet – nog niet – omwille van mezelf.

Ik gaf miss Craven een arm en liep met haar langs de rij zwijgend toekijkende vrouwen. In de cel naast die van Selina ving Agnes Nash mijn blik, en ze knikte langzaam. Ik wendde mijn ogen van haar af. Ik vroeg: 'Waar is mrs Jelf?' De bewaarster zei dat de schok te groot was geweest voor mrs Jelf en dat ze door de gevangenisdokter naar huis was gestuurd. Maar ik was zelf te geschokt, denk ik, om goed naar haar te luisteren.

Nu stond me echter een nieuwe kwelling te wachten. Op de trap, een verdieping lager – op de plek waar ik ooit had staan wachten tot mrs Pretty voorbij was, zodat ik naar Selina's cel kon hollen en mijn ziel naar haar toe laten vliegen – daar kwam ik miss Ridley tegen. Ze schrok toen ze me zag, en daarna lachte ze.

'Wel, wel!' zei ze. 'Wat een gelukkig toeval, miss Prior, dat we u hier zien, op een dag als vandaag! U wilt toch niet zeggen dat Dawes naar u is gevlucht en dat u haar heeft teruggebracht?' Ze sloeg haar armen over elkaar en maakte zich wat breder. Haar sleutels schommelden aan de ketting en haar leren schoenen kraakten. Naast me voelde ik miss Craven aarzelen.

Ik zei: 'Laat me alstublieft door, miss Ridley.' Ik dacht nog steeds dat ik misschien zou moeten overgeven, of schreien, of een soort toeval zou krijgen. Ik dacht nog steeds dat ik alleen maar naar huis hoefde te gaan, naar mijn eigen kamer: dan zou Selina vanuit het verborgene naar me toe worden geleid, en ik zou weer beter worden. Dat dacht ik nog steeds!

Miss Ridley zag hoe nerveus ik was en schoof een eindje naar rechts op – een klein eindje maar, zodat ik me tussen haar en de witgepleisterde muur moest wringen en mijn rokken langs de hare voelde strijken. Haar gezicht was nu vlak bij het mijne en ze kneep haar ogen tot spleetjes.

'En,' zei ze zachtjes, 'hebt u haar of niet? U weet toch dat het uw plicht is haar aan ons uit te leveren?'

Ik had me al half afgewend, maar gedreven door haar aanblik, en door haar stemgeluid, dat leek op een grendel die werd dichtgeschoven, draaide ik me weer naar haar om. 'Haar uitleveren?' zei ik. 'Haar uitleveren, aan u, hier? Ik zou willen dat ik haar had – om haar uit uw handen te houden! Haar uitleveren? Ik zou nog eerder een lam naar de slachtbank brengen!'

Nog steeds hield ze haar gezicht in de plooi. 'Lammeren moeten gegeten worden,' zei ze dadelijk, 'en slechte meisjes gestraft.'

Ik schudde mijn hoofd. Wat een onmens was ze! zei ik. Wat beklaagde ik de vrouwen die bij haar zaten opgesloten, en de bewaarsters die aan haar een voorbeeld moesten nemen. 'U bent zelf slecht. U, en dit onzalige oord...'

Nu kwam er eindelijk beweging in haar gelaatstrekken, en de zware, wimperloze oogleden boven de bleke ogen begonnen te trillen. 'Slecht, ik?' zei ze, terwijl ik slikte en naar lucht hapte. 'Dus u beklaagt de vrouwen die bij mij zitten opgesloten? Dat kunt u gemakkelijk zeggen, nu Dawes weg is. U had niet zo'n bezwaar tegen onze sloten – noch tegen onze bewaarsters, denk ik – toen die u de kans boden haar naar hartelust te bekijken!'

Het was of ze me had geknepen of geslagen: ik kromp ineen, deinsde achteruit, en legde mijn hand tegen de muur. Miss Craven stond vlakbij, met een gezicht dat niets prijsgaf. Achter haar, in de gang, zag ik mrs Pretty, die de hoek om was gekomen en was blijven staan om ons te observeren. Miss Ridley kwam nog dichterbij, hief haar hand op en streek over haar witte lippen. Ze zei dat ze niet wist wat ik miss Haxby en de directeur allemaal had verteld. Misschien voelden die zich verplicht me te geloven, omdat ik een dame was – dat zou ze niet weten. Maar ze wist wel dat behalve hen niemand zich door mij om de tuin had laten leiden. Het was hoogst verdacht dat Dawes nu was gevlucht, na al mijn attenties voor haar, buitengewoon verdacht! En als bleek dat ik daar ook maar de geringste rol in had gespeeld... 'Wel' – ze richtte haar ogen op de andere bewaarsters – 'we hebben ook dámes op onze afdelingen, nietwaar, mrs Pretty? Reken maar! We hebben middelen om dames warmpjes te onthalen, hier in Millbank!'

Ik voelde haar hete adem op mijn wang toen ze dat zei, en rook de geur van schapenvlees. In de gang hoorde ik mrs Pretty lachen.

Toen vluchtte ik bij hen vandaan, de wenteltrap af, naar de begane grond, naar de uitgang. Ik was er namelijk van overtuigd dat ze wel een manier zouden vinden om me daar voorgoed te houden als ik nog een moment langer bleef. Ze zouden me daar houden, ze zouden me in Selina's jurk wringen, en intussen zou Selina zelf buiten rondlopen, hopeloos verdwaald, zoekend, nimmer vermoedend dat ik op haar oude plaats zat.

Ik vluchtte, en scheen nog steeds de stem van miss Ridley te horen, haar adem op mijn gezicht te voelen, heet als de adem van een jachthond. Ik vluchtte, en bij de poort bleef ik staan, en leunde tegen de muur, en moest mijn gehandschoende hand naar mijn mond brengen om iets bitters weg te vegen.

Toen konden de portier en zijn knechten geen huurrijtuig voor me vinden. Er was nog meer sneeuw gevallen, en de koetsiers konden er niet door; ze zeiden dat ik moest wachten tot de wegen sneeuwvrij waren gemaakt. Doch ik meende nu dat ze alleen probeerden me daar te houden en Selina nog langer te laten ronddolen. Ik dacht dat miss Haxby of miss Ridley misschien een boodschap naar de poort had gestuurd, die daar eerder was aangekomen dan ik. Ik riep dus dat ze me eruit moesten laten, dat ik niet wilde blijven – en blijkbaar boezemde ik hun nog meer angst in dan miss Ridley, want ze deden wat ik vroeg, en toen ik wegholde, zag ik hen kijken vanuit de loge. Ik holde naar de kade en vandaar volgde ik de muur, en bleef heel dicht bij die ene onbeschutte weg. Ik keek naar de rivier, die sneller was dan ik, en ik wenste dat ik een boot zou kunnen nemen, om zo te ontsnappen.

Want al liep ik nog zo vlug, ik kwam maar langzaam vooruit: de sneeuw trok aan mijn rokken en bemoeilijkte het lopen, en ik werd al gauw moe. Bij de pier van Pimlico bleef ik staan en keek achterom, en drukte mijn handen in mijn zij – er zat daar een stekende pijn. Toen liep ik weer verder, helemaal tot aan de Albertbrug.

En daar keek ik, niet achterom, maar naar de huizen in de Walk. Ik keek naar mijn eigen venster, dat daar heel duidelijk te zien is als de bomen kaal zijn.

Ik keek, in de hoop Selina te zien. Doch in het venster vertoonde zich alleen het witte kruis van het schuifraam. Daaronder liep de bleke voorgevel steil omlaag, met beneden de stoep en de struiken, witbesneeuwd.

En op de stoep, aarzelend, alsof de keuze om de treden al dan niet te beklimmen nog onzeker was, stond een donkere gedaante...

Het was een vrouw, gehuld in de cape van een bewaarster.

Toen ik dat zag, begon ik weer te hollen. Ik holde, struikelend over de bevroren karrensporen op de weg. Ik holde, en de lucht die ik inademde was zo koud dat ik dacht ijs in mijn longen te krijgen en te zullen stikken. Ik holde naar het hek voor het huis – de vrouw in de donkere cape was er nog, ze had de treden ten slotte toch beklommen en hief net haar hand op naar de deur... nu hoorde ze me, en draaide zich om. Haar capuchon was ver over haar hoofd getrokken, haar gezicht verborgen, en toen ik een stap in haar richting deed, ging er een rilling door haar heen. Toen ik haar naam riep – 'Selina!' – rilde ze nog erger. De capuchon viel naar achteren. Ze zei: 'O, miss Prior!'

En het was Selina niet, het was Selina helemaal niet. Het was mrs Jelf, van Millbank.

Mrs Jelf. De eerste gedachte die bij me opkwam, na de schok en de teleurstelling, was dat men haar had gestuurd om me terug te brengen naar de gevangenis; en toen ze dichterbij kwam, duwde ik haar van me af, draaide me om, wankelde en wilde weer weghollen. Doch mijn rokken waren nu zwaarder dan ooit, en mijn longen leken zwaar, door het gewicht van het ijs. En waar moest ik per slot van rekening heen? Dus toen ze opnieuw dichterbij kwam, en haar hand op me legde, draaide ik me weer naar haar om en greep haar vast, en zij omhelsde me en ik begon te schreien. Ik stond te sidderen in haar armen. Het maakte op dat moment niet uit wie ze was. Ze had een verpleegster kunnen zijn, of mijn eigen moeder.

'U komt,' zei ik ten slotte, 'vanwege haar.' Ze knikte. Toen bekeek ik haar gezicht, en het leek wel of ik in een spiegel blikte, want haar wangen staken vaal af tegen de sneeuw en haar ogen waren roodomrand, van het schreien of van eindeloos zitten turen. Hoewel Selina niets voor haar kon betekenen, begreep ik dat ze op een vreemde manier toch erg was aangedaan door het verlies, en dat ze bij mij was gekomen om hulp of troost te zoeken.

Zij was op dat moment degene die het nauwst met Selina was verbonden. Ik tuurde weer naar de lege vensters van het huis en reikte haar toen mijn arm. Ze hielp me naar de deur, en ik gaf haar mijn sleutel om in het slot te steken – zelf was ik niet in staat hem vast te houden. We waren muisstil, en Vigers kwam niet. Binnen scheen het huis nog betoverd te zijn door mijn lange wake, want het was er heel stil en koud.

Ik nam haar mee naar Pa's kamer en deed de deur dicht. Ze scheen zich daar niet op haar gemak te voelen, hoewel ze na enkele seconden met bevende hand haar cape losknoopte. Eronder zag ik haar gevangenisjapon, die erg gekreukt was, maar ze had haar bonnet niet op en haar haar hing over haar oren – bruin haar, met springerige grijze draden. Ik stak een lamp aan, maar durfde Vigers niet te schellen om voor het vuur te zorgen. We gingen zitten met onze mantels en handschoenen aan, en rilden af en toe.

Ze zei: 'Wat zult u wel van me denken, dat ik zomaar bij u aan de deur kom! Als ik niet wist hoe aardig u altijd bent... o!' Ze legde haar handen tegen haar wangen en begon zachtjes te wiegen op haar stoel. 'O, miss Prior!' riep ze; de woorden werden gesmoord door haar handschoenen. 'U kunt niet vermoeden wat ik heb gedaan! U hebt geen idee, geen idee...'

Nu schreide ze in haar handen, zoals ik op haar schouder had geschreid. Op het laatst begon haar verdriet, dat zo onverklaarbaar was, me te beangstigen. Wat was er dan? vroeg ik. 'U kunt het me rustig vertellen,' zei ik, 'wat het ook is.'

'Misschien wel,' zei ze, enigszins gekalmeerd door mijn woorden. 'Ik kan het niet langer verzwijgen. En ach, wat maakt het nu nog uit wat er met me gebeurt?" Ze sloeg haar rode ogen naar me op. 'Bent u naar Millbank geweest?' vroeg ze. 'En weet u dat ze weg is? Weet u hoe het is gebeurd, hebben ze dat gezegd?'

Nu werd ik voor het eerst wantrouwig. Ik dacht opeens: *Misschien weet ze het*. Misschien weet ze van de geesten, van de kaartjes en de plannen, en is ze hier om geld te vragen, om te onderhandelen of me onder druk te zetten. Ik zei: 'De vrouwen zeggen dat het de duivel was,' en ze kromp ineen. 'Miss Haxby en mr Shillitoe denken echter dat er een cape van een bewaarster is weggenomen, en schoenen.'

Ik schudde mijn hoofd. Ze bracht haar vingers naar haar mond en begon haar lippen tegen haar tanden te drukken en erop te kauwen, terwijl haar donkere ogen me aankeken. Ik zei: 'Ze denken dat ze misschien hulp heeft gekregen van iemand in de gevangenis. Maar o, mrs Jelf, waarom zou iemand dat doen? Er is daar niemand die om haar geeft, er is nergens iemand die om haar geeft! Alleen ik dacht altijd met vriendelijke gevoelens aan haar. Alleen ik, mrs Jelf, en...'

Nog steeds hield ze mijn blik gevangen en beet ze op haar lippen. Toen knipperde ze met haar ogen, en fluisterde boven haar knokkels.

'Alleen u, miss Prior,' zei ze, '... en ik.'

Daarna wendde ze haar ogen van me af, en toen ik '*Mijn God*' zei, riep ze: 'U vindt me dus toch slecht! O! En ze had beloofd, ze had beloofd...'

Zes uur tevoren had ik uit mijn venster staan roepen in de ijzige nacht, en het scheen me toe dat ik het sindsdien niet meer warm had gehad. Nu werd ik koud als marmer, koud en stijf, maar met een hart dat zo onstuimig klopte in mijn borst dat ik dacht dat ik in stukken zou springen. Ik zei, fluisterend: 'Wat had ze u beloofd?' – 'Dat u blij zou zijn!' riep ze. 'Dat u het wel zou raden, en niets zou zeggen! Ik dacht dat u het geraden had. Soms, als u op bezoek kwam, keek u me aan alsof u het wist...'

'Het waren de geesten,' zei ik, 'die haar bevrijd hebben. Haar vrienden uit het geestenrijk...'

Maar de woorden klonken opeens weeïg sentimenteel. Ik had het gevoel dat ik erin stikte. En toen mrs Jelf het hoorde, kreunde ze: O, was het maar waar, was het maar waar! 'Maar ik heb het gedaan, miss Prior! Ik heb de cape voor haar gestolen, en de schoenen met rubberzolen, en ze verborgen gehouden! Ik ben met haar meegelopen, heel Millbank door, en heb tegen de cipiers gezegd dat het miss Godfrey was, miss Godfrey met een zere keel, en een doek om haar hals!'

Ik zei: 'U bent met haar meegelopen?' Ze knikte: Om negen uur. En ze was zo bang geweest dat ze had gedacht dat ze onwel zou worden, of zou gaan gillen.

Om negen uur? Maar de nachtbewaarster, miss Cadman – zij had lawaai gehoord, en dat was om middernacht geweest. Ze was gaan kijken en had Selina zien liggen, vast in slaap...

Mrs Jelf boog haar hoofd. 'Miss Cadman heeft niets gezien,' zei ze, 'ze heeft de afdeling gemeden totdat wij klaar waren, en daarna een verhaal verzonnen. Ik heb haar geld gegeven, miss Prior, en haar tot zonde aangezet. En als ze het ontdekken, moet ze zelf naar de gevangenis! En o, God, dat is dan mijn schuld!'

Ze kreunde en schreide weer een beetje, sloeg haar armen om haar bovenlijf en begon weer te wiegen. Ik keek naar haar, terwijl ik nog steeds probeerde te begrijpen wat ze had gezegd; maar haar woorden leken op een scherp, gloeiend voorwerp – ik kon er geen vat op krijgen, ik kon ze slechts ronddraaien in een radeloze, aanzwellende paniek. Er was geen hulp van geesten geweest, alleen van bewaarsters. Alles was het werk geweest van mrs Jelf, die zich schuldig had gemaakt aan omkoperij en diefstal. Mijn hart bonsde nog steeds. Ik zat nog steeds als versteend te staren.

En ten slotte vroeg ik: 'Waarom? Waarom hebt u dat allemaal gedaan – voor háár?'

Ze keek me strak aan, en haar blik was helder. 'Maar weet u dat dan niet?' zei ze. 'Kunt u dat niet raden?' Ze haalde diep adem, en beefde. 'Ze bracht mijn jongen bij me, miss Prior! Ze bracht me boodschappen van mijn zoontje, dat in de hemel is! Ze bracht me boodschappen, en geschenken – net zoals ze u tekens bracht van uw vader!'

Nu was ik sprakeloos. Nu kwam er een eind aan haar tranen, en haar stem, die gebroken had geklonken, werd bijna vreugdevol. 'In Millbank denken ze dat ik weduwe ben,' begon ze, en omdat ik sprak noch bewoog – alleen mijn hart klopte onstuimig, onstuimiger bij ieder woord – vatte ze mijn roerloze blik op als een aanmoediging en praatte ze verder, en zo kreeg ik alles te horen.

'In Millbank denken ze dat ik weduwe ben, en ik heb u ooit verteld dat ik kamenier ben geweest. Dat is allebei niet waar, juffrouw. Ik ben wel getrouwd geweest, maar mijn man is niet gestorven, althans, niet voorzover ik weet: ik heb hem al in jaren niet gezien. Ik ben jong met hem getrouwd en kreeg achteraf spijt, want al na korte tijd ontmoette ik een ander – een heer! – die meer van me leek te houden. Mijn man en ik hadden twee dochters, voor wie ik goed zorgde; toen merkte ik dat er weer een kind op komst was – ik schaam me om het te zeggen, juffrouw, maar het was het kind van die heer...'

De heer had haar in de steek gelaten, zei ze, en daarna had haar man haar geslagen en het huis uit gezet, en de dochters bij zich gehouden. Ze had toen zulke slechte gedachten gehad, over haar ongeboren zoontje. Ze was in Millbank nooit hardvochtig geweest tegen die arme meisjes die in de cel waren beland omdat ze hun kind hadden vermoord. God weet hoe na ze eraan toe was geweest om hetzelfde te doen!

Ze haalde sidderend adem. Ik hield mijn ogen op haar gevestigd, nog steeds zonder iets te zeggen.

'Dat was een moeilijke tijd voor me,' vervolgde ze, 'en ik was erg neerslachtig. Maar toen het kind kwam, hield ik van hem! Hij kwam te vroeg en was ziekelijk. Ik denk dat hij bij het minste of geringste gestorven zou zijn. Maar hij bleef leven, en ik werkte alleen voor hem – want om mezelf bekommerde ik me niet, begrijpt u wel. Ik werkte lange uren, in ongure gelegenheden, allemaal ter wille van hem.' Ze slikte. 'En toen...' Toen hij vier jaar oud was, was haar zoontje toch gestorven. Ze had gedacht dat haar leven voorbij was. 'U zult wel weten hoe het is, miss Prior, als datgene wat je het dierbaarste van alles is, je wordt ontnomen.' Ze had een tijdje gewerkt in gelegenheden die nog erger waren dan voorheen. Ze had desnoods wel in de hel willen werken, dacht ze, het kon haar nauwelijks iets schelen...

En toen vertelde een meisje dat ze kende haar over Millbank. De lonen zijn er hoog, omdat niemand dat werk graag doet; het was voor haar voldoende, zei ze, dat ze haar maaltijden kreeg, en een kamer met een haardvuur en een stoel. De vrouwen hadden haar eerst allemaal eender geleken – 'zij ook, juffrouw, zelfs zij! Maar na een maand raakte ze op een dag mijn wang aan en zei: "Waarom bent u zo triest? Weet u niet dat hij naar u kijkt, en stilletjes huilt als hij u ziet schreien, terwijl u gelukkig zou kunnen zijn?" Wat maakte ze me aan het schrikken! Ik had nog nooit van spiritisme gehoord. Ik wist toen niet wat voor gaven ze had...'

Nu begon ik te sidderen. Ze keek, en hield haar hoofd schuin. 'Niemand weet het zoals wij, nietwaar, juffrouw? Elke keer als ik haar zag, had ze weer een berichtje van hem. Hij kwam 's nachts bij haar – hij is nu al een grote jongen, van bijna acht! Wat verlangde ik ernaar hem eens te zien! En wat was ze goed voor me! Wat heb ik van haar gehouden, en haar geholpen, misschien dingen gedaan die eigenlijk niet mochten – u zult wel weten wat ik bedoel – allemaal ter wille van hem... En toen u kwam, o, wat was ik jaloers! Ik kon het nauwelijks verdragen om u samen met haar te zien! Maar ze had kracht genoeg, zei ze, om de lieve berichtjes van mijn jongen te blijven brengen en boodschappen van uw vader aan u door te geven, juffrouw.'

Ik vroeg, star als marmer: 'Zei ze dat?'

'Ze zei dat u zo vaak bij haar kwam om iets van hem te horen. En sinds uw bezoeken kwam mijn jongen inderdaad sterker door dan ooit! Hij stuurde me kussen, door haar eigen mond. Hij stuurde me... o, miss Prior, dat was de gelukkigste dag van mijn leven! Hij stuurde me dit, om altijd bij me te dragen.' Ze bracht haar hand naar de hals van haar japon, en ik zag haar vinger trekken aan een gouden kettinkje.

Toen maakte mijn hart zo'n wilde beweging dat mijn marmeren leden ten slotte leken te versplinteren, en al mijn kracht, mijn leven, mijn liefde, mijn hoop – alles ontvlood me, ik hield niets over. Ik denk dat ik tot dan toe had geluisterd en gedacht: *Dit zijn leugens, ze is krankzinnig, dit is nonsens. Selina zal het allemaal wel uitleggen als ze hier komt!* Nu haalde ze het medaillon tevoorschijn en hield het vast; ze sperde het wijd open, en er kwamen nieuwe tranen op haar wimpers en haar blik werd weer vreugdevol.

'Kijk eens,' zei ze, terwijl ze me Helens blonde haarkrul toonde. 'De engelen in de hemel hebben dit van zijn hoofdje geknipt!'

Ik keek en schreide – zij dacht waarschijnlijk dat ik huilde om haar dode kind. Ze zei: 'Te weten dat hij bij haar in de cel was gekomen, miss Prior! Te bedenken dat hij zijn handje had opgetild en een kus op haar wang had gedrukt, om aan mij te geven... o, ik hunkerde ernaar om hem in mijn armen te houden! Zo erg dat het pijn deed in mijn hart!' Ze sloot het medaillon, deed het weer terug onder haar japon en gaf er een klopje op. Tijdens al mijn bezoeken aan de gevangenis heeft het daar natuurlijk gebungeld...

En toen had Selina ten slotte gezegd dat er wel een manier was, maar dat het niet in Millbank kon gebeuren. Mrs Jelf moest haar eerst helpen om vrij te komen, dan zou ze hem brengen. Ze zou hem naar het huis brengen waar mrs Jelf woonde, dat beloofde ze plechtig.

Ze moest alleen een nacht lang blijven waken, en Selina zou komen voordat het licht werd.

'En u moet niet denken dat ik haar geholpen zou hebben, miss

Prior, als het niet voor mijn jongen was geweest! Maar wat kon ik doen? Als ik hem niet laat komen... Wel, zij zegt dat er veel dames zijn, waar hij is, die maar wat graag de zorg voor een moederloos jongetje op zich nemen. Ze schreide toen ze me dat vertelde, juffrouw. Ze is zo aardig en zo goed – te goed om in Millbank opgesloten te zitten! Zei u dat niet zelf, en nog wel tegen miss Ridley? O, miss Ridley! Wat was ik bang voor haar! Bang dat ze me zou betrappen terwijl ik kussen kreeg van mijn jongetje. Bang dat ze zou merken dat ik vriendelijk was tegen de vrouwen op de afdeling, en me daar weg zou halen.'

Ik zei: 'Voor u is Selina gebleven toen ze de kans kreeg om naar Fulham te gaan. Voor u heeft ze miss Brewer aangevallen, voor u heeft ze de donkere cel verduurd.'

Ze wendde opnieuw haar hoofd af, met groteske bescheidenheid, en zei dat ze enkel nog wist hoe ellendig ze zich toen had gevoeld, bij de gedachte dat ze haar kwijt was. Hoe ellendig, en daarna hoe dankbaar – o, zo dankbaar, al schaamde ze zich diep! – toen die arme miss Brewer gewond raakte...

'Maar nu' – ze sloeg haar heldere, donkere, argeloze ogen naar me op – 'nu zal het zo moeilijk zijn om langs haar oude cel te moeten lopen en daar een andere vrouw te zien.'

Ik staarde haar aan. Hoe kon ze dat zeggen? vroeg ik. Hoe kon ze daaraan denken, als ze Selina bij zich had gehad?

'Bij me gehad?' Ze schudde haar hoofd. Wat bedoelde ik? Waarom dacht ik dat ze hierheen was gekomen? 'Ze is niet gekomen! Ze is nooit komen opdagen! De hele nacht heb ik zitten wachten, en ze is niet gekomen!'

Maar ze hadden de gevangenis samen verlaten! Ze schudde haar hoofd. Bij het poortgebouw, zei ze, hadden ze afscheid genomen en was Selina alleen verder gegaan. 'Ze zei dat ze bepaalde dingen moest halen waardoor mijn zoon beter door zou komen. Ze zei dat ik alleen maar hoefde te wachten, dan zou ze hem bij me brengen; en ik wachtte en wachtte, en raakte er op het laatst van overtuigd dat ze haar weer hadden opgepakt. En wat kon ik toen anders doen dan naar haar toe gaan, in Millbank? Maar daar is ze niet, en ik heb nog steeds geen bericht van haar gehad, geen enkel teken, niets. En ik ben zo bang, juffrouw – zo bang voor haar, en voor mezelf, en voor mijn eigen lieve jongen! Ik denk dat ik zal sterven van angst, miss Prior!'

Ik was opgestaan, en nu leunde ik tegen Pa's bureau en wendde mijn gezicht van haar af. Er waren per slot van rekening dingen die ze me had verteld, die vreemd waren. Selina was in Millbank gebleven, zei ze, om door haar te worden bevrijd. Maar ik had Selina bij me gevoeld, in het donker, en ook andere keren; en Selina had dingen van me geweten die ik aan niemand vertelde, die ik alleen in dit dagboek opschreef. Mrs Jelf had kussen van haar gekregen, maar mij had ze bloemen gestuurd. Ze had me haar halsband gestuurd. Ze had me haar eigen haar gestuurd! We waren verenigd in de geest en verenigd in het vlees – ik was haar eigen *affiniteit*. We waren twee helften, gesneden uit hetzelfde klompje glanzende materie.

Ik zei: 'Ze heeft tegen u gelogen, mrs Jelf. Ze heeft tegen ons allebei gelogen. Maar ik denk dat ze het wel zal uitleggen, als we haar vinden. Er was misschien een reden voor die wij niet kunnen doorgronden. Kunt u niet bedenken waar ze heen is gegaan? Is er niet iemand bij wie ze terecht zou kunnen?'

Ze knikte. Daarom was ze hier gekomen, zei ze.

'En ik weet niets,' zei ik. 'Ik weet nog minder dan u, mrs Jelf!'

Mijn stem klonk luid in de stilte. Ze hoorde het, en aarzelde. Toen zei ze: 'Neen, ú weet niets, juffrouw,' terwijl ze me een vreemde blik toewierp. 'Maar ik wilde u ook niet lastigvallen. Ik kwam voor die andere dame hier.'

Die ándere dame? Ik draaide me weer naar haar om. Ze bedoelde toch zeker niet mijn móeder?

Doch ze schudde haar hoofd, en daarna werd haar blik nog vreemder. En als er nu padden of stenen uit haar mond waren gevallen, zou dat me niet erger hebben doen schrikken dan haar volgende woorden me deden schrikken.

Ze zei dat ze niet voor mij gekomen was, beslist niet. Ze was gekomen voor Selina's kamenier, Ruth Vigers.

Ik staarde haar aan. De klok op de schoorsteenmantel tikte zachtjes – Pa's klok, waar hij altijd voor ging staan om zijn horloge gelijk te zetten. Verder was het volmaakt stil in huis.

Vigers, zei ik ten slotte. *Mijn dienstbode*, zei ik. *Vigers, mijn dienstbode, Selina's kamenier.*

'Natuurlijk, juffrouw,' zei zij, en daarna, bij het zien van mijn gezicht: Hoe kon ik dat niet geweten hebben? Ze had altijd gedacht dat het omwille van Selina was dat ik miss Vigers hier bij me hield...

'Vigers kwam uit het niets opduiken,' zei ik. 'Uit het niets, uit het niets.' Wat interesseerde mij Selina Dawes, op de dag dat mijn moeder Ruth Vigers in huis nam? Hoe kon Selina erbij gebaat zijn als ik Vigers bij me had?

Mrs Jelf had aangenomen dat ik het uit vriendelijkheid deed, en het prettig vond Selina's kamenier als dienstbode te hebben, als een soort herinnering aan haar. Bovendien had ze gedacht dat Selina me soms een aandenken stuurde, in de brieven die ze uitwisselde met miss Vigers...

'Brieven,' zei ik. Ik denk dat ik nu een glimp begon op te vangen van heel de doorwrochte, monsterlijke opzet. Waren er brieven uitgewisseld tussen Selina en Vigers?

O, zei ze dadelijk, dat was altijd al zo geweest, nog voor ik met mijn bezoeken was begonnen! Selina had niet graag dat miss Vigers naar Millbank kwam, en... tja, mrs Jelf kon wel begrijpen waarom een dame het niet prettig vond als haar kamenier haar in zulke omstandigheden zag. 'Het leek maar een heel kleine moeite, die brieven voor haar aannemen, na wat zij voor mijn jongen had gedaan. De andere bewaarsters nemen pakjes aan voor de vrouwen, van vrienden en familieleden – maar u mag nooit zeggen dat ik u dat verteld heb, ze zullen het ontkennen als u ernaar vraagt!' Zij doen het voor geld, zei ze. Voor mrs Jelf was het voldoende dat Selina's brieven haar blij maakten. En trouwens, 'er zat niets gevaarlijks in' – niets dan vriendelijke woorden, en soms bloemen. Ze had Selina heel dikwijls zien schreien om die bloemen. Dan had ze haar ogen moeten afwenden, om haar eigen tranen binnen te houden.

Hoe kon dat Selina schaden? En hoe kon het haar schaden als mrs Jelf brieven meenam uit haar cel? Wat kon het voor kwaad om haar papier te geven, inkt te geven, en een kaars om bij te schrijven? De nachtbewaarster vond het niet erg – mrs Jelf gaf haar een shilling. En tegen de ochtend was de kaars opgebrand. Ze moesten alleen een beetje oppassen dat er geen was op de vloer droop...

'Toen ik wist dat er in haar brieven ook berichtjes voor u begonnen te verschijnen, juffrouw, en toen ze u een aandenken wilde sturen, een aandenken uit haar eigen doos... Tja' – nu kleurde haar bleke gezicht een beetje – 'je kunt het geen diefstal noemen, is het wel? Iets pakken wat van haar was?'

'Selina's haar,' prevelde ik.

'Het was haar eigendom!' zei ze dadelijk. 'Wie zal het missen?'

En dus was het verstuurd, verpakt in bruin papier; en Vigers had het hier in ontvangst genomen. Het was haar hand geweest die het op mijn kussen had gelegd. 'En Selina zei steeds dat de geesten het hadden gebracht...'

Mrs Jelf hield haar hoofd schuin toen ze dat hoorde, en fronste haar wenkbrauwen. 'De geesten? Maar miss Prior, waarom zou ze zoiets zeggen?'

Ik gaf geen antwoord. Ik beefde weer over mijn hele lichaam. Daarna moet ik van het bureau naar de haard zijn gelopen en mijn voorhoofd op de marmeren schoorsteenmantel hebben gelegd, en mrs Jelf moet zijn opgestaan en naar me toe zijn gekomen en me bij de arm hebben gepakt. Ik zei: 'Weet u wel wat u gedaan hebt? Weet u dat wel? Ze hebben ons allebei bedrogen, en u hebt hen geholpen! U, met uw vriendelijkheid!'

Bedrogen? herhaalde ze. O neen, ik had het niet begrepen...

Ik zei dat ik nu eindelijk alles begreep – al was dat niet zo, zelfs toen niet, niet alles, niet volledig. Maar wat ik wist, scheen al voldoende om niet meer te willen leven. Even stond ik roerloos, toen hief ik mijn hoofd op en liet het vallen.

En terwijl mijn voorhoofd tegen het marmer sloeg, voelde ik het bandje trekken aan mijn hals, en ik sprong bij de haard vandaan, bracht mijn vingers naar mijn keel en begon aan het bandje te rukken. Mrs Jelf keek naar me, met haar hand voor haar mond. Ik wendde me van haar af en bleef aan het bandje plukken, het fluweel en het slotje bewerkend met mijn korte nagels. Het wilde echter niet scheuren – het wilde niet scheuren! Het leek wel of het alleen maar strakker werd. Ten slotte keek ik om me heen, zoekend naar een hulpmiddel; ik denk dat ik desnoods mrs Jelf had vastgegrepen en haar mond tegen mijn hals had gedrukt om haar het fluweel te laten stukbijten, maar toen zag ik Pa's sigarenmesje liggen, en ik pakte het op en begon met de scherpe kant in het bandje te kerven.

Mrs Jelf gaf een gil toen ze dat zag; ze gilde dat ik mezelf zou verwonden, dat ik mijn keel zou doorsnijden! Ze gilde, en het mesje gleed uit. Ik voelde bloed op mijn vingers – het verbaasde me dat er zoiets warms uit mijn steenkoude vlees kon komen. Maar ik voelde ook dat het halsbandje eindelijk kapot was. Ik wierp het van me af en zag het trillend op het vloerkleed liggen, in de vorm van een S.

Toen liet ik het mesje vallen en bleef stuiptrekkend naast het bureau staan; mijn heup sloeg hard tegen het hout en deed Pa's pennen en potloden rammelen. Mrs Jelf kwam nerveus weer naar me toe, greep mijn handen en maakte een prop van haar zakdoek om die tegen mijn bloedende hals te leggen.

'Miss Prior,' zei ze, 'ik denk dat u erg ziek bent. Laat me miss Vigers halen. Miss Vigers zal u kalmeren. Ze zal ons allebei kalmeren! Als u miss Vigers laat komen, kunt u het verhaal van haar horen...'

Zo ging ze maar door – miss Vigers dit, miss Vigers dat – en ik had het gevoel of de naam me openreet als het blad van een zaag. Ik dacht weer aan Selina's haar, dat op mijn kussen was gelegd. Ik dacht aan het medaillon, dat uit mijn kamer was weggenomen terwijl ik lag te slapen.

De voorwerpen op het bureau dansten nog steeds heen en weer terwijl mijn heup het blad raakte. Ik vroeg: 'Waarom zouden ze dat doen, mrs Jelf? Waarom zouden ze dat doen, zo uiterst zorgvuldig?'

Ik dacht aan de oranjebloesem, en aan de halsband, die ik tussen de pagina's van dit dagboek had gevonden.

Ik dacht aan het dagboek, waarin ik al mijn geheimen had opgeschreven – al mijn hartstocht, al mijn liefde, alle details van onze vlucht...

Toen vielen de rammelende pennen stil. Ik sloeg mijn hand voor mijn mond. 'Neen!' zei ik. 'O, mrs Jelf, dat niet, dat niet!'

Ze probeerde me weer tegen te houden, maar ik rukte me los. Ik strompelde de kamer uit, de stille, duistere hal in. Ik riep: '*Vigers!*' – een huiveringwekkende, schorre kreet, die door het lege huis weergalmde en gesmoord werd door een stilte die nog huiveringwekkender was. Ik liep naar het schelkoord en rukte eraan tot de draad knapte. Ik liep naar de deur naast de trap en riep in het souterrain – het souterrain was donker. Ik ging de hal weer in en zag mrs Jelf bevreesd naar me kijken, de zakdoek met mijn bloed erop fladderend tussen haar vingers. Ik ging de trap op, en keek eerst in de salon en daarna in de kamer van Moeder en die van Pris, terwijl ik aan één stuk door *Vigers! Vigers!* riep.

Doch er kwam geen antwoord, er was geen ander geluid dan mijn eigen reutelende ademhaling en het bonken en schuifelen van mijn voeten op de trap.

En ten langen leste bereikte ik de deur van mijn eigen slaapkamer, die op een kier stond. In haar grote haast had ze er niet aan gedacht hem dicht te doen.

Ze heeft alles meegenomen, behalve de boeken: die heeft ze uit de dozen gehaald en achteloos op het tapijt gestapeld. In plaats daarvan heeft ze voorwerpen uit mijn kleedkamer gepakt: japonnen en mantels, hoeden en laarsjes, handschoenen en broches – dingen die een dame van haar moeten maken, veronderstel ik, dingen die regelmatig door haar handen zijn gegaan in de tijd dat ze hier was, dingen die ze heeft gereinigd en geperst en opgevouwen, en netjes gehouden, gereedgehouden. Dat heeft ze meegenomen – en natuurlijk de kleren die ik voor Selina had gekocht. En ze heeft het geld, en de kaartjes, en de paspoorten op naam van Margaret Prior en Marian Erle.

Ze heeft zelfs de haarstreng, die ik had gladgekamd, om rond Selina's hoofd te wikkelen en de sporen van de gevangenisschaar te verbergen. Ze heeft me alleen dit dagboek gelaten, om in te schrijven. Ze heeft het netjes recht gelegd, en eerst de kaft nog schoongeveegd – zoals een goede keukenmeid een kookboek zou achterlaten nadat ze er een recept uit had gehaald.

Vigers. Ik herhaalde de naam, ik spuwde hem uit alsof het gif was, ik voelde het gif in mijn binnenste opstijgen en mijn vlees zwart kleuren. *Vigers.* Wat betekende zij voor me? Ik kon me haar gelaatstrekken, haar blik, haar manier van doen niet eens herinneren. Ik had, en heb, geen notie van de kleur van haar haar, de tint van haar ogen, de welving van haar mond – ik weet alleen dat ze lelijk is, lelijker nog dan ik. En toch moet ik denken: *Ze heeft Selina van me afgenomen.* Ik moet denken: *Selina schreide van verlangen naar haar.*

Ik moet denken: *Selina heeft mijn leven genomen, opdat ze een leven zou hebben met Vigers erin!*

Nu weet ik dat. Toen wilde ik het niet weten. Ik dacht alleen dat ze me had bedrogen; dat ze op een vreemde manier macht moest hebben gehad over Selina, zodat ze haar had kunnen dwingen dit te doen. Ik dacht nog steeds: *Selina houdt van me.* Toen ik de kamer verliet, ging ik dus niet naar de hal, waar mrs Jelf nog altijd stond te wachten, maar naar de smalle trap, de zoldertrap, die naar de slaapkamers van de dienstboden leidt. Ik kan me niet herinneren wanneer ik die trap voor het laatst beklommen had – misschien toen ik heel jong was. Ik geloof dat een dienstmeisje me ooit betrapte terwijl ik naar haar stond te gluren, en me zo hard kneep dat ik moest huilen; en sindsdien boezemde die trap me angst in. Ik zei vroeger altijd tegen Priscilla dat er een trol op zolder woonde, en dat de dienstboden 's avonds niet naar hun kamer gingen om te slapen, maar om hem te bedienen.

Nu beklom ik de krakende trap, en voelde me weer een kind. Ik dacht: *Stel dat ze er is, of binnenkomt en me hier aantreft?*

Maar natuurlijk was ze er niet. Haar kamer was koud en helemaal leeg – de leegste kamer, meende ik eerst, die je je kunt voorstellen: een kamer met niets erin, zoals de cellen in Millbank, een kamer die het niets had verheven tot een substantie, een stof, of een geur. De wanden waren kleurloos, de vloer volkomen kaal, afgezien van een tot op de draad versleten kleedje. Er was een plank, met daarop een waskom en een dof geworden lampetkan, en een bed met vergeelde lakens, die tot een prop in elkaar waren gedraaid.

Het enige dat ze had achtergelaten, was een blikken dienstbodekoffer – de koffer waarmee ze was gekomen, want haar initialen waren erin gegrift, heel onbeholpen, met de punt van een spijker: *R.V.*

Bij het zien daarvan stelde ik me voor hoe ze die letters in het zachte rode vlees van Selina's hart grifte.

Maar als ze dat ooit heeft gedaan, dan moet Selina de beenderen in haar borst hebben gespreid om haar toegang te verschaffen. Ze moet haar eigen beenderen schreiend uiteen hebben getrokken – zoals ik nu het deksel van de koffer oplichtte en schreide toen ik zag wat erin lag.

Een modderbruine japon, afkomstig uit Millbank, en een zwarte dienstbodejurk, met een wit schort. Ze lagen ineengestrengeld, als slapende geliefden, en toen ik de gevangenisjurk probeerde los te trekken, kwam hij niet mee en klampte hij zich aan de zwarte stof vast.

Misschien waren ze er uit wreedheid neergelegd, misschien waren ze er alleen overhaast ingeworpen. Hoe dan ook, hun boodschap was duidelijk. Vigers had geen vals spel gespeeld: ze had alleen een sluwe, vreselijke triomf behaald. Ze had Selina hier gebracht, boven mijn hoofd. Ze had haar meegevoerd langs mijn deur, de kale trap op, terwijl ik zat te wachten met mijn arme afgeschermde kaars. Terwijl ik de lange nachtelijke uren wakend doorbracht, lagen zij hier samen, fluisterend met elkaar, of zwijgend. En als ze me hoorden rondlopen, en kreunen, en uit mijn venster roepen, hadden zij ook gekreund en geroepen, om me te bespotten – of misschien hadden ze het geweld van mijn hartstocht gevoeld en was die hartstocht de hunne geworden.

Maar neen, die hartstocht was altijd al de hunne. Elke keer als ik in Selina's cel stond en mijn vlees voelde hunkeren naar het hare, was het of Vigers bij het hek had staan toekijken, en Selina's blik aan mij had ontstolen. Alles wat ik in het donker opschreef, had zij later in het licht gehouden; en ze had de woorden aan Selina geschreven, en het waren haar woorden geworden. Telkens als ik in bed lag te woelen, verdoofd door de opium, en Selina voelde komen, was het Vigers die kwam, was het haar schaduw die op mijn ogen viel, haar hart dat klopte in het ritme van Selina's hart – terwijl het mijne een zwak, onregelmatig eigen ritme sloeg.

Dat werd me allemaal duidelijk, en ik liep naar het bed waarop ze hadden gelegen en bekeek de lakens, zoekend naar sporen en vegen. Daarna liep ik naar de waskom op de plank. Er dreef nog een beetje troebel water in, en ik zeefde het tussen mijn vingers tot ik een donkere haar vond, en een die goudblond was. Toen wierp ik de kom op de grond, hij viel in scherven en het water maakte vlekken op de planken. Ik pakte de lampetkan, om hem stuk te smijten – maar hij was van blik en wilde niet breken, ik moest erop slaan tot hij verbogen was. Ik greep het matras, en toen het bed; de lakens verscheurde ik. Het scheurende katoen – hoe moet ik het beschrijven? – had een bedwelmende uitwerking. Ik ging maar door, tot de lakens aan flarden waren, tot mijn handen zeer deden, en daarna stopte ik de naden in mijn mond en rukte ze los met mijn tanden. Ik verscheurde het kleedje op de vloer. Ik pakte de dienstbodekoffer, trok de jurken eruit en begon eraan te rukken – ik denk dat ik mijn eigen japon zou hebben verscheurd en de haren uit mijn hoofd zou hebben getrokken als ik ten slotte niet hijgend naar het venster was gelopen, en mijn wang tegen de ruit had gedrukt, en rillend de sponningen had omklemd. Onder me lag Londen, volmaakt wit en stil. Het sneeuwde nog steeds, de lucht scheen zwanger van sneeuw. Daar was de Theems, en daar de bomen van Battersea; en daar – ver naar links, zo ver dat ze vanuit mijn eigen raam, een verdieping lager, niet te zien waren – de stompe punten van de torens van Millbank.

En daar, beneden op straat, in zijn donkere mantel, de politieagent die zijn dagelijkse ronde maakte.

Toen ik hem zag, dacht ik maar één ding – het was de stem van mijn Moeder die in me bovenkwam. *Ik ben beroofd*, dacht ik, *door mijn eigen dienstbode!* Ik moet die agent waarschuwen, dan zal hij haar tegenhouden – *hij zal haar trein tegenhouden! Ik zal zorgen dat ze allebei in Millbank terechtkomen! Ik zal hen in aparte cellen laten zetten, en Selina weer de mijne maken!*

Ik liep de kamer uit, de zoldertrap af, naar de hal. Daar was mrs Jelf, die nu schreiend heen en weer liep – ik duwde haar van me af. Ik trok de deur open en holde over het trottoir, en ik schreeuwde naar de agent, met een trillende, krijsende stem die ik niet als de mijne herkende; hij draaide zich dadelijk om, kwam aanrennen en riep mijn naam. Ik greep hem bij de arm. Ik zag hem kijken naar mijn verwarde haren, mijn vertrokken gezicht en – dat was ik vergeten – de wond in mijn hals, die ik weer tot bloedens toe had opengehaald.

Ik zei dat ik beroofd was. Ik zei dat er dieven waren geweest, in mijn eigen huis. Ze zaten nu in de trein, op weg van Waterloo naar Frankrijk – twee vrouwen, met mijn kleren aan!

Hij keek me bevreemd aan. Twee vrouwen? zei hij. 'Twee vrouwen, en een van hen is mijn dienstbode. Ze is vreselijk geslepen en heeft me gemeen bedrogen! En de ander... de ander...'

De ander is ontsnapt, had ik willen zeggen, *uit de gevangenis!* Maar in plaats daarvan zoog ik de ijzige lucht in mijn longen en sloeg mijn hand voor mijn mond.

Hoe kon ik dat immers weten?

Waarom waren er kleren in haar maat?

Waarom lag er geld klaar, waarom waren er kaartjes voor de trein en de boot?

Waarom was er een paspoort, op een valse naam?

De agent wachtte. Ik zei: 'Ik weet het niet precies meer.'

Hij keek om zich heen. Hij had zijn fluitje van zijn riem gehaald, zag ik – nu liet hij het vallen aan het kettinkje en boog zich naar me toe. Hij zei: 'U kunt beter niet op straat zijn, juffrouw, in zo'n verwarde toestand. Laat me met u mee naar huis lopen, dan kunt u me het hele verhaal daar vertellen, bij de warme haard. U hebt uw hals bezeerd, kijk, dat gaat pijn doen in de kou.'

Hij wilde me een arm geven, maar ik deinsde achteruit. 'U hoeft niet mee te gaan,' zei ik. Ik zei dat ik me vergist had – ik was niet beroofd, er was helemaal niets bijzonders gebeurd. Ik draaide me om en liep weg. Hij hield gelijke tred met me, stak zijn hand naar me uit, mompelde mijn naam, maar durfde me toch niet echt aan te raken. En toen ik het hek voor zijn neus dichtdeed, aarzelde hij; en terwijl hij aarzelde, holde ik vlug naar binnen, sloot de deur en schoof de grendel ervoor, en bleef staan met mijn rug tegen het metaal en mijn wang tegen het hout gedrukt.

Hij kwam me achterna en trok aan de bel, ik hoorde het gerinkel in de donkere keuken. Toen zag ik zijn gezicht, rood verkleurd door het glazen ruitje naast de deur: hij hield zijn handen boven zijn ogen en tuurde in de duisternis, en riep eerst mij en toen een dienstbode. Na een minuut ging hij weer weg, en nadat ik nog een minuut met mijn rug tegen de deur had gestaan, sloop ik over de betegelde vloer naar Pa's studeerkamer en gluurde door de vitrage, en zag hem bij het hek staan. Hij had zijn opschrijfboekje uit zijn zak gehaald en was bezig een aantekening te maken. Hij schreef een regel, raadpleegde zijn horloge en wierp nogmaals een blik op het donkere huis. Daarna keek hij weer om zich heen en liep langzaam weg.

Pas toen dacht ik aan mrs Jelf. Ze was nergens te bekennen. Maar toen ik zachtjes naar de keuken liep, zag ik dat de deur openstond, dus ik neem aan dat ze het huis langs die weg verlaten heeft. Ze moet gezien hebben dat ik naar de politieagent holde en hem bij de arm greep, en naar het huis stond te wijzen. De arme vrouw! Ik stel me voor dat ze vannacht doodsangsten uitstaat wanneer ze de voetstap van de wijkagent voor haar deur hoort – zoals ze de vorige nacht, net als ik, zat te schreien om niets.

18 juli 1873

Grote commotie vanavond tijdens de seance! We waren maar met 7 mensen, namelijk ik, mrs Brink, miss Noakes & 4 vreemden, 2 van hen een dame & haar roodharige dochtertje & dan nog 2 heren, die volgens mij alleen voor de grap gekomen waren. Ik zag ze rondkijken, ik denk dat ze op zoek waren naar een valluik of wieltjes onder de tafel. Ik bedacht toen dat ze misschien wel handtastelijk waren, of later op het idee zouden komen om handtastelijk te worden. Toen ze hun jassen aan Ruth gaven, zeiden ze 'Zo juffrouw, zorg ervoor dat onze spullen niet worden weggetoverd terwijl we hier zitten, dan krijgt u van ons een halve kroon.' Toen ze mij zagen maakten ze een buiging voor me & lachten, & de een pakte mijn hand & zei 'U zult ons wel erg lomp vinden, miss Dawes. Men had ons verteld dat u een knappe vrouw was, maar ik dacht dat u in werkelijkheid heel dik & oud zou blijken te zijn. Er zijn veel vrouwelijke mediums die aan die beschrijving beantwoorden, dat moet u toch toegeven.' Ik zei 'Ik zie slechts met de ogen van de geest, mijnheer' & hij antwoordde 'Ach, wat een verspilling is dat dan wanneer u in de spiegel kijkt. Ter compensatie zullen wij onze vleselijke ogen des te meer aan u verlustigen.' Zelf had hij een miezerige snor & bakkebaarden, & armen zo slank als van een dame. In de kring wilde hij met alle geweld naast me zitten, & toen ik zei dat we elkaar bij de hand moesten nemen voor het gebed zei hij 'Moet ik Stanleys hand vasthouden? Mag ik niet liever uw beide handen vasthouden?' De dame met de dochter keek toen erg misnoegd, vond ik, & mrs Brink zei 'Ik geloof dat onze kring vanavond niet harmonieus is, miss Dawes. Misschien moet de seance maar geen doorgang vinden.' Dat zou me echter erg gespeten hebben.

De heer bleef vlak naast me zitten terwijl we wachtten & zei een keer 'Dit is denk ik wat men geestverwantschap noemt.' Ten slotte liet hij de hand van zijn vriend inderdaad los & legde hem op mijn blote arm. Ik zei dadelijk 'De cirkel is verbroken!' & hij antwoordde 'O, maar dat hebben Stanley & ik niet gedaan. Ik kan Stanley's hand voelen, hij houdt de slippen van mijn hemd stevig vast.' Toen ik naar het kabinet ging stond hij op om me te helpen, maar miss Noakes zei 'Ik help miss Dawes vanavond.' Ze deed me de halsband om & hield het touw vast, & toen de andere heer, mr Stanley, dat zag zei hij 'Lieve hemel, moet dat? Moet ze werkelijk worden vastgebonden als een gans?' Miss Noakes antwoordde 'Het is voor mensen zoals u dat we dit doen. Denkt u soms dat wij het prettig vinden?'

Toen Peter Quick kwam & zijn hand op me legde, waren ze allemaal doodstil. Maar toen hij uit het kabinet stapte, zei een van de heren lachend 'Hij is vergeten zijn nachthemd uit te trekken!' Daarna, toen Peter vroeg of er vragen waren voor de geesten, zeiden ze dat zij een vraag hadden & wel deze, of de geesten hun geen kleine tip konden geven waar ergens begraven schatten te vinden waren.

Toen werd Peter boos. Hij zei 'Ik denk dat u alleen gekomen bent om mijn medium te bespotten. Denkt u dat ze me alleen voor uw plezier uit het Niemandsland laat komen? Denkt u dat ik al die moeite doe om me te laten uitlachen door 2 opgedirkte heertjes?' De eerste heer zei toen 'Ik heb geen flauw idee waarom u gekomen bent' & Peter zei 'Ik ben gekomen om u een heuglijke tijding te brengen, namelijk dat het spiritisme waar is!' Toen zei hij 'Ik ben ook gekomen om u geschenken te brengen.' Hij ging naar miss Noakes & zei 'Hier is een roos voor u, miss Noakes' & toen naar mrs Brink, 'Hier is een vrucht, mrs Brink.' Het was een peer. Zo ging hij de hele kring rond totdat hij bij de heren kwam, & daar wachtte hij. Mr Stanley zei 'Wel, heeft u voor mij een bloem of een vrucht?' & Peter antwoordde 'Nee, voor u heb ik niets, mijnheer, maar ik heb wel een geschenk voor uw vriend & hier is het!'

Toen slaakte de heer een ijselijke gil & ik hoorde zijn stoel over de grond schrapen. Hij zei 'Vervloekt, jij schurk, wat is dat?' Het bleek een krab te zijn. Peter had het beest op zijn schoot gegooid & toen de heer de scharen voelde bewegen in het donker, had hij gedacht dat het een of ander monster was. Het was een grote krab uit de keuken, er waren er 2 geweest in emmers met zout water, & ze hadden er borden op moeten leggen met gewichten van 3 pond om te voorkomen dat ze uit de emmer kropen – maar dat hoorde ik natuurlijk pas later. Peter kwam het kabinet weer in terwijl de heer nog moord & brand schreeuwde in het donker & mr Stanley was opgestaan om een lamp te zoeken, & ik kon alleen raden wat het was omdat zijn hand zo vreemd rook toen hij die op mijn gezicht legde. Toen ze me ten slotte uit het kabinet haalden was er een stoel op de krab gevallen & zijn schaal was helemaal kapot, je zag het roze vlees, maar zijn scharen bewogen nog, & de heer veegde over zijn broek waar vlekken op zaten van het zoute water. Hij zei tegen mij 'Dat was een mooie streek die u me geleverd heeft!' maar mrs Brink zei dadelijk 'U had hier niet moeten komen. Het is uw schuld dat Peter zo onhandelbaar werd, u heeft slechte invloeden meegebracht.'

Maar toen de 2 heren vertrokken waren, moesten we lachen. Miss Noakes zei 'O miss Dawes, wat is Peter jaloers! Ik denk dat hij voor u rustig een man zou vermoorden!' Terwijl ik daar stond & een glas wijn dronk, kwam de andere dame bij me & nam me terzijde. Ze zei dat ze het spijtig vond dat de heren zich zo hadden misdragen. Ze zei dat ze andere jonge vrouwelijke mediums had gezien die zich door zulke heren het hoofd op hol lieten brengen, & ze was blij dat ik niet zo was. Toen zei ze 'Ik vraag me af, miss Dawes, of u eens naar mijn dochtertje zou willen kijken.' Ik zei 'Wat is er dan met haar?' & zij zei 'Ze houdt maar niet op met huilen. Ze is nu 15 jaar, & ik denk dat ze vrijwel elke dag heeft gehuild sinds ze 12 was. Ik heb haar gewaarschuwd dat ze haar ogen uit haar hoofd zal huilen als ze zo doorgaat.' Ik zei dat ik haar van dichtbij moest zien & zij zei 'Madeleine, kom eens hier.' Toen het meisje bij me kwam pakte ik haar hand & vroeg 'Hoe vond je het wat Peter vanavond heeft gedaan?' Ze zei dat ze het prachtig vond. Hij had haar een vijg gegeven. Ze komt niet uit Londen maar uit Boston, in Amerika. Ze zei dat ze daar veel spiritisten had gezien, maar niemand die zo begaafd was als ik. Ik vond haar erg jong. Haar moeder zei 'Kunt u iets met haar doen?' Ik zei dat ik het niet goed wist. Maar terwijl ik stond na te denken kwam Ruth mijn glas halen, & toen ze het meisje zag legde ze een hand op haar hoofd & zei 'O, kijk toch eens wat een mooi rood haar! Dat wil Peter Quick nog weleens zien, geloof me.'

Ze zegt dat het meisje haar heel geschikt lijkt, als ze maar een poosje kan worden weggehaald bij de moeder. Haar naam is Madeleine Angela Rose Silvester. Ze komt morgen terug, om half 3.

Ik weet niet hoe laat het is. De klokken staan stil, er is hier niemand om ze op te winden. Doch buiten is het zo rustig dat ik denk dat het een uur of drie, vier moet zijn – het stille uur, tussen het geratel van de laatste rijtuigen en het gedaver van de karren naar de markt. Er is geen zuchtje wind, er valt geen druppel regen. Het venster is berijpt, maar hoewel ik er meer dan een uur onafgebroken naar heb gekeken, groeit de rijp zo heimelijk en zo traag dat ik het niet kan zien gebeuren.

Waar is Selina nu? Hoe ligt ze? Ik stuur mijn gedachten de nacht in, ik reik naar het koord van duisternis dat haar eens aan me scheen te binden, trillend, strak gespannen. Maar de nacht is te ondoordringbaar, mijn gedachten haperen en gaan verloren, en het koord van duisternis...

Er was geen koord van duisternis, geen ruimte waarin onze zielen elkaar raakten. Er was alleen mijn verlangen – en het hare, dat er zo op leek dat het ermee samen scheen te vallen. Nu is er geen verlangen meer in me, geen opflakkering – ze heeft me dat allemaal ontnomen, ik heb niets meer. Het niets is heel stil en licht. Het kost me alleen moeite om de pen op het papier te houden, nu mijn lichaam gevuld is met niets. Kijk mijn handschrift eens! Het is het handschrift van een kind.

Dit is de laatste bladzij die ik zal schrijven. Mijn dagboek is al ver brand, ik heb een vuur aangemaakt in de haard en de bladzijden er een voor een op gelegd, en als dit vel is gevuld met wankele regels zal het bij de andere worden gevoegd. Wat merkwaardig, om voor schoorsteenrook te schrijven! Maar ik moet schrijven, zolang ik nog adem. Ik kan het alleen niet verdragen om mijn eerdere aantekeningen te herlezen. Toen ik dat probeerde, was het of Vigers' ogen kleverige witte vegen op het papier hadden achtergelaten.

Ik heb vandaag aan haar gedacht. Ik dacht eraan dat Priscilla lachte en haar lelijk noemde toen ze bij ons kwam. Ik dacht aan ons vorige meisje, Boyd, en hoe ze schreiend had gezegd dat het spookte in huis. Ik vermoed dat het allemaal verzinsels waren. Ik vermoed dat Vigers naar haar toe is gegaan en haar heeft bedreigd, of omgekocht...

Ik dacht aan Vigers, stuntelige Vigers, die met haar ogen stond te knipperen toen ik vroeg wie de vaas met oranjebloesem op mijn kamer had gezet; die in de stoel naast mijn open deur zat, en me hoorde zuchten en schreien en in mijn dagboek schrijven – toen leek ze me sympathiek. Ze bracht me water en stak mijn lampen aan, ze haalde eten voor me uit de keuken. Nu komt er geen eten meer, en het vuur dat ik onhandig heb aangelegd, rookt en sputtert, en vergaat tot as. Mijn kamerpot wordt niet geleegd en verspreidt een zure lucht in het donker.

Ik denk eraan hoe ze me aankleedde en mijn haar borstelde. Ik denk aan haar grote dienstbodehanden. Nu weet ik door wie die wassen geestenhand is gemaakt, en als ik aan haar vingers denk, zie ik ze opzwellen en geel worden bij de gewrichten. Ik stel me voor dat ze haar vinger op me legt en dat de vinger warm en zacht wordt, en mijn huid bezoedelt.

Ik denk aan alle dames die ze met haar wassen handen heeft aangeraakt en bezoedelt – en aan Selina, die haar druipende vingers moet hebben gekust – en ik word vervuld van afschuw, en van afgunst en verdriet, omdat ik zelf onberoerd, ongewenst en alleen ben. Ik zag de politieagent vanavond terugkomen. Weer trok hij aan de bel en stond hij naar binnen te turen – misschien denkt hij dat ik eindelijk naar Warwickshire ben gegaan, naar Moeder. Maar misschien ook niet, misschien komt hij morgenavond weer. Dan zal hij de kokkin hier aantreffen, en op zijn verzoek zal ze op mijn deur komen kloppen. Ze zal vinden dat ik me vreemd gedraag. Ze zal dr Ashe halen, en misschien een van de buren, of mrs Wallace, en zij zullen Moeder laten komen. En wat dan? Dan tranen of schrijnend verdriet, en dan nog meer laudanum, of opnieuw chloraal, of morfine, of een ander pijnstillend middel. Dan een halfjaar op de sofa, net als eerst, en bezoekers die op hun tenen naar mijn deur lopen... En dan van lieverlee weer in Moeders gareel – een spelletje kaart met de Wallaces, de wijzer die traag over de klok kruipt, invitaties voor de doop van Prissy's kinderen. En intussen het onderzoek in Millbank; en ik ben misschien niet dapper genoeg, nu Selina weg is, om te liegen ter wille van haar, en van mezelf...

Neen.

Ik heb mijn boeken netjes op hun oude plaats in de kast teruggezet. Ik heb de deur naar mijn kleedkamer gesloten en mijn venster op de knip gedaan. Boven heb ik alles opgeruimd. De kapotte waskom en lampetkan heb ik verstopt, de lakens, het kleedje en de japonnen heb ik verbrand in mijn eigen haard. Ik heb het portret van Crivelli verbrand, en de plattegrond van Millbank, en het stukje oranjebloesem dat ik in dit dagboek bewaarde. Ik heb ook de fluwelen halsband verbrand, en de zakdoek met de bloedvlekken, die mrs Jelf op het tapijt had laten vallen. Pa's sigarenmesje heb ik zorgvuldig teruggelegd op zijn bureau. Het bureau is nu al bedekt met een waas van stof.

Ik ben benieuwd welk nieuw meisje er zal komen om dat stof weg te vegen. Ik zou een dienstbode nu geen revérence voor me kunnen zien maken zonder te huiveren, denk ik.

Ik heb een kom met koud water gevuld en mijn gezicht gewassen. Ik heb de wond in mijn hals schoongemaakt. Ik heb mijn haar geborsteld. Verder is er niets, denk ik, dat ik nog moet opruimen of weghalen. Ik laat alles netjes achter, hier en elders.

Niets, behalve de brief die ik Helen had geschreven; maar die moet nu op het rek in de hal van Garden Court blijven liggen. Want toen ik bedacht dat ik er wel heen kon gaan om hem terug te vragen aan hun dienstbode, herinnerde ik me hoe zorgvuldig Vigers die brief op de bus had gedaan – en toen dacht ik aan alle brieven die ze van huis moet hebben meegenomen, en aan alle pakjes die hier gekomen moeten zijn, en aan alle keren dat ze op haar schaars verlichte kamer boven de mijne moet hebben gezeten, schrijvend over haar hartstocht zoals ik over de mijne schreef.

Hoe zag die hartstocht er op papier uit? Ik kan me er geen voorstelling van maken. Ik ben te moe.

Want o, ik ben nu zo vreselijk moe! Ik denk dat er in heel Londen niets of niemand zo moe is als ik – of het moest de rivier zijn, die voortstroomt onder de ijzige hemel, haar vaste loop volgend naar de zee. Hoe diep, hoe zwart, hoe stroperig lijkt het water vannacht! Hoe zacht ziet het oppervlak eruit. Hoe kil moet het beneden in de diepte zijn.

Selina, jij zult spoedig in het zonlicht zijn. Je werk is voltooid – je hebt de laatste draad van mijn hart. Ik vraag me af: als de draad slap gaat hangen, zul jij het dan voelen?

1 AUGUSTUS 1873

Het is heel laat & stil in huis. Mrs Brink is op haar kamer, met een lint in haar haren, die los over haar schouders hangen. Ze wacht op me. Laat haar nog maar wat langer wachten.

Ruth heeft haar schoenen uitgeschopt & ligt op mijn bed. Ze rookt een van Peters sigaretten. 'Waarom schrijf je?' vraagt ze & ik zeg dat ik schrijf voor de ogen van mijn beschermgeest, zoals ik alles doe. 'O, die,' zegt ze, & nu lacht ze, haar donkere wenkbrauwen komen samen boven haar ogen & haar schouders schokken. Mrs Brink mag ons niet horen.

Nu zwijgt ze & staart naar het plafond. Ik vraag 'Waar denk je aan?' Ze zegt dat ze aan Madeleine Silvester denkt. Ze is 4 keer bij ons geweest in de afgelopen 2 weken, maar ze is nog erg nerveus & ik denk dat ze misschien toch te jong is om door Peter te worden ontwikkeld. Maar Ruth zegt 'Als hij eenmaal zijn stempel op haar heeft gedrukt, zal ze eeuwig bij ons blijven komen. En weet je wel hoe rijk ze is?'

Nu geloof ik dat ik mrs Brink hoor schreien. Buiten staat de maan heel hoog – het is de nieuwe maan, met de oude maan in haar armen. De lampen zijn nog aan in Crystal Palace, & de donkere hemel doet ze heel helder stralen. Ruth lacht nog steeds. Waar denkt ze nu aan? Ze zegt dat ze aan het geld van de kleine Silvester denkt, & aan de dingen die we zouden kunnen doen met een deel van al dat geld. Ze zegt 'Dacht je soms dat ik je eeuwig in Sydenham wilde houden, terwijl er zo veel prachtige plaatsen op de wereld zijn? Ik stel me voor hoe mooi je eruit zult zien, zeg in Frankrijk of Italië. Ik denk aan alle dames die daar graag naar je zullen kijken. Ik denk aan alle bleke Engelse dames die naar zulke streken gaan, in de hoop dat de zon

hen weer gezond zal maken.'
Ze heeft haar sigaret uitgedrukt. Nu ga ik naar mrs Brink.
'Vergeet niet, meisje,' zegt Ruth, 'van wie je bent.'

VERANTWOORDING

Dank aan Laura Gowing, Judith Murray, Sally Abbey, Sally O-J, Judith Skinner, Simeon Shoul, Kathy Watson, Leon Feinstein, Desa Philippi, Carol Swain, Judy Easter, Bernard Golfier, Joy Toperoff, Alan Melzak en Ceri Williams.

Voor het schrijven van *Affiniteit* heb ik een beurs gekregen van de London Arts Board, waarvoor ik ook buitengewoon dankbaar ben.